陕西师范大学『长安与丝路文化传播』学科创新引智基地资助

# 绣虎雕龙

## 第六届骈文国际学术研讨会论文集

杨晓斌 主编

凤凰出版社

图书在版编目（CIP）数据

绣虎雕龙 : 第六届骈文国际学术研讨会论文集 / 杨晓斌主编. -- 南京 : 凤凰出版社, 2021.11
ISBN 978-7-5506-3539-5

Ⅰ. ①绣… Ⅱ. ①杨… Ⅲ. ①骈文—文学研究—国际学术会议—文集 Ⅳ. ①I207.22-53

中国版本图书馆CIP数据核字(2021)第232488号

| | |
|---|---|
| 书　　名 | 绣虎雕龙:第六届骈文国际学术研讨会论文集 |
| 主　　编 | 杨晓斌 |
| 责任编辑 | 许　勇 |
| 装帧设计 | 徐　慧 |
| 出版发行 | 凤凰出版社(原江苏古籍出版社)<br>发行部电话025-83223462 |
| 出版社地址 | 江苏省南京市中央路165号,邮编:210009 |
| 出版社网址 | http://www.fhcbs.com |
| 照　　排 | 南京凯建文化发展有限公司 |
| 印　　刷 | 江苏凤凰数码印务有限公司<br>江苏省南京市栖霞区尧新大道399号,邮编:210038 |
| 开　　本 | 718毫米×1005毫米　1/16 |
| 印　　张 | 25 |
| 字　　数 | 462千字 |
| 版　　次 | 2021年11月第1版 |
| 印　　次 | 2021年11月第1次印刷 |
| 标准书号 | ISBN 978-7-5506-3539-5 |
| 定　　价 | 168.00元 |

(本书凡印装错误可向承印厂调换,电话:025-57718474)

# 开幕辞(代序)

曹　虹

今天,我们齐聚古都西安,这令人联想起一千两百多年前的一个秋天(天宝十一载,公元752年的秋天),盛唐诗人岑参相邀高适、薛据、杜甫、储光羲等同僚诗友共登慈恩寺塔,他咏出了这样的两联:“秋色从西来,苍然满关中”;“净理了可悟,胜因夙所宗”。千年古都,秋色壮美,为了追寻学理上的交流和解悟,为了推进骈文研究事业,我们从四面八方如约而至,隆重集会,玉成此事的佳缘胜因尤其令我们感怀!我谨代表中国骈文学会,向百忙中莅会的各位来宾和学者同仁表示热烈的欢迎,向全力承办本次研讨会的陕西师范大学各级领导、会务组师生表示衷心的感谢。陕西师范大学文学院在七十多年的学科建设与人文教育中,凝铸成了“扬葩振藻,绣虎雕龙”的学术理念,对此我们深表感佩,并契合深衷。

在古都西安的天光云影里,既抹不去秦砖汉瓦、锦绣大唐的纵向层累,也缠结着丝路延展、异域流彩的横向兼容,也许这可以用来类比历史积淀极为深厚的骈文历程。骈文作为中国文学贡献给世界的最富于东方特色的体式,历史上各个时期骈文使用范围非常广泛,深受古往今来才智之士的喜爱,富于文化品位和艺术造诣,经久不衰,还波及亚洲其他国家,并且骈文创作在当今仍洋溢着一定的活力,骈文教育可承担涵养文化底蕴、淬炼文人气质的作用。我们欣喜地看到,经过学者们多年的努力,轻视骈文的各种偏见在根源上得到了纠正,而且从近年来的共识来看,骈文研究日渐成为中国优秀传统文化研究的重要领域。

这种重要性或重视程度也可以从国家社科项目和期刊论文分布得到一定的印证。例如,2017年以前获批的国家社科项目,以骈文研究为对象的共有20项。而2017至2019这两年间,立项又达到5项,包括吕双伟教授主持的重大项目“明清骈文文献整理与研究”,另有刘涛教授的“六朝骈文文体理论整理及其后代接受研究”、侯体健教授的“宋元骈文批评研究暨资料汇编”、周剑之教授的“宋代骈文文体研究”、莫山洪教授的“文化转型视角下的20世纪骈文理论发展研究”。如果加上辞赋以及其他具体文类中关涉骈文研究的课题,以及省部级课题中的相关者,那就更为可观了。粗略统计,从2017年至今,国内期刊中共有350余篇直接或间接与骈文相关的文章,而在《文学评论》《文学遗产》等重要刊物上,几乎每期或隔期都能见到论述骈文或关涉骈文问题的论文。这种较为稳健的态势，也反映了骈文学界的积累与创新已开始形成良性的循环。在这两年间问世的硕果中，势必包含之前立项或素有积累的课题，如谭家健先生于 2018 年出版了《中华古今骈文通史》，是骈文学界的盛事。这是他获于 2014 年的国家社科重点项目的最终成果，2010 年实已开笔，持续奋战，乐此不疲，不知老之将至，谭先生的弘毅精神是后学的榜样。另外，莫道才教授以 2015 年所获社科重大项目为机缘，创办《骈文研究》，亦功在学林。

当然，相比于数量的递增，学术质量的追求才是最富挑战力度的永恒目标。这应当是出自护惜真理与不忘使命的宏愿。当年玄奘法师于大慈恩寺建塔奠基时，曾自述诚愿曰："庶使巍峨永劫，愿千佛同观；氤氲圣迹，与二仪齐固。"玄奘法师的坚卓人生，其于弘毅之士，岂能无所感召？本次会议所设立的研讨议题，有见于二十一世纪即将走过第一个二十年，骈文研究如何对繁盛的现象作出反思，以迎接更大的突破。感谢参会的学者惠赐宏文和参与评议，让我们通过观摩、切磋，分享心得，增上智慧，加大愿力，享受友谊，把聚会的美好留在长久的记忆中，借用李白的诗句来说："长相思，在长安！"

2019 年 10 月 19 日

# 目　录



## 综　论



## 唐前及唐代骈文研究



## 明清骈文研究

## 域外骈文研究



## 会议综述

# 综　论

# 骈散兼治，文史汇通

## ——谭家健研究员访谈录

刘　宁（中国社会科学院文学研究所）

**编者按：**谭家健，男，1936 年出生于湖南衡阳，1955 年考入北京大学中文系，1960 年毕业后到中国社会科学院工作，现为中国社会科学院文学研究所研究员、研究生院教授，兼任中国古代散文学会会长、中国骈文学会会长。曾先后出任新加坡国立大学中文系客座教授、马来西亚新纪元学院中文系客座教授。已出版著作有《中国古代散文史稿》《先秦散文艺术新探》《墨子研究》《六朝文章新论》《中国文史哲汇通》等；主编《中国文化史概要》《历代骈文名篇注析》《先秦文学史》等。在中国、新加坡、马来西亚、印度尼西亚、韩国等国的报刊上发表文章一百多篇。承担国家社科基金重点项目"中华古今骈文通史"的研究。本文原为《文艺研究》编辑部委托中国社会科学院文学研究所刘宁研究员采访谭家健先生的访谈录，现略作修订，收入本次骈文会议论文集中，以飨读者。

### 一、在历史长河中理解散文

**刘　宁**　谭先生，近年来中国古代散文研究日益引起学界关注，您早在六十年前，就开始从事古代散文研究，半个多世纪以来，先后出版了《先秦散文艺术新探》《六朝文章新论》《中国古代散文史稿》等一系列卓有影响的散文研究著作，并且长期担任中国古代散文学会会长，积极推动古代散文研究的不断深化。最初您是怎么走上散文研究之路的？

**谭家健**　我今年八十岁了，从 1955 年进入北大起，就有一个梦——做一个学术上的专家。进大学的时候，学校贴着标语"欢迎你，未来的红色文学家""红色史学家""红色哲学家"……当时是鼓励大家"成名成家"的，后来"成名成家"口号受到批判，但是我一直没有放弃这个梦想。我很幸运，在 20 世纪 50 年代就有了一个要成为古典文学研究专家的梦；更加幸运的是，我一直在不断地接近这个梦。我没有上高中，初中没毕业就参军，在抗美援朝部队里担任文化教员，前后近五年。

1954年底立志要上大学，那时离考试只剩半年多，我一天工作加学习约十二个小时。没想到，梦想实现了，真是欣喜若狂。准备考试时，部队给了我很大的支持，这是我终生难忘的。

进了北大，学习一段时间之后，我把《孟子》仔细读了一遍。我小时候就读过《孟子》，能背诵。上大学后学习了文学理论，当时是毕达可夫编写的教材；学习了逻辑学，是哲学系老师教的；还有先秦文学史、语言学概论、古代汉语、现代汉语等等，这些课程都是基础课。这时读《孟子》与小时候大不一样了，我试图用学过的东西来分析。当时唐弢先生的《鲁迅杂文的艺术特征》对我有很大影响。该文在1956年纪念鲁迅时发表，是唐先生的代表作之一。他把鲁迅杂文当作文学作品分析，写它的形象性等等。有人不赞成他的观点。我照他的方式分析《孟子》，写着写着就写了三四万字。

**刘　宁**　这就是您的《略谈〈孟子〉散文的艺术特征》一文吧，今天研究《孟子》散文艺术的学者，还是能从这篇大作中获得启发。据说这篇文章的发表还有一段佳话。

**谭家健**　这篇文章的第一位指导老师是褚斌杰先生，当时他是先秦文学课的助教，游国恩先生是主讲。他看过初稿之后让我压缩一下，还建议我看一些古人的评点。评点的书当时在外文楼的善本室，学生不能进。褚先生是教师，给我开了介绍信。我进去发现评点的书有那么多，而且都评得很好、很有趣，于是做了不少笔记。这是我第一次接触评点。第二位指导老师是萧雷南先生，那时他讲两汉文学。他鼓励我投稿，我就把稿子寄给《文学遗产》。有关编辑看了觉得太长，主张发表在增刊上。主编陈翔鹤先生破例召见我，他像教育孩子一样跟我谈话，非常恳切。他说你文章的开头不好——孟子姓什么名什么、是什么时代的人等等，讲的都是文学史的那一套，不必重复。还有文章的最后一个字是“了”字，我手写的时候把那个“了”字的竖钩写得很长。陈先生说，你要写就好好写，钩写那么长干什么！不要把字写得潦草，排字工人会很辛苦。我在文章中用了英文“essay”一词，陈先生问我，你懂英文吗？我说不懂。陈先生说，不懂你干嘛用英文呀！提笔就删掉了。这些话对我影响很深；不懂的东西就不要往文章里面写，不要不懂装懂。他真的是谆谆教诲呀！我听了很舒服，很感激！

后来文章分两期发表在《光明日报·文学遗产》周刊上，这可以说是破例优待。在我之前，李泽厚也受过这种优待，他的《“意境”杂谈》，也分两期发表在周刊上。那时候，他是北大哲学系的研究生，比我大不了多少。很难得《文学遗产》这样对待两个年轻人。我的文章发表后，王力老师在课堂上以肯定的口气指出，这篇文章一些地方是用修辞学的方法来分析古文。杨晦老师不同意我的做法。他在大课堂上指着我说，你连“散文”概念都没弄清楚，是上了唐弢的当了。杨先生的文学观点一向就是这样的。我也知道他的意思，他是从爱护我的角度出发来教育我。关于什么是散文，直到现在大家还有不一样的理解。写完这篇习作之后，我就坚定了研究古代散文的兴趣。过了不久，《文学遗产》召开座谈会，我应邀参加。当时参加者大都是一些大学教师。陈翔鹤先生特意说，今天来参加会议的还有一位三年级的学生谭家健。会后陈先生把我留下，批评我说，听说你发表文章之后有一些骄傲，这个是很自然的，年轻人嘛，洋洋得意。他又说："你呀，不能出名太早，下一次发表文章要用笔名。"从那以后，1958 到 1960 年，我在《文学遗产》相继发表了四篇小文章，用的都是笔名。

**刘　宁**　这些师长对年轻学者的提携与爱护，真让人感动！陈翔鹤先生很有眼光，您这篇大作，在研究方法上有很多新的探索。

**谭家健**　我的写法和当时的一般写法不一样。当时讲《孟子》，都是写人民性、阶级性，很少像我这样讲形象性，确实是有新的角度。当然，我也没有完全脱离流行的视角。当时用阶级斗争的方法分析人民性，是很普遍的做法。无论是参与编写文学史，还是自己写论文，谈阶级性、人民性的文章，我也写过，不过我比较偏重艺术性。如果只讲阶级性、人民性，文学作品岂不变成政治性文章了？要关注艺术性和美学价值，这种意识我在写那篇关于《孟子》的文章时就形成了。

**刘　宁**　您关注古代散文的艺术性，这是古代散文研究中十分复杂的问题。有人认为，研究中国古代散文要少提艺术性或者文学性，因为这会过多受西方文学理论的影响。您怎么看？

**谭家健**　我一直认为，大学时代学习的文学理论，对我有很大帮助。上大学之前，我读《古文观止》，多数文章可以背诵。我读过《左传》，读过"四书"，都能背诵，还能够写粗浅的文言文。但是这些都谈不上研究，只能说是喜爱。大学的知识武装了我，使我学习古典文学有了新武器、新方法。我至今不否认毕达可夫讲的文学理论。有人把他那一套说得一塌糊涂，说教条主义都是从那来的。我不这样看。1949 年以前，什么样的文学理论都有，各个大学自己讲自己的。1949 年后教育部有了统编教材，全国都使用这个教材，比较规范了，错在最后成了教条。毕达可夫文艺理论有可取之处，当成教条就不好了。他讲的文学理论是西方的，和中国的不一样。用西方的观念来观照中国，观察中国的历史，不是从 20 世纪 50 年代才开始的，而是从 19 世纪末严复那一代就开始了。中国的史学理论延续了两千年，需要改进。严复引进了西方理论，这是进步。说到外国对中国文学研究的影响，第一是建立了中国文学史体系。中国古代没有文学史，现在的哲学史体系也是学外国的。史学方面，中国有纪传体、编年体、纪事本末体，还有各种会要体。史学理论中国是最发达的，各种体式是完整的，但中国没有西方的那种文学史模式。先有导论，然后按时代，第一章、第二章……现在的文学史是这样写，哲学史也是这样写。我认为这个体式不能废弃。如果个人写文学史，或许可以采用编年体、学案体，但是课堂上讲课，还是现在文学史的这种体式比较合适。

**刘　宁**　您对于西方文学理论的融通态度，很有启发性。古典散文的“文学性”是学界争论很多的问题，您如何理解？

**谭家健**　外国讲“散文”，和我们不同。我对西方文学没有认真研究过，但是我觉得中国散文是中国特有的，是文学和非文学的结合体。我们中文系上课的时候讲《孟子》《庄子》，讲《左传》《战国策》，和哲学系、历史系的讲法不一样，是有区别的。有区别好还是没有区别好？有人说应该没有区别，这种说法我不赞成。科学是分类越来越复杂的，要有区分，分得恰当与否是另外一回事。中国散文是中国文学特有的东西，散文研究要建立中国的理论体系，第一个是范畴，也就是说，散文包括什么？这有不同看法，到现在认识也不太一致。中国先秦的散文，我说是文学，但还是有人觉得它们不是文学。20世纪60年代有几位同学，写文章批评胡念贻分析《论语》里的人物形象，他们不赞成把《论语》里面的人物归为文学形象。我是赞成胡念贻的。我后来专门写了一篇文章谈《论语》的人物形象。别人同意与否，没有关系。还有人认为，不要说某些作品只是有文学价值，有一点文学性可以直接称之为文学作品。比如“六经”就是文学。这样笼统地讲好不好？经书有的是文学，是很漂亮的文学，像《诗经》。但是最难懂的《尚书》，有一些篇章根本读不懂，有多少文学价值？《墨子》中有一些是文学，但《墨经》和《备城门》以下各篇就没有文学价值。《史记》总体来说既是文学，也是历史，但是我觉得还是以历史为主、文学为辅。你看看里面那些“书”，《天官书》有什么文学价值？再说那些“本纪”，前面的那几篇本纪就是大事记、流水账，也没有什么文学价值，但它有史学价值，而《项羽本纪》等又是文学作品。所以说，什么事情都不能笼统地讲，还是要具体分析，区别对待。

**刘　宁**　也许这个问题难就难在具体分析，对于“文学性”既不能笼统言之——一切皆看作文学，又不能一概否定——对古典散文的“文学性”视而不见。您如何把握其间的分寸？

**谭家健**　我曾提出三个范畴：纯文学散文、非文学性的文章、有一定文学性的文章。《庄子》每一篇都是文学，《孟子》有一些章整章抽出来算是文学，但不能说整本书都是文学作品。《论语》也不全是文学，其中成段的文字可以算是文学，但是两三句话怎么能算是文学呢！我给《论语》做过分析，二百字以上的有多少篇，二百字以下的有多少篇，二百字可以算一篇简短的小文章。那些只有几句话的只能叫语录，不能算文学。散文的“文学性”还包含“形象性”问题。有人不赞成，批评胡念贻讲形象性，我专门写文章说明形象性在议论文中怎样表现。议论文中没有人物形象，但是它有意象。议论文举历史为例，给你一种具象化的感觉。还有比喻，加强了文学性。这些就是王力先生所说的修辞手段。至于说传记文的形象性，这是没有争议的。游记里面也有形象，那些山山水水读起来像看电影，很形象啊。抒情文中也有形象，里面有个性化的意象。我做的工作，就是把那些别人认为没有文学价值的东西找出它的文学价值来，看能不能令人信服。我的《先秦散文艺术新探》《六朝文章新论》《中国古代散文史稿》都是这么写的。如果别人说你这个不能成立，也不要紧。学术本来就是各抒所见，可以继续讨论。

**刘　宁**　现在有学者提出要淡化“纯文学”这个概念，主张用“大文学”“杂文学”来认识古代散文，您对此怎么看？

**谭家健**　我觉得“大文学”“杂文学”都可以成立。“大文学”是说它的范围比较广，不要局限于狭隘的文学范围，这是对的。“杂文学”是指有一些非文学的东西，有一些文学与非文学之间的东西，这也是对的。这些概念都可以用，我不反对。相对于“纯文学”来说，这些概念对于古代散文研究更合适。20世纪30年代有人写过一本《中国纯文学史》，里面不讲散文。这样就不全面，不符合实际。还有几个外国人写了一本《中国散文史》，从唐代开始讲，只讲那些反映作家个性、情感的文章。中国散文史上有很多好东西可以写呀，唐代以前都不讲，怎么能叫“中国散文史”呢？

**刘　宁**　您对散文的理论思考，很多都蕴含在散文史的具体研究中。六十年间，您撰写了以《中国古代散文史稿》为代表的散文通史，以《先秦散文艺术新探》《先秦散文纲要》《六朝文章新论》为代表的散文断代史，以及《墨子研究》为代表的散文史专书研究。在这个过程中，您处理了许多复杂问题，您对自己的研究，一开始是否就有一个明确的规划？

**谭家健**　我研究古代散文其实是一个逐步扩大、深入的过程。文学所的刘跃进曾说，我研究古代散文，从《孟子》而扩大到先秦散文，由先秦散文而扩大至整个中国散文史。他说的基本不错。在这个过程中，我对古代散文研究中很多问题的体会不断加深。对于中国散文史的研究，我的确是从《孟子》开始，一句一句地读。《老子》《墨子》《庄子》，先秦诸子我都仔细读。别的文学史不讲的书，像《尹文子》《鹖冠子》《礼记》《逸周书》……我专门讲它们的文学价值。可以说，这些都是初步尝试。在别人没有注意到它们的文学性的时候，我注意到了，但是还很不够，还可以再进一步开发，我只是开个头而已。把这些书纳入先秦散文研究是很有必要的。先秦需要更深入的研究，因为它是中国散文之源。不管它真也好，假也好，文也好，史也好，都对中国文化发生了深刻影响。我关于先秦散文的研究，涉及所谓伪书的内容，有人会有异议。其实伪书并不全伪，现在一些出土文献已经证明了这点。即使它是伪书，也已经流行一千多年了。伪古文《尚书》，从魏晋时期就有，到现在也有一千八百年了；还有《鬼谷子》，也被认为是伪书，但是也流传很久了，对人们的思维有长期影响。我们要取其精华,弃其糟粕。

**刘　宁**　出土文献近些年引起学界越来越广泛的关注,而您对出土文献的关注,在古典文学界是非常早的,您20世纪80年代出版的《先秦散文纲要》就已经有这方面的讨论。

**谭家健**　我的确对新发现的材料比较关注。上海有人写文章,说在古典文学界首先关注出土简牍的是谭家健。我从20世纪80年代开始,写了一系列文章讲出土简牍的文学价值,而且写进了文学史。我的《先秦散文纲要》(1987)、《先秦散文艺术新探》(1995)、《中国古代散文史稿》(2006),都有相当多的文字介绍出土简牍。我本来设想,先写先秦散文研究,然后是魏晋南北朝散文研究,这样一时段一时段地写,不过写到南北朝就没继续下去。先秦散文的那些原典,我基本都读过。南北朝的散文读了大部分,只要是我书中提到的都读过。中国古代散文作品实在浩如烟海,《全唐文》《全宋文》《全元文》,我只读了其中一部分。明清散文,只读过一些选集和别集。这样,我写《中国古代散文史稿》,只能利用前人的成果,综合各家,参以己意,知之为知之,不知为不知,没有把握的话不讲。

**刘　宁**　您的这部《中国古代散文史稿》产生了很大影响。在《后记》中您提到,这部书的写作经历了二十多年教学、科研的积累,在撰写书稿之前,您发表了有关古代散文研究的论文和鉴赏性、知识性、教材性文章近百篇,您对全书的编写体例、写作方法都有很深入的思考。

**谭家健**　和其他散文史比较起来,我的《中国古代散文史稿》首先是附录资料比较多。现行的中国散文史,几乎都没有注释,我的书注释比较多,这对研究者是有用的。我在马来西亚出版的《中国散文简史》没有注释,但附录了几十篇古代散文名作,方便外国读者阅读经典作品。其次,我的书较多地采用了评点。古人评点往往简明扼要,一语中的,说到了最佳处,说到了精华。我们现在没有办法像古人那样理解散文的奥妙和趣味,古人几句话就点出来了,点点圈圈都有意义。今天我们说一大堆,往往没有说出要害,没有说出所以然来。古人的那些话语和方法,我们现在都可以学习。至于今天是不是还要采取旁批、眉批的形式,另当别论,我主张写成文章就可以了。再次,我的散文史还设了一些章节讲历代通俗散文,这是别人没有的。通俗散文这个领域大有开拓的余地,将来别人可以在此基础上写中国通俗散文史。这和胡适的那个白话文学史不是一个概念,我说的通俗散文是指那种接近口语的浅近的散文。我从六朝一直写到后面,不过我只写了若干点,问题多得很,将来别人可以写一个大部头的东西,我书里只提供了一些线索。另外,我的散文史还包括了骈文史,现在已经扩充为单独一本专著了。

## 二、写骈文史要明确骈文的概念与特点

**刘　宁**　您最近正在撰写《中华古今骈文通史》，据说计划撰写上百万字，目前已经接近完成。您以前的研究重点在散文方面，近年对骈文如此关注，有什么特别的考虑吗？

**谭家健**　骈文研究的题目，对我来说既酝酿已久，又有点新鲜。先说说我自己学习骈文的经过吧。我读小学时学过对对子，家里人教我背“云对雨，雪对风。来鸿对去雁，宿鸟对鸣虫。三尺剑对六钧弓……”，同时也出上句要我对下句。骈文比古文难一点，我读骈文是从《古文观止》中的那几篇开始的。才读了几篇骈文，就在写作时大胆使用骈句，用四六对偶句。押韵是懂一些的，平仄就不讲。好多同学都这样写着玩，老师也鼓励，写不通没关系，你文章里有对偶句子，老师就打圈圈。我很快就能写浅近的文言文，被老师打过圈，贴过堂。中学时期，还模仿过写诗填词，照猫画虎地仿汉大赋而作《衡阳赋》，当然十分幼稚可笑。上大学以后，对骈文的理解多了些，不敢乱写了。毕业后做文学编辑，什么样的稿子都要看。当时对散文还是下功夫多一点，骈文在其次，只是爱好，觉得它很美。1977 年到了文学所后，我选择的研究方向是古代散文，时段则集中在先秦、两汉、魏晋南北朝。我和曹道衡、沈玉成、徐公持等跟着余冠英先生学习。在余先生身边那么多年，感到魏晋南北朝的文章味道很深、很浓。就像喝茶一样，开始不觉得有什么味道，慢慢大家都在品，就品出味道来了。

**刘　宁**　您在余冠英先生身边将近二十年，对于余先生的言传身教，体会最深的是什么？

**谭家健**　余先生分析问题深入浅出，几句话说出来恰到好处，他是看了很多书之后融会出来的。余先生平时说话也是这样，很平淡，不作高谈阔论，没有骇人听闻的见解，一向平和、公允。他的人格是这样，文风也是这样。他的想法不成熟就不拿出去。关于李商隐的《锦瑟》：“锦瑟无端五十弦，一弦一柱思华年。”他跟我们讲过好多次，有好多想法，我说您写出来吧，但他最后还是没有写出来。他真是厚积而薄发。我跟这些师友在一起，就感觉到，对诗也好、文也好，要深入理解，要真正地掌握它的精髓，很不容易，要真正地投入进去，进入到境界，这要看很多书，要做比较。我写了文章以后送给余先生看，没想到他看得那么仔细。他说，你举这首诗为例，不如举另一首，那首是什么什么味道，更能证明你的观点。他并不是专门为我这篇文稿花了工夫去查书，只随便那么一说，但鉴赏力就是高明。这样的例子太多了。钱锺书先生也是这样。我有些稿子请他看，他就问我，你这个例子为什么不引《史记》而引《战国策》呢？《史记》比《战国策》多几个字，少几个字，

这里用哪个好呢？他们的意见能把你提升到一个更高的鉴赏层次和更广的选择范围。在他们的启发下，我读了不少魏晋南北朝的作品，当时还不敢研究骈文，因为他们对我要求很高。

**刘　宁**　您 20 世纪 80 年代初曾发表论文，从界定骈文文体特点入手，进一步论证骈文成于魏晋而非秦汉，这个观点很受学界关注，还引起不少讨论。那时学界对骈文关注很少，您的骈文研究是否就是由此开始的？

**谭家健**　文学所于 1980 年筹划撰写多卷本文学史，就是后来出版的“中国文学通史系列”。我撰写了《水经注》《洛阳伽蓝记》《颜氏家训》等小节。1981 年还参与编写《中国大百科全书·中国文学卷》。由此读过散文，也包括骈文，那时我已意识到，魏晋时期的散文还是主要的，骈文是次要的。曹道衡先生持这个观点，后来钟涛、刘涛、陈鹏都是这样看的。他们都是翻完了严可均的书才下这个结论的。以前许多人说这个时期是骈文的天下，那是没有翻过严书的笼统印象。我从这时候开始全面考虑骈文研究。然后，我写了几篇关于骈文的文章，其中《关于骈文研究的若干问题》就提出了你讲的那些看法。写了几篇文章之后，人家就注意到了，黄山书社主动来找我，说你能不能主编一本骈文选注。这就是 1988 年出版的《历代骈文名篇注析》，它促使我进一步了解整个中国骈文发展的情况，但是我对它并不满意，当时我对骈文的概念还没搞清楚，有些选文现在看来还不能算是骈文。我当时并没有想继续研究骈文。后来，当我的《先秦散文艺术新探》出版之后，接着写《六朝文章新论》，其中骈文就占相当大的比例了。再往后，集中力量写《中国古代散文史稿》，许多朝代附论该时期的骈文，连起来也就是小小的骈文史纲了。

**刘　宁**　可见您撰写骈文史，同撰写《中国古代散文史稿》一样，都经历了长期的酝酿准备，您主编的《历代骈文名篇注析》，是当代流传很广的骈文选本。对骈文基础文献的考察和理论问题的思考，为您撰写骈文史奠定了深厚的基础。您还早在 1996 年就发起成立中国骈文学会，并担任了三届会长。您撰写一部涵盖古今的骈文通史的设想，是在什么时候、什么背景下形成的？

**谭家健**　古代散文史出版之后我就考虑写骈文史了。当时只是觉得，大家对于骈文的概念很模糊，对骈文的评价也普遍偏低。如何正确评价，学界见解不一。有好多新的问题可以探讨，还有许多作家作品以及各代特点、发展规律等都有待研究。开始酝酿骈文史的时候，姜书阁先生的《骈文史论》已经出版。姜先生是老前辈，学问相当好，写了很多书，而且到了老年的时候，像火山一样爆发出来，非常罕见。他那本《骈文史论》，对一些作品的理解、分析，很独到啊，对有些东西评价很低，有些东西评价很高，都是他自己严肃的见解，不人云亦云，这很难得。不过，我对这本书不太满意，实际上他只写了一半，他说，骈文到宋代就没有了。我不能接受这个结论。还有，他的书用一半的篇幅讲先秦、两汉的骈文，可是按我的理解，那些都是骈句，还不是骈文。我还看过张仁青《中国骈文发展史》、于景祥《中国骈文通史》、叶农和叶幼明《中国骈文发展史论》、莫山洪《骈散的对立与互融》、李蹊《骈文的发生学研究》，还有各时代骈文的研究著作，如研究六朝的钟涛、陈鹏，研究唐代的翟景运、沙红兵，研究宋代的施懿超、曹丽萍，研究清代的曹虹、吕双伟、颜建华、杨旭辉、路海洋等人的著作，还有中国台湾成惕轩、谢鸿轩等人的骈文研究专集。我慢慢地写作，不断和学界朋友交流意见。近几年来，得到中国社会科学院和国家社科基金的大力支持，得到国内外许多朋友尤其是骈文学会不少学者的热情帮助。目前，关于导论及魏晋南北朝、民国、当代、中国港台、朝鲜半岛、日本、越南、新马、印尼骈文之部分初稿，已分别在国内外报刊发表。我一定要写好这本书，力争出新，包括新材料、新观点。我有这个信心。

**刘　宁**　您对学界研究成果，关注很及时，且有全局视野。担任中国散文学会会长、中国骈文学会会长期间，每一次年会您都对学界最新研究成果作出及时的分析、总结，这对引导全国散文、骈文研究的不断深化，发挥了不可替代的作用。目前，可能还没有哪一位学者，比您更全面地了解散文、骈文研究的整体成就与状况，相较于已出版的一些骈文史著作，您的骈文史希望写出的新意是什么？

**谭家健**　我这部骈文史，可能写到一百万字。要说特点，第一，我认为骈文就是以对偶为主的文章，我不讲赋，不讲骈散兼用的文章，全篇骈句不够50%的我不讲。莫道才、钟涛、陈鹏、李蹊、沙红兵等很多人都是这个观点。我认为骈文的界限要进一步明确。第二，骈文评价的问题。古人的评价是重形式不重内容，宋人的四六话、清人的评点，都注重对偶、用典这些东西，不大考虑内容。连《四库全书》都不满意宋人的四六话，说宋人连结构、风格都不讲，专讲用典如何如何，对仗如何如何，这不好，所以清人讲骈文，讲它的风格、结构，但还是轻视内容。我则思想性、艺术性并重，不是把思想性放在艺术性前面，而是把两者结合起来。同样一篇文章，别人只讲对偶如何、典故如何，我要讲内容怎样。许多好文章我在肯定之后也会讲它的缺点，它思想上有缺点，不能不讲。当然，它的艺术性好我也充分肯定。对作家也是如此，比如陈维崧，他是骈文大家，但好男色，清代人都大胆批评，我怎么不敢批评他呢？这才是全面评价。我对庾信的骈文艺术成就评价很高，但也讲他的缺点。他在《哀江南赋》里说别人怎么临阵脱逃，他自己就不抵抗。他带了三千军士守朱雀航桥，侯景来了，望风而逃，他怎么就不脸红呢？这点古人早就批评过他了。我觉得这样讲，不是苛求古人，而是还古人以本来面目。

**刘　宁**　一部涵盖古今的骈文通史，对于史识、史法的要求都是极高的。您在撰写散文通史时，就对指导思想、写作体例、材料组织有很多独特的思考。对于骈文史，您也多次谈到要重视史的线索。

**谭家健**　的确，我想理出一个“史”的线索来。我梳理整个骈文史发展的过程，首先是不断线，这很重要。姜书阁也好，张仁青也好，他们的骈文史，讲到宋代以后就没有了，张仁青一下子跳到清代，中间断线了。我就要理出线索来，说明骈文发展没有中断过。不是空洞地说没有中断，而是摆出作家作品来，告诉大家，辽、金、元、明的骈文写作，并没有断，虽然属于低潮（我不叫低谷）。低潮的意思是河水还在流，但是水浅，比高潮的水量要少，但水流未断，浅流当中还有不少浪花，还有一些可读之作，还有波澜起伏。我觉得这部骈文史的最后两部分可能会吸引人。第九章是讲现当代骈文，外编是讲域外骈文。域外骈文是很新的课题。我写日本、韩国、东南亚一些国家的骈文，近二十万字；写民国骈文、当代骈文、中国港台骈文，近十万字。这两部分都是新的开拓，可能是我第一次把这些骈文介绍给大家。本书的附录颇多，估计有七万多字，包括（一）百年来骈文论文分类索引，共七百多条；（二）百年来骈文论著提要。一本本地介绍，而且都做了提要，介绍内容，我还有点评。（三）中国港台骈文论著和论文索引。论著提要是我做的，论文索引是安小兰教授做的。

**刘　宁**　骈文和散文，无论文体特点还是历史演变，都有显著差异，兼通实难。像您这样在骈文、散文方面皆有厚重研究的学者，在当代十分少见。请问研究散文史和研究骈文史，是否有明显的差异？

**谭家健**　这个问题很有意思。如果按照文体四分法，其中的“文”就包括骈文和散文，甚至包括赋。《全唐文》《全宋文》《全元文》作为断代全文，都收赋，而没有放在诗歌里去，更不会放在小说、戏剧里去。那个“文”的概念，就是散文、骈文和赋，或者说散体文、骈体文和赋体文。我们现在经常使用的“散文”概念，我认为是一个母概念，“骈文”是一个子概念。骈文和赋、散文这三个圈，有交叉点，那就是骈赋。骈赋是骈句为主，采用赋的形式。骈赋有很多好作品，散文史可以讲，骈文史也可以讲，这是跨界的。像汉大赋，那就是赋，我的骈文史就不讲，写散文史有的人讲赋，有的人不讲赋。散文研究和骈文研究是不可分割的，研究散文史的时候脑子里要想到骈文。讲唐代散文，能不讲王勃吗？不可能，因为太有名了。但是有些作家，比如欧阳修和苏轼，常忽略他们的四六文，这两人的四六相当好，是划时代的。写骈文史不可忘记散文。不要为了扩大自己的研究对象，把不是骈文的说成骈文。许多人研究某个问题，总希望自己的对象范围广一些，总希望把对象提高一些。应该实事求是，是什么就是什么，该多高就多高，不要因为你研究它，因主观的爱好而改变客观的评价。骈文史和散文史密不可分，但是研究起来，要区分开来，文体界限还是要清楚。我们今天不存在清人那样争正统的问题，不需要争谁高谁低，要客观地确定、描述古代文学中某种文体的地位、价值、影响等等。

**刘　宁**　在具体的研究和写作中，您如何处理骈文和散文的关系？

**谭家健** 我觉得骈文史应该从属于散文史,是散文史下面的一个分支。散文史就题材、内容、文体来讲,范围很广。写散文史应该写骈文,大家都做到了,但做得不够。骈文史对不是骈文的东西,不要讲太多,跨界跨得太多,界限就没了。确认了研究对象,才能确定它的研究方法、评价标准、评价角度。我写骈文史,首先就是要做到文体界限清楚。

其次,评价标准也要一致。散文的标准是重教化、思想性第一,历来如此,没有异议。骈文的评价标准是重视审美。我认为讲骈文也要重视思想性,这样做是有困难的,有些骈文的确很美,但没有多少思想性可言。我坚持将思想和艺术结合起来评价,这是题中应有之义。比如宋徽宗、钦宗降金以后,当了俘虏,被赏赐一点吃的,允许和子女见面,连连上表,感激流涕,奴才一般。还有汉奸刘豫的四六文,有人大谈他们的文章艺术性好,有影响,而不考虑其思想性如何。有人批评说,这种文章连金人都瞧不起,金人都瞧不起奴才文章,还有什么好的影响呢?这种奴才文章我的书是不讲的。

再次,要写出骈文和散文不同的特点来。骈文、散文的发展规律、艺术特点不完全一样。骈文是美文,很讲究语言,往往有声韵。散文有时也讲究声韵、选词、用典,但不像骈文那样细。讲清楚这个很难,要讲得很好,更不容易,但是要努力去做。讲散文我讲人物形象,骈文就很难讲。讲散文的传记文、记事文,要讲叙事清楚、描写具体、生动逼真、反映实际,骈文就不能这样要求。骈文墓志铭往往是不能全当真的,当真那就上当了。还有逻辑推理、立意论证,散文比较严密,骈文则有跳跃性。古人已指出,骈文拙于议论,不长于叙事。骈文长于抒情、写景,把抒情文写得像诗一样,比散文更好,写景也是如此。你看《滕王阁序》,那个境界、氛围,多美啊!若换成散文,会怎么样呢?唐代有三位作家用散文写滕王阁,都不如王勃的骈文好。不过,有些说理性强的散文,改写成骈文也是不行的。高丽末期有人把韩愈《谏迎佛骨表》改成骈文(见《东文选》),元代初期越南有人用喃字仿韩愈而作《驱鳄鱼文》(见《大越史记前编》卷五),清乾隆时期旅居印尼的一位华人把韩愈《祭鳄鱼文》改成骈文(见《罗芳伯传》),都不及原作好。这说明,各种文体各有长处,写文学史要把各种文体的长处、短处都讲出来,这才是全面的评价。

## 三、汇通文史哲的视野

**刘　宁** 您的骈文史将海外骈文纳入研究范围,这也是中国学界到目前为止,首次比较全面地对海外骈文给予特别的关注。这种视野和您 20 世纪 90 年代任教新加坡的经历是否有关?

**谭家健** 90年代初我在新加坡国立大学中文系做客座教授，是他们系主任邀请的，之前我们没有见过面，不过是文字之交。系主任之所以邀请我，是因为他要退休，有几门课需找人替代，发现我比较合适。"先秦文学史""中国散文选讲""中国文化史"我都可以讲。他们还需要讲《墨子》，恰好我有一本《墨子选译》。我是新加坡与中国正式建交之后，第一个被新加坡国立大学聘为客座教授的中国人，事后获悉，是经过新加坡教育部审批的。我不敢掉以轻心，非常认真地准备，教案写得很详细。不清楚的地方，多方讨教。有很多师友帮助我，他们都觉得这是件好事，大力支持。我讲了一年，中国大使馆文化处告诉我，反响很好，接着被续聘一年。后来，我又在马来西亚讲学四五年，得到许多朋友的帮助，如语言所的杨耐思师兄。

在国外讲学，是我人生当中的第三个梦。第一个梦是进北京大学读书，第二个梦是进中国社会科学院文学研究所工作。海外讲学不同于国内，何况我在国内以研究为主，没有多少教学经验，丝毫不敢大意。两年中没有过过一个轻松的礼拜天，寒暑假期也用于备课、写讲稿。两年内完成了《墨子研究》三十万字，后来经过三年多的修改补充正式出版，变成四十万字，再过几年变成增订版，五十万字。出国讲学前我出版的《墨子选译》十六万字，若干年后变成《墨子今注今译》，四十万字(与他人合著)。

走出国门对我来说是一次飞跃。我接触的学人各个国家都有，中文系教师就来自好几个国家。各种各样的思维、各种各样的方法，使我得到启发，得到充实。我们对很多问题进行讨论，外国同事会直接批评，他们的批评是不客气的。国立大学每两个星期就会有一次学术讨论，全体教师参加，还有校外的人旁听。或者是某个教师单独发表，或者是外面有哪位学者来访问，请他做一次报告。真的是眼界大开。新加坡是一个国际化的城市，经常有各国学者过来讲学，包括我们国内的学者。那里资料丰富，杂志报纸很多，很多国家的资料都可以看到。我集中力量吸收我所需要的东西。我有一些急迫感，因为工作只有两年，需要赶紧吸收，赶紧看一些东西，看国内看不到的东西。除了定期讲课之外，我也要做一些报告，在社会上讲课。这都是考验和学习。我在学校外面开讲座，别人也会提意见、质疑。这对我是有帮助的。在社会上开讲座，讲的多是中国文化史。

**刘　宁** 您一直都很关注文化史，走出国门后，您的认识有什么新的变化？

**谭家健** 我在新加坡、马来西亚、印度尼西亚讲过多次文化史，我觉得中华文化深深影响了周边国家。国外华人对中国文化史的兴趣非常浓，那种感情在国内没法想象。我真切感到我是在向世界传播中华文化。这种感情不是一时冲动，我到现在对中国文化史还深有感情。我主编的《中国文化史概要》增补三次了，使用到今年已经二十八年了，每年印，到现在还在印，海外也曾买版权印行。这本书的基础是我在国内外的讲稿，讲过之后再补充，补充之后再讲、再补充。我在国内讲过六遍，在新加坡讲了四遍，在马来西亚讲过两遍，所谓一遍大致是二三十个学时。在新加坡曾有人找我，说印尼有一位巨商，死后留下一笔大财产，他有遗嘱，说五服之内都有份。什么叫五服呢？怎么分等差呢？这不是一笔小钱啊，他们于是请教我。我就告诉他们什么叫五服，丧服等差是怎样的。这钱怎么分我不管，我只是告诉他们有这样的差别。这样，有份的人就不用打官司了，要不然这笔遗产很难分呢。

**刘　宁**　文化史是综合性比较强的学问，您在学术研究上强调文史哲的汇通，这在您的散文研究中是如何体现的？

**谭家健**　我出版过一本《中国文史哲汇通》（六十三万字），汇集了我在文史哲三方面的讲义和一部分文章。汇通文史哲是我长期努力的一个方向，做得还很不够。文学、史学、哲学，本来在中国古代是不分的，是合在一起的。现在科学发展，做分工是必要的，但是分工不分家。我们做学问的，知识结构最好全面一些。要理解文学史上的作家作品，历史知识不可少，像科举、职官、地理，这些一定是要知道的，有些官职和文学写作关系极为密切，了解这些是基本功。哲学方面，我们上大学时，不少同学常去偷听冯友兰先生讲课。朱光潜先生的课也很有吸引力。我对哲学史中的认识论问题感兴趣，写过《中国认识论述略》。这与毛主席的号召有关，毛主席在批判陈伯达的时候讲过：人的知识是从哪来的？是先天有的还是后天才有的？是唯物主义的反映论还是唯心主义的先验论？这个问题，我们至今还没有搞清楚，我们还要研究。这是登了报纸的。他是批判陈伯达的“天才论”。我看了以后，当时觉得这个问题历史上是有的，就是知行问题——中国哲学的一个重要命题。我再三思考，觉得很有意思。当时我知道赵纪彬写过一本《中国知行学说简史》，因为约稿，我去过他家，他跟我谈过多次。后来我萌发了写认识论述略的念头，就先读书，做笔记。前后写了三遍，写了十来万字。我学哲学史就是这么开始的。第一遍是刚到《新建设》杂志社的时候，要我看哲学史稿子，就恶补中国哲学史两三年。我几乎把当时所有出版的哲学史都找来看了，后来看得更多。你可以翻我的《中国认识论述略》后面那个书单，那些书我都看过。我们中国的，至少其中讲认识论的部分认真看过，我下的结论都是有根据的。那本书请方克立审稿，他给了“平实”的评语，我觉得这就是很高的评价了。我在哲学史方面出版了三本书：《墨子研究》、《中国认识论述略》（二十万字）和《中国哲学概要》（十五万字）。中文系学点哲学有好处，学多学少是另外一回事，但一定要学哲学。我总觉得文史哲汇通是一个总趋势，只能加强，不能削弱，如果偏科太早，不好。我们现在偏科的现象、急功近利的现象，太严重了。知识面还是要广。社科院那些老人，像钱锺书先生，都不赞成刚毕业就急着发表文章，还是要厚积薄发才好。

**刘　宁**　感谢您在百忙之中谈了这么多重要的看法。您对中国古代散文史研究的深入思考，您贯通古今、汇通文史哲的研究格局，一定会给学界带来丰富的启发，推动散文研究不断深化。您在八十高龄犹笔耕不辍，撰写《中华古今骈文通史》这样的鸿篇巨制，令人敬仰感动！期待您的大著早日面世，祝您健康长寿！

**谭家健**　谢谢你的采访！我喜欢和师友交流，一般文章写好了，都要请师友提意见，这是多年的习惯了。今天谈了关于散文和骈文研究的点滴体会，希望得到学界朋友们的批评指教。

（本文原载于《文艺研究》2016 年第 11 期）

# 骈文的跨文类渗透与古代文体演进的触媒作用

莫道才（广西师范大学文学院）

在文学史的发展过程中，究竟是什么机制促进了文学的发展？我们以往不注意深入探讨这个问题。中国古代文学的演进是通过文体的更新来获得发展新动力的。通过外部文体的加入、渗透、融合，促使的新的文体的产生或者转换，从民间文体或边缘文体转而发展为新文体，从最初的古诗到赋、从骈文到骈赋，从骈语到近体诗，到以诗为词，都是这种表现。这不仅仅是个别文体的特征现象，更是中国古代文学发展的规律性现象。“它们之间既有‘同源通体’的一面，也有‘道迥不侔’的一面，还有相互转变、相反相成的关系。”①在这一过程中，骈文起到了类似“触媒”的作用。“触媒”是从外部借用的概念，属于“场外理论”中的借用②。“触媒”能产生一种类似催化剂的效果，是促进文体变化的媒介，催化了新的文体的产生，或者从卑下文体、边缘化文体、民间文体通过触媒的作用，融合渗透而提升定型为高贵文体、核心文体、贵族文体。骈文这种触媒式的作用，是因为骈文作为传统散文具有一种内在的张力，或者说其文体的“最大特点和魅力是其张力结构”③。我们尝试解读中国文学史上这种重要的文化现象。

王国维《宋元戏曲史序》提出“一代有一代之文学”说，以文体更替来观察文学演进发展，是一大创举，他的目的是以此来确定戏曲是元代的文学代表，他说“一代有一代之文学”就是尝试从文体演进与替代的代表性来考察文学史的发展的。从楚之骚，演进到汉之赋，可以看出骚体句对汉赋的影响，而汉赋的雅化走上了骈化的道路，形成了“六朝之骈语”的现象。从更概括的层次文章学视域来说，“魏晋南北朝文章学以诗赋骈文为中心”，“从文体学角度来看，中国文坛从六朝至唐代

---

**基金项目**：本文为国家社科基金重大项目“历代骈文研究文献集成”（15ZDB068）阶段性成果。

① 参见李飞跃《诗词曲辨体的文艺融通与史论重构》，《中国社会科学》2019 年第 1 期。

② 参见张江《强制阐释论》，《文学评论》2014 年第 6 期。

③ 参见王兆胜《散文文体的张力与魅力》，《东吴学术》2020 年第 1 期。

是以诗赋、骈文为主流的”①。六朝时代，不仅是文的骈化，诗也在同步骈化，形成了大量的偶句，甚至出现通篇对偶化的诗，对永明体的诗出现产生重要的影响。永明体就是讲究四声和对仗的，对唐诗的基本形态近体诗的形成产生了重大的影响。在六朝时代，骈文对赋又产生了重要影响，形成了骈赋。到了唐代，骈文对传奇小说的产生也具有重要影响，在唐初出现了全用骈体写成的文言传奇小说《游仙窟》，可以看出骈文的影响。唐宋词的形态也有骈文的影响。到了元代，作为一代文学代表的戏曲的唱词也大量采用了骈句。明清章回体小说不但回目多采用骈体句式，整齐简洁，在概括小说的情节内容上具有很大的优势，而且还出现了骈文小说。可以说，骈文的跨文类的渗透是文体演进的一个不可忽略的因素。在中国古代通过文体的递变来推动文学的发展和更新是常见的方式。美国学者韦勒克(René Wellek)指出：“我们必须名副其实的变成批评家，才能看到一个整体之中的文体的功能，而这种功能必定要求助于超语言和超文体的价值，求助于一件一件作品的和谐和连贯，求助于它和现实的关系，因而还有它的社会的和总体的人文关怀。”②所以文体学是观察中国古代文学演进的重要视角。在中国古代文体的递变中，骈文成了一股潜在的推动力量，起到了触媒的催化作用和交互润滑剂的作用。

## 一、骈文是一种具有触媒作用的特殊文体

法国学者乔治·莫利涅在《符号文体学》中指出：“最具特点的三种艺术：话语艺术、绘画艺术和声音艺术，即文学、绘画和音乐。我们只能思考这三种艺术的同质性(homologie)。话语艺术的表达实质就是物理声音和文字形式，图画艺术的表达实质即构图和色彩，而对音乐而言则是物理声音。从表达形式上看，话语艺术的表达形式是对词组、主要修辞格和词令的推敲；在绘画艺术中是形式，即笔触和颜色的布局；在音乐中则是对音符、声色和乐式的选择安排。对话语艺术而言，内容形式主要取决于话语形式、类属形式和主题形式；对绘画而言，它主要取决于对类属形式和主题形式的选择，同时也取决于宏观文体学(macro-stylistique)(如抽象/形象、立体主义/印象主义)；对音乐而言，它取决于类属形式、主题形式、程式形式以及对既定形式的拒绝或者偏离。话语艺术的内容实质可以视为意识形态。”③这指出观察文学的文体特征重要的是话语艺术，“话语艺术的表达形式是对

---

① 吴承学《中国文章学成立与古文之学的兴起》，《中国社会科学》2012年第12期。

② (美)勒内·韦勒克著，刘象愚、杨德友译《辨异：续〈批评的诸种概念〉》，上海人民出版社2015年版，第304页。

③ (法)乔治·莫利涅著，刘吉平译《符号文体学》，四川大学出版社2014年版，第8页。

词组、主要修辞格和词令的推敲”。这正是观察骈文对其他文体的影响的视角。这在中西方是有共通性的，汪洪章在《Euphuism 与骈体文——关于对偶、排比、声韵、节奏的研究》中指出：“英国文学史上所谓的‘绮丽体’(euphuism)和中国文学中的骈体文，向来都以‘美文’著称。美文自有美文的内涵及其在艺术形式上的特别表现。……在人类文学发展史上有很多类似的文体现象，它们虽然在形式上以极端的面目出现，但在推动文学后来的发展进程上，诸如挖掘民族语言的文学表现潜能，促进别体文学的到来，体现文学语言形式的自身演进轨迹等等方面，往往具有各自不可磨灭的贡献。尽管这些文体现象因所涉及的多半是艺术语言的形式问题，颇有‘雕虫’之嫌，但是，从另一方面来说，其中却有着诗与非诗或曰文学与非文学的本体内涵上的差异，因而是很值得我们去研究的。在英国‘绮丽体’和中国的骈文中，其语言的藻饰，贬者或称夸饰；其内容的铺陈，贬者谓之冗沓。但是，在‘文学是语言的艺术’这一本质特征上，这两种文体显然都是以十分夸张的形式将文学语言的诸种要素诉诸人们的各种感官，以成就其独特而又多方面的美感。”①这从比较文学的视角作了很好的分析，这说明骈文这种讲究形式之美的文体具有世界性普遍意义。

文体学视域的“骈文”(骈体)是中国特有的文体划分。吴承学指出：“中国古代文体学之‘体’，是一个典型的中国本土文学概念，具有极大的包涵性与模糊性，既指向体裁或文体类别，又指向体性、体貌风格；既有具体章法结构与表现形式之义，又有文章或文学本体之义，是具体与抽象、形而下与形而上的有机结合。文体学不仅是文学的体裁问题，更是中国古代文学的核心问题乃至文学本体性之所在。”②在中国古代批评话语里，“体”是某种共同特点形成体式或风格。从动态来看，一个时代的文风可以称为“体”，如初唐体、盛唐体；一个作家群的共同文风特点也可以称为“体”，如徐庾体、西昆体；而一种文类形成的共同特点也可以称为“体”，如永明体、近体诗、骈体。骈文是以骈体句式为修辞特点的文体类型，或者说文类，它与赋一样是中国古代重要而独特的文类，在中国文学史上不仅涌现出大量脍炙人口的优秀作品，而且对其他文体产生了重要的辐射影响，极大推动了文学文体的更迭与演进。而中国古代文学的演进是以不同文体的更替繁荣为特征的。骈文从文体类别上属于散文类，但其基料是“骈语”，它以这种骈语基料的方式对赋、诗词、戏曲和小说等其他文体的产生和成型产生了跨文类的触媒影响。这表现在句式上是将骈体句式这种话语方式移植渗透到其他文体中去，并对新的文体产生了积极的催化作用。骈文作为中国古代文学的特殊文类对其他文类进

① 汪洪章《西方文论与比较诗学研究文集》，复旦大学出版社 2012 年版，第 221 页。

② 吴承学《中国文体学研究的百年之路》，《华东师范大学学报》2019 年第 4 期。

行渗透，通过这种渗透促进了新文体的产生，或者新文体的定型，或者使新文体从民间的卑下文体提升为贵族的华堂文体。

从文体类型学来看，中国文学的分类有独特性，以往借用西方文学理论简单地分为诗歌、散文、小说、戏剧这样的四分法无法准确描述中国古代文学的自身规律。中国文学发展有自己独特的文体特征，需要符合中国文学的划分，应用中国自身固有的概念。众所周知，对于中国古代文学来说“诗歌”一词就是太空泛了，一般用四言诗、五言诗、七言诗及骚体诗、古体诗、近体诗、乐府诗、词、散曲等概念。而对于散文来说，根据其应用场合的目的性会用更具体的文体类别，比如序跋、论说、奏议、章表、书论、铭诔等，但是介于“散文”这个大概念与这些细小的散文类别小概念之间，还有统合性或集合性的文类概念。这样从中国特有的从修辞或句式角度划分的文类概念比如赋、散体文、骈体文（骈文）就很有意义。而赋是一种以铺排为特征的文章体类，散体文是以散句单行句式为特征的文章体类（唐代开始也称古文），骈文是以对句双行为其特征的文章体类。

一方面是中国自有的概念，一方面是西方的四分法概念，这样就会有重合与交叉，也会有新的发现。而骈文则是以骈偶句式为特征的文章体类，这是中国特有的文类，是以文章中骈偶句式占主要部分为其特征的文学。骈体甚至跨越了散文文体范围，六朝时期在赋、诗中也有很强的表现。所以，王国维描述六朝文学的代表时用的是“骈语”而不是“骈文”。我以为，他关注的是“骈语”这种文学现象而不是文章文体。骈语现象是中国古代文学特有的一种修辞特征，是基于中国文字和书面语的特点形成的文章现象。勒内·韦勒克和奥斯汀·沃伦（Austin Warren）在谈到文学的本质以及文体和文体学时指出：“语言是文学的材料……不像石头一样仅仅是惰性的东西，而是人的创造物，故带有某一语种的文化传统。”“语言是文学艺术的材料。我们可以说，每一件文学作品都只是在一种特定语言中文字语汇的选择。”“格律组织了语言的声音特征。它使散文的节奏具有规律性、趋向于等时性，这样，就简化了音节长度之间的关系。”①所以，语言文字与文体的形成之间是存在某种关系的，文字的规范过程也包含了对文体特性的集体认同②。汉字的构成结构多为具有对应性的关系：上下结构、左右结构、里外结构。这反映了中国创造汉字的先民具有与生俱来的对应性思维和整体性思维。明代赵宧光《寒山帚谈》说：“字之结构，绝似词家之对偶，有可以正对，有可以借对，有可以影射对，有可以走马对。泥于形似则质而不文，专于影射则巫而不重。近体似真书，

① （美）勒内·韦勒克、奥斯汀·沃伦《文学理论》（新修订版），浙江人民出版社 2017 年版，第 10、163、164 页。

② 参见吴承学《中国早期文字与文体观念》，《文学评论》2016 年第 6 期。

古词以篆籀。于篆之中，近体似小篆，古词似大篆，近体拟合而时或不合，古词拟散而时或不散，近体合以形，古词合以意。”①汉语很多固定词语也是这样的相反相成的构成结构，比如“取舍”“冷暖”“生死”“来往”“里外”“东西”“方圆”“天地”“山水”等等。再看看汉语里作为智慧沉淀的成语，多用四字格，其结构也以ABAB、AABB类对称性（词法、声律）构词居多，如“生龙活虎”“苦尽甘来”“同甘共苦”“见利忘义”“战战兢兢”等等。由字法到词法、到句法、到篇章之法，骈文的产生就水到渠成了。甚至有的很多成语本身就是骈文的结果，如“物华天宝”“人杰地灵”“高朋满座”“闳中肆外”之类。如果有意识大量运用骈偶作为文章的修辞方式，并且成为文体的重要特征，那这种文章就是骈文了。古代常用“骈体”一词，在古代文章批评话语里“体”具有整体性、共有性的风格意思。徐庾体就是以徐、庾为代表的骈文作家的一种整体性的共有的风格，六朝骈文的代表就是徐庾体。后代又有“六朝体”“齐梁体”，就是指六朝时期或齐梁时期的好用骈体的文章风格。

再观察中国古代文学的演进过程，中国古代文章的发展几乎伴随骈散的聚合与离散发展。从先秦时期的骈散不分，到汉魏时期逐渐骈化，晋宋以后骈化加剧，齐梁时期走向四六骈偶极致。直至初唐开始有意识运用散体文气，盛唐借用散句，中唐推行散句单行的散体古文，晚唐五代回归四六精工文风，宋代骈散互融，元明沉寂一段时间后，清代骈体复兴，再回归六朝风气时强调气韵，一直是相互并存、相互融合的存在关系。以前学界受现实思想意识影响而思维狭隘，往往从骈散斗争角度来观察，并且用二元对立的思维，以为散体古文为正方，而以骈文为反方。其实，客观来看，中国古代文章多为应用性公文，一直是以骈体作为主流，以散体为补充，个别时期散体古文占据主流。骈散在各自领域均并存发展，公文等具有语言仪式感的文体多用骈文，个人创作注重个人性灵多用散体。比较庄重的文人集体活动也具有仪式感，这种语境也多用骈体。这种现象在同一时代是这样，甚至在同一作家中也是这样，根据文章的语境需要来决定用骈还是用散，或者骈散兼行。骈散一直是交流融合的关系，没有后人描述的尖锐对立的斗争关系。不仅如此，骈文还产生了跨文类的影响作用，对于新的文体生成产生了渗透作用。这是学界所忽视的。

## 二、骈文对赋的渗透与骈赋的形成

赋，可以说也是中国古代文学中的一种特殊文类。它是从铺排修辞角度划分的文体，除了铺排外还有设问对答的结构模式。从来源上说，班固在《两都赋序》

① （明）赵宧光《寒山帚谈》卷上，明崇祯刻本。

中说:“赋者,古诗之流也。”①指出了赋这一文体来源于诗。这一观点在汉代就影响甚大,后代也多有不同解读,理解各不相同。白居易《赋赋》云:“赋者,《雅》之列,《颂》之俦。可以润色鸿业,可以发挥皇猷。客有自谓握灵蛇之珠者,岂可弃之而不收?”②他从功能应用上来解读。赋所具有的位列《雅》《颂》之位,从礼仪上需要“润色鸿业”,这就使得铺排骈俪之辞有了需求。除了在抒情和句法、功能、地位方面,原本含义的“赋”有指直陈、直诵的表达方式的含义。汉赋与《战国策》等纵横家的说辞很相近,有直接的源流关系。纵横家的说辞都是直陈己见的即席赋就。最早的贾谊《吊屈原赋》全用骚体句,体现了诗化特征,说明骚体就是诗体,所以原本是诗骚、诗赋并称。在汉代,大赋的兴盛是与大汉帝国的兴盛同步的。铺排直陈的汉赋展现了大汉帝国的雄心,也体现那个时代具有纵横家遗风的文人赋家的时代风尚。这种夸大其辞虚拟假设的大赋与战国时期纵横家滔滔不绝的策士之论一脉相承。这一时代开始崇尚华丽之风与豪雄之气,不仅成就了汉赋辉煌,也预示了走向骈化的华丽道路。

曹丕《典论·论文》“诗赋欲丽”合说诗赋,正揭示了这一发展走向。曹丕时代的“丽”更多是指文辞的雅化、骈化。汉代宫廷礼制规范化和仪式感需要官牍文字走向以文辞对偶为特征的骈俪化。甚至人们经常通过“连珠”这种短篇的骈语训练来获得骈体公文的写作经验,写作“连珠”短时期内很快成为文坛时尚。这种风气很快也影响了赋的骈俪化。这是骈文向赋成功渗透,带来了赋的变体和创新发展。宋代晁补之《离骚新序》云:“传曰:赋者,古诗之流也。故《怀沙》言赋,《橘颂》言颂,《九歌》言歌,《天问》言问,皆诗也。离骚备之矣。盖诗之流至楚而为离骚,至汉而为赋,其后赋复变而为诗,又变而为杂言。”③这可谓一语中的。

到南朝时代,骈文与辞赋融合形成了骈赋,从而推动了赋的发展。清人孙梅云:“齐梁而降,宜事研华,古赋一变而为骈赋。”④使赋在汉大赋和小赋之后再次繁荣,成就了江淹、庾信等一代骈赋大家。江淹的《恨赋》《别赋》和庾信的《哀江南赋》等成为这一时期的文学代表。这些赋就是运用骈体句为主要句式的骈赋。试看江淹《别赋》开头一段:“黯然销魂者,唯别而已矣!况秦吴兮绝国,复燕赵兮千里。或春苔兮始生,乍秋风兮暂起。是以行子肠断,百感凄恻。风萧萧而异响,云漫漫而奇色。舟凝滞于水滨,车逶迤于山侧。棹容与而讵前,马寒鸣而不息。掩金觞而谁御,横玉柱而沾轼。居人愁卧,恍若有亡。日下壁而沉彩,月上轩而飞

① (梁)萧统编,(唐)李善注《文选》卷一,中华书局1977年版,第21页。

② 朱金城笺校《白居易集笺校》,上海古籍出版社1988年版,第2622页。

③ (宋)晁补之《鸡肋集》卷三十六,《四部丛刊》景明本。

④ (清)孙梅著,李金松校点《四六丛话》卷四,人民文学出版社2010年版,第69页。

光。见红兰之受露，望青楸之罹霜。巡层楹而空掩，抚锦幕而虚凉。知离梦之踯躅，意别魂之飞扬。故别虽一绪，事乃万族。至若龙马银鞍，朱轩绣轴。帐饮东都，送客金谷。琴羽张兮箫鼓陈，燕赵歌兮伤美人。珠与玉兮艳暮秋，罗与绮兮娇上春。惊驷马之仰秣，耸渊鱼之赤鳞。造分手而衔涕，感寂寞而伤神。”除首句外，基本上是通篇对偶行文，可以说是典型的骈体赋。骈赋的形成就是骈文的触媒作用的结果。

唐代赋的新发展律赋就是在骈赋基础上进一步声律化。明人孙能传在《剡溪漫笔》中指出：“唐赋多用骈偶，虽格力稍卑，亦善体物。”①律赋是在骈赋的基础上加上了限韵的要求，在句式上还是骈俪化的。正是这一种严格的限制更加检验出作者骈俪的水平，所以骈文在唐代科举考试中成了进士考试中杂文科目的内容。即使到了宋代文赋，虽然说有一些散体化了，但是骈散兼行仍是常体。以欧阳修《秋声赋》、苏轼的《前赤壁赋》这些代表来看就很清楚了。如欧阳修《秋声赋》这一段：“盖夫秋之为状也：其色惨淡，烟霏云敛；其容清明，天高日晶；其气栗冽，砭人肌骨；其意萧条，山川寂寥。故其为声也，凄凄切切，呼号愤发。丰草绿缛而争茂，佳木葱茏而可悦，草拂之而色变，木遭之而叶脱。其所以摧败零落者，乃其一气之余烈。”又如苏轼《前赤壁赋》这一段：“清风徐来，水波不兴。举酒属客，诵明月之诗，歌窈窕之章。少焉，月出于东山之上，徘徊于斗牛之间。白露横江，水光接天。纵一苇之所如，凌万顷之茫然。浩浩乎如冯虚御风，而不知其所止；飘飘乎如遗世独立，羽化而登仙。”可见字里行间，骈散兼行，以散运骈。骈体不仅是形式存在，骈文的节奏气运更是贯注其间。

关于赋与骈文的关系，郭建勋等认为是赋影响了骈文：“辞赋作为汉魏晋六朝的经典性文体，对骈文影响最大。就发展路向而言，是赋的日益骈偶化，再到用赋的方法做文章，最后形成骈文；就其实现方式而言，则是各类辞赋日益骈偶化，然后为各体文章所利用和借鉴，最终形成骈文。辞赋不仅给予作家以突出的骈对意识，而且为骈文提供了四言、六言和骚体等各类偶句的骈对资源。”②这是从赋的视角来看赋与骈文之间的影响，但从骈文的视角看，是骈文形成后，骈文对赋的渗透的触媒作用才催化了骈赋的形成。

## 三、骈文对诗的渗透与近体诗的形成

骈文与诗歌有天然的联系。早期的诗歌文本就有偶句，目前认为最早的狩猎

① （明）孙能传《剡溪漫笔》卷一，明万历四十一年孙能正刻本。

② 参见郭建勋、邵海燕《赋与骈文》，《北方论丛》2006年第4期。

歌谣《弹歌》"断竹，续竹；飞土，逐宍"(《吴越春秋》)就是两对骈句。《诗经》里就有骈语句子。"昔我往矣，杨柳依依；今我来思，雨雪霏霏"(《小雅·鹿鸣之什·采薇》)、"明明在下，赫赫在上"(《大雅·大明》)就是骈语。《楚辞》中也有大量的骈语，"朝饮木兰之坠露兮，夕餐秋菊之落英""夕归次于穷石兮，朝濯发乎洧盘"(《离骚》)、"悲莫悲兮生别离，乐莫乐兮新相知"(《九歌·少司命》)、"沧浪之水清兮，可以濯吾缨；沧浪之水浊兮，可以濯吾足"(《渔父》)等等这类构词的句式很多。孙梅云："屈子之词，其殆《诗》之流，赋之祖，古文之极致，俪体之先声乎！"①他指出，屈原的骚体作品，是《诗经》之发展，又是赋体之始祖，是古文的极致体现，也是骈文的先声。可以说，在诗歌的源头，骈句是与诗歌相伴随的。我曾经撰文提出过，骈体源自民间的谚语歌谣，是中国民间的联想性思维的体现，善于从正反两方面来总结社会人生经验与教训②。

明人胡应麟在《诗薮》中叙及诗歌之演进云："三曹，魏武太质，子桓乐府《杂诗》十余篇佳，余皆非陈思比。建安首称曹、刘，陈王精金粹璧，无施不可。然四言源出《国风》，杂体规模两汉，轨躅具存。第其才藻宏富，骨气雄高，八斗之称，良非溢美。公干才偏，气过词；仲宣才弱，肉胜骨；应、徐、陈、阮，篇什寥寥，间有存者，不出子建范围之内。晋则嗣宗《咏怀》，兴寄冲远；太冲《咏史》，骨力莽苍，虽途辙稍歧，一代杰作也。安仁、士衡，实曰冢嫡，而排偶渐开。康乐风神华畅，似得天授，而骈俪已极。至于玄晖，古意尽矣。"③这里指出了诗发展到晋代潘岳、陆机已经开启了诗歌的骈偶化，到谢灵运已经炉火纯青，而到了谢朓则完全没有古意，完全骈偶化了。可以说近体诗与骈文具有某种同步性。元人郝经云："东汉而下至晋宋六朝，渐趋近体骈俪之作，李唐以来，对属切律，遂为四六。"④关于骈文对诗歌的渗透和对近体诗形成的影响，王运熙先生有过精辟的阐述，他说："魏晋南北朝时期，骈体文学十分昌盛，诗、赋、各体文章均崇尚骈偶，在长约三百年的时间内，骈文在创作方面一直占据着统治地位。""魏晋南北朝时期的五言诗也向骈偶方向发展。曹魏时代，曹植的五言诗才气很高，骈句缤纷，获得后人很高评价。钟嵘《诗品》称赞他是诗中的圣人，说他的诗'词采华茂'，意思是指其诗对偶、辞藻很富美。以后晋代以至宋齐的不少诗人，沿着曹植的方向发展，多用骈偶句。《诗品》指出晋代最杰出的诗人是陆机、潘岳，刘宋最杰出的诗人是谢灵运，他们都擅长运

① 《四六丛话》，第45页。

② 参见拙著《从早期文献的骈偶现象看骈文文体产生的民间文化基础——骈文生成于民间说初论》，《广西师范大学学报》2007年第5期。

③ (明)胡应麟《诗薮》内编卷二，上海古籍出版社1979年版，第28—29页。

④ (元)郝经《陵川集》卷三十一，清文渊阁《四库全书》本。

用骈偶。反之，那些对偶、辞藻不足的作者如曹操、陶潜，评价就低。在南朝骈文昌盛时期，要求诗歌具有对偶、辞藻、音韵等骈体文学的语言美，成为评论家衡量作家作品高下的一个主要标准。""骈体文学范围较广，除骈文外，兼指大量运用骈偶句的赋和诗歌。……诗歌方面，从汉代开始，先有古体诗。魏晋以下，曹植、陆机、谢灵运等人的诗，大量运用骈句，体制已入骈体文学范围，但也有不少诗篇虽用骈句而不多，故人们仍笼统称此时期诗为古体诗。至沈约、谢朓等自觉运用声律论于诗歌，于是有新体诗之称。至唐代格律更严密，遂在古体诗外另立今体诗（或称律诗、近体诗）一大类。也是经历着由散趋骈、趋律的发展过程。"①可以说，骈偶是诗歌从古体走向近体的重要步骤。

晋宋开始，追求通篇对偶成为文学自觉，形成了骈俪体诗歌。在六朝时期，骈文对诗歌的渗透有其必然性，关于这一点，赵昌平指出："作家与作家群正是站在纵向的趋势与横向的影响之交点上，融合二者，以其理论和创作建树，将骈体推向成熟的最活跃的因素。"②谢灵运作为这个时代的代表，其代表诗作《登池上楼》等都是这样。以《石壁精舍还湖中作》为例，除最后两句外，就是通篇的骈体诗："昏旦变气候，山水含清晖。清晖能娱人，游子憺忘归。出谷日尚早，入舟阳已微。林壑敛暝色，云霞收夕霏。芰荷迭映蔚，蒲稗相因依。披拂趋南径，愉悦偃东扉。虑澹物自轻，意惬理无违。寄言摄生客，试用此道推。"③以往讨论这首诗更多是从情景关系来分析，很少注意其句式的特点。仔细品味，全诗几乎是通篇对偶，可以说是一首"骈诗"。这样的骈俪化诗在当时是诗坛追逐的新潮，是引领诗歌发展潮流的。所以谢灵运的新作被人竞相传抄，"每有一诗至都邑，贵贱莫不竞写，宿昔之间，士庶皆遍，远近钦慕，名动京师"④。这反映了那个时代对骈体追逐的审美风尚。诗中对仗在南朝的赛诗斗诗活动中得到了发展，运用更加普及，更加炉火纯青。

正是骈语对诗的这一渗透，最终在唐代近体诗的形成和成熟定型后保留了中间两联必须对仗的诗坛约定规则，推动了诗歌格律形式的发展，为唐诗的繁荣奠定了一定基础。顾炎武在《菰中随笔》中云："夫四六乃文之近体，其变而每下。"⑤他将骈文比作文章中的近体诗。也正如艾南英在《郭蝶公五先稿序》说："诗之有

① 王运熙《望海楼笔记》，上海古籍出版社2014年版，第323、324、321页。

② 参见赵昌平《八代自然崇尚和骈俪体诗文的关系》，《中华文史论丛》第四十七辑，上海古籍出版社1991年版，第230页。

③ 李运富编注《谢灵运集》，岳麓书社1999年版，第71页。

④ （梁）沈约《宋书》卷六十七《谢灵运传》，中华书局1974年版，第1754页。

⑤ （清）顾炎武《菰中随笔》，清乾隆孔氏玉虹楼刻本。

近体,文之有四六。"①他们都指出四六骈文与近体诗的同构性。确实,骈文与近体诗具有很多相似性。正因为如此,骈文对近体诗自然产生了渗透。"如果说六朝时期,赋和骈文对诗的影响大大超过了诗对赋和骈文的影响,那么,唐代以后,诗对赋和骈文的影响便超过了赋和骈文对诗的影响。"②它们之间是互相影响的,从骈文的视角看,骈文对近体诗的形成产生了重要的影响。

## 四、骈文对词的渗透与词体的雅化

继唐诗繁荣之后,诗体的发展创新是词的出现与繁荣。词是酒肆歌楼歌姬唱曲的产物,原本是民间的演唱文辞,属于下里巴人的艺术,是所谓乐工之辞,文人开始关注介入后才慢慢进入文学的殿堂。传统的诗句是齐言句式,词在句式上创新是兼容了杂言句,既有四言、五言、六言、七言的诗体句,也有四六骈体句,还吸收了骈文和散文的长联句式,九言、十一言这样的长句也融入其中。而对偶虽然不是必须的规则,但是,在提升其地位创作实践往往多被运用,变得更加灵活。清人况周颐说:"词中对偶,实字不求甚工。草木可对禽蛩也,服用可对饮馔也。实勿对虚,生勿对熟,平举字勿对侧串字。深浅浓淡、大小重轻之间,务要侔色揣称,昔贤未有不如是精整也。"夏敬观补充说:"对偶句要浑成,要色泽相称,要不合掌。以情景相融,有意有味为佳。忌骈文式样,尤忌四六式样。忌尖新,忌板滞,忌饤饾,忌草率。词中对偶最难做,勿视为寻常而后可。"③就是说词中用对偶是灵活的,不像骈文那样工整讲究。岳珂《桯史》称刘过《沁园春》:"词语峻拔,如尾腔对偶错综,盖出唐王勃体而又变之。"④提到词中用到对偶,出于王勃骈体但又有所变化。比如"爱纵横二涧,东西水绕;两峰南北,高下云堆",有骈体意味但是灵活变化,不刻意追求精工。据说辛弃疾读到这首词后,"大喜,致馈数百千,竟邀之去,馆燕弥月,酬倡亹亹,皆似之,逾喜。垂别,酬之千缗"。可见对其极为赏识。关于词的对偶与骈文之源的关系,徐柚子在《词范》中云:"词有三字至七字对偶句,亦从汉唐诗赋与六朝骈体承袭而来。"⑤清人沈雄《古今词话》之《词品》上卷在"对句"条云:"周德清曰:作词十法,始即对耦。有扇面对,重叠对,救尾对。……沈雄曰:对

① (明)郑元勋辑《媚幽阁文娱》卷一,明崇祯刻本。

② 张国风《一种过渡的折衷状态——诗、赋、骈文、散文的相互消长》,《中国人民大学学报》1995 年第 5 期。

③ (清)况周颐《蕙风词话》,上海古籍出版社 2009 年版,第 14—15、243 页。

④ 岳珂《桯史》卷二,《四部丛刊续编》景元本。

⑤ 徐柚子《词范》,华东师范大学出版社 1993 年版,第 8 页。

句易于言景，难于言情。且开放则中多迂滥，收整则结无意绪，对句要非死句也。”[①]这段讨论词的对句说明词也要讲究对仗运用，但是与骈文的精工要求不同，客观上说明骈文对词的骈偶对仗有影响。

其实，在早期的词作中，用对偶构型成为常态，并且运用十分自然。比如早期文人词以中唐时期最有代表性，白居易的组词《忆江南词三首》：“日出江花红胜火，春来江水绿如蓝。”“山寺月中寻桂子，郡亭枕上看潮头。”“吴酒一杯春竹叶，吴娃双舞醉芙蓉。”《杨柳枝》：“六么水调家家唱，白雪梅花处处吹。”“陶令门前四五树，亚夫营里百千条。”“叶含浓露如啼眼，枝袅轻风似舞腰。”《浪淘沙》：“一泊沙来一泊去，一重浪灭一重生。”“青草湖中万里程，黄梅雨里一人行。”都是对偶文辞居多。又比如戴叔伦的《转应词》：“山南山北雪晴，千里万里月明。”刘长卿的《谪仙怨》其一：“鸟去平芜远近，人随流水东西。”其二：“白云千里万里，明月前溪后溪。”韦应物的《调笑令》：“跑沙跑雪独嘶，东望西望路迷。”王建的《宫中三台》其一：“鱼藻池边射鸭，芙蓉苑里看花。”其二：“池北池南草绿，殿前殿后花红。”其三：“扬州池边少妇，长干市里商人。”其四：“青草台边草色，飞猿岭上猿声。”其五：“树头花落花开。道上人去人来。”刘禹锡的《杨柳枝》：“塞北梅花羌笛吹，淮南桂树小山词。”《竹枝词》：“白帝城头春草生，白盐山下蜀江清。”“花红易衰似郎意，水流无限似侬愁。”这样的例子比比皆是，可以看出词在形成期用骈偶对句是当时的新潮，反映了骈文句式对词的形成过程中的渗透，或者说早期民间词（像《杨柳枝》《竹枝词》）为了提升地位而有意识吸收了骈文的句式。这是因为在唐代，词在传统文人的意识里还是歌女乐工浅斟低唱的小词，难登大雅之堂。早期词人模仿民间作词一般都通俗平易。但是有意无意以作诗的方式改造词以提升其学养品味，所以是用作诗的方式来填词，不仅在词的内容上是诗中常见的抒情写景，而且在构词句法上也多用骈语偶辞来构造，这样通过移植骈语到词中这种句式改造来提升词的品位就成了一种重要的方式，也通过这种方式逐步完善了词律词格的规范。

到了词发展的辉煌时期，仍旧如此。宋人费衮在《梁溪漫志》中评东坡词云：“用事对偶，精妙切当，人不可及。”[②]清人王之绩《铁立文起》引钱谷所评曰：“苏东坡表、启、制、诰，不下数百首，各臻其妙。盖对偶之文，难于情词圆转，东坡作对偶文，能寓潇洒于端严中，虽里言巷语，出其笔端，亦有情趣。予谓四六对偶文体，当采之六朝、初唐，以收其葩丽，参之东坡，以得其流畅。”[③]是说苏轼也是精通骈文之

① (清)沈雄《古今词话》之《词品》上卷，唐圭璋《词话丛编》，中华书局 1986 年版，第 840 页。

② (宋)费衮《梁溪漫志》卷四，清《知不足斋丛书》本。

③ (清)王之绩《铁立文起》后编卷八，见王水照编《历代文话》，复旦大学出版社 2007 年版，第 3824 页。

人,《东坡志林》记载了其多读《文选》种种经历和评点。前述《前赤壁赋》运用对偶骈语之熟稔可证,所以其词中用骈偶可谓行云流水,自然天成。试看苏词中的骈偶句式往往意骈与形骈并行,随运自然,如:"人有悲欢离合,月有阴晴圆缺。"(《水调歌头》)"君是南山遗爱守,我为剑外思归客。"(《满江红》)"黄菊篱边无怅望,白云乡里有温柔。"(《浣溪沙·即事》)"点点楼头细雨,重重江外平湖。……莫恨黄花未吐,且教红粉相扶。"(《西江月·即事》)"照野弥弥浅浪,横空隐隐层霄。"(《西江月》)而这首《鹧鸪天》几乎通篇骈偶:"林断山明竹隐墙,乱蝉衰草小池塘。翻空白鸟时时见,照水红蕖细细香。　　村舍外,古城旁,杖藜徐步转斜阳。殷勤昨夜三更雨,又得浮生一日凉。"可以看出,作为宋词代表的苏词在词从民间走向文人化方面迈出了重要一步,提升了词的地位,而骈偶化带来了词的雅化,骈句在其中具有重要的意义。

## 五、骈文对曲的渗透与戏曲的雅化

姜书阁曾指出"骈文与戏曲文词关系也很密切"①。作为一代文学的代表,元代戏曲兴盛。但戏曲本是百姓在瓦肆勾栏娱乐消遣的品种,不登大雅之堂,而元代取消科举制度,不用汉人为官,使得文人仕进之路被封堵,不得已为了谋生参与创作戏文。由于文人的介入,客观上提升了戏曲的品位,其主要特点是有意识吸收骈辞俪句和诗文成句,在唱词中大量吸收了骈文的句法。戏曲用骈语,少用精工的对仗和严格的四六句,而是多用具有口语化的散化特征的"意对"。这样既照顾了戏曲听众的需要,又提升了戏文的高雅品格。这样才为成为一代文学之代表奠定了基础。元代周德清《中原音韵》是今所见最早讨论曲的对偶的,他在"作词十法"中专门讨论了戏曲文辞的对偶:"对耦(偶):逢双必对,自然之理,人皆知之。"②他列出了曲辞对偶的三种形式:扇面对、重叠对、救尾对。他所说的扇面对是指"第四句对第六句,第五句对第七句"这样的对偶形式,也就是隔句对。他所说的重叠对是指"第一句对第二句,第四句对第五句,第一第二第三句对第四第五第六句"也就是相邻的六个曲句,分为两组,一、二、三句为一组,四、五、六句为一组,两组形成对偶。而他说的救尾对是"第四句、第五句、第六句为三对。第九句、第十句、第十一句为三对。二调若是末句稍弱,即以此法救之"。两组的开头两句,又各自形成对偶。到了明初曲学家朱权在《太和正音谱》中更对曲的对偶形式

---

① 姜书阁《中国文学史纲要》,青海人民出版社 1984 年版,第 456 页。

② (元)周德清《中原音韵》卷下,清文渊阁《四库全书》本。

作了深入归纳探讨。他在该书开篇就说:“予今新定乐府体一十五家及对式名目。”①而所说的“对式名目”就是曲辞对偶之名。他列举了各种对式:合璧对(两句对者是)、连璧对(四句对者是)、鼎足对(三句对者是,俗呼为“三枪”)、联珠对(句多相对者是)、隔句对(长短句对者是)、鸾凤和鸣对(首尾相对者是)、燕逐飞花对(三句对作一句者是)、叠句(重用两句者是)、叠字(重叠字者是)等。最后强调指出“凡作乐府,古人云有文章者谓之‘乐府’,如无文饰者谓之‘俚歌’,不可与乐府共论也。”明代王骥德则进一步发展了曲辞对偶之理论,他在《曲律》第十二《论对偶》中,就对偶在曲中的使用要领、名称形式等发表看法。他认为:“凡曲遇有对偶处,得对方见整齐,方见富丽。……当对不对,谓之草率;不当对而对,谓之矫强。对句须要字字的确、斤两相称方好。上句工,宁下句工;一句好,一句不好,谓之‘偏枯’,须弃了另寻。借对,得天成妙语方好,不然反见才窘,不可用也。”②说明曲辞的对偶是有章可循、有意识追求的结果。

戏曲曲辞在具体运用方式上多采取夹用的形式,也就是说骈散兼行的方式,而且多为句法结构上对仗的意骈,不重词法形式的精工。这在具有诗剧特征的文戏中表现比较明显,因为文戏往往反映才子佳人的爱情,更重视文辞的雅化,比如王实甫的《西厢记》就大量用对偶的骈俪文辞。比如第一本《张君瑞闹道场》第一折唱段:“向《诗》《书》经传,蠹鱼似不出费钻研。将棘围守暖,把铁砚磨穿。投至得云路鹏程九万里,先受了雪窗萤火二十年。才高难入俗人机,时乖不遂男儿愿。空雕虫篆刻,缀断简残编。”这里除前面两句外,基本运用了四组骈句,这四组骈偶句,强化了行文之美,使得唱腔韵味无穷。又如:“兰麝香仍在,佩环声渐远。东风摇曳垂杨线,游丝牵惹桃花片,帘掩映芙蓉面。你道是河中开府相公家,我道是南海水月观音现。”这里有的是工整的辞对,有的是内容结构的意对,最后一组对偶完全是口语化对仗,非常口语化但却是骈句,浑然天成。这种骈句的运用使得口语与骈语融合无间。不仅是唱词用骈语,在一些宾白中也用,比如第二本《崔莺莺夜听琴》的楔子杜确上场一段“……忆昔联床风雨,叹今彼各天涯;客况复生于肺腑,离愁无慰于羁怀。念贫处十年藜藿,走困他乡;羡威统百万貔貅,坐安边境。故知虎体食天禄,瞻天表,大德胜常;使贱子慕台颜,仰台翰,寸心为慰……将军倘不弃旧交之情,兴一旅之师;上以报天子之恩,下以救苍生之急;使故相国虽在九泉,亦不泯将军之德。”③可以看出其中夹用骈语偶句,将口语与书面语结合得非常自然,既有口语的朴素自然,又有骈文的优雅华丽。大量使用口语化的意对骈句

① 陈多、叶长海选注《中国历代剧论选注》,湖南文艺出版社 1987 年版,第 92 页。

② (明)王骥德著,陈多、叶长海注释《曲律注释》,上海古籍出版社 2012 年版,第 170—171 页。

③ 王季思校注《西厢记》,上海古籍出版社 1978 年版,第 5、8、58—59 页。

是戏曲的创新。可以看出，这种骈偶的运用对于提升民间戏曲的唱词艺术之美起了重要的作用。

这种用法到清代传奇剧已经运用得极其自然，水乳交融，比如洪昇的《长生殿》第二出《定情》一场戏，生扮唐明皇出场时的自报家门宾白："'韶华入禁闱，宫树发春晖。天喜时相合，人和事不违。九歌扬政要，六舞散朝衣。别赏阳台乐，前旬暮雨飞。'朕乃大唐天宝皇帝是也。起自潜邸，入缵皇图。任人不二，委姚、宋于朝堂；从谏如流，列张、韩于省闼。且喜塞外风清万里，民间粟贱三钱。真个太平致治，庶几贞观之年；刑措成风，不减汉文之世。"①仔细品味，循环往复，都是骈文。但与骈文精工的文辞对仗不同，用的也是意对。这种夹用意对在戏曲唱词宾白里很常见，用词精练，可以提升戏曲的文雅。骈偶文辞有助于表达循环往复咏叹，有余音绕梁之效，对于强化抒情具有重要的作用。戏曲能成为继词之后又一个新的文体，少不了骈文对戏曲的渗透影响。

## 六、骈文对小说的渗透与小说的雅化

与西方的小说源自下层社会不同，中国古代小说是从书面写作开始的，从六朝志怪、志人小说开始有了文人写作，到唐代传奇小说开启小说自觉时代。当时小说是上流社会的书面阅读的文言作品，到了宋元话本才开始所谓白话小说时代，是市民俗文学产物。从此小说难登大雅之堂，如何提升其品味来获得文学的地位？从小说史来看，骈偶文辞是使其雅化来提升地位的重要方面。在传统的文学观念里，文学的范围主要是诗文，要提升其地位只能通过骈偶化的文辞来接近文学的标准。颜建华指出："骈文在小说中和诗词中性质相同，用来渲染气氛、铺设场景和抒写情愫。""用骈体来写小说序跋是当时比较普遍的现象。""小说（包括笔记小说、章回小说）中以前用诗、词开头，结语部分大多采用骈体文字。""小说中间铺叙场景、描写人物心理乃至说话、书信采用骈体，这种现象在小说中出现的频率比较高。"②这是三种重要的表现形态。

唐代是被鲁迅称为小说"有意为小说"③的时代。而骈文影响小说最直接的是唐代骈体小说的出现。唐代出现的张　《游仙窟》是艳体小说，在中国本土失传而在日本保存，"文成（张　字文成）奉使河源，于仙窟遇崔十娘，与之倡酬夜合，男女姓氏并同《会真记》，而情事稍疏，以骈丽之辞写猥亵之状，真所谓'傥荡无捡，文成

① （清）洪昇《长生殿》，上海古籍出版社 2016 年版，第 22 页。
② 颜建华《清代乾嘉骈文研究》，光明日报出版社 2011 年版，第 208 页。
③ 参见鲁迅《中国小说史略》，广西人民出版社 2017 年版，第 77 页。

浮艳'者"①。且看介绍崔氏出场一段文字极尽铺张扬厉:"博陵王之苗裔,清河公之旧族。容貌似舅,潘安仁之外甥;气调如兄,崔季珪之小妹。华容婀娜,天上无俦;玉体逶迤,人间少匹。辉辉面子,荏苒畏弹穿;细细腰支,参差疑勒断。韩娥宋玉,见则愁生;绛树青琴,对之羞死。千娇百媚,造次无可比方;弱体轻身,谈之不能备尽。"②这种在人物出场时的介绍用骈文的方式直接影响了后代文言小说的写作方式。除了少数口语对话外,《游仙窟》基本全用骈体写作。比如:

……弹鹤琴于蜀郡,饱见文君;吹凤管于秦楼,熟看弄玉。虽复赠兰解佩,未甚关怀;合卺横陈,何曾惬意!昔日双眠,恒嫌夜短;今宵独卧,实怨更长。一种天公,两般时节。遥闻香气,独伤韩寿之心;近听琴声,似对文君之面。向来见桂心谈说十娘,天上无双,人间有一。依依弱柳,束作腰支;焰焰横波,翻成眼尾。才舒两颊,孰疑地上无华;乍出双眉,渐觉天边失月。能使西施掩面,百遍烧妆;南国伤心,千回扑镜。洛川回雪,只堪使叠衣裳;巫峡仙云,未敢为擎靴履。忿秋胡之眼拙,枉费黄金;念交甫之心狂,虚当白玉。下官寓游胜境,旅泊闲亭,忽遇神仙,不胜迷乱。芙蓉生于涧底,莲子实深;木栖出于山头,相思日远。未曾饮炭,肠热如烧;不忆吞刃,腹穿似割。无情明月,故故临窗;多事春风,时时动帐。愁人对此,将何自堪!空悬欲断之肠,请救临终之命。元来不见,他自寻常;无故相逢,却交烦恼。③

可以看出其文字华丽,偶对工整,与骈文并无二致。这说明作为以骈文《龙筋凤髓判》享誉文坛的张  有意借文辞之骈俪掩饰内容的淫邪,也可能想通过骈偶文辞提高作为卑下小说文体的唐传奇的地位。小说在当时地位很低,仅仅作为游戏之作,通过运用骈偶文辞可以进入贵族审美的视野。

这种对小说的影响一直存在。到清代以骈文作小说者以陈球《燕山外史》为代表。清人潘衍桐称赞其"俪青妃白"④。鲁迅在《中国小说史略》中列入"以小说见才情者"一类,称其为"以排偶之文试为小说者",谓"其事殊庸陋,如一切佳人才子小说常套,而作者奋然有取,则殆缘转折尚多,是以示行文手腕而已,然语必四六,随处拘牵,状物叙情,俱失生气,姑勿论六朝俪语,即较之张  之作,虽无其俳谐,而亦逊其生动也"⑤。且看其卷一骈俪之辞:

① (清)杨守敬《日本访书志》卷八,清光绪刻本。

②③ (唐)张  《游仙窟》,北京师范大学图书馆藏清抄本。

④ (清)潘衍桐《两浙輶轩续录》卷二十四,清光绪刻本。

⑤ 鲁迅《中国小说史略》,广西人民出版社2017年版,第272页。

两仪定位，即肇阴阳；万物推原，咸归奇偶。人非怀葛，畴安无欲之天；世异羲农，孰得忘情之地。稽夫词传黄绢，谱写乌丝。探北部之胭脂，燕姬似玉；数南都之粉黛，越女如花。自有佳人，总称绝世；从无名士，不悦倾城。求巧合之媒，应烦月老；作良缘之主，必待天公。假使钟家新妇，得配参军；赵地才人，不归走卒，斯为美矣，岂不善哉！无如苍昊嫉才，红颜蹇命。或怅紫钗易断，或伤碧玉难逢。或鸾侣终孤，琴亡镜破；或鸽羹莫瘳，桃斫兰锄。或绝塞不还，长向冰弦悲夜月；或深宫未老，早随纨扇泣秋风。①

可以看出其骈俪之精工，文辞之精巧，就只看这些篇章，就是名副其实的骈文，反而不像小说了。读者阅读这部小说不是注重欣赏故事情节，而是这些华丽的骈体文辞。这样的例子在书中比比皆是。

明清小说不仅描写和议论用骈体，很多小说的对话也喜用骈体。而骈体对小说的渗透最显著的是章回小说的回目，明清章回小说的回目多用骈体文辞来写成为标配。回目具有故事梗概的作用，宋元时期是江湖上说书艺人在瓦肆勾栏用的水牌，用来招揽听众，开始是很简练的，往往要把最吸引人的故事内容提炼出来，比如《碾玉观音》《错斩崔宁》，到明代文人拟话本回目文字稍有增加，比如《卖油郎独占花魁》《杜十娘怒沉百宝箱》之类。到长篇章回体小说后，作为下里巴人的大众文学的小说需要通过雅化来提升品位，这样回目通过骈体文辞来雅化了，最早在文人的章回体长篇小说《金瓶梅》里就有了，比如第一回回目“西门庆热结十弟兄　武二郎冷遇亲哥嫂”②。而且作品中的总结性评价也用骈句来提升文体品位，比如就在《金瓶梅》第一回中就有大量的存在：“三杯花竹合，两盏色媒人”“三寸气在千般用，一日无常万事休”“洞府无穷岁月，壶大别有乾坤”等等，当然这些都是意对，并不工整。罗贯中整理的世代累积型小说《三国演义》就运用得炉火纯青了，比如：第一回回目“宴桃园豪杰三结义　斩黄巾英雄首立功”，第二回回目“张翼德怒鞭督邮　何国舅谋诛宦竖”，第三回回目“议温明董卓叱丁原　馈金珠李肃说吕布”。这种整齐的骈句在结构上一般都是用人物名字起头，或作为关键词将每一回的主要情节线索作精练的概括，便于读者了解本回目的大体内容，吸引读者阅读。此外，明清小说的序跋也喜欢用骈文，这说明骈文对小说产生了重要的影响。通过这种骈偶文辞的运用，小说这种市民文学的通俗文体登上了雅文学的殿堂。

在传统的文化体制里，戏曲和小说原来是属于市井百姓的消遣娱乐文体，不

① 渭滨笠夫、陈球《孤山再梦·燕山外史》，春风文艺出版社 1987 年版，第 81 页。

② （明）笑笑生《金瓶梅》卷一，明崇祯刻本。

登大雅之堂，文人原本并不瞧得起。文人参与创作后，要使戏曲小说摆脱这种被歧视的境遇，就有意识提升戏曲唱词和小说描写文辞的典雅，也便于适应贵族文人的审美需要，使其乐于接受这种文体，而骈文是公认的贵族文学，这样戏曲小说中夹用骈俪之辞，甚或通篇骈文也就不足为奇了。只有这样才能提升其文辞档次，成为一代之文学代表。

## 结语：骈文在古代文学新文体生成过程中的触媒作用

与西方文学演进不同，中国古代文学的演进更新往往是各种文体交替登场，一种文体写作登上艺术高峰，就有另一种文体来取代，文人的兴趣又集中到新的文体中。中国古代文学的演进规律是基本通过文体的更迭使文学获得新鲜的养分来推动文学的进步。

我们从骈文视角来观察，是缘于骈体作为触媒对其他的文体的产生和成型产生了影响。这是因为骈文在汉代以后逐渐获得了尊贵的地位，具有了话语方式和话语权，其多用于宫廷礼仪和各种具有庄严礼仪性质的场合，这样就具有了语言仪式感，成了文体类别里处于高端地位的文体，是属于贵族层面的文学样式，对下一层的新兴文体有引导的作用。中国古代文学文体的演进多是从民间流行的文体中获得滋养，但是民间的东西也有过于朴素与雅化不够的特点，文人需要将其往雅化方向引导改造。后来成为诗体大宗的五言诗、七言诗最早即是源自民间的，文人从民间获得新鲜养分，加以吸收改造完善，成为新兴的文体，随着文人的创作创造了新的繁荣和辉煌。在中国古代文学递变的过程中，骈文在新文体生成过程中产生了触媒的作用。这种触媒式的作用，以往的学者关注不够。中国文化是开放性的崇尚多元融合的文化类型，古代的文体递变也是文体融合的结果。

总之，骈文作为古代文学中的一种独特的文类，其触媒的作用就是起到了用“陈年的基酒”骈文勾兑出“新酒”新文体的作用，其对诗词曲赋和小说等文体产生了重要的渗透，促进了文体的新发展，也使得这些文体提升了文风的典雅，具有了既符合传统审美标准又有新的韵味的特点，其在文学史上的这种作用不应该被忽视。

（本文原载于《骈文研究》第四辑）

# 唐前及唐代骈文研究

# 论《尚书·虞书》的骈偶句式

唐旭东(周口师范学院文学院)

关于《尚书》中有骈偶句,前贤已有明论,如赵振铎《骈文精华》:“其实在《尚书》《诗经》里面已经有骈偶句式。”①关于包括《尚书》骈偶在内的“先秦时代的骈偶成为骈文的滥觞”②“发轫”③“初祖”④“源头”⑤“祖型”⑥等定位,已为莫道才、于景祥、张仁青、姜书阁、金秬香等学者论及。但具体到《尚书》中最早的文献——《虞书》中的骈偶与声韵状况则往往语焉不详,故兹不揣侧陋,在前贤认识成果的基础上对这一问题作一浅探,以就教于诸位方家。

## 一、《尚书·虞书》中的骈偶

### (一)当句对

一字对:“钦明文思”⑦,四字皆为形容词,各赞帝尧一个方面的圣德,四字组成一句,构成当句对偶。实际上《舜典》“浚哲文明”亦属同类情况。《尔雅·释言》:“浚、幽,深也。”“哲,智也。”孔颖达《疏》:“经纬天地曰‘文’,照临四方曰‘明’。”可

---

**基金项目**:本文为国家社科基金2016年度一般项目“先秦汉魏晋南北朝文体理论整理与研究”(16BZW033)阶段性成果。

① 赵振铎《骈文精华》,巴蜀书社1999年版,前言第3页。

② 莫道才《骈文通论》,齐鲁书社2010年版,第219页。又见莫道才《骈文通论》,广西教育出版社1994年版,第203—204页。

③ 莫道才《骈文通论》,第232页。又见莫道才《骈文通论》,第215页。

④ 于景祥《骈文小史》,辽海出版社2011年版,第49页。又见于景祥《骈文论稿》,中华书局2012年版,第2页;于景祥《骈文史话》,辽海出版社2011年版,第60页。

⑤ 于景祥《骈文小史》,第49—50页。又见于景祥《骈文论稿》,第3页;于景祥《骈文史话》,第61页。同说亦见张仁青《中国骈文发展史》,浙江大学出版社2009年版,第60页。

⑥ 姜书阁《骈文史论》,人民文学出版社1986年版,第20—22页。

⑦ “试以《尚书·尧典》为例:‘钦明文思’一字为偶”,见张仁青《中国骈文发展史》,浙江大学出版社2009年版,第50页。

见四字皆形容词，各赞帝舜一个方面的圣德，故亦属句内一字对。《舜典》“寇贼奸宄”，孔安国《传》：“群行攻劫曰寇，杀人曰贼，在外曰奸，在内曰宄。”可见“寇”与“贼”为近义对偶，“奸”与“宄”为相反相成对偶。

二字对：《尧典》“允恭克让”，以“恭”“让”为核心词，“允”“克”为修饰词，“允恭”“克让”二字为偶①。《舜典》“柔远能迩”，《尔雅·释诂》：“迩、几、昵，近也。”孔颖达《疏》：“安彼远人，乃能安近。”可知其释“能”为“安”，“柔”与“安”皆为形容词，这里活用为动词，“远”与“近”原为词义相反的形容词，这里皆活用为名词，作“柔”与“安”的宾语，可知“柔远”与“能迩”两个动宾短语构成句内二字对偶。《大禹谟》“地平天成”，孔安国《传》：“水土治曰‘平’，五行叙曰‘成’。”可见“平”与“成”皆为形容词，“地”与“天”皆为名词，“地平”与“天成”对应的词词性相同，皆为主谓结构的短语，故为两个主谓短语构成的当句对偶句，为二字对偶句。“成允成功”，孔安国《传》：“成声教之信，成治水之功。”可见本句中两个“成”字皆为动词，“允”与“功”作为动词“成”的宾语，皆活用为名词，可见“成允”与“成功”皆为动宾短语，“成允成功”为两个动宾短语组成的句子，符合当句对之二字对的条件。“反道败德”，孔安国《传》：“反正道，败德义。”孔颖达《疏》：“反戾正道，败坏德义。”可见“反”与“败”皆为动词，“道”与“德”皆为名词，“反道”与“败德”皆为动宾结构的短语，“反道败德”为两个动宾结构的短语组成的句子，亦符合当句对之二字对偶的条件。“负罪引慝”，孔安国《传》：“慝，恶。”孔颖达《疏》：“自负其罪，自引其恶。”可见孔颖达认为“负”与“引”皆为动词，“罪”与“慝”为其所支配，可见为名词，该句承前省略了主语“自己”，即帝舜，可知“负罪引慝”为两个动宾结构的短语组成的四言句，亦符合当句对的二字句内对偶特征。《皋陶谟》“翕受敷施”，李民、王健认为：“翕(xī 吸)，合。翕受指三德与六德并用。敷，溥也，普遍。施，行。”可知其解“翕受”为“合用”，释“敷施”为“普行”②，可知“翕”与“溥”皆为形容词，“受”与“施”皆为动词，“翕”与“敷”修饰限定“受”与“施”的状态，可知“翕受敷施”是由两个动词性偏正短语构成的四言句，句内两个偏正短语构成对偶，符合当句对的二字句内对偶特征。《益稷》“怀山襄陵”，孔颖达《疏》：“包山上陵。”显然其释“怀”为“包”，释“襄”为“上”，皆为动词，“山”与“陵”为同类名词，“怀山襄陵”为两个动宾结构的短语组成的并列结构的四言句，符合当句对的二字句内对偶特征。《益稷》“击石拊石”，“击”与“拊”皆为动词，其宾语皆为“石”，可见“击石”与“拊石”皆为动宾短语，作为两个动宾结构的短语组成的并列结构的四言句，亦符合当句对的二

---

① 张仁青《中国骈文发展史》，第 50 页。

② 孔安国《传》与孔颖达《疏》之说异于是。孔安国《传》：“翕，合也。能合受三六之德而用之，以布施政教。”孔颖达《疏》：“合受有家有国三六之德而用之，布施政教。”

字对偶特征。

叠字对：所谓叠字对又称连珠对，即相同的两个字重复，构成叠字[①]。《尧典》“钦明文思安安”，其中“安安”叠字为偶，属于叠字对[②]。

**（二）单句对**

所谓单句对，冯兴炜将其定义为：句对的一种，“是两个单句（或分句）相对。这是对偶的最典型、最常见的形式”[③]。换言之，就是由两个结构相同的句子构成的对偶。《舜典》“直而温，宽而栗”“刚而无虐，简而无傲”“百姓不亲，五品不逊”，《皋陶谟》“何忧乎驩兜，何迁乎有苗”，《益稷》“决九川，距四海”“侯以明之，挞以记之”“百兽率舞，庶尹允谐”，《大禹谟》之“罔游于逸，罔淫于乐”“任贤勿贰，去邪勿疑”“罔违道以干百姓之誉，罔咈百姓以从己之欲”“正德，利用，厚生”“临下以简，御众以宽”“罚弗及嗣，赏延于世”“宥过无大，刑故无小”“罪疑惟轻，功疑惟重”“克勤于邦，克俭于家”“人心惟危，道心惟微”“无稽之言勿听，弗询之谋勿庸”“可爱非君，可畏非民”“君子在野，小人在位”“满招损，谦受益”等句皆两个单句相对，构成单句对。《大禹谟》“后克艰厥后，臣克艰厥臣”两句中“克艰厥”三字完全相同，两个“后”义为“君”，与两个“臣”字形成对偶，整个句子由两个单句构成的单句对。“惠迪吉，从逆凶”，孔安国《传》：“顺道吉，从逆凶。”“顺”与“从”为近义词，“道”指正道，“逆”指背道，显然“道”与“逆”是一对相反的概念，“惠迪”与“从逆”为动宾结构，分别做两个分句的主语。“吉”“凶”也是一对意义相反的形容词，分别做两个分句的谓语，两个分句各为一个主谓句，两句为单句对之反对[④]。“戒之用休，董之用威”，两个单句构成对偶，且“休”为美好，“威”指“威罚”，与“休”含义相反，构成反对，亦皆属于单句对的范例。但《尚书·虞书》中的单句对有一种特殊情况，就是这些句子不是由两个单句（或分句）组成，而是由三个或者三个以上的相同的单句句式构成的排比对偶，这些句子每两个都可以构成对偶句，因属于相同结构的句子的排比对偶，而偶句对和长偶对则往往包含两种结构的单句，故此类情况又与偶句对和长偶对不合，故姑且归于排比单句对之列。如《尧典》“平秩东作”“平

---

① 据宋人魏庆之《诗人玉屑》卷七引李淑《诗苑类格》，上官仪“六对”有连珠对，举例曰“萧萧、赫赫是也”。张仁青、李启月《中国唯美文学之对偶艺术》云：“叠字对（又名连珠对）：日黯黯而将暮。风骚骚而渡河。（梁元帝《荡妇秋思赋》）递叶叶之花笺，文抽丽锦。举纤纤之玉指，拍按香檀。（欧阳炯《花间集序》）”见张仁青、李启月《中国唯美文学之对偶艺术》，明文书局 1991 年版，第 11 页。

② 张仁青《中国骈文发展史》，第 50 页。

③ 冯兴炜《对偶与对联》，青岛出版社 2018 年版，第 47 页。

④ 所谓反对，是指“对偶的两项在意思上是相反或相对的关系”，冯兴炜《对偶与对联》，第 45 页。

秩南讹”“平秩西成”“平在朔易”之间虽有间隔，但皆为单句相对。“父顽，母嚚，象傲”虽然包括三个单句，且每句只有两个字，但三个句子皆为主谓句，第一个字为主语，第二个词为形容词性谓语，构成排比的单句对偶。《舜典》“纳于百揆”“宾于四门”“纳于大麓”，三句皆以动词加“于”字引领的介词结构（介宾短语）构成的动补短语遥相对偶，为排比的单句对。“类于上帝，禋于六宗，望于山川，遍于群神”，四句皆以动词加“于”字引领的介词结构（介宾短语）构成的动补短语形成排比单句对。“敷奏以言，明试以功，车服以庸”，《益稷》“敷纳以言，明庶以功，车服以庸”，皆为三个动补结构的单句构成的排比单句对。《舜典》“鞭作官刑，扑作教刑，金作赎刑”，为三个主谓宾结构的单句构成的排比单句对。“流共工于幽州，放驩兜于崇山，窜三苗于三危，殛鲧于羽山”为四个“动词＋宾语＋介词短语性补语”结构的单句组成的排比单句对。“辟四门，明四目，达四聪”为三个动宾结构的单句组成的三联排比单句对。“诗言志，歌咏言，声依咏，律和声”由四个三言单句构成排比单句对，任意两句皆可对偶。《大禹谟》中“正德，利用，厚生”为三个二言单句组成的排比单句对。《皋陶谟》“宽而栗，柔而立，愿而恭，乱而敬，扰而毅，直而温，简而廉，刚而塞，强而义”为九个单句构成的排比对偶句式，每两个单句之间皆可以构成对偶。虽然单句数量多达九个，但皆为“而”字连接两个形容词构成的短句，仍属于单句相对。《益稷》“股肱喜哉，元首起哉，百工熙哉”三个分句都是主谓句，前两个字为主语，第三个字为谓语，末字相同，实际上符合单句对偶的特征，只是对偶的项不是两项，而是三项。张仁青所谓：“‘股肱’‘元首’对偶，‘喜’‘起’协韵，实为律诗之远祖。”①其他像“元首明哉，股肱良哉，庶事康哉”与“元首丛脞哉，股肱惰哉，万事堕哉”亦属同类情况。

**（三）双句对**

所谓双句对，冯兴炜曰：“双句对，也叫隔句对或扇对，是由两句对两句，即第一句对第三句，第二句对第四句。”②张仁青曰：“偶句对（又名‘双句对’‘隔句对’‘扇对’，即第一句与第三句对，第二句与第四句对）……按一联之中，第一句与第三句成对，第二句与第四句成对者，谓之‘偶句对’，以其为‘单句对’之双倍也。”③如果扩大一点，还可以说奇数句和奇数句相对，偶数句和偶数句相对。《尧典》“分命羲仲，宅嵎夷”“申命羲叔，宅南交”“申命和叔，宅朔方”，奇数句“分命羲仲”与“申命羲叔”“申命和叔”相对，偶数句“宅嵎夷”与“宅南交”“宅朔方”构成对偶，符

① 张仁青《中国骈文发展史》，第 62 页。

② 冯兴炜《对偶与对联》，第 40 页。

③ 张仁青、李启月《中国唯美文学之对偶艺术》，第 4—5 页。

合双句对的特征[①]。又“寅宾出日，平秩东作”“寅饯纳日，平秩西成”奇数句“寅宾出日”与“寅饯纳日”相对，偶数句“平秩东作”与“平秩西成”相对，亦符合双句对的特征。且“宾”为迎，“饯”为送，为相反的动词，“出”与“纳”是相反的两个动作，“东”与“西”是两个相反的方向和方位，“作”为萌发，为开始，“成”为长成，为结束，整个对偶形成一组相反相成的双句反对句。又“厥民析，鸟兽孳尾”“厥民因，鸟兽希革”“厥民夷，鸟兽毛毨”“厥民隩，鸟兽氄毛”，不但奇数句对应的句子字数完全相同，偶数句都是主谓句，构成相反相成的双句反对句。《舜典》“纳于百揆，百揆时叙；宾于四门，四门穆穆”，第一、三句皆为动词加介词结构构成的动补句式，第二、四句皆为名词加形容词构成的主谓句，且“百”与“四”皆为数词，“百揆”与“四门”从形式上构成对偶。当然，从意思上来看，此句亦有递进之意，亦符合流水对的特征。另，《舜典》“五刑有服，五服三就；五流有宅，五宅三居”，《大禹谟》“汝惟不矜，天下莫与汝争能；汝惟不伐，天下莫与汝争功”，《皋陶谟》“天叙有典，敕我五典五惇哉；天秩有礼，自我五礼五庸哉”“天命有德，五服五章哉；天讨有罪，五刑五用哉”“天聪明，自我民聪明；天明畏，自我民明威”，《益稷》“予欲左右有民，汝翼。予欲宣力四方，汝为”皆隔句对偶，构成典型的双句对。

**（四）长偶对**

张仁青将其概括为“二句以上相对者”[②]，冯兴炜将其命名为“长对”，“也可叫做多句对”，认为是指：“对偶的两项各由三个或三个以上的句子(或分句)构成。”并指出：“对多用于散文和对联中。”[③]《尚书·虞书》中的长偶对往往由三四组对偶句构成排比长偶对。如《尚书·虞书·尧典》“分命羲仲，宅嵎夷，曰阳谷”“申命和叔，宅朔方，曰幽都”与“日中、星鸟，以殷仲春”“日永、星火，以正仲夏”“宵中、星虚，以殷仲秋”“日短、星昴，以正仲冬”每组句子皆为三句，或两组对偶，或四组构成排比对偶，每组皆为三个分句，符合长偶对的特征。《舜典》“二月，东巡守，至于岱宗……五月，南巡守，至于南岳……八月，西巡守，至于西岳……十有一月，朔巡守，至于北岳”，各以三个单句构成四组遥相呼应的排比长对偶句。“五月，南巡守，至于南岳，如岱礼。八月，西巡守，至于西岳，如初。十有一月，朔巡守，至于北岳，如西礼”，各以四个单句构成三组排比长对偶句。《益稷》“股肱喜哉，元首起哉，百工熙哉”“元首明哉，股肱良哉，庶事康哉”“元首丛脞哉，股肱惰哉，万事堕哉”，每组三句，三组构成排比对偶句，三组中任意两组都可以形成对偶，故亦符合

① 当然，这里与通常所言之双句对还是有所差别，因为第一二句、三四句、五六句之间还间隔了其他的内容。

② 张仁青、李启月《中国唯美文学之对偶艺术》，第 5 页。

③ 冯兴炜《对偶与对联》，第 41 页。

长偶对句的特征。

### （五）串对

所谓串对，是指“对偶的两项在意思上是相连接的，犹如流水一样不可割断，叫做串对，又称流水对。……串对的出句和对句之间则不是并列关系，而是其他关系，如承接、转折、假设、条件、因果等，甚而至于有的合起来是一个单句”①。《尧典》“光被四表，格于上下”，按照工对的规范而言，此句算不上对偶，但上下字数相等，两句间具有承接关系，张仁青所谓“语奇也而意偶”②。“克明俊德，以亲九族。九族既睦，平章百姓。百姓昭明，协和万邦”，“九族”“百姓”“万邦”构成严格的对偶，且跟前面的动词“亲”“平章”“协和”构成动宾短句。“明”“睦”“昭明”都是谓词，修辞上构成顶真，从范围而言，从家族到朝廷、到天下，具有承接和递进关系，而从句式结构上又具有对偶的特点，符合串对（流水对）的特点。《舜典》“纳于百揆，百揆时叙；宾于四门，四门穆穆”，从意思上来看，此句有递进之意，亦符合流水对的特征。《大禹谟》“无怠无荒，四夷来王”，严格来说，这句不算工对，但上下字数相等，两句间具有承接和因果关系，符合流水对的特点。

### （六）回文对

回文对，是指那些顺读、倒读都能连续成文的对偶辞格③。张仁青认为：“回文有广狭二义：广义之回文，只须词意回环，而无须往复成句。……狭义之回文，则须往复成句，读之无不可通者。”④《尚书·虞书》有《益稷》“臣哉邻哉！邻哉臣哉”一句，若将第一句倒读，则为“哉邻哉臣”，若将第二句倒读，则为“哉臣哉邻”，显然不符合狭义回文之标准，但符合广义的词意回环的回文标准。据朱承平按回文对的词句回环分类，与单句回文对略似。其说：“单句回文对，即对句颠倒出句中的所有词语，再两两相对成文的格式。如：小花檐月晓，晓月檐花小。”⑤据此朱承平所言单句回文对似属狭义回文对，每个单字都回文，而《益稷》中此句不是单字回文，而是短语回文。

### （七）不同对偶方式的结合

1. 单句对与串对的组合：“克明俊德，以亲九族。九族既睦，平章百姓。百姓昭明，协和万邦”，本句三组单句首尾相连，属于三组单句对构成的排比、顶真对偶句。但“九族”“百姓”“万邦”显示着范围的逐渐扩大，具有递进的含义，显然又具

---

① 冯兴炜《对偶与对联》，第 47 页。

② 张仁青《中国骈文发展史》，第 50 页。

③ 朱承平《对偶辞格》，岳麓书社 2003 年版，第 333 页。

④ 张仁青、李启月《中国唯美文学之对偶艺术》，第 18 页。

⑤ 朱承平《对偶辞格》，岳麓书社 2003 年版，第 335 页。

有串对的特点。

2. 当句对与单句对相结合:《大禹谟》"乃圣乃神,乃武乃文",如果将两句分开来看,"乃圣"与"乃神"构成当句对之二字偶对,"乃武"与"乃文"构成当句对之二字偶对,各自符合当句对之二字偶读特征。如果将两句话合在一起看,两句之间亦形成对偶,属于典型的单句对,显然这两句的对偶实际上是当句对与单句对之合用形式。

**(八)《尚书·虞书》中对偶的字数状况**

1. 一字对:如《尧典》之"钦明文思",《舜典》之"浚哲文明""寇贼奸宄"等。此类对偶用例极少。

2. 二字对:如《尧典》之"允恭克让",《舜典》之"柔远能迩",《大禹谟》之"地平天成""成允成功""反道败德""负罪引慝""正德,利用,厚生",《皋陶谟》之"翕受敷施",《益稷》之"怀山襄陵""击石拊石"等,为当句对之二字对。此类对偶用例比一字对多,但于不同字数类型中仍然算用例少的。《尧典》之"父顽,母嚚,象傲",《大禹谟》之"正德,利用,厚生",则属于单句对之排比二字单句对。

3. 三字对:如《尧典》之"宅嵎夷""宅南交""宅朔方",《舜典》之"辟四门,明四目,达四聪",《舜典》之"直而温,宽而栗""诗言志,歌咏言,声依咏,律和声",《大禹谟》之"惠迪吉,从逆凶""满招损,谦受益",《皋陶谟》"宽而栗,柔而立,愿而恭,乱而敬,扰而毅,直而温,简而廉,刚而塞,强而义",《益稷》"决九川,距四海"等。此类对偶用例比一字和二字对稍多,但于不同字数类型中仍然算用例少的。

4. 四字对:此类对偶句是《尚书·虞书》中用例最多者,前已搜罗并尽数列举,兹不再重复。

5. 五言对:如《大禹谟》之"后克艰厥后,臣克艰厥臣",《皋陶谟》之"何忧乎驩兜?何迁乎有苗"等。

6. 六言对:如《舜典》之"流共工于幽州,放驩兜于崇山,窜三苗于三危",《大禹谟》"无稽之言勿听,弗询之谋勿庸"等。

7. 组合对:(1)三言+四言:如《尧典》之"厥民析,鸟兽孳尾""厥民因,鸟兽希革""厥民夷,鸟兽毛毨""厥民隩,鸟兽氄毛"等。(2)三言+五言:如《皋陶谟》"天聪明,自我民聪明;天明畏,自我民明威"等。(3)四言+三言:如《尧典》:"分命羲仲,宅嵎夷""申命羲叔,宅南交""申命和叔,宅朔方"等。(4)四言+五言:如《皋陶谟》"天命有德,五服五章哉;天讨有罪,五刑五用哉"等。(5)四言+七言:如《大禹谟》"汝惟不矜,天下莫与汝争能;汝惟不伐,天下莫与汝争功",《皋陶谟》"天叙有典,敕我五典五惇哉;天秩有礼,自我五礼有庸哉"等。(6)六言+二言:如《益稷》"予欲左右有民,汝翼。予欲宣力四方,汝为"等。(7)二言+三言+四言:如《舜典》"二月,东巡守,至于岱宗……五月,南巡守,至于南岳……八月,西巡守,至于西岳……十有一月，朔巡守，至于北岳”等。（8）四言＋四言＋四言：如《益稷》“股肱喜哉，元首起哉，百工熙哉”“元首明哉，股肱良哉，庶事康哉”等。

8. 不等字对：如《舜典》“纳于百揆，百揆时叙；宾于四门，四门穆穆；纳于大麓，烈风雷雨弗迷”，末句六字，与前文对应句子的四字句形成不等字对偶。“流共工于幽州，放驩兜于崇山，窜三苗于三危，殛鲧于羽山”，末句五字，与前三句六字形成不等字对。《大禹谟》之“罔违道以干百姓之誉，罔咈百姓以从己之欲”，前句九字，后句十字，形成不等字对。

从字数来说，《尚书・虞书》的骈偶句从一个字到十个字的对偶皆有，其中以四言为最多。就后世四六文而言，《尚书・虞书》中六言句使用尚少，四言与六言的组合尚没有，四言与其他不同字数句的组合已经不少。且《皋陶谟》“天叙有典，敕我五典五惇哉；天秩有礼，自我五礼有庸哉”，如果省略或者不看两个语气词“哉”，就成了标准的四六骈偶句，不得不说，《尚书・虞书》中虽然尚无标准的四六骈偶句，但包含着四六骈偶的基因。

总的来说，《尚书・虞书》的骈偶句有如下特点：1.《尚书・虞书》运用了大量的骈偶句。2.《尚书・虞书》广泛运用了多种形式的对偶，尽管当时不可能有这么明确的对偶类型的意识、观念和概念，但我们的上古文化精英却自觉地创造性地创作了这么多类型的大量的句例。3.《尚书・虞书》中许多对偶工整、谨严，完全符合后世工对的标准。这只能说明作者已经具有明确的对偶意识，绝非如刘勰所言的无意识的“自然成对”“率然对尔”。

## 二、《尚书・虞书》对偶句的押韵

《尚书・虞书》的押韵情况主要分为如下类型：

句句押韵：两句对偶，句句用韵：“罔违道以干百姓之誉；罔咈百姓以从己之欲”，“誉”“欲”同音，“ü”韵。“无怠无荒，四夷来王”，“荒”“王”“ang”韵。三句对偶，句句押韵：“帝德广运，乃圣乃神，乃武乃文”，“运”“神”“文”押“en”韵。“可爱非君，可畏非民”，“君”“民”押“en”韵。“股肱喜哉，元首起哉，百工熙哉”，“喜”“起”“熙”押“i”韵；“元首明哉，股肱良哉，庶事康哉”，“明”“良”“康”押“ang”韵。“元首丛脞哉，股肱惰哉，万事堕哉”，“脞”“惰”“堕”押“uo”韵。

奇句押韵：“皇天眷命，奄有四海，为天下君”，“命”“君”押“ng”韵。

偶句押韵：“任贤勿贰，去邪勿疑，疑谋勿成，百志惟熙”，偶句末尾的“疑”“熙”押“i”韵。

长句句尾韵：“予欲左右有民，汝翼。予欲宣力四方，汝为。予欲观古人之象，日、月、星辰、山、龙、华虫、作会，宗彝、藻、火、粉米、黼、黻、絺绣，以五采彰施于五色，作服，汝明。予欲闻六律、五声、八音，在治忽，以出纳五言，汝听”，“翼”“为”押“i”韵，“明”“听”押“ing”韵。“正德、利用、厚生，惟和；九功惟叙，九叙惟歌。戒之用休，董之用威，劝之以九歌”，“和”“歌”“歌”押“e”韵。“日严祗敬六德，亮采有邦。翕受敷施，九德咸事；俊乂在官，百僚师师，百工惟时”，其中“九德咸事……百工惟时”为对偶句，“施”“事”“师”“时”皆押“i”韵。

## 三、《尚书·虞书》对偶句与其他修辞手法的结合

后世骈文往往对偶与其他修辞方法组合使用，形成综合的艺术之美。在《尚书·虞书》中，骈偶句与其他修辞方法的结合主要表现为对偶与排比的结合。另外，还有与顶真的结合。

### （一）与顶真修辞手法的结合

所谓顶真，也可写作“顶针”，是后一句的开头词重复使用前一句的末尾词的修辞方式。如《尧典》：“克明俊德，以亲九族；九族既睦，平章百姓；百姓昭明，协和万邦。”此句综合使用了对偶、排比和顶真的修辞方法。

### （二）与排比修辞方法的结合

“分命羲仲，宅嵎夷”“申命羲叔，宅南交”“申命和叔，宅朔方”；

“平秩东作”“平秩南讹”“平秩西成”“平在朔易”；

“厥民析；鸟兽孳尾”“厥民因；鸟兽希革”“厥民夷；鸟兽毛毨”“厥民隩；鸟兽氄毛”；

“日中、星鸟，以殷仲春”“日永、星火，以正仲夏”“宵中、星虚，以殷仲秋”“日短、星昴，以正仲冬”；

“纳于百揆，百揆时叙；宾于四门，四门穆穆；纳于大麓，烈风雷雨弗迷”；

“类于上帝，禋于六宗，望于山川，遍于群神”；

“二月，东巡守，至于岱宗……五月，南巡守，至于南岳……八月，西巡守，至于西岳……十有一月，朔巡守，至于北岳”；

“敷奏以言，明试以功，车服以庸”；

“流宥五刑。鞭作官刑，扑作教刑，金作赎刑”；

“流共工于幽州，放驩兜于崇山，窜三苗于三危，殛鲧于羽山”；

“辟四门，明四目，达四聪”；

“敷纳以言，明庶以功，车服以庸”；

“宽而栗，柔而立，愿而恭，乱而敬，扰而毅，直而温，简而廉，刚而塞，强而义”；

“股肱喜哉，元首起哉，百工熙哉”；

“元首明哉，股肱良哉，庶事康哉”；

"元首丛脞哉，股肱惰哉，万事堕哉"；

"何忧乎驩兜？何迁乎有苗？何畏乎巧言令色孔壬"。

## 四、《尚书·虞书》的辞藻与声韵

于景祥《骈文小史》将骈文的特征归纳为"讲究对偶"①"讲究声律"②"讲究用典"③"讲究藻饰"④四条。应该说，作为现存最早的传世文献，《尚书·虞书》作为骈文初祖，主要表现在骈偶句的大量使用和押韵等方面，对于辞藻尚未有意识地追求⑤，但有些句子已经初步体现出抑扬顿挫的声韵之美。如"辟四门，明四目，达四聪"，在有所变化的第一字和第三字中，第一句首字用仄声的"辟"，而第二句和第三句则用平声的"明"和"达"，末字第一句和第三句用平声的"门"和"聪"，第二句末字则用仄声的"目"，这样的平仄相反相对的句式，形成抑扬顿挫的跳宕之美。又如《舜典》"诗言志，歌咏言，声依咏，律和声"，第二、四句皆为平声，且第三句、第四句平仄完全相对相反，跟格律诗的平仄要求一致，这是上古文化精英在没有相关理论指导的情况下，有意识地自觉追求抑扬顿挫的声韵之美的所达到的效果。

---

① 于景祥《骈文小史》，第 9 页。

② 于景祥《骈文小史》，第 15 页。

③ 于景祥《骈文小史》，第 17 页。

④ 于景祥《骈文小史》，第 19 页。亦见于景祥《骈文史话》，目录第 1 页、正文第 5—22 页。尹恭弘将骈文的文体特征及美学功能概括为"裁对：匀衡的对称美""句式：整齐的建筑美""隶事：典雅的含蓄美""藻饰：华丽的色彩美"，参见尹恭弘《骈文》，人民文学出版社 1994 年版，第 18、23、27、32 页。张仁青《中国骈文析论》把骈文的特征概括为"对仗""用典""敷藻""句型与声调"四个方面（见张仁青《中国骈文析论》，东升出版事业有限公司 1980 年版，目录第 1 页、正文第 58—140 页），除了比于景祥之说多了"句型"一项，其他四个方面皆与于景祥说同。后来他在《中国骈文发展史》中又将骈文的特征扩展为五点："骈文之特征，计有五点：一曰多用对句，二曰以四字与六字之句调作基本，三曰力图音调之谐和，四曰繁用典故，五曰务求文辞之华美。"见张仁青《中国骈文发展史》，第 16 页。刘麟生概括为对偶、用典、炼字、音韵四条，与于景祥所归纳四条基本相同。见刘麟生《骈文学》，商务印书馆 1934 年版，第 33—59 页。莫道才认为骈文的形态特征可以归纳为"对仗""声韵""典事""藻饰"，与于景祥、刘麟生之说相同。见莫道才《骈文研究与历代四六话》，辽海出版社 2005 年版，第 23—33 页；《骈文通论》，第 83—137 页。

⑤ 前贤已有人谈到《尚书》骈偶句的藻绘，如："至于'左杖黄钺，右秉白旄'（《牧誓》）……有的学者认为……已有藻绘之意。"（尹恭弘《骈文》，第 46 页）张仁青等列举《尚书》自《伊训》至《牧誓》中相关例句，并概括说："按此骈语之中已有藻绘之意矣。"（张仁青《中国骈文发展史》，第 63 页）但我以为在《尚书·虞书》中，真的很难说能体现出对于辞藻的有意识的追求。

尽管《尚书·虞书》并非骈文，且其对辞藻尚未有意识地追求，对声韵、平仄和押韵也只是初步有意识地往这些方面去努力，但其大量使用骈偶句式，且在押韵和平仄等方面也有一定的体现，的确无愧于“骈文滥觞”“发轫”“初祖”“源头”“祖型”等称号。

# 论《世说新语》的对句之美

曹　虹(南京大学文学院)

《世说新语》以“简约玄澹”的风格著称①,并成为对应于晋人精神风度的史料而为世所重,但此书究竟是脱逸还是融入了中古骈文衍进的历程?学界似乎未予深究,即使是欣赏其修辞,也正如明代学者王世贞《世说新语补序》所言:“至于《世说》之所长,或造微于单辞,或征巧于只行,或因美以见风,或因刺以通赞,往往使人短咏而跃然,长思而未罄。”②人们的审美惯性往往被其意味盎然的“单辞”、“只行”之美所吸引和强化。其实,《世说新语》中分布的偶辞、双行之美亦值得关注。从本文形态上看,《世说新语》是一部衍生性文本,编述者是刘宋宗室刘义庆,他本人爱好文义,喜招聚文学之士,《世说新语》应是他和宾客文人采缉旧文编述而成。无论是编述者于“采掇综叙”之际附加了审美用心③,还是“采缉旧文”的始源性材料中自然葆有审美的时代印痕,总之,《世说新语》中存在的对句之美,既体现汉末至晋宋文学修辞琢炼雕饰的演进方向,也折射对偶形式的思辨法则与认识功能,因而是中国骈文史和骈文思想史上需要深化研讨的一环。

## 一、《世说新语》与语言生态

诚如刘应登所论:“晋人乐旷多奇情,故其言语文章别是一色,《世说》可睹已。《说》为晋作,及于汉、魏者,其余耳。虽典雅不如左氏《国语》,驰骛不如诸《国策》,而清微简远,居然玄胜。”④《世说新语》所载述的主体多为晋人,也上涉至汉末,其“言语文章”自成特色,尤以“清微简远,居然玄胜”为风格标志。所谓清简,也可以

---

① (明)胡应麟《少室山房笔丛》卷二九,上海书店出版社 2001 年版,第 285 页。

② (明)王世贞《世说新语补小序》,《弇州四部稿》卷七一,《景印文渊阁四库全书》第 1280 册,台湾商务印书馆 1986 年版,第 219 页。

③ (明)袁褧《世说新语序刻》认为《世说》采缉旧文的特点是“采掇综叙”。(清)王先谦校订本《世说新语》,上海古籍出版社 1982 年版,卷首第 4 页。

④ (南朝宋)刘义庆著,(南朝梁)刘孝标注,余嘉锡笺疏《世说新语笺疏》(修订本),上海古籍出版社 1993 年版,第 931 页。

说是不求繁复，作为其极致性的表达，有时是不言之妙，有时是一言半句。举两例：

> 阮宣子有令闻，太尉王夷甫见而问曰："老、庄与圣教同异？"对曰："将无同？"太尉善其言，辟之为掾。世谓"三语掾"。卫玠嘲之曰："一言可辟，何假于三？"宣子曰："苟是天下人望，亦可无言而辟，复何假一？"遂相与为友。（文学 18）
>
> 符宏叛来归国，谢太傅每加接引，宏自以有才，多好上人，坐上无折之者。适王子猷来，太傅使共语。子猷直孰视良久，回语太傅云："亦复竟不异人！"宏大惭而退。（轻诋 29）①

阮宣子的"将无同"三字句关涉清谈中名教与自然关系的重大命题，王子猷的"亦复竟不异人"六字句让自负的叛人感到无地自容，且具显口语风。自矜于"无言而辟"或"一言可辟"，是晋朝清谈之士敢于傲人之处，但如果将这种简约语风看得笼罩一切，也是有失客观的。这就要从语言生态上估量晋人"言语文章别是一色"的内涵与条件。

在名士的清谈玄辩中，甚至脱口而出訾骂之意时，可以观察到巧妙的骈语对句。如《世说新语·轻诋》的如下一则：

> 庾元规语周伯仁："诸人皆以君方乐。"周曰："何乐？谓乐毅邪？"庾曰："不尔。乐令耳！"周曰："何乃刻画无盐，以唐突西子也。"（轻诋 2）②

周颛不喜舆论把他与名士乐广相比拟，这里的"刻画无盐"与"唐突西子"，组词搭配上是平行匀称的，两句的形态在对句平行之外，还能做到没有平板感，"刻画无盐"是因，"唐突西子"是果，句意上下纵贯。这种句意表达的方法更早出现于东汉之末，孔融《汝颍优劣论》引："陈群曰：颇有芜菁，唐突人参。"到了骈文更为成熟的齐梁之时，任昉写《到大司马记室笺》有曰："惟此鱼目，唐突玙璠。"③三例比较而言，《世说新语》所载周伯仁语，对句既富有横向的动宾搭配上的平行感，又有纵向的上下因果意的贯穿，所以其遣言达意是相当富于修辞功力的。

魏晋时期以来，汉语词汇史正发生着较为强烈的变化，吕叔湘《中国文法要

① 《世说新语笺疏》，第 207、847 页。

② 《世说新语笺疏》，第 825 页。

③ 《世说新语笺疏》，第 825—826 页。

略》指出:“复词的逐渐增多是近代汉语的一贯趋势。”①吉川幸次郎注意到《世说新语》中助字增加的新现象,甚至说它“是助字过剩的文章”,其中也有“复合助字”,这与“二音复合语的流行”的中国语发展大方向相吻合。又精辟地指出“《世说》的文章中四字句以及作为其延长的六字句极多,以四音与六音为表现观念,某种程度上也是中国语的自然要求”②。志村良治从更具体的角度,认为这一时期语言现象的新变中,就体现为“复音节词的增加”,以及“以复音节词为单位,确立了四六的基调”,他在归纳分析这一现象时,特别提到了《世说新语》:

> 骈文就建立在四字、六字的基调之上。舍去骈文绮丽的外观不谈,把它底层潜在的四六基调作为问题提出很有必要。因为连乍一看似乎正相反的《世说新语》中,已经可以看出同样的以四六为基调调整文句的倾向。③

关于骈文的四六基调,刘勰《文心雕龙·章句》所说“四字密而不促,六字格而非缓。或变之以三五,盖应机之权节也”④,就是指四六基调的稳定的表现力,决定了六朝骈文的盛行⑤。通常骈文是少不了整饬绮丽的外观的,以至于使人觉得是远离现实语言的修辞性的文体。在这个标准的作用之下,《世说新语》“乍一看似乎正相反”,书中呈现的简澹鲜活的语体语风,很容易误将它脱逸于中古骈文发展进程之外,多数骈文史论著对于《世说新语》在骈文进程史中的意义还评价得不够充分。吉川幸次郎举出了堪为《世说新语》文章理想的一例:“道壹道人好整饰音辞,从都下还东山,经吴中。已而会雪下,未甚寒。诸道人问在道所经。壹公曰:‘风

---

① 吕叔湘《中国文法要略》,商务印书馆1982年版,第8页。

② 《世说新语の的文章》,载《吉川幸次郎全集》第7卷,筑摩书房1968年版,第467—470页。

③ (日)志村良治著,江蓝生、白维国译《中国中世语法史研究》,中华书局1995年版,第7页。

④ (梁)刘勰著,范文澜注《文心雕龙注》,人民文学出版社1958年版,第571页。

⑤ 案:刘勰对复词及其延伸的四六句调的敏感与总结,也体现在《文心雕龙》的写作实践中。王元化《再释〈比兴篇〉拟容取心说》论到《文心雕龙》体例的一个特点,即“创作论诸篇的篇名,往往把两个具有不同意蕴的字组合成为一个词。单独来看,每个字具有特定的含义。合起来看,则两个字组合成为一个完整的新概念。”他列举“体性”“风骨”“通变”“情采”“镕裁”“章句”“隐秀”诸篇之例,并言:“刘勰把两个具有不同(有时甚至相反)的词组合成为一个新的概念,说明他已经认识到其间的辩证关系。尽管这还仅仅是一种朴素的观点,在当时却是难能可贵的。我认为《比兴篇》篇名亦从此例。”(载《文心雕龙创作论》,上海古籍出版社1979年版,第162、163页)可参。

霜固所不论，乃先集其惨淡，郊邑正自飘瞥，林岫便已皓然。’”（言语 93）[①]“整饰音辞”具有时尚之力。志村良治提醒说《世说新语》中四六句调随处可找。

《世说新语》不仅可以看出以四六为基调组织文句的倾向，而且句意表达中的对偶现象也反映了语言生态的丰富性。由于《世说新语》既具有保存口语的文献属性，又体现知识群体的雅趣，所以通览其中的对句表现，有助于理解骈文在中古时期开花结果的生活土壤。这里还想指出，骈文固然是向着美文的方向发展，但也不应忘记，俪语偶句也与语言生态相胶着，在某种意义上也能约略反映口语化的底蕴。王锳《韩愈散文中的一些口语成分》一文作出了有趣的考察，他认为韩愈古文追求的是一种仿效秦汉、脱离当时口语的“超语体”，但他的书面语不可能完全摆脱口语的影响，典型的例子是他一方面写了刻意仿古求雅的《平淮西碑》，一方面又写了解决现实问题的《论淮西事状》，如文中论从外乡调集兵员不如本乡之便：“所在将帅，以其客兵难处使，先不抚存优恤。待之既薄，使之又苦，或被分割队伍，隶属诸头。士卒本将，一朝相失，心孤意怯，难以有功。又其本军各须资遣，道路辽远，劳费倍多，士卒有征行之艰，闾里怀离别之思。”此文就属于口语成分较多的代表，文中使用了大量双音词，客观上反映了中世汉语生态的一种趋势，“道路辽远，劳费倍多，士卒有征行之艰，闾里怀离别之思”这类的四六基调与语体感的结合，应是我们考量文体和修辞时所应顾及的[②]。

## 二、对句生成与清谈时代

刘勰《文心雕龙·丽辞》总结骈俪文体的生成原理时指出：“造化赋形，支体必双；神理为用，事不孤立。夫心生文辞，运裁百虑，高下相须，自然成对。”[③]论证骈文的理法意义，以自然法则作为文辞偶对的终极依据，带有玄学本体论的色彩，并由此而赞赏偶对技巧的顺势而成，不落于过度雕琢。

所谓“造化”，意指大自然，也意味着孕育化生之道，这是由道家哲学强化起来的概念，《庄子·大宗师》即谓“今一以天地为大炉，以造化为大冶”[④]。刘勰从自然之道所得到的启示表明，无论是道的形质外化，还是道内在于万物的法则，现象或事物间的关系是根源性的。人们或许会质疑刘勰，毕竟“支体必双”也存在反证，刘勰在这里对师法自然所作的“支体必双”的举证，似乎陷于偏颇。诚然，这确实

① 《世说新语の文章》，载《吉川幸次郎全集》第 7 卷，第 471 页。

② 王锳《近代汉语词汇语法散论》，商务印书馆 2004 年版，第 70—72 页。

③ 《文心雕龙注》，第 588 页。

④ （清）郭庆藩撰，王孝鱼点校《庄子集释》，中华书局 1961 年版，第 262 页。

涉及师法自然的哪些特征和理法，其实刘勰的深意在于看重万物或自然事件之间的关系，可以是彼此感应、共鸣，抑或对比、转化，所以，神理所关，没有孤立存在的事相，即刘勰所谓"事不孤立"。早期儒家哲学也强调关系，但它的关系较重于或限于人事与社会层面。而道家哲学则更为宽泛，涵盖了所有事物，即万物之间的关系。经历了魏晋玄学的熏染，道家哲学以及《易》学所主导的这种思维框架更为深入人心，延展到人格层面与文学层面。不难想到，老子《道德经》列举过一长串对反概念，如高下、有无、善恶、重轻、静躁、雄雌、白黑、弱强、巧拙等，这些矛盾对子不仅带来对照效果，而且对反双方也是相互依存的，这种矛盾相济的关系在"高下相须"一语中可加体会。所以，刘勰有理由认为，作为偶辞俪句的存在依据，是"高下相须"这样的万事万物之间既相互对比对反、又相互依存转化的关系所支撑的。

《世说新语》中分布的对句，颇多"自然成对"之妙。这首先表现在扩大了对万物与人世间"事不孤立"的观察范围。《老子》提到，"万物负阴而抱阳"①。如果说超越的"道"是无形无名的，那么通过认识蕴含在万物中的二元对反之理，应该有助于体悟所谓道真。可以理解，《老子》为什么津津乐道各种矛盾相济的对子，老子甚至说："故善人者，不善人之师；不善人者，善人之资。"②这种观察视野和思想方法，对于惯常的善恶或邪正的界限就有所打破，并推动认识视野的多元，以及认知局限的突破。《世说新语·德行》篇中的如下五条可资举证：

> 陈仲举言为士则，行为世范……(德行 1)
>
> 陈元方子长文有英才，与季方子孝先，各论其父功德，争之不能决，咨于太丘。太丘曰："元方难为兄，季方难为弟。"(德行 8)
>
> 王戎、和峤同时遭大丧，俱以孝称。王鸡骨支床，和哭泣备礼。武帝谓刘仲雄曰："卿数省王、和不？闻和哀苦过礼，使人忧之。"仲雄曰："和峤虽备礼，神气不损；王戎虽不备礼，而哀毁骨立。臣以和峤生孝，王戎死孝。陛下不应忧峤，而应忧戎。"(德行 17)
>
> 王平子、胡毋彦国诸人，皆以任放为达，或有裸体者。乐广笑曰："名教中自有乐地，何为乃尔也！"(德行 23)
>
> 晋简文为抚军时，所坐床上尘不听拂，见鼠行迹，视以为佳。有参军见鼠白日行，以手板批杀之，抚军意色不说，门下起弹。教曰："鼠被害，尚不能忘

① (魏)王弼注，楼宇烈校释《老子道德经注校释》，中华书局 2008 年版，117 页。

② 《老子道德经注校释》，第 71 页。

怀，今复以鼠损人，无乃不可乎?"(德行37)①

陈仲举能在言行合一上彰显德行，叙述者正是有见于"言"与"行"其实是有张力的一个对子。有时一个人的仪态与内心也有反差，《谗险》篇就称："王平子形甚散朗，内实劲侠。"②"散朗"是玄学时代所孕育和崇尚的一种风度，在《世说新语》中就有以"林下风气"著称的贤媛谢道韫获得过此誉。这里王平子外表的"散朗"，因与内在的"劲侠"素质构成了太大的反差，使人观察到一种伪饰感。当然，像"散朗"这样的风度表现，也应显示为一定的立体内涵，个性的复杂性可以提供各种形态的剖面。《言语》篇中如下的例子，又利用形表与内心的反差关系的多元，以及兄弟二人应变的言语机智，相映成趣：

钟毓、钟会少有令誉。年十三，魏文帝闻之，语其父钟繇曰："可令二子来。"于是敕见。毓面有汗，帝曰："卿面何以汗?"毓对曰："战战惶惶，汗出如浆。"复问会："卿何以不汗?"对曰："战战栗栗，汗不敢出。"(言语11)③

"汗出如浆"与"汗不敢出"，是两种相反的身体状态，却可以同样指向惶恐紧张的精神状态。两位少年的答语本身也构成了对句，前半的"战战惶惶"与"战战栗栗"可谓"言对"或"正对"，后半的"汗出如浆"与"汗不敢出"可谓"反对"，完成了共同的指向，消解了来自最高权威者的问难。在这段叙事中，二钟言语之机敏，调动出多重的对比关系，形成对句修辞，为开脱情境服务。写骈文或文中寓骈，通常都是一人撰作。像这样的机智应答，由两人或三人之间的对话而形成对句修辞，是《世说新语》所载"言语"之所擅。再如：

顾悦与简文同年，而发蚤白。简文曰："卿何以先白?"对曰："蒲柳之姿，望秋而落；松柏之质，经霜弥茂。"(言语57)④

顾悦借用自然界植物的质性之异来解释人与人的体质表现上的差异，可谓善用生活智慧，且字句对偶的凝练本身也自具理趣与美感。《论语·子罕》载孔子的名言："岁寒，然后知松柏之后凋也。"不过，这是散语单句，到了清谈时代的人们就更

① 《世说新语笺疏》，第1、11、20、24、38页。
② 《世说新语笺疏》，第891页。
③ 《世说新语笺疏》，第71页。
④ 《世说新语笺疏》，第117页。

善于融炼对句了。

《世说新语》中分布的对句背后的认知反思，还与魏晋玄学时代价值多元化的思想激荡有关。例如，名教中的“孝”历来受到提倡，到了玄学时代，却出现了“生孝”与“死孝”的对比考量，关键在于形式上的“备礼”或“不备礼”，刘仲雄的观察是具有玄学洞鉴力的：“和峤虽备礼，神气不损；王戎虽不备礼，而哀毁骨立。”这一观察涉及名教与自然的关系形态，打开了种种对比视野。“鼠被害，尚不能忘怀，今复以鼠损人，无乃不可乎？”字句虽不十分工整，却足称妙对，将“人害鼠”与“鼠损人”加以比对，即鼠从遭害对象到害人主体的转化，刺激原有心态立场而达成省悟，也以特殊方式呼应了孔子关怀“伤人乎，不问马”的人道情怀。

汉代儒术独尊局面被打破后，名教的价值标准不再是唯一的，而且往往需要重新审视和解释，尤其是在乱世，仕隐的价值观必然产生碰撞，《世说新语》所载下例其实是仕隐价值观的一种论战：

> 南郡庞士元闻司马德操在颍川，故二千里候之。至，过德操采桑，士元从车中谓曰：“吾闻丈夫处世，当带金佩紫，焉有屈洪流之量，而执丝妇之事。”德操曰：“子且下车，子适知邪径之速，不虑失道之迷。昔伯成耦耕，不慕诸侯之荣；原宪桑枢，不易有官之宅。何有坐则华屋，行则肥马，侍女数十，然后为奇？此乃许、父所以慷慨，夷、齐所以长叹。虽有窃秦之爵，千驷之富，不足贵也！”士元曰：“仆生出边垂，寡见大义。若不一叩洪钟，伐雷鼓，则不识其音响也。”（言语 9）①

这是书中字句偶对偏于全体工整的段落。所拟庞士元以“屈洪流之量，执丝妇之事”来唐突司马德操的丈夫情怀，但对方却以高隐的价值观为更值得坚守，从“邪径之速”与“失道之迷”的重重判断，到古代高隐之士的人事验证，令发难者服理认输。

《世说新语》有所谓“是真名士自风流”之宣言，据冯友兰《论风流》一文概括，真风流的构成条件是必有玄心、洞见、妙赏和深情②。兹从对句生成的角度稍加举证引申：

> 庾公造周伯仁。伯仁曰：“君子何欣说而忽肥？”庾曰：“君复何所忧惨而

---

① 《世说新语笺疏》，第 66—70 页。二人间的问答，余嘉锡据人物时代、风度德望而断其并非实事，案曰：“此必晋代文士所拟作，非事实也。”

② 冯友兰《三松堂学术文集》，北京大学出版社 1984 年版，第 609—617 页。

忽瘦?”伯仁曰:“吾无所忧,直是清虚日来,滓秽日去耳。”(言语 30)

张玄之、顾敷,是顾和中外孙,皆少而聪惠。和并知之,而常谓顾胜,亲重偏至,张颇不恹。于时张年九岁,顾年七岁,和与俱至寺中。见佛般泥洹像,弟子有泣者,有不泣者。和以问二孙。玄谓:“被亲故泣,不被亲故不泣。”敷曰:“不然,当由忘情故不泣,不能忘情故泣。”(言语 51)

孝武将讲《孝经》,谢公兄弟与诸人私庭讲习。车武子难苦问谢,谓袁羊曰:“不问则德音有遗,多问则重劳二谢。”袁曰:“必无此嫌。”车曰:“何以知尔?”袁曰:“何尝见明镜疲于屡照,清流惮于惠风!”(言语 90)

孙子荆年少时欲隐,语王武子“当枕石漱流”,误曰“漱石枕流”。王曰:“流可枕,石可漱乎?”孙曰:“所以枕流,欲洗其耳;所以漱石,欲砺其齿。”(排调 6)

王司州至吴兴印渚中看。叹曰:“非唯使人情开涤,亦觉日月清朗。”(言语 81)

王恭始与王建武甚有情,后遇袁悦之间,遂致疑隙。然每至兴会,故有相思。时恭尝行散至京口谢堂,于时清露晨流,新桐初引,恭目之曰:“王大故自濯濯。”(赏誉 153)①

以体道之心自处的周伯仁,自释瘦是因为“清虚日来,滓秽日去”,表明了一种玄心,代表对道家生存典范的倾心,因为道家认为“为学日益,为道日损。损之又损,以至于无为”②,“虚”也是道的品格,老子称:“天地之间,其犹橐籥乎?虚而不屈,动而愈出。”王弼注谓:“橐籥之中空洞,无情无为,故虚而不得穷屈,动而不可竭尽也。”③顾和给孙辈的一道设问,外孙张玄之与孙子顾敷的回答构成了语句与意思上的对应,当然顾敷能归因于“忘情”,富有玄心,不意小小年纪谈吐,与当时清谈中讨论圣人是否有情的玄学议题也起了关涉④。

袁羊对于执掌清谈牛耳的二谢心生钦佩,他对车武子烦劳二谢的担心加以慰释时,用了一组巧妙的对句:“何尝见明镜疲于屡照,清流惮于惠风!”既符合事理,同时也寓有对谢氏如“明镜”与“清流”般识度魅力的暗誉。

晋宋之时士人形成了以玄心赏咏山水的爱好,孙子荆对“枕石漱流”口误为

---

① 《世说新语笺疏》,第 92、110、144、781—782、139、496 页。

② 《老子道德经注校释》,第 127—128 页。

③ 《老子道德经注校释》,第 14 页。

④ 王弼与何晏等人关于“圣人有情”与否的争议,属于“正始名士清谈要目之一”,参汤用彤《王弼圣人有情义释》,载《汤用彤学术论文集·魏晋玄学论稿》,中华书局 1983 年版,第 254 页。

“漱石枕流”的解释，虽属谐谑之言，可表对自然山水的亲近。而王胡之沉浸于吴兴印渚风景的审美感受，更表现出受到玄风洗礼后的妙赏。

在“王恭始与王建武甚有情”这一段记事中，“清露晨流，新桐初引”既是王恭所寓目的风景，又引发了他内心情感的“开涤”，使他豁然化解了对故人的嫌隙。正是在破除了私愤之后，相思情深，心平如镜，他由衷地给予王建武一个品题：“王大故自濯濯。”“濯濯”是一种清朗如洗的风神，是魏晋风流之所尚，这一品题的呼之而出，不得不说是对应于大自然“清露晨流，新桐初引”所带来的某种觉醒作用，使人荡涤情感障碍，拥抱超迈境界。这么说来，“清露晨流，新桐初引”两个工整的四言正对之句，好像“道生一，一生二”的孕生过程，带来充沛的原动力，引动了高朗超迈的“濯濯”之思。

刘勰注意到魏晋玄风影响于文学演进的事实，称“因谈余气，流成文体”①。以《世说新语》来考察，清谈的眼界、旨趣与方法等方面，都直接或间接地影响于文章对句表达的时代特色和修辞内涵，就此而言，可以看出刘勰的这个判断也是适用的。

## 三、“事对”与“反对”

《文心雕龙·丽辞》将对偶的类型总结为四种：“故丽辞之体，凡有四对：言对为易，事对为难；反对为优，正对为劣。”②对应于骈文创作上的举证，是相当有合理性的。兹从《世说新语》的对句表现，也可看出“事对”因难见巧、“反对”合力显优，从而印证刘勰的对偶理论。

“事对”意味着对历史典故或古人成语的随意驾驭，来为当下的语境服务，既需意思贴合，还求字句清丽。后来的文体理论家也有一些表述可资参照，如元代祝尧《古赋辩体》卷六《三国六朝体下》提到“用事”之忌是“为事所用”③，清代程杲《四六丛话序》认为“以事对者尚典切，忌冗杂；尚清新，忌陈腐”④。从这些崇忌通则中也可感事对的难度。

> 邓艾口吃，语称“艾艾”。晋文王戏之曰：“卿云艾艾，定是几艾？”对曰：“凤兮凤兮，故是一凤。”（言语 17）

---

① 《文心雕龙注》，第 675 页。

② 《文心雕龙注》，第 588 页。

③ （元）祝尧《古赋辩体》，《景印文渊阁四库全书》第 1399 册，第 799 页。

④ （清）孙梅著，李金松校点《四六丛话》，人民文学出版社 2010 年版，卷首第 7 页。

蔡洪赴洛，洛中人问曰："幕府初开，群公辟命，求英奇于仄陋，采贤俊于岩穴。君吴楚之士，亡国之余，有何异才，而应斯举？"蔡答曰："夜光之珠，不必出于孟津之河；盈握之璧，不必采于昆仑之山。大禹生于东夷，文王生于西羌，圣贤所出，何必常处。昔武王伐纣，迁顽民于洛邑，得无诸君是其苗裔乎？"（言语22）①

邓艾与晋文王司马昭之间的对答，虽语出两人之间，但在字句上近于对句结构，"凤兮凤兮"是利用了楚狂接舆在孔子面前歌曰"凤兮凤兮，何德之衰"云云，大约有以灵鸟拟人之意。邓艾并不是简单地推拒嘲讽之言，而是利用古事古语作算法，且不意间又隐将自己所落地步与圣贤孔子相联类，非常巧妙。吴楚之人蔡洪入洛后的地域人才论辩，其中引到了"大禹生于东夷，文王生于西羌"的古例，也增加了雄辩性。

刘琨虽隔阂寇戎，志存本朝，谓温峤曰："班彪识刘氏之复兴，马援知汉光之可辅。今晋阼虽衰，天命未改。吾欲立功于河北，使卿延誉于江南。子其行乎？"温曰："峤虽不敏，才非昔人，明公以桓、文之姿，建匡立之功，岂敢辞命！"（言语35）

挚瞻曾作四郡太守，大将军户曹参军，复出作内史，年始二十九。尝别王敦，敦谓瞻曰："卿年未三十，已为万石，亦太蚤。"瞻曰："方于将军，少为太蚤；比之甘罗，已为太老。"（言语42）

殷仲堪当之荆州，王东亭问曰："德以居全为称，仁以不害物为名。方今宰牧华夏，处杀戮之职，与本操将不乖乎？"殷答曰："皋陶造刑辟之制，不为不贤；孔丘居司寇之任，未为不仁。"（政事26）

苏峻时，孔群在横塘为匡术所逼。王丞相保存术，因众坐戏语，令术劝酒，以释横塘之憾。群答曰："德非孔子，厄同匡人……"（方正36）

王右军与谢太傅共登冶城。谢悠然远想，有高世之志。王谓谢曰："夏禹勤王，手足胼胝；文王旰食，日不暇给。今四郊多垒，宜人人自效。而虚谈废务，浮文妨要，恐非当今所宜。"谢答曰："秦任商鞅，二世而亡，岂清言致患邪？"（言语70）②

从三代贤圣到秦汉人物故事，都可以入对句用事。一般而言，用典隶事可以使言

① 《世说新语笺疏》，第77—78、83—84页。

② 《世说新语笺疏》，第96—97、102—103、187、317、129页。

约意丰，意思婉转，有时也适当掩抑锋芒。刘琨以东汉班彪、马援明辨天命的事迹自励，引古自证，增强个人意志的合理性。挚瞻如此回复王敦，刘孝标引《挚氏世本》曰："瞻高亮有气节，故以此答敦。"①甘罗为少年时，就在秦朝建功受封，载于《史记》，挚瞻用来抵驳刚愎自用的王敦，用古却不掩锋芒，尽显个性。魏晋名士喜以孔子的某些境遇自比，前举邓艾化解"艾艾几艾"的尴尬时，用到孔子生平中被质问"凤兮凤兮"的一幕；殷仲堪本具玄学素养（"本操"），但他在政事中未忘孔子为大司寇诛乱法大臣少正卯的故事；孔群在王导的酒席上，碰到从前使自己难堪的敌手匡术，恨心再燃，便说"德非孔子，厄同匡人"，用孔子在宋国厄于匡简子，来类比自己"厄"于匡术。两人恰好同姓，匡人之可鄙，尽在言中，而圣人有时也受制于小人，故其困厄遭遇也可聊慰常人。

所谓"反对为优"，往往更见缀言敷意的熔裁之功。刘勰为什么会提出"正对为劣，反对为优"的理论？或许应该与他担心"骈赘"之弊相关。相对来说，"正对"滥用就较易表现为"一意两出，义之骈枝也；同辞重出，文之肬赘也"②。而"反对"则通过对反概念或视野的矛盾统合，得到文义丰足无滥之境。这种对句的奇妙，有时巧夺天工，有如神来之语：

> 桓公北征经金城，见前为琅邪时种柳，皆已十围，慨然曰："木犹如此，人何以堪！"攀枝执条，泫然流泪。（言语 55）
>
> 羊秉为抚军参军，少亡，有令誉。夏侯孝若为之叙，极相赞悼。羊权为黄门侍郎，侍简文坐。帝问曰："夏侯湛作《羊秉叙》绝可想。是卿何物？有后不？"权潸然对曰："亡伯令问夙彰，而无有继嗣。虽名播天听，然胤绝圣世。"帝嗟慨久之。（言语 65）③

桓温感动千古的名句"木犹如此，人何以堪"，句构中的实词主体"木"与"人"，一为无情物，一为有情者，再加上助词对应，对比写来，富有抒情的魔力。后一例的"名播天听，胤绝圣世"强化出一种对比，名望无非身外虚誉，胤嗣却属血脉实传，羊权如此表述，"善敷者辞殊而意显"（借用《文心雕龙·镕裁》语），将幸与不幸各表到极至而相映，产生了令人"嗟慨久之"的情感效果。

不可否认，"反对为优"的眼光历练，存在于清谈风气曼衍之中。名士社会在对人物或学风文格加以品鉴之际，往往通过有差异度的两人或两事合论，字句形

① 《世说新语笺疏》，第 103 页。

② 《文心雕龙注》，第 543 页。

③ 《世说新语笺疏》，第 114、124 页。

成"反对",在意味揭示上"情周而不繁,辞运而不滥"(借用《文心雕龙·镕裁》语)。

褚季野语孙安国云:"北人学问,渊综广博。"孙答曰:"南人学问,清通简要。"支道林闻之,曰:"圣贤固所忘言。自中人以还,北人看书,如显处视月;南人学问,如牖中窥日。"(文学 25)

孙兴公云:"潘文烂若披锦,无处不善;陆文若排沙简金,往往见宝。"(文学 84)

孙兴公云:"潘文浅而净,陆文深而芜。"(文学 89)

或问顾长康:"君《筝赋》何如嵇康《琴赋》?"顾曰:"不赏者,作后出相遗。深识者,亦以高奇见贵。"(文学 98)

世称"庾文康为丰年玉,稚恭为荒年谷"。庾家论云是文康称"恭为荒年谷,庾长仁为丰年玉"。(赏誉 69)

时人目"夏侯太初朗朗如日月之入怀,李安国颓唐如玉山之将崩"。(容止 4)

戴安道既厉操东山,而其兄欲建式遏之功。谢太傅曰:"卿兄弟志业,何其太殊?"曰:"下官'不堪其忧',家弟'不改其乐'。"(栖逸 12)

谢遏绝重其姊,张玄常称其妹,欲以敌之。有济尼者,并游张、谢二家。人问其优劣,答曰:"王夫人神情散朗,故有林下风气。顾家妇清心玉映,自是闺房之秀。"(贤媛 30)①

《世说新语》立有"品藻"篇,似专着意于作对比性的评鉴,如:

汝南陈仲举,颍川李元礼二人,共论其功德,不能定先后。蔡伯喈评之曰:"陈仲举强于犯上,李元礼严于摄下。犯上难,摄下易。"仲举遂在三君之下,元礼居八俊之上。(品藻 1)

明帝问周伯仁:"卿自谓何如庾元规?"对曰:"萧条方外,亮不如臣;从容廊庙,臣不如亮。"(品藻 22)

简文云:"何平叔巧累于理,嵇叔夜俊伤其道。"(品藻 31)

刘尹至王长史许清言,时苟子年十三,倚床边听。既去,问父曰:"刘尹语何如尊?"长史曰:"韶音令辞,不如我;往辄破的,胜我。"(品藻 48)

简文问孙兴公:"袁羊何似?"答曰:"不知者不负其才;知之者无取其体。"(品藻 65)

有人问袁侍中曰:"殷仲堪何如韩康伯?"答曰:"理义所得,优劣乃复未

① 《世说新语笺疏》,第 216、261、269、275、461、607、624、659、698 页。

辨;然门庭萧寂,居然有名士风流,殷不及韩。”故殷作《诔》云:“荆门昼掩,闲庭晏然。”(品藻 81)

桓玄为太傅,大会,朝臣毕集。坐裁竟,问王桢之曰:“我何如卿第七叔?”于时宾客为之咽气。王徐徐答曰:“亡叔是一时之标,公是千载之英。”(品藻 86)①

多例可见,人物品评之风炽盛,当时在名士间喜欢发出的问题是,某甲何如某乙?这样的两厢评鉴比照而出,怎样才能语简意丰?怎样才能警悟动人?在此调动“反对”的修辞力量,正是耐人寻味的。《世说新语·品藻》中还有一条:“王夷甫以王东海比乐令,故王中郎作《碑》云:‘当时标榜,为乐广之俪。’”②两名士组成了俪偶之目,载入碑文,刻石长存。另外,《贤媛》篇载:“王浑妻钟氏生女令淑,武子为妹求简美对而未得。”③佳偶美对存在于生活与人们的向往中,在清谈时代有其富有内涵的时代自觉。

总之,《世说新语》中丰富的对句之美,有其哲学与时风底蕴,有其语言修辞上的天成与琢炼。

① 《世说新语笺疏》,第 498、515、518、526、533、543、545 页。

② 《世说新语笺疏》,第 509 页。

③ 《世说新语笺疏》,第 681 页。

# 以论说文看《后汉书》文体辨析理念的时代特性

肖佳琳(陕西师范大学文学院)

文体分类考察一般基于文学理论篇籍、总集和别集的编纂、史书载录等。前二者,学界讨论较为丰富成熟,关于史书载录则相对冷落。实际上史家在史书中著录传主创作状况蕴涵着文体辨析意识,《后汉书》典型地体现了这一特点。然关于作为刘宋时人的范晔是否能确切地反映东汉文体观念一事,历来学者对此颇有分歧。以郭英德《〈后汉书〉列传著录文体考述》、石雅梅《〈后汉书〉文章著录方式与东汉别集编纂理念》等成果为代表,他们认为《后汉书》文体观念基本实录东汉。刘跃进《〈独断〉与秦汉文体研究》、刘明《〈后汉书·文苑传〉文体史料考论》等文章则持折射晋宋以来文体观念之说。质言之,以不同角度探讨的成果固然不在少数,大多仍集中于将《后汉书》与时代背景、同期著作相联系来探究体例的形成原因,鲜少聚焦此书内部,将《后汉书》传末著录的文体与所对应的文章原貌、文体归类方式对照探究的成果。而要说明这一情况,这种比对显得尤为必要。基于此,兹以传末论说类文体为范畴,比较其在辨析归类上的特点,探究《后汉书》所传达的文体观念的时代性。

## 一、《后汉书》文体辨析观的渊源

《后汉书》要选取诸多类型的文体入篇幅有限的列传中,将其按照有效统一的书写体例排列起来,就需要具备文体辨析能力。传末文体分布、存在的形态与文体辨析观念息息相关,而辨体观的形成并不是一蹴而就的,要探究《后汉书》文体辨析观念的时代特点,需梳理辨体脉络,方能体现后者对前者继承与发展的内容,更好地凸显其时代界点。

刘师培言“文章各体,至东汉而大备”[①],东汉时期由于统治者大力推动学术发展,创作活动繁荣兴盛,留存了数量众多、形态丰富的文体。文体繁盛细密化的趋势带来了各个文体之间功能界限的混淆,于是以文体辨析为要的文学批评系统正

① 刘师培《中国中古文学史讲义》,上海古籍出版社 2000 年版,第 20 页。

建立在这一事实上，它的发展经历了漫长的过程。东汉蔡邕《独断》记载的上行文体为策书、制书、诏书、戒书，下行文体为章、奏、表、驳议。刘熙《释名》在《释书契》《释典艺》《释言语》中分别收录了奏、札、简、簿、牍、檄、谒、玺、符、传、券、契、策书、书、敕、谶、记、诗、律、令、诏、铭、诔、谥、谱、碑、词等文体。概之，两书多记载应用性文体，在潜意识里区辨了应用性文体和经学，从而反映出大一统的帝国形态和宏大庞杂的官僚体系带来的朝廷及官府公文的兴盛。但这个时期尚不具备文体辨析的意识，他们是以实用主义的立场来记载文体的，旨在辨明文体应当使用的场合，规定书写的对象、体式等问题。魏晋以来，曹丕《典论·论文》提出了"文章不朽"的文学批评理论，高度强调了文学创作的地位，肯定了文章对于社会和个人的作用。篇中以"盖奏议宜雅，书论宜理，铭诔尚实，诗赋欲丽"①区别了四科八体的类别和风格，认识到不同文体之间规律的侧重点截然不同。陆机《文赋》以"诗缘情而绮靡，赋体物而浏亮。碑披文以相质，诔缠绵而凄怆。铭博约而温润，箴顿挫而清壮。颂优游以彬蔚，论精微而朗畅。奏平彻以闲雅，说炜晔而谲诳"②更加细微具体地区别了十种文体的写作风格。较《典论·论文》而言，增添了碑、箴、颂、说体，更接近文学范畴，反映出作家们文学理念的深化发展。

以上篇籍虽有部分涉及文体辨析的内容，展现了辨体的发展演化过程，但究其创作目的，大多非以文体为主，直至挚虞《文章流别论》开始系统论述文体的源起及流变。根据佚文，《文章流别论》以文体为纲，从诗赋而下将众多文体分编，分别辨析了颂、赋、诗、七体、箴、铭、诔、哀辞、哀策、碑、图谶等体，并且根据"流别"收集各体文章篇名，即要求所选之文符合该文体的基本体制。它辨析文体源流并予以批评鉴赏，体现了分体编集的自觉意识，较早搭建了文体批评史的基本模式，文体辨析观念愈发明晰。《后汉书》中的一些辨体理念即与《文章流别论》相类似。例如《文章流别论》将七体从赋体中分化，分别罗列七体的篇目，《后汉书》也将二者并列，载傅毅"著诗、赋、诔、颂、祝文、《七激》、连珠凡二十八篇"③、记李尤"所著诗、赋、铭、诔、颂、《七叹》、哀典凡二十八篇"④等。再如《文章流别论》不将设论列体，亦采取罗列篇目的方式，在《后汉书》传末文体里同样可看到此类型，录班固"固所著《典引》《宾戏》《应讥》、诗、赋、铭、诔、颂、书、文、记、论、议、六言，在者凡四十一篇"⑤一条中，《宾戏》《应讥》即为设论体等。东晋李充《翰林论》佚文叙录了

① 魏宏灿《曹丕集校注》，安徽大学出版社 2009 年版，第 313 页。
② (晋)陆机著，张少康集释《文赋集释》，人民文学出版社 2002 年版，第 99 页。
③ (南朝宋)范晔撰，(唐)李贤等注《后汉书》卷八十上，中华书局 1965 年版，第 2613 页。
④ 《后汉书》卷八十上，第 2616 页。
⑤ 《后汉书》卷四十下，第 1386 页。

书、文、赞、表、驳、论、难、议、奏、盟、檄等体，并鉴赏了该体的体式风格。二人按体选文，按体批评推动了文章体裁的定体，促进了文士对文体源流及体式规范的了解，这正是文体辨析逐渐走向自觉和细密的表现。由上述的文体辨析发展来看，东汉虽作品众多，但辨体在东汉时代尚不具备独立的意识，文士偶涉及文体，也是出于实用主义的角度，多记载应用之文。随着魏晋以来文学理论的推进，文士逐渐关注起文体的创作风格、内在规律、适用对象，各种文体的分工渐次明晰，原先的体式已然不够承载丰富的文章内容，促使文体朝着细化的趋势演进。范晔生活在晋宋时期，其文体观念自然受到时下文学批评体系的陶染，在《后汉书》文体的著录里不仅有与魏晋以来的文体著作相似的辨体观念，且在论说文的分类上更是表现出了细化的特点。

## 二、问答类论说体的细化分类

《后汉书》对文体的著录体现了范晔对文体形态的认知及其地位的考量。经整理归纳，《后汉书》传末著录的文体共有：诗、赋、颂、论、书、奏（奏事、上疏）、连珠、诔、酒令、碑（碑文）、赞、笺、说、记、策（策文）、教、嘲、六言、七言、别字、歌诗、铭、箴、吊、诸解诂、祠、文、表、答、哀辞、条教、辩疑、琴歌、对策、遗令、议、教令、应讯、祝文、祷文、章表、笺记、檄、诫述、志、论议、书记、问、注、杂文、奇文、荐、谒文、书记说、自序、官录说 56 种文体①。以上诸种文体里包含了大量的论说类文体，通过对此类文体的辨析在一定程度上能够折射出《后汉书》所蕴含的时代特性。

从广义上来讲，具备言说立论意义的文章体裁可归为论说类文体。《后汉书》著录的论说类文体有论、说、文、论议、问、答、嘲、应讯、辩疑、书记说、官录说、注、诸解诂等体及七体篇目、设论篇目。除注及诸解诂外，其余的文体有一个明显的特征是大多以问答式的结构成篇。如七体篇目和设论篇目为问答类赋体的衍支，在传末文体里以篇名展示，夹杂于传主创作的文体之列。需要说明的是，西晋傅玄已将七体作为文体集而论之，《隋书·经籍志》亦载西晋时便有设论集。七体和设论在已经具备文体名称的前提下，仍采取繁琐的罗列篇目的做法，这恰巧与挚虞《文章流别论》的归类方式一致。《文章流别论》即在赋体之外，另摘出七与设论，追溯这两类作品的源头分别来自枚乘《七发》与扬雄《解嘲》，并择选了其后的代表篇目，鉴赏了该作的体制及风格特点。“文”出自崔寔、葛龚及班固传末，崔寔、葛龚之“文”已不传，未明此体对应的文章。《汉魏六朝百三名家集》班固条目下设“文”，指的是《奕旨》。这篇文章是问答体，对方提出对“奕”的疑问，己方回答

① 按：此处整理的文体遵照《后汉书》传末撰录的文体原貌，不加以辨析。

其中的意旨。“应讯”源自延笃传末，讯即答，应讯为应答，“辩疑”出自刘陶传末，两者都有说理论议的性质。

《文心雕龙·论说》云“论也者，弥纶群言，而研精一理者也”①，提出论体应具有逻辑思辨力和独特精到的见解。此篇又云“说者，悦也”②，即要以好的言辞使对方信服，论与说的目的均是通过阐述自己的立论点，以理服人，最终达到辩论劝说的目的。文章体裁的兴盛与特定的社会活动环境与群体行为渊源颇深。魏晋以来，政局动乱，朝代更迭换代迅速，在立德无望、立功无门的大背景下，士人们将目光投射进内心世界，自我意识觉醒，重视衡量个人价值，纷纷以立言寻求自身的不朽，通过著书立作来论及主张，解决社会现实问题，阐发一家之言，于是推动了子书的兴盛。从《后汉书》论说类文体著录体例来看，若传主有论体类的著作一般与其文体隔开而列，或置于文体之前，例如刘睦“睦能属文，作《春秋旨义终始论》及赋颂数十篇”③，或置后如杜笃“所著赋、诔、吊、书、赞、七言、《女诫》及杂文，凡十八篇。又著《明世论》十五篇”④，大多以“又”“及”等字眼将著作与文章区别开来，表明了著书与写文的不同。

随着玄佛二教的广为传播，受到思想超脱、崇尚自由的时代思潮陶染，士人们的观念呈现多元化的倾向，儒学不再像两汉时期具有绝对的话语权与领导力。但这并不意味着儒学的式微，事实上即便在魏晋南朝，儒学在统治阶级及文士心里仍然有着较强的束缚力，只是不再是单向输出的唯一思想来源。文士们好论难谈玄，多能言善辩以至连宵达旦的地步，他们就论题阐发玄远高致、抽象的义理，抒发对社会现实的看法、自身遭际的悲愤及心灵的苦闷。应玚有言：“辩论释郁结，援笔兴文章。”⑤反映了时人论辩广为繁盛的动因，也由此产生了数量众多的充满辩证色彩的论体文。文学创作实践影响到文论家辨析文体的观念，对特定的文体表现出热情的关注。范晔是晋宋时人，即便立足于撰写东汉史实的史家立场，由于其生活的时代背景，著录观念上自然无可避免地浸染了时代风气，受到论辩之风的影响，在文体的辨析里表现出对论说之文的重视，将有论说性质的文章多列为文体。魏晋以来的论体文里问答对话体为常见的基本结构，即以循环往复的问答体形成全篇，通常一问一答，或多问多答，展示双方的辩难之处，并随着说理的逐渐深入抒发己志，体现了士人思考问题的方式与见解。例如嵇康《声无哀乐论》

① (南朝梁)刘勰著，范文澜注《文心雕龙注》，人民文学出版社 1958 年版，第 327 页。

② 《文心雕龙注》，第 328 页。

③ 《后汉书》卷十四，第 557 页。

④ 《后汉书》卷八十上，第 2609 页。

⑤ 逯钦立《先秦汉魏晋南北朝诗》，中华书局 1983 年版，第 383 页。

虚构秦客的诘难与东野主人的回应，提出了其关于音乐美学的理解等。《后汉书》著录传末文体虽然不将设论类如《答宾戏》《达旨》等篇目立为文体，却将“问”“答”“应讯”等引出对方和己方论点的关键字眼设为文体。其中“问”出自班昭列传，班昭的问体现已无存，仅有《难问神》的记载，疑似问体。“答”源于崔寔列传，应为《答讥》，这篇也是以客问主答的方式来表达己志，回应客方的讥嘲。此外，问答类论体文以论难的形式出现，双方反复辩驳，《后汉书》传末甚至自立了“辩疑”一体，并在贾逵传末著录“逵所著经传义诂及论难百余万言”[①]，均有辩论的文章性质。《后汉书》将具备论说性质的文章设为文体，表明了对阐发一家之言的看重，遂使论说之体在书中呈现出细化的趋势。

## 三、注疏之体的论说性质

前章探析了问答类的论说文体在传末的细密归类，除此之外，《后汉书》传末文体的著录也呈现出对注疏类论说文体的细化，撰录了“注”“诸解诂”等文体。《文心雕龙·论说》将注体归于论体，“若夫注释为词，解散论体，杂文虽异，总会是同”[②]，意在指明注体重解释阐发，这与论体的性质殊途同归，属于论体文的衍支。《说文解字》释“注”曰“释经以明其义曰注”[③]，注疏类文章本为随经而生的解经之作，汉儒盛行为群经作注，动辄一经便解说至百余万言，在东汉人的观念下“注”是依附于经的，既未能独立成篇也不具备文体意义。然观《后汉书》对注疏类文章的归类是将其作为独立的文体撰录的。若传主创作了释经的著作，往往将注作与文体分而叙之。例如马融传末载“注《孝经》《论语》《诗》《易》《三礼》《尚书》《列女传》《老子》《淮南子》《离骚》，所著赋、颂、碑、诔、书、记、表、奏、七言、琴歌、对策、遗令，凡二十一篇”[④]。若无注作，亦有将其创作的注疏类文章立为文体的例子。最典型的当数《班昭列传》传末，“所著赋、颂、铭、诔、问、注、哀辞、书、论、上疏、遗令，凡六十篇”[⑤]。不仅将“注”作为一种独立的文体，并且置于“论”这样具备立论言说性质的文体之前。班昭之注的佚文里存《幽通赋注》及《列女传注》。《幽通赋注》是为其兄《幽通赋》作注的文章。《列女传注》即是班昭为刘向《列女传》作注的作品。观《幽通赋注》，可见班昭之注与汉儒释章句的注已然有了不同之处。班昭在释通

① 《后汉书》卷三十六，第 1240 页。
② 《文心雕龙注》，第 328 页。
③ （汉）许慎著，（清）段玉裁注《说文解字注》，上海古籍出版社 1981 年版，第 979 页。
④ 《后汉书》卷六十上，第 1972 页。
⑤ 《后汉书》卷八十四，第 2792 页。

文意之外，借注叙述了班氏的家族史，宣扬了先德遗烈，抒发了班氏后人欲继扬先人功绩的壮志与岁月不居、灾祸避之不及以致怀疑天道的悲叹。这篇文章实乃借经言志，自剖心迹之作，表达了自己对天道与人道的态度并借此注以教化后代。再者，汉代文士所作的注多为儒家经典附释，以释词解句宣扬儒学思想，而班昭是为单篇文学作品作注，足见范晔对文章的重视。范晔或许认为儒士的释经之作仅为著作，未成文体。而班昭之注形成了独立完整的思想逻辑体系，以注作论，具有阐论价值，《后汉书》遂将其归为一种文体，肯定了其文章形态具备单独成体的意义，与汉代对注作的态度截然不同，呈现出文体细分的趋势。也表现出六朝人对注从"章句之学"转向了阐发义理。

"诸解诂"一体见于《胡广列传》之末，"其余所著诗、赋、铭、颂、箴、吊及诸解诂，凡二十二篇"①。对于"诸解诂"，李贤注曰"诂，事也。言解其事意"②，即阐释之作。汉郑玄《周礼注疏》："侍中贾君景伯、南郡太守马季长，皆作《周礼解诂》。"③《后汉书》撰"解诂"一词有四处，均为释经之作。分别为：

> 贾逵：尤明《左氏传》《国语》，为之《解诂》五十一篇……并作《周官解故》。④
>
> 翟酺：著《援神》、《钩命解诂》十二篇。⑤
>
> 卢植：作《尚书章句》《三礼解诂》。⑥
>
> 何休：蕃败，休坐废锢，乃作《春秋公羊解诂》。⑦

《全后汉文》载胡广著《汉官解诂》三卷及《王隆汉官篇解诂叙》，此篇言及王隆作《汉官》，广为之解诂，《后汉书》用"及"将诸解诂与其他文体相隔开。传末文体著录条目里，凡是在叙列文体时出现"及"字的，共有四条，分别为胡广、赵壹、杜笃、王逸，后三者"及"的对象都是杂文。如赵壹"著赋、颂、箴、诔、书、论及杂文十六篇"⑧，这里的杂文不特指固定的文体，应是一类文章的泛称。由此推断诸解诂应

---

① 《后汉书》卷四十四，第 1511 页。

② 《后汉书》卷六十四，第 2116 页。

③ （汉）郑玄注，（唐）贾公彦疏《周礼注疏》，上海古籍出版社 1990 年影印阮元校刻《十三经注疏》本，第 6 页。

④ 《后汉书》卷三十六，第 1240 页。

⑤ 《后汉书》卷四十八，第 1606 页。

⑥ 《后汉书》卷六十四，第 2116 页。

⑦ 《后汉书》卷七十九下，第 2583 页。

⑧ 《后汉书》卷八十下，第 2635 页。

当是诸种解诂之作。

《后汉书》传末著录了56种文体，包括诗赋等纳于宗经体系的文体，被士人奉为经典文本加以大量摹拟创作，亦有承载儒家礼制文化意义的赞、铭、碑、箴等体及章、表、奏、议等公牍文。以上诸种类型的文体经过长期的创作实践已具有特定的体式体貌，《后汉书》未将它们别立它体。而对于尚未成熟还在发展演变中的文章，由于具备创造的可能性，《后汉书》以文体辨析的方式为富有特色的文章设体，使它们独立成体，而书中撰录的论说类文体正较为典型地体现了自立文体的特点。经过辨析，论说类的文体达15种之多，充分体现了范晔对阐发言论见解类作品的重视。通过它们的著录特征，实际上也折射了其时文士的文体观念。南朝的文体著作中自设文体的归类法也屡见不鲜，例如《文章缘起》中的反骚、哀颂、祈文、旨等体，《文心雕龙》设立览、略、命、列等体，《文选》存史论等例。文论家本着贴合文章创作情状的原貌的态度，凭借各自对文章的理解来划分各种文体，虽然不免缺乏客观性，呈现出逻辑体系淆乱的现象，却是对一个时代文章创造力的有力回应。

# 从《文心雕龙·事类》看刘勰的骈文观念与创作

高　晨　高明峰(辽宁师范大学文学院)

骈文创作在六朝到达了它的鼎盛时期,但随之而来的还有当时文坛的种种不良风气,刘勰不仅看到了这些存在于骈文创作中的问题,还为此写成了《文心雕龙》,想要修正当时一些错误的骈文观念,并树立骈文写作规范。骈文作为一种文体,在句式、声韵、藻饰、隶事等方面有其明确的特点,刘勰在《文心雕龙》中用《事类》篇专门来讨论隶事的问题,由此可看出他对骈文中隶事规范及方法的重视。

## 一、"事类"释义

骈文产生于汉代末年,在南朝陈、梁两代达到高峰。骈文最显著的特点就是对仗工整,句式两两相对,这也是它名字的由来,就如两匹马并驾齐驱一样。骈文还有辞藻华美、隶事、声律等特点。隶事也就是《文心雕龙·事类》所讨论的对象,二者意义相同。隶事在骈文创作和研究中不如对仗和藻饰受重视,但隶事的重要性却不容忽视,黄侃认为:"夫以言传义,自古殆已有不能吻合之患,是故譬喻众而假借繁。"①正是因为担心自己的语言不能准确地表达内心想要传达给读者的内容,所以自古以来作家都喜欢用古人的故事还有古人说过的话来表达自己内心的想法。"事类"对骈文创作者来说是一个既重要又有难度的部分,因此南北朝时期许多文学家都论及过"事类"这一方面,尤其是刘勰还在《文心雕龙》中专门用一章来讨论有关"事类"的问题。

要研究《文心雕龙》中的《事类》篇,首先要明确"事类"的含义。"事类"一词最早出现在《韩非子·显学》:"夫祸知磐石象人,而不知祸商官儒侠为不垦之地、不使之民,不知事类者也。"②在这里"事类"的意思与后来还不相同,指的是"同一类事情"。等到挚虞《文章流别论》"古诗之赋,以情义为主,以事类为佐"③,意义已经

① 黄侃《文心雕龙札记》,上海古籍出版社 2000 年版,第 187 页。

② (清)王先慎撰,钟哲点校《韩非子集解》,中华书局 2003 年版,第 461 页。

③ (唐)欧阳询撰,汪绍楹校《艺文类聚》,上海古籍出版社 1965 年版,第 1020 页。

变为"在文章中引用古事来类比真理"。刘勰《事类》开篇道:"事类者,盖文章之外,据事以类义,援古以证今者也。"①由此可见《文心雕龙》中的"事类"所代表的意义与挚虞《文章流别论》中大致相近,都是与借用或引用以前人做过的事或说过的话相关。

"事义"一词在与《文心雕龙》时代相差不远的《文选序》中也曾出现:"事出于沉思,义归乎翰藻。"②还出现在钟嵘《诗品序》中:"词既失高,则宜加事义。"③这两处提到的"事义"也与刘勰的"事类"同义。这些证明在六朝时期,"事类"或"事义"已经成为一个具有代表意义的词汇被进行研究了。《事类》篇曰:"昔文王繇《易》,剖判爻位,《既济》九三,远引高宗之伐;《明夷》六五,近书箕子之贞:斯略举人事,以征义者也。至若《胤征》羲和,陈《政典》之训;《盘庚》诰民,叙迟任之言:此全引成辞,以明理者也。"④据此,可将"事类"的具体内涵概括为两种形式分别为借用古事和引用陈语。对此,黄侃先生在《文心雕龙札记》中解释道:"道古语以剀今,道之属也。取古事以托喻,兴之属也。意皆相类,不必语出于我,事苟可信,不必义起乎今,引事引言,凡以达吾之思而已。"⑤这正是刘勰"事类"的真正含义。

黄侃先生还说道:"爰至齐梁,而后声律对偶之文大兴,用事采言,尤关能事。其甚者,捃拾细事,争疏僻典,以一事不知为耻,以字有来历为高,文胜而质渐以漓,学富而才为之累,此则末流之弊,故宜去甚去奢,以节止之者也。"⑥这段话清楚地说明了"事类"在齐梁时期产生的问题,作家们在创作骈文的过程中,过于追求文章深度,引用十分偏僻的典故,甚至追求每一字都有来处,这种不正确的骈文观导致文章"文"与"质"逐渐疏离,过多地借用古事和陈语不但不能为文章增色,反而成了累赘,这在当时成了一种不良的创作现象。这也是刘勰创作《事类》篇的文化背景,他希望能够通过自己文章,使人们意识到这种风气所带来的消极影响,并树立正确的骈文规范和观念。

## 二、刘勰在《事类》篇中提出的骈文理论

刘勰在《事类》中仅仅用八百多字就将他对骈文"事类"这一问题的观点完整

① (梁)刘勰著,范文澜注《文心雕龙注》,人民文学出版社 1958 年版,第 614 页。
② (梁)萧统《文选》,上海古籍出版社 2019 年版,第 3 页。
③ 王叔岷《钟嵘诗品笺证稿》,中华书局 2007 年版,第 97 页。
④ 《文心雕龙注》,第 614 页。
⑤ 《文心雕龙札记》,第 187 页。
⑥ 《文心雕龙札记》,第 188 页。

清楚地表达了出来。从整体上看,《事类》篇大致可分为三个部分,第一部分主要讲“事类”的含义、作用以及自古以来作家运用“事类”的情况,并且提出“事类”的主要意义在于“援古证今”。而剩下的两部分可以认为是刘勰骈文观的展现,又可以归纳为四点。

第一,“事类”应以宗经为根本。

刘勰在《文心雕龙·宗经》中提出了他的宗经思想,宗经也成为贯穿全文的核心思想。刘勰认为经典是“恒久之至道,不刊之鸿教也”[①],更是文章的“骨髓者也”,因此在运用“事类”时如果能够做到“禀经以制式,酌雅以富言”[②],那么就会像熔山来铸钱,用海水来煮盐,没有不成功理由。在《事类》篇中,刘勰也提到了与《宗经》中相照应的创作观念:“夫经典沉深,载籍浩瀚,实群言之奥区,而才思之神皋也。扬、班以下,莫不取资:任力耕耨,纵意渔猎,操刀能割,必列膏腴。”[③]他认为作家要善于吸取儒家经典,那就一定能从中获得丰富的营养。面对经籍,虽然“辞理遐亘”,但刘勰强调,只要善于运用和发掘,就会“古来无懵”。刘勰甚至还把援事引言提升到圣贤经籍的高度,认为此乃“圣贤之鸿谟,经籍之通矩”[④]。

第二,才与学:学识广博的重要性。

刘勰从才与学的关系开始论起,首先,他提出“文章由学,能在天资”[⑤],说明写文章离不开作者的学识和天资。接着,辩证地分析了“才自内发,学以外成”的关系,认为“学贫者,迍邅于事义;才馁者,劬劳于辞情”[⑥]。在刘勰看来,才与学二者都很重要,缺一不可,若能够做到“主佐合德”,就会“文采必霸”,反之,如果“才学褊狭”,那么“虽美少功”。接下来又论述了才与学两者之间的主次关系,谈到“是以属意立文,心与笔谋,才为盟主,学为辅佐”[⑦]。但这并不代表他认为才比学更重要,因为他接着又说“表里相资,古今一也”[⑧],认为只要坚持学习,广博学识也能够丰富才力。为此他还引用了扬雄“自奏不学,及观书石室,乃成鸿采”的事例来论述自己的骈文观,即“是以将赡才力,务在博见。狐腋非一皮能温,鸡跖必数千而饱矣”。也就是说,想要丰富才能,必须首先广博学识。对此,黄侃先生在《文心雕龙札记》中谈到:“且夫文章之事,才学相资,才固为学之主,而学亦能使才增益。”[⑨]这句话精炼准确地概括出了刘勰对于才与学的看法。

第三,“事类”要运用在文章中恰当的地方。

---

① 《文心雕龙注》,第 21 页。

② 《文心雕龙注》,第 23 页。

③⑤⑥⑦⑧ 《文心雕龙注》,第 615 页。

④ 《文心雕龙注》,第 614 页。

⑨ 《文心雕龙札记》,第 188 页。

关于事类的运用，刘勰还提到了一条标准，认为要“取事贵约”，也就是说采用的事例或者引用的话应该要简约恰当。刘勰在《事类》中还十分称赞三国时期的刘劭，因为他认为刘劭在创作《赵都赋》时，选取的《史记》中的两个故事精炼且贴合他所想表达的内容，一个是《史记·平原君传》中记载的毛遂呵斥楚王，迫使他同意签订盟约的故事，另一个是《史记·蔺相如传》中蔺相如斥责秦王，迫使他击缶为乐的故事。刘勰夸赞刘劭“用事如斯，可称理得而义要矣”，正符合刘勰提出的“取事约贵”的标准。刘勰把运用事类比作“辖”和“枢”，提出“故事得其要，虽小成绩，譬寸辖制轮，尺枢运关也”①。认为事类是骈文中关键的部分，就像一寸之辖就可以控制车轮、一尺之枢就能够运转门扇一样，是整篇文章的画龙点睛之处。反之，如果将“微言美事”放置于“闲散”之处，那么就像“缀金翠于足胫，靓粉黛于胸臆也”②。

第四，用典引文必须要正确得当，好像“自其口出”。

在提出前两点标准以后，刘勰又强调运用“事类”应该符合“凡用旧合机，不啻自其口出”③的标准。刘勰从正反两个方面来论述这一观点，一方面是引用古事和成辞应该合乎时宜，就像从作者自己口中说出来的一样自然；而从反面来说，则是“引事乖谬，虽千载而为瑕”④，认为所引之事一定要确保正确，因为一旦出现了“乖谬”，那么无论时间过去多久都仍然是无法掩盖的“瑕疵”。例如，曹植把司马相如《上林赋》中的主观推测当作真实的古事来引用，结果造成了谬误。还有陆机《园葵》诗中把“葛”比作“葵”的张冠李戴的错误，也没有做到“用旧合机”。刘勰列举曹植、陆机的例子就是为了强调“事类”正确的重要性。当然，对于作家来说，从浩瀚的书海中选取出准确的古事和成辞也是有一定难度的，所以刘勰说即使“以子建明练，士衡沉密，而不免于谬”⑤。他在“赞曰”中提出了运用事类的最高标准即赞语所说的“用人若己，古来无懵”⑥，希望作家能够拾取经籍中的精华，作为“事类”的材料。

总之，刘勰认为骈文写作中“事类”是既重要又有一定难度的一个特点，若能够将“综学在博，取事贵约，校练务精，捃理须核”⑦几点做到，那么就可以称得上是“众美辐辏，表里发挥”⑧，非常优秀了。从促进骈文发展的角度来说，刘勰在《事类》中论及的“事类”规范使骈文写作技巧有所演进，丰富了骈文的形式。这是刘勰对骈文发展所作出关于理论方面的贡献。

---

①②③④⑤⑦⑧ 《文心雕龙注》，第616页。

⑥ 《文心雕龙注》，第617页。

## 三、刘勰在《文心雕龙》中对"事类"理论的应用

《文心雕龙》全篇由语言优美、藻饰华丽、用典丰富的骈文写成，且具有"体大思周"的特点，对当时以及后世的骈文创作产生了深刻的影响。《文心雕龙》中几乎每一篇文章都涉及"事类"的运用，这些运用正是刘勰骈文观念最直观的体现。

第一，"事类"须宗经。

刘勰不但将宗经作为《文心雕龙》的核心思想之一，在创作《文心雕龙》过程中，宗经的思想也是随处可见，引用经籍本就是事类的一种方法。例如在《谐隐》中开篇就引用《诗经·大雅·桑柔》芮良夫的诗，《哀吊》篇中用《诗经·小雅·天保》来解释"吊"的含义，在《风骨》中第一句云："《诗》总六义，《风》冠其首，斯乃化感之本源，志气之符契也。"[①]直接用《诗经》来言风的感化作用。在《文心雕龙》中还多次引用《周易》，如《风骨》篇中写道："若能确乎正式，使文明以健，则风清骨峻，篇体光华，能研诸虑，何远之有哉！"[②]引用了《周易·乾·文言》"确乎其不可拔"，《周易·同人·彖》"文明以健"，《周易·系辞下》"能研诸侯之虑"，接连三处引用《周易》，且不留痕迹，这正是将经典运用到文章中的典范。

第二，作家应学识广博。

刘勰的在定林寺中的生活，使他有了饱读经史以及诸子百家著述和历代文学作品的机会，可以说刘勰本身就是一个学识广博的人，这在他的创作中有很明显的呈现。刘勰渊博的学识一方面从它对经典、史书的熟悉体现出来，此点在上文中已有表述；另一方面则从他对与他相近时代的诗人和作品的了解所表现出来，例如《文心雕龙·才略》中论述曹魏时的作家，刘勰一口气从三曹谈到了建安七子再到竹林七贤还包括杨修、丁仪等将近二十人的才力，接着又分别论述了西晋时期张华、左思、潘岳、陆机等二十多位作家的才力，这种遍读诗书的学识令人叹为观止。可见，刘勰之所以能观"文心"之"衢路"，得益于其"博见"，其能创作出如许锦绣文章，当也离不开他的"博见"。因此，刘勰将学识广博作为"事类"的一项标准，他认为只有通晓古今，博学多才的人才能在引用时信手拈来，并呈现出水到渠成的效果。

第三，"事类"应恰当准确。

关于"取事贵约"这一点刘勰也做得非常具有典范性，这是刘勰认为引用时非常重要的一点，例如《文心雕龙·知音》："昔《储说》始出，《子虚》初成，秦皇、汉武，

---

① 《文心雕龙注》，第513页。

② 《文心雕龙注》，第514页。

恨不同时；既同时矣，则韩囚而马轻，岂不明鉴同时之贱哉！”[①]刘勰在短短一句话中就引用了《史记·韩非列传》和《史记·司马相如列传》中的两个故事，一个是秦始皇始见韩非所作的《孤愤》《五蠹》后说到如果能够与韩非同游，死而无憾，为此急攻韩，得到了韩非；另一个是汉武帝读司马相如《子虚赋》恨不能与他同时，但韩非和司马相如最终都没有得到重用，刘勰借这两个例子来证明知音难遇的原因之一就是“贱同思古”。这两个故事虽然短小，但十分符合刘勰想要表达的观点，正像“寸辖”和“尺枢”一样精练、贴切。再比如《文心雕龙·物色》中，刘勰为了让读者能够准确体会到他所传递的情感，所引用的诗也都准确且精练：“故灼灼状桃花之鲜，依依尽杨柳之貌，杲杲为出日之容，瀌瀌拟雨雪之状，喈喈逐黄鸟之声，喓喓学草虫之韵。”[②]以上“灼灼”“依依”“杲杲”等这些叠词都出自《诗经》中的不同篇章，刘勰引这些词是为了说明《诗经》写景的精致以及诗人可以用少数字词概括各种外物的情形，辞约旨丰，令人解颐。在这里，刘勰不仅能准确理解这些词的意思，还准确地表达出他想表达的内容，就这点来说，作为一名“研思之士”已经是做到“无惭石匠”了。

第四，“事类”应正确无误。

刘勰还提出了运用事类时一定要准确、恰当的观点，认为“事类”应该达到不留痕迹，仿佛作者本人说出的程度，不过刘勰也意识到像曹植与陆机这样优秀的作家都难免会产生小小的失误，人非圣贤，犯错误是在所难免的，既然像曹植和陆机这样杰出的作家都会出现失误，那么像曹仁一类比较普通的作家在写作中犯些错误再正常不过了。同时，刘勰自己也避免不了在用事时产生一些小的失误，在《事类》篇的注中，范文澜先生提出因为孔颖达在《论爻辞谁作》中说“武王观兵之后，箕子使被囚奴，文王不宜预言箕子之明宜”，因此“近书箕子之贞”是彦和用事的小误[③]。当然，此类微小的失误无伤大雅，整体而言，刘勰在《文心雕龙》中运用“事类”是十分准确精彩的。

《事类》作为《文心雕龙》创作论中的一篇，系统并翔实地论述了与“事类”相关的骈文创作方法。《事类》篇中提出的一些观念及标准为刚开始学习写作骈文或写作水平一般的作家提供了门径，在一定程度上提高了他们的审美水平，并且像刘勰提倡的注重博学的要求也带动了当时文坛的学习氛围。更可贵的是，《文心雕龙》全篇由骈文写成，作者刘勰在提出自己骈文观念的同时，还直接为人们提供了优秀的骈文范本。从《事类》篇出发，我们更容易对以往所讨论的刘勰的骈文观有新的认识和突破，而结合刘勰的骈文实践，也将更有助于探讨刘勰在骈文史上的贡献。

---

① 《文心雕龙注》，第 713 页。

② 《文心雕龙注》，第 693 页。

③ 《文心雕龙注》，第 619 页。

# 真情至文　骈体叙事：庾信《思旧铭》的艺术高峰

张晓庆(河南科技学院文法学院)

铭，按《礼记·祭统》曰："夫鼎有铭，铭者，自名也。自名，以称扬其先祖之美，而明著之后世者也。"①铭最初的本意是颂美先祖，刻在青铜器上，永世流传。随着文体的发展，铭所承担的功能也越来越多。西晋挚虞的《文章流别论》将前世铭文分为"其文雅正"的人物碑铭、"表显功德"的器物之铭、"天子嘉量"的鼎彝之铭、"言可采录"的记物状景之铭②。六朝铭文，从内容题材上说并未有多少超越，《文选》所取5篇铭文仍重"褒赞"和"警戒"的审美标准。庾信存世铭文10篇，大多是对山川景物的赞美，如《玉帐山铭》等，内容相对空洞流于形式的华美。唯有《思旧铭》，与其他铭文截然不同。

公元558年，梁故观宁侯去世于北周。庾信为悼念萧永所写下的《思旧铭》，成为名篇流传千古。然而，此文究竟如何好，目前尚无专文来评析。从文体的角度审视《思旧铭》，庾信此铭文从文章制题到内容书写，显然不同于其他铭文。清李兆洛《骈体文钞》认为："此亦哀诔之文，非施于碑志者，故附于此。"直接将《思旧铭》放入"诔祭类"中。然而，庾信为何不以诔文书之却以铭文标识呢？即便将其与一般诔文对读，发现它并没有诔文传人的特征。相对萧永的模糊生平，庾信更多呈现的是家国沦丧的大事件。因此，如何认知《思旧铭》以及其文学经典性，这似乎有足够充分的空间。

## 一、《思旧铭》的文体选择

《思旧铭》是对梁朝故友萧永的怀念之辞。如果从铭的种类来看，《思旧铭》跟"其文雅正"的人物碑铭是最相近的，因其内容的相似性，李兆洛《骈体文钞》甚至直接将其放入"诔祭类"。这就引发我们的好奇，因为铭或诔往往都是以撰述对象

---

① (汉)郑玄注，(唐)孔颖达等正义《礼记正义》，影印阮元《十三经注疏》本，中华书局1980年版，第1499页。

② (清)严可均《全上古三代秦汉三国六朝文》，河北教育出版社1997年版，第802页。

名字直接命名，因而此篇应题为《梁故观宁侯萧永铭》或《梁故观宁侯萧永诔》，庾信为何不直接以人物命名呢？当然，这与铭的文体复杂性有一定关系。铭文从最初的宗庙颂文，发展到两汉六朝，与其他文体常常混淆不清。《文心雕龙》中在《颂赞》《箴铭》《诔碑》等不同文体中都提到铭，从中可以看出文体的互融驳杂。或许是因为铭本身具有的复杂性，使得庾信选择了似是而非的铭文体。但这显然不是最好的答案，毕竟庾信是六朝名家，对于文体认知绝非如此浅薄。

由命名方式引出铭文的文体问题，成为探究此文的第一道关卡。古人向来重视制题，庾信以《思旧铭》命名文章，显然是有重要深意的。《思旧铭》之名来源于向秀的《思旧赋》。正如明张献翼言："不知向秀《思旧赋》，不为庾信《思旧铭》。"向秀的《思旧赋》是了解庾信的《思旧铭》的重要依据。

《思旧赋》是向秀悼念嵇康的作品。向秀在嵇康被害之后，迫不得已向司马政权伸出橄榄枝。但在赴洛阳之前，他往返黄河两次去祭拜嵇康。在昔日同游之地，邻家笛声响起，念及嵇康临刑前弹奏的《广陵散》。在惜墨如金的篇幅里，向秀用大量文字描写了琴声、笛声，"琴声、笛声'妙声绝而复寻'，乃是象征嵇康虽死犹生，象征嵇康精神不死，永远活在人们心里"①。鲁迅曾说："年青时读向子期《思旧赋》，很怪他为什么只有寥寥的几行，刚开头却又煞了尾。然而，现在我懂得了。"②在司马政权政治高压下，向秀微言写就《思旧赋》，采用音乐意象表达对嵇康的悼念之情、对曹魏政权的惋惜之情，以及对司马政权的愤恨之情。

《思旧铭》是庾信悼念萧永思念故国的作品。了解向秀《思旧赋》是在政治高压下的微言之作，才能明白庾信《思旧铭》的深层含义。相比向秀，庾信的政治环境更加不自由。身处灭国之敌的异族统治下，他无法正常表达自己的情感，只能借助向秀的《思旧赋》的古典来微言异族亡国之痛，故友魂留异域之哀。因此，通观整篇铭文，庾信的着眼点不是萧永的生平概括，而是导致萧永魂留异域的历史巨变。由上可知，庾信取体"铭文"而非"诔文"，取名"思旧铭"亦非"萧永铭"，最主要的意义是取铭文永不磨灭之意，以此寄托对故友萧永的悼念之情、故国梁朝的至死不渝，以及对灭国之敌的愤恨之情。

## 二、铭文抒情的高峰

六朝铭文的题材内容，并没有超越挚虞的《文章流别论》的范围。著名骈文选本《骈体文钞》所录的六朝铭文，一是继承铭文正体"颂美纪德勒勋"之功用，即"皆

---

① 邓小军《隐藏的异代知音》，《文学遗产》2007 年第 3 期。

② 鲁迅《鲁迅杂文集》，天津人民出版社 2016 年版，第 127 页。

庙堂之制，奏进之篇，垂诸典章，播诸金石者也”①。一是继承铭文扩展功能，多用于记物写景，即“指事述意之作”。有学者总结：“铭文在题材内容上的开拓，削弱了铭文的警戒教化褒扬功能，更多抒写一些生活情趣和审美趣味。铭文发展至齐梁时，已既能适用于公共领域的宏大叙事，也能表达个体的戒慎警醒、生命感受和审美体验。”②但“生活情趣和审美趣味”，偏指记物写景之类，比如庾信的《至仁山铭》等。至于宏大叙事则是指参与社会礼制建设，比如陆倕的《新刻漏铭》“考辰正晷，测表候阴，不谬圭撮”，以新漏铭文加强政教统治。检阅六朝铭文，文人在铭文上抒发个人的真情实感者，实在少之又少，因此，庾信的《思旧铭》可称得上六朝铭文抒情的巅峰之作。

《思旧铭》分为序和铭两部分，序的第一段陈述由萧永之死引发旷古之悲；第二段叙述梁朝遭遇异族亡国，智愚同尽天地无情之怨；第三段讲述往昔欢愉而今日死别之哀。铭文部分除重复序文内容外，突出了萧永魂留异域之悲，以及自己对萧永的怀念之情。李兆洛评《思旧铭》：“亦靡矣，并开俗调。第子山之文，实以情胜，虽繁冤噍杀，感人殊深。能感人者，即至文也。”③“亦縻矣，并开俗调”，透露出庾信文章回环往复缠绵悱恻的情感，开启用铭文来表达个体私情的先例；“繁冤噍杀，感人殊深”，表明庾信的《思旧铭》是以情胜，获得至文赞誉。

序文部分确立了“悲”“怨”“哀”为核心的递进式抒情，使《思旧铭》在铭文抒情上达到了高峰。以“悲”而论，庾信连引用 6 个事典：孟尝君感念富贵不永之悲；荆轲易水送别舍生取义之悲；项羽英雄末路之悲；李陵歧路无归之悲；韩王孙、赵公子以富贵之身羁绁敌国之悲。这些悲情，远非士子悲秋伤春所能及，都是关涉“吾道何之”的生命抉择，贯穿深刻的生命体验。如果说“悲”还只是从个体情感出发，那么“怨”就直指历史现实，庾信继而延宕书写侯景乱梁和西魏灭梁，王公贵族、普通百姓不论贤愚一朝之内全遭涂炭。“所谓天乎，乃曰苍苍之气；所谓地乎，其实抟抟之土”，庾信采用自问自答句式，呼天抢地，诘责天地无情。这是对世道兴衰的重大天问，控诉梁朝无故被亡的怨愤之情。在痛悲、深怨之后，徒剩一腔哀思。昔日梁朝之乐、昨日羁旅之痛、今日生死离别之哀，一并展现在眼前，反复申诉，愁肠百结。

庾信之所以选择“士子春秋之悲”为起点，又贯穿历史生命之悲情，这里面是有他自己的深刻体验的。庾信与萧永等人生活在“五十年中，江表无事”的梁朝盛

① （清）李兆洛《骈体文钞》，岳麓书社 1992 年版，第 3 页。

② 谢飘云等主编《中国古代散文研究论丛》，世界图书出版公司 2013 年版，第 163—164 页。

③ 《骈体文钞》，第 600 页。

世中,作为备受宠幸的宫廷贵族,他们的文学书写多是伤春悲秋范畴。然而,遭遇异族入侵亡国之痛后,他们普遍跌落到如何面对生存的重大问题。对应孟尝君典故,武帝为首的梁朝诸帝成为富贵转成空的典范;对应荆轲、项羽、李陵典故,庾信出使北朝却遭遇亡国,被迫屈仕他方白首无归之悲;对应韩王孙、赵公子,萧永以梁朝皇室子孙羁旅北朝魂留异域。庾信在提取历史典故时,都是对应现实体验的重大悲情,所以他所写之悲凝聚着一个时代的悲情。

六朝骈文不乏抒情名作,比如江淹的《恨赋》《别赋》,但都是浓墨色彩于历史人物,与现实观照不多。究根结底,与士人偏安一隅的现实有关,整体上思想境界不高,等到宫体之作,多无病呻吟之情,"竟一韵之奇,争一字之巧"。庾信前期所创"徐庾体",虽然是以吟咏性情反叛传统文论,但因为生活苍白而流于绮靡。等到庾信生逢乱世,从文化盛地来到荒蛮之乡,所见所感非文无以寄托。作为时代最敏感用情最深的人,庾信用《思旧铭》弹出了抒情的最高音。《思旧铭》的确是以情胜,而深情却是依靠叙事来表达的。从铭文内容可知,文章记录了梁朝覆灭这样的重大历史事件,讲述了个人在乱世下的身世流离。《思旧铭》开启了骈体铭文叙述历史事件的新起点。

## 三、骈体叙事的开拓

铭文在散体阶段可以自由叙事,但是到了骈体时期还能灵活叙事,保持思想脉络贯通,却并非易事。骈文以"对仗"为主的文体特征,极大限制了以"流动"为主的叙事艺术的发展。如近代学者章太炎在《文学略说》中所说:"叙事者,止宜用散。"[①]然而,庾信骈文多能记述当时之事,有着沉甸而灵动的叙事神韵,其《哀江南赋并序》指陈有梁一代兴废、自述平生遭遇,更获有"赋史"[②]之誉。相对于《哀江南赋》作年的旷古争论,《小园赋》《伤心赋》的模糊系年,《思旧铭》是有明确系年的作品,其作于庾信入北第四年。作为庾信入北早期作品,《思旧铭》已经彰显出庾信不受骈四俪六的文体限制,自由书写家国兴亡之痛的艺术成就,代表着他由南入北后的骈文成绩,具有重要的里程碑意义。下面就探讨庾信如何以骈体叙事,又如何能保持文脉贯通。

每每谈及庾信文章叙事,学者大多会引用骈散结合理论。的确,庾信后期在撰写墓志铭时,已经开始大量引用散句,以记录人物生平,刻画人物形象。然而作为早期作品,《思旧铭》极少用散句,比如首句"岁在摄提,星居监德,梁故观宁侯萧

① 章太炎《章太炎讲国学·文学略说》,东方出版社2007年版,第342页。

② (清)倪璠《庾子山集注》,中华书局1980年版,第98页。

永卒”，前面四四相对，只有“梁故观宁侯萧永卒”为散句，却是突出梁朝官职以寄寓故国之思。偶有散句者，比如“幕府初开，贤俊翘首，为羁终岁，门人谢焉”，叙述萧永羁旅长安的时间；又比如“昔尝欢宴，风月留连，追忆平生，宛然心目”，但其通过连散为骈，四四整饬，16个字将庾信萧永平生友情涵括殆尽。这些散句的确也起到了交代事件、疏通文气的作用。但通观庾信《思旧铭》全文，几乎没有纯粹散句，这里可看出庾信在入北之初，完全是按照南朝骈俪风格行文。

相对后期骈散结合，庾信前期还是着重以骈体特征开拓骈文叙事的功能。骈体特征主要包括用典、对偶、四六、藻饰、韵语等特征，《思旧铭》完全是在这样的藩篱中进行叙事开拓，这集中体现在序文中叙述历史巨变一段：

> 况复鱼飞武库，预有弃甲之征；鸟伏翟泉，先见横流之兆。星纪吴亡，庚辰楚灭。纪侯大去，郫子无归。原隰载驰，镮辕长别。甲裳失矣，余皇弃焉。河倾酸枣，杞梓与樗栎俱流；海浅蓬莱，鱼鳖与蛟龙共尽。焚香复道，讵敛游魂？载酒属车，宁消愁气？芝兰萧艾之秋，形殊而共瘁；羽毛鳞介之怨，声异而俱哀。

用典，是骈文的基本特点之一，也是构成庾信骈文叙事的最重要的条件。刘勰在《文心雕龙·事类》中云：“事类者……据事以类义，援古以证今者也。”①这表示，用典是援用古典故事（事典）或言语（语典）表达自己想说的事情或者话语。庾信骈文往往以过去某一历史故事来指陈现实某一时事，并将作为散句的古典改变为整齐对偶的骈句，以此自由叙事。比如在叙述侯景之乱时，《思旧铭》中“鸟伏翟泉，先见横流之肇”的事典，出于《晋书·五行志》，此事典以自然界意象表征刘渊为首的五胡乱华，庾信又以匈奴刘渊乱华比喻羯胡侯景乱梁，古典今典二者有一点相同，即都是游牧民族对汉民族政权的侵犯与毁灭。这也正是陈寅恪《读哀江南赋》所云的方法：“兰成作赋，用古典以述今事。古事今情，虽不同物，若于异中求同，同中见异，融会异同，混合古今，别造一同异俱冥，今古合流之幻觉，斯实文章之绝诣，而作者之能事也。”②

相对《哀江南赋》运用“古典今事”的相同性或相似性进行叙事，《思旧铭》更多的是运用语典隐喻进行叙事，而运用事典的比例还远不及后期高。“河倾酸枣，杞梓与樗栎俱沉；海浅蓬莱，鱼鳖共蛟龙共尽。”“芝兰萧艾之秋，形殊而共瘁；羽毛鳞介之怨，声异而俱哀。”这是通过系列语典，隐喻叙述侯景乱梁、西魏灭梁之际不论

① （南朝梁）刘勰著，范文澜注《文心雕龙注》，人民文学出版社1958年版，第614页。
② 陈寅恪《金明馆丛稿初编》，生活·读书·新知三联书店2001年版，第242页。

贤愚的悲惨遭际。《资治通鉴》卷一六一梁武帝太清二年（548）十一月："景于城东、西起土山，驱迫士民，不限贵贱，乱加殴捶，疲羸者因杀以填山，号哭动地。"[①]这是侯景乱梁时，梁朝百姓遭遇的真实写照。《周书·唐瑾传》："江陵既平，衣冠仕伍，并没为仆隶。"[②]《北史·庾季才传》："初，荆土覆亡，衣冠士人，多没为贱。"[③]这些史料表明江陵之变衣冠士人在魏人手下尽沦为奴隶，被当作胜利品赏赐给军人。庾信用"杞梓楩栎""鱼鳖蛟龙""芝兰萧艾"等意象的共同毁灭来隐喻梁朝覆灭的全过程。

除了事典明喻叙事和语典隐喻叙事外，庾信还利用骈体特征有效参与叙事。四六是骈文语言成熟的标志，它本身就含有"齐"中"不齐"的特点，如庾信此段有"四四""四六"句式，对于每一对偶的句式如"四四"或"四六"来说，这是"齐"，而"四四"与"四六"句式相比较，则"不齐"。骈文四六"齐"中"不齐"的特点，有利于作者有效地组织历史事件而成文。叙事每到转关处，庾信就以"四四"短章促节处之，如上文开始连用"星纪吴亡，庚辰楚灭。纪侯大去，郦子无归。原隰载驰，镮辕长别。甲裳失矣，余皇弃焉"4 个"四四"对句，记述梁朝覆灭百姓流离失所的场景，叙事节奏紧凑。又如庾信记述贤愚俱灭时连用 4 个四六隔句对，为避免行文板滞，在"海浅蓬莱，鱼鳖与蛟龙共尽"与"芝兰萧艾之秋，形殊而共瘁"，插入"四四"句"焚香复道，讵敛游魂？载酒属车，宁消愁气"，以此来疏通文气。

## 四、思想自由灵活之端

不管是情感的深度还是叙事的开拓，庾信的《思旧铭》都远远超越前代铭文，其不仅有纪德、勒勋、警戒、记物、写景等功用，还可以记录历史巨变，抒发至情真性。陈寅恪指出："吾国昔日善属文者，常思用古文之法，作骈俪之文。但此种理想能具体实行者，端系乎其人之思想灵活，不为对偶韵律所束缚。……庾汪两文之词藻固甚优美，其不可及之处，实在家国兴亡哀痛之情感，于一篇之中，能融化贯彻，而其所以能运用此情感，融化贯通无所阻滞者，又系乎思想之自由灵活。故此等之文，必思想自由灵活之人始得为之。"[④]陈寅恪评价庾信的《哀江南赋》的成功端在思想自由灵活，这也可以适用于庾信的《思旧铭》。但庾信是如何思想自由灵活的，及其宝贵之处又在哪里呢？

---

① （宋）司马光《资治通鉴》，中华书局 2005 年版，第 4989 页。

② （唐）令狐德棻《周书》，中华书局 1973 年版，第 564 页。

③ （唐）李延寿《北史》，中华书局 1975 年版，第 2948 页。

④ 陈寅恪《寒柳堂集》，生活·读书·新知三联书店 2001 年版，第 72—73 页。

庾信思想自由灵活的原因，始于前期有足够高的艺术造诣，终于后期“求真”的人生境界。庾信前期的艺术造诣无须赘言，他与徐陵的文章冠绝梁朝，素有“徐庾体”之称。然而，即便同样拥有着高超艺术造诣，徐陵后期却没能创造出高水准的文章。或言二人经历不同，徐陵毕竟在南方终老，但即便与庾信羁旅北朝声名比肩的王褒也没能创作出高水准的文章。在送别萧永的文章中，王褒所写的《送观宁侯葬诗》，深情程度难与庾信的《思旧铭》相提并论。据史传资料，萧永一生并无多少丰功伟绩，在这种情况下，庾信遵循实事求是原则，并没有突出其人格的伟岸，而是着重于乱世身世的流离。立足覆巢之下无完卵的共情之悲，基于死后魂留异域的身世之悲，庾信以真情写就《思旧铭》。“求‘真’，是庾信心灵升华后勃发出的新的诗歌创作精神。在整个六朝文学史上，能将自己的真心灵、真性情坦露得如此真切、浓烈、悱恻动人，除庾信外，尚不多见。”①正是因为人生境界的求真追求，他才在儿女之悲外书写个体生命迁逝之悲，使文章具有了真挚深厚的情感，从而达到了思想自由灵活的境界。

庾信思想自由灵活的意义在于顺应历史语境，引领时代思潮，融南北文学之长。自魏晋士人自我觉醒，六朝文人主动追求个人情感的表达。在这样的历史语境下，各种文体都在个性情感书写上有了突破。诗歌自不必言，赋文也有重要开拓，比如江淹的《恨赋》《别赋》。但是限于南朝偏安的局面，士人活动范围逐渐缩小，由家族文学集团转为宫廷文学集团，抒情难免流于宫体诗的无病呻吟，文坛呼唤反映真情的新文学思潮。侯景之乱，梁朝由盛转衰；江陵之变，南北格局反转。太平盛世里的士人们或死于战乱，或辗转流离，生存者饱尝文化幻灭之痛。经历战火的他们凤凰涅槃，从此开始记录历史，抒发真情，一洗南朝粉黛，重新立于世人面前。庾信《思旧铭》作为入北早期的作品正是顺应了此文学潮流。然而，因为客观的历史境况加上主观才力、性情的不同，最终由庾信融合南北之长，从而引领时代思潮向着真情的方向发展，这对建构文质彬彬的唐代文学具有深远影响。

## 结语

综上所述，庾信的《思旧铭》以“铭”而非“诔”的文体选择，乃是借铭文永不磨灭的文体意义，以向秀的《思旧赋》为精神源头，悼念故人萧永、书写故国历史，微言表达亡国之痛和身世之悲。六朝铭文虽有褒赞警戒、记物写景等多种功能，但往往内容空洞形式华美，庾信的《思旧铭》却能在四六藩篱制约下，书写真情、记录

① 杜晓勤《庾信、杜甫诗歌集大成之比较》，《陕西师范大学学报》1996 年第 5 期。

历史巨变,达到六朝铭文的情感高峰,开拓了骈体铭文叙事的新功能。庾信《思旧铭》的艺术创新端赖于其思想自由灵活,这源于前期精湛的艺术准备,又有后期求真的人生境界。庾信思想之灵活,艺术之创新,顺应历史情境,引领时代思潮,从而使骈体铭文文质彬彬、和谐统一。

# 萧詧《愍时赋》注析

陆　路(上海师范大学人文学院)

## 愍时赋

(于谨平梁之后[1],)阖城长幼,被虏入关,又失襄阳故地[2]。詧乃追悔曰:“恨不用尹德毅言[3],以致于是。”又见邑居残毁,干戈日用,耻其威略不振,常怀忧愤,乃著《愍时赋》以见其意,词曰:

嗟余命之舛薄(1),实赋运之逢屯[4]。既殷忧而弥岁,复坎壈以相邻(2)[5]。昼营营而至晚,夜耿耿而通晨[6]。望否极而云泰(3),何杳杳而无津[7]。悲晋玺之迁赵,痛汉鼎之移新[8]。无田、范之明略,愧夷、齐之得仁[9]。遂胡颜而苟免,谓小屈而或申(4)[10]。岂妖沴之无已,何国步之长沦[11]?

恨少生而轻弱(5),本无志于爪牙[12]。谢两章之雄勇,恧二策之英华(6)[13]。岂三石于杜鄠,异五马于琅邪[14]。直受性而好善,类蓬生之在麻[15]。冀无咎而沾庆,将保静而蠲邪[16]。何昊穹之弗惠(7),值上帝之纡奢。神州鞠为茂草,赤县绕于长虵[17]。徒仰天而太息,空抚衿而咨嗟。

惟古人之有怀(8),尚或感于知己。况托萼于霄极(9),宠渥流于无已[18]。或小善而必褒,时片言而见美。昔待罪于禹川(10),历三考而无纪(11)[19]。获免戾于明时,遂超隆于宗子[20]。始解印于稽山,即驱传于襄水[21]。彼南阳之旧国,实天汉之嘉祉。既川岳之形胜,复龙跃之基趾(12)[22]。

此首赏之谬及,谓维城之足恃。值诸侯之携贰,遂留滞于樊川(13)[23]。等句践之绝望,同重耳之终焉[24]。望南枝而洒泣,或东顾而潺湲[25]。归欤之情何极?首丘之思邈然[26]。

忽值魏师入讨,于彼南荆[27]。既车徒之赩赫(14),遂一鼓而陵城(15)。同瘠生之舍许,等小白之全邢[28]。伊社稷之不泯,实有感于恩灵(16)。矧吾人之固陋(17),迴漂薄于流萍(18)。或沈滞于兹土(19),复期月而无成(20)。昔方千而畿甸(21),今七里而盘萦。寡田邑而可赋,阙丘井而求兵。无河内之资待,同荥阳之未平[29]。夜骚骚而击柝,昼孑孑而扬旌。烽凌云而迴照(22),马伏枥而悲鸣[30]。既有怀于斯日,亦焉得而云宁？

彼云梦之旧都，乃标奇于昔者。验往记以瞻今，何名高而实寡[31]。寂寥井邑，荒凉原野。徒揄扬于宋玉，空称嗟于司马(23)[32]。南方卑而叹屈，长沙湿而悲贾[33]。余家国之一匡(24)，庶兴周而祀夏。忽萦忧而北屈(25)，岂年华之天假。

加以狗盗鼠窃，蜂虿狐狸。群圉隶而为寇，聚臧获而成师[34]。窥觎津渚，跋扈江眉。屡征肇于殷岁，频战起于轩时[35]。有扈兴于夏典，采芑著于周诗[36]。方叔振于蛮貊，伯禽捷于淮夷[37]。在逋秽其能几，会斩馘而搴旗[38]。彼积恶之必稔，岂天灵之我欺(26)[39]。交川路之云拥，理惆怅而未怡。

**说明：**

此赋见于《周书》卷四十八《萧詧传》及《文苑英华》卷一百二十九（严可均《全上古三代秦汉三国六朝文》中萧詧该赋即据《文苑英华》以辑录），此处以据北京大学图书馆藏宋刻宋元明递修本《周书》影印之中华再造善本为底本，以中华书局排印本《周书・萧詧传》（以殿本为底本，中华书局，1971 年）和《文苑英华》（中华书局，1966 年）为参校本。《周书》中无序言，此处在正文前加上《文苑英华》本中的序言。

**校记：**

（1）舛薄：《文苑英华》作"殊薄"。

（2）复坎壈以相邻：《文苑英华》作"亦坎壈而相邻"。

（3）云泰：《文苑英华》作"反泰"。

（4）申：《文苑英华》作"伸"。

（5）轻弱：《文苑英华》作"怯弱"。

（6）策：原作"东"，误。据《文苑英华》而改。

（7）弗惠：《文苑英华》作"不惠"。

（8）惟：《文苑英华》作"伊"。

（9）况托萼于霄极：《文苑英华》作"况华萼联于霄极"，中华书局排印本《周书》校勘记以为正与下句"宠渥流于无已"成对，以为当以《文苑英华》所录为是。

（10）禹川：《文苑英华》作"禹州"。万历三年（1573）因避明神宗朱翊钧讳改钧州为禹州，可见此处似当作"禹川"。现存《文苑英华》卷一二九是明本，此处盖即明人误改。

（11）无纪：《文苑英华》作"见纪"。

（12）基趾：《文苑英华》作"基址"。

(13) 樊川:《文苑英华》作"楚川"。

(14) 车徒:《文苑英华》作"兵车";赩赫:《文苑英华》作"赫赫"。

(15) 遂:《文苑英华》作"俄";陵:《文苑英华》作"凌"。

(16) 恩灵:《文苑英华》作"生灵"。

(17) 矧:《文苑英华》作"伊"。

(18) 迴:《文苑英华》作"本";薄:《文苑英华》作"泊"。

(19) 或:《文苑英华》作"忽"。

(20) 期月:《文苑英华》作"岁月"。

(21) 方千而:《文苑英华》作"千乘之"。

(22) 凌云:《文苑英华》作"连云";迴照:《文苑英华》作"回照"。

(23) 称嗟:《文苑英华》作"嗟咨"。

(24) 家国:《文苑英华》作"国家";一匡:《文苑英华》作"俟匡"。

(25) 而北屈:《文苑英华》作"于此屈"。

(26) 我欺:《文苑英华》作"可欺"。

**注释:**

[1] 于谨:于谨(493—568),字思敬,小名巨弥,河南洛阳人,北魏、西魏、北周名将,西魏八柱国之一。承圣三年(554)率西魏军队攻陷江陵,梁元帝遇害。

[2] 失襄阳故地:萧詧于太清三年(549)称臣于西魏,承圣三年(554)于谨率西魏军队攻陷江陵,梁元帝遇害。西魏又夺萧詧经营多年之雍州地区(治所在襄阳),以萧詧为梁主治江陵,故文中称"失襄阳故地"。该句《周书·萧詧传》原无,据《文苑英华》而加。

[3] 尹德毅:天水人,梁护军将军柱国尹正之子,袭爵新野县侯,仕梁宣帝萧詧至大将军。《周书·萧詧传》:"江陵平,(萧)詧将尹德毅说詧曰:'臣闻人主之行,与匹夫不同。匹夫者,饰小行,竞小廉,以取名誉。人主者,定天下,安社稷,以成大功。今魏虏贪婪,罔顾吊民伐罪之义,必欲肆其残忍,多所诛夷,俘囚士庶,并为军实。然此等戚属,咸在江东,念其充饵豺狼,见拘异域,痛心疾首,何日能忘!殿下方清宇宙,绍兹鸿绪。悠悠之人,不可门到户说。其涂炭至此,咸谓殿下为之。殿下既杀人父兄,孤人子弟,人尽雠也,谁与为国。但魏之精锐,尽萃于此。犒师之礼,非无故事。若殿下为设享会,因请于谨等为欢。彼无我虞,当相率而至,预伏武士,因而毙之。分命果毅,掩其营垒,斩馘逋丑,俾无遗噍。江陵百姓,抚而安之,文武官寮,随即诠授。既荷更生之惠,孰不忻戴圣明。魏人摄息,未敢送死。王僧辩之徒,折简可致。然后朝服济江,入践皇极,缵尧复禹,万世一时。晷刻之间,大功可立。古人云:"天与不取,反受其咎,时至不行,反受其殃。"愿殿下恢弘

远略，勿怀匹夫之行。'詧不从，谓德毅曰：'卿之此策，非不善也。然魏人待我甚厚，未可背德。若遽为卿计，则邓祁侯所谓人将不食吾余也。'"①尹德毅劝萧詧杀西魏将领于瑾等，安抚江陵百姓，招纳梁朝旧将，然后称帝。萧詧不从。如今失襄阳故地，故悔不用尹德毅之言。

［4］"嗟余命"二句：舛薄，不顺。屯，卦名。《易・屯》："彖曰：'屯，刚柔始交而难生。'"②后代指艰难、困顿。

［5］"既殷忧"二句：殷忧，深重的忧愁。坎壈，困顿不得志。

［6］"昼营营"二句：营营、耿耿，皆形容内心焦躁不安。《楚辞・远游》"夜耿耿而不寐兮，魂营营而至曙"，朱熹注："耿耿，犹儆儆，不寐貌。营营，犹曰茕茕，亦耿耿之意也。"③

［7］"望否极"二句：否、泰，《易》的两个卦名。天地交，万物通谓之"泰"；不交闭塞谓之"否"。后常以指世事之盛衰，命运之顺逆。杳杳，渺茫。文中指期望厄运终而好运至，但十分渺茫。

［8］"悲晋玺"二句：前句指后赵主刘聪杀害晋愍帝、晋怀帝灭西晋之事。后句指王莽篡汉建新。

［9］"无田范"二句：田指春秋时的田完。陈宣公二十一年（前672）陈国内乱，宣公杀太子御寇，陈完与御寇友善，恐祸及己逃到齐国，受到齐桓公赏识，遂在齐国定居，改陈氏为田氏（上古田陈音近）。范指春秋时越国的范蠡，协助越王勾践兴越国，灭吴国。知道勾践不能同安乐，功成身退，扁舟五湖，明经商之道，成为巨富，自号陶朱公。田、范二人皆能遇见祸害而避之，故曰明略。夷齐，指伯夷、叔齐为孤竹君之子，在周部落养老，不满武王伐纣，以为臣不当判君，于是隐居首阳山不食周粟而死，儒家以为义士。

［10］"遂胡颜"二句：胡颜，有何面目。申，同伸。《文选・曹植〈上责躬应诏诗表〉》："以罪弃生，则违古贤夕改之劝；忍垢苟全，则犯诗人胡颜之讥。"李善注："即上胡不遄死之义也。孔安国《尚书传》曰：胡，何也。《毛诗》谓何颜而不速死也。"④小屈而或伸，《易・系辞下》："尺蠖之屈，以求信也；龙蛇之蛰，以存身也。"⑤尺蠖，

---

① （唐）令狐德棻《周书》，中华书局1971年版，第860页。

② （魏）王弼注，（唐）孔颖达疏，卢光明等整理《周易正义》，北京大学出版社2000年版，第39页。

③ （宋）朱熹撰，蒋立甫点校《楚辞集注》，上海古籍出版社2001年版，第103页。

④ （南朝梁）萧统编，（唐）李善等注，俞绍初等点校《新校订六家注文选》，郑州大学出版社2013年版，第1209页。

⑤ 《周易正义》，第358页。

一种昆虫，爬行时屈伸其身体，以求得伸展，状如尺的量物。信，通“伸”，比喻以退为进的策略。文中指之所以遇到亡国而厚着脸皮苟且偷生就是因为希望有朝一日能够复兴。

[11]“岂妖沴”二句：沴，谓天地四时之气不和而生的灾害。《汉书·五行志中之上》：“气相伤，谓之沴。沴犹临莅，不和意也。”①已，停止。文中指难道会一直遭到灾害，而使国家沉沦吗？

[12]“恨少生”二句：爪牙，勇士、卫士。文中指生来柔弱，没有成为勇士之志。

[13]“谢两章”二句：两章、二东（策）似指尹德毅所上奏章，谢、恧，惭愧。骈文、骈赋中多有两句讲一个意思者。如上文“嗟余命之舛薄，实赋运之逢屯”“既殷忧而弥岁，复坎壈以相邻”，即两句为一意。

[14]“岂三石”二句：杜鄠，杜指汉宣帝杜陵，鄠指鄠县（今陕西户县），皆靠近长安。三石，刘病已当为帝的祥瑞之兆。《汉书·眭弘传》：“孝昭元凤三年正月，泰山莱芜山南匈匈有数千人声，民视之，有大石自立，高丈五尺，大四十八围，入地深八尺，三石为足。石立后有白乌数千下集其旁。是时昌邑有枯社木卧复生，又上林苑中大柳树断枯卧地，亦自立生，有虫食树叶成文字，曰‘公孙病已立’，孟推《春秋》之意，以为‘石柳皆阴类，下民之象，（而）泰山者岱宗之岳，王者易姓告代之处。今大石自立，僵柳复起，非人力所为，此当有从匹夫为天子者。枯社木复生，故废之家公孙氏当复兴者也。’”②汉武帝太子刘据被江充等以巫蛊之祸害，为自明而起兵反抗诛杀江充等，武帝以为谋反，派兵镇压，刘据拒捕自杀，谥曰“戾”，故城刘据为戾太子，刘据妾史良娣、子刘进等遇害。唯有刘进子襁褓中的刘病已得以幸免，押于长安官狱。后元二年（前127）二月汉武帝大赦，刘病已出于后被养于祖母史良娣娘家。不久汉武帝崩，遗诏刘病已养于掖庭，并录入皇室宗谱。汉昭帝刘弗陵即位。元平元年四月汉昭帝崩，无嗣，后以昌邑王刘贺为帝，仅二十七天，即为霍光所废，乃以刘病已为帝，是为汉宣帝。早在汉昭帝元凤三年（前118），就出现了大石自立，以三石为足，石旁有白乌数千等刘病已当立为帝的祥瑞之兆，此处“三石”之典正指此。萧詧以刘病已立为帝的典故指自己本应立为帝，且汉宣帝时西汉中兴，萧詧以汉宣帝典故自比，还有指自己中兴梁室之意。五马于琅邪，《晋书·元帝纪》：“太安之际，童谣云：‘五马浮渡江，一马化为龙。’及永嘉中，岁、镇、荧惑、太白聚斗、牛之间，识者以为吴越之地当兴王者。是岁，王室沦覆，帝与西阳、汝南、南顿、彭城五王获济，而帝竟登大位焉。”③西晋永嘉之乱，琅琊王司马

① （汉）班固《汉书》，中华书局1962年版，第1353页。

② （汉）班固《汉书》，第3153页。

③ （唐）房玄龄等《晋书》，中华书局1972年版，第157页。

睿、弋阳王司马羕、南顿王司马宗、汝南王司马佑、彭城王司马纮渡江，只有琅琊王司马睿的马化为龙。其后司马睿继承大统，是为晋元帝。汉宣帝、晋元帝皆是中兴之主，萧詧用此二典故，指自己为昭明太子孙，在萧梁宗室中最有资格继大统，本当像汉宣帝、晋元帝那样入继大统、并复兴梁室。二句亦为一意。

［15］“直受性”二句：直，只是。蓬生之在麻，《荀子·劝学》：“蓬生麻中，不扶而直。”①文中指本性善良，犹如蓬草在麻中不用扶也是直的。

［16］“冀无咎”二句：庶，希望。文中指希望没有过错而沾喜庆，保持虚静而蠲除邪恶。

［17］“神州”二句：鞠，通“鞫”，困窘，形容衰败荒芜的景象。神州、赤县，战国时齐人邹衍创立“大九州”学说，谓：“中国名曰赤县神州。赤县神州内自有九州，禹之序九州是也，不得为州数。中国外如赤县神州者九，乃所谓九州也。”后以借指中原或中国。长蛇，喻指贪残凶暴者。

［18］“况华萼”二句：华萼，即“华鄂”，《诗·小雅·常棣》：“常棣之华，鄂不韡韡。凡今之人，莫如兄弟。”后因以“华鄂”喻兄弟友爱。宠渥，皇帝之宠爱与恩泽。文中指兄弟友爱，对臣民充满恩泽。

［19］“昔待罪”二句：待罪，古代官吏任职之谦称，意谓不胜其职而将获罪。《梁书·武帝纪》：“大同四年(538)秋七月己未，以南琅邪彭城二郡太守岳阳王詧为东扬州刺史。”②东扬州刺史治所在会稽，大禹在此会计群臣，并葬于此，故禹川正指会稽。据《北史·后梁萧氏传》，萧詧为东扬州刺史领会稽太守③。故待罪禹川，即指代任东扬州刺史，领会稽太守。三考，古代官吏经三次考核决定升降赏罚。《书·舜典》：“三载考绩，三考黜陟幽明。”孔颖达疏：“言帝命群官之后，经三载乃考其功绩；经三考则九载。黜陟幽明，明者升之，暗者退之。”文中指曾任东扬州刺史领会稽太守，谦称经考核并没多大成绩。

［20］“获免戾”二句：文中指虽然没多大成绩，但被免除罪过，在圣明时期受到的恩典超过其他宗族后代。

［21］“始解印”二句：稽山，即会稽山。指离任东阳州刺史领会稽太守。襄水是襄阳一带最主要的河流，此处指代梁雍州治所襄阳。《梁书·武帝纪》：“中大同元年(546)秋七月辛酉，以武昌王誉为东扬州刺史。十月乙亥，以前东扬州刺史岳阳王詧为雍州刺史。”④则萧詧在中大同元年七月离任东扬州刺史，十月即任雍州

① (战国)荀子注，王天海校释《荀子校释》，上海古籍出版社 2005 年版，第 9 页。

② (唐)姚思廉《梁书》，中华书局 1973 年版，第 82 页。

③ (唐)李延寿《北史》，中华书局 1974 年版，第 3086 页。

④ 《梁书》，第 81 页。

刺史，故文中云：始解印于稽山，即驱传于襄水。

[22]“彼南阳”二句：南阳旧国是上天所赐的福地。龙跃，喻王者兴起。东汉光武帝为南阳人，而梁武帝的龙兴之地雍州就在这一带（襄阳郡、南阳郡皆属于雍州），萧詧亦为雍州刺史，这里也应是他作为王者兴起的福地。

[23]“值诸侯”二句：诸侯之携贰，指梁朝诸王，各怀私利，互相攻击。留滞于樊川，《周书·萧詧传》：“大统十五年，（萧詧）乃遣使称藩，请为附庸。太祖令丞相府东阁祭酒荣权使焉。詧大悦。是岁，梁元帝令柳仲礼率众进图襄阳。詧惧，乃遣其妻王氏及世子嶚为质以请救。……十七年，詧留蔡大宝居守，乃自襄阳来朝。”①樊川，是西安城南少陵原与神禾原之间的一片平川。汉高祖刘邦曾将这条川道封为武将樊哙之食邑，樊川由此得名。此处代指长安。文中即指萧詧到长安拜会宇文泰事。《文苑英华》误作“楚川”。

[24]“等勾践”二句：萧詧指他向西魏称臣最终是要恢复梁朝的基业，犹如春秋时勾践暂时向吴国称臣，卧薪尝胆最终有灭吴的决心，犹如春秋时被迫流亡在外的晋国公子重耳，历尽艰辛最终夺回晋国的王位。

[25]“望南枝”二句：南枝，《古诗十九首·行行重行行》：“胡马依北风，越鸟巢南枝。”②因以指故土，故国。东顾，襄阳在长安之东南。在长安望之，正是东顾。潺湲，水流动，文中代指萧詧在长安思念故土而泪流不止。

[26]首丘：《礼记·檀弓上》：“古之人有言曰：‘狐死正丘首。’仁也。”郑玄注：“正丘首，正首丘也。”③文中指对故土的思念。

[27]“忽值”二句：《梁书·元帝纪》：“承圣三年（554）十一月辛亥，魏军大攻……城陷于西魏。世祖（即梁元帝萧绎）见执，如萧詧营。又迁还城内。十二月辛未，西魏害世祖，遂崩焉，时年四十七。”④

[28]“同寤生”二句：寤生，指春秋时的郑庄公，庄公母亲姜氏生庄公时难产，姜氏因此厌恶他，取名寤生，即倒着出生，就是难产的意思。舍许指郑庄公与齐鲁两国伐许国，而又恢复许国。小白，齐桓公。齐桓公二十七年（前659）春，狄人入侵邢国，齐、宋、曹三国之君各率本国兵马共同救邢。狄人退兵后，齐桓公帮助邢国把都城迁到靠近齐国较为安全的夷仪（今聊城西南）。文中指西魏陷江陵杀害梁元帝后，让萧詧在江陵称梁主，犹如郑庄公之复许，齐桓公之救邢。

---

① 《周书》，第859页。

② 《新校订六家注文选》，第1861页。

③ （汉）郑玄注，（唐）孔颖达疏，龚抗云整理《礼记正义》，北京大学出版社2000年版，第226页。

④ 《梁书》，第135页。

[29]“无河内”二句：河内，黄河以北地区。因为江陵太小，实力太弱。萧詧感叹没有东汉光武帝刘秀占据河内那样的复兴基地，也没能像汉高祖那样在荥阳打败项羽，为最终取得胜利建立汉王朝奠定基石。

[30]“夜骚骚”四句：骚骚、孑孑，孤寂凄凉貌。柝，古代巡夜人敲以报更的木梆。枥，马槽，亦指马房。烽火凌云，战马悲鸣。此四句以凄凉之景衬孤寂之情。

[31]“彼云梦”二句：云梦，云梦泽，上古江汉平原上的大湖，春秋时的云梦泽主体在今荆州市以东、江汉之间，部分则在汉江北岸的天门、应山一带，南部以大江(今下荆江)为限，与江南的洞庭湖无关。此时云梦泽已开始演变为平原—湖沼形态的地貌景观。秦汉时云梦泽北岸部分已成平陆。荆江三角洲不断扩大，云梦泽主体向下游方向东移。六世纪，云梦泽已被沙洲分割为许多小湖。南朝时已浅平的云梦泽主体在唐宋时已成为平陆①。文中云梦旧都，代指江陵。江陵旧都相较于往昔的只是标奇立异，名高实寡。

[32]“徒揄扬”二句：宋玉，战国时楚国辞赋家，曾事顷襄王，有《九辩》《风赋》《高唐赋》《登徒子好色赋》等。《九辩》是现可知文学史上第一篇文士悲秋之作。揄扬，宣扬、称赞。宋玉从楚顷襄王游云梦泽，作《高唐赋》称赞此地景致。司马，西汉辞赋家司马相如。司马相如在《子虚赋》中称赏云梦泽。

[33]“南方”二句：南方卑而叹屈，指南方地低潮湿，悲屈原流放荆南。长沙湿而悲贾，指长沙地方潮湿，叹西汉贾谊贬为长沙王太傅。

[34]“加以”四句：虿，蝎子一类的毒虫，文中“狗盗鼠窃，蜂虿狐狸”喻指贼寇。圉隶，圉，养马者；隶，奴隶，指身份地位低贱者。臧获，对奴隶的贱称。

[35]“屡征”二句：频频征伐犹如殷商和黄帝时期。轩，指黄帝轩辕氏。

[36]“有扈”二句：有扈，古国名。夏启立，有扈不服，灭之，其子孙以国为姓。故址在今陕西省鄠县北。有，词头。《书·甘誓》：“启与有扈，战于甘之野。”孔安国传：“有扈，国名，与夏同姓。”②采芑，指《诗·小雅·采芑》，正义曰：“谓宣王命方叔南征蛮荆之国。”③文中萧詧以指平定叛乱的决心。

[37]“方叔”二句：方叔，周宣王时贤臣。《诗·小雅·采芑》：“显允方叔，征伐猃狁，蛮荆来威。”郑玄笺：“方叔先与吉甫征伐猃狁，今特往伐蛮荆，皆使来服于宣

---

① 参见邹逸麟《中国历史地理概述》，上海教育出版社2005年版，第41—44页。

② (汉)孔安国传，(唐)孔颖达疏，廖名春等整理《尚书正义》，北京大学出版社2000年版，第206页。

③ (汉)毛亨传，(汉)郑玄注，(唐)孔颖达疏，龚抗云等整理《毛诗正义》，北京大学出版社2000年版，第749页。

王之威，美其功之多也。”[①]伯禽，周公旦长子，因周公旦要在镐京辅佐周成王，故让伯禽治理鲁国。淮夷、徐戎叛乱，伯禽率领鲁国军队平定了叛乱。

[38]“在逋秽”二句：逋秽，流寇。馘，古时战争中割取所杀敌人或俘虏的左耳以计数献功。搴旗，拔取敌方旗帜。此二句指平定叛乱，斩将搴旗。

[39]“彼积恶”二句：稔，积久。恶贯满盈者多行不义必自毙，这是必然的，难道上天会欺骗我们吗？

**解析：**

萧詧(519—562)，字理孙，梁武帝萧衍之孙，昭明太子萧统第三子，中大通中，封岳阳郡王，任东扬州刺史领会稽太守。中大同初，除持节都督雍梁等州、西中郎将、雍州刺史。太清中，拒命不受代，寻称藩于西魏。大宝初，西魏立为梁王于襄阳，承制。及元帝败没，建号于江陵，改元大定，在位八年，谥曰宣皇帝，庙号中宗。有文集十卷。

《周书·萧詧传》：“魏恭帝元年(554)，太祖(宇文泰)令柱国于谨伐江陵。(萧)詧以兵会之，及江陵平，太祖立詧为梁主，居江陵东城，资以江陵一州之地。其襄阳所统，尽归于我。詧乃称皇帝于其国，年号大定。追尊其父统为昭明皇帝，庙号高宗，统妃蔡氏为昭德皇后。又尊其所生母龚氏为皇太后，立妻王氏为皇后，子岿为皇太子。其庆赏刑威，官方制度，并同王者。唯上疏则称臣，奉朝廷正朔。至于爵命其下，亦依梁氏之旧。其戎章勋级，则又兼用柱国等官。又追赠叔父邵陵王纶太宰，谥曰壮武。赠兄河东王誉丞相，谥曰武桓。太祖乃置江陵防主，统兵居于西城，名曰助防。外示助詧备御，内实兼防詧也。”[②]萧詧于西魏文帝大统十五年向西魏称藩，承圣三年(554)助西魏攻陷江陵，西魏将江陵阖城长幼，虏入关中，把这残破的江陵空城给萧詧作为居住地以建其小王朝，而将萧詧治理多年的富足安定的襄阳纳入自己的版图，并以驻防为名，派兵监视萧詧。面对这个残局，萧詧后悔没有听尹德毅的建议：安抚江陵百姓，招纳梁朝旧将，然后称帝。常怀忧愤，因此作《愍时赋》。该赋约即作于承圣三年。

自“嗟余命之舛薄”至“何国步之长沦”，感叹命途多舛，国步维艰。梁朝先后遭受侯景之乱、江陵陷落等灾难。萧詧之所以厚颜活在世上，是因为祈盼否极泰来、小屈或申，将有所作为。韵脚“屯”“沦”平声谆韵，“邻”“晨”“津”“新”“仁”“申”平声真韵，真谆韵可同用。

“恨少生而轻弱”至“空抚襟而咨嗟”，进一步感叹虽生性好善，不幸逢神州陆

① 《毛诗正义》，第756页。

② 《周书》，第859页。

沉，空怀咨嗟。韵脚“牙”“华”“邪”“麻”“奢”“蛇”“嗟”为平声麻韵字。

“惟古人之有怀”至“复龙跃之基址”述己之生平，曾为东扬州刺史领会稽太守，后任雍州刺史，雍州为复兴王业之帝。“己”“已”“纪”“子”“祉”“址”“恃”为上声止韵字，“美”“水”为上声旨韵字，止旨韵可同用。

“此首赏之谬及”至“首丘之思邈然”写萧詧到长安会晤宇文泰期间对故土的思念。“川”“焉”“湲”“然”为平声仙韵字。

“忽值魏师入讨”至“亦焉得而云宁”写西魏军队灭梁元帝，侵占了萧詧原来的根据地雍州，而将残破的江陵给萧詧作为梁主的管辖区。萧詧感叹：“昔方千而畿甸，今七里而盘萦。寡田邑而可赋，阙丘井而求兵。无河内之资待，同荥阳之未平。”地域狭小，缺粮乏兵，哪有复兴梁朝的基础。这完全出乎萧詧的意料，萧詧未料到助西魏灭了梁元帝，他却丧失了经营多年得的雍州，只能在监视之下于凋敝的江陵建立个小王朝。“同寤生之舍许，等小白之全邢。伊社稷之不泯，实有感于恩灵。”表面上称赞西魏能像郑庄公之存许、齐桓公之全邢那样容留他建立后梁小王朝，其实萧詧心中充满了苦涩。“荆”“兵”“平”“鸣”为平声庚韵字，“城”“成”“萦”“旌”为平声清韵字，庚清韵可同用；“邢”“灵”“萍”“宁”为平声青韵字，庚清韵可同用，青韵独用，萧詧此处用韵较宽，以四等青韵与三等庚清韵通押。

“彼云梦之旧都”至“岂年华之天假”写江陵寂寥荒凉，名高而实寡。本有一匡天下之志，哪里想到如今只能屈居此地。“者”“寡”“野”“马”“贾”“夏”“假”上声马韵字。

“加以狗盗鼠窃”至“理惆怅而未怡”感叹战争频仍，正如方叔征蛮荆、伯禽平淮夷，那些贼寇也将被击败。蛮荆、淮夷在周时属于异族，用这两个典故，也暗含了萧詧在被宇文氏占雍州只能屈居江陵后，对宇文氏已很不满，虽实力不够，但作为梁昭明太子嫡孙具有正统性有号召力，有驱除异族侵略，斩将搴旗之愿。虽然萧詧没能这样做，但是在他感到受到宇文氏欺骗后，充满愤恨，而希望驱除异族也是符合他此时的心理状态的。“狸”“旗”“时”“诗”“欺”“怡”为之韵字，“师”“湄”“夷”为平声脂韵字。

可见萧詧根据表现内容和情感的变化而转韵，转韵时并注意平仄韵交错，低昂互节，错落有致。

萧詧该赋与沈炯《归魂赋》、颜之推《观我生赋》、庾信《哀江南赋》，皆为自叙性质的赋。这些赋皆述及作者在梁末诸王混战、异族陷江陵的背景之下的人生经历，杂陈古今，以述今事为主，场面宏大，类似史诗，比历史的记载更为深切真实。班彪《北征赋》、潘岳《西征赋》是这类记行中叙身世、抒感怀的自叙性质赋的源头。萧詧《愍时赋》是较早涉及梁末史实和作者在家国丧乱时期真实心态的赋作，对后来的庾信《哀江南赋》、沈炯《归魂赋》、颜之推《观我生赋》等同类赋作，在主题、结构、抒情模式等方面具有启发性，后三篇在纪行、宏大场面等方面具有较多的拓展。后三篇已受到较多关注，而萧詧《愍时赋》还少有研究，亦乏注释，该赋为萧梁宗室所作，故该赋中所述的愤懑，与后三篇作为大臣在乱离中的颠沛流离的忧愤，有不同的情感视野。

# 颜之推《稽圣赋》的流传及文体辨析

杨晓斌(陕西师范大学文学院)

颜之推(531—594?),字介,琅邪临沂(今山东临沂市)人。在梁代历任湘东王萧绎国常侍、加镇西墨曹参军、散骑常侍,在北齐历任奉朝请、通直散骑常侍、黄门侍郎等职,卒于隋开皇中。

颜之推是一位学者型的文人,著述较多。有家训家诫类著作《颜氏家训》,有小学类著作《证俗音字》《训俗文字略》《字始》,有小说《冤魂志》《集灵记》,参与了《切韵》《魏书》《修文殿御览》《续文章流别》等书的编撰。此外,颜之推还作有《稽圣赋》。历代多认为《稽圣赋》是辞赋类的文学创作,其实不然。

## 一、文献著录与流传

颜之推《稽圣赋》,《隋书》和《旧唐书》的《经籍志》均未著录。《颜鲁公集》附唐令狐峘撰《光禄大夫太子上师上柱国鲁郡开国公颜真卿墓志铭》:"公讳真卿,字清臣……五代祖之推,北齐黄门侍郎,为海内大儒,著《家训》《稽圣赋》《冤魂志》及《文集》,藏在书府,历代传之。"①除令狐峘撰《颜真卿墓志铭》外,今所见唐代文献中,段公路纂《北户录》引录《稽圣赋》二则,未题撰人。《北户录》卷一"孔雀媒"条崔龟图注引:"《稽圣赋》:豪豕自为雌雄,决鼻生无牝牡。"②又,卷一"水母"条引:"《稽圣赋》云:水母,东海谓之蛇(音秺),正白蒙蒙如沫,生物皆别无眼耳,故不知避人。"③可由此见《稽圣赋》在唐代确有流传。

到了宋代,书目中也有著录,有作一卷者,有作三卷者。《崇文总目》卷五"别集五"著录:"《稽圣赋》一卷,颜之推撰,李淳风注。""鉴按:《书录解题》三卷,之推

---

① (唐)颜真卿著,(清)黄本骥编订,凌家民点校《颜真卿集》,黑龙江人民出版社 1993 年版,第 230 页。

② (唐)段公路纂,(唐)崔龟图注《北户录》卷一,《丛书集成初编》第 3021 册,商务印书馆 1936 年版,第 2 页。

③ 《北户录》卷一,第 17 页。

孙师古注。”[①]《新唐书》卷六〇《艺文志》“丁部集录·总集类”著录:“李淳风注颜之推《稽圣赋》一卷。”[②]《通志》卷七〇《艺文略》“赋”著录:“颜之推《稽圣赋》一卷,李淳风注。”[③]《直斋书录解题》卷一六“别集类”著录:“《稽圣赋》三卷,北齐黄门侍郎琅邪颜之推撰。其孙师古注,盖拟《天问》而作。《中兴书目》称李淳风注。”[④]首先,从《直斋书录解题》所谓“盖拟《天问》而作,《中兴书目》称李淳风注”来看,陈振孙并未亲自目验其书,仅据书目辗转抄录;颜之推所撰《稽圣赋》有颜师古注和李淳风注两种。其次,考察《稽圣赋》内容(见下文),不是别集(某个作家作品集)。从其图书归类来看,把《稽圣赋》归入别集类,是作为辞赋类的赋体看待的,再次充分证明没有看到原书。宋王应麟撰《玉海》卷五四《艺文》“文章总集·唐七十五家总集”载:“不著录七十八家八百一十三卷,自李淳风注颜之推《稽圣赋》至林逢《续掌记略》。”[⑤]也是归于文章总集,也是作为辞赋类的赋体看待的。

《稽圣赋》在宋代文献中多有引录,以《佩觿》和《太平广记》所载较早。宋郭忠恕撰《佩觿》卷上“二十为廿”条注:“颜黄门《稽圣赋》云:魏妪何多,一孕四十?中山何伙,有子百廿?”宋李昉等编《太平广记》卷四七九“蚕女”条引录:“《稽圣赋》曰:安有女,感彼死马,化为蚕虫,衣被天下是也。出《原化传拾遗》。”[⑥]《太平广记》引录《稽圣赋》转录自唐代人孙颜《原化传拾遗》,可见其书于北宋代时已鲜有流传。现所见宋代文献中,保存的《稽圣赋》只是些零散的材料。

宋宋庠撰《国语补音》卷一“鲁语上第四”之“廿彀”注:“颜之推《稽圣赋》云:魏妪何多,一孕四十?中山何伙,有子百廿?”宋陆佃撰《埤雅》卷二“鼋”条:“颜籀《稽圣赋》曰‘鼋鳖伏乎其阴,鸬鹚孕乎其口’是也。”[⑦]盖误以注者颜籀(师古)为作者。《埤雅》卷七“鸳鸯”条:“《稽圣赋》曰:雎鸠奚别?鸳鸯奚双?”[⑧]《埤雅》卷一〇“蛇”:“《稽圣赋》曰:蛇晓方药,鸩善禁咒。”[⑨]《埤雅》卷一一“蟪蛄”条:“《稽圣赋》曰:蛴螬

① (宋)王尧臣等编次,(清)钱东垣等辑释《崇文总目》,《丛书集成初编》第24册,商务印书馆1937年版,第370页。

② (宋)欧阳修、宋祁撰《新唐书》卷六〇《艺文志》,中华书局1975年版,第1622页。

③ (宋)郑樵《通志》卷七〇《艺文略》,中华书局1987年版,第826页上。

④ (宋)陈振孙著,徐小蛮、顾美华点校《直斋书录解题》,上海古籍出版社1987年版,第466页。

⑤ (宋)王应麟《玉海》卷五四《艺文》,江苏古籍出版社、上海书店1987年版,第1018页。

⑥ (宋)李昉等编《太平广记》,中华书局1961年版,第3945页。

⑦ (宋)陆佃著,王敏红校点《埤雅》卷二,浙江大学出版社2008年版,第13页。

⑧ 《埤雅》卷七,第70页。

⑨ 《埤雅》卷一〇,第96页。

行以其背，蟪蛄鸣非其口。”①《埤雅》卷一一“蛓”条：“《稽圣赋》所谓‘蛛旋于影，蛓射于光’是也。”②《埤雅》卷一五“竹”条：“《稽圣赋》曰：竹布实而根枯，蕉舒花而株槁。”③《埤雅》卷一六“瓜”条：“《稽圣赋》曰：瓜寒于曝，油冷于煎。”④南宋蜀人郭知达编《九家集注杜诗》卷五《佳人》“鸳鸯不独宿”句下注：“《稽圣赋》曰：雕鸠⑤奚别？鸳鸯奚双？”宋方崧卿撰《韩集举正》卷五“何蕃书”“入太学者廿年余矣”小注：“‘魏妪何多，一孕四十。中山何伙，有子百廿’，此颜之推《稽圣赋》语也，今人未易以俗书略之。”⑥以上宋代文献中，除《太平广记》外，都是随文直接引录《稽圣赋》，盖《稽圣赋》在宋代还有流传。

宋代以后的文献中，也有《稽圣赋》卷目的著录，也有具体文字内容的引录，但都是据前代书目著录或记载辗转抄录而来。因其数量较多，举其大略如下。

《文献通考》卷二三〇“经籍考”据《直斋书录解题》抄录：“《稽圣赋》三卷，陈氏曰：北齐黄门侍郎琅琊颜之推撰，其孙师古注。盖拟天问而作。《中兴书目》称为李淳风注。”⑦元熊忠撰《古今韵会举要》卷三〇“入声·十四缉”之“廿”注：“颜之推《稽圣赋》：中山何伙，有子百廿？”《宋史》卷二〇八《艺文志》“集类·别集类”著录：“颜之推《稽圣赋》一卷。”⑧该著录未能考察存书的实际情况，仅据前代书目抄录。此后的书目著录或引录，也都是从前代书录中辗转抄录而来。明陶宗仪撰《说郛一百二十卷》卷八五上引录郭忠恕《佩觿》，“二十为廿”条注：“颜黄门《稽圣赋》云：魏妪何多，一孕四十？中山何伙，有子百廿？”⑨明李时珍撰《本草纲目》卷一五“草之四”之“甘蕉”注：“《稽圣赋》云：竹布实而根苦，蕉舒花而株槁。”⑩《本草纲目》卷三三“果之五”之“甜瓜·发明”注：“《稽圣赋》云：瓜寒于曝，油冷于煎。此物性之异也。”⑪《本草纲目》卷四三“鳞之一”之“诸蛇”“性晓方药”注：“出《稽圣赋》。”⑫明顾起元撰《说略》卷一五：“颜之推《稽圣赋》：魏妪何多，一孕四十？中山何伙，有子

①② 《埤雅》卷一一，第108页。

③ 《埤雅》卷一五，第146页。

④ 《埤雅》卷一六，第159页。

⑤ 雕鸠，《埤雅》卷七“鸳鸯”条作“雎鸠”。

⑥ （宋）方崧卿原著，刘真伦汇校《韩集举正汇校》，凤凰出版社2007年版，第262页。

⑦ （元）马端临《文献通考》，中华书局1986年版，第1841页。

⑧ （元）脱脱等撰《宋史》卷二〇八《艺文志》，中华书局1977年版，第5329页。

⑨ （明）陶宗仪等纂《说郛一百二十卷》卷八五上，《说郛三种》，上海古籍出版社1988年版，第6册，第3907页。

⑩ （明）李时珍《本草纲目》卷一五，人民卫生出版社1975年版，第1003页。

⑪ 《本草纲目》卷三三，第1880页。

⑫ 《本草纲目》卷四三，第2417页。

百廿?”明彭大翼撰《山堂肆考》①卷二三七“鸩能禹步”条:“《稽圣赋》:蛇晓方药,鸩善禁呪。”明焦竑撰《俗书刊误》卷五“廿”:“颜之推《稽圣赋》:魏妪何多,一孕四十?中山何伙,有子百廿?”

此外,明曹学佺撰《蜀中广记》卷六四、明周祈撰《名义考》卷一二“廿卅卌”条、明乐韶凤等撰《洪武正韵》卷一六“入声・八缉”之“廿”注、明杨慎撰《转注古音略》卷五“十四缉”之“廿”注、明何楷撰《诗经世本古义》卷一八“鸳鸯于飞毕之罗”句下注、吴陆玑撰明毛晋注《陆氏诗疏广要》卷下之下“为鬼为蜮”条、顾炎武撰《音论》卷下“反切之始”条、清惠士奇撰《礼说》卷一三、清吴景旭撰《历代诗话》卷七九“廿年”、清陈元龙撰《格致镜原》卷九六、清朱彝尊撰《曝书亭集》卷二九《台城路》末注、清朱鹤龄注《李义山诗集注》卷一《锦瑟》“锦瑟无端五十弦”句下注、清毛奇龄撰《古今通韵》卷一二“十四缉”之“廿”注等中,都有引录,或题“《稽圣赋》云”,或题“颜之推《稽圣赋》云”。都是据前代书目著录或记载辗转抄录而来。

《稽圣赋》有唐颜师古和李淳风二家注本。王利器先生认为:“疑此赋有颜、李二注本,故唐、宋人见其书者,或引颜籀注,或引为李淳风注也。”“则李淳风之注,颇有诘难之辞;而颜籀之注,盖祖述之推之说耳,于此,益有以知《稽圣赋》之有二注也。”②

总之,《稽圣赋》当在宋代以后亡佚。宋代以后文献所著录《稽圣赋》都是从前代书目著录或记载辗转抄录而来,所载《稽圣赋》文字内容都没有超出宋代文献范围,仅有个别异文而已(此异文属于抄录讹误,见后文考辨)。

## 二、异文考辨

今存《稽圣赋》为辑佚所得。王利器先生据《北户录》《埤雅》《东坡物类相感志》和《焦氏笔乘》征引,辑得《稽圣赋》佚文十三条,题名“颜之推集辑佚”(附于《颜氏家训集解》末),为当今所见《稽圣赋》最为全面、集中的内容。

1. “雎鸠奚别”条。王利器《颜之推集辑佚》据《埤雅》卷七“鸳鸯”条引录:“《稽圣赋》曰:雎鸠奚别? 鸳鸯奚双?”辑得佚文一则。

郭知达编《九家集注杜诗》卷五《佳人》“鸳鸯不独宿”句下注:“《稽圣赋》曰:雕鸠奚别? 鸳鸯奚双?”“雎鸠”作“雕鸠”。

“雎鸠”与“雕鸠”孰是? 考《稽圣赋》,此句互文,本义谓雎鸠和鸳鸯雌雄成双,

① 彭大翼,字云举,号林居,扬州人,万历年曾任云南知州。是书辑录群书故实,于万历二十三年(1595)类编始成,成书后即有损佚。

② 王利器《颜氏家训集解》,中华书局 1993 年版,第 723—724 页。

双飞双宿，未尝相离。按照常规的说法，一般用“雎鸠”。雎鸠，一名王雎。《尔雅·释鸟》：“鵙鸠，王鵙。”郭璞注：“雕类，今江东呼之为鹗，好在江渚山边食鱼。”陆德明《经典释文》：“本又作雎。”既然雎鸠又名王雎，而且属于雕类，呼为“雕鸠”亦未尝不可。故二说均可，而以“雎鸠”为常用。

2. “蛇晓方药”条。《埤雅》卷一〇“蛇”：“《稽圣赋》曰：蛇晓方药，鸩善禁呪。”①他书所引亦作“蛇晓方药”，王利器《颜之推集辑佚》即据《埤雅》作“蛇晓方药”②，而《本草纲目》卷四三“鳞之一·诸蛇”作“性晓方药”③。

首先，从语法角度考察，上下句对文，当作“蛇晓方药”。其次，从《本草纲目》卷四三“鳞之一·诸蛇”的内容来看，该部分记载蛇的药用方法和功效，“性晓方药”指通过蛇来知晓一些治病的药草，“性”当作“蛇”。

## 三、辑佚

王利器《颜之推集辑佚》辑得《稽圣赋》佚文十三条，其中一条为颜师古注文，其实为十二条④。另有两条，王利器《颜之推集辑佚》未收，当补入。

1. “安有女”条。《太平广记》卷四七九“蚕女”条：“《稽圣赋》曰：安有女，感彼死马，化为蚕虫，衣被天下是也。出《原化传拾遗》。”⑤此条《颜氏家训集解》未收。《太平广记》注出自《原化传拾遗》，该书今不传。据《太平广记》所载，《原化传拾遗》在引录《稽圣赋》之前，记载了蜀女变蚕神的故事，由《搜神记》卷一四增益而成。此神异故事在《法苑珠林》卷八〇《园果篇》也有记载，都出自《搜神记》卷一四。当据补。

2. “蛛旋于影”条。《埤雅》卷一一“蜮”条：“《稽圣赋》所谓‘蛛旋于影，蜮射于光’是也。”⑥清惠士奇撰《礼说》卷一三引录同。此外，他本辑佚皆无，《颜氏家训集解》也未收。当据补。

## 四、文体辨析

从宋代书目著录归类来看，把《稽圣赋》归入别集类或总集类的“赋”，是作为

---

① 《埤雅》卷一〇，第 96 页。

② 《颜氏家训集解》，第 722 页。

③ 《本草纲目》卷四三，第 2417 页。

④ 《颜氏家训集解》，第 722—723 页。

⑤ 《太平广记》卷四七九，第 3945 页。

⑥ 《埤雅》卷一一，第 108 页。

作家作品集中的赋(即文学性的辞赋类作品)看待的。下面考察现存《稽圣赋》文字内容[①],来探究其与以"赋"命名的其他文章的文体异同。

(1) 豪豖自为雌雄,决鼻生无牝牡。

(2) 鼋鳖伏乎其阴,鸬鹚孕乎其口。

(3) 鱼不咽水。

(4) 雀奚夕瞽? 鸱奚昼盲?

(5) 雎鸠奚别? 鸳鸯奚双?

(6) 蛇晓方药,鸩善禁咒。

(7) 蛴螬行以其背,蟪蛄鸣非其口。

(8) 竹布实而根枯,蕉舒花而株槁。

(9) 瓜寒于曝,油冷于煎。

(10) 苓根为蝉。

(11) 魏妪何多,一孕四十? 中山何伙,有子百廿?

(12) 鸟处火而不焦,兔居水而不溺。

(13) 蛛旋于影,蜮射于光。

(14) 安有女,感彼死马,化为蚕虫,衣被天下?

(15) 水母,东海谓之蛇(音秺),正白蒙蒙如沫。[②]

从现存残句来看,此"赋"韵散结合,多为四六句式,或陈述,或反诘,用赋法铺陈物类,阐明事物特性,个别内容记述奇异和神异之事。分条、分项记述,各条、各项内容之间没有联系,全篇也没有相对集中或统一的主题。从内容和结构来看,不是一篇完整的文学作品。

从《直斋书录解题》卷一六所谓"盖拟《天问》而作"来看,首先说明陈振孙未能亲见《稽圣赋》原本,而是辗转从他书中看到一些零星记载或著录,其次说明陈氏所见《稽圣赋》文字内容体例似《天问》,即主要由问句构成,提出问题。今存《稽圣赋》内容,有一小半即由问句构成,对一些事物的属性和历史上的怪异之事提出疑问,正与陈振孙所论相合。

"稽圣赋"之名,何意? 为何题为"稽圣赋"? 稽有考、考核之义。《周易·系辞下》:"于稽其类,其衰世之意邪。"孔颖达《疏》:"稽,考也。"[③]圣,谓通达物理,有所创造发明。《礼记·乐记》:"故知礼乐之情者能作,识礼乐之文者能述;作者之谓

---

① 第1—12条、第15条据王利器《颜之推集辑佚》抄录,第13—14条为本文辑录。

② 王利器认为此条当为颜师古注文,见《颜氏家训集解》,第724页。

③ (魏)王弼、(晋)韩康伯注,(唐)孔颖达等正义《周易正义》,上海古籍出版社1997年版,第89页。

圣,述者之谓明;明圣者,述作之谓也。"孔颖达《疏》:"作者之谓圣。圣者,通达物理。"[①]此"稽圣"当指考核通达物理。因此,此《稽圣赋》之"赋"非文学性的辞赋体之赋,而是具有一定的名物考释和博物志性质的学术著作。之所以名"赋",盖因用韵散结合、问对结构的赋体手法铺陈成文。

① (汉)郑玄注,(唐)孔颖达等正义《礼记正义》,上海古籍出版社 1997 年版,第 1530 页。

# 以心撲事，以事配辞
## ——论六朝骈文对偶与用典的双向互动

陈　果（陕西师范大学文学院）

对偶句式在中国古代文学创作中历来有之：先秦时期人们为了方便记忆"率然对尔"，因此"奇偶适变，不劳经营"[①]，有骈句而无骈文；两汉魏晋进入自觉文学时代，创作者"析句弥密，联字合趣，剖毫析厘"[②]，行文开始刻意追求句式的整齐；到了六朝时期对偶在间杂各种句式的同时渐向四六句靠拢，对偶的类型也在两句对以外出现当句对、隔句对等多重样式，可谓"丽句与深采并流，偶意共逸韵俱发"[③]。日僧遍照金刚在《文镜秘府论》中便归纳唐前诗歌对偶的方式二十九种之多，虽为论诗，于文亦可。

同样是由客观需要到刻意追求的过程，古人对典故的运用与对偶有着类似的发展轨迹：先秦两汉散文旁征博引以增加文章的说服力，但这种用典多是运用较长文段、较为完整地引述古事或古语；魏晋以后方式变化为多浓缩古事古语于只言片语，用典数量逐渐增多，征引范围不断扩大，用典手法也有出新。

骈者，二马并驾也。作为骈文首要特征，对偶从一种修辞方式上升为一种文体组织形式。对偶与用典的同句并用在汉代诗赋中已能见到，而在六朝隶事之风盛行之下，用典与对偶走到时代的交汇点上，共同成为六朝骈文突出的形式特征。纵观大到骈文史专著，小至分析骈文特点的单篇论文，多在阐述对偶、用典、藻饰、声律这些形式特征各自的形成以及对于骈文产生的作用，很少就这些要素之间的内部关系作以讨论，那么对偶与用典之间存在怎样的关系呢？笔者认为，六朝骈文对偶与用典并非各行其道，二者之间的搭配组合存在着极为密切的双向互动关系。

---

①②③　(梁)刘勰著，范文澜注《文心雕龙注》，人民文学出版社 1958 年版，第 588 页。

## 一、六朝对偶与用典的交汇

六朝骈文数量庞大，在为数众多的骈文选本中笔者择取其中一部略陈管见。清人许梿的《六朝文絜》可以视作最具代表性的选本之一：首先，许梿收录六朝骈文创作 72 篇，其中一些作品代表了当时骈文的最高水平，所选文章也大都短小精悍，便于分析整理；其次，收录由晋至隋作家 36 人，文体 18 类，所选作家与文体都具有一定广泛性，展现了此时段骈文创作的整体风貌；再次，相比于李兆洛《骈体文钞》等其他代表性选本骈散兼顾的情况，《六朝文絜》骈文的文体风格更为纯正。综合上述原因，笔者不避繁琐，对《六朝文絜》所选文章的对偶与用典情况进行了逐一统计。

骈文对偶句数与用典句数相比，自然是前者数量更大，因此笔者选择相对较少的用典句数作为统计的排列基准。首先，在众多文体中选择收录数量超过五篇的赋、表、启、书、铭五种文体为代表，各取每种文体用典数较多的几篇，统计情况如下：

| 文体 | 篇名 | 作者 | 总句数 | 对偶句数① | 用典句数② | 对偶句中的用典数 |
|---|---|---|---|---|---|---|
| 赋③ | 《小园赋》 | 庾信 | 136 | 120 | 88 | 82 |
| | 《别赋》 | 江淹 | 132 | 98 | 26 | 24 |
| | 《春赋》 | 庾信 | 62 | 56 | 25 | 22 |

① 统计过程中的对偶句数以较为严格的工对句为标准，下表同。

② 古今学者关于用典定义不一，认定标准也同中有异。笔者参考各家说法，求同存异，认为但凡界定用典都应当特别注意三项条件：(1) 征引前人故事或语句，须能找到典源文献；(2) 对于个别词句的征引，即使能够找到出处，也需要根据具体情况而定：如借用的不是完整故事，而是个别词语，且已与事典相脱离，则不应算作事典，或仅仅引用典源的个别词语，该词语在当世已无特殊性，则也不应算作语典；(3) 典故须有一定内蕴，既“引”且“用”达到一定修辞目的，不能起到修辞作用则不应纳入用典范围。笔者力图准确、清晰统计用典，但即便如此在实际操作中也有可能把个别非用典情况误算作用典纳入，或将本属用典的情况未算在内，特此说明。

③ 骈文与辞赋之关系争论颇多，笔者认同学界较为中和的一种观点：辞赋不隶属于骈文，骈文亦不被视为赋体，但骈文与辞赋二者存在交叉关系，即辞赋中只有骈赋属于骈文范畴。笔者认为骈文与辞赋并不是同一个体系内的文体分类标准，它是从语言修辞角度划分出的文体概念，具有独特的包容性，语言修辞上的“骈化”可以覆盖的是以文学体裁角度所划分出的各种文体，骈赋属于骈文从文体分类角度上是可以说通的，因而本文将骈赋纳入骈文范围论述。

续表

| 文体 | 篇名 | 作者 | 总句数 | 对偶句数① | 用典句数② | 对偶句中的用典数 |
|---|---|---|---|---|---|---|
| 表 | 《经通天台奏汉武帝表》 | 沈炯 | 41 | 22 | 18 | 18 |
| | 《为陈六宫谢表》 | 江总 | 24 | 22 | 14 | 14 |
| | 《为萧骠骑谢被侍中慰劳表》 | 江淹 | 27 | 14 | 2 | 1 |
| 启 | 《谢明皇帝赐丝布等启》 | 庾信 | 47 | 36 | 15 | 15 |
| | 《谢赵王赉丝布启》 | 庾信 | 32 | 22 | 8 | 8 |
| | 《谢赵王赉白罗袍裤启》 | 庾信 | 22 | 20 | 8 | 8 |
| 书 | 《召王贞书》 | 杨暕 | 62 | 40 | 29 | 29 |
| | 《与周宏让书》 | 王褒 | 54 | 38 | 28 | 26 |
| | 《与阳休之书》 | 祖鸿勋 | 96 | 60 | 20 | 18 |
| 铭 | 《石帆铭》 | 鲍照 | 56 | 44 | 14 | 12 |
| | 《团扇铭》 | 庾肩吾 | 18 | 16 | 8 | 8 |
| | 《后堂望美人山铭》 | 庾信 | 18 | 10 | 8 | 6 |

赋作为抒情性文体用典较多，表和启作为公文性文体用典相对偏少，但由表可知，无论是哪一类型的文体用典句属于对偶句的比例都非常之大，换言之，归为用典的句子绝大部分都通过对偶句式构成。

笔者接着在众多作家中选择收录数量较多的作家，以收录作品超过五篇的鲍照、江淹、萧纲、庾信四人为代表，打破文体界限各取每位作家用典数较多的几篇作品，统计情况如下：

| 作者 | 篇名 | 文体 | 总句数 | 对偶总句数 | 用典总句数 | 对偶句中的用典数 |
|---|---|---|---|---|---|---|
| 鲍照（约415—470） | 《石帆铭》 | 铭 | 56 | 44 | 14 | 12 |
| | 《芜城赋》 | 赋 | 87 | 64 | 4 | 4 |
| | 《飞白书势铭》 | 铭 | 28 | 22 | 2 | 2 |
| 江淹（444—505） | 《别赋》 | 赋 | 132 | 98 | 26 | 24 |
| | 《恨赋》 | 赋 | 90 | 40 | 8 | 6 |
| | 《建平王聘隐逸教》 | 教 | 29 | 18 | 2 | 2 |

续表

| 作者 | 篇名 | 文体 | 总句数 | 对偶总句数 | 用典总句数 | 对偶句中的用典数 |
|---|---|---|---|---|---|---|
| 萧纲（503—551） | 《相官寺碑》 | 碑 | 58 | 42 | 24 | 22 |
| | 《与萧临川书》 | 书 | 36 | 24 | 12 | 10 |
| | 《答新渝侯和诗书》 | 书 | 25 | 22 | 10 | 10 |
| 庾信（513—581） | 《小园赋》 | 赋 | 136 | 120 | 88 | 82 |
| | 《春赋》 | 赋 | 62 | 56 | 25 | 22 |
| | 《为梁上黄侯世子与妇书》 | 书 | 24 | 22 | 17 | 17 |

鲍照生活时代最早，上至刘宋，庾信仕跨三朝晚至北周，四人时代跨越了整个南北朝，通过统计既可以清楚看到用典逐渐繁密的趋势，也可以看到用典与对偶依托的现象贯穿这一时期而存在。许梿所收录的72篇骈文中用典超过10处且每处都由工对构成的篇目除过上述二表中已能看到的六篇外，另有《北山移文》《辞随王子隆笺》《为王宽与妇义安主书》《月赋》《谢滕王赉马启》等，总数达到11篇之多。

综合上述从文体、时代、作者不同角度的讨论，可以窥见六朝骈文创作中对偶与用典相辅相成的关系。这种被称之为"用典对"的方式虽然也属于对偶的一种，但与当句对、隔句对这些对偶自身内部的发展变化不同，它属于两种骈文特征的结合。

## 二、双向互动的形成原因与条件

《文镜秘府论·定位篇》云："既已定限，次乃分位，位之所据，义别为科，众义相因，厥功乃就。故须以心揆事，以事配辞，总取一篇之理，析成众科之义。"[①]两种不同要素之所以能够结合，必然有着特定的原因与条件，二者可能存在共性，也可能相互弥补。"以事配辞"也是如此，对偶与用典在发展和运用过程中各自体现出的特征为二者的组合提供了可能，笔者将从文学外部层面与语言内部层面两方面对这个问题进行阐述。

### （一）从文学外部层面探讨

1. 用典之于对偶的意义

刘勰《文心雕龙·事类》云："夫经典沉深，载籍浩瀚，实群言之奥区，而才思之

① （日）遍照金刚《文镜秘府论》，人民文学出版社1975年版，第155页。

神皋也。”[①]六朝以前恢弘博大的史书典籍为文人提供了丰富的素材,“因为当知识被当作囤积对象的时候,一条条的典故正像货品一样,是文人们企图占有和累积的目标”[②]。六朝这一时期类书的大量编纂便是适应文人隶事属对需要的体现。在这其中相同类型的典故便为形成对偶创造了条件:人物不同,故事不同,或者话语不同,却能够用来表达相同的内涵,这就极大地丰富了对偶的表达效果。李兆洛《骈体文钞·目录》云:“盖指事欲其曲以尽,述意欲深以婉,泽以比兴,则词不迫切,资以故籍,故言为典章也。”[③]然而骈文的对偶使语言形成了严格的形式限制,特别是四六句式的逐步固化倾向使得这种限制愈加明显,如何在有限的字数里充分表达内容,就需要文句的简约精练。对偶的典故即是以较少的文字概括前人完整的故事或话语,在这样的创作环境下用典便成了行之有效的语言表达手段,随取《六朝文絜》中的几个典例来看:

> 嗣宗穷途,杨朱歧路。(王褒《与周宏让书》)[④]
> 穆戎遂留,昭御不还。(鲍照《石帆铭》)
> 高唐疑雨,洛浦无舟。(庾信《后堂望美人山铭》)
> 楚人缨脱尽,燕君书误多。(庾信《对烛赋》)
> 妾怨回文之锦,君思出塞之歌。(萧绎《荡妇秋思赋》)

以上五组用典的对偶,每一组展开都分别是两个可以完整叙述的故事,而每一个故事实质都只用了四到六个字便已概括,如王褒之句分别借用了阮籍驾车路绝而哭、杨朱感叹歧路亡羊两个故事来说明世事纷纭多艰。除此五例,再如江淹《别赋》“韩国赵厕,吴宫燕市”两句之间参以四事,用四个地名即点出聂政、豫让、专诸和荆轲四位史书留名的刺客之行。原典的文本环境大量隐退,不仅在受对偶限制的范围内做到了简练含蓄,同时也形成了语言的陌生化效果。

2. 对偶之于用典的意义

罗积勇《用典研究》将用典手法的基本功用概括为四类[⑤],其中证言和代言两类都在很大程度上起到了为作者说话的效果。关于一个论点如何用典,用典多少

---

① 《文心雕龙注》,第615页。

② 王瑶《中古文学史论》,商务印书馆2011年版,第295页。

③ (清)李兆洛编,殷海国、殷海安校点《骈体文钞》,上海古籍出版社2001年版,第11页。

④ 本文中举例所引骈文文本均据(清)许梿评选,黎经诰注《六朝文絜笺注》,上海古籍出版社1982年版。

⑤ 详参罗积勇《用典研究》第五章,武汉大学出版社2005年版,第129—205页。

才能发挥它的最佳功效，前人多有论及，如宋人陈善《扪虱新话》云："文章不使事最难，使事多亦最难。不使事难于立意，使事多难于遣辞，能立意者未必能造语，能遣辞者未必能免俗，此又其最难者。大抵为文者多，知难者少。"①用典既不能太少，也不宜太多，对偶便将用典框定在一组两个的范围内，用则成双。刘勰云"理资配主，辞忌失朋"②，否则就如同"夔之一足，趻踔而行也"③。《文镜秘府论・论对属》亦云："凡为文章，皆需对属；诚以事不孤立，必有配匹而成。"④这些也都提及举事成双的问题。再取《六朝文絜》中的几个典例来看：

> 赤泉未赏，刘邦尚曰汉王；白旗弗悬，周发犹称太子。（萧绎《答群下劝进初令》）
>
> 蓬莱谢恩之雀，白玉四环；汉水报德之蛇，明珠一寸。（庾信《谢明皇帝赐丝布等启》）
>
> 昔周宣惰千亩之礼，虢公纳谏；汉文缺三推之义，贾生置言。（王融《永明九年策秀才文》）

萧绎之句借杨喜得项羽遗体，受刘邦之封为侯；姬发克纣，悬其首于白旗两件事例向劝进的群臣说明叛贼侯景未除，此时称帝尚非时机，许梿评点两句云："引古立案，构思精而撰语隋。"⑤庾信之句借汉代杨宝救雀后得玉环，春秋随君救蛇获赠明珠两件事来表达自己深受厚恩却无以为报的惭愧，虽然有些夸饰，却也用得恰当，许梿评点两句云："如比目鱼两两相对，可谓工巧无敌。"⑥王融之句代齐武帝的口吻，借周宣王即位后不举行籍礼而虢文公向他进谏，汉文帝即位而贾谊上疏重农贮粮两件事证明"食惟民天，农为政本"的道理，进而征求振兴农业的良策，许梿评点两句云："此专以劝农为主，援古证今，立言不苟，开唐宋人表启碑序法门。"⑦以上三例都是恰如其分地征引旧事，既避免了仅举一例的孤证，又不会显得赘余繁琐。《文心雕龙注・丽辞》言："凡欲明意，必举事证，一证不足，再举而成；且少既嫌孤，繁亦苦赘，二句相扶，数折其中。"⑧既言简意赅又加强了骈文的修辞

① （宋）陈善《扪虱新话》，《丛书集成初编》本，商务印书馆 1939 年版，第 46 页。
② 《文心雕龙注》，第 572 页。
③ 《文心雕龙注》，第 589 页。
④ 《文镜秘府论》，第 225 页。
⑤ 《六朝文絜笺注》，第 178 页。
⑥ 《六朝文絜笺注》，第 192 页。
⑦ 《六朝文絜笺注》，第 180 页。
⑧ 《文心雕龙注》，第 590 页。

效果。

3. 对偶与用典在构成形式与构思机制上具有趋同性

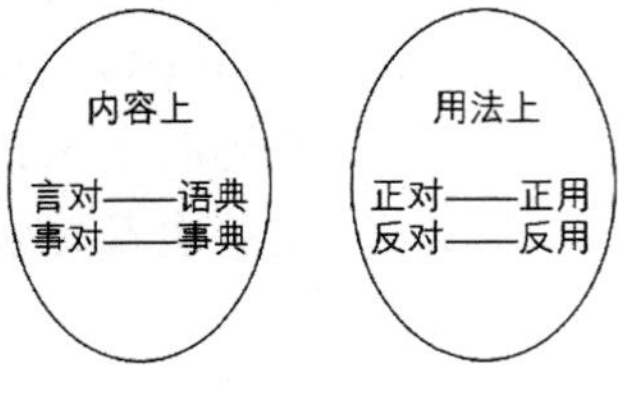


刘勰在《文心雕龙》中关于对偶提出"言对、事对""正对、反对"的分类,前一组是就对偶的具体内容而言,后一组是其凭借的架构方式。用典同样也有着相似的分类,用典内容上的"事典、语典"都可以借助"正用、反用"的架构方式找到与对偶相匹配的模式,从而达到正衬或反衬,正例或反例的效果。它们的关系可以用上图来表示。

不光如此,用典在对偶的上下句中还可以是一正一反合用的方式,如:

河阳北临,空思巩县;霸陵南望,还见长安。(王褒《与周宏让书》)

庄周车辙,实有涸鱼;信陵鞭前,元非穷鸟。(庾信《谢赵王赉丝布启》)

但雀台之吊,空怆魏君;雍邱之祠,未光夏后。(沈炯《经通天台奏汉武帝表》)

以王褒之句为例,潘岳外放河阳,与故乡巩县相离已远,而避乱离都的王粲幸还可以"南登霸陵岸,回首望长安"(《七哀诗》),一远一近的对比流露出自己困于异乡的忧愁。钟涛指出骈文与散文的区别之一就在于相较于散文上下句的意义呼应关系,骈文上下句则是结构的对应关系,"同则加强了两句之间的整齐紧密的联系,异则以强调两者之间的相岐来互相反衬,从而升华到一种均衡和谐的境界"①,对立之中求得和谐,确为中肯之论。

再由构思机制来看,《文心雕龙注·丽辞》言:"古文作丽,象两两相比之形。此云丽辞,犹言骈俪之辞耳。原丽辞之起,出于人心之能联想。既思云从龙,类及风从虎,此正对也。既想西伯幽而演易,类及周旦显而制礼,此反对也。正反虽殊,其由于联想一也。"②从"云"对"风"、"龙"对"虎"的简单事物相对到"西伯"之事对"周旦"之事,无论是正对还是反对抑或一正一反,都是通过作者"出于人心之能联想",对自身脑海中所积累的典故进行回忆与调取,并配对形成丽辞。另外在审美机制上,对偶与典故所形成的层峦叠嶂也易于引起读者的审美注意与审美联想。

① 钟涛《六朝骈文形式及其文化意蕴》,东方出版社 1997 年版,第 134 页。

② 《文心雕龙注》,第 590 页。

### （二）从语言内部层面探讨

1. 典故嵌入对偶的过程通过熔裁实现

典故是死的，后人创作的内容却是变动不居的，要使陈年旧事焕发新的生命变得生动贴切，就必须通过熔裁这一过程。熔裁的方法多种多样，骈文创作中熔裁语典比较常见的方式有两种：一种是从典源处各取较为完整的一句进行拼接组合；另一种是截取只言片语、增删几字以求对偶，如：

可以疗饥，可以栖迟。（庾信《小园赋》）
暂游万里，少别千年。（江淹《别赋》）
白云在天，龙门不见。（谢朓《辞随王子隆笺》）

《小园赋》两句庾信前句直取《高士传》“四皓歌曰‘哗晔华芝，可以疗饥’”句，后句直取《诗经·陈风·衡门》“衡门之下，可以栖迟”句，两句拼接并列借此言自己可以安贫乐道。《别赋》两句江淹是借鲍照《代升天行》“暂游越万里，少别数千龄”，前后两句各去一字使得词性相对。《辞随王子隆笺》两句中，谢朓前句直取《穆天子传》中西王母赠别周穆王所歌“白云在天，山陵自出”，后句截取《楚辞·九章·哀郢》“过夏首而西浮，顾龙门而不见”，以此共同表达与友远离。不通过增减改字而达到的匹配难度是比较大的，因为既需要上下两句的词性恰好完全相对，又需要上下表达的涵义近似，而增减改字的目的也是尽可能地适应工对的需要，使之具有相同的语法结构形成对偶。

2. 对偶句式为用典的多变提供平台

中国语法结构的灵活决定了对偶句句法形式的多样，这可以使典故在应用于对偶过程中巧妙搭配。骈文造句追求新巧，有时便会打破惯见的语法规则或使用特殊修辞，选字造句趋新趋奇。刘勰认为“若气无奇类，文乏异采，碌碌丽辞，则昏睡耳目”①，要想使读者不犯困，那就需要有突破传统的对偶，而使之奇特不仅要借助用典，还要在用典的对偶上翻新，如：

燕噪吴王，乌惊御史。（庾信《镜赋》）
或有孤臣危涕，孽子坠心。（江淹《恨赋》）
履信曷凭，思顺何寘？（颜延之《陶征士诔并序》）
泪墨子之悲，恸朱公之哭。（孔稚圭《北山移文》）

① 《文心雕龙注》，第589页。

《镜赋》两句前半句的典源是《越绝书・吴地传》，秦始皇时期看守吴国旧宫的官吏秉烛去照噪叫之燕，致使失火焚宫，原故事其实与“吴王”本无直接关系，庾信通过合理联想引申至吴王，使之与“御史”相对。《恨赋》两句中孟子的原话应为“孤臣孽子，其操心也危，其虑患也深”，按照常规结构应是“坠涕”与“危心”相对，此处江淹却别出心裁，互文见意。颜之推哀悼陶渊明中年早丧，对《周易・系辞上》“天之所助者，顺也；人之所助者，信也。履信思乎顺”提出质疑与反问，且都通过宾语前置形成了工整对偶的语法结构。《北山移文》两句正常的语序应为“墨子之悲泪，朱公之恸哭”，作者在这里进行了词性的活用。《文心雕龙・定势》云“效奇之法，必颠倒文句，上字而抑下，中辞而出外，回互不常，则新色耳”[①]，说的也正是此意。

3. 用典自身的适应性可以更好配合对偶的需要

(1) 特有名称之间的代替。常见的事物随着文学的不断发展衍生出很多不同的名称，这些名称便成为创作者择取用来代替原事物的对象。骆鸿凯《文选学・余论》说：“六代好用代语，触手纷纶。举‘日’义言之，曰曜灵，曰灵晖，曰悬景，曰飞辔，曰阳乌，皆替代之辞也。此外言‘月’，则曰素娥，曰望舒，曰玄兔，曰蟾魄，此以典故代也。”[②]关于太阳和月亮分别就有上述所举四五种不同的称谓，实际也尚不止此，如：

> 九龙将暝，三爵行栖。琼钩半上，若木全低。（庾信《灯赋》）
>
> 擅扶光于东沼，嗣若英于西冥。引玄兔于帝台，集素娥于后庭。（谢庄《月赋》）

两例之中，“若木”“扶光”“若英”都是指代太阳，“琼钩”“玄兔”“素娥”都是指代月亮，这样借助典故起到代名的功用，既利用名称的变化形成对偶避免了词语的重复，也增加了语言的流畅性更富有美感。

(2) 用与人物相关的称谓代替人物。人物的字号、籍贯、身份、任职地，故事发生地等等都可以代替人物本人的名字，从而根据语意需要为两个人物在称谓上形成对偶创造便利，如：

> 尚生不存，仲氏既往，山阿寂寥，千载谁赏？（孔稚圭《北山移文》）
>
> 若使宏农书疏，脱还邺下；河南口占，傥归乡里。（萧纲《与萧临川书》）

---

① 《文心雕龙注》，第 531 页。

② 骆鸿凯《文选学》，中华书局 1989 年版，第 356 页。

茂陵谢病，非无《封禅》之文；彭泽遗容，先有《归来》之作。（杨暕《召王贞书》）

《北山移文》两句中“尚生”指西汉人尚长，“仲氏”指东汉人仲长统，若用原名则显然无法对偶，遂各取其姓氏为代。《与萧临川书》两句用“宏农”源于杨修祖籍弘农（清代避乾隆帝弘历讳改），“河南”源于汉人陈遵曾任河南太守，以地点为对来指代人物，各与其后的“邺下”“乡里”呼应，萧纲以此表达虽与萧子云身处两地也期有消息往来。《召王贞书》两句“茂陵”指司马相如因病免官居于茂陵，逝前留书言封禅事，“彭泽”指陶渊明辞官归乡作《归去来兮辞》，人物事件仅用两个地名就勾勒了出来。

（3）用完整代替局部，或局部代替完整。为使字数相对或者上下句词性更加齐整，上下句之间有时也借助于大概念与小概念之间的切换，例如书目与章节、篇目之间互相替代：

沉吟齐章，殷勤陈篇。（谢庄《月赋》）

陈风缉藻，临象分微。（谢庄《宋孝武宣贵妃诔》）

《月赋》两句的“齐章”具体指《诗经·齐风·东方之日》里“东方之月兮，彼姝者子”句，“陈篇”则具体指《诗经·陈风·月出》“月出皎兮，佼人僚兮”句，两句同出《诗经》，同写明月，篇名字数又不相对，因而用国风名代指具体篇目，“篇”“章”相对。《宋孝武宣贵妃诔》两句中“风”指代“国风”，“象”指代《易经》，此处是以篇章代替完整书目。

（4）另外还有譬如组合型事物归纳形成对偶。同类事物本就便于用数词概括，上下句取用便首先形成数词＋名词形式的对偶，如：

三荆离析，二仲不归。（周宏让《复王少保书》）

五陵豪族，充选掖庭；四姓良家，驰名永巷。（徐陵《玉台新咏序》）

称谓的替换，事件的代替等等方式，这些都是用典句相对于非用典句对偶的优势之处。可以推想，以上这些在用典中通过换字达到对偶整齐的方式在声律出现后更显重要，因为上下句之间对应词的平仄相谐可以通过同义词或者替换为其他代指的方式来实现。

## 三、双向互动的得与失

从语言学角度来看，对偶与用典二者同属修辞学范畴，如果遵循陈望道《修辞学发凡》的分类，二者都属于辞格体系内的积极修辞①。积极修辞的作用就是由概念抽象到具体可感，用典（归为引用）属于材料辞格（偏内容），对偶属于章句辞格（偏形式），引入典故充实对偶句式的内容，对偶句式的灵活使得典故的表现手法多样，二者之间的互动是在内容与形式上为对方提供便利，这样的"左提右挈，精味兼载"②在前文中已详细论述。

然而每一种形式上的方法增加，也就不可避免会在一些地方产生妨碍内容意义的负作用。首先就是语意上有时出现的堆砌重复，如王褒《与周宏让书》"所冀书生之魂，来依旧壤；射声之鬼，无恨他乡"两句，"书生之魂"与"射声之鬼"都同指班超。江淹《别赋》"织锦曲兮泣已尽，回文诗兮影独伤"两句话其实在说同一件事；其次是硬凑生造，前文所举之例"泪翟子之悲，恸朱公之哭"虽然调整了语序，但举墨翟，杨朱之事又何以指名为姓称之为"翟子""朱公"，鲍照《石帆铭》"二崤虎口，周王夙趋；九折羊肠，汉臣电驱"里"九折"原为"九折阪"，为了对偶硬去一字；再者，文字原是传达意思的工具，倘若熔裁过程中省字太多，用了典故却令人难懂，便失去了用典的意义，前文提及的江淹《别赋》"韩国赵厕，吴宫燕市"只用八字说明四事，虽然简赅，但却模糊了意念，再如徐陵《玉台新咏序》"亦有颍川、新市，河间、观津"欲以四地指代四位美人，同样显得过简。

以上都是用典应用于对偶过程中出现的典型问题，即使是四六大家，骈文名篇有时也不免有龃龉之处，庾信代表作《哀江南赋》里那句"申包胥之顿地，碎之以首；蔡威公之泪尽，加之以血"就因语焉不详常遭诟病。钱锺书《管锥编》言："骈体文两大患：一者隶事，古事代今事，教星替月；二者骈语，两语当一语，叠屋堆床。然而不可因噎废食，止儿之啼而土塞其口也。"③其实能不能算是"患"，全在作家用好与否，所谓"善附者异旨如肝胆，拙会者同音如胡越"④。骈文的对偶形式原本对文人的创作空间构成限制，而文人们却不仅愿意遵照这种形式以增加文章的华美，而且还在有限的语言形式下尝试引经据典以增加文章的意义表现。在骈文中引入用典，需要时时顾及对偶的需要，因而看似不如散文中那样自由，但凭借自己

① 详参陈望道《修辞学发凡》第五篇及第八篇，上海教育出版社 1997 年版。

② 《文心雕龙注》，第 590 页。

③ 钱锺书《管锥编》（第四册），中华书局 1986 年版，第 1474 页。

④ 《文心雕龙注》，第 651 页。

的知识积累与创作才力将众多的典故镶嵌其中，作者的才力就表现在这种处于束缚之中而能摆脱束缚，也正是在这种困难的情形下才更能显出作者的学问与技巧。程杲《四六丛话序》云："非胸有卷轴，不能取之左右逢原也……要在运笔有法，或融其字面，或易其称名，或巧其属对，则旧者新之，顿觉别开壁垒。庄子所云'腐臭化为神奇'也。"[①]能不能达到"腐臭化为神奇"的效果，就看作者在对偶与用典的双向互动中能否运用自如了。

① （清）孙梅著，李金松校点《四六丛话》，人民文学出版社2010年版，第7页。

# 虞世南《帝王略论》佚文补正

郑　伟（东北财经大学人文与传播学院）

虞世南是初唐时期的名臣，他与唐太宗私谊甚笃，常在机务之暇共观经史，商略古今，史谓“论及古先帝王为政得失，必存规讽，多所补益”①。虞世南《帝王略论》正是在这样的历史氛围中写就的一部史论，起于太昊，讫于隋朝，评论历代君王为政得失，在唐代颇为流行。《帝王略论》在中国史论史上地位举足轻重，研究者认为它“不独是唐初史论的杰作，就是在整个唐代史论中，在中国历史评论发展中，也占有不可忽视的地位”②。有学者甚至认为，《帝王略论》中虞世南与唐太宗共同制定的政治理论，是贞观年间的施政纲领③。然而，这样一部重要的史论，在五代以后逐渐散佚了。

## 一、星散流离：中土、敦煌与东瀛

《帝王略论》分为五卷：三皇至秦末合为一卷、两汉一卷、三国两晋一卷、南朝北朝各一卷。是书最早著录于唐代开元时期的《古今书录》④，其他书目如《崇文总目》《新唐书·艺文志》《遂初堂书目》《中兴馆阁书目》《宋书·艺文志》等均见著录，宋代以后罕见称引。宋人已注意到唐代马总《通历》中存有《帝王略论》佚文，

---

**基本项目**：本文为辽宁教育厅人文社科项目“文化史视域下的嵇康现象研究”（LN2017QN039）、辽宁经济社会发展研究项目“图像学视角下的魏晋风度及其文学书写研究”（29818073）阶段性成果。

① （后晋）刘昫等撰《旧唐书》卷七十二，中华书局1975年版，第2566页。

② 瞿林东《〈帝王略论〉——唐初史论的杰作》，载《唐代史学论稿》，北京师范大学出版社1989年版，第124—141页。

③ 李锦绣《读敦煌P2636〈帝王略论〉文书札记》，载严耀中主编《论史传经——程应镠先生纪念文集》，上海古籍出版社2004年版，第138—148页。

④ 金程宇《东洋文库所存〈帝王略论〉残卷文献价值综述》，载《稀见唐宋文献丛考》，中华书局2009年版，第3—11页。

晁公武指出《通历》体例之特殊:"取虞世南《略论》,分系于末,以见义焉。"①据章如愚考述:"尝考其书(《通历》),大抵编次众史,而为之议论,根株则多有取于虞世南之《帝王略论》。"②王应麟则明确指出:"《通历》所载'公子曰''先生曰'者,皆虞世南《帝王略论》。"清人陆心源《唐文拾遗》③在辑佚《帝王略论》时,于《通历》之外,还辑录了唐人赵蕤《长短经》中的数条佚文,这个辑本反映了《帝王略论》在中土存留的大致规模。民国学人刘咸炘论及赵蕤《长短经》:"赵氏固不足以与此,然其掇录排列之功亦勤矣。虞氏《帝王略论》已亡,而马总《通历》载之,此书亦几于尽。"④国内学者一度认为,《帝王略论》佚文仅存于《通历》与《长短经》中。

直到20世纪初,敦煌藏经洞发现以后,国人始知法国人伯希和携归巴黎的《帝王论》残卷,实即中土久佚的珍贵古籍《帝王略论》。日本人内藤湖南是敦煌本残卷的最早考订者,他在1930年于巴黎初见敦煌本残卷(存卷一和卷二),惊叹不已,将之摄影携归,后来撰文介绍⑤。王重民于1935—1936年旅居巴黎期间,亦得摄影存录,先后撰写了四则札记⑥,除考出《帝王论》即《帝王略论》外,还指出虞书在《长短经》《通历》《太平御览》中存有佚文若干条。《帝王略论》敦煌本残卷自1930年代从巴黎拍摄归国,属于回流中土的最早一批敦煌文献⑦。海内学者对《帝王论略》进行整理和研究,主要依赖敦煌本残卷与《通历》《长短经》《太平御览》中的佚文,陈虎先生于2008年出版的《帝王略论》译注本,所录佚文条目即以此为限⑧。近年来,一些历史学者探讨《帝王略论》的史学观念⑨,在文本内容方面也没

---

① (宋)晁公武撰,孙猛校证《郡斋读书志校证》卷五,上海古籍出版社1990年版,第202页。

② (宋)章如愚撰《群书考索》卷十二"诸史门",《景印文渊阁四库全书》第938册,第865页。

③ (清)陆心源《唐文拾遗》卷十三,光绪刻本,收入《全唐文》,中华书局1983年影印版。

④ 刘咸炘《旧书别录》卷四乙二,《推十书》乙辑,上海科学技术文献出版社2009年版,第307页。

⑤ (日)内藤湖南《〈帝王略论〉の发见》,载《东京日日新闻》,昭和七年(1932)十月二十日。

⑥ 王重民《敦煌古籍叙录》史部《帝王略论》条,商务印书馆1958年版,第94—96页。

⑦ 据1937年《国立北平图书馆馆务报告》,王重民等学者远赴法国等地,着手影印《敦煌古籍丛编》,其中就有《帝王略论》。参刘波、林世田《国立北平图书馆拍摄及影印出版敦煌遗书史事钩沉》,《敦煌研究》2010年第2期,第113—119页。本文敦煌本残卷据(日)神田喜一郎辑,陆鸿志编《帝王略论》残卷,《敦煌秘籍留真新编》(上卷),台湾大学1947年版。

⑧ 《前言》:"《帝王略论》就分散在了如下的数种古代典籍中:其一是敦煌遗书中的残卷,其二是马总的《通历》卷四、卷六、卷七、卷八和卷九等篇中,其三是陆心源的《唐文拾遗》卷十三所辑录赵蕤的《长短经》中,其四是《太平御览》卷一百二十九所存虞世南《公子先生论》一条。"(陈虎译注《帝王略论》,中华书局2008年版,第4页)

⑨ 如杨晋娟《〈帝王略论〉君德思想探析》,《哈尔滨学院学报》2011第5期,刘治立《〈帝王略论〉中的南北朝帝王论》,《洛阳师范学院学报》2015第10期。

有突破这一范围。

实际上,《帝王略论》在世间另有一个版本存世,那就是日本东洋文库所藏古抄本《帝王略论》残卷。这是镰仓时代(文永七年[1270])的一个抄本,残存卷一、卷二和卷四。较之敦煌本,东洋文库本多出卷四,其价值不言而喻。这一古抄本原藏金泽文库,1932 年入藏东洋文库,值此之际,内藤湖南曾撰文介绍,论述了该书的作者、著录、史学价值及文本传承关系①。1967 年,日本学者尾崎康发表论文《关于虞世南的〈帝王略论〉》②,对东洋文库本详加考察,比较了现存《帝王略论》诸版本,考述了《帝王略论》与《通历》之关系、《帝王略论》的史料来源、虞世南的史学思想及对贞观史学的影响等。1973 年,尾崎氏论文译介至中国台湾③。1988 年,林聪明撰文《虞世南〈帝王略论〉两写本校记》④,将敦煌本和东洋文库本与《通历》《长短经》佚文进行比对,取得了卓有价值的校勘成果。中国文化大学中国文学研究所汪治平的硕士论文《虞世南〈帝王略论〉研究》⑤则探讨了虞世南的生平及其著作、《帝王略论》的撰作时间、"略"与"论"之关系、现存残卷及其相关资料,另附作者辑校本。尽管民国时期学者已获知日本尚有残本存世⑥,但长期以来,大陆学者无从得见。2004 年,李锦绣曾撰文比勘敦煌本和东洋文库本《帝王略论》中的重叠条目,并呼吁学有余力者予以全面整理⑦。2005 年,陈尚君《全唐文补编》出版,利用东洋文库本《帝王略论》,辑入了虞世南的"进表"和"序"⑧。2012 年,胡洪军、胡遐辑注《虞世南诗文集》出版⑨,于"进表"和"序"之外,还利用敦煌本和东洋文库本校勘了《通历》和《长短经》中的《帝王略论》佚文,颇具学术眼光。

近年来,向国内学者大力推介东洋文库本《帝王略论》残卷文献价值的是南京大学域外汉籍研究所的金程宇教授。他在 2009 年发表了《东洋文库所存〈帝王略

① (日)内藤湖南《〈帝王略论〉の发见》。按,东洋文库藏《帝王略论》残卷乃日本文永七年(1270)抄本。

② (日)尾崎康《虞世南の帝王略论について》,《斯道文库论集》第 5 集,1969 年 7 月,第 185—224 页。

③ 蔡懋堂译文载《"国立"编译馆馆刊》2 卷 3 期,1973 年 12 月,第 173—194 页。

④ 林聪明《虞世南〈帝王略论〉两写本校记》,原载《东吴史学报》1988 年第 6 期,后载《唐代研究论集》第三辑,新文丰出版公司 1992 年版,第 115—176 页。

⑤ 汪治平《虞世南〈帝王略论〉研究》,中国文化大学中国文学研究所 1988 年硕士论文。

⑥ 张政烺在论文提及日本残卷:"敦煌、日本尝出残本。"参《讲史与咏史诗》,《历史语言研究所集刊》第十本,1948 年;后收入《张政烺文史论集》,中华书局 2004 年版。

⑦ 李锦绣《读敦煌 P2636〈帝王略论〉文书札记》,载严耀中主编《论史传经——程应镠先生纪念文集》,第 138—148 页。

⑧ 陈尚君辑校《全唐文补编》,中华书局 2005 年版,第 2225 页。

⑨ 胡洪军、胡遐辑注《虞世南诗文集》,浙江古籍出版社 2012 年版。

论〉残卷文献价值综述》一文①,认为东洋文库本源自唐初抄本,是值得与敦煌本同样重视的珍贵文献;推论《帝王略论》成书于贞观初年,异于王重民、瞿林东等人"成书秦府"的观点;考证了东洋文库本可补诸本之阙文,并附列了东洋文库本中可供校勘的文字内容;在文本校勘的基础上,指出《通历》和《长短经》引用《帝王略论》时文字颇有删改,陆心源在辑佚时条目也有落漏,这些论断俱有见地。在日本方面,持续关注《帝王略论》的学者是会田大辅,近年来连续发表了系列论文:《〈紫明抄〉所引〈帝王略论〉について》②《唐宋时期〈帝王略论〉的利用状况》③《日本における〈帝王略论〉の受容について——金泽文库本を中心に(汉籍受容のタイムカプセル)》④,考察了《帝王略论》在唐宋时期的文化利用和在中日两国的流播状况,并以之为例探讨了汉籍在日本的"受容"及其文化背景。会田氏对东洋文库本的考察较为详致,对日本典籍的发掘也成绩斐然,但对中土文献的搜集不尽完善。会田氏正在陆续整理东洋文库本《帝王略论》残卷,《〈帝王略论〉卷一校注稿》⑤业已发表。

## 二、积土聚沙:古注、类书与佛典

尽管说,敦煌本和东洋文库本《帝王略论》残卷具有无与伦比的文献价值,它们突破了传世文献《通历》《长短经》和《太平御览》中的佚文限制,大大扩充了《帝王略论》的文本内涵。但是,《帝王略论》曾在唐代十分流行,除此之外,在其他文献中就没有存留吗?显然不是的,根据笔者目力所及,至少有三种类型的文献值得注意:

### (一)晚唐胡曾《咏史诗》评注中的十一条佚文

早在1948年,张政烺在考察唐人胡曾(约840—?)《咏史诗》时发现,陈盖注和

---

① 金程宇《东洋文库所存〈帝王略论〉残卷文献价值综述》,载《稀见唐宋文献丛考》,第3—11页。

② (日)会田大辅《〈紫明抄〉所引〈帝王略论〉について》,《国语と国文学》87(3),2010年3月,第16—27页。

③ (日)会田大辅《唐宋时期〈帝王略论〉的利用状况》,载宁欣主编《新材料・新方法・新视野:"中国古代国家和社会变迁"研究生学术论坛论文集》,北京师范大学出版社2011年版,第403—404页。

④ (日)会田大辅《日本における〈帝王略论〉の受容について——金泽文库本を中心に(汉籍受容のタイムカプセル)》,《アジア游学》(140),2011年4月,第89—98页。

⑤ (日)会田大辅《〈帝王略论〉卷一校注稿》,《明大アジア史论集》(第20号纪念号),2016年3月,第152—131页。

米崇吉评中存有《帝王略论》的佚文，且不见于陆心源《唐文拾遗》辑本，陆氏"惜未及搜检此书也"①。2004年，赵望秦在研究胡曾《咏史诗》注本时，进一步指出，影宋抄本《新雕注胡曾咏史诗三卷》中"米氏（米崇吉）在《渭滨》《沛中》《钜桥》《沙苑》《陈宫》《铜雀台》《故宜城》《嶓冢》等诗的评语中都引据唐初虞世南所撰《帝王论略》"②。陈盖和米崇吉均为唐人③，其评注时代较早，自有一定的文献价值。这些评注中的引文，有六条作《帝王略论》《帝王论》或《魏吴蜀三主优劣论》，均见于马总《通历》佚文，引自《帝王略论》无疑。另有五条引作"论曰"或"论云"，有学者怀疑是《帝王略论》的佚文，可采信吗？

胡曾《咏史诗》评注中引作《帝王略论》《帝王论》，或作虞世南《魏吴蜀三主优劣论》者凡六条④。《咏史诗》卷一《陈宫》注引《帝王略论》：

> 陈祖永定元年，将受梁帝禅位，史传得梦有一人着朱衣武冠，自天而下，手执金牌，上有文曰："陈氏五主，三十四年。"惊觉，与孔宗范说曰："此梦善，若验，吾子孙当忧也。"自武帝至后主果五主，从永定之初及至之去年，共计三十四年，此宝神验陈末之时，史传尚载者也。

本条见于《通历》，亦见于东洋文库本卷四，还见引于唐刘知幾《史通·杂说》"原注"，三者文字各有异同，可以互勘。另有一条虽见于《长短经》，但文字有出入，《咏史诗》卷一《铜雀台》注引虞世南《魏吴蜀三主优劣论》：

> 曹公奸雄多忌，至北杀伏后，鸩荀卿，诛孔融，戮崔琰，此实谓弃贤，得乱世之才也。[鼎足之中，曹公最劣，且死者人之毕，飨者礼之规，盖恋意一时，显愚千古者矣。]（笔者按，[]内文字不见于《长短经》。）

有两条不见于《通历》与《长短经》，而见于敦煌本和东洋文库本《帝王略论》，其一为《咏史诗》卷一《故宜城》注引《帝王略论》：

---

① 张政烺《讲史与咏史诗》，第622页。

② 赵望秦《胡曾〈咏史诗〉注本考索》，《中华文史论丛》第七十五辑，上海古籍出版社2004年版，第218—223页。

③ 赵望秦《胡曾〈咏史诗〉注本考索》，第222页。

④ 本文引用《新雕注胡曾咏史诗》据《四部丛刊三编》上海涵芬楼影印常熟瞿氏铁琴铜剑楼藏影宋抄本。

夏禹治水，不重尺璧，而重寸阴，一沐握发，乃一食二吐飧。陆行载车，泥行乘橇，而水行载舟。治水十三年，经过己门，闻儿泣声不能入，恐滞时。乃凿龙伊阙导九江，所存者七百国而鼎天下，有河出图洛出书，至寿百岁，在位九年。

其二为《咏史诗》卷一《沛中》注引《帝王论》：

汉高兴之有五德：一曰尧之苗裔，二曰体貌多奇，三曰神武有征，四曰宽明仁恕，五曰知久善如之不用人如田巳，从谏如水之顺流。然尚有深几亡社稷，有大臣父赞免遭女子图谋。帝崩，刘章、周勃、陈平立代王。

另有一条，《咏史诗》卷一《渭滨》注引《帝王略论》：

吕望，王佐之奇才；师旷之资之德，明也。

《长短经》引《帝王略论》"曹操"条有句云："彼孔明者，命世之奇才，伊、吕之俦匹"，文意与此相类。至于师旷，今存条目未见语及，史料来源不明。

又，《咏史诗》卷二《嶓冢》注引《帝王略论》：

夏禹之世，敷九土，乘四载，立万国，定九州，其功至矣。夫禹帝之王天下也，兢兢而有如驭朽，惕惕而无异履冰，莫不以义治幽，化周动植也。

本条不见于《通历》与《长短经》，亦不见于敦煌本与东洋文库本卷一，来历不明。

胡曾《咏史诗》评注中的《帝王略论》引文与《通历》《长短经》、敦煌本、东洋文库本互有异同，语意也有不连贯处。评注中引用他书情况，张政烺曾予考证："胡曾《咏史诗》之陈注、米评与平话体制已甚接近。陈注多援村书俗说，如所谓《尔雅》《史记》之类，皆非古本。引用《春秋后语》《汉书》《三国志》等亦皆杂以俚语，不尽原文。"[①]以此推论，《帝王略论》引文也有可能乃注家以意为之，"不尽原文"。

评注中还有五条引文，或作"论曰"或作"论云"，出现位置与前引《帝王略论》

① 张政烺《讲史与咏史诗》，第621页。

条目相类，有学者认为可能是《帝王略论》的佚文①，其中有一条不见于《通历》与《长短经》，而见于敦煌本卷一，确为《帝王略论》佚文，《咏史诗》卷一《钜桥》注引“论曰”：

纣王非布衣草创之君，拨乱主时之宇，盖是太平□业所置膏腴，外无师傅之严，内乏自然之智，罔知稼穑，不会艰难为主之道，不计贤愚，近善即染情，近恶即感意，胡不博识者乎。

另外四条“论曰”或作“论云”，不见于《通历》与《长短经》，亦不见于敦煌本与东洋文库本。

其一，《咏史诗》卷三《八公山》注引，不见于《通历》所引“苻坚”条，文意与唐玄宗《御制道德真经疏》卷二“百万横行，竞怯于风惊鹤唳；晋山草木，尽变人形”近似：

故论曰：风惊鹤唳，尽为战斗之声；草木山烟，悉为人马之状。晋自避贼南渡，至此一百余年，此方雪积代之耻也。

其二，《咏史诗》卷一《沙苑》注引，不见于《通历》或《长短经》，文气与隋卢思道《北齐兴亡论》“永熙西道，天平北巡”略近：

论云：永熙西道，叹河川之亦归，天平此移，落业西之俱已。可谓悲矣。

其三，《咏史诗》卷二《濡须坞》注引，不见于《长短经》所引“曹操”条，文意与西晋刘琨《与石勒书》“聚土百万……而无尺寸之功”相近：

故论云：兴兵百万，无尺寸之功，乃其(将)[江]也。

其四，《咏史诗》卷二《金陵》注引，不见于《通历》“梁武帝”条，亦不见于东洋文库本卷四“梁武帝”条：

---

① 赵望秦谓《钜桥》和《沙宛》“论曰”“论云”乃《帝王略论》佚文，见赵望秦《胡曾〈咏史诗〉注本考索》，第 222 页；《沙宛》“论云”疑是《帝王略论》佚文，见黄仁生、陈圣争校点《唐代湘人诗文集》，岳麓书社 2013 年版，第 145 页。

故论云：昔赵城纳冯亭，有长平之祸；梁受侯景，成水旱之灾，梁国为因侯景之祸，梁遂灭矣。夫万乘之君，为匹夫之好，而志坚十善，性酷二空，舆彰弱懦之名，果有篡夺之事。帝王之道，凡欲修善，以弘济为怀，以宽恕为体，一物失所，如己不达，此之道也。何烦髓脑之劳欲，致升平之代也。

虞世南曾“奉王命纂古今事为四十八门，皆偶丽之语”①，曰《兔园册》十卷，唐五代流行于民间，后亦散佚，今存敦煌卷子残本一卷。以上四条略有骈俪之风，如果出虞世南之手，则有可能出自此书。当然，唐人著述有引用史论的习惯，所谓“论曰”，常指前人史论。如马总《通历》中引用“论曰”或“论云”凡四处②，分别出自《北史》卷六《齐本纪上》、卷七《齐本纪中》、卷十《周本纪下》、卷十一《隋本纪上》。近人叶德辉《〈通历〉题记》(1915)云：“自第四卷西晋起，至隋止，多本唐太宗敕修《晋书》《南北史》《十六国春秋》。”③《通历》不惟史料出于前史，史论亦出前史，其说有据。

### (二) 北宋晏殊《类要》中的十三条佚文

《类要》是北宋名相晏殊平日读书之时，摘录各种书籍，分门别类编成的一部大型类书，其中保存了大量久已亡佚的文献资料。据唐雯研究，《类要》中存留的稀见文献，包括虞世南的《帝王论略》④。《类要》引文中，虞世南“进表”一条(卷十七《修史》)之外，去除重复得十三条。其中一条标明《帝王略论》，其他引作《略论》或《论略》，这些条目是《帝王略论》的佚文吗？唐雯仅予存疑：“未知是否在残本中？”⑤此外，宋人《古今事文类聚》与《永乐大典》残卷也各存两条题为《略论》的引文，它们是《帝王略论》的佚文吗？唐宋时期的《略论》除《帝王略论》外还指称其他的书籍吗？

这些佚文中，有三条确出《帝王略论》，见于敦煌本与东洋文库本卷一：

汉元初元中，罢黄门乘舆狗马，泉衡禁苑假与贫民。(卷九《帝省费》引《略论》)

汉武之罢黜百家，兴建庠序，进用贤良。(卷九《总叙崇儒》引《略论》)

---

① 《郡斋读书志校证》卷十四，第650页。

② 分别见(唐)马总撰，周征松点校《通历》，山西人民出版社1992年版，第98、101—102、111—112、114页。

③ 《通历》附录三，第285页。

④ 唐雯《晏殊〈类要〉研究》，第九章“《类要》中的其他文献”，上海古籍出版社2012年版，第301—303页。本文引用晏殊《类要》皆据唐雯校订本。

⑤ 唐雯《晏殊〈类要〉研究》，第301页。

绥州,秦皇使扶苏监蒙恬筑长城于上郡,[即]绥州。(卷六《陕西路》引《略论》)

前两条乃《帝王略论》原文,后一条“秦皇使扶苏监蒙恬筑长城于上郡”本于原文,然“上郡即绥州”之考释乃羼入文字。可知,《类要》作为读书笔记,晏殊抄录时带有一定的随意性,或有以意为之者,此类文字混杂其间。

《类要》所引《略论》有数条内容细碎,涉及地理沿革,颇有方志色彩,与《帝王略论》“凡帝王事迹皆略纪载”①的体例和旨趣大相乖违,如下所示:

汤葬在济阴,曹州也,又云西亳,今偃师东。(卷三《西京》引《略论》、卷四《京东路·曹》引《略论》)

新野,即邓州地。(卷四《京西路·邓》引《略论》)

济阳、淄川。(卷四《京东路·淄》引《略论》)

岐州、扶风、茂陵,皆凤翔也。(卷六《陕西路·凤翔》引《略论》)

这些条目或有撮其意而成者,如“汤葬在济阴”条,当本《水经注》卷二十四引《帝王世纪》“尧葬于济阴之成阳西北”②与《太平御览》卷八十三引《帝王世纪》“偃师为西亳”③。值得注意的是,晋人皇甫谧《帝王世纪》一书中有大量的舆地变革、政区分合相关考据文字,举例如:“亳,今梁国谷熟县是也”;“东虢,即成皋是也。今郑郡平陆县是北虢”;“少昊邑于穷桑,都曲阜,故或谓之穷桑帝,地在鲁城北”;“周后稷始封邰,今扶风是也。及公刘徙居邑于豳,今新平漆之东北有豳亭是也”④。由此可以推论,《类要》中这些具有方志色彩的《略论》应是《帝王世纪》的佚文。

再举《类要》所引《略论》两条,均不见于敦煌本与东洋文库本,而见于《帝王世纪》:

尧在孕十四月,生于丹陵,廷荷胜,眉八彩。(卷九《诞生神异》引《略论》)

轩辕龙颜夗颐。(卷九《天表》引《帝王略论》)

---

① (宋)王应麟《玉海》卷六十二,广陵书社2007年版,第1232页。

② 徐宗元辑《帝王世纪辑存》,中华书局1964年版,第39页。

③ 《帝王世纪辑存》,第71页。

④ 据《帝王世纪辑存》,分别见《尚书·帝诰》正义引,《太平御览》卷一百五十九引,《后汉书·张衡传》注引,《史记·周本纪》索隐。

“尧”条见于《初学记》卷九引《帝王世纪》“十四月而生帝于丹陵”“乌庭荷胜，眉有八采”①。轩辕（黄帝）条见于《艺文类聚》卷十一引《帝王世纪》：“龙颜有圣德，受国于有熊，居轩辕之丘，故因以为名，又以为号。”②另外，《永乐大典》残卷引《略论》“轩辕之十六将，分掌四方”③，不见于敦煌本轩辕（黄帝）条，也当是从《帝王世纪》化出，见《太平御览》卷七十九引：“力牧、常先、大鸿、神皇巨封直人镇、大山稽、鬼臾区、封胡、孔甲等，或以为师，或以为将，分掌四方，各如己视，故号曰黄帝四目。”④

《帝王世纪》之外，《类要》所引《略论》还有两条化出自《北堂书钞》：

> 昆阳县在唐州，昔光武战处。（卷四《京西路·唐》引《略论》）
>
> 尧饮千钟，杜康造酒，即少康也，酉日死，故不饮酒会客也。（卷二八《酒》引《略论》）

“昆阳县”条，《北堂书钞》卷一百二十一引《东观汉记·光武纪》“王寻、王邑兵五六十万，列遂环昆阳城，金鼓之声闻于数千里”⑤，此本光武战昆阳故事。“尧饮千钟”条，敦煌本、东洋文库本“少康”条今存，不见载录。宋人祝穆《古今事文类聚》前集卷十九引《论略》，文字与之相近⑥。本条当化自《北堂书钞》卷一百四十八“酒六十”“少康作酒”条：“《世本》云：少康作秫酒。少康，杜康也。”又云：“唐尧千钟。”⑦

《永乐大典》残卷中另有一条引作《略论》：

> 令重臣居禁内。乃诏禹舍宫中，五日一归府。曰归府者，即洗沐之谓。按《薛宣传》云：日至休吏。《东方朔传》云：伏日当早归。意汉世百官休告之期，如此类尚众，异其无可考者。⑧

① 《帝王世纪辑存》，第 34 页。

② 《帝王世纪辑存》，第 15 页。

③ （明）解缙等编《永乐大典》卷一万八千二百七，中华书局 1986 年影印版。

④ 《帝王世纪辑存》，第 17 页。

⑤ （唐）虞世南《北堂书钞》，中国书店 1989 年影印版，第 461 页。

⑥ （宋）祝穆，（元）富大用《古今事文类聚前集》卷十九，影印《文渊阁四库全书》本。

⑦ 《北堂书钞》，第 623—628 页。

⑧ 《永乐大典》卷一万八千二百七。

事见《后汉书·张禹传》《汉书·东方朔传》《汉书·薛宣传》，俱见引于《北堂书钞》①。

《北堂书钞》与《帝王略论》同出虞世南之手，《北堂书钞》今存一百六十卷，其中二十卷为"帝王部"，多载帝王事迹；又《帝王世纪》是《帝王略论》的重要史料来源，它们之间渊源关系密切②。鉴于此，《类要》《古今事文类聚》《永乐大典》在抄录《帝王略论》《帝王世纪》《北堂书钞》时，混同为一，俱题《略论》，也是情有可原的。

《类要》所引《略论》，还有两条佚文：

> 周昭王伐楚至九江，鼋为梁，君子为猨，小人为蝌(渠六切)。一师遂不济。(卷三七《杂事》引《略论》、卷三二《杂事》)
>
> 汉武时，西国使使进献麟角凤喙胶四两，名曰白莲金泥，色如碧玉。帝不知妙，以付外库。帝幸华林园射虎，而弩弦断，使者从驾，因取一分胶，口濡以集弦。帝使武士射，终不脱，力胜未断时。剑折亦用，更妙也。(卷一二《帝射》引《(论略)[略论]》)

两条均不见于敦煌本与东洋文库本。汉武帝条，据唐雯考释，事见《太平御览》卷七六六引《中洲记》③，或属于误引，亦不无可能。

**(三) 唐宋以来佛教典籍中的十二条引文**

唐宋以来的佛教典籍多处引用《帝王略论》，这似乎没有引起研究者的注意。比如初唐沙门彦琮的《唐护法沙门法琳别传》，晚唐五代南诏沙门玄鉴的《护国司南抄》，宋代沙门法云编纂的《翻译名义集》，宋代永嘉沙门释从义撰写的《法华三大部注》、宋代沙门古月道融撰写的《丛林盛事》等。这些引文有逸出传世文献的内容吗？这些史料又从何而来？为何佛教典籍中时常引用《帝王略论》，虞世南和佛教之间有什么历史因缘吗？

初唐沙门彦琮《唐护法沙门法琳别传》引虞世南《帝王略论》：

> 老子之义，谷神不死，玄牝长存，久视长生，乘龙驾鹤。此区中之教也。夫释氏之法，空有不滞，人我兼忘，超出生死，归于寂灭。此象外之谈也。[且

① 分见《北堂书钞》卷八十五、卷一百五十五、卷六十二。

② (日)尾崎康《虞世南の帝王略论について》，《斯道文库论集》第5集，第185—224页；林聪明《虞世南〈帝王略论〉两写本校记》，《东吴史学报》1988年第6期。

③ 唐雯《晏殊〈类要〉研究》，第303页。

夫优劣之迹，训诰如然，而大小之来在乎。]([]内文字非《帝王略论》佚文。)①

本条论辩“老子之义”与“释氏之法”，见于《通历》引文。沙门彦琮活动于唐初贞观年间②，这是目前所知《帝王略论》最早的一条引文。本篇传主法琳，虞世南曾有交往，据唐智升《开元释教录》，曾为法琳所著佛论作序③。本条佚文属于节引，宋代沙门古月道融《丛林盛事》卷下引《帝王略论》，内容则为全引，元释祥迈《辩伪录》④、元释熙仲《历朝释氏资鉴》⑤文字与之相同，有明显的因袭痕迹：

又问曰：“周武帝废二教，是耶非耶？”先生曰：“非也。请与论之。释氏之法，空有不滞，人我兼忘。绝生死之根，去大患之累。荣利无婴，归于寂灭。此象外之谈也。老子之义，则谷神不死，玄牝长存，徼妙同玄，腾龙驾鹤。此域中之教也。至于胜残去杀，止竞尚仁，并有益于王化，无乖越于典谟。纵人有亏，于法何黜？今以僧徒犯律，道士违经，便谓其教可捐，其道可绝，何异责梼杌而废尧，怨有苗而黜禹？见瓠子之泛滥，遽塞河源；睹昆岳之方炎，即投金燧。曾不思润下之德，利济尤深；变腥之用，其功甚博。井蛙观海，多自不知。蜩鸠翔榆，耻逢鹏翼。局于小量，暗于大方。轮回长夜之迷，自贻沉溺之苦。疑误后人，良可痛哉！”⑥

晚唐五代南诏名僧玄鉴撰有《护国司南抄》，其中一条佚文不见于《长短经》和《通历》，而见于敦煌本和东洋文库本，文献价值应予重视，“重昌尧化”条注引《帝王略论》：

陶唐氏名放勋，黄帝之孙，姓伊祁。聪明文思，允恭克让。以尹寿为师，许由为友。堂高三尺，茅茨不剪，土阶三等。夏日葛衣，冬日鹿裘。有草生阶，以月初一日生一叶，至十六日落一叶，至三十日尽。若月小则一叶厌而不落，名蓂荚，尧观之以知旬朔。又生莆(音莆)于厨，其形如萐，名莆萐，署月厨

① 敦煌卷子本，收入《大正新修大藏经》第50册，No.2051。

② 钟书林《〈大藏经总目提要〉之〈唐护法沙门法琳别传〉作者辨正》，《文献》2012年第1期，第153—162页。

③ 《大正新修大藏经》第55册，No.2154。

④ 《大正新修大藏经》第52册，No.2116。

⑤ 《卍新纂续藏经》第76册，No.1517。

⑥ 《卍续藏经》第148册，No.0052。

内常凉。①

《帝王略论》中多处讨论佛法，这是佛典频繁引用的直接原因。梁武帝条有一段讨论因果报应，有学者怀疑是他文羼入②，这是由于对《帝王略论》的思想内容不够了解。《帝王略论》论佛文字，多有明显的护教姿态，这与虞世南的崇佛思想有关。《六帖》载虞世南《饭千僧手疏》③，虞世南早年重病，曾向佛祖发愿，病愈即设千僧斋。由于这一因缘，虞世南素来崇敬佛法，曾为沙门慧觉撰碑④，为宝林寺撰《复寺记》⑤，还曾为大悲阁题榜⑥。《帝王略论》书名“略论”，命名方式也有可能受到佛教经卷的影响，梁僧佑《出三藏记集》卷五录《般若经问论集》二十卷，注云：“或云《略论》……以论文繁积，学者难究，故略要抄出。”⑦对照虞世南《进〈帝王略论〉表》“翦截浮词，删削冗长，略存简要，随而论之”⑧，与其题旨恰相印合。

唐代以后的佛教典籍引用《帝王略论》也有数条，多有辗转因袭的明显痕迹。如宋法云编《翻译名义集》“帝王篇”第十八引《帝王略论》：

> 夫帝王者，必立德立功，可大可久。经之以仁义，纬之以文武。深根固蒂，贻厥子孙。一言一行，以为轨范。垂之万代，为不可易。[所以域中四大，王居其一。帝力可以镇万邦，王威可以伏兆庶。故金口之遗嘱，鹤林之顾命。虑四众以微弱，恐三宝而衰坠。托国之威风，藉王之势力。故委寄于帝王，伏敕以流通也。]⑨

本条见于《通历》，元释云峰撰《唯识开蒙问答》、明陈耀文《天中记》卷十一皆引本条，文句与此相近，较之《通历》，引文多出“所以域中四大，王居其一。帝力可以镇万邦，王威可以伏兆庶”数句，当是前后因袭，才出现的这种混杂现象。

《翻译名义集》“人伦篇”第十七引《帝王略论》，亦见于《通历》：

---

① （唐）释玄鉴撰，侯冲整理《护国司南抄》，载方广锠主编《藏外佛教文献》第七辑，宗教文化出版社 2000 年版，第 81 页。

② 周斌《〈长短经〉校证与研究》，巴蜀书社 2003 年版，第 472 页。

③ （元）释祥迈《辩伪录》引，《大正新修大藏经》第 52 册，No. 2116。

④ （唐）释道宣《续高僧传》卷十二，中华书局 2014 年版，第 406 页。

⑤ （宋）陈舜俞《庐山记》卷一，影印《文渊阁四库全书》本。

⑥ （金）元好问《遗山集》卷三，影印《文渊阁四库全书》本。

⑦ （梁）僧佑撰《出三藏记集》，中华书局 1995 年版，第 220 页。

⑧ 《虞世南诗文集》，第 117 页。

⑨ 《大正新修大藏经》第 54 册，No. 2131。

习与正人居，不能无正。犹生长齐地，不能不齐言也。习与不正人居，不能无不正。犹生长楚地，不能不楚言也。

宋永嘉沙门释从义撰《法华三大部补注》卷九引虞世南《帝王略论》：

公子曰："有问曰：梁武夷凶剪暴，克成帝业，南面君临，五十余载，盖有文武之道焉。至于留心释典，桑门比行，以万乘之君，为匹夫之善，熏修不保，危亡已及，岂其之所非耶？何福谦之无效？先生对云：夫释教者，出世之津梁，绝尘之轨躅。运于方寸之间，超于有无之表。尘累既尽，攀缘已息，然后入于解脱之门。至于化俗之法，则有布施、持戒、忍辱、精进、禅定、智慧，是为六波罗密。与夫仁、义、礼、智、信，亦何异哉！盖以所修为因，所报为果，人修此六行，皆多不全。有一缺焉，果亦随减。是以鬷明丑于貌慧于心。赵壹高于才下于位，罗裒福而无义，原宪贫而有道，其不同也如斯悬绝。兴丧得失，咸必由之，下士庸失，见比干之剖心，以为忠直不必为也。闻偃王之亡国，以为仁义不足法也。若然者，盗跖高枕于东陵，庄跷悬车于西蜀，老终厥命，良足贵乎？"公子曰："人君修道，与匹庶殊乎？"先生曰："人君者，居尊高之地，执生死之权，势疾风云，力摧山岳，其威德大矣，其运行远矣。夫修道，宜以弘济为怀，仁恕为体，一物失所，若己纳之。于隍推此，一言以及万物，则得道之真也。若乃泽不被于行苇，化不沾于海外，区区一介之善，亦无取焉。"①

这是佛教典籍中传抄最广的一则条目，宋古月道融《丛林盛事》卷下②、元释熙仲《历朝释氏资鉴》③、明释心泰《佛法金汤编》④俱引。较之东洋文库本，《通历》引文有两段阙文，以上引文均阙，由此可以推断，本条与《通历》引文同属一个版本系统。《丛林盛事》与《历朝释氏资鉴》误引为"虞世南《通历》"，文字或从《通历》中转引而来。

总之，宋代以后佛典征引《帝王略论》，基本没有越出《通历》之范围。

---

① 《卍新纂续藏经》第 28 册，No. 0586。

② 《卍续藏经》第 148 册，No. 0052。

③ 《卍新纂续藏经》第 76 册，No. 1517。

④ 《卍新纂续藏经》第 87 册，No. 1628。

## 三、余论:《帝王略论》是何时散佚的?

《帝王略论》到底是何时散佚的? 众说纷纭。林聪明认为“五代以后传本渐少”①,苏莹辉认为“宋代仍有传本”②,瞿林东则认为“元初仍在流传”③。赵望秦认为“此书宋以后即散佚”④,会田大辅与之意见相近,认为“南宋末、元代就散佚了”⑤。仅从文献著录来推测是不可靠的,有的书目未见其书,但书其名,辅之以文本征引状况,或能寻其端倪。

北宋末叶的韦骧(1033—1105)有《评〈略论〉失》一文,《略论》即《帝王略论》,曰:

> 唐之虞秘监作《帝王略论》,王莽之事曰:“若令莽慎终如始,兢兢不殆,于时前朝旧德名贤犹在,皆抽引擢用,升之庙堂,则前代之令主无以加也。”噫,是言也,其与篡之言也。⑥

引文不见于今存“王莽”条。“王莽”条《长短经》有引文,但有节略:

> 或曰:“观伪新王莽,谦恭礼让,岂非一代之名士乎? 至作相居尊,骄淫暴虐,何先后相背甚乎?”虞南曰:“天姿惨酷,诈伪人也。未达之前,徇名求誉,得志之后,矜能傲物,饰情既尽,而本质存焉。愎谏自高,卒不改寤,海内冤酷,为光武之驱除焉。”⑦

本条亦见于东洋文库本卷二,所录文字较之《长短经》多出数句:

> 或曰:“观王莽谦恭礼让,克己修身,岂非一代之名士乎? 至作于相居尊,骄淫暴虐,何先后相背若斯之甚?”虞南曰:“孔子云:‘人而无恒,不可作巫

---

① 林聪明《虞世南〈帝王略论〉两写本校记》,第 116 页。

② 苏莹辉《敦煌论集》,台湾学生书局 1969 年版,第 317 页。

③ 瞿林东《〈帝王略论〉——唐初史论的杰作》,第 124—141 页。

④ 赵望秦《胡曾〈咏史诗〉注本考索》,第 218—223 页。

⑤ (日)会田大辅《唐宋时期〈帝王略论〉的利用状况》,第 403 页。

⑥ (宋)韦骧《钱塘韦先生文集》卷十八,曾枣庄、刘琳主编《全宋文》卷一七七八,上海辞书出版社 2006 年版,第 82 册,第 23 页。

⑦ 周斌《〈长短经〉校证与研究》,第 98—99 页。

医。'巫医尚其不可，况居帝王之位乎！若王莽者，天姿惨酷，诈伪人也。未达之前，徇名求誉，得志之后，矜能傲物，饰情既尽，而本质存焉。残忍之性，于斯而发，政散而流，不亡何待？若令愎谏自高，卒不改寤，海内冤酷，为光武之驱除焉。"

尽管东洋文库本文意较胜，但仍有文气不接之处，如"若令愎谏自高"句，令人气结。若将韦骧一段引文从"若令"开始续入，则前后文气变得通贯。金程宇谓东洋文库本偶有错简①，韦骧这段引文或许正是一行脱漏文字。可以推论，韦骧生活的北宋末叶，《帝王略论》应有较为完整的传本。迨至南宋，从晁公武、章如愚、王应麟等人的语气来看，发现《通历》中残存《帝王略论》佚文，似有讶异，恐怕时已传本稀见了。从南宋佛典的征引情况来看，《帝王略论》引文没有越出《通历》之范围，且阙文与之尽同，可知原书已难寓目了。要之，宋代的《帝王略论》若存若亡，亡佚的关键时期当在两宋之际。

《帝王略论》在中土散佚的同时，已有古抄本流传至西陲敦煌，又有古抄本因缘际会传至东瀛日本。古抄本之外，成书于嘉祯二年(1236)的日僧信瑞编《净土三部经音义集》②和成书于永仁元年(1293)的日僧素寂纂《紫明抄》③亦见数条《帝王略论》引文——《帝王略论》在日本佛教典籍中的传抄系统也渐次形成了。

---

① 金程宇《东洋文库所存〈帝王略论〉残卷文献价值综述》，第 7 页。

② (日)会田大辅《〈紫明抄〉所引〈帝王略论〉について》，第 16—27 页。

③ 据闵娣相关研究，《净土三部经音义集》引虞世南《帝王略论》三次，参《〈净土三部经音义集〉引书研究》，华中科技大学 2015 年硕士学位论文，第 15 页。

# 《文选》李善注征引《诗纬》论析

赵棚鸽(洛阳理工学院、人文与社会科学学院)

时至汉代,经学大盛。文帝时设立《诗》学博士,武帝时扩充为五经十四博士。纵然如此,经学与政治的关系仍不能有效为统治者服务,故自哀、平之世起,纬书大兴。纬书是方士化的儒生受《河图》《洛书》的影响,伪托孔子以神学观对儒家经典进行重新解释,旨在宣扬国家治乱兴衰、帝王将相出生等均出于天命神授的思想。① 纬书因存在不少荒诞不经的言论,自其出现之日起,就备受争议,产生不久就被大量焚毁。但到唐代则出现一个较好的发展环境,相关目录学著作均有纬书收录,这是一个值得注意的现象。《文选》李善注录有不少纬书内容,对了解这一问题大有帮助。我们仅将目光集中在《诗纬》上,《文选》李善注共录《诗纬》4 则,《诗纬》宋均注 1 则,《诗含神雾》3 则,《诗氾历枢》1 则,《诗推度灾》1 则,共计 10 则,现分述如下。

**(一)《诗纬》及《诗纬》注**

《文选》卷二十一颜延年《秋胡诗》云:"脱巾千里外,结绶登王畿。"李善注曰:

> 《诗纬》曰:"陈,王者所起也。"

颜延年此句意为秋胡新婚五日而别家出仕,家在鲁,故云"千里外",仕在陈,故云"登王畿"。陈何以称之为"王畿"? 李善引《诗纬》说因陈乃王者所起,故云"王畿"。释上古地理者常用之书有二,一为《汉书·地理志》,二为郑玄《毛诗谱》。李善舍此二者,而用《诗纬》之释,颇值探讨。

第一,李善舍弃《汉书·地理志》是因其所释深奥曲折。《汉书·地理志》云:

---

**基金项目**:本文为 2017 年度国家社科基金一般项目"唐代注疏中的《诗经》学研究"(项目编号:17BZW090)阶段性成果。

① 张慧敏《〈诗纬〉与两汉魏晋叙事文学》,《诗经研究丛刊》第十七辑,学苑出版社 2009 年版,第 154—155 页。

"陈本太昊之虚。"①太昊之墟与王畿之间的联系并不明确，陈乔枞引此条之后再引皇甫谧《皇王世纪》"太昊帝庖牺氏，风姓也，有圣德，都陈，继天而生，首德于木，为百王先，故言王者所起也"加以阐释。显然，"陈本太昊之虚"没有"陈，王者所起也"释"王畿"一词更为直接。

第二，李善舍弃郑玄《毛诗谱》原因也同样因其深奥曲折。《毛诗谱·陈谱》云："陈者，大皞虙戏氏之墟。"②此段释文除部分文字与《汉书·地理志》相异外，意思全同。因此，李善弃《汉书·地理志》，更不可能用郑玄《毛诗谱》。

由此可见，李善选择释文之时，坚持的主要原则是引文简洁明了，用最少的文字将词语解释清楚。至于所引之书在当时的地位，并不是李善考虑的主要问题。正因为有了这种精神，纬书在唐代仍有一定的生存空间。

《文选》卷三十六王元长《永明九年策秀才文五首》云："开塞所宜，悉心以对。"李善注曰：

> 《诗纬》曰："君子悉心研虑，推变见事也。"

此以《诗纬》释"悉心"一词。《汉书·翼奉传》云："《诗》之为学，情性而已。五性不相害，六情更兴废。观性以历，观情以律。明王所以独用，难与二人共也。"又曰："《诗》有五际，《春秋》有灾异，皆列终始，推得失，考天心，以言王道之安危。"③《匡衡传》亦云："《诗》者，原性情而明人伦也。"④陈乔枞据翼、匡二人之言推论："治《诗》者必精通律历、阴阳而穷极乎性命之原，善推祸福以著天人之应，斯乃告往知来，圣门言《诗》之微言也。"⑤这就是"君子悉心研虑，推变见事也"的具体内容，由此知"悉心"者实非简单之用心也。

"悉心"一词先秦两汉典籍中颇常见，如：

> 《韩非子·外储说左下》："主贤明则悉心以事之，不肖则饰奸而试之。"⑥
> 东方朔《七谏》："愿悉心之所闻兮，遭值君之不聪。"⑦

---

① (汉)班固《汉书》卷二十八下，中华书局 1962 年版，第 1653 页。

② (清)阮元校刻《阮刻毛诗注疏》卷七之一，西泠印社出版社 2014 年版，第 977 页。

③ 《汉书》卷七十五，第 3170、3172 页。

④ 《汉书》卷八十一，第 3340 页。

⑤ (清)陈乔枞《诗纬集证》，《续修四库全书》第 77 册，上海古籍出版社 2002 年版，第 825 页。

⑥ (清)王先慎《韩非子集解》，中华书局 1998 年版，第 279 页。

⑦ 汤炳正等《楚辞今注》，上海古籍出版社 1996 年版，第 275 页。

《韩诗外传》:“孔子曰:‘窥其门,不入其中,安知其奥藏之所在乎?然藏又非难也。丘尝悉心尽志,已入其中,前有高岸,后有深谷,泠泠然如此,既立而已矣。’”①

他处仍多,兹不具录。上引三则文献中,最具文学特色者莫过于东方朔《七谏》,最具《诗》性者莫如《韩诗外传》。然此二则文献李善均不引,偏引《诗纬》以释《选》文,此当与文章有关。诸文献中的“悉心”一词,虽皆有“用心”之意,但与原性情、明人伦、精律历、通阴阳无涉。而王元长之文乃选拔秀才之策文,自非普通“用心”可行,故李善亦颇费苦心,在众多文献中以《诗纬》释之,在事实上将王文的思想推向一个更高的层次。

《文选》卷四十二阮元瑜《为曹公作书与孙权一首》云:“仁君年壮气盛,绪信所嬖。”李善注曰:

宋均《诗纬注》曰:“绪,业也。”

此“绪”五臣注释为“顺”,全句意为孙权年少气盛,顺信所宠之臣。

王子渊《四子讲德论》“始开帝绪”,李善注云:“《春秋保乾图》曰:‘五帝异绪。’宋衷注曰:‘绪,业也。’”五臣注亦云:“绪,业也。”任彦升《奉答敕示七夕诗启》序云:“窃惟帝迹多绪。”李善注亦引《春秋保乾图》曰:“帝异绪。”只是无宋衷注,五臣注云:“绪,事也。”

三者比较可以看出,李善在王文和任文注中皆引《春秋保乾图》原文,而在阮文注中却不引《诗纬》原文,而径引宋均注,与例似有不合。故陈乔枞云:“疑《诗纬》亦有‘五帝异绪’之语也。”②

三文之“绪”字,或训“业”,或训“顺”,或训“事”,不一而足。事实上,“五帝异绪”之“绪”作为名词,训“业”训“事”皆可。《尔雅》云:“绩、绪、采、业、服、宜、贯、公,事也。”③知“绪”和“业”均可训为“事”,事业也。《尔雅》又云:“舒、业、顺、叙,绪也。”④又知“绪”和“业”与“顺”亦同义,头绪、次序也。作为动词,“业”亦有“顺”意。“绪信所嬖”,据李善所释可转换为“业信所宠”,实即顺信所宠。

此段引文虽说有《诗纬》出现,但核心内容是宋均注,实属训诂,含义不出《尔

① 许维遹《韩诗外传集释》,中华书局 1980 年版,第 73 页。

② (清)陈乔枞《诗纬集证》,第 826 页。

③ 《尔雅》,中华书局 2016 年版,第 4 页。

④ 《尔雅》,第 2 页。

雅》，与《诗纬》并无太多关系。

《文选》卷四十六王元长《三月三日曲水诗序一首》云："天瑞降，地符升。"李善注曰：

> 《诗纬》曰："天下和同，天瑞降，地符升。"

李善引《诗纬》，明确指出王融文乃直引《诗纬》而来，由此亦同样可以看出《诗纬》在魏晋时期的巨大影响。至于文意，五臣注云："天瑞谓甘露也，地符谓庆云也。"班固《白虎通·符瑞篇》云：

> 天下太平，符瑞所以来至者，以为王者承天统理，调和阴阳，阴阳和，万物序，休气充塞，故符瑞并臻，皆应德而至。德至天，则斗极明，日月光，甘露降。德至地，则嘉禾生，蓂荚起，秬鬯出，太平感。德至文表，则景星见，五纬顺轨。德至草木，则朱草生，木连理。德至鸟兽，则凤皇翔，鸾鸟舞，麒麟臻，白虎到，狐九尾，白雉降，白鹿见，白乌下。德至山陵，则景云出，芝实茂，陵出异丹，阜出萐莆，山出器车，泽出神鼎。德至渊泉，则黄龙见，醴泉涌，河出龙图，洛出龟书，江出大贝，海出明珠。德至八方，则祥风至。①

可见符瑞实乃至德之世方有之物，王融引之以美当朝，喻意甚明。

《文选》卷六十陆士衡《吊魏武帝文》云："既晞古以遗累，信简礼而薄葬。"李善注曰：

> 礼繁则易乱，厚葬则伤生。能遵简薄，所以遗累。《诗纬》曰："齐数好道，废义简礼。"宋均曰："简犹阙也。"

陆机文意，五臣注以为："我望古人奢华以为遗累，信可以简略于礼而尚薄葬也。"李善注引文之意，陈乔枞云："一者，数之始也。'齐数好道'者，合万物为一方，以与道为际，而法自然也。'废义简礼'者，道德定于天下，而礼义有所不事也。"②二者均从正面肯定简礼的积极意义。然"简礼"一词非《诗纬》所仅有，其他典籍亦尚有见：

---

① （清）陈立《白虎通疏证》卷六，中华书局 1994 年版，第 283—285 页。

② （清）陈乔枞《诗纬集证》，第 825 页。

《荀子·议兵篇》:"隆礼贵义者其国治,简礼贱义者其国乱。"①

《淮南子·人间训》:"明日,太宰子朱辞官而归。其仆曰:'楚太宰,未易得也。辞官去之,何也?'子朱曰:'令尹轻行而简礼,其辱人不难。'明年,伏郎尹而笞之三百。"②

二者均从儒家正统思想指出简礼的负面作用,从而肯定了隆礼之重要性。但这与陆机之文意不合,故李善舍之而用《诗纬》。

**(二)《诗含神务》**

《文选》卷十一王文考《鲁灵光殿赋》云:"殷五代之纯熙,绍伊唐之炎精。"李善注曰:

《诗含神务》曰:"庆都生伊尧。"

李善此引《诗含神务》以释"伊唐"何以为"帝尧"。"唐"即"尧"易解,李善云:"孔安国《尚书传》曰:'尧以唐侯升为天子。'"这就解决了尧何以称"唐"的问题。然尧为何又称"伊唐"?李善引《诗含神务》说"庆都生伊尧",在一定程度上指出了尧有伊姓之说,但由于篇幅限制,不能引申详说。汉代典籍称尧为"伊尧"者,并不少见,如:

《东观汉记》卷一:"图谶著伊尧赤帝之子。"③

《潜夫论·五德志》:"后嗣庆都,与龙合婚,生伊尧。"④

细绎之,这两部著作都是东汉时期成书,均晚于《诗含神务》,故李善弃之而用《诗含神务》。尧何以姓"伊",汪继培笺述之甚明,今兹录如下:

《初学记》九引《诗含神雾》云:"庆都与赤龙合婚,生赤帝伊祁尧。"按《隶释帝尧碑》云:"帝尧者,其先出自块蒐,翼火之精。有神龙首出于常羊□□□□□□□□□□生赤□□□□□□□□□□□爰嗣八九,庆都与赤龙交而生伊尧。"《成阳灵台碑》云:"昔者庆都兆舍穹精氏,姓曰伊,游观河滨,感赤龙

① (清)王先谦《荀子集解》,中华书局1988年版,第270页。

② 刘文典《淮南鸿烈集解》,中华书局1989年版,第615页。

③ (汉)刘珍等撰,吴树平校注《东观汉记校注》,中华书局2008年版,第8页。

④ (汉)王符著,(清)汪继培笺,彭铎校正《潜夫论笺校正》,中华书局1985年版,第389页。

交，始生尧。”①

由此可知，尧母庆都本姓伊，或伊祁。尧无父，遂随母姓，故云“伊尧”。又由前文知“伊尧”又可称为“伊唐”。

《文选》卷十三谢惠连《雪赋》云：“若乃积素未亏，白日朝鲜，烂兮若烛龙，衔耀照昆山。”李善注曰：

《诗含神务》曰：“天不足西北，无有阴阳，故有龙衔火精，以照天门中也。”

此文《山海经·大荒北经》“是谓烛龙”郭璞注亦引，文字略有出入，“务”作“雾”，“阴阳”后有“消息”二字，“衔火精”无“火”字，“以照”作“以往照”②。洪兴祖《楚辞补注·天问》“日安不到，烛龙何照”补注照录《文选》及李善注，然“无有阴阳”作“无阴阳”，余全同③。

李善引《诗含神务》以释“烛龙衔耀”四字。于此之前，李善即已先引《山海经》释“烛龙”，以《楚辞》王逸注释“衔耀”，复以《山海经》郭璞注释“烛龙”，最后再以《诗含神务》释“烛龙衔耀”。由是观之，李善实将《诗含神务》与《山海经》《楚辞》等同看待，并无任何尊贬之意。

《文选》卷五十四刘孝标《辩命论》云：“星虹枢电，昭圣德之符；夜哭聚云，郁兴王之瑞。”李善注曰：

《诗含神务》曰：“大电绕枢，照郊野，感符宝，生黄帝。”

《初学记·帝王部》《太平御览·皇王部四》亦均有征引，但文字略有差异，《御览》作“大电光绕北斗枢星，照郊野，感附宝而生黄帝”。

李善引《诗含神务》仅释“枢电”二字，从各本所引文字差异可以看出，“枢”即北斗枢星，“电”即大电光，也就是雷电之光。何以雷电绕北斗枢星，就能照郊野、感符宝而生黄帝？《孝经钩命决》云：

“附宝出降大灵，生帝轩。”注云：“附宝，帝轩母也。轩乃黄精，轩辕气也。”④

---

① 《潜夫论笺校正》，第 390 页。

② （晋）郭璞注《山海经·大荒北经》卷十七，宋淳熙七年（1180）池阳郡斋刻本。

③ （宋）洪兴祖《楚辞补注》，凤凰出版社 2007 年版，第 82 页。

④ （清）赵在翰辑《七纬》，中华书局 2012 年版，第 731 页。

由此可知，轩辕即黄帝，黄帝母为附宝。附宝生黄帝时，雷电之光绕北斗枢星而现，整个郊野亮成一片，附宝有所感应，而生黄帝。这一说法如同后稷、刘邦出生传说一样，附会天人感应，这是纬书的一个基本特色。

“枢电”一词先秦两汉典籍中未见，但其出处明显，李善遂指明之，由此亦可看出魏晋六朝时期，诗纬还是有相当的影响。

**（三）《诗汜历枢》**

《文选》卷五十六陆佐公《新漏刻铭》云：“合昏暮卷，蓂荚晨生。尚辨天意，犹测地情。况我神造，通幽洞灵。”李善注曰：

> 《诗汜历枢》曰：“灵台参天意。”

“参”字，《太平御览》卷五三四作“候”①。李善注引《诗汜历枢》乃解“天意”一词。“天意”一词极为常见，先秦两汉典籍有大量运用，如《墨子·天志上》曰：

> 天子者，天下之穷贵也，天下之穷富也，故于富且贵者，当天意而不可不顺，顺天意者，兼相爱，交相利，必得赏。反天意者，别相恶，交相贼，必得罚。然则是谁顺天意而得赏者？谁反天意而得罚者？”子墨子言曰：“昔三代圣王禹汤文武，此顺天意而得赏也。昔三代之暴王桀纣幽厉，此反天意而得罚者也。然则禹汤文武其得赏何以也？”②

又如《春秋繁露·必仁且智》云：

> 以此见天意之仁，而不欲陷人也。谨案：灾异以见天意，天意有欲也、有不欲也，所欲、所不欲者，人内以自省，宜有惩于心，外以观其事，宜有验于国，故见天意者之于灾异也，畏之而不恶也，以为天欲振吾过，救吾失，故以此报我也。③

其他典籍中也同样多有存在。那么李善为什么会在纬书早已不昌的唐代仍弃诸种常用典籍而选《诗汜历枢》来释“天意”一词？

《礼含文嘉》云：“《礼》：天子灵台所以观天人之际、阴阳之会也。揆星度之验，

① （宋）李昉等撰《太平御览》卷五三四，中华书局1960年版，第2423页。
② （清）孙诒让《墨子间诂》，中华书局2001年版，第195页。
③ （清）苏舆撰《春秋繁露义证》，中华书局1992年版，第259—260页。

征六气之瑞应，原神明之变化，睹日气之所验，为万物获福于无方之原，招大极之清泉以兴稼穑之根。仓廪实，知礼节；衣食足，知荣辱。天子得灵台之礼，则五车三柱明，制可行，不失其常，水泉川流，无滞寒暴之灾，陆泽山陵，禾尽丰穰。"①杨应阶云："台以观天文，故云修天意。"②可见在前人观念里，天意是通过灵台传递给天子的。

回归《文选》，陆倕文意为合昏树叶晨舒暮合，蓂荚只有在清晨才生叶子，这些植物尚懂天意地情，梁朝新成之漏刻更是天意地情之物，可成世之法则。也就是说，陆倕认为承天意者惟有天子，李善也深明此意。但有此意者，前引之《墨子》《春秋繁露》亦均有。李善弃大量"天意"之释，而选《诗汜历枢》，主要应是从文意出发。因为征引《诗汜历枢》，就引入灵台，这不仅可以将"天意"定格于天子，同时又与新成漏刻形成对应。这一功能，《墨子》《春秋繁露》都是没有的。由此更可看出李善注《文选》之谨慎与深入。

**（四）《诗推度灾》**

卷六左思《魏都赋》"抑若春霆发响，而惊蛰飞竞"，李善注云：

> 二客闻言，朗然心悟，犹春霆响，惊蛰纷然而竞飞。……《诗推度客》曰：震起而惊蛰睹。

胡克家《文选考异》云：

> 注"诗推度客曰"，案："客"当作"灾"，各本皆误。③

可见李善注所引《诗推度客》当为《诗推度灾》。《初学记》引此则作：

> 上出号令而化天下，震雷起而惊蛰，睹旗鼓动，三军骇。观其前动化，而天情可见矣。④

安居香山等断句作：

---

① （清）赵在翰辑《七纬》，第 271 页。
② （清）赵在翰辑《七纬》，第 249 页。
③ （清）胡克家《文选考异》，见（唐）李善注《文选》，第 320 页。
④ （清）赵在翰辑《七纬》，第 240 页。

上出号令而化天下，震雷起而惊蛰，睹旗鼓，动三军。骇观其前，动化而天情可见矣。①

无论何种断句，大体不影响文意。其中可以确定的是，“震”后缺了“雷”字，“睹”当与下文“旗鼓”相连，不当与上文相连。李善引文乃释“惊蛰”之意，“睹”字显为多引，当删。

左思赋意指惊蛰之时，春雷竞响。能将二者之意合而为一的，只有《诗推度灾》“震雷起而惊蛰”句，故李善引而释之。左思赋也极可能由此化用而来。由李善引文出现的错误可以看出，唐代纬书的地位已经大为下降，世人并不以严肃的态度对待之。

由上所述可见，李善虽有征引《诗纬》以注《文选》，但除保存文献功能外，其对《诗纬》的思想并无任何发挥之处，这正符合唐代纬书发展状况。之所以要征引《诗纬》，根本原因乃《选》文有涉，注文不得不引。而从相关文献的比对中考查李善注的选择，李善对《文选》文意把握之准确、自始至终注释态度之恭谨，更是跃然纸上。

① （日）安居香山、中村璋八辑《纬书集成》，河北人民出版社1994年版，第468页。

# 《王勃集》佚文中的女性墓志与出土墓志

## ——王勃作品流行的痕迹

（日）道坂昭广（京都大学） 撰　　樊　昕（凤凰出版社） 译

王勃的文集编纂之后，很早便流传到了日本[①]。文集的传来，与其说是偶然，不如说是其在中国流行的反映。但遗憾的是，日本现存的王勃作品，除正仓院所藏的《王勃诗序》之外，仅见于《王勃集》卷二十八、卷二十九和卷三十[②]。有关《诗序》的约半数作品曾在中国流传，而在日本，也能看到《怀风藻》的宴席诗序等受到《诗序》的影响[③]。但卷二十八、卷二十九，以及收录王勃友人亲戚之作的卷三十的作品，在中国已全部亡佚，不用说《全唐文》，就连被认为是多少残存了一些《王勃集》面貌的宋代编纂的《文苑英华》也没有收录。

本次所取的王勃所作墓志，载于卷二十八[④]。该卷卷首目录有四篇作品，又因在"墓志下"，所以可能是被当作卷二十七"墓志上"（或"墓志中"）的墓志而被采录的。总之可以想见，王勃曾创作了大量的墓志。作为初唐四杰而声名远播的王勃，现存他所创作的墓志，除了卷二十八中的三篇外，至今一篇也没被发现。现存有名的墓志有《唐故度支员外郎达奚公墓志》《归仁县主墓志》《唐故河东处士卫某

---

① （日）藤原佐世《日本国见在书目录》有"王勃集三十卷"。又见道坂昭广《〈王勃集〉的编纂時期——以日本传存〈王勃集〉卷三十所收〈族翁承烈致祭文〉为中心》，香港浸会大学《人文中国学报》2020年第29期，第27—44页。

② 但是，如本文所言的是卷二十八墓志是被截取的一部分。又卷二十九和卷三十也可能是原彼此相关的一卷，卷三十开头部分的作品，也可能是被截取而成的。

③ 参（日）小岛宪之《上代日本文学与中国文学》下之第六篇《上代诗文学》第一章《〈怀风藻〉的诗》，塙书房1965年版。

④ 大阪市立美术馆编《唐钞本》，同朋舍1981年版；罗振玉《王子安集佚文》；陈尚君《全唐文补编》，中华书局2005年版。

人贺拔氏墓志》，还有仅有题名而文字内容被截取不见的《陆录事墓志》[①]。卷二十八收录的是为男性所作的墓志二篇，为女性所作的墓志二篇。四人之名都未被中国史书记录，而藉由王勃所作的墓志为人所知。王勃的作品，和他所记录的死者，都是完全被遗忘的存在。

然而在中国，自欧阳修《集古录跋尾》以来，对石刻有了高度的关心，逐渐积累了寺院道观的碑文和出土墓志的记录。在接连不断发现的墓志中，周绍良《唐代墓志汇编》（上海古籍出版社 1992 年版）、《唐代墓志汇编续集》（上海古籍出版社 2011 年版）大量网罗了出土的以及作为拓本流传的唐代墓志文，成为知见唐代墓志文极其有用的工具书，自不待言。该书搜集的墓志中，有模仿王勃为去世的女性所作的墓志（以下简称"女性墓志"），或者说是有被认为是具有这一意识表现的句子的墓志。兹试以出土的如王勃的两篇女性墓志那样的墓志为个案，考察王勃的文学特色及其在初唐文学中的相关意义。

## 一

关于卷二十八所载的两篇女性墓志，笔者此前已撰文介绍[②]。这里先介绍《贺拔氏墓志》。作为处士卫某的妻子，贺拔氏在丈夫死后，养育子女。该墓志是后来成为县令的儿子委托王勃作的：

> 唐故河东处士卫某夫人贺拔氏墓志并序[③]
>
> 夫人讳某，字某，某郡县人也。
>
> 自裘裳北从（当作徙），凭代野之宏基；旌旆南飞，纂轩台之遥构。
>
> 钟鼎共风霜相映，忠孝与公侯叠起。
>
> 祖某，使持节泾州诸军事、泾州刺史。

---

① "录事"文字虽脱漏，内藤湖南断定为"录事"，又此墓志铭文，《翰墨城》之"传橘逸势笔诗序切"残存有三行（见拙稿《论传橘逸势笔"诗序切"与上野本〈王勃集〉的关系》，《域外汉籍研究集刊》第八辑，中华书局 2012 年版，第 263—278 页。又近年来，佐藤道生氏则发现了墓志的序文与铭文的一部分（《日本汉学研究中的古笔切的利用》，《应庆义塾中国文学报》三号，2019 年）。再者，西泠印社 2019 年第十五回秋季拍卖上出现了被认为是该墓志的十二行的残卷。

② 道坂昭广《论王勃佚文中两篇为女性所撰墓志》，《中文学术前沿》第二辑，浙江大学出版社 2011 年版，第 115—118 页。

③ 虽然罗振玉《王子安集佚文》、陈尚君《全唐文补编》此前已有此篇墓志的录文，本文据此为准。然有部分文字因系钞写讹误，在该字后括注当作某字。

> 山川降祉，还膺列岳之荣；珪璧（当作璧）成姿，卒受连城之寄。
> 父某，随岐州扶风县令。
> 子游弦歌之术，竟屈牛刀；士元卿相之才，终维骥足。

这一部分说的是贺拔氏的家世。

> 夫人操业贞淑，容范详（当作祥）和。敬实礼舆，孝为心极。
> 先人有训，将辞班掾之家；君子好仇，自入王凝之室。
> 春秋若干，归于某官卫某，实河东之令望也。
> 门庭既穆，帷薄相和。傍稽内则之篇，下酌家人之繇①。
> 乘龙独翥②，上出云霄；鸣凤高飞，府（当作俯）清琴瑟。

介绍的是结婚前的贺拔氏。班掾即班彪，王凝即王凝之，将贺拔氏比作班昭（曹大家）和嫁给王凝之的谢道韫，说的是具有教养的她从学问之家嫁到了名门，得到佳偶，夫妇和睦之事。

> 既而陶门鹤寡，大野鸾孀，顾蒿里而难□，攀柏舟而易远③。
> 携抚孤幼，绥缉宗邻，州闾钦岁暮之风，亲党被日新之化④。
> 故能使珠胎递映，□树长滋，袟累千钟，堂崇九仞。
> 潘河阳之代业，班白承欢；卫洗马之门华。清羸不瘠⑤。
> 兰陔动咏，□□厚褥之思；蓼径含酸，遽轸穷遂之酷。
> 以某年月日遘疾，终于密县之官舍。春秋若干。

---

① “内则”为《礼记》篇名，“家人”为《周易》之卦辞“家人，利女贞”，孔颖达疏：“家人者，卦名也。明家内之道，正一家之人，故谓之家人。”说的是治理家庭。

② “乘龙”，欧阳询《艺文类聚》卷四十引《楚国先贤传》：“孙俊字文英，与李元礼俱娶太尉桓焉女，时人谓桓叔元两女俱乘龙，言得婿如龙也。”

③ “蒿里”为古乐府挽歌，“柏舟”为《毛诗·鄘风》篇名，说的都是丧夫之妇发誓不再婚嫁的内容。

④ “岁暮”恐怕表达的是《论语·子罕》“子曰：岁寒，然后知松柏之后凋也”的意思。直接的表现是谢朓《高松赋》：“卷风飙之歘吸，积霰雪之严霏。岂凋贞于岁暮，不受令于霜威。”“日新”，《礼记·大学》：“汤之铭曰，苟日新，日日新，又日新。”

⑤ 潘岳《夏侯常侍诔》（《文选》卷五十七）有“斑白携手，何欢如之”，说的是想要一同快乐度过晚年的愿望没能实现。卫洗马即卫玠，《世说新语·容姿》评其“居然有羸形，虽复终日调畅，若不堪罗绮居”。

鸣呼哀哉。

此段说的是贺拔氏成了寡妇,获得了守护子女、顽强维持家庭的褒奖,虽然她去世了,她的子嗣也不负她的期望,成为了有望光耀门楣的人才。

重惟灵和受气,廉顺呈姿。神周得丧,行满夷险。
自郄缺长□,黔娄不归①。
将开净土之因,兼奉衹园之律。情超俗域,思入禅津。
以为合葬非古,事乖衣薪之策;弘道在人,思矫封防之□。
平居之时,受疏别圹;迁化之际,骤形辞旨。遗命以三衣从窆。

以上概括她的生平,并介绍遗言。

有子曰玄,官至梓州郪县令。
聿遵先托,无累后人。践霜露而长怀,仰穹苍而绝诉。
以为逝川难反,怀橘之思徒勤;幽垅方深,负米之期不弃(当作再)。
将欲蓬蒿平(当作卒)岁,缞绖终身,浆溢出于三年,苫块几乎十载。
锡类之感,有识称焉。以年月日,葬于女监池之北原。呜呼。
其生也荣,成训终于禄养;其亡也哀,贻谋切于先觉。
岂可使陵谷有变,空传岘岭之碑;天地相终,不勒泉亭之碣。
敢凭诚委,敬为铭曰。

此段描述的是儿子卫玄的悲哀。

公侯盛业,忠孝灵因。实开(当作闻)英媛,作俪高人。蒿簪去饰,蓬户全真。其一。
鸣凤驰响,乘龙载德。道照嫔规,功流母则。率忠以孝,自家刑国。其二。
柔姿外叙,贞心内映。肃睦禅襟,优游道性。陶寡标节,桓嫠作镜。其三。
王霸之妻,梁鸿之妇。义存生外,声□□后,石古泉深。长天地久。其四。

该墓志先介绍家世,次叙述夫人的教养及其般配的婚姻,再介绍其家庭内作为现

① “黔娄”是战国时代的隐者,其妻作为鲁黔娄先妻被《列女传》载入。郄缺是春秋时晋人,得到其妻很好的服侍。

代语言所说的主妇之职，成为丈夫的贤内助。贺拔氏成为寡妇后，得到善于维系家庭、抚养孤幼的褒扬，墓志最后以描述官至县令的夫人的儿子的悲伤而结束。寡妇贺拔氏的一生就这样被记录了下来。鄠县县令卫玄委托王勃来写这篇墓志，寄托了对母亲去世的哀悼。虽然再也不知道这对母子的其他情况，但在与王勃《贺拔氏墓志》同时代的其他墓志中可获得某种程度的认知。

《唐代墓志汇编》收录了一篇名为《大周故府君柏善德夫人仵氏墓志铭并序》（大足〇〇六。《唐代墓志汇编》收录墓志采用年号＋号码的方式。本文以下使用《唐代墓志汇编》收录的墓志时，用“大足〇〇六墓志”）的女性墓志。以下列举全文，与《贺拔氏墓志》相同的部分加粗标示，相异的文字用“王勃作某”标示。拓本照片见《唐代墓志汇编附考》14—1302①。

> 夫人讳□，其先楚国人也。**夫人操业贞淑，容范详和；敬实礼舆，孝为心极。先人有训，将辞班掾之家；君子好仇，自入王凝之室。**春秋十八，归于柏氏。闺（王勃作门）**庭既穆，帷薄相和，傍稽内则之篇，下酌家人之繇。既而陶门鹤寡，大野鸾孀，顾蒿里而难追，攀栢舟而易远。故能珠胎遂映，玉**（王勃无字）**树长滋，秩累千钟，堂崇九仞。兰陔动咏，方深厚褥之恩；蓼径含酸，遽轸穷墜之酷。**以久视元年腊月廿三日遘疾，终于来庭县绥福里，春秋七十有三。呜呼哀哉。**重惟灵和受气，廉顺凝姿；将开净土之因，兼奉祇园之律。情超俗**（王勃作佋）**境，思入禅津。以为合葬非古，事乖衣薪之业；弘道在人，思矫封防之典。平居之时，愿**（王勃作受）**疏别圹；迁化之际，**固留遗命（王勃作骤形

① 关于出土墓志的情报，利用了（日）气贺泽保规编《新版唐代墓志所在总合目录》（汲古书院2004年版）。拓本图片由毛汉光撰《唐代墓志汇编附考》（台湾“中央研究院”历史语言研究所）确认。由于该墓志为《附考》一四册一三〇二载录，本文标示为“《附考》14—1302”，以下引用的出土墓志均仿此标示。文字在原则上遵从《唐代墓志汇编》的录文，一部分则参考《附考》等。又，“大足〇〇六墓志”保存于张钫所建的千唐志斋（未见），虽然对千唐志斋收集墓志作了贡献的郭玉堂，刊行的《洛阳出土石刻时地记》有收集墓志的记录，但仅限于隋代。其后2005年大象出版社出版了在此书基础上增加了从唐代到明代出土的墓志的同名书。据气贺泽保规判断，此书的学术价值并不高（《复刻洛阳出土石刻时地记》解说，汲古书院2002年版），但其作为唐代墓志部分“大足〇〇六”（一九三页）所记录的墓志有“民国廿年（1931年），洛阳西北十五里冢头村出土”的记载（又他的《千唐志斋藏石目录》〔墨运堂1935年版〕也有相同记录记载。1931年是张钫收集唐代墓志的起始年份，据《附考》的附记，该墓志见于千唐志斋一号室内的北墙，如结合《时地记》的记录来考虑，可知该墓志为较早时期所收集。再看拓本照片，该墓志使用了系第五次制定（697年）的武后字。因其与《贺拔氏墓志》过于一致，虽然不是没有被后世认为是从《王勃集》卷二十八影印（1918年）到1931年间伪造的可能性，但由于有出土年地的记录、被作为张钫的千唐志斋作为早期唐碑所收入、使用则天文字等因素，本文认为该墓志刻于701年。

辞旨)。子孝感,金部主事。聿遵先托,无累后人,践霜露而长怀,仰穹苍而绝诉。以为逝川难及,怀橘之思徒勤;幽垅方深,负米之期不再。将欲蓬蒿卒岁,缞绖终身,浆溢出于三年,苫块几乎千(王勃作十)载。锡类之感,有识称焉。大足元年五月十二日,葬于北邙之原。呜呼,其生也荣,成训终于禄养;其亡也哀,贻谋切于先觉。岂可使陵谷有变,空传砚(王勃作岘)岭之碑;天地相终,不勒泉亭之碣。敢凭诚委,敬为铭曰:

星辰聚德(王勃作公侯盛业),忠孝相因。实开英媛,作俪高人。蒿簪去饰,蓬户全真。其一。鸣凤驰响,乘龙载德。道照嫔规,功流母则。率忠以孝,自家形国。其二。柔姿外叙,贞心内映。肃穆禅林,优游道性。陶寡标节,桓厘作镜。其三。王霸之妻,梁鸿之妇。义存生外,声彰没后。石□泉深,天长地久。其四。

如上文所见,虽然有一部分文字相异的句子,但除了婚嫁年龄及夫家、去世的年纪以及下葬的场所这些个人情报以外,该墓志都模仿《贺拔氏墓志》的表达,独有的表达在于"固留遗命"与铭文的第一句。但"大足〇〇六墓志"则删去了《贺拔氏墓志》中的一些表达方式,作了简略化的处理。从最开始看的话,被删削的部分也就是王勃墓志开头的那部分,即叙述贺拔氏的家世历史的第一段落,当然就是要被删除的。关于"大足〇〇六墓志"志主的家世,仅说"其先楚国人也"。

无《贺拔氏墓志》第二段的最后所谓各得佳偶的"乘龙独翥,上出云霄;鸣凤高飞,俯清琴瑟"隔句对。

无《贺拔氏墓志》第三段的称颂夫人成为寡妇后辛苦操持家务的"携抚孤幼,绥缉宗邻,州闾钦岁暮之风,亲党被日新之化"隔句对。

也没有同样是第三段的悲叹其本该长寿却离世的"潘河阳之代业,班白承欢;卫洗马之门华,清羸不瘠"隔句对。

无覆述夫人德行之"神周得丧,行满夷险,自郄缺长□,黔娄不归"的第四段。

"卫洗马之门华"一句,当指贺拔氏的夫家与卫氏家族有关。所以"大足〇〇六墓志"被认为是未采用这一对句,至于为何省略其他对句则不甚清楚。但是"大足〇〇六墓志"删去了几处分别构成一个整体的隔句对仗,而文意依然通顺。王勃的《贺拔氏墓志》作于何时也无从考证,委托王勃创作此墓志的"梓州郪县令"(卫)玄,其名又见于《梓州郪县兜率寺浮图碑》(清蒋清翊《王子安集注》卷十七),故此墓志被认为作于王勃滞留蜀地,即669—671年之间。由于"大足〇〇六墓志"作于大足元年(701),也就是说,该墓志作于王勃《贺拔氏墓志》的三十年后,乃是对其模仿所作的。虽然再没有像"大足〇〇六墓志"那样的全盘模仿之作,但还是有想要表达出王勃墓志那种意识的其他墓志作品,如《大唐故房州竹山县主簿杨君夫人杜氏墓志铭并序》(永淳〇二六,《附考》10—946)。兹征引相关部分,类似王勃女性墓志的句子加粗标示。

夫人□珠光于汉水,秀玉润于荆山,花发桃蹊,春归兰薄。

娥姿下映,横月路以扬晖;女曜高临,掩星津而绚色。

才高弄翰,艺总鞶丝。**雅韵霜横,韶徽日举。**

**圣善□训,□辞□道之家;君子好仇,终□羊舦之室。**

年十有六,归□杨氏。粤自笄岁,作俪鼎门,叶鸣凤之宏谋,酌鸡初之雅训。

**闺风远被,里闬钦承盥之规;阃则□流,遐迩仰齐眉之敬。**

加以情超苦海,思入□□将开;净域之因,夙奉玄□之律。

方当断机流惠,喻筏垂仁,岂图星□骤移,风烛俄谢。

凄清婿水,先有感于逝川;旷望娥峰,遽延悲于化石。

以永淳二年正月十五日遘疾,终于道□之私第,春秋五十有四。呜呼。

“永淳〇二六墓志”的隔句对“圣善□训,□辞□道之家;君子好仇,终□羊舦之室[①]”和《贺拔氏墓志》的“先人有训,将辞班掾之家;君子好仇,自入王凝之室”对句构造类似。再以“君子好仇”为首[②],两者所用语汇各有典据,在王勃前就已运用于诗文中。然而,并非从单个词语,而是从对仗句式的结构来看,虽无法排除遗漏的可能,但在笔者的调查中,在王勃以前并无此类对仗句式。虽然所用的人名和“永淳〇二六墓志”的不同,但与其说这些对句只是偶然的相似,难道不应该认为,这些隔句对是对王勃墓志中的隔句对的“变奏”吗?比“永淳〇二六墓志”更深具意味的,是王勃的另一篇题为《归仁县主墓志》的女性墓志,其中也运用了这样的隔句对仗。

归仁县主夫人,是其父李元吉被杀害后遗留下的女子[③]。因《归仁县主墓志》较长,仅部分引用相关段落:

---

① 羊舦之妻为魏辛毗之女辛宪英,因具优越的见识而作为“羊舦妻辛氏”被《晋书》卷九六《列女传》立传。

② “君子好仇”典出《毛诗·周南·关雎》“窈窕淑女,君子好逑”。

③ 拙文《王勃佚文中两篇描写女性的墓志》中已考订,归仁县主是李元吉的三个女儿之一,还有一个女儿可知是嫁给了被封为文安县主(《唐代墓志汇编》贞观147《大唐故文安县主簿墓志铭》),藉此订补。

夫人讳某，字某，陇西成纪人也。皇唐高祖之孙，前齐大王之女。
尔其麟郊鸥岫，帝横（当作横帝）圃而翔英；玉薮珠林，拥仙墟而振颖。
黄星夜朗，凤鸣钟旦暮之期；紫气朝腾，龙德纬乾坤之业。
故乃宸基岳峻，跻宝历于南山；睿族星罗，抗璇居于北列者矣。
夫人绿岩垂耀，朱泽浮祥。济河洛之英氛，降峨嵋秀之（当作之秀）气。
韶规月满，疏桂影于神轩；雅韵霜□，肃松标于智宇。
云袿秀委，初分雁渚之欢；天袂垂恩，聿荷鸳庭之训。
俨玄笄于碧殿，礼极晨趍；咏朱萼于彤阶，情勤夕膳。
针楼暎晓，逸枝霞惊；翰苑临春，雕章雾缛。
红经翠纬，翻凤镊于仙机；杏叶芝英，转鸾钩于妙札。
执顺闲邪之迹，用晦而明；垂和履孝之规，□恩以尽。
……
虽三王绝淮国之封，而五女厚梁园之邑。
杨妃以亡姚之重，抚幼中闱；某姬以生我之亲，从荣内阁。
夫人缔积云禁，饬影星枢。奉盥饵于前厢，侍温清于侧寝。
二尊齐养，诚周于造次之间；四德兼□，行满于危疑之地。
固乃事经人理，誉沃天心。六宫钦锡类之风，千室被如神之化。

本文且将此部分称为第一段。叙述此女出身皇族，有着与其高贵血统相符的女子之德。同时，称颂她为在宫中庇护自己的生母和杨氏（李元吉妃）尽孝，有着高尚的人格。“永淳〇二六墓志”的第三、四句“才高弄翰，艺总縏丝。雅韵霜横，韶徽日举”，不就是运用了此墓志的隔句对的第一、三句“韶规月满，疏桂影于神轩；雅韵霜□，肃松标于智宇”吗？

贞观十八年，有诏封归仁县主，仍赐食邑一千户。
出降天水姜氏，即长道公第二子也。
窦穆以窦融之贵，好结比阳；李猷以李尚之勋，荣加沁水。
千扉晓辟，宣凤绒于南宫；百两宵归，降鱼轩于北阙。
琼笳彩旄，光升石窌之庭；画桷雕栊，秀发银台之寓。
跃赪鳞于瑞浦，德合姜妻；吟紫鹤于仙楼，响谐秦媛。
诸姬饮惠，争陶荇菜之篇；列娣迁规，竞缛椒花之思。
凛凫钟于性国，濮郑终捐；栖鹊镜于灵台，铅华自屏。
闺风永浃，南邻销反目之虞；阃则傍流，北里尽齐眉之好。
……

此为第二段。这部分描写的是此女和姜氏结婚后的生活。“千扉晓辟，宣凤缄于南官；百两宵归，降鱼轩于北阙。琼箭彩旄，光升石窌之庭；画桷雕栊，秀发银台之寓”，说的是她出嫁时的情况。称颂她作为归仁县主，以家庭主妇的身份守护家庭，并通过其德行给家庭带来圆满幸福的功德。

该段中说到夫人的美德感化了她周围的女性的隔句对“闺风永浃，南邻销反目之虞；阃则傍流，北里尽齐眉之好”，与“永淳〇二六墓志”的“闺风远被，里闬钦承盥之规；阃则□流，遐迩仰齐眉之敬”类似，笔者推测此句也受到了《归仁县主墓志》的影响。

其后，继续描写夫人生母之死、夫人伤心欲绝，再写夫人和姜府君感情和睦，受到了人们的羡慕，本文从略。

以总章元年八月六日遘疾，薨于乾封县永达里。春秋卌有四。呜唿哀哉。

重惟灵和禀气，婉直凝风，分姒帷之□光，蕴娥台之丽魄。

谈津艺府，思洽几初；地义天经，孝为心极。

贞姿玉暎，弃虹琰而无加；朗鉴珠融，斥骊珍而不御。

清而化物，绮罗将缊绪同归；高以顺时，丹刻与茅茨递敞。

幽兰在奏，施文律之繁音；秾李分蹊，搴词条之粹萼。

以上第三段，讲述她去世之后，再度称赞作她作为女性的品德。其后说她因作为李元吉的女儿在宫中的艰苦生活，得以磨炼了品格，这一部分不赘。

呜呼。其生也荣，宠服光于茂册；其死也哀，赐赠照于彝典。

以其年十一月廿日，窆于少陵之原，礼也。

旌轩启路，葆骑横□，林野旷而无尘，风烟惨而殊色。

仙冈偃月，行临白菟之□；宰树栖云，坐网青龙之兆。

有子洛州参军彀。

玉堂疏贶，金社分辉，攀北渚而魂销，下南陔而□尽。

持缣负米，□极于难追；绿俎玄觞，敬深于如在。

姜府君悼存亡之不再，怆今昔之俄然。步朗月以长怀，傃秋风而累叹。

以为安仁咏德，道不着于玄扃；奉倩伤神，理未阶于翠□。

虽图芬帝阁，中朝悬记善之书；而播美泉扃，下走受当仁之寄。

谨闻命矣，乃作铭云。

第四段描述的是她的死亡和葬礼,以及她的子女和丈夫的悲伤。

此文在描绘出该女作为皇族却处于父亲被诛的阴影笼罩其一生之微妙立场中的同时,称颂了其作为女子的德行及婚后操持家庭的功绩。

还有一篇作于万岁通天二年(697)的《唐故营缮监左右校署令宣德郎张君夫人关氏墓志铭并序》(万岁通天〇三〇,《附考》13—32),改换了"永淳〇二六墓志"的个人信息的书写,并删除了部分语句。虽然此墓志缺少了如"先人(圣善)□训……君子好仇……"的隔句对仗,但其"爰自并(?)岁,作俪鼎门,酌鸣凤之宏规,叶乘龙之雅望。闺风远浃,里闬镇及(?)目之虞[①];阃训旁流,遐迩仰齐眉之敬"的隔句对,则与王勃《归仁县主墓志》第二段的"闺风永浃,南邻销反目之虞;阃则傍流,北里尽齐眉之好"的表达方式更为接近。

《归仁县主墓志》被认为作于王勃被逐出沛王府,即将动身赴蜀之前的总章元年(668),"永淳〇二六墓志"作于永淳二年(683),距离王勃去世的公元676年不到十年。最重要的是早于《王勃集》编纂完成的公元684年[②]。像"永淳〇二六墓志"那样表现出的类似王勃的二篇两篇女性墓志的表达方式,证明了王勃的作品在其文集编纂之前,就已在中国国内流传,他的文学也在同时代流行了。

如试将《唐代墓志汇编》《续集》的搜索时期稍稍扩大的话,作于天宝七年(748)的《丰王府户曹陇西李府君故夫人墓志铭并序》(以下标示为"续·天宝〇四八墓志"),与王勃的两篇女性墓志有着相同或类似的表现(拓本载《洛阳新获墓志》六十二)。

> ……夫人亦名父之女,四德克彰;令族之门,六行既穆。**操业贞叔**(王勃作淑),**容范详和,敬实礼兴,孝为心极。**遵先王之典则,从君子之好仇。……**夫人跃赪鳞于清浦,德合姜妻;吟白雪于寒庭,名同谢女。闺风若椒花之思,室誉同荇菜之歌。**……

"操业贞叔……孝为心极"四句,是对《贺拔氏墓志》第二段起始对句的原样照搬,接续这四句后的"先王"与"君子"的对句,或是受《贺拔氏墓志》隔句对"先人有训,将辞班掾之家;君子好仇,自入王凝之室"的启发也未可知。又,描述夫人的美德和才能,并感化旁人的部分,虽有部分语句不同,但也和《归仁县主墓志》第二段的

① "及目"意义难解,《附考》释为"反"。

② 傅璇琮主编《新编唐五代文学编年史·初盛唐卷》(辽海出版社2012年版)认为《王勃集》编纂于公元684年或稍后。我认为编纂于文明、光宅元年(684)到载初元年(689)之间。参拙稿《〈王勃集〉的编纂时期》(载《〈王勃集〉与王勃文学研究》)。

“跃赪鳞于瑞浦，德合姜妻；吟紫鹤于仙楼，响谐秦嫒。诸姬饮惠，争陶荇菜之篇；列娣迁规，竞缛椒花之思”相类似。

“续·天宝〇四八墓志”的末尾，描写了遗孤的悲伤以及李府君夫人丧葬的场面：

> ……其子岫，少尚名节，躬行孝忠，**哀缠终身，痛结肝髓。**
>
> 戚戚泣血，栾栾棘心，奉觞奠以望灵，恤□穹之呜噎。
>
> 遵于古典，以其载十一月廿四日，葬于河南府偃师县晋陵里首阳之原，礼也。
>
> **旌轩启路，龙轜横郊，林野感而萧条，风烟助而无色。**
>
> 哀子孝思罔极，屠裂心怀，**悲北渚以销魂，下南陔之泪血。**
>
> 李府君**悼亡之切**，同潘岳以恸怀；伉俪深情，嘶庄生之击磬。
>
> 临川嗟逝，痛以难追。府君顾盼，不以鄙才……

写儿子深切悲伤的句子“哀缠终身，痛结肝髓”，与《贺拔氏墓志》第四段的“哀缠逝晷，痛结终身”的表达类似。又，其后表现葬礼和遗孤哀痛的部分，也和《归仁县主墓志》雷同，应该也受到了“旌轩启路，葆骑横□，林野旷而无尘，风烟惨而殊色”“有子洛州参军毂。玉堂疏觃，金社分辉，攀北渚而魂销，下南陔而□尽。持缣负米，□极于难追；绿俎玄觞，敬深于如在。姜府君悼存亡之不再，怆今昔之俄然”这类句子的影响。

此外，《唐常州无锡县令杨府君夫人王氏墓志铭》（光宅〇〇一，684 年）的“竭诚孝于舅姑，罄惇睦于娣姒，主馈有齐眉之敬，侍巾无反目之嫌”句（《附考》10—970），《大周故幕州刺史洛阳宫总监褚府君夫人临沂县君王氏墓志铭并序》（久视〇一〇，700 年）的铭文“六经咸博，四德俱全，闺风外浃，阃则旁宣（其二）”句，都类似于《归仁县主墓志》的“闺风永浃，南邻销反目之虞；阃则傍流，北里尽齐眉之好”的表达。久视元年暂且不说，光宅元年的墓志当作于王勃集的编纂之前。

此类模仿王勃女性墓志的作品，或者类似表达的句子，暗示了王勃作品在当时曾广泛流传。但是，王勃还有一篇为男性所作的墓志《达奚公墓志》，虽可能有遗漏，但现阶段笔者还没找到如前述女性墓志那样直接模仿王勃这篇男性墓志的墓志或使用对句的表达方式①。那么，王勃女性墓志中的书写表达，在当时的墓志

---

① 对于达奚公故去的夫人，《达奚公墓志》仅作了简短的介绍：“星津降采，月甸垂芬。清雅颂于椒花，奏柔规于荇菜。仙琴□奏，早□和凤之音；宝剑双沈，晚和乘龙之契。”《归仁县主墓志》中虽也有“荇菜”与“椒花”之对，但女性墓志中却无类似上述句式的表达。

作品中是如何被运用的呢？

## 二

为女性所作的墓志，要比为男性所作的少，但并不是说在王勃之前就没人写过。对初唐文学产生过巨大影响的文学家庾信，在北朝时创作了大量纪念死者的墓志和神道碑的碑文①，现存有三十一篇。这其中，有十篇是女性墓志②。

庾信创作的女性墓志有着大体相同的结构，即介绍女性的生平、夫家及丈夫，再称颂女性的美德，最后哀悼其死亡；同样也讲述女性自幼便具有优秀的才能，婚后尽心侍奉丈夫和公婆，教育子女等，这些内容，庾信通过运用典故，以完整的对句形式描写出来。只是庾信的墓志通篇描述女性的美德，反而女性的身姿很难从这些墓志文中浮现出来。

庾信的墓志中，比较详细地描述女性的是《周骠骑大将军开府仪同三司冠军伯柴烈李夫人墓志铭》(《庾子山集注》卷十六)，兹征引部分如下：

> ……夫人幼而聪敏，早闻令淑。彤(一作箴)管有美，贤才见称。弄其纸笔，惧失诸兄之意；翦其龆龄，畏伤王母之心。……夫人辅佐君子，言容匡赞，增耀三星，钦明四德。授巾沃盥，有谨于事姑；断织停机，无忘于训子。保定二年，册授大夏县君。既以夫尊，又云子贵，乃迁顺阳，改郡君。……

以上列举了李夫人的素养和品德，描写了作为妻子辅佐丈夫“辅佐君子，言容匡赞，增耀三星，钦明四德”，以及作为主妇和母亲“授巾沃盥，有谨于事姑；断织停机，无忘于训子”的姿态。虽然也不缺少对女性品德的一一列举，就像“既以夫尊，又云子贵”那样的总括，但庾信的墓志总是以对女性的家世及夫家或丈夫的介绍为中心，前述的这些只是作为墓志描写所表现的女性的要素之一。像《贺拔氏墓志》中描述的志主作为寡妇一人独立支撑家政、《归仁县主墓志》中描述的女子因其父亲被诛杀而给她带来的心理阴影以及婚后家庭幸福，生活圆满，像这样着力于女性的平生，即这些重要的部分，在庾信的女性墓志中是没有的。王勃在蹈袭庾信墓志创作的同时，在内容上，难道不是将描写重心放在女子在家庭中作为妻

---

① 《周书》卷四十一《庾信传》：“群公碑志，多相请托。唯王褒颇与信相埒，自余文人，莫有逮者。”

② 《庾子山集注》虽收录了十二篇女性墓志，但有两篇为杨炯所作，又存有与庾信并称的徐陵所作的五篇碑文。

子和母亲发挥着怎样的作用上吗?

王勃和庾信创作的女性墓志之所以不同,理由之一,乃在于墓志撰写的对象与女性门第有差异。庾信的墓志都是北朝权贵家的女性或嫁给权贵家的女性;王勃的墓志则不是,而是嫁给官僚的女性。当然,父亲被诛杀的归仁县主是皇族,王勃也提到了这点,并介绍此女的葬礼由朝廷委派的使者颁赐了物品①。这一点和庾信所描写的夫人们一致。但是如上文所介绍的,王勃的墓志,就像说归仁县主是皇族的女性,详细描写了她作为女性的修养和品德,以及用其美德感化全家及周边之人,彰显的是夫人的日常。而这些在庾信的女性墓志中则不过仅仅是一个方面。反过来说的话,庾信的墓志,虽然详细介绍了女性出身于怎样的家族,及嫁至怎样的家族或丈夫为何等身份之人,但从中很难看出女性自身究竟为何等之人,或其作为妻子、母亲发挥着怎样的作用。

庾信的女性墓志介绍的是家,王勃的墓志介绍的是人。这种差异,应该就是王勃女性墓志的特色所在。王勃虽然使用了庾信墓志的语汇,但创作了不同于庾信的墓志。是什么因素促使王勃的书写变化呢?

为了确认以上王勃和庾信墓志的这种差异,下文试对王勃的女性墓志及受其影响的出土墓志再作审视。

## 三

王勃《归仁县主墓志》的"闺风永浃,南邻销反目之虞;阃则傍流,北里尽齐眉之好"隔句对,说的是夫人操持家政,用自己的德行感化家族与周围之人。用"反目"与"齐眉"这对反义词组成对仗,是一种高度技巧的运用②,因此存在一种模仿名对的可能性。"永淳〇二六墓志"利用了王勃这种构造的隔句对,用"承盥"替代"反目",虽然在技巧上下了一等,但在表现女性贞淑稳重的家庭姿态上殊无二致。构成隔句对的"闺风""阃则"等词,也反映出家庭的氛围和家政的整顿。这些词汇在王勃以前使用得并不多③,想要找到类似的对句用例就更为困难了。

此外,既有模仿《归仁县主墓志》表现天赋素养的"韶规月满……雅韵霜□"

① 《归仁县主墓志》第三段后有"有诏赠物三百段,米粟二百石,凶典所须,随由官给,仍遣司门大夫郎翁归监护葬事"。

② 《文心雕龙·丽辞篇》高度评价了这种"反对":"故丽辞之体,凡有四对:言对为易,事对为难;反对为优,正对为劣。……反对者,理殊趣合者也。"

③ 在王勃之前,还没有发现使用"闺风"一词的例子。"阃则",仅见于《南齐书》卷十一《乐志二》北郊乐歌《昭德凯容之乐》"邦化灵懋,阃则风调"。但《唐代墓志汇编》"总章〇一〇墓志"有"夫人贞则,闺风自扬","龙朔〇七八墓志"有"闺仪阃则,信归美于夫人"的用例。

（第一段）的表达，又有“跃赪鳞于瑞浦，德合姜妻；吟紫鹤于仙楼，响谐秦媛。诸姬饮惠，争陶苻菜之篇；列娣迁规，竞缛椒花之思”（第二段）这样的表达女性的幸福和通过其美德感化家庭及周边的句子。总之，可以说描写的是女性婚后维系家庭、妥善操持家务、夫妇关系和睦的形象。《贺拔氏墓志》也有“操业贞淑，容范详和。敬实礼舆，孝为心极。先人有训，将辞班掾之家；君子好仇，自入王凝之室”描写女性的素养和教养，然后得到了与之相配的夫君这样的部分。正因为此，我认为这种代表理想丈夫的典故从王凝之置换成了羊躭乃是一种“变奏”。

这类有意识地模仿王勃女性墓志，表现家庭中妇人的美德的表达，在庾信的书写中很少有，而王勃是怎样获得这类表达的句子的呢？

王勃和庾信墓志、神道碑的书写上的区别，在于对孑遗者悲伤的表现上。如《归仁县主墓志》写丈夫和儿子（第四段）的部分、《贺拔氏》描述子女悲伤的部分（第五段）。在前面介绍的庾信的《柴烈李夫人墓志》中，对于李夫人的死，庾信有“神光离合，尚在河湄。云气徘徊，尚归楼下”的描写。这种对于女性的死亡的表达，是作为碑文作者所表达的哀悼。当然，庾信的墓志也不是没有对孑遗者悲伤的描写，如“殿下神伤秋月，掩泪长松。周季直之留书，更深冥漠；潘安仁之词藻，徒增哀怨”（《周谯国公夫人步陆孤氏墓志铭》卷十六），和王勃一样，也是利用了潘岳的典故，描述丈夫的悲哀。还有描述子嗣的悲伤“世子某，兄弟并勖慈训，咸遵母仪，霜露深悲”（《周谯国公夫人步陆孤氏墓志铭》卷十六）的表达。这种悲伤的表达在庾信为男性所作的若干篇墓志中也有表现，较之于表现碑文作者哀悼的《柴烈李夫人墓志》，其数量并不多，也不像王勃墓志使用那么多的句数。而王勃所作的墓志，本次没有引用的《达奚员外墓志》中也有表达残存者的悲伤①。上述“永淳〇二六墓志”等，虽然似乎没有模仿王勃所作墓志的这种表现方式，但也表达了残存者的悲哀②。

诚然，从南北朝时期的庾信（513—581）到唐代的王勃（650—676）这大约七十年间哀悼死者的墓志表达与内容，并非主张有变化。与王勃并称的杨炯、卢照邻、骆宾王中，杨炯有二十一篇墓志、神道碑流传，其中两篇是女性墓志。其《彭城公夫人尔朱氏墓志铭》（卷十）③描述女子结婚后尽心侍奉丈夫，“动合诗礼，言成轨

① 表现遗孤哀悼父亲的句子是“有子普州安居令孝贞，哀缠逝晷，痛结终身。侵露序而屠肝，指霜旻而断骨”。

② 不仅是对于死亡的哀悼，感叹残留者的悲伤的表达，很容易就在《唐代墓志汇编》中的唐代墓志中见到。这一问题虽然需要进一步调查，但与其说这种唐代女性墓志是唐代墓志特有的表达，不如说这可能就是摆脱了庾信墓志影响的标志之一。

③ 祝尚书撰《杨炯集笺注》，中华书局 2016 年版。

则。晨昏展敬，事极于移天；苹藻挈诚，义申于中馈”，丧夫成为寡妇后说“用曹大家之明训，执宋伯姬之贞节”。但是，杨炯的这篇墓志，一方面详细叙述女性的家世，却没有女子家庭状况的详细描写，也没在墓志中描写残存者悲伤的表现，在形式和内容上都继承了庾信女性墓志的书写。另一篇为女性所作的是《伯母东平郡夫人李氏墓志铭》(卷十)，其中介绍了夫人作为主妇的生活："夫人辅佐君子，聿修内政。平旦缅笄，则有君臣之严；沃盥馈食，则有父子之敬；报反而行，则有兄弟之道；受期必诚，则有朋友之信，其妇德也如此。”①又，序文最后也有表现其夫悲伤的部分："东平公抚存怀旧，用痛悼于厥心。远近咸集，宗亲毕会，生荣死哀，其此之谓也。”该墓志仅在“其妇德也如此”和“非夫博文达体，贞婉听从者，孰能与于此乎”以及“生荣死哀，其此之谓也”等描述夫人的行为和德行之后，又概括了夫人的各种德行。这种书写方式是庾信男性墓志中经常使用的。又，从以介绍女性家政方针的语言指出晚年的她成为家族的精神支柱这一点来考虑②，可见杨炯将庾信男性墓志的表达方式应用在了这篇女性墓志的书写上。如此所示，可以窥见在王勃生活的时代，不仅是庾信墓志的骈文文体，而且还有墓志的结构、描写的规范上，都得到了书写的强化。

受庾信文学影响的初唐文学家中，王勃因进行了新的书写而成为了特异的一个。庾信在墓志中列举了女性的家世和德目，王勃则将表现的重点之一放在女性特有的家庭生活上，以及作为妻子、母亲等操持家务，感化周边。庾信在创作中表达了作为碑文的撰写者对女性死亡的哀悼，而王勃则表现为展示死者家族的悲伤。庾信表现的是夫人所属的家庭，王勃表现的是作为妻子和母亲的夫人本人。如试将此和庾信的女性墓志比较的话，王勃的女性墓志在书写上注意到了从孑遗者的角度来表现亡故的女性。庾信和王勃都是受委托才创作了墓志，如果是这样的话，他们的书写应该都各自承担了委托者的期望。庾信和王勃女性墓志书写的差异点，不就来自委托者身份的不同，以及对家的观点的变化吗?

王勃的女性墓志的表达，当然有王勃自己的组织结构，但这种表达反映的是委托者对于女性的想法。那么，对王勃的这种彰显夫人家庭美德的表达方式的模仿，不仅仅局限于句式对仗的精巧，不都唤起了同时代的共鸣吗？由于王勃是这一时期的代表作家，不仅仅是女性墓志的模仿，此类对王勃表达方式的共鸣的注

① 顺便说一下，“夫人辅佐君子”一句，见于此前庾信的《柴烈李夫人墓志铭》，其他在庾信的《周太傅郑国公墓志铭墓志》中也用过。

② 描写她晚年的句子有“夫人年逾耳顺，视听不衰。每献岁发春，日南长至，群从子弟称上寿者，动至数十百，未尝不欢言善诱，藉以温颜。侃侃焉，訚訚焉，有孟母之风焉，有敬姜之诲焉”。

人，不正说明他就是那个时代最具代表性的作家吗？

请求王勃创作墓志的人们，和对他的这种表达方式产生了共鸣、利用他的表达方式的墓志作者，他们都希望来描述作为妻子和母亲的女性。他们对家族和家庭的看法和庾信的时代不一样，和庾信的表达不同，顺着自己的意识和价值观，渴望表达自己的感情。王勃的女性墓志和运用王勃女性墓志表达方式的作品存在，证明的不就是虽然在当时并没有什么名气，但后来构成了唐代文学的基础人群吗？

## 结　语

本文注意到了流传至日本的王勃女性墓志佚文，与在中国出土的同时代的墓志之间类似的表达方式，并对其进行考察。

王勃的女性墓志因系佚文而具有重要的价值。利用了他的书写方式的墓志存在，证明了王勃文学的广泛流行。从这些作品的存在浮现出了一批追求自我个性的表达的人群。他们是怀抱着不满足于南北朝文学的观念，对于家族书写有着表达自己的想法的渴望，并对这种表达方式产生了共鸣的唐代的人群。

描写丈夫对家族的爱如杜甫的《江村》诗（《杜诗详注》卷九）、儿子对母亲（对于自己来说实现了母亲作用之女性）的敬爱及仰慕如韩愈的《祭郑夫人文》（《昌黎先生文集》卷二十三）等，都广为人知，这些当然都是杜甫和韩愈天才般的表达。但这种感情对于杜甫和韩愈来说，也不是突如其来的，而是经过了长时间的酝酿而成的。这种感情，应该就是唐代文学基础的感情。

王勃的女性墓志以及受其影响的出土墓志，表明文学也接受了从南北朝走向唐王朝繁荣昌盛的社会变革，虽然演进缓慢，但确确实实地显示了这种变化的痕迹。

附记：本文内容曾在第六届骈文学会上发表过。在学会上，我受到了以评议委员许东海先生为首的诸位老师的有意义且宝贵的意见。谨记于此，以表谢意。

（日文版原载《立命馆文学》第 664 号，立命馆大学人文学会，2019 年 12 月；中文版原载《国际汉学研究通讯》第 21 期，北京大学出版社，2020 年 12 月。）

明清骈文研究

# 尊体:晚明骈文批评的理论向度

李金松(河南大学文学院)

自清代以来,明代被认为是骈文的中衰时代。如清代骈文学者孙梅就认为:"至明代经义兴,而声偶不讲,其时所用书启表联,多门面习套,无复作家风韵。"① 近代学者刘麟生在《中国骈文史》中也说:"明代文学称盛,而模仿之作居多,创造之意为少,以言骈文,粗制滥造,庸廓肤浅,虽有作品,难登大雅之堂。"②实际上,到了晚明时期,骈文创作呈现出复苏的趋势,不但有于慎行、顾起元、孙七政、陈子龙、陆云龙、屠隆、姚希孟、夏完淳这些骈文名家涌现,而且,出现了骈文专集,如李瞻于的《四六效颦》、邢士登《四六草》等。与晚明骈文创作复苏桴鼓相应的是,晚明时期的骈文批评也相当活跃,形式多样,既有各种选本,如李天麟的《词致录》、王志坚的《四六法海》等,也有序跋、专论,如沈懋孝的《论四六骈体》、李维桢的《四六效颦序》等。在这些形式多样的骈文批评话语中,有一个非常重要的主题,即推尊骈文,也就是骈文批评的尊体论。晚明骈文批评的这一现象,自然引发我们思考这些问题:晚明骈文批评为什么要进行尊体,骈文批评的尊体又是怎样进行的,而这种尊体在晚明骈文的发展过程中具有怎样的意义呢? 以下即对这三个问题进行回答。

## 一、晚明骈文批评尊体之原因

晚明骈文批评之尊体,与骈文在明代的文学地位有关。在晚明以前,骈文因托体不尊而受到轻视。如明太祖朱元璋曾下诏令禁止骈文书写:"唐虞三代,典谟训告之辞,质实不华,诚可为千万世法。汉、魏之间,犹为近古。晋、宋间,文体日衰,骈丽绮美,而古法荡然矣! 近时仍蹈旧习。朕尝厌其雕琢,自今凡诰谕臣下之

① 孙梅著,李金松校点《四六丛话》,人民文学出版社 2010 年版,第 11 页。

② 刘麟生《中国骈文史》,东方出版社 1996 年版,第 94 页。

辞，务从简古；凡表笺谏疏，毋从四六、对偶，悉从典雅。”[①]骈文因其在表达上“骈丽绮美”“古法荡然”，不够“典雅”，而遭到最高统治者朱元璋的禁止。在我们传统的文学观念里，向来是尊古卑今的。朱元璋诏令中认为骈文表达“古法荡然”，其实意谓骈文体式不古，亦即托体不尊。朱元璋对骈文的这种态度，自然影响到文人学士关于骈文的文学认识。当时的文坛领袖宋濂就这样批评应用性的骈文：“辞章至于宋季，其弊甚久，公卿大夫视应用为急，俳谐以为体，偶丽以为奇，腼然自负其名高。”[②]认为南宋以来应用性骈文的盛行败坏了自古相传的辞章。众所周知，明代是一个理学极为发达的时代，“衍伊、雒之绪言，探性命之奥旨”[③]。在这种学术风气的熏染下，人们关于文学的观念较为偏向于载道或明道的。因此，以宋濂为代表的这种关于骈文的文学观念，自明初以迄晚明，是绵延不绝的。如明中叶的理学家魏校，一再地鄙薄骈文：“夫诗之有律，犹文之有骈俪，终是俳体，古人决不屑此。”[④]“律诗与骈俪文同，终是俳体，不作可也。”[⑤]律诗是相对于古体诗而言的，而骈文是相对于早已成熟的散体文而言的，两者都比较注重形式美的，其文体的形成比较而言都是相当晚近的，魏校的言下之意，其实即认为骈文的体式不古。虽然他不是专门讨论骈文，只是将律诗比拟骈文，但其中对骈文的鄙视之意是显而易见的。明末的黄淳耀“有志圣贤之学”[⑥]，倾向于理学。在《董圣褒房稿序》中，他论及骈文时说：“前乎韩、柳者，燕、许称大手笔。然其体制骈偶，去古甚远。至昌黎始能本原三代两汉，力追孟、荀、迁、固之文。”[⑦]他认为唐代张说、苏颋擅长的骈文体制不古。可见，体式不古、托体不尊，是明代主流界、尤其是理学家或具有浓厚理学兴趣者对骈文的一个基本看法。

理学家出于维护道统的目的而鄙弃充满形式美的骈文，是其道本体观的内在逻辑的一种外在表达，自然是无可厚非的。而骈文之所以在明代遭到诟病，除了体式不古、托体不尊之外，还有形式上华艳浮靡与表达修辞上不够自然流畅之失。对于骈文的华艳浮靡之失，早在北齐时期，颜之推就作了严厉的批评：“趋末弃本，

① 王之绩《铁立文起》卷首《文体统论》转引，见王水照编《历代文话》第四册，复旦大学出版社 2007 年版，第 3648 页。

② 宋濂《剡源集序》，见蔡景康编选《明代文论选》，人民文学出版社 1993 年版，第 17 页。

③ 张廷玉等《明史》，中华书局 1974 年版，第 7222 页。

④ 魏校《庄渠遗书》卷四、卷十五，《景印文渊阁四库全书》本，上海古籍出版社 1987 年版，第 779 页。

⑤ 《庄渠遗书》，第 957 页。

⑥ 《明史》，第 7258 页。

⑦ 黄淳耀《陶庵全集》卷二，《景印文渊阁四库全书》本，第 665 页。

率多浮艳。辞与理竞,辞胜而理伏;事与才争,事繁而才损。"①而正、嘉时期的孙承恩对骈文的批评几乎与颜之推如出一辙:"夫骈俪,虽非文章之至,而古人多有施于君上。陆宣公敷陈治道,明扬典则,于斯为盛。自夫炫奇侈博,多以事赘,砌矮胜而意脉微,纂组工而本质丧。"②虽然他指出了唐代陆贽的骈文书写"敷陈治道,明扬典则","基本上不用典,不征事,全凭'白战'……写出内心欲达之事理与情致"③。辞与意达到了完美的统一,堪为骈文书写的典范,但这只是个别的情形;而中国文学史上的骈文书写,在他看来,更多的是"砌矮胜而意脉微,纂组工而本质丧",堆砌辞藻,工于选声炼色,过于营构形式上的艺术美,致使骈文作品真意少存,意义表达与形式美感之间存在难以调和的内在矛盾。孙承恩关于骈文的这种观念,集中地代表了明代的传统士大夫对骈文的基本看法。而骈文表达修辞上的不够自然流畅之失,明末工于骈文书写的姚希孟对此有极深的体会,他在给儿子们的家书中一再告诫他们不要从事骈文书写:"昌儿能知洪桥之捷为伪,及悬料时事多中窾,但毋作骈偶四六语。盖习为骈偶文字,多不流走,无天马行空、奔腾万里之势。吾之所以得意四六者,因秀丽中不失流活,又能一句一转,于组织之文而能畅其所欲言,所以自负。儿辈度不能。凡文章从《史》《汉》入者,从横矫迅,于今文、古文皆宜。若用排偶,非便宜事也。识之,识之!"④"但儿曹笔下多近于排偶,得非因我颇工四六,习与性成而不觉。然排偶多,则过于堆砌,而少风帆阵马之意;且肉多骨少,词多意少,此皆排偶之为累也。今愿吾儿置四六不观,而专读《左》《国》《史》《汉》并《檀弓》《周礼》等书。"⑤姚希孟给儿子们家书中"肉多骨少,词多意少"两句,是针对骈文的浮靡华艳之失而言的。在骈文书写上,姚希孟能够做到"秀丽中不失流活,又能一句一转,于组织之文而能畅其所欲言","颇工四六,习与性成而不觉"。但是,正是因为他精于骈文书写,所以,骈文书写在表达修辞上所具的缺陷,他是深知的,因而他在家书中向儿子们指出:"为骈偶文字,多不流走,无天马行空、奔腾万里之势","排偶多,则过于堆砌,而少风帆阵马之意"。换言之,即骈文在表达修辞上不能够自由如意、畅所欲言,文气过于凝重而无流转奔放之致。姚希孟关于骈文表达修辞上不够自然流畅的这些认识,是骈文书写本身存在的严重局限性而遭到人们反对的基本理由。

在鄙视骈文、反对骈体的明代文学语境中,明末的古文家艾南英关于骈文的

① 颜之推著,王利器集解《颜氏家训集解》,中华书局1993年版,第67页。

② 孙承恩《阳翁奏谢录序》,《文简集》卷三十,《景印文渊阁四库全书》本,第396页。

③ 瞿兑之《中国骈文概论》,见刘麟生、方孝岳等《中国文学七论》,广西师范大学出版社2007年版,第166页。

④⑤ 姚希孟《文远集》卷二十七,明《清闷全集》本。

言说尤其值得注意。作为一个曾有过研习骈文经历的、纯正的古文家，艾南英反对骈文的态度最为坚决。他反对骈文的具体意见，集中在他与人的几则书函中。在《答陈人中论文书》中，艾南英认为骈体之作"至卑至陋"："足下行后，则从友人得见足下所为《悄心赋》，乃始笑足下向往如是耶？此文乃昭明选体中之至卑至陋，欧、曾大家所视为臭恶而力排之者。不佞十五六岁时，颇读《昭明文选》，能效其句字。二十岁后，每读少作，便觉羞愧汗颜，而足下乃斤斤师法之，此犹蛆之含粪以为香美耳。"[①]此虽是就陈子龙师法六朝文的文学行为而提出严厉批评的，认为陈子龙的这种文学行为乃是"犹蛆之含粪以为香美耳"，但透过其中的用语，他对六朝骈文的憎恶之情，是非常显豁明晰的。艾南英为何如此憎恶骈体之文呢？因为在他看来，骈体之作存在这些严重的弊病：第一，文气不能自然通畅。他说："孔子云：'辞达而已矣。'未闻辞之碍气也。辞之碍气，为东汉以后骈丽整齐之句言耳！"[②]骈文在书写上过于雕琢，句式整齐、板滞，没有足够的变化，因而导致文气不能流转畅达，亦即陈寅恪先生所言："对偶之文，往往隔为两截，中间思想脉络不能贯通。"[③]第二，华艳臃肿。在《答夏彝仲论文书》中，他说："子曰：'修辞立其诚。'未闻以敷华为诚也。又曰：'辞达而已矣。'未闻以臃肿骈丽为达也。"[④]骈文由于讲究对偶与用典，融合两句为一意，铺排典故，追求藻饰，意少词费，因而在艺术形态上未免浮艳臃肿了。艾南英以孔子的"修辞立其诚"与"辞达而已"这两语作为理论依据，指斥骈体之作的浮艳臃肿，虽然有些苛刻，但无疑是切中骈文的要害的。第三，体格卑俚轻靡。对于骈文的体式、格调，艾南英认为："使人置六经、秦汉不道，而降为六朝之卑弱、纤俊、软靡、巧俪之文。"[⑤]"夫文之古者，高也，朴也，疏也，拙也，典也，重也；文之卑而为六朝者，轻也，渺也，诡也，俊也，巧也，俳也。"[⑥]"每见六朝及近代王李崇饰句字者，辄觉其俚；读《史记》及昌黎、永叔古质典重之文，则辄觉其雅。"[⑦]在与秦汉、唐宋古文的比较中，艾南英剖示了骈文体制格调的卑俚轻靡。骈文由于具含他所说的这些弊病，因而被他"视为臭腐"[⑧]，遭到他的极力贬斥。艾南英极端卑视骈体之文的这种态度，可以说是明代各种反对骈体之文的意见的集中体现。

---

①② 艾南英《与陈人中论文书》，见《明代文论选》，第387、389页。
③ 陈寅恪《论再生缘》，《寒柳堂集》，生活·读书·新知三联书店2001年版，第72页。
④ 艾南英《答夏彝仲论文书》，黄宗羲编《明文海》卷一百五十八，涵芬楼钞本。
⑤ 艾南英《再与周介生论文书》，《明文海》卷一百五十九。
⑥ 艾南英《与周介生论文书》，《明代文论选》，第393页。
⑦ 艾南英《答夏彝仲论文书》，《明文海》卷一百五十八。
⑧ 艾南英《再答夏彝仲论文书》，《明文海》卷一百五十八。

骈文因本身存在的艺术问题而在明代遭到严苛的批评,因而作为与古文对举的文体,在正统的士大夫们看来,是极为卑俗的,以致被卑视。明代文学总体来说是复古的,而骈文相对于古文,诚如前举黄淳耀所言“去古甚远”。由于这一原因,以复古相号召的前后七子,也是卑视骈文的:“顾自弘、正以来,北地、信阳以及历下、娄东诸君子,驰骛千古之业,往往下视四六,不屑降体为之。”①正统的文人士大夫们如此卑视并鄙弃骈文,因而骈文在明代是一种弱势文体,这激起了一些“厌常喜新,慕奇好异”②、颇具离经叛道精神的文人名士推尊骈体之文,反抗正统的文人士大夫们崇尚的秦汉古文或唐宋古文,如屠隆在《文论》中称扬六朝骈文、贬抑被正统的士大夫崇奉的韩愈古文即是其例。这是晚明骈文批评尊体论发生的重要原因。而晚明骈文批评尊体论发生的另一原因,则是出于享乐的目的。众所周知,晚明社会弥漫着享乐之风,一切美好的事物都成为人们的享乐对象,这自然也包括文学。就文学而言,骈文是最具艺术美的。因此,骈文被作为美好的事物自然进入了人们的享乐视野,成为享乐对象。如明末茅元仪在《七快堂记》中说“心口相商,梦寐呈瑞,得七快焉以下酒”,列举人生可供享受的七件快事,其一曰“经快意”,其二曰“史快”,第三快“曰文快,文有四种,曰群家、曰长行、曰小品、曰骈俪。各以其类,恣所心赏”③。可见,骈文作为晚明时期文人名士的享乐对象、审美对象,与经、史等相提并论,因能满足文人名士的自娱享乐的欲求而获致推尊。

## 二、晚明骈文批评尊体论的三个层面

其实,在晚明时期之前,文学批评领域已开始了对骈体之文的推尊。如“述理学则象山、慈湖,论文体则推六朝、《文选》”④的王文禄在《文脉》中就说:“《昭明文选》,文统也,恢张经子史也,选文不法《文选》,岂文乎? ……夫六朝之文,风骨虽怯,组织甚劳,研覃心精,累积岁月,非若后代率意疾书,顷刻盈幅,皆俚语也。”⑤认为六朝骈文“风骨虽怯”,在思想内容方面不够充实、醇厚,但“组织甚劳,研覃心精”,需要作家付出更多的艺术才思进行结撰,因而比起“率意疾书,顷刻盈幅,皆俚语”的唐宋古文来更具艺术价值。在与唐宋古文的比较中,王文禄明确地推尊了骈体之文。王文禄虽在当时文坛声名不显,但他关于骈文的这种言说,无疑是

---

① 顾起元《启隽类函序》,《明文海》卷二百四十。

② 于慎行《谷山笔麈》,中华书局 1984 年版,第 84 页。

③ 茅元仪《石民四十集》卷二十五,明崇祯刻本。

④ 永瑢等《四库全书总目》,中华书局 1965 年版,第 1801 页。

⑤ 王文禄《文脉》,《历代文话》第四册,第 1692 页。

在明代文学批评领域高举起了推尊骈文的大旗。因此，在这面大旗的招引下，此后的文人名士纷纷推尊骈体之文。而这些文人名士对骈文的推尊，基本上从以下的三个层面展开的：

**（一）为骈文存在的合理性辩护**

骈文是一种美文，是用对偶、典事、藻饰与声律建构其艺术美的。与先秦两汉的古文相比较，骈偶是骈体文文体的基本特征。无骈偶，即无所谓骈文。骈文之所以被正统的文人士大夫们所诟病，其原因之一是骈文的书写诚如钱锺书先生所云："句则散长为短，意则化单为复。指事类情，必偶其徒。""辞须数字相承，遂睹对偶之意。"①追求骈偶，以两句合成一意。骈文的这种行文上讲究雕琢的特点，易于导致表达上的不够流转疏荡，文气滞碍，即嘉、隆时刘绘在《与王翰林槐野论文书》中所云"专攻偶对，令气不疏，非文之佳矣"②，前举姚希孟、艾南英对骈体之文的批评，针对的就是骈文书写的这一艺术缺陷。因此，要想推尊骈文，就必须对骈文在表达上追求骈偶的行文特点进行合理性辩护，改变正统的文人士大夫们对骈文的偏见。出于这一考虑，晚明时期的骈文批评家们在这一方面作了不少论述，如万历时期的温纯在《词致录序》中就这样说：

> 或谓四六始徐庾氏，支蔓于两晋，浸淫于六朝，僻构幽深，猥臻绮缛，风云月露，鱼鸟烟花。绘象而斗一字之奇，骈偶而侈三冬之富。点缀已甚，气骨无存，此文之靡也。好古者斥焉，胡集为？而又胡以序为？予曰：不然！对偶、音律，自天地剖判以来有之，山峙水流，日昼月夕，八埏度剖，列宿躔分，非对偶乎？水乐虫丝，松涛竹韵，万籁隐发，空谷互应，非音律乎？③

针对正统的文人士大夫们对骈文抱持的偏见，温纯指出：骈文书写讲究的对偶、音律，是一种自然现象，"自天地剖判以来有之"，而骈文书写着意地经营文字的对偶、声律，不过是对自然现象"山峙水流，日昼月夕""水乐虫丝，松涛竹韵"的模拟，乃本源于自然，因而没有理由对骈文加以指责与鄙薄。温纯对骈文所作的这些论说，乃意谓骈文的存在是合理的。虽然他所论不过是重申刘勰《文心雕龙·丽辞》中"造化赋形，支体必双，神理为用，事不孤立。夫心生文辞，运裁百虑，高下相须，

① 钱锺书《上家大人论骈文流变书》，《光华半月刊》第1卷第7期。

② 刘绘《与王翰林槐野论文书》，《明文海》卷一百五十二。

③ 温纯《词致录序》，见李天麟编《词致录》卷首，《四库全书存目丛书》集部第327册，齐鲁书社1996年版，第172页。

自然成对"[1]的绪论,但这在当时鄙视骈文的文学语境里,极大地推尊了骈文之体,无疑具有振聋发聩的作用。尤为值得注意的是,万历时期的屠隆在《文论》中更从骈文独具的审美价值层面,论证骈文存在的合理性:

> 由建安下逮六朝,鲍谢颜沈之流,盛粉泽而掩质素,绘面目而失神情,繁枝叶而离本根,周汉之声荡焉尽矣。然而秾华色泽,比物连汇,亦种种动人。譬之南威、西子,丽服靓妆,虽非姜、姒之雅,端人庄士,或弃而不睨,其实天下之丽,洵美且都矣![2]

屠隆指出:六朝以"鲍谢颜沈"为代表的骈体之文虽然是"盛粉泽而掩质素,绘面目而失神情",但"秾华色泽,比物连汇,亦种种动人","洵美且都",涵具独立的审美价值,能够给人们提供审美享受。而宋元以来世人竟相宗尚的韩愈之散体古文,在他看来,"妍华虽去,而淡乎无采也;醲腴虽除,而索乎无味也;繁音虽去,而暗乎无声也。……读之可一气尽也,而玩之则使人意消"[3],深为不满。所以,他认为:"文莫古于《左》《国》、秦、汉,而韩、柳、大苏之得意者,亦自不可废。莫质于西京,而丽如六朝者,亦自不可废。"[4]就所具的审美意义而言,以六朝为代表的骈体之文,与先秦两汉、唐宋古文一样,"亦自不可废",它的存在有其必然的合理、合法性。屠隆将六朝骈文同秦汉、唐宋古文相提并论,而不是对立起来,扬此抑彼,其中推尊骈文之体的意味是豁然的。

**(二)骈文经典品质的发掘**

清代骈文学者孙梅指出:骈文乃"以为四六者,应用之文章"[5]。由于应用广泛,骈文的表达自南宋以来趋向于俗化,如南宋李刘的骈文书写,"惟以流丽稳贴为宗,无复前人之典重。沿波不返,遂变为类书之外编,公牍之副本,而冗滥极矣"[6]。所以,晚明时期的王志坚在《四六法海·自序》中就说:"至其末流,乃有诨语如优,俚语如市,媚语如娼,祝语如巫。或强用硬语,或多用助语。直用成语而不切,叠用冗语而不裁。"[7]骈文书写因应用广泛而致俗化,由此而遭到前文所举明

① 刘勰著,范文澜注《文心雕龙注》,人民文学出版社1958年版,第588页。
② 屠隆《文论》,《明代文论选》,第255页。
③ 屠隆《文论》,《明代文论选》,第256页。
④ 屠隆《论诗文》,《明代文论选》,第269—270页。
⑤ 《四六丛话》,第2页。
⑥ 《四库全书总目》,第1396页。
⑦ 王志坚《四六法海·自序》,明天启刻本。

代正统文人士大夫们的诟病。因此，推尊骈文，为骈文文体正名，改变人们思想意识中关于骈文文体托体不尊与被视为“至卑至陋”“臭腐”的文学观念，必须发掘骈文的经典品质，贞认骈文文体的高贵典雅。这一运思落实到骈文的批评实践中，即温纯如下的论说：

> 故徐、庾氏代不乏人，无论诸家。试评著者一坏六尺，读者汗颜；秋水落霞，观者动色。或改容于推诚任数之疏，或阁笔于朱耶赤子之联。饥寒疾病，控告而忌者腐心；漂杵燎原，应声而争者结舌。所谓取材于经，叶律以雅，非与？四六又何可少之？①

在这节文字里，温纯指出：每个时代都不乏徐陵、庾信这样的骈文大师，他们的骈文书写往往是铸经熔史的。如让武则天嗟赞的骆宾王《为徐敬业讨武曌檄》一文中“一坏(一作抔)之土未干，六尺之孤何托”一联，乃是对《论语·泰伯》中“可以托六尺之孤”的化用；王勃《滕王阁序》中脍炙人口的“落霞与孤鹜齐飞，秋水共长天一色”一联，乃是对自庾信《马射赋》“落花与芝盖齐飞，杨柳共春旗一色”的化用；“推诚任数之疏”是指唐朝陆贽的《兴元论续从贼中赴行在官等状》，其中有“项氏以灭，刘氏以昌，蓄疑之与推诚，其效固不同也”与“任数御物，物终不亲”诸语，“推诚”出自《淮南子·主术训》“抱德推诚，天下从之”，“任数”乃出自《韩非子·制分》“任数不任人”；“朱耶赤子之联”是唐末卢汝弼所作檄文中的一联：“致赤子之流离，自朱耶之版荡。”②其中“赤子”一语出自《孟子·离娄》“大人者，不失其赤子之心也”，而“版荡”，《诗经》有《板》《荡》两篇；“饥寒疾病”一语是指苏轼《谢量移汝州表》“疾病连年，人皆相传为已死；饥寒并日，臣亦自厌其余生”一联，“饥寒”语出《孟子·梁惠王下》“黎民不饥不寒”，“疾病”语出《礼记·檀弓》“曾子寝疾，病”等；“漂杵燎原”是指唐代文学家寇豹所作《赤赋》中的一联：“田单破燕之日，火燎平原；武王伐纣之时，血流漂杵。”③“火燎平原”，是对《尚书·盘庚》“若火之燎于原”的化用，“血流漂杵”则语出《尚书·武成》，《孟子·尽心下》也曾予以讨论。由此可见，骈文的造语不少是渊源自经典，富含丰厚的历史文化底蕴。既然骈文书写“取材于经，叶律以雅”，与经典、尤其是与十三经的关系是如此地密切，“何可少之”呢？所以，“取材于经，叶律以雅”的骈文在文体、格调上“岂只五色之红紫、六

---

① 温纯《词致录序》，《四库全书存目丛书》集部第327册，第173页。

② 孙光宪《北梦琐言》，上海古籍出版社1981年版，第26页。

③ 阮阅《诗话总龟》卷四十四，人民文学出版社1987年版，第438页。

经之鼓吹”[①]? 不只是华美辞藻的堆砌、六经的鼓吹,而是在这一层次之上。人所共知,六经在中国的学术中地位最高。温纯在此发掘出的骈文书写的经典品质,将骈文视之为“六经之鼓吹”,其中推尊骈体之意是不言而喻的。他对骈文的经典品质的这种发掘,能在一定程度上改变了正统文人士大夫们鄙视骈文的文学观念。

### (三)骈文实用功能的阐发

一般说来,骈文是一种美文。因此,在人们的文学观念中,骈文形式华美而内容空洞,即所谓“砌铸胜而意脉微,纂组工而本质丧”,似乎如近人胡朴安所言:“骈俪之文,为美术之一种,无当于实用。”[②]但事实上,骈文在社会生活中应用广泛,有很强的实用性。清代骈文学者孙梅在《四六丛话》中所叙论的 27 种骈文文体中,除去骚、赋、谈谐等数种外,其余诸种骈文所涵容的文体(包括赞、记、序、颂之类),均是属于应用性文体;而作为应用文体,骈文则自然具有实用性。即如启这种文体,其实用功能大致有谢启、通启、定婚启、聘婚启、贺启、小贺启等,基本上是日常生活中交际应酬的具体应用。因此,阐发骈文的实用功能,也是晚明时期骈文批评家们骈文尊体批评的一个非常重要的层面。而从晚明时期骈文批评的诸多事实来看,沈懋孝在《论四六骈体》中对表这种骈文文体的论述,颇见当时骈文批评家们的尊体诉求:

> 余尝折衷而论之:如陈谢、如辞职、如谏事、如进规,用论议行文,情志始畅。若夫国之大庆、大典,必待铺张;赐物之一衣一马,尤须描写。若斯之类,岂可无摛藻摛菁之笔哉!亦顾所用何如耳!两能两擅,权尺匀停,在后来英俊所自树矣![③]

沈懋孝认为骈文涵容的文体表体文主要被用于向君主陈谢、辞职、进谏等,这其实揭示了表体文所具的实用功能。就表达而言,骈体文以铺叙描写、雕章琢句见长。而“国之大庆、大典,必待铺张;赐物之一衣一马,尤须描写”,这些题材正是贺表、谢表等表体文所表达的,正好能发挥骈体文的优长,“若斯之类,岂可无摛藻摛菁之笔哉!”需要借助骈文“摛藻摛菁”的表达特长对这些题材予以表现。而骈文之外的其他文体,在表现这些题材方面,则未免捉襟见肘,有很大的局限性。正是因为在“国之大庆、大典”等方面需要骈文润色鸿业,粉饰盛世,因此,在沈懋孝看来,

① 温纯《词致录序》,《四库全书存目丛书》集部第 327 册,第 173 页。

② 胡朴安《论文杂记》,《历代文话》第九册,第 9112 页。

③ 沈懋孝《论四六骈体》,《明文海》卷九十六。

骈文并非像正统的文人士大夫所指责的那样毫无实用性，而是“顾所用何如耳”，在于用于什么方面，怎样发挥其优长之处。沈懋孝关于骈文的这些论说，抉发了骈体文所具的实用功能。类似的论说还见于李维桢的《四六效颦序》：

> 四六之文，其体备于六朝，而其用繁于今。今之用，莫若表、启，而启为最……于以事上，见为恭顺，以故用之表、启为宜。表不常用，启则尊亲平交，一切可喜事，皆得施用，故最繁。①

李维桢指出了作为骈文重要文体的启体文在人们的日常生活中“一切可喜事，皆得施用，故最繁”，应用极为广泛。而从晚明时期颇具代表性的骈文选本《词致录》与《四六法海》来看，其中的表、启两类文所占比例在《词致录》中超过 74%，在《四六法海》中约 50%②。表、启这两体骈文在全编中所占比例如此之大，这说明晚明文士非常重视这两种应用性很强的骈文文体。与《词致录》与《四六法海》对表、启这两种骈文文体重视相一致的是，沈懋孝、李维桢对表、启这两种骈文在国家政治生活与人们日常生活中实用性的阐发，在某种意义上，有力地论证了骈文存在的不可替代性，驳斥了人们文学观念中骈文“无当于实用”的偏见。

透过以上论述，我们能够清晰地意识到：晚明时期骈文批评家之推尊骈文，虽然没有与对骈文抱有偏见的正统文人士大夫们作直接的正面交锋，但他们论述的话语里，潜隐着与他们观点、态度对立的另一方。也就是说，他们的骈文尊体论说话语里已包含着批评行为原因的解释。而由以上所述，我们可以了解到晚明时期骈文批评的尊体论是如何展开的，以及骈文批评家们为推尊骈文、渴望改变人们头脑中关于骈文的偏见所付出的努力。而批评家们发出的这些骈文尊体论说，在明代这样一个颇为鄙视骈文的文学语境里，无疑具有振聋发聩的作用。

## 三、骈文尊体论的意义

既然晚明时期的文士们是如此地推尊骈体之文，那么，需要进一步讨论的是：他们对骈体之文的这种推尊在当时具有怎样的意义呢？

---

① 李维桢《四六效颦序》，《大泌山房集》卷十三，《四库全书存目丛书》集部第 150 册，第 682 页。

② 《词致录》共选录骈文 687 篇，其中表体文 204 篇，启体文 305 篇，两者合计占全编 74.1%；《四六法海》共选录骈文 627 篇，其中表体文 189 篇，启体文 119 篇，两者合计占全编约 50%。

首先，促进了对骈文的认识。按照《四库全书总目》集部《四六法海》的提要："秦汉以来，自李斯《谏逐客书》始点缀词华，自邹阳《狱中上梁王书》始叠陈故事，是骈体之萌也……沿及晋、宋，格律遂成；流追齐、梁，体裁大判，由质实而趋丽藻，莫知其然而然。"①骈文由萌芽到定型，是一个长期发展的过程。人们对骈文的认识，也是一个不断深入的过程。早在齐梁时期，刘勰在《文心雕龙·丽辞》篇中指出："造化赋形，支体必双，神理为用，事不孤立。"从自然生灵的"支体必双"的角度论证骈文存在的必然性与合理性。此后的一千多年间，批评家们虽然对骈文有多方面的讨论，但由于受反骈思维的惯性制约，在骈文生成论方面的探讨并无多大的进展。而温纯在刘勰自然生灵"支体必双"的骈文生成论的基础上，认为骈文的对偶、声律源自自然界，是对自然界"日昼月夕""松涛竹韵"等的效法与模仿，亦即本于自然。相比较而言，温纯对骈文生成的本体解释更为细密、深入，将骈文存在的必然性与合理性的本体解释向前推进了一步，这是他对骈文生成理论的一个发展。正如我们习知的那样，骈文是一种美文，以其艺术美提供给人们视觉、听觉以及气韵上的审美享受。可是，自刘勰以来，人们对骈文的艺术美所涵具的独立审美价值，缺乏足够的认识。宋代勒为骈文批评专著的作品有多种，如《四六话》《四六谈麈》《辞学指南》等，但都是对骈文写作技法的研讨，并不曾触及到骈文形式美所具的独立的审美价值。而晚明时期屠隆在《文论》中指出骈文"秾华色泽，比物连汇，亦种种动人"，"洵美且都"，抉发了骈文形式美独立的审美价值。对于骈文形式美独立的审美价值，前人可能已意识到，但从没有像屠隆这样明确地阐述过。因此，屠隆对骈文形式美独立审美价值的这种抉发，可谓是道前人所未道，具有重要的理论创新意义。尽管温纯、屠隆对骈文的生成与独立审美价值所作的这些阐发是出于推尊骈文之体的目的，但无可否认的是，他们的这些论说大大地促进与丰富了人们对骈文的深入认识。

其次，提升了骈文的文学地位。如前所述，在明代尤其是晚明以前，骈文的文学地位相对于古文而言，是不高的，受到了严重的歧视。即使晚明时期，骈文创作已呈现出复苏的趋势，对骈文持鄙视态度的还大有人在。如明亡后旅居日本的朱舜水（之瑜）曾在回答"问六朝、唐宋文如何分别"时，还坚持认为："六朝文要少读，肉厚而气不清，文品不高。"②可见，鄙视骈文的文学观念在正统的文人士大夫的意识中是何等的根深蒂固。然而，经过温纯、屠隆、沈懋孝、李维桢等人对骈文之体的大力推尊，骈文尽管在当时表情达意的文学话语中，虽然其文学地位仍然不能

① 《四库全书总目》，第1719页。

② 朱之瑜《舜水先生文集》卷二十二，《续修四库全书》第1385册，上海古籍出版社1995年版，第101页。

与古文同日而语，但相比较于此前而言，是大有提高的。晚明时期骈文文学地位的提升，这在当时人们的文学观念中是有所体现的。如张溥在《汉魏六朝百三名家集》的自序中说：

> 椎轮大路，不废雕几，月露风云，无伤气骨，江左名流，得与汉朝大手同立天地者，未有不先质后文，吐华含实者也。人但厌陈季之浮薄而毁颜、谢，恶周、隋之骈衍而罪徐、庾，此数家者，斯文具在，岂肯为后人受过哉？①

其中的"汉朝大手"，只能是指贾谊、晁错、司马相如、司马迁、班固、刘向、扬雄诸人，这些人中，大多以后人所说的古文即散体文著称于世，尤以司马迁为最。张溥认为六朝骈文名家可以与"汉朝大手同立天地"，这意味着在他的文学观念中，骈体文与古文的文学地位是同等的。作为杰出的学者、文学家，张溥对骈文所持的这种看法代表了当时的文学潮流。而一般人们对骈文的态度，在反映文学观念的迁变方面尤具典型意义。这一点，明末黄淳耀《董圣褒房稿序》中一节文字为我们提供了了解当时一般人们对骈文态度的珍贵史料。他说：

> 二十年来制举业之文凡数变，始剽诸子，继填六经，继又傅会诸史，近则六朝之丹雘粉泽，无不窃焉。②

"六朝之丹雘粉泽"，无疑指的是骈文。被人们视为神圣的举业文字乞灵于六朝骈文，这一历史事实充分表明士子们希望藉助六朝骈文的艺术表达，博取举业上的成功。由此可见，人们不再鄙视骈文，而对骈文是极为重视的。我们知道，嘉靖时期的归有光以古文为时文，对八股文进行改造，因而成为一代八股文大师，在明代有王、唐、归、胡之目。而晚明时期士子的融骈文入八股文，这反映了在人们的文学观念中，骈体文的文学地位较之以前，大有提升，已经不亚于古文了。而据上海图书馆所编的《中国古籍善本书目》著录，晚明时期的骈文选本多达三十多种，如《词致录》《尧山堂偶隽》《四六法海》《四六类编》《文俪》《四六俪》等。这一时期的骈文选本涌现出如此之多，这只能是骈文的文学地位在人们的文学观念中大有提升而导致的结果，人们对骈体文基本上已不再采取排斥的态度，甚至是由衷的欣赏。因此，骈文的文学地位在人们文学观念中的提升，我们认为，很大的程度上应归因于晚明时期批评家们对骈文的推尊。

---

① 张溥撰，殷孟伦注《汉魏六朝百三名家集题辞注》，中华书局 2007 年版，第 2 页。

② 黄淳耀《陶庵全集》卷二，《景印文渊阁四库全书》本，第 665 页。

再次，推动骈文创作的发展。在晚明之前，致力于骈文创作的作家寥若晨星，为人们所知的只有皇甫汸、黄省曾、唐寅、徐祯卿等。嘉靖时期，明世宗朱厚熜好道，导致了骈体文的一种文体青词的短暂繁荣①。而晚明时期，由于骈文批评家们的推尊骈体之文，促进了人们对骈体文的认识，提升了骈文的文学地位，改变了人们关于骈文的文学观念；而人们文学观念的改变必然在他们的创作中体现出来。因此，进入晚明时期，从事骈文创作的作家日渐增多。赵南星《废四六议》中的一段话，最能反映晚明时期骈文创作的这种变化：

> 余自万历乙亥(1575)，结发薄游，士大夫书札往来，直抒情愫，鲜有用四六者。当司理时，座主为相，亦以散书闻，固亦未尝以为不恭也。至癸巳(1593)罢官，乃有以四六来者。②

从“万历乙亥”到“癸巳”，前后不过20年，“士大夫书札”出现了由“鲜有用四六者”到“乃有以四六来者”的变化，骈文创作由此前较为沉寂一转为勃兴。晚明时期熊明遇在《会应草叙》所说的“万历中，王元美、李于鳞、刘子威辈沦谢，天下忽然学六朝人隽语”③，正好可与赵南星《废四六议》中的这段话相互映证。不仅如此，而且，骈文创作在晚明时期，有愈来愈烈之势。如吴应箕在《与刘舆父论古文诗赋书》述及晚明时期的文学创作，就说：“小有才致，便趋入六朝，流丽华赡，将不终日而靡矣。”④而文德翼则说：“烈皇帝时，学官弟子皆好为六朝骈丽之文。”⑤吴、文二人的描述或许有些夸张，但至少反映了当时文学创作好骈的风尚。由此可见，骈文创作在晚明时期是何等蓬勃兴盛了，即使清代号称骈文中兴也不过如此。这种文学现象的发生，晚明时期骈文批评的尊体论在其中发挥的作用不应低估。所以，我们有理由认为：晚明时期骈文创作趋于复苏，与这一时期骈文批评家推尊骈文有一定的因果关系；甚至可以说，晚明时期骈文批评家在推尊骈文的同时，也推动了

---

① 沈德符《万历野获编》有一条《四六》：“惟世宗奉玄，一时撰文诸大臣，竭精力为之，如严分宜、徐华亭、李余姚，召募海内名士几遍。争新斗巧，几三十年，其中岂少抽秘骋妍、可垂后世者！惜乎鼎成以后，概讳不言。然戊辰庶常诸君，尚沿余习。以故，陈玉垒、王对南、于谷峰辈，犹以四六擅名，此后遂绝响矣！又嘉靖间倭事旁午，而主上酷喜祥瑞，胡梅林总制南方，每报捷献瑞，辄为四六表，以博天颜一笑。上又留心文字，凡俪语奇丽处，皆以御笔点出，别令小内臣录为一册。”中华书局1959年版，第270页。

② 赵南星《废四六议》，《明文海》卷八十二。

③ 熊明遇《文直行书诗文·文选》卷六，清顺治十七年熊人霖刻本。

④ 吴应箕《楼山堂集》卷十五，《续修四库全书》第1388册，第545页。

⑤ 文德翼《求是堂文集》卷四，明末刻本。

这一时期骈文创作的发展。

晚明时期的骈文批评相当活跃，推尊骈文是当时骈文批评家们一个很重要的话题。而由以上所述，我们可以看出：晚明时期骈文批评家们之推尊骈文，固然有将骈文作为审美对象的因素，但更多的是出于对此前正统文人士大夫们鄙视骈文的一种反动。而他们在论说过程中，对骈文存在的合理性辩护、经典品质的发掘与实用功能的阐发，应该说，确实达到了推尊骈文的目的。而他们对骈文的这种推尊，具有极为重要的理论价值与文学史意义：促进了人们对骈文的认识，提升了骈文的文学地位，改变了人们关于骈文的文学观念，并推动了骈文创作的发展。关于晚明时期骈文创作的复苏，还有许多课题需要我们作深入的研究，希望有更多的学者将研究的目光投入到晚明时期的骈文创作领域，拓深我们对这一领域的认识。

# 试论清代骈文集评注的特色和价值

钟　涛（中国传媒大学人文学院）

晚唐李商隐以“四六”命名其骈文集，宋代至清末，以“四六”“骈体”“俪体”等为题，以骈文为收录对象的别集、总集数量众多。若仅取狭义之“骈文集”概念，不包括各类赋集，自宋代开始，迄于清末，就笔者查阅到的资料来看，今存约有近二百种。这些专门的骈文集中，有一部分有评点和注释，这些评点和注释，包含有丰富而珍贵的骈文批评材料，是骈文研究的重要资料。本文拟就目前笔者所见的有评注的清代骈文集进行简要述略，以窥古代骈文集评注的大致面貌，并就相关问题进行探讨。

## 一

古代骈文集在编撰或流传中，选文的评注是重要的一部分。骈文研究自《文心雕龙》以来，已有一千多年历史，对骈文作品的评点和注释历史悠久，如萧统《文选》注评，在唐代盛行一时，李善注和五臣注中针对《文选》收录的骈俪文章的注评，是古代集部中最早的骈文评注。但专门的骈文集中出现评点、注释，则比较晚近。今存数种宋代专门性骈文别集、总集中，并无宋人的评注。今存的宋人骈文集，评注均为明人，如（宋）李刘撰，（明）孙云翼笺《笺释梅亭先生四六标准》四十卷；（宋）李廷忠撰，（明）孙云翼校注《校注橘山四六》二十卷等。古代骈文集出现评注，就目前资料来看，应始于明代。笔者目前查阅到的古代有评注的骈文集文献，均出现在明清两代。其中尤以清代骈文集评注为盛。清代有评注的骈文集不仅数量多，评注形式也丰富多样。今存有评注的清代骈文集版本复杂，下表是笔者在查阅到的各种有评注的骈文集里，筛选出的较为重要的一些评注版本。

---

**基金项目**：本文为全国高校古籍整理研究项目《历代骈文集叙录》(1509)阶段性成果。

**清代重要骈文集评注文献表**

| 序号 | 书名 | 作者 | 版本 |
|---|---|---|---|
| 1 | 《四六初征》二十卷 | (清)李渔撰,(清)沈心友释 | 清康熙十年(1671)金陵翼圣堂刻本 |
| 2 | 《听嘤堂四六新书》八卷 | (清)黄始辑评 | 清康熙八年(1669)刻本 |
| 3 | 《听嘤堂四六新书广集》八卷 | (清)黄始辑评 | 清康熙九年(1670)刻本 |
| 4 | 《注释四六类腋》 | (清)叶祺昌注 | 清光绪九年(1883)刻本 |
| 5 | 《八家四六文注》八卷首一卷 | (清)孙星衍撰,(清)许贞干注 | 清光绪十七年(1891)味青斋刻本 |
| 6 | 《国朝八家四六文钞》九卷 | (清)吴鼒辑 | 嘉庆三年(1798)较经堂刻本 |
| 7 | 《六朝文絜笺注》 | (清)许梿辑评,(清)黎经诰笺注,吴承烜注释等 | 清光绪十五年枕溢书屋刻本 |
| 8 | 《国朝骈体正宗》 | (清)曾燠原选,(清)姚燮评,(清)张寿荣参 | 清嘉庆十一年(1806)曾氏赏雨茅屋刻本 |
| 9 | 《宋四六选》 | (清)彭元瑞、曹振镛辑、(清)翁同书(翁同龢录)、翁曾源批点 | 清乾隆四十一年(1776)曹振镛刻本 |
| 10 | 《骈体文钞》 | (清)李兆洛选评。 | 清道光元年(1821)合河康氏家塾刻本 |
| 11 | 《骈体》一卷 | (清)潘钟瑞撰,(清)雷浚评 | 稿本(雷浚批并跋) |
| 12 | 《骈体文略》二十九卷 | (清)杨钟广辑 | 清光绪十四年(1888)刻本 |
| 13 | 《忠雅堂评选四六法海》八卷 | (清)蒋士铨评选 | 清同治十年(1871)藏园刻套印本 |
| 13 | 《骈体文林初目》 | (清)谭献编 | 清光绪抄本 |
| 15 | 《骈文类纂》四十六卷 | (清)王先谦辑 | 清光绪二十八年(1902)思贤书局刻本 |
| 16 | 《陈迦陵俪体文集》十卷 | (清)陈维崧撰,(清)王士祯、徐乾学选 | 清康熙间宜兴陈氏患立堂刻本 |
| 17 | 《陈检讨集》 | (清)陈维崧撰,(清)程师恭注 | 清康熙间刻本 |
| 18 | 《春晖楼四六》 | (清)汪芳藻撰 | 清雍正七年(1729)刻本 |
| 19 | 《砚堂四六》二卷 | (清)方学成撰,同学诸子校对 | 清乾隆间宛陵方氏刻本 |
| 20 | 《俪藻外集》十卷 | (清)檀萃撰,(清)吴珏评。 | 清乾隆嘉庆间刻本,云南藏 |

续表

| 序号 | 书名 | 作者 | 版本 |
| --- | --- | --- | --- |
| 21 | 《善卷堂四六》十卷 | (清)陆繁弨撰,(清)吴自高编注 | 清乾隆三十五年(1770)陈明善亦园刻本 |
| 22 | 《随园骈体文注》十六卷 | (清)袁枚撰,(清)黎光地注 | 清光绪七年(1881)长沙刻本 |
| 23 | 《酌雅堂骈体文评语》不分卷 | (清)龚樵襟、卜镕等评 | 清稿本 |
| 24 | 《左海乙集骈体文》二卷 | (清)陈寿祺撰 | 清刻本 |
| 25 | 《藏书楼骈体文钞》二卷 | (清)鲍桂生撰 | 清咸丰三年(1852)刻本 |
| 26 | 《有正味斋骈文笺注》十六卷 | (清)吴锡麟撰,(清)叶联芬笺注 | 清刻本 |
| 27 | 《有正味斋骈体文笺》二十四卷 | (清)吴锡麒撰,(清)王广业笺 | 清咸丰九年(1859)青箱塾刻本 |
| 28 | 《广雅堂骈体文笺注》九卷 | (清)张之洞撰,(清)陈崇祖笺注 | 民国十五年(1926)江夏陈氏问心斋铅印本 |

上表中的骈文集,既有总集,也有别集。总集有编选数代之作而成者,也有集一朝一代之骈文者。别集有编辑自作骈文成集者,也有由他人选录成集者。这些骈文集的评注情况十分复杂,既有编撰者自己的评注,也有其他学者的评注;有在编选时已作评,有的是成书多年后再次作评;既有一书众人评注,亦有一书一人多次评注等不同情况。

## 二

评注这种批评方式形式自由。评注者读至精彩处,有感而发,圈点品评,或长或短,或严肃或诙谐;阅至难解有误处,查阅书目,注解校勘。注释和评点,是侧重点不同的两种阅读文本阐释方式,集部注释源于经传注疏,有其自身独立的训诂释义体列,评点则更多以圈点和评语的方式,评论作品优劣得失、章法结构、运文用笔、遣词造句等。清代骈文集有注释和评点的文献中,有侧重于注释的,也有侧重于评点的,有评注共存一书的,评注共同构成完整的阐释文本体系,形成其评注特色。骈文隶事用典,雕章琢句,阅读者需要注释来帮助理解。但清代骈文集与其他诗文集比较,流播广泛,影响深远的专门性著名注本并不多见。“四六之有注释,原为下乘说法,每见旧刻注释,事属浅显,尽为详晰,稍涉隐僻,多属漏遗,殊为缺陷,是集友辈增释,宁详勿略,不始失之过冗,至于博洽之士,原视注释为赘,旒决不使金屑成翳也"①。无论是因为注本本身注释浅陋,还是因为博洽之士视注释为赘,总之广为人知的清代骈文集选本,多是评注一体的,而其理论批评意义,也更多透过评语表现出来。下面以几部评注结合的文献为例,看看清代骈文集评注结合的特色。

《听嘤堂四六新书广集》刊行于康熙年间(1662—1722),黄始选评,邵言珪、吴有声等参与注释,杨震百、何楚苏等助编。编选文章基本依《听嘤堂四六新书初集》,《初集》由黄始选评,邵言珪校辑,蔡方炳参辑。评者除黄始外,还有何楚荪、黄仁、叶圣野、支文侯等人。按体分 18 类,包括启、表、诗文序、文(贺序、赠序、祭文)、疏、引、书、杂文(记、上梁文、弹文、碑记、序、约言、檄、册)、赋等,辑评了明中叶至清代骈文 348 篇,其中三成为明人作品。《广集》以体分类,共七种,有启集二卷、书柬一卷、书词文叙集一卷(即书序)、疏引集一卷、杂著文集一卷、表集一卷、赋集一卷,共八卷。共选录清初骈文 427 篇,选有黄始自己的作品 14 篇。编选较《初集》为精:"《初集》继《法海》之后,明季诸名文尚存十之三。兹集则俱系新编,间有一二逸稿亦以未经选刻者,特为表章。至剞劂之精工,校订之详核,视《初集》特加严慎。"②该书评注皆备。正文中有夹批,双行小字注皆置于文后,注释后有文末总评。注释是对文中词句典故或出处的注释,征引典籍丰富。如解释宋琬《贺亲王寿启》"邹枚"曰:"《雪赋》:'召邹生,延枚叟。相如未至,居客之右。'邹即邹阳,枚及枚乘。"又注"掷金"曰:"《孙绰传》:'绰作《天台山赋》示范荣期曰:卿试掷地,当作金石声。'"注"青鸟"曰:"汉武帝七夕,有青鸟至殿前,东方朔曰:'此王母使者也。'"注房可壮《候福清叶相公启》之"立雪"曰:"游定夫、杨中立初见程伊川,值伊川瞑目而坐,二子侍立于门外,不敢入。既觉,曰:'汝辈尚在此乎,时门外雪深三尺矣。'"不管是文中人物,还是某个词句,还是语典、事典的借用,都点明最早来源,并介绍典故内容。另外注释中引书有《庄子》《孙子兵法》《史记》《晋书》《毛诗》《神仙传》、唐诗等,文学、史书、神话子书等各种典籍作品皆有引用,评者注评重视考据,严谨准确精当。夹批多是对文中丽词佳句、用笔运意、风格特点的点评,或是对文句的纯粹激赏而不言妙理,以精炼为主,如"流丽""其气高采""词翻玉浪""新句""典重""语语典核""风华掩映""异彩纷纭""整练""笔亦秀洁""句近自然"等,用语虽简,却无不点出紧要关节处。文末总评以鉴赏语为主,擅用骈俪,对仗、比喻和藻饰等手法等作评,有时直接引用古人文辞为评:如"霭霭如春云之映户,悠悠若秋月之入怀""秀色英英,采蓉花于朝日;妍思濯濯,挹兰气于宵烟"等

① 李渔《四六初征》"芥子园甥馆主人沈心友因伯氏识",清康熙十年(1671)金陵翼圣堂刻本。

② 黄始《听嘤堂四六新书广集》,清康熙刻本。下文引该书评注,均出自此本。

句，“霭霭”“悠悠”“英英”“濯濯”等叠韵，对仗自然又和谐浏亮。又如“珠韬蛟宫，璧传螭穴，词源溯江海之波，识苑贯星辰之纬”“风人之意，感物造端；君子之音，缘情表志”“锦碎囊中，时飘独艳；花来宇里，亦带秾香”“玉堂雪岭，摇琼树之芬华；神岳丹霄，挹瑶泉之沆瀣”“清文满箧，非唯芍药之花；新制连篇，宁止葡桃之树”“微风送棹，湖景浮波，云舒盖而未移，浪开华而不吐”等评语，虽是评价文章之语，却造语不俗，长短对句交错使用，变化多样，用形象感性的语言，评论文章，清新雅致。

《国朝骈体正宗》以人为次，辑选清初至嘉庆间毛奇龄、陈维崧、毛先舒、陆圻、吴兆骞等42家文172篇。有嘉庆十一年(1806)曾氏赏雨茅屋刻本，同治十三年(1874)刻本，光绪十年(1884)花雨楼朱墨套印刻本，光绪二十一年(1895)湖南大雅书局刻本等。该书有眉批和文末尾批，以品评为主，亦有注释穿插于眉批中。注释对文中疑难字词，解释并点明出处，并用反切或读若、直音等方法注音。如毛奇龄《平滇颂并序》注“蚺(蚦)蛟”：“兽吐舌皃。蚺，他念切，此类字皆于双声取读。髬，音不。髵，音而。二字见《西京赋》。”①又注吴兆骞《孙赤崖诗序》“栘中”：“监官名，见《汉书·苏武传》。栘，音移。”“强台，山名，见《水经注》。强，其亮切。”“雕劾，见《魏志》。劾音愧，弊乏也。”评语姚燮喜引用前人之语，作为评论的依据。如评胡天游《拟一统志表》云“气盛则言之短长咸宜”，化用韩愈《答李翊书》“气盛，则言之短长与声之高下者皆宜”。评胡天游《贻友人书》有“俯仰之间，已为陈迹”“感慨系之”等语，直接引用王羲之《兰亭集序》原句。此外引用的还有“慨当以慷”(曹操《短歌行》)、“沉郁顿挫”(杜甫《进雕赋表》)、“卷舒风云之色，吐纳珠玉之声”(刘勰《文心雕龙·神思》)、“掷地作金石声”(《晋书·孙绰传》)、“如泣如诉”(苏轼《赤壁赋》)、“大言炎炎”(《庄子·齐物论》)、“笑入荷花去，佯羞不出来”(李白《越女词五首》)等。评语不仅点拨文章运笔用意的精妙，还指出遣词造句的不足，对文章优缺点皆有精当点评。如张寿荣评吴农祥《画图梧园记》云：“庸亢啴缓，几于浮响满纸，是爱博而不知修辞者，不识曾氏何以入选。”指出此文弊病，认为曾氏选文显然有失。姚燮评刘星炜《沈观察从军集序》曰“稳惬中嫌板滞”。评点语言散语为主，但也喜用四言句，如“感慨苍凉，声动简外”“意理密致”“情辞婉纡，识议超隽”“文气疏通，生情激越”“行气如虹”“渊懿朴茂，古藻纷披”“委婉有致，澄洁无坋”等。还有一些习惯用词，如“兀(排)奡”是指文笔矫健；“古奥”指古雅陈旧，深奥难懂；“骀宕(荡)”指舒缓起伏；“奇崛”是说文笔新奇刚健；还有“腴畅”“宛转”“典雅”“清丽”“遒劲”“慷慨激昂”“沉雄悲壮”等语，反复出现。

① (清)曾燠原选，(清)姚燮评，(清)张寿荣参《国朝骈体正宗》，清嘉庆十一年(1806)曾氏赏雨茅屋刻本。本文引《国朝骈体正宗》，均来自此本。

翁同龢过录翁同书《宋四六选》和《骈体文钞》评注，仅有手批本，并未行于世，但其重视考释注解，考评结合的评注方式，在清代骈文集评注中，很有代表性。翁同书熟稔小学和经史典籍，考据功夫扎实，其评注体现其学术旨趣，喜欢对字词进行校勘考证，对地点、人名、典故等进行注释。如《宋四六选》汪藻《韩世忠检校少师两镇节度使制》："行已恭而事上谨。"夹批："谨"字的旁边写"敬"字，眉批："宋人避讳故实用敬字。"①王珪《除使相判河南府兼西京留守仍赐功臣制》："言念主忧而臣辱，何有于生；如皆以秩而任劳，孰当其责。"夹批："以秩"旁批"已佚"，"任"旁批"人"，眉批："从尧山堂本改。"晏殊《进两制三馆牡丹歌诗状》："永平神雀之颂，孝明称美者五人；正元重九之篇，德宗考第于三等。""永平神雀之颂"夹批："见论衡"，"德宗考第于三等"夹批："贞元四年事"，眉批："五人者，班固、贾逵、传毅、杨终、侯讽。"《骈体文钞》评扬子云《百官箴》"昔在夏殷桀纣淫湎，持牛之饮，门户荒乱。"考辨"牛饮"："'牛饮'又见《六韬》，《御览》引《六韬》饮之以金鼓尘起，无长幼之席，贵贱之礼。"又："《殷本纪》纣为酒池，回磐糟邱而牛饮者三千余人。"翁同书还善于从史料出发，结合文章考证史实背景加以注释。往往牵涉历史背景的描述，在一定程度上起到了"解题"的作用，如李公辅《霸朝集序》篇评曰："开皇五年，敕令撰录作相时文翰，勒成五卷，谓之《霸朝杂集》。""隋高祖初受顾命，适三方构乱，指授兵略，皆与德林参详。军书羽檄，朝夕填委，四日之中，数百数，或机速竞昔，口授如人。文意百端，不加点治。""高祖省读讫，明旦，谓德林曰：'自古帝王之兴，必有异人辅佐。我昨读《霸朝集》，方知感应之理。昨霄恨夜尝不能早见公面，必令公贵与国始终。'于是追赠其父恒州刺史。未几，上曰：'我本意能深荣之。'后赠定州刺史，安平孙公，谥曰孝，以德林袭焉。"②评语摘录自《隋书·列传第七》的《李德林传》，能帮助读者了解背景，疏通文义。翁评还喜引用前人的注解之语，有类似集注之处。如《宋四六选》汪藻《幸明州社诏》尾评："王志坚曰：'是年三月，有苗傅、刘正彦之乱，四月帝复天位，发杭州至达安康，八月壬寅岌达康，十月癸未至杭州，此制在其时，所谓兹缘杖卫之行，尤历江山之阻者也。'蒋一葵《尧山堂偶隽》曰：'此文可谓说尽当时事情，或谓徽庙时当北庭，不可谓八世祖宗浚行。'"考评结合的特色，也影响了翁同书的衡文眼光。如在《骈体文钞》评《蜀汉先主成都即位告天文》，既有以历史眼光发出对"《魏志》尽删颂功德上符瑞之奏。《蜀志》大书此文及群臣劝进表，陈寿故不愧良史才"的感慨，又有从文学角度体察"文有浮古之

---

① 本文所引翁同书《宋四六选》评注，均来自上海图书馆藏清乾隆四十一年(1776)本翁同书手评。

② 本文所引翁同书《骈体文钞》评注，均来自国家图书馆藏合河康氏家塾本翁同书手评本《骈体文钞》。

气”之对文章气格的把握，更有对“典谟训诰皆切实不华，自诏令章表一用四六，而古法荡然矣。试观此文及后主《策丞相诏》、孔明《出师表》，知三国时文章在蜀，非吴魏可比”对文体与文章史的宏观认识。而对李兆洛评语，若有殊意，也一一指出。如卢思道《辽阳山寺愿文》：李评：“事既不经，文亦冗弱。以其为当时所尚，故附存之。”①翁评：“选文者第当论其格之高下，以为去取，何乃云以其为当时所尚，而附存耶？”认为李兆洛作为选文者不以文之高下去取，而附当时所尚之举不妥。翁同书评注虽偏重对文本的注释，但也有评语进行审美鉴赏。如翁评《宋四六选》283 条评语中，有 50 余条是与文章审美评价有关，大多用语简洁精炼。如评汪藻《宰臣星变待罪表》用“简到”二字，对全文风格进行了的总结。评曾巩《贺明堂礼成肆赦表》：“朴茂是子固本色。”王禹偁《谢赐御制月诗表》尾批：“自然清稳。”杨万里《谢赐衣带鞍马表》尾批：“清隽。”范端臣《谢赐御书孟子表》尾批：“庄雅称题。”李刘《谢泸帅杨尚书荐举启》尾批：“天然凑泊巧不可阶。”欧阳修《蔡州再乞致仕第三表》尾批：“有真挚语。”

总之，清代骈文集评注各有特色，不能一概而论。有眉批、夹批、尾批等不同评注形式，注偏重梳理文本写作背景和字词疏释，评更多是文本的审美赏鉴。注评结合的骈文集，往往从细微处的字句考释赏析入手，通过文本的细读品鉴，由关注文本字词解释，布局章法，上升到文本的审美评价。

## 三

评注是清代骈文集的一个重要阐释现象，或隐或显地体现了评注者的骈文观、批评观及审美趣味，体现清代骈文理论的发展，有重要文献价值和文学批评价值，对清代骈文学研究有重要意义。

评注对于骈文集的文献价值不言而喻。骈文集评注本不仅保存了大量骈文作品，也保存了评注家们对这些作品的阐释理解，不仅为骈文作家作品研究提供了丰富文献资源，也是研究骈文传播和接受史的重要材料。

清代骈文集的评注，具有值得发掘的理论批评意义。评注家的评语，展现了他们的骈文观和对骈文史的认识。如李兆洛评颜延年《三月三日曲水诗序》：“隶事之富，始于士衡；织词之缛，始于延之；词事并繁，极于徐、庾而皆骨足以载之。初唐诸作，则惟恐肉之不胜也。”40 多字，不仅点出了几家骈文创作的特点，勾勒出从太康到齐梁骈文艺术发展的过程，而且通过和初唐骈文的对比，指出骨力与辞采的关系，对“肉不胜骨”这种现象间接批评的态度。再如李兆洛评薛元卿《老氏

① 李兆洛《骈体文钞》，中州古籍出版社 1990 年版，第 138 页。

碑》:“文字因题而异,亦因所施而异。意存扬颂,遂泛滥而忘其所归,是忘题也。为老氏立碑,不详立碑之意,而详立碑之人,是忘其所施也。自梁以下,其蔽皆然。骈体之遂为分途,皆自此等为之厉也。此唐初四杰之先声。其小异者,尚有疏朴之致。”李兆洛评语十分注重文章辨体的问题。在其128条评点中,李兆洛谈及“体”就达17处之多,即便未提“体”,也多有针对性地对某一文体进行辨析的评论。这条评语与“此非颂体,后人亦遂无效之者”“此亦哀诔之文,非施于碑志者,故附诸此”之类略有不同,并未直接对碑文进行文体辨析,强调了文章立题和功用的不同。但对忘题、“忘其所施”的批评,仍是从文体功用角度出发的批评。而由忘体引出的“骈体遂为分途,皆自此等为之厉也”的感叹,表现了李兆洛对骈文史发展的宏大视野。清代骈文评注家以六朝骈文家及作品为创作典范,重视徐陵、庾信、王粲、鲍照、江淹等人之作,将他们作为评价骈文优劣的参照标准。如《国朝骈体正宗》姚燮评:“以王仲宣之感,写江文通之思,摧抑缠绵,耐人百讽,是能学古而不为古缚者”“抒仲宣之郁伊,导明远之凄戾,情文之交胜者”等,处处流露出对王粲、江淹、鲍照等人之文的赞赏。《忠雅堂评选四六法海》蒋士铨识语:“唐四六毕竟滞而不逸,丽而不遒;徐孝穆逸而不遒,庾子山遒逸兼之,所以独有千古。”评语亦云“古质处犹近六朝”“六朝遗响”“气体古质,善学者参以徐庾,则善之善矣”“较徐庾为增华,方王杨而尚质”“直逼开府”等等,在审视骈文发展史时,推尊六朝骈文的意识比较明显。

清代骈文评注家重视骈文的审美评价,他们对骈文文章艺术探讨,具有启发意义。如蒋士铨在《忠雅堂评选四六法海》评语中,对骈文写作手法的总结,颇具理论色彩。如其评庾信《谢明帝赐丝布等启》:“千百年来,风调当新,由其熟于避实就虚之法,开合断续之机也,可谓庶美必臻,微瑕必去。”评语点出了避实就虚,开合断续,这些重要的文章写作手法。又如其评沈约《梁武帝与谢朏敕》:“夹叙夹议,此即所谓断字诀也。”“曲折顿挫,生气盘旋。”“许多意思以数行尽之,便觉遒宕可喜,使后人为之,不知何如铺陈。”眉批评语对应不同文句,皆着意强调开合断续方法的使用给文章增添了跌宕曲折之美。清代骈文评家们的评语,还十分注重用简洁语言对骈文的内部特征和审美风格进行评价,重视行文语言特色、文章气韵格调等,这些都是骈文批评更加深入的表现。

# 清代骈文选本纂辑的兴盛及其历史因缘

路海洋（苏州科技大学文学院）

清代骈体文名家辈出、佳作迭呈，被称为中国古代骈文发展的复兴期。伴随着清代骈文创作的发展，各种骈文选本也相继涌现，这些选本通过旨趣各异的“选择”，积极回应时代文学思潮，直指当代骈文创作利弊得失，成为清代骈文学发展不可或缺的重要组成部分。清代骈文选本编刊的总量颇为可观、涵括内容相当广泛，体例日趋完善、类型日益丰富，理论探讨的涉及面宽、力度大、文学史影响深，总体上呈现出超越前代的兴盛格局。清代骈文选本纂辑的兴盛，不是一个孤立的文学史现象，但由于学界对这一现象的性质缺乏明确定位，因此对其产生因缘的探讨也就相应“缺位”了。

## 一、清代骈文选本兴盛局面的形成

根据昝亮《清代骈文研究》之《清代骈文文献综录》、钟涛《中国古代骈文集书目辑录》，及洪伟、曹虹《清代骈文总集编纂述要》，剔除掉民国时期刊印的部分选本，去其重复、补其未录，目前可知的清代骈文选本（含类书[①]）数量应不少于 63 种。随着这 63 种选本的陆续编刊（部分选本仅有稿本），清代骈文选本纂辑的兴盛局面也渐次形成。综合考虑时代背景、编刊时间、纂辑旨趣、选编内容等因素，可将清代骈文选本纂辑的发展历程分为三个阶段来考察。

第一阶段是清初至雍正末。此期编纂的骈文选本，旨趣、体例大体沿袭明人，约有 17 种。其中比较著名的有黄始《听嘤堂四六新书》《听嘤堂四六新书广集》《听嘤堂新选四六全书》、李渔《四六初征》、胡吉豫《四六纂组》以及李之澎、汪建封《叩钵斋四六春华》等。不论是从类目设置、具体内容来看，还是就编选者经由序言、凡例表达的意旨而言，清初骈文选本普遍具有一种与明代骈文选本相似的实

① 这里所说的“类书”是指以骈文佳联、妙句为辑录对象的选本，这是骈文选本的一种极端类型。清代骈文类书的数量远少于明代，胡吉豫《四六纂组》、周池《骈语类鉴》等即是这类选本的代表。

用品性。清初骈文选本的这种功利主义、形式主义特质，过于突出了骈体文在实用向度的功能、特点，而相对忽视了骈体文在审美向度的功能、价值，尚不能充分体现清代骈文选本的独立性与开创性。可将这一阶段称为清代骈文选本发展的沿袭渐兴期。

第二阶段是乾隆初至道光末，此为清代骈文选本的创辟鼎盛期。此期选本总量约为 26 种，其中比较有代表性的选本是彭元瑞《宋四六选》、蒋士铨《评选四六法海》、彭兆荪《南北朝文钞》、陈均《唐骈体文钞》、李兆洛《骈体文钞》、许梿《六朝文絜》、吴鼒《八家四六文钞》、曾燠《国朝骈体正宗》等，它们大部分都是清代骈文选本编纂史上的名作。总体而言，清代中叶虽然仍有一些选本延续清初选本的实用主义之风，但大部分都将实用、功利性与审美、艺术性并重；它们的类型比清初更加丰富，编刊质量比清初更高，参与骈文理论探讨与建设的自觉意识、实际效果，也比清初更加高扬、更加突出。由此，清代骈文选本编纂迎来了与同时期骈文创作相似的发展高潮。

第三阶段是咸丰初至清末，此为清代骈文选本的承衍总结期。此期选本共约有 20 种，数量与清初大体持平，但无论就整体编纂水平、历史价值而言，还是就文学史影响而言，其都在较大程度上超越了清初。姚燮《皇朝骈文类苑》、张寿荣《后八家四六文钞》①、张鸣珂《国朝骈体正宗续编》、王先谦《国朝十家四六文钞》与《骈文类纂》、屠寄《国朝常州骈体文录》等，都是这阶段比较著名的选本。此期选本，一方面沿着乾嘉以来学者们开辟的道路继续前行，一方面又以恢宏的气度对清代以至整个中国古代的骈文发展史进行系统总结，形成了与清代后期骈文创作渐衰相异的较为繁盛的局面。这是清代骈文选本编纂的第二个高潮，也是有清一代骈文选本编纂史的辉煌终章。

综上可知，经过清初近一百年的酝酿、准备，清代骈文选本的编纂首先在乾、嘉、道间达到了发展的最高峰，此后直到清末，这种蓬勃的发展势头一直得到很好的保持。在这三百年左右的时间内，名家名选层见叠出，而正是它们铸造了清代骈文选本编纂的兴盛格局。

---

① 谭献《复堂日记》卷六有云："《后八家四六》不知何人选，刻于甬上，张寿荣鞠龄序之。"又云："阅《骈文类苑》十四卷廿四册毕……张寿荣刻此书先成张皋文、乐莲裳、王仲瞿、王笠舫、刘孟涂、董方立、李申耆、金亚伯诸篇，坊间遂以《后八家》单行。"按此，谭献认为《后八家四六文钞》乃是《皇朝骈文类苑》的抽选本，刊刻者虽不是张寿荣，但编选者实际就是他。我们将《后八家四六文钞》所选篇目与《皇朝骈文类苑》相关篇目比对，两者的确完全一致，再考虑到《皇朝骈文类苑》的作品搜访与刊刻工作系由张寿荣主持完成，因此，将《后八家四六文钞》的编选者定为张寿荣，是比较可靠的。引文见谭献著，范旭仑、牟晓明整理《复堂日记》，河北教育出版社 2001 年版，第 130、142 页。

当然，要想给清代骈文选本发展格局进行令人信服的定性，还需要将其放置在中国古代骈文选本编纂史的纵线上进行考察。不过，稍加梳理即可发现，从骈文初兴的东汉到骈文继盛的宋代，比较有影响的骈文选本，只有萧统《文选》、叶蕡《四六丛珠》、李刘《四六标准》等有限的几部，其中《文选》还是兼选众体的"准骈文选本"；骈文选本纂辑之风的真正兴起，实际是在被学者们长期认定为骈文中衰期的明代。因此，要想对清代骈文选本发展格局作性质论定，有必要将其与明代骈文选本纂辑的总体格局进行对比、分析。

从目前可以掌握的文献来看，明人编纂的骈文选本不少于 65 种，苗民未刊博士论文《明代中后期四六选本综合研究》附录的《中晚明四六选本知见录》，已经给我们理出了其中 65 种的概貌①；而根据学界的梳理和笔者的订补，目前已知的清代骈文选本不少于 63 种，这比明代骈文选本的数量还略少。因此就数量而言，似并不能贸然用"兴盛"来定位清代骈文选本的发展格局。

再看选本内容、旨趣、功能和历史影响。明代骈文选本有一些比较明显的特征：它们命名上多带"四六"二字，选文也多集中于书启、表奏等日常应酬和官场交际文体；它们虽然对骈体文的审美性、艺术性和创新性也有所关注、强调，但主要聚焦的是骈文的实用属性和可复制性；它们选文的时间跨度虽然也涵括了骈文从萌芽到中衰的漫长时期，但对历代骈文展示的面实在很窄；它们的批评"视野"虽然也涵纳了骈文起源、地位、价值、文体特征、艺术风貌、弊端指摘与新风引导等多个维度，但深刻性、系统性明显不足；它们对清初骈文选本的编纂产生了直接影响，但清中叶以后，只有王志坚《四六法海》、游日章《骈语雕龙》等少数选本还被学者、文人阅读、批评和效仿，其他大部分选本已随着时间的流逝，逐渐湮没在历史的潮起潮落中。

清代骈文选本则表现出与此相异的面貌、特点：第一，它们虽也不乏以"四六"命名者，但清代中期以后，以"骈体""骈文""俪体"命名者占了绝大多数，这是清人骈文文体意识觉醒的积极成果；同时，即使以"四六"命名的选本如《八家四六文钞》《后八家四六文钞》《十家四六文钞》等，其选文也是兼及众体、视野开阔。第二，它们中有相当一部分——这主要指的是清初骈文选本——仍以聚焦骈文的实用性与格式化为旨趣，但占主体地位的绝大部分选本，已远远突破了实用性与格式化的樊篱，朝着审美性、艺术性、个性化的方向大步迈进。第三，它们对上起先

① 苗民《明代中后期四六选本综合研究》，南京大学 2011 年博士学位论文，第 122—138 页。需要说明的是，苗民将骈文类书剔除出骈文选本的范畴，因此，《明代中后期四六选本综合研究》所统计的明代骈文选本数，实际要扣除作为类书的 14 种选本；本文观点与苗氏有异，认为骈文类书是骈文选本的一种极端类型，故这 14 种也一起纳入统计。

秦、下讫清末的骈文发展历史，进行了各有侧重的多方位总结，其涵摄的时间宽度、文体宽度远超明代骈文选本，这样的总结是前无古人的。第四，它们理论批评的深、广度也远超明代骈文选本，尤其在骈文起源、地位、文体特征、艺术风貌及骈文史建构等方面的努力，具有比较突出的理论价值。第五，它们中有相当一部分成为骈文选本中的经典，如李兆洛《骈体文钞》、许梿《六朝文絜》、吴鼒《八家四六文钞》、曾燠《国朝骈体正宗》、王先谦《骈文类纂》等，其在当时及后世都产生了很大影响；而我们今天理解、接受中国古代骈文史，要想绕开清代骈文选本所设定的框架几乎是不可能的。由上五点论之，清代确实称得上是中国古代骈文选本编纂史的兴盛期，也可以说是总结期。

## 二、晚明四六选本盛行对清初骈文选本兴起的直接带动

一种特定文学史现象的出现，都有其历史原因，借助文献载籍的摆渡揭开这些历史原因的真相，有助于我们深刻认识文学史现象形成的来龙去脉。

清代骈文选本的编刊，并不像明代那样非常密集地出现在嘉靖以后一百年左右，而是相对比较均匀地分布在清初至清末的近三百年时间之内。依前所述，清初编纂的骈文选本共约 17 种，虽然它们大部分在清代中叶以后逐渐淡出历史舞台，但其为此后骈文选本编纂的兴盛打下了基础，是有清一代骈文选本演变史的重要环节。值得注意的是，清初骈文的渐兴与晚明骈文复苏有着诸多关联，而清初骈文选本编纂之风的兴起，也与晚明四六选本的盛行有着千丝万缕的联系。那么，要想深入把握清代骈文选本兴盛这一文学史现象，就很有必要理清清初骈文选本与晚明四六选本的关系。

从选本的命名来看，就钟涛《中国古代骈文集书目辑录》所录明代 50 种选本而言，其中以“四六”定题者有 45 种，占比达九成；再就苗民《中晚明四六选本综合研究》所录 65 种选本而言，其中标题涵纳“四六”者有 58 种，占比也有九成。再看清代，清初的约 17 种选本中，以“四六”命名者共 14 部①，占比也超过八成。由此简单类比，得出清代骈文选本命名方式乃受到明代选本影响的结论，应该不是武断的。这从清代中叶以后骈文选本命名情况的“新变”上也能得到印证。乾嘉以后，选本题名为“四六”者总共 10 部，只占 45 部选本的 1/5 左右，这是清人骈文尊

① 其中《凭山阁增辑留青新集》系陈枚《凭山阁汇辑四六留青采真集》的续编，标题虽未列明“四六”字样，但实暗含此二字。

体意识日渐强烈、骈文文体辨析不断深入的结果①，也是清代骈文全面复兴、确然自立在选本领域的一个积极反映，是清代骈文选本主动与明代骈文选本拉开距离的需要。

选本命名虽会受制于历史惯性和编选者的文体认识，但很大程度上还要看其选录内容和编纂旨趣。明代骈文选本的主体内容，不外是书、启、表、笺等日常交际、应酬之文，这类讲求四六偶对的实用文章，从晚唐以来就被习惯性地称作“四六文”，从这个意义上讲，明代骈文选本基本都以“四六”来命题其实是历史使然。清初骈文选本的情况与明代颇为相似，如周之标的《四六琯朗集》，专选四六笺、启，故其命名循习明人惯例，以“四六”二字领起，倒也合适。再如黄始的“听嘤堂”系列选本，《听嘤堂新选四六全书》为《仕林启隽》和《翰苑英华》的合集，前者专收各类启文，后者收文范围虽然较广，但一方面内容皆为仕宦社交之文和朝廷公文，另一方面诸文仍以书、启、序等为大宗；《听嘤堂四六新书》与《四六新书广集》二选，其虽然以收录骈赋而形成了与此前大部分骈文选本相异的面貌②，但它们辑录的主要内容依然是启、表之文。因此，黄始沿袭明人惯例以“四六全书”“四六新书”来命名，其虽无新意，然亦无不妥。另外，清初的大部分选本，本来就是清初、晚明之文并选，那么命名方式取效明人更是情理中事了。

编纂旨趣或功能设定，是选本选录范围划定与命名设置的指导思想。“实用”或“适用”，是学界对中晚明四六文章观比较一致的认定，而这一文章观念在骈文选本中有着比较突出的表达。如邓渼针对当时文坛重古文、轻四六的舆论现状，在为俞安期《启隽类函》所作序言中提出了“苟以适用为美，奚必是古而非今”的文章观念，其依据有二：其一，四六文“音圆故便于宣读，体方则易于模拟”；其二，“四六者，比物连类，借事喻意。拘而不破，抒写极性灵之变；婉而成章，抑扬在文字之外。体俳而谐，故善戏不为谑；语庄以丽，故善诵不为谀”。因此特别为文人日常交际所喜用，“宜乎盛行于世”③。邓氏所说的两个依据，归根结底都是指向四六文

① 张作栋《从四六到骈文——论骈文的名称演进与文体辨析》一文梳理文学史上骈文名称之变化云：“南朝梁代到晚唐，多以‘今文’称；从晚唐李商隐到明代，‘四六’是骈文的主流名称；清代以‘四六’与‘骈文’两名称为主，二者并行，且逐渐从‘四六’演进到‘骈文’；民国时期则通用‘骈文’名称。”又说“‘骈文’取代‘四六’，辨析四六与骈文，是骈文尊体思想在正名与辨体两方面的体现。”所论符合事实，可作为本文此处的很好注脚。引文见《广西师范大学学报（哲学社会科学版）》2015 年第 3 期。

② 明清骈文选本收录骈赋，并非始于黄始，明代何乔远《镌六朝文选评注》就有选择地效法《文选》，选录了包括赋文在内的 16 种文体。

③ 俞安期《启隽类函》卷首，《四库全书存目丛书》集部第 349 册，齐鲁书社 1997 年版，第 2—4 页。

的“适用”功能，这与《四库全书总目》对俞选所谓“大旨皆为应俗设也”的论断①是内在一致的。至于像王明嶅《四六丛珠汇选》、游日章《骈语雕龙》等骈文类书，以“适用为美”的旨趣就更为明显了，此不赘述。

清初大部分骈文选本的编纂旨趣，与明人可谓桴鼓相应。如李之澎、汪建封《叩钵斋应酬全书》，不但书名径以“应酬”二字凸显其实用功能，而且《凡例》中也强调其有补于应酬的属性②。又如前举黄始《仕林启隽》及李渔《四六初征》，皆依文章功能来设定各卷内容，也强调了它们便于士人取效、模拟的实用主义旨趣。这三部选本的纂辑旨趣，与俞安期《启隽类函》、陆云龙《四六俪》等，可以说是一脉相承的。再如《四六纂组》，该选“摘段采联，增新辑旧”，与“大率皆选全篇”的大量坊间选本看上去是大异其趣，但这种以“既易翻阅，且便取裁”③为宗旨的类书编纂方式，显而易见是在凸显该选的可复制性与实用功能，其与明代王明嶅《四六丛珠汇选》、游日章《骈语雕龙》的编纂旨趣也是一脉相承的。

沈心友在总结《四六初征》体例时曾提到，该选“谨仿李君实（日华）《四六全书》例，止为增释，未敢妄评”④。像沈氏这样明言选本纂辑有直接取效明人之处者，在清初实不多见，但由上几点论析，我们可以确认，清初骈文选本的兴起确乎与明代骈文选本的盛行有着千丝万缕的联系，并且很大程度上，前者正是对后者的延续。

## 三、清代骈文复兴对清代骈文选本蔚兴的深刻影响

选本是既有文学史不同侧面的“剪影”，与文学史有着天然的深刻联系，清代骈文选本的蔚起，在很大程度上也正是对清代骈文复兴的积极“回响”。清初沈心友在介绍李渔《四六初征》时提到：

---

① 纪昀、陆锡熊等著，四库全书研究所整理《钦定四库全书总目（整理本）》卷一百九十三“《启隽类函》提要”，中华书局 1997 年版，第 2709 页。

② 李之澎、汪建封《叩钵斋应酬全书凡例》有云：“应酬诗文，坊刻虽多，然皆就文选文，不分门类，究无补于应酬也。是集通用文外，列有月令、舆图、姓氏、人事、物类各类摘联，作者以通用文为经，而以摘联为纬，典确不易，俨然全璧。”引文见李之澎、汪建封《叩钵斋应酬全书》卷首，清康熙刻本。

③ 引文俱见胡吉豫《四六纂组凡例》，《四六纂组》卷首，《四库未收书辑刊》影印清康熙刻本。

④ 沈心友《四六初征凡例》，参见李渔搜辑，沈心友校释，李将舒订正《四六初征》卷首，《四库禁毁书丛刊》影印清康熙十年刻本。

骈体之文，始于汉魏，盛于六朝，踵事增华，由来尚矣。时至于今，文人韵士，每因旧刻陈腐，遂视骈体为饾饤，略而勿讲。虽其间不无名作辈出，亦缘风气所鄙，淹没不传，以致此道中衰，知音绝响，殊为可慨。家岳足迹遍天下，凡遇此种佳文，惜字如金，多方搜录，迄今十易寒暑，告厥成书。何代无才，于斯为盛，虽不敢谓远驾汉魏，庶几媲美六朝，量大雅自多具眼。①

不难发现，沈氏出于宣扬、凸显《四六初征》价值的目的，将清初（实际也包括明末）骈文的成就，推举到了可与六朝相媲美的高度。这一论断固然不可太当真，但他提到当时骈文"不无名家辈出"而处境仍不容乐观，却可视为对明末清初骈文坎坷复苏形势的真实写照。由此，可以说李渔"十易寒暑"而纂辑《四六初征》，一方面的确是为了盈利，另一方面也含有为骈体正名、移易"风气"的意图，而后者正是基于他对明末清初骈文渐兴趋势的敏锐把握；换言之，主观上的盈利意图和客观上的骈文复苏大势，共同推动了《四六初征》在清初的出现。

清代骈文复兴对骈文选本纂辑的影响，在清代中后期表现得更加明显，这突出体现在一系列以清代骈文为辑录对象的选本上。经过清初近一百年的累蓄发展，骈文在乾嘉时期蔚然兴盛，陈耀南所谓"作者辈出，佳制如林"②。于是，吴鼒率先甄选袁枚、邵齐焘、刘星炜、孔广森、吴锡麒、孙星衍、洪亮吉、曾燠八家之文为《八家四六文钞》，于嘉庆三年(1798)刊刻行世；不久，曾燠又在彭兆荪的襄助下，于嘉庆十一年刊刻了涵括清初以迄嘉庆年间骈文代表作家作品的《国朝骈体正宗》。此后，还先后出现了黄玉阶《国朝骈体正宗续编》、谭莹《续国朝骈体正宗》、姚燮《皇朝骈文类苑》、张寿荣《后八家四六文钞》、谢增《骈体正宗续编》、张鸣珂《国朝骈体正宗续编》、王先谦《十家四六文钞》等一系列直接接续或补充二选的诸多选本。这些选本的相继面世，既得益于吴、曾二选的示范、带动，同时也离不开清代骈文复兴潮流的推助，姚燮、郭嵩焘以及清末民初的王文濡，对此都有比较生动的概括：

懿我圣朝，景裔绵祥，人文荟起，辞理相宣，妍澹各当，有不止摩卯金之垒，辟典午之障者。吁，何瑰盛哉！于是《八家四六》《骈体正宗》诸选，抗衡千祀，鼓吹一时，鹄立逵通，藉存骚雅。然举偏而操约，游演者或未餍于心。抑璪火之绮，未与山龙并章；璇碧之琗，不偕珉琬同藉，亦憾事也。燮谬不自揣，

① 沈心友《四六初征凡例》。

② 陈耀南《清代骈文通义》，香港永安印务公司1970年版，第23页。

博遴而类隶之，始国初及近代，得百数十家。（姚燮《皇朝骈文类苑叙录》）①

国朝文治昌明，旷越前代，骈俪之文，跨徐、庾而追潘、陆，陶冶性情，杼柚尺素，为不乏矣。全椒吴氏《八家骈文》之选，萃一代之俊雄，汇斯文之渊海，牢笼百态，藻绘群伦，鼓铎以齐声容，膏馥足资津逮。而所甄录，渊源师友，前徽未沬，或叹遗珠，来轸方遒，多能踵武。益吾祭酒，继之有《十家骈文》之刻。以此诸贤，方轨前哲，鳞翼附凑，风云回薄，未易低昂。综其辞翰，弥复骞然，发思古之幽情，摅承平之雅奏。燥湿殊节，同倚徽弦之张；方圆并施，推本椎轮之始。所谓礼堂法器，见者神倾；正始元音，闻之意远者也。（郭嵩焘《国朝十家四六文钞序》）②

觉罗突起，顺、康两朝，通流接踵，佹辞异采，时见一斑。乾、嘉以来，于斯为盛。建章启宇，万户千门；涿鹿行师，九宫八卦。极阳开阴阖之致，炫神出鬼没之奇。山尊《八家》之选，宾谷《正宗》之辑，明州《类苑》之编，长沙《十家》之刻，靡不玑镜在握，玉尺工量，为俪体阶梯，作文林模范。（王文濡《清代骈文评注读本序》）③

由此可见，不论是《八家四六文钞》《国朝骈体正宗》的纂辑，还是《皇朝骈文类苑》《十家四六文钞》的续编，其呈现清代骈文复兴盛况的侧重点或说视野虽有不同，但主观上无一不是对这一盛况的积极“回响”。

吴鼒、曾燠、姚燮、王先谦诸选而外，清末刊行的《国朝常州骈体文录》，也能充分反映清代骈文复兴对于当代骈文选本编纂的影响。屠寄在该选叙录中提到，他编纂《文录》的初衷是为了保存乡邦文献，但与此同时，向世人集中展示清代常州地区骈文创作盛况，也是其应有的题中之义：

我朝创历，光启文明。圣祖亶聪，尤重儒艺，康熙以来，累试举鸿博。于是冠带荐绅之伦，闾左解褐之士，咸吐洪辉于霄汉，采瑰宝于山渊。雅道既开，飙流益煽，乾隆、嘉庆之际，吾郡盛为文章。稚存（洪亮吉）、伯渊（孙星衍）齐金羁于前，彦闻（方履篯）、方立（董祐诚）驰玉轪于后；皋文（张惠言）特善词赋，申耆（李兆洛）尤长碑铭。诸附丽之者，亦各抽心呈貌，流芬散条，亹亹乎文有其质焉。于时海内之士，翕说其义，至乃指目阳湖以为宗派。

① 姚燮辑《皇朝骈文类苑》卷首，清光绪七年刊本。

② 王先谦辑《国朝十家四六文钞》卷首，清光绪十五年长沙王氏刻本。

③ 王文濡选，蒋殿襄等注《清代骈文选注读本》卷首，民国七年上海文明书局铅印本。

屠寄指出，在清代骈文总体兴盛的大背景下，常州府骈文取得了尤为引人瞩目的突出成就，但由于太平天国战火的摧残，常州的“华篇丽篆，存者什一”，那么，系统整理劫后尚存的那些“光我桑梓”①之骈文佳作，就显得非常迫切。由此可以确认，不管屠寄编纂《国朝常州骈体文录》的初衷是什么，其着手此事的前提乃是清代常州骈文的高度繁荣；换言之，屠寄《国朝常州骈体文录》的刊行，从一个比较特殊的视角，回应了清代骈文复兴影响于当代骈文选本编纂的论题。

## 四、清人骈文理论自觉对清代骈文选本发展的有力推动

清代是中国古代骈文理论发展的集大成期，各种骈文观念的流衍与争衡，既推动了骈文理论探讨的深入、引导了骈文创作风尚的嬗变，也催生了很多骈文选本的编刊。概括起来讲，催生清代骈文选本编刊的理论因素，主要有两大类，一是骈文“尊体”，二是提倡或反对某种骈文宗尚。

清代骈文“尊体”的理论建树突过了以往任何朝代，而骈文选本在其中起到了比较关键的作用。有学者指出，清代乾、嘉以降，骈文选本从“阐明骈散同源，肯定骈文特征”“剖析骈文弊病”“提倡复古与雅正”等三个层面，展开了骈文的“尊体”批评②，这一总结是比较全面的。当然，清代骈文选本的“尊体”批评，实际从清初已经开始。陈维崧《今文选》提倡“（骈散）二体未尝不合”③，黄始《听嘤堂四六新书》强调骈文与古文并无高低贵贱之分④，《听嘤堂四六新书广集》更从“理”与“词章”内在相通的角度论定骈文与古文地位平等⑤，都比较有代表性。不过需要强调的是，陈维崧、黄始编刊《今文选》和《听嘤堂四六新书》初、广二集，正是对他们骈文“尊体”观念的具体落实，亦即倡导骈文“尊体”乃是催生陈、黄诸选本编纂的重要因素。

曾燠《国朝骈体正宗》和李兆洛《骈体文钞》这两部骈文名选的先后面世，更能体现清人骈文理论自觉之于骈文选本编刊的深入影响。曾燠《国朝骈体正宗序》

① 屠寄《国朝常州骈体文录叙录》，《国朝常州骈体文录》卷首，清光绪十六年刻本。

② 孟伟《清人编选的文章选本与文学批评研究》，中国社会科学出版社 2016 年版，第 110—125 页。

③ 陈维崧、冒和书、冒丹书辑《今文选》卷首，清刻本。

④ 黄始《听嘤堂四六新书序》，《听嘤堂四六新书》卷首，《四库禁毁书丛刊》影印清康熙刻本。

⑤ 黄始《听嘤堂四六新书广集序》，《听嘤堂四六新书广集》卷首，清康熙九年刻本。

有言:“古文丧真,反逊骈体;骈体脱俗,即是古文。迹似两歧,道当一贯。”[①]这是曾燠最重要的骈文理论主张,他落实这一主张的途径,就是在“揭骈体流弊,宗六代正轨”[②]的基础上编纂《国朝骈体正宗》;而随着该选被不断刊刻、评点和续编[③],此主张也日益成为清代骈文批评史上深入人心的名论。李兆洛骈散一源、骈散“相杂迭用”的理论观点,比曾氏之论的影响力还要深远,而他藉以阐述、宣扬这一观点的主要载体就是《骈体文钞》,朱启勋《骈体文林类钞凡例》所谓“李申耆创骈散合一之论,《文钞》一书,破除门户,信可以持平文苑,置驿词场”[④],正是对《骈体文钞》与李兆洛骈文理论关系及其历史意义的很好说明。

随着骈文创作以及骈文理论探讨的持续推进,各种骈文宗尚此消彼长,六朝、唐、宋骈文都成为文人、学者提倡或反对的对象,编纂骈文选本自然也没有例外地成为文坛宣扬某种骈文宗尚的重要载体。在清代骈坛复古的各种取效对象中,六朝之文是学者、文人倾心推崇的最大宗,正如曹虹所指出的,“在清代骈文复兴的历程中,持续性地激扬回旋着一股六朝风,牵动文坛风尚的进路”,而到了清中期骈文园地已经“形成了以‘六朝’为高格和正轨的主导理念”[⑤],彭兆荪《南北朝文钞》、许梿《六朝文絜》、蒋士铨《评选四六法海》、曾燠《国朝骈体正宗》等,都是对六朝风尚的积极响应与倡导者。

《南北朝文钞原引》有言:“六朝文为偶语之左海,习骈俪而不胎息于此,庸音俗体,于古人固而存之之义何居焉?”“攻《选》体者欲挽颓波而趋正轨,此编或药俗之昌阳乎?”[⑥]彭兆荪将“六朝文”视作骈体之正宗与纠正骈文流弊的理想“药剂”,而他编纂《南北朝文钞》正是要给世人提供一个可堪效仿的“六朝文”范本。许梿《六朝文絜》选文的对象主要是那些篇幅不大的骈体小品,但倡扬六朝骈文的旨趣

---

① 曾燠《国朝骈体正宗序》,《国朝骈体正宗》卷首,《续修四库全书》影印清嘉庆十一年赏雨茅屋刻本。

② 张寿荣《国朝骈体正宗评本序》,曾燠选,姚燮、张寿荣评《国朝骈体正宗评本》卷首,清光绪十年花雨楼朱墨套印本。

③ 曾燠《国朝骈体正宗》的传世刊本,有清嘉庆十一年赏雨茅屋刻本、同治十三年江西聚贤堂重刊本、同治十三年广州刻本、光绪五年成都志古堂重刻本、光绪二十一年湖南崇德书局刊本、光绪十三年上海蜚英馆石印本、光绪二十三年上海文渊山房重校石印本等,参见曹虹、洪伟《清代骈文总集编纂述要》,南京大学古典文献研究所主办《古典文献研究》第十三辑,凤凰出版社 2010 年版,第 247 页;续编本,前文已述;评点本,有姚燮初评、张寿荣续评的《国朝骈体正宗评本》,传世刊本亦有多种。

④ 转引自曹虹、洪伟《清代骈文总集编纂述要》,第 254 页。

⑤ 曹虹《清代文坛上的六朝风》,《安徽大学学报(哲学社会科学版)》2017 年第 1 期。

⑥ 彭兆荪《南北朝文钞原引》,彭兆荪采辑《南北朝文钞》卷首,《丛书集成初编》据《粤雅堂丛书》排印本,中华书局 1985 年版。

与彭氏《文钞》并无二致，所谓“习稍稍久，恍然于三唐奥窔，未有不胎息六朝者。由此上溯汉魏裕如尔。”①他是将六朝骈文视作汉魏之文的延伸、发展，又将其视作唐文取法的重要渊源，这与当时文坛高扬两汉、唐宋古文的论调是针锋相对的，其在客观上起到“巩固了六朝文在清代被人尊尚的地位”的作用②。此外，蒋士铨《评选四六法海》系在明人王志坚《四六法海》基础上删减而成，该选大幅删减宋、元四六，而保留、突出以庾信、徐陵为代表的六朝之文，其宗尚六朝骈文的旨趣显而易见；曾燠《国朝骈体正宗》高调声称“骈体之文，以六朝为极则”③，其与前述诸选一样，都在清代六朝文风的持续推进、流播中扮演了重要的角色。

作为六朝骈文有力后继的唐代骈文，在清代也获得了骈坛的较多肯定，杨芳灿《六代三唐骈体文钞》和陈均《唐骈体文钞》都是对这一思潮的正面回应，其中以陈选的影响较大。在文学史上，排抑骈体文的声音可谓此起彼伏，即使在骈文长期占据文坛主流的唐代，也不乏其人，所谓“伯玉出而王杨调息，昌黎起而燕许轨更”，而历来“欲排齐梁于既衰，等陈隋于自桧”者更是大有人在。陈均对这种抑骈之论不以为然，他说：“高斋接士，尚怀邺苑之音；韩陵著碑，亦学江表之步。风以时变，才不代孤。其能嗣绪六朝，式靡五季，雕盘十采，奉徐庾于勿祧，华轮九涂，接温邢而方驾者，李唐一代，大有人焉！”④他从文风代变的历史主义视角，肯定了骈文发展的合理性，同时结合文学史事实，强调了唐代骈文的兴盛，而呈现唐代骈文兴盛的真实面貌、纠正抑骈谬论，正是他编纂《唐骈体文钞》的初衷。

相较于六朝、唐代骈文，宋代四六的遭际可以说是比较坎坷的。在清代，以宋人四六为概式的实用性骈文创作大有人在，但宋人四六却长期受到骈坛的轻视：“限代者以徐庾画疆，食古者谓王骆知味；贱诸任以不齿，黜临济为别宗。”长期在台阁近侍帝王的彭元瑞对此持有不同意见，他说宋四六为骈体的一种积极新变，所谓“世逝川波，文传薪火。增冰积水，有递嬗之风流；明月满墀，得常新之光景。”“诗裁元白，亦列正声；词出苏辛，更参别调。庶几克尽乎能事，未容顿薄夫古人。”⑤为此，他编选了服务于当代骈文家应制之需的《宋四六选》二十四卷，从而在文坛比较流行的六朝骈文宗尚之外，又树立、引导了一种新的风尚；此后，管题雁《宋四六钞》、无名氏《宋四六撮录》等选本的纂辑，晚清以曾国藩、张之洞为代表的

① 许梿《六朝文絜原序》，许梿评选，黎经诰笺注《六朝文絜笺注》卷首，上海古籍出版社1982年版，第1页。

② 奚彤云《中国骈文批评史稿》，华东师范大学出版社2006年版，第153页。

③ 曾燠《国朝骈体正宗序》，《国朝骈体正宗》卷首，《续修四库全书》影印清嘉庆十一年赏雨茅屋刻本。

④ 引文俱见陈均《唐骈体文钞序》，《唐骈体文钞》卷首，清嘉庆二十五年刻本。

⑤ 彭元瑞《宋四六选序》，彭元瑞选，曹振镛编《宋四六选》卷首，清宣统二年刻本。

四六应用文创作之勃兴，都是对这种文坛宗尚的延续。

## 五、余论

文学选本是文学创作的衍生物，它的产生通常与特定文学潮流、文学观念有着直接的关联；文学选本又是社会历史、文化的独特映照和选本编纂者的私人“创作”，因此，它的产生又与特定社会历史、文化语境以及编纂者个人爱好、需求有着千丝万缕的联系。事实上，清代骈文选本纂辑兴盛这一文学史现象的形成，正是文学、社会、文化、个人多种因素“联手推进”的结果。晚明骈文盛行的直接带动、清代骈文复兴和清人骈文理论自觉的深刻影响，是清代骈文选本兴盛的“文学”因素，也是最为关键的推动因素，但此外的社会、文化、个人因素也不应忽视。如清初一系列实用性骈文选本的编刊，既是受晚明四六选本编纂之风影响的结果，也是文人、士大夫日常生活需要和书坊商人盈利目的“心意相通”的产物。又如《松江骈体文见》《国朝常州骈体文录》《吴郡骈体文征》等地域选本的出现，显然与保存乡邦文献、展示地方骈文创作实绩的文化诉求密切关联。而《骈体文钞》的编纂，固然主要系李兆洛宣扬其骈文理论的产物，但与李氏满足自己学习“台阁之制”的个人需要也不无关系①；为唐人骈体正名，是陈均选编《唐骈体文钞》的内在推动因素，但当时朝廷敕编《全唐文》而此集篇幅太大、常人也购买不起②，无疑也对陈选的选编产生了重要影响。如此等等，不一而足。这些因素的涉及面也许只是某一部或几部选本，但它们在清代骈文选本编纂史的演进中从未“缺位”，因此，深入的清代骈文选本研究应对其予以充分考虑。

（本文原载于《湖南师范大学社会科学学报》2020 年第 1 期）

① 李兆洛《骈体文钞序》云：“少读《文选》，颇知步趋齐。后蒙恩人庶常，台阁之制，例用骈体，而不能致工，因益搜辑古人遗篇，用资时习。”此即明言其编纂《骈体文钞》有满足个人现实需要的目的在。引文见李兆洛选辑，陈古蘭、吴楚生点校《骈体文钞》卷首，岳麓书社 1992 年版，第 4 页。

② 陈均《唐骈体文钞序》在介绍《全唐文》编纂过程和特点后言道：“惟是摽褫既多，藏弆非易，恧闻下士，聆咸池而傃神，谷饮小儒，味天庖而翘想。”即是谓此。谭宗浚《唐骈体文钞跋》则说得更清楚：“我朝钦定《全唐文》，鸿篇巨制，裒集大成，然卷帙浩繁，下里寒儒难于购觅。”引文分别见陈均《唐骈体文钞》卷首、卷末，清嘉庆二十五年刻本。

# 略论清编清代骈文选本的文学批评意义

孟　伟(常熟理工学院)

清代中期以后，骈文复兴成为时代思潮。推崇骈文者往往用编辑选本的方式表达其理论主张。除了以魏晋南北朝、唐宋骈文为主要辑录对象以外，蓬勃发展的清代骈文创作也成为选家关注的对象，出现了吴鼒《八家四六文钞》、曾燠《国朝骈体正宗》、姚燮《皇朝骈文类苑》、张寿荣《后八家四六文钞》、张鸣珂《国朝骈体正宗续编》、屠寄《国朝常州骈体文录》、王先谦《国朝十家四六文钞》等一批以清人骈文为编选对象的骈文选本。选家通过编纂此类骈文选本表达推尊骈文文体地位的态度，提出骈文创作原则与审美标准，并且对清代骈文作家、作品进行剖析评论，此类选本也因此具有一定的文学批评意义。

## 一、推尊骈文文体地位

乾嘉时期，骈文创作蓬勃发展。面对古文独尊，骈文衰敝的文坛局面，骈文尊体成为时代思潮。骈文选家编辑当代骈文选本的一个重要目的，就是要表达他们对骈文文体地位的推尊。阐明骈散同源，肯定骈文文体特征是他们推尊骈文文体地位的理论路径。

首先，阐明骈散同源。

清当代骈文选本的编选者多从辨析文章源流的角度，指出骈散都出自先秦两汉文章，骈文并非六朝“道弊文衰”的产物，从而得出骈散同源而异流、不可偏废的观点，以此作为肯定骈文地位的理论基础。吴鼒《八家四六文钞序》说：“夫一奇一偶，数相生而相成；尚质尚文，道日衍而日盛。旸谷、幽都之名，古史工于属对；觏闵、受辱之句，葩经已有俪言。道其缘起，略见源流。……而必左袒秦、汉，右居韩、欧，排齐梁于江河之下，指王、杨为刀圭之误，不其过与！”①吴鼒认为“奇偶”“质

**项目基金**：本文为国家社科基金项目“清编清文选本研究”(批准号：18BZW063)的研究成果。

①　吴鼒《八家四六文钞》卷首，清较经堂刻本。下引《八家四六文钞》的序文和各家“题词”均出自此本，随文标出，不再注释。

文”是事物发展的必然趋势；追源溯流，《尚书》和《诗经》中已有骈俪语句。因此，只要运用得当，骈文一样能够发挥作用，那种推崇韩、欧古文而排斥骈文的做法是不对的。《国朝骈体正宗》的编选者曾燠肯定骈文地位说：“夫骈体者，齐梁人之学秦汉而变焉者也。后世与古文分而为二，固已误矣。”①强调骈文的源头也在秦汉文章，明确反对从古文角度区别骈散的做法，实际上也是从骈散同源观点出发对骈文地位的肯定。古文家经常把古文源头追溯到六经，清代推崇骈文者以具体例证说明先秦经典也有骈偶句式，从而把骈文源头追溯到先秦儒家典籍，得出骈散同源的观点，这是骈文选家为骈文正名，提高骈文地位的理论基础。

其次，肯定骈文文体特征。

讲究对仗，精于辞藻炼饰是骈文文体的主要特征，而古文家反对骈文对语言文辞、形式技巧的追求，抨击骈文“卑靡”“浮艳”。在乾嘉骈文尊体思潮中，清当代骈文选本的编选者通过肯定骈文文体特征的方式来推尊骈文文体地位。吴鼒《八家四六文钞序》说：“盖琴无取乎偏弦之张，锦非倚乎独茧之剥。以多为贵，双词非骈拇也；沿饰得奇，偶语非重台也。”用单弦不成琴，独茧不成锦的道理来说明骈偶表达方式的合理性。谭献《续骈体正宗叙》：“故知文章源于天道，若夫篇体皆出后起。”“士有憔悴失职，婉约言情。单词不足鸣哀，独思岂能无俪。”②用“文章源于天道”，说明骈散都出于自然，都具有合理性。认为从抒发情感的角度来说，“单词”“独思”显然不如骈偶的词语形式更富于表现力。屠寄在其所编《国朝常州骈体文录》的《叙录》中说：“昔扬雄论文，旨归于丽则；萧统著《选》，事出于沉思。诚以雎涣之水，不濯魏文之衣；黄池之会，无取越人之裸。孔子曰：‘言之无文，行之不远’，润色之业，断可知矣！自楚汉以降，骚赋代作，遗风余烈，事极开皇，莫不图写丹青，神明律吕，被龙文于绨椠，发凤音于珍柯。虽体势殊诡，而情藻则一。”也认为修饰润色是文章应有之义，用孔子“言之无文，行之不远”的名言来说明润色文章的重要性。从楚汉至隋文帝开皇年间，文章写作都具有注重辞藻修饰、音韵和谐的特征，屠寄对此予以充分肯定，表明他对骈文文体特征的高度认同。

## 二、提出骈文创作原则与审美标准

为挽救骈文衰敝局面，推动骈文创作的进一步发展，清当代骈文选本的编选

① 曾燠《国朝骈体正宗序》，《续修四库全书》第1668册，上海古籍出版社2002年版，第1页。下引此文随文标出，不再注释。

② 谭献《复堂类集》文集卷四，《丛书集成续编》第161册，台湾新文丰出版公司1988年版，第109页。

者从创作原则与审美标准两个方面为骈文树立轨范。

首先，提出“师古”的创作主张。

“师古”是中国传统文学思想的重要内容，它往往和“宗经”结合在一起，以学习前代经典作品为创作宗旨。清当代骈文选本的编选者大多主张以经史为骈文创作的根柢，以汉魏六朝、初唐骈文为学习对象。吴鼒在《八家四六文钞》中认为骈文必须“师古”，得古人真义，才能避免“皮剥肤附”“浮侈晦涩”（《思补堂文集题辞》）之弊。他赞扬孔广森的骈文说：“子顨轩太史四六文乃兼有汉魏六朝初唐之盛，尝从戴氏受经，治《春秋》、三《礼》，故其文托体尊而去古近。”（《仪郑堂遗稿题辞》）认为孔广森的骈文创作有汉魏六朝、初唐的风貌，因为师从戴震，有深厚的经学修养，因此他的骈文体貌尊严，与古人相近。在《有正味斋续集题辞》中，吴鼒评吴锡麒骈文说：“先生不矜奇，不恃博，词必择于经史，体必准乎古初。”也是赞扬吴锡麒骈文有经史根柢，能得古人风貌。乾嘉时期著名骈文家彭兆荪谈到《国朝骈体正宗》的编选情况，说：“立准于元嘉、永明，而极才于咸亨、调露。文匪一格，以远俗为工；体无定程，以法古为尚。”①提出要以元嘉、永明为代表的六朝，以咸亨、调露为代表的初唐作为骈文取法对象，主张以“法古”作为创作原则，这与吴鼒“师古”的观点是一致的。

在“师古”的基础上，吴鼒阐释了他所理想的骈文境界：“夫排比对偶，易伤于词。惟叙次明净，锻炼精纯，俾名业志行不掩于填缀，读者激发性情，与《雅》《颂》同。至于揽物起兴，似赠如答，风云月露，华而不缛。然后其体尊，其艺传。”（《问字堂外集题词》）优秀的骈文作品，应该笔法精炼，去除辞藻浮靡、堆砌填缀之病，能够与《雅》《颂》一样引起读者情感上的共鸣。在吴鼒看来骈文应该发挥《雅》《颂》激发性情的作用，达到《雅》《颂》所代表的审美理想。吴鼒的目标是让骈文做到“其体尊，其艺传”，从而把骈文纳入到了儒家文艺思想的轨范之中。这是吴鼒在推崇骈文、为骈文树立准则方面所作的努力。曾燠认为骈文“以六朝为极则”，对于六朝骈文作家，他最推崇的是徐陵、庾信、任昉、沈约，认为这四人“其体约而不芜，其风清而不杂。盖有诗人之则，宁曰女工之蠹”（《国朝骈体正宗序》）。以“诗人之则”评论六朝时期的骈文代表作家，表明曾燠认为骈文也继承了《诗经》的文学传统，这是对六朝骈文的充分肯定，同时也是对鄙薄骈文者的有力反驳。以“宗经”为基础的“师古”主张，代表了清当代骈文选家对骈文创作原则的理解，对于推尊骈文文体地位，指导骈文创作都具有一定意义。

其次，提倡以“雅正”为骈文审美标准。

清人对骈文流弊的批评多集中在辞藻的繁复浮靡、内容的陈词滥调以及写作

① 彭兆荪《与姚春木书》，《小谟觞馆文集》卷三，《续修四库全书》第1492册，第646页。

手法的模拟堆砌等方面，这些弊病的产生与骈文多用于应接酬答的场合、骈文审美标准庸俗化等有直接的关系，因此，“去俗”成为清当代骈文选本编选者的共同呼声。作为两淮盐运使曾燠的幕僚，彭兆荪曾参与《国朝骈体正宗》的纂集工作，在谈到此书的编选情况时，他强调骈文应“以远俗为工”，认为其编纂目的是“欲以矫俳俗，式浮靡”，自叙其骈文创作宗旨是“窃欲矫厉肤庸，归诸渊雅”①，面对骈文创作中的低俗之病，他用“雅”进行矫正，可谓有十足的针对性。吴鼒在《八家四六文钞》的《小仓山房外集题辞》中谈到对袁枚骈文的选录说：“凡先生文之稍涉俗调与近于伪体者皆不录。雅音独奏，真面亦出。”不选录袁枚骈文中的“俗调”“伪体”，暗寓杜甫“别裁伪体亲风雅”的含义，明显是以“雅正”为骈文审美标准。曾燠在《国朝骈体正宗序》中说：“古文丧真，反逊骈体。骈体脱俗，即是古文。”“脱俗”就是要向“雅正”靠拢，这是曾燠针对骈文创作普遍存在低俗之病而提出的审美理想。道咸年间，姚燮编选《皇朝骈文类苑》也明确表示要以彭兆荪提出的“矫俳俗，式浮靡”为选录标准②。自清初以后，以诗、古文为代表的正统文学便确立了“雅正”“醇雅”的传统。渊博多识、学有根柢是乾嘉朴学时代读书人的普遍追求。清人所编清代骈文选本提倡“雅正”的审美标准，自觉将骈文纳入到儒家正统文艺思想的轨范之中，这与清王朝所提倡的正统文风是一致的。清当代骈文选本提倡以“雅正”为骈文审美标准，对清代骈文创作产生了较为深远的影响。

## 三、剖辨清当代骈文创作的得失

嘉庆以后，清当代骈文选本较为集中地出现，表明骈文作家和理论家对清当代骈文的高度重视。选家对清初以来的骈文创作进行评论，总结创作成就，剖析利病得失，体现了在清代中期骈文复兴思潮的背景下，推崇骈文者对清当代骈文创作的反省和思考。

首先，对清代骈文创作总体上予以高度评价。

清当代骈文选本编选者对清代骈文的成就总体上予以充分肯定和极高评价。姚燮在其所编《皇朝骈文类苑》的序文中说：“我圣朝景霱绵祥，人文荟起，扬葩振秀，辞理相宜，妍淡各当，有不止摩卯金之垒，辟典午之障者，吁，何瑰盛哉！”③认为清代骈文创作的成就超过了汉、晋二代，予以热情赞颂。王先谦在《骈文类纂》的序文中论清当代的骈文创作说：“昭代右文，材贤踵武。格律研而愈细，风会启而

① 彭兆荪《与姚春木书》，《小谟觞馆文集》卷三，《续修四库全书》第 1492 册，第 646 页。

② 见《皇朝骈文类苑序》，《皇朝骈文类苑》卷首，清光绪七年刻本。

③ 《皇朝骈文类苑》卷首，清光绪七年刻本。

弥新。参义法于古文，洗俳优之俗调。选词之妙，酌秾纤而折中；行气之工，提枢机而内转。故能洸洋自适，清新不穷。俪体如斯，可云绝境。"①认为清代骈文作者学习古文义法，去除绮靡俳俗的习气，从而做到秾纤得中，气韵充沛。"俪体如斯，可云绝境"，王先谦对清代骈文创作给予高度评价。屠寄编选《国朝常州骈体文录》，对乾嘉以后常州地区的骈文创作成就予以高度赞扬："乾隆、嘉庆之际，吾乡盛为文章。稚存、伯渊齐金羁于前，彦文、方立驰玉轪于后。皋闻特善词赋，申耆尤长碑铭。诸附丽之者，亦各抽心呈貌，流芬散条，亹亹乎文有其质焉。于时海内属翰之士，数说其义，至乃指目阳湖，以为宗派。自时厥后，清风盛藻，尝稍替矣，然犹腾蹇步、蹑遐轨，振逸响、荡余波。"②列举洪亮吉、孙星衍、董祐诚、张惠言、李兆洛等人，对其骈文成就予以充分肯定。

其次，对清初骈文作家多表示不满，有所指摘。

值得注意的是，嘉庆以后清当代骈文选本的编选者虽然对清代骈文总体上予以肯定，但对清初骈文作家及其创作往往表示不满，有所指摘。吴鼒在《八家四六文钞》中，赞扬刘星炜的骈文说："笺启序记，名贵光昌，尽去国初诸君浮侈晦塞之弊，卓然可传。"(《思补堂文集题词》)又说："近代能者或夸才力之大，或极摭拾之富。险语僻典，欲以踔踩百代，睥睨一世，不知其虚矫易尽之气，为有学之士所大噱也。"(《有正味斋续集题词》)他所谓的"国初诸君""近代能者"都是指清初的骈文作家。他用"浮侈晦塞""虚矫易尽"进行评论，指出了清初骈文创作的弊病，而他所崇尚的刘星炜、吴锡麒正是摆脱了这些弊病，在骈文创作上取得了很大成就。彭兆荪协助曾燠纂辑《国朝骈体正宗》，他明确指出《正宗》"以远俗为工""以法古为尚"的编选原则，说："其有新声涤滥，烦手滔堙，虽在专门，固从芟薙。或乃浅才薄植，学乏本原，龋齿折腰，意图貌袭，珠砾之似，亦勿容淆。若庑堂集唐一首，则变例收之。尤、陆、吴、章诸家则别裁汰之。揽翮剔毛，俱存微旨……要以揞拄哇淫，植立轨范……"③彭兆荪对骈文创作的弊病作了深刻揭示，明确表示对于清初的尤侗、陆繁弨、吴绮、章藻功等骈文名家要"别裁汰之"，也就是要以杜甫"别裁伪体亲风雅"的态度对其骈文作品进行删汰，这四家都未入选《国朝骈体正宗》，可见曾燠和彭兆荪对他们是采取排斥态度的。《皇朝骈文类苑》的编者姚燮对清初骈文作家也多持否定态度，说："逮乎国朝，自湖海楼陈氏而下，流为思绮、林蕙、善

① 王先谦《骈文类纂》卷首，清光绪壬寅思贤书局刻本。

② 屠寄《国朝常州骈体文录》卷三十一《叙录》，《续修四库全书》第1693册，第711页。

③ 彭兆荪《与姚春木书》，《小谟觞馆文集》卷三，《续修四库全书》第1492册，第646—647页。

卷,诸家之觞已滥,而不可为训。”①也认为清初自陈维崧以下,章藻功、吴绮、陆繁弨是清代骈文的滥觞,但“不可为训”,认为不能以这几家的骈文作为效法对象。

嘉庆以后的骈文选家关注清当代骈文创作,他们对清初骈文作家大多采取鉴别去取的态度,主要原因在于清初延续元明以来的传统,骈文以交际应酬、官场公牍为主要用途,表现为浮靡、俳俗的风格特征,乾嘉以后兴起骈文尊体思潮,骈文选家多以“去俗”“法古”为理论宗旨,因此对清初骈文作家多持否定态度。他们认为乾嘉以后的骈文作家以两汉、六朝、初唐为宗法对象,扭转了骈文以“应俗”为主的创作风尚。吴鼒对“近代能者”的批评,揭示了清初骈文家的弊病,同时他也赞扬吴锡麒“合汉魏六朝唐人为一炉冶之,胎息自深,神采自王,众妙毕具,层见迭出”,认为向“汉魏六朝唐人”学习是吴锡麒骈文取得成就的重要原因。彭兆荪否定“尤、陆、吴、章”四位清初骈文名家,提出“立准于元嘉、永明,而极才于咸亨、调露”的骈文创作准则,认为以南朝和初唐为取法对象,才是骈文创作的正途。姚燮认为胡天游、袁枚、洪亮吉、彭兆荪四家“辟重冈之积莽,开九陌之通馗,回数世之狂澜,转一时之风气,人稍稍知两汉六朝之学”②,以两汉、六朝为效法对象,骈文创作才真正扭转了自宋代以后形成的积弊,取得了显著成就。清当代骈文选本的编者对清初骈文作家多持否定态度,对乾嘉以来的骈文作家予以充分肯定,将其树立为学习楷范,由此可见清代骈文创作风气的转变,也是乾嘉以后骈文尊体思潮的体现。

再次,通过评论作家、作品表达对清代骈文创作的认识。

清当代骈文选本编选者对其所选录的骈文作家、作品进行评论,特别注重对作家、作品风格的探讨。吴鼒《八家四六文钞》对所选八位骈文作家的创作风格都有所评论,如赞扬孙星衍骈文:“风骨遒上,思至理合。”(《问字堂外集题词》)评论洪亮吉骈文:“朴质若中郎,遒宕若参军,肃穆若燕公。”(《卷葹阁乙集题词》)在《玉芝堂文集题词》中说:“太史序其兄亶承文云:‘清新雅丽,必泽于古,非苟且率牵以娱一世耳目者。’答同年王芥子书云:‘每观往制,于绮藻丰缛之中,存简质清刚之质。’皆词家无等等呪,亦自道得力也。”则是通过引用其他人的相关评论来表明自己的态度。这些评论表达了选家对骈文风格的认识,从中可见其选录原则和骈文审美理想。

屠寄在其所编《国朝常州骈体文录》的《叙录》中,对所选各家的骈文风格都有简要评述,从中可以窥见他的论文旨趣。如论孙星衍骈文说:“少作虽悔,文采自遒。气润金石,律谐管箫。存此逸响,以振庸调。”论赵怀玉和恽敬骈文说:“敦心风雅,华不伤雕,朴不苦窳。惟子居文变而弥古,率意言事,亦追迁、固。”论董祐诚

① 《皇朝骈文类苑》卷首,清光绪七年刻本。

② 姚燮《与陈云伯明府书》,《复庄骈俪文榷》卷七,《续修四库全书》第1533册,第418页。

骈文说："奇葩天丽，雕篆云褥。"论董士锡骈文说："掯华词，哀声含激，逸情隐秀。"论刘承宠骈文说："鞶帨枝茎，琱镌月露，萋斐麟石，是宗鲍、谢。"可见屠寄论文强调文采的修饰和声律的和谐，并且要求达到文质相附的审美效果。主张向以古文著称的司马迁、班固和以骈文著称的鲍照、谢灵运学习，说明屠寄有"融通骈散"的理论倾向。

光绪年间张寿荣将姚燮对《国朝骈体正宗》的评语和自己对此书的评语加以整理，刊成《国朝骈体正宗评本》一书。姚、张二人的评语也多有对骈文风格特征的揭示。如姚燮评陈维崧《周栎园先生尺牍新钞序》："雅近初唐，而用笔亦极推波助澜之致。"评陈维崧《上龚芝麓先生书》："奇崛中有俊爽气。"评吴锡麒《与黄相圃书》："飙厉霜摧，哀逝赋之遗响也。"张寿荣评胡天游《拟一统志表》："渊懿朴茂，古藻纷披。"评袁枚《与延绥将军书》："行神如空，行气如虹，排奡中仍典赡风华。"评吴锡麒《李石渠先生陇西宦迹图记》："闲情幽景，纷蕤相引，极感慨苍凉之致。"①二人都注重从风格角度对骈文作品进行剖析。

《国朝骈体正宗》以为骈文创作树立准则为编选目的，当日有较大影响，但姚、张二人对其所选作家、作品并不盲目尊崇，也予以辨析指摘。吴锡麒作为骈文名家，声望颇著，姚、张二人在评语中对其骈文风格多有褒赞之词，但也有所剖辨。如姚燮评吴锡麒《寄两广制府长牧庵同年书》："叙事有经而振采不力，得毋流入时响哉！"评《李泌论》："持论亦允，惜无翻空出奇之笔以驾驭之，故读之觉庸淡无奇。"对吴锡麒作品的特点予以肯定，同时对其不足也有清醒的认识。张寿荣在《李泌论》的评语中对清人崇尚吴锡麒的现象予以辨析说："自吴山尊氏极力推崇其师，学者于《有正味斋集》几如望洋登岱，无敢少存一轩轾之思。今读姚先生诸评语，庶可化其拘见，求进乎上。"姚燮是晚清骈文名手，张寿荣在当日也颇有声望，他们对清当代骈文名家的风格能予以实事求是地剖析分辨，这对于读者认识清代骈文创作、骈文风格是具有一定启发意义的。

乾嘉以降，推崇骈文者热衷于清当代骈文选本的编选。这一时期的清当代骈文选本大多有明确的理论宗旨和编纂原则。与乾嘉骈文尊体思潮相呼应，编选者着重表达其推尊骈文文体地位的态度，主张骈文作者在创作理论和审美理想方面应符合儒家正统文艺思想的要求，并且对清当代骈文作家、作品进行了卓有见地的剖析评论，这对于规范清代骈文创作、促进骈文发展、丰富骈文理论都有重要的意义。

① 所引评语皆出自《国朝骈体正宗评本》，清光绪十一年花雨楼刻本。

# 乾嘉骈序的抒情成就及其骈文史意义

吕双伟(湖南师范大学文学院)

清代是中国古代骈文的总结期,在理论和创作上都取得了重要成就。马积高先生从体裁的角度肯定清代骈文的复兴:"清朝一些骈文家既有意与古文家争席乃至争文统,凡六朝已用骈体来写的体裁固然用骈体来写;唐宋古文家所开拓的文章领域,他们也试图用骈体来写。"①这种复兴,主要体现在乾嘉时期。体裁多样,名家辈出,庙堂公牍、交际应酬和抒情遣兴的各类骈体争相绽放,胡天游、孔广森、袁枚、邵齐焘、汪中、洪亮吉、孙星衍等共时兴起,各类文体几乎都可用骈体创作且取得了杰出成就。如游记自柳宗元大力书写以后,历代多用散体,但清代骈体游记成就十分突出②。

在清初陈维崧、吴绮等骈文名家开拓的基础上,乾嘉骈文家追求对各类骈体的创新。其中,骈序的成就十分突出。骈序的文学性远胜其交际性,能深入反映作者的情感波澜和内心世界。正如莫道才先生所言:"综观诗序、宴序、赠序、游序各体骈文,较之于骈赋,更重抒情、议论,更见心态之展露,是最有欣赏价值的骈文之一。"③确实,在乾嘉各体骈文中,骈序的艺术成就当名列前茅。当时的骈文别集或总集,多收录序、书、记、表和碑等,序文一般最多。学术界对于乾嘉骈文的研究,多聚焦于理论批评及袁枚、洪亮吉、汪中等人的个案分析,从体类上来专门探讨的论著尚未出现。这里拟对乾嘉骈序的抒情成就及其骈文史意义加以探讨。

## 一、骈体序文的源流与类别

古代各类文章,都可用骈体或散体来书写;骈散的区别主要在于文章句式是否骈俪化。骈体、散体既具有语体性质,又具有文体功能。序文既有骈体也有散体,两者的渊源一致,但发展的阶段性特征不同。

---

① 马积高《清代学术思想的变迁与文学》,湖南人民出版社 2002 年版,第 109 页。

② 路海洋《论清代的骈体游记》,《中国文学研究》2019 年第 3 期,第 82—87 页。

③ 莫道才《骈文通论》(修订本),齐鲁书社 2010 年版,第 191 页。

“序”或作“叙”，最初是放在书籍或单篇文章前(个别在后)的文字，具有对“母体”的依附性特征。民初张相《古今文综·评文》在总结前人论述的基础上，指出：“《说文》：‘序为东西墙，叙为次第。’假‘序’为‘叙’，经传已旧。‘序’既训‘绪’，义资紬绎；又训‘次第’，意在敷陈。”①明代徐师曾《文体明辨·序》指出“序”的内涵是“言其善叙事理、次第有序，若丝之绪也。又谓之大序，则对小序而言也。其为体有二：一曰议论，二曰叙事。”②可见，“序”体的最初意义，就是次第有序地叙述对象内容，主要采用议论或叙事的方式。序体产生时间很早，始于《诗大序》。该序对六义、风雅之变、二南王化之自作了评论。清代姚鼐从古文辞的角度，将“序”分为“序跋”与“赠序”两大类。对于序跋，姚鼐从经、子、史的角度来推源溯流，认为孔子所作的《系辞》《说卦》《文言》《序卦》《杂卦》之传，内容是推论《易》本原，广大其义，虽无序名但有其实；《诗经》《尚书》才有“序”，《仪礼》篇后则有“记”，这些属于儒家经典。诸子或自序其意，或弟子作序，如《庄子·天下篇》《荀子》末篇就是；史传中序体不可胜录，以司马迁、欧阳修编撰史书中的“表、志、序、论数首，序之最工者也”③。可见，姚鼐对于古文中的序体并不拘泥于命名，而是以文章的内容为主要判断标准，故经书之记、子书的末篇、史书中的表、志、论都视为序体。但序文的依附性特征，导致文体出现虽早，但在魏晋南北朝的文章著作中，多被忽视，很少得到专门关注。

从骈体的角度来说，汉代序文虽有偶句，但毕竟数量不多，作者的偶对意识也不明显。魏晋之际，文章骈化程度加强，骈文正式形成，序的骈俪化越来越深，如陆机的《豪士赋序》。宋齐梁陈时代，骈文走向成熟，颜延年、王融所写同名的《三月三日曲水诗序》、萧统的《文选序》、徐陵的《玉台新咏序》、庾信的《哀江南赋序》代表了骈序从句式整齐到对偶工整且多用四六隔对的演进过程。隋唐骈序发达，特别是初唐四杰所作，量多质优，《滕王阁序》《乐府诗序》等都堪称名篇。中唐韩柳古文运动以后，骈序创作受到打击。晚唐骈文复兴，骈序又较为流行，直到欧阳修、苏轼倡导古文运动后，序多用散体，骈序走向衰微。直到晚明，散体序都比骈体序多且成就高。晚明以前，骈文理论与批评的滞后，有关骈序的批评很少。随着晚明四六选本的兴起，才有王志坚(1576—1633)对骈序加以专门分类。其编选的《四六法海》，将“序”分类为诗文序、宴集序和赠别序，但没有详细阐释。乾隆后期，孙梅(1739—1790)在《四六丛话》中对骈序加以专论，指出“序”与“论”不同；又将骈体“序”分为文集序、宴集序和赠别序三类，重点突出文集序的发展简史与代

① 吴讷著，凌郁之疏证《文章辨体序题疏证》，人民文学出版社2016年版，第163页。

② 徐师曾著，罗根泽校点《文体明辨序说》，人民文学出版社1962年版，第135页。

③ 姚鼐纂集《古文辞类纂·序目》，上海古籍出版社1998年版，第3页。

表作。有曰：

> 文集之有序也，自元晏（贾谧）嘘扬，三都纸贵。厥后昭明感于五柳，义等式庐；滕王美彼兰成，荣同置醴。而彦升（任昉）述文宪之作，既大类颂文；载之弁宣公之言，又全成传体。《玉台新咏》，其徐集之压卷乎！美意泉流，佳言玉屑。其烂熳也若蛟蜃之嘘云，其鲜新也如兰茗之集翠。洵足仰苞前哲，俯范来兹矣！《会昌一品集序》，词沿唐季，气轶汉京。义山洒秾芳而削稿于前，荥阳奋健翰而窜定于后。等百谷之上善，若两骥之争驱。固禀古序之规模，亦昭后学以观止也。若乃《兰亭》志流觞曲水之娱，《滕阁》标紫电青霜之警，此宴集序之始也。悲哉秋之为气，黯然别之销魂，此赠别序之始也。①

以历代代表性的序文特征为例，概括骈体序文的演变。因为宴集序和赠别序由文集序发展而来，故孙梅聚焦于文集序的嬗变。晚清姚燮（1805—1864）编选《骈文类苑》，重点对"序"文的内涵与源流作了叙述，有曰："言有序曰序，叙而抒其绪也。纡徐不迫，次第有经，檃栝而中乎言旨也。例肇于《易》，义扩于《诗》，子政《战国》综其纂述，逸少《兰亭》泛及游览。叔重（许慎）、善长（郦道元）之赅洽，子长（司马迁）、孟坚（班固）之疏通，抑其著焉。后之学人，缀属既成，就问通才，藉以品藻，或诵古有获，排决㲉觳之辞，俾如鉴杂垢，如钩刮芒。故著录所播，端必有序。流变既滥，嫉者寓诟，阿者罄谀，未可为训。至其践胜领契，因时哀娱，祖帐在衢，贻以金错，亦假斯体，宣结而达深，导窾持纲，乃云卓佹。倾芰浮曼，绎其绪余，遂衍为题辞、书后及跋与引之目，然其揆一也，故附隶之。"②进一步深化了对序体内涵与流变的阐释，明确将著述之序视为正体，而将王羲之《兰亭集序》"泛及游览"以及后人模仿而作的宴集序视为变体；将内涵相似的题辞、书后、跋、引等隶属于序体。晚清张寿荣为《骈文类苑》作例言，亦曰："序类著录繁夥，体亦不一。今析其卷为上下而并别之以四。其为著述序跋之文，曰序类之一；为题图诸作，曰序类之二；为游宴行役序记，曰序类之三；为赠送诸作，曰序类之四。"③在传统骈序分类的基础上，增加"题图诸作"，这是清代题图骈序创作大量增加的结果。清末王先谦（1842—1917）《骈文类纂》则受到姚鼐《古文辞类纂》的文体分类影响，将"赠序"从序文中抽出，与"序跋"并列。这自然有其合理性，赠序和序跋确实内容与功能有别，名虽同而实有异；同时这种区分更强突出了不同序体的独立性，有利于对古代

① 孙梅著，李金松校点《四六丛话》，人民文学出版社 2010 年版，第 399—400 页。

② 姚燮《皇朝骈文类苑序》，清光绪七年（1881）刻本。

③ 张寿荣《骈文类苑例言》，姚燮编《皇朝骈文类苑》，清光绪七年（1881）刻本。

“序”文进行全面深入的理解。

## 二、乾嘉骈序的悲情特征

乾嘉时代，文士交流频繁，普遍热衷风雅和推崇学问。经过清初近一百年的积累，加上古代文学和文化的长久熏染，此时博雅多才而又重情重义的文士众多。在官僚体制和政府机构人员相对稳定的现实中，在学而优则仕，人人以走仕途经济为唯一出路的社会背景之下，随着乾隆时代人口的急剧增长，科举录取比例越来越小，仕途发展的机会也越来越少。竞争更加激烈，挫折更加频繁，绝大部分文人都是沉沦下僚，一生功业无成。特别是乾嘉时代对考据学的重视，导致精通考据的儒者往往更容易考取进士，获得发展。整体上轻视辞章的社会思潮，导致才华横溢的文人常常是怀才不遇的失意者。这些文人的悲哀和不平，往往通过赠别序，通过对朋友的鼓励与安慰来表达自己坎壈失意的悲愤和壮志难酬的抑郁。

邵齐焘(1718—1769)是乾隆时代转变骈文风气的先驱人物，是以清新纤丽著称的常州骈文群体的首创者。他是乾嘉骈文名家洪亮吉和孙星衍的授业恩师，爱慕晋宋以来的辞章(主要是骈文)之美，倡导并践行“于绮藻丰缛之中，存简质清刚之质”的晋宋骈体。其骈体赠序精于描写，善于抒情，用典精练，意味隽永。《送黄生汉镛往徽州诗序》为送别其常州龙城书院的学生黄景仁。乾隆时代的黄景仁(1749—1783)，具有李白之才华与风度。可惜生不逢时，遇到崇尚考据的时代，其文学才华没有使他走上仕途，建功立业。一生贫病交加，35 岁就英年早逝。为了生计和孝养父母，他不得不违背性爱丘山的本性，离家去徽州求食，“事迫饥驱，义兼负米。情笃知惠，性爱岩壑。粤以首夏，忽乎将行”①。邵齐焘于情难舍，于理当从，遂写诗作序以送别。其叙离别之情，状路途之景曰：“方欣起予，遽慨离群。目极长衢，心驰遐路。垂杨濯濯，落絮萦愁；芳草芊芊，成茵藉恨。谷禽睍睆，求友相鸣；津树扶疏，落帆何处？西陵浙水，知有遇风之诗；渔浦桐庐，曾无维舟之待。新知生别，悲乐萃于一时；病骨空囊，芳怀极于千里。”写景凄凉，用典深婉，情景交融，风格沉郁。如“谷禽睍睆，求友相鸣”化用《诗·邶风·凯风》“睍睆黄鸟，载好其音”和《诗经·小雅·伐木》“嘤其鸣矣，求其友声”；“新知生别，悲乐萃于一时”化用《九歌·少司命》“悲莫悲兮生别离，乐莫乐兮新相知”，借用陈典，融化生新，表达深沉的离别之悲。其《送顾古湫(镇)同年之荆南序》同样是赠别序，开篇化用江淹《别赋》概括羁旅离别之不得已，接着推举顾镇为一时之杰，叙述其偃蹇京都的

① 邵齐焘《玉芝堂文集》卷六，《清代诗文集汇编》第 343 册，上海古籍出版社 2010 年版，第 78 页。

处境，交待其跟随幕主，远适荆南的时间，再正面描摹远行之路与饯别之悲：

> 月明千里，虫吟四壁。风篁凄而轩序凉，烟岚清而林野肃。寒蝉抱树，惊征客之秋心；候雁衔芦，极愁人之远望。指涂衡霍，击汰沅湘。杜汀兰畹，正则之所行吟；陶牧昭丘，仲宣之所游目。涉彼迥路，谢此伦好。离筵召悲，别景加促。执手一去，填膺百忧。于是如兰旧侣，倾盖新知，并为歌诗，以慰行役。昌黎之留东野(孟郊)，有愿为云；休文之别安成(范岫)，还期识路。①

景物清苦，典事凄寒，别情深沉，情景交融，能让读者悲从中来，感同身受。虽然句式工整，都是单句对或四六、六四隔句对，但文气流畅，文意清晰，堪称骈序中的佳作。典故都与荆州有关，运用恰当，丰富了文本的意蕴空间；又能以简驭繁，点到为止，给读者留下充分的想象空间。张寿荣评该文曰："极凄婉，极骀宕，语语矜炼而出，尽态绝妍，无限风致，乃名手擅场处。"②王先谦论"赠序"曰："以言赠人，荀子比之金珠；择言而进，鲁侯以侑觞酒。洎乎唐世，乃有序文。发摅今情，敦勉古义，斯朋友之达道也。"③抒发今情，勉以古义，为送别序的要求，该文就是典型代表。邵齐焘善为骈文，意欲矫陈维崧、吴绮、章藻功三家之失。其骈文以气格排奡、色泽斑驳为宗，摆脱了多用四六隔对导致的凝滞之弊。郑虎文在其墓志铭中曰："其学于古也，涵而揉之，去故遗迹，咀含浸淫，渗漉衍溢，乃大昌于辞，而惟自其己出。今古骈散，殊体诡制，道通为一，涉笔失音，金玉咳唾，造次以之，允蹈维则，班范潘陆，斯文未坠。"④

乾嘉文士交游广泛，雅集众多。不管是地方大员中的幕府宴集，还是文人学士自发组织的私人聚会，受传统习惯与个人情致影响，宴集诗文自然而生。而骈体为文更能烘托宴会场面，铺陈主体的悲欢心情，也更能展示作者的巧思才情，展示一种庄重典雅的仪式感，因此，骈体宴集序较多，甚至超过散体序。同时，千古名文如王勃的《滕王阁序》、李白的《春夜宴从弟桃李园序》等都是骈体写成；加上乾隆时代一些文士卑视古文，爱好骈文，宴集场合是展示自己才华与文学倾向的最好机会之一，因此使用骈体就较为常见了。孔广森(1751—1786)是乾隆时代的骈文与汉学名家。他有骈序多篇，宴集序有《壬辰九月陶然亭宴集序》《丁酉八月陶然亭宴集序》。陶然亭为京师胜地，为佳日庆贺、祖饯送别和宴集聚会之所，士

① 邵齐焘《玉芝堂文集》卷一，《清代诗文集汇编》第343册，第10页。
② 曾燠编，张寿荣评《清朝骈体正宗评本》卷五，上海文瑞楼石印本。
③ 王先谦《骈文类纂序目》，浙江古籍出版社1998年版，第14页。
④ 邵齐焘《玉芝堂文集》卷首，《清代诗文集汇编》第343册，第2页。

大夫比之为东晋周顗对泣之新亭，王羲之修禊之兰亭。孔广森的两序分别写于1772和1777年。前篇为1771年九月同年进士聚会陶然亭而写，由登高远眺之欢快、秋景描写和感叹离别漂泊之苦三部分组成。全文篇幅不长，情文并茂："时则令节初过，积阴乍霁。蹑足层阁，极目平原。黄鞠散蕊，丹枫若琼，南窗面城，西槛列岫。桃簟既敷，松醪更酌。钩覆以为觞政，壶奕以佐清谈。盖称一时之盛，竟日之乐也。嗟乎，一同霓咏，再变暄萋，旧雨已睽，晨星易落。江南风雪，地下参商。或思越以归来，有报罗而大去。觥筹左右，今兹曲水之歌；车马东西，他日渭云之感。能无雅唱，尚望继声。仆学逊怀蛟，名陪题雁，不工韵语，谬备序言。但披滕王阁之文，觿年终愧；倘比金谷园之罚，斗酒奚辞？"[1]写景精练而自然，叙事、议论用典而稍显晦涩，结尾自谦才学不如董仲舒，不工于诗，聊作《滕王阁序》之类的骈体文罢了。丁酉八月的陶然亭宴集，由刚封侯的"通政王公"发起，参加者大部分为京城应试者。该文主要铺叙了王公的军旅幕府生活和文字经历，虽典故多，对偶工，但气势昂扬，意气风发，颇见踌躇满志之感[2]。阮元(1764—1849)的《兰亭秋禊诗序》同样堪称清代骈体宴集序的代表。嘉庆二年(1797)八月上巳，时任浙江学政的阮元，仕途顺利，意气风发，与亲戚朋友及弟子宴集兰亭。该文对偶工整，抗坠有声。首先以如椽之笔追述东晋南渡，琅琊王氏大族随之南迁江东、崇尚玄学而不能忘情的背景："在昔典午中移，启江东之云岫；瑯邪南徙，持吴会之风流。山林之秘竞呈，觞咏之情咸盛。虽悟老、庄之旨，犹切彭觞之悲。岂非神州不复，易兴陆沈之叹；中年已往，莫释哀乐之怀。钟情既深，发笔斯畅。是以林表孤亭，结山阴之幽契；定武片石，传永和之逸轨矣。"东晋世家大族虽推崇玄学，号称通达生死，等观荣辱，但神州陆沉之叹，年寿不永之悲终难避免。用情既深，为文则畅。阮元也不例外，在绍兴兰亭慷慨悲歌：

> 再扬曲水之波，展修秋禊之礼。浴沂溯典，本无间于春风；采兰赋诗，实有异于溱水。是时清风未戒，白云午晴，幽谷屡转，重山争峻。发崇岩之桂气，起秀麓之松岚。回溪接步，缅陈迹于古人；爽籁入怀，属高情于天表。夫倦心既往者，抚韶景而亦悲；撰志咏归者，临萧节而弥适。况今朝野殷阗，敬修名教；吾辈游历，皆在壮年。白驹未絷，动空谷之雕轮；旅燕群飞，集江湖之素羽。振翰无采，虽愧元长之才；侍晏承恩，曾效广微之对。良会已洽，清吟纷来。内录宾客戚党之诗，外纳僚属生徒所咏。凡有作者，皆著于篇。[3]

① 孔广森《骈俪文》卷二，《续修四库全书》第1476册，第383—384页。

② 孔广森《骈俪文》卷二，《续修四库全书》第1476册，第384页。

③ 阮元撰，邓经元点校《揅经室集》，中华书局1993年版，第736页。

和王羲之兰亭宴集时间为三月三日不同，此次宴集为秋天八月上巳。此时的阮元，少年得志，仕途顺利，然而，“兴尽悲来，识盈虚之有数”，他同样摆脱不了深沉的感伤之情。

## 三、乾嘉骈序的自我书写

诗文别集序，是乾嘉骈体序文中的大宗。大部分骈文家借为他人文集作序，表达自己的性情、思想和才华。重视自我书写，是其典型特征。诗、词、骈文、古文别集及理论专著的序跋，都可用骈体来写；在骈文家的交游圈子中，更喜欢用骈体作序。如邵齐焘《佩兰诗草序》、刘星炜《倪温陵都督诗集序》、吴锡麒《张花农床山堂诗集序》《陈雪庐词序》《曾盱江静香斋遗诗序》、彭兆荪《红蕙山房倡和诗序》《陈霭人诗序》、乐钧《郭频伽邗上云萍续集序》、方履籛《兰石斋骈体文序》、郭麐《彭湘涵小谟觞馆集序》、阮元《四六丛话后序》等。

诗文著述的骈体序，同样与散体序重在说理、议论和叙事不同，更加偏重于抒情与言志。吴锡麒（1746—1818）《曾盱江静香斋遗诗序》为其友人曾燠父亲的遗诗而作。开篇交代曾燠在“穷谷日短，孤檐雪深，薄酒不醺，冻弦易折，哀禽怆夫故侣，潜鳞损其素书，阴寒中人，抑郁谁语”的时候登门造访，请谒为序。接着叙述读后“意喻于独欣而情感乎均戚”，以王戎经过黄公垆，想起亡友嵇康、阮籍；向秀过山阳旧居，听到邻人吹笛，想起嵇康、吕安起兴，引到两人的密切交往及痛失斯人的悲伤：

> 竹林游歇，尚识黄公之垆；山阳室空，更咽邻人之笛。引声欲泣，覆卷而思。方余与盱江释褐中岁，注名木天，赁屋亦望衡而居，无日隔同年之面。只鸡之近，局订之立，谈狡兔之千毫，秃于坐咏。刻烛自律，申旦忘疲。月流有声，花淡如影。余谓此乐当令常继，君乃怃然微若有感。南皮高会，每念乎元瑜；东海仙龛，已迎乎白傅。双旌千里，一别三生。呜呼痛哉！夫钟期殁而伯牙辍弦，惠施死而庄子寝说。痛知音之不作，悲冥契之既逝。然而神明可接，慧性难磨，故椒兰之芳，因委灰而弥烈；牛斗之气，虽埋剑而亦明。①

情感悲怆，如从己出。接着评价其诗：“君诗深造以姿，练才于学，有《竹枝》之调苦，得《离骚》之韵幽。迹其水宿风餐，破帆孤骑，半生落拓，万诸苍凉。即至内历承明，出典大郡，蓬山方到而船已风移，棠荫垂成而离逢日戾。赖陶写其何物，终

① 吴锡麒《有正味斋骈体文》卷三，《续修四库全书》第1468册，第624页。

顑颔而伤生。江湖可游，寓晤言于萍迹；草木未改，图形状于薜衣。君其已逮于古人，我更难忘乎昔者。嗟嗟山阿毕景，车马虚生。竹素有情，文章未死。采归昌之奇律，统大魁而为笙。沈延注迩言，将行于世；贾逵传绝学，独阐其微。以视东原北徂，鱼门西逝，楹书莫读，弱息仅存。剞劂之事，赖之友朋；蓬蒿之室，寄乎妻子。”①也是情意深沉，愁情满腹。

不必讳言的是，有的骈体序跋一味吹捧夸饰，铺陈对偶，运用典故，对被序者来说，完成一次才学展示；对读者而言，内容浮华空洞，华而不实，真实性和情感性不强。但乾嘉骈体序跋多情文相生，真情摇曳，感慨兴亡，哀伤沦落。洪亮吉(1746—1809)《蒋清容先生〈冬青树〉乐府序》堪为代表。该文以蒋士铨《冬青树》戏曲为序，呜咽激昂，感人至深。开头一段曰：“盖声何哀怨，杜鹃为望帝之魂；变亦苍皇，猿鹤尽从军之侣。遇金人于灞上，能言茂陵；值铜驼于棘中，谁知典午？又况南迁烽火，北狩轩舆。言乎缔造，则东南置尉，拓疆无刘濞之雄；及此沦胥，则五百从亡，归骨少田横之岛。嗟乎！江山半壁，非仙人劫外之棋；金粉六朝，尽才子伤心之赋。今之作者，意在斯乎？”以伤感哀怨、国破家亡之典故起兴，直指元初唐钰偷葬被杨琏真迦掘墓而出的宋朝皇帝白骨，但又不说破，让读者沉浸在伤感氛围中。又以历代帝王陵墓被毁，但从来没有像宋帝这样，白骨被抛弃荒野来对比，更增亡国之悲：

> 夫赤眉构祸，隆准之窆斯开；临洮肆凶，铜马之帝遭酷。不过行同窃铁，号等摸金，虽下竭于三泉，尚不仇于枯骨。而此之惨虐，更所难言，断首剥肤，毁裳裂冕。乌呼！吞炭虽忠，智伯之头已漆；纳肝较晚，懿公之体先残。

更加令人悲痛的是，宋帝抛弃白骨，竟然由隐逸之士唐钰冒险偷葬，“至于掩骼之仁，出自采薇之士。问中兴之显运，荒土数抔；慨六叶之承华，冬青一树。即逸黎之感慨，何补于在天之沈痛也哉”②！簪缨世家何在？官僚缙绅何在？无限感慨，蕴藏其中。其《伤知己赋序》同样悲怆动人：“悲哉！无金石不流之质，有蒲柳始谢之姿。犬马之齿，过齐太尉之生年；羁旅之期，逾晋文公之在外。接于书者，希逢旧识；觌于梦者，欢若平生。以是而思，伊其戚矣。……万事迫于穷冬，万忧生于长夜。秦声扬，不能激已阻之气；鲁酒薄，不能消未来之忧。丛台有霜，残月无影，邻笛起于东西，邻鸡鸣于子亥。嗟乎！回风美人之曲，楚臣殉之以身；钟鸣落叶之

---

① 吴锡麒《有正味斋骈体文》卷三，《续修四库全书》，第1468册，第624—625页。

② 洪亮吉著，刘德权点校《洪亮吉集》，中华书局2001年版，第316—317页。

操,帝子继之以泣。大地搏搏,非以载愁;惟天穹穹,岂云可问?”①穷愁孤苦之境,物是人非之感,流贯于骈偶的句式中,排山倒海般涌来,感人至深。

才高位卑,壮志难酬,乃封建社会的普遍现象;更有甚者,才华横溢而英年早逝,因而表达抑郁牢骚之苦和兰摧玉折之痛的骈体序跋也较多。如杨芳灿《秋林集序》开头,悲凉萧瑟之气溢于言表:“昔昇之抱疾,握牍而赋《五悲》;惠开无年,抚镜而发《三叹》。遂乃听白杨之萧瑟,伤病梨之凋悴,寄思无端,郁伊不释。严霜欲霏,惊碧树之早落;商飙乍起,恐修夜之不旸。《秋林》名集,旨遥深已。”接着叙述其朋友奇才异志却甘心沉潜典籍,隐逸山林,然竟然享年不永:“昆谋五丈,少负异才,夙抱奇志。有文园令之节概,慕蔺相如之为人。高门鼎贵,而有并介之风;甲族膏腴,而无绮靡之习。笃嗜图籍,殚精缃素,李谧著神士之赋,王符撰潜夫之论。一咏一吟,乃其余事。而时出隽语,老宿咸推。竹柏之契,证于灵襟;泉石之华,交于丽瞩。含怀敻远,造语幽粹。神栖飙霭之表,气凌烟霞之上。惜乎长辔未骋,逸布屡蹶。如屈蠖之终蛰,加疹疴之不斟。玉三献而遭刖,博十掷而得韅,非关操技之拙,可知赋命之奇。是则幽兰易萎,谁寻空谷之香;神剑长埋,永闷穷泉之彩。”②如此性灵卓异,超越常伦之人,却中道凋零;加上对偶、隶事之句,引发同类之人或事,不能不让读者与之共鸣。夸饰为骈文的重要特征,骈体诗文集序也不例外。但在形容铺排中,作序跋者多议论说理,“借他人之酒杯,浇自己心中之块垒”,表明自己的文学观念。如汪中对轻肆以为才,襞绩以为学,诘屈以为古,激壮以为雄的诗风深为不满,推崇雅体,于是在《兰韵轩诗集序》中“借惠施之弹喻,为庄氏之卮言。将期达意,无嫌取譬”,以“微”“适”“远”“深”③评价沈初(1729—1799)的诗歌。吴慈鹤《越台倡和诗序》则妍丽幽邃,从纪游诗、怀古诗等方面说明越台倡和诗的特点,同样用词清冷,境界悲凉④。可以说,骈体诗文集序多情感浓郁,感慨深沉,年华易逝,盛年不再之叹;壮志难酬,沉沦抑郁之悲;知交零落,羁旅他乡之苦,时时可见。

以骈文为朋友骈文集作序,也是乾嘉时期突出的一个现象。曾燠就为吴锡麒、彭兆荪骈文集作序,吴鼒、吴慈鹤为曾燠骈文集作序,方履篯为董祐诚、刘嗣绾骈体文集作序。这类序跋,多追溯骈文源流、呼吁骈文地位、点评骈文特征,议论性、说理性较强。如曾燠《有正味斋骈体文序》是为吴锡麒骈文而作,就重在论述骈体源流及其与古文关系、吴锡麒骈文特点和地位、自己与吴锡麒同气相求,互为

① 洪亮吉著,刘德权点校《洪亮吉集》,第 287—288 页。

② 杨芳灿《芙蓉山馆文钞》卷三,《芙蓉山馆全集》,《续修四库全书》第 1477 册,第 189 页。

③ 汪中著,田汉云点校《新编汪中集》,广陵书社 2005 年版,第 448—449 页。

④ 吴慈鹤《吴侍读全集·岑华居士外集》卷二,《清代诗文集汇编》第 524 册,第 88 页。

知己等加以叙述和议论，抒情成分较少[①]。阮元《四六丛话后序》更是以骈体之文评论骈文发展史和文体特征的代表作。文章以天地自然运行之理，世间事物运用之道，说明骈散体格不同，但同为文章则无异。韩愈、皇甫湜、李翱、欧阳修、苏轼、王安石等人"古文"，其实多为子史之作，难以称为"文章"[②]。这开启了他后来在《文言说》《文韵说》等文中为骈文争取文章正宗地位的先河。但有些骈体文序，情感同样沉郁，感人至深。如方履篯为董祐诚的挚友，对于董英年早逝，方悲痛欲绝，撰写《兰石斋骈体文遗稿序》。全文藻采鲜丽，但一往情深，感人至深。开篇以感叹起兴，悲怀满胸："呜呼！此亡友董君方立之遗文也。寒谷曦沉，霞绮绚乎天半；洄溪泉咽，滋漉达于重埃。吐肠之梦，已识生前；钵肝之言，犹存斯世。盖贼年损寿，职此之由；而浮烟断竹，将以托命也。诵伟长之中论，鬼录难追；答刘沼之遗书，宿草已列。沦亡痛惜，可复道哉！"[③]接着追忆董祐诚的学习经历与过人才华以及两人的深厚交情，最后，在叙述董祐诚文集付诸梓人后，方履篯议论感叹曰：

嗟乎！此特安石之碎金，相如之玉屑耳。南都一赋，岂尽生平？北海万言，未陈梗概。觅三旬之余响，郢歌已遥；览千仞之德辉，风飞不复。然而杼轴物表，气韵天成，俊不害窕，缛而有则。袁阳源鹦鹉之篇，推为独秀；王元礼芍药之赋，传于少时。不可见其洪熚之未泯，超步之难踪乎？吾久騕落，文质靡归，断金往契，咸罹贫瘁。卓尔之志将废，斐然之作无闻。校崔生海岱之记，差类徐寅；述卫恒汲冢之书，惭非束皙。颍川斗酒，微闻十字之吟；蜀郡元文，聊证千秋之业。辍斤绝轸，辄复自伤。执简悲来，泫然而已。[④]

瞿兑之指出："寻常的见解，必以为论说一体非骈文所宜。因为论说是发挥义理的，而骈文以词藻为重，为格律所拘，发挥义理，便有不足。殊不知以骈文作论说，正可利用他的词藻，供引申譬喻之用，利用他的格律，助精微密栗之观。"[⑤]这里基本上是议论行文，但文章气势磅礴，论述深入，情感深沉。两人有着共同的经历、爱好，志趣相同，情同手足，所以文章才能一往情深，一气呵成。方履篯的《书刘芙初（刘嗣绾）编修骈体文集序》同样写得真实自然，清新可诵。这里不再赘述。

① 曾燠《有正味斋骈体文序》，《续修四库全书》第1468册，第599页。
② 阮元著，邓经元点校《揅经室集》，第739—740页。
③ 方履篯《万善花室文稿》卷五，《续修四库全书》第1516册，第521—522页。
④ 方履篯《万善花室文稿》卷五，《续修四库全书》第1516册，第522页。
⑤ 瞿兑之《骈文概论》，海南出版社1994年版，第31页。

## 四、乾嘉骈序的骈文史意义

相传孔子就已对《周易》作《文言》《序卦》、子夏作《毛诗序》，至迟西汉就已经出现《太史公自序》这样名实相副的序文。但序文叙述典籍之所以作或作者之意，依附于经、史、子、集书籍或诗、赋、颂、铭、诔等单篇文章之后，一定程度上削弱了其独立性。因此，曹丕《典论·论文》、陆机《文赋》、挚虞《文章流别志论》、李充《翰林论》、刘勰《文心雕龙》等文章批评论著，都没有单列论述。孙梅特别指出："尝考《文心》，论列诸体，独不及序。惟《论说》篇有'序者，次事'一语。岂以序为议论之流乎？夫序之与论，故属悬殊。序譬之衣裳之有冠冕，而论则绘象之九章也。序比于网罟之有纲维，而论则鸟罗之一目也。"①不同意刘勰将"序"视为议论之类的体式，用形象比喻指出"序"与"论"对议论要求的程度不同。与以上诸人不同的是，萧统《文选》收录先秦至南朝梁初的代表性诗文，众体兼备，内容丰富。其中，"序"单列 9 篇，即《毛诗序》《尚书序》《春秋左氏传序》《三都赋序》《思归引序》《豪士赋序》、《三月三日曲水诗序》(颜延年、王融各一篇)、《王文宪集序》。与表、书、论、笺相比，入选篇目为少。这既可见当时序文尚未充分发展，地位不太高；但与其他批评家对序文的忽视相比，又可见萧统文章学视野的敏锐与开阔。

在各类文体中，赋序、诗序与骈体的发展最为紧密。这里以赋为代表，可见骈序在汉魏至明代的发展概况。刘伟生查检《历代赋汇》后，"将有较多骈对句子的外序作了一个初步统计，得出这样一个数据：汉代 2 篇、魏 1 篇、晋 18、刘宋 5、齐 1、梁 9、陈 1、后魏 1、北周 3、隋 1、唐 31、宋 3、元 0、明 16，其中六朝合计 40 篇"②。骈体赋序在晋宋、梁、唐较为发达，在宋元明非常衰微。拓展到各体骈文，这个发展轨迹也较为吻合。晚明随着四六表启、青词的兴起与复社、几社对六朝骈体的推崇等，骈体序跋应用广泛，非常流行。清人延续晚明骈文振起的趋势，骈赋、骈序、骈书、骈启等较为繁荣。以清初最具代表性的骈文家陈维崧的骈文别集为例，可见当时骈序的重要地位。《陈迦陵俪体文集》共十卷，每卷卷首都标明了文体和数量。其中序达 4 卷 90 篇，赋则 1 卷 10 篇，颂 2，书 11，启 29，碑 1，记 1，疏 2，志铭 1，跋 1，题后 1，祭文 9，诔 4，哀辞 2，像赞 3。骈序的数量占绝对优势，可见其在清初的广泛流行。但陈维崧的骈序主要是诗词文序与寿序，赠序、宴序、游序、图序很少，经史子等学术性强的书籍序则没有，主要是文人应酬交际的工具，是典型的文人序而不是学人序。吴绮、章藻功、陆圻等清初骈文名家的骈序，其类型与主

① 孙梅著，李金松校点《四六丛话》，第 399 页。

② 刘伟生《〈历代赋汇〉赋序研究》，湘潭大学出版社 2016 年版，第 46 页。

要特征，都与陈维崧相似。

乾嘉时代各类骈体都取得了杰出成就，其中又以骈序的繁荣最为突出。嘉庆十七年（1812）刊刻的孔广森《骈俪文》三卷，收文 48 篇，包括赋、颂、序、论、诔等，其中“序”有 12 篇，数量最多。嘉庆二十二年（1817）刊刻的乐钧《青芝山馆骈体文集》两卷，收文 47 篇，以序、书、赋、碑、记、墓志铭为多，其中“序”16 篇，同样最多。乾嘉时杨芳灿的骈文达 8 卷 167 篇，“无论初编亦或后编，从各种体裁看，以序体数量最多，几占全集半数，且其中基本都是诗文集序，这与其专以文学显扬的身份有关，或可称为其骈文创作在体裁及题材取向上的一大特色。”①可见序体在乾嘉骈文别集中的重要地位。在选本中，骈序同样表现突出，地位重要。嘉庆十一年（1806），吴鼒编《八家四六文钞》，依次选录了孙星衍、洪亮吉、孔广森、刘星炜、邵齐焘、曾燠、袁枚、吴锡麒的骈文 7、19、19、12、18、15、25、54 篇，其中序文（不包括“颂并序”类）分别有 2、9、9、3、8、7、5、27 篇，除了刘星炜、袁枚外，其余诸人的所选序文都最多。可见，至少在吴鼒看来，当时各类四六中，序体的成就最高，代表性最强，因而最值得入选。乾嘉骈序的繁荣和抒情特征的彰显，正是此时对六朝骈文抒情传统的回归，是以诗为文的表现。王志坚指出：“大抵四六与诗相似。唐以前作者，韵动声中，神流象外。自宋而后，必求议论之工，证据之确，所以去古渐远，然矩矱森然，差可循习。”②乾嘉骈序或情文相生，感动人心；或议论风发，观点鲜明；或说理明快，叙事清晰，内容充实，风格多样，多达到了理圆事密、神韵兼备的境界。又章学诚有曰：“书之有序，所以明作书之旨也，非以为观美也。序其篇者，所以明一篇之旨也。至于篇第相承，先后次序，古人盖有取于义例者焉，亦有无所取于义例者焉，约其书之旨而为之，无所容勉强也。”③显然，即使是序跋意义上的“序”文，乾嘉骈体序也没有按照章学诚所说，只是说明作书之旨，而多借题发挥，借他人之酒杯，浇自己心中之块垒，真挚地抒情言志，偏离了序跋的本义；也正因为这种偏离，导致乾嘉序文不是千篇一律，而是各有特千秋。然而，在骈文文体研究中，对“序”文进行专门研究的较少。六朝文章普遍使用骈体，但序文本身不多，因此得到的重视不够。唐宋则偏重于表启、碑志等，对骈序研究也很少。清代整体上对骈序的重视还不够，专门的论著还没有出现，这就值得深思了。

总之，骈序为骈文的一种，完全可以写得情韵生动，文气流畅；内容真实，风格清新。在清代别集没有系统整理的情况下，目前还无法对乾嘉时代骈文别集中所包含的各类文体做精确统计，但笔者根据阅读经验，认为其中骈体序数量最多、内

① 曹虹、陈曙雯、倪惠颖《清代常州骈文研究》，江苏人民出版社 2010 年版，第 229 页。

② 王志坚《四六法海序》，浙江大学图书馆藏明天启七年（1627）刻本。

③ 章学诚著，叶瑛校注《文史通义校注》，中华书局 1985 年版，第 404 页。

容最丰富、艺术水平也最高。乾嘉时代重学重文的学术氛围，不仅使得卢见曾、朱筠、曾燠、毕沅、阮元等幕主喜欢招揽经学或文艺之才，谈经论艺，也常常为其幕僚诗文集撰写序跋，或者请知名幕僚为自己的文集撰序；同时，拥有辞章或者学术之长的文士汇聚幕府，彼此又交游唱和，诗酒流连，也常用骈体为友朋作序。这使得序文不仅具有交际应酬功能，而且具有抒情遣兴功能，多将自我经历、感情和思想融入所序对象中，铺陈渲染，感同身受，从而达到了物我交融，浑然一体的境界。对乾嘉骈序的深入研究，将改变一般人认为骈文仅仅是歌功颂德的表奏之作、文过饰非的墓志之章、空洞浮华的书启应酬之文的观点，从而推进骈文研究走向更加深入、全面的境界。

# 论清代骈文集序跋与骈文传播

王正刚　江朝辉(广西科技师范学院)

序跋是一种副文本,“副文本指围绕在作品文本周围的元素:标题、副标题、序、跋、题词、插图、图画、封面。这一部均质的整体决定读者的阅读方式与期望”①。相对于所序文集作品本身而言,序跋这种副文本的作用在于通过塑造作家形象,揭示创作主旨,建构理论批评,评析文本艺术特征等方式来营造阅读氛围,强化阅读品质,从而勾起读者的阅读期待,引导他们走向对作品文本的阅读,来强化加深作品的传播。黄廓在《碧溪诗话跋》云:“志以言而章,言以文而远,文以叙而传,叙以德而久。”②文章行世与否,固然离不开其本身的内容价值,但如果没有有效的传播媒介给予传播,没有吸引到读者来阅读,终归会湮没无闻,“芥子园新辑诸书,自《尺牍初征》《四六初征》《资治新书》外,尚有《纲鉴会纂》《明诗类苑》《列朝文选》嗣出。万望四方名彦,尽启秘藏,以光梨枣,庶几和五鲭而为馔,愿作盐梅,集千腋以成裘,灿如云锦,曷胜翘企之至。”③这就是直接在序文中为骈文集打宣传广告了,可见清代骈文复兴,亦有其序跋的传播媒介之力。骈文集序跋主要从请名人作序跋、解析骈文功能、塑造作者形象、分析作品特色等几个方面入手,为清代骈文的传播和骈文复兴发挥了重要的作用。

## 一、学高位重,名家作序

较之清代小说序跋中甚至出现的“无名氏”作序的现象,清代骈文集序跋作者的显著特色是整体学术水平、政治地位较高,因为骈文文体本身的特点决定了要想给骈文作序,首先作者学识得有相当水平,同时总得对骈文有一定的了解,而骈

**基金项目**:本文为 2017 年广西哲学社会科学规划项目“广西石刻诗文研究”(17BZW002)阶段性成果。

① 弗兰克·埃夫拉尔著,谈佳译《杂闻与文学》卷首,天津人民出版社 2002 年版,第 51 页。

② 曾枣庄、刘琳主编《全宋文》第 223 册,上海辞书出版社 2006 年版,第 362 页。

③ 李渔《四六初征》,《四库禁毁书丛刊·集部》第 134 册,第 622—624 页。

文写作又有助于科举应试，甚至大多数公文本身就是骈文，故骈文与科举一直有着千丝万缕的关系。清代骈文集序跋的作者中，学术地位高的如沈德潜、蒋士铨、陈维崧、章藻功、胡天游、王芑孙、缪荃孙、袁枚、张惠言、吴山尊、叶昌炽、俞樾、谭宗浚、胡念修、王芑孙、阮元、吴锡麒、曾燠、谭献、沈曾植、彭兆荪等等，几乎有清一代学术名家，尤其是骈文名家都曾撰写过骈文序跋，此类序跋既有应邀而作，亦有自己主动而为的，而且这批作者所作序跋，理论水平较高，对作品艺术风格、价值把握较准。如谭宗浚的《国朝骈体正宗二编序》是主动而为的，在序中谭宗浚先是阐述为什么要辑续编，“独惜其于近贤鸿构，未及搜罗，尝拟续编，以垂久远”①，原因是曾燠的《国朝骈体正宗》选录毛奇龄、陈维崧、毛先舒、陆圻、吴兆骞等 42 家文 172 篇，正编 12 卷、补编 1 卷。选文以六朝为宗，尤尊徐陵、庾信、任昉、沈约诸家，对于清朝骈文家，嘉庆以前一些重要的骈文作家，书中选择略备，嘉庆以后，未及之尔，故张鸣珂辑《国朝骈体正宗续编》八卷以为此书的续书，以在时间和清代人选作家作品上补充完整。谭宗浚在序中大力宣扬选本的功用，推介此选本。在古代，个人文集的刊刻、流传不是件容易的事，何朝晖曾撰文研究古代雕版印刷的印数问题时，一般印数是一二百部，多者有四百部。如王芑孙致友人信云：“仆续刻文集，去岁华亭门人出资成之，然止印百部。俄顷之间，忽已散尽，今亦未能重印。”刘文淇为韦西山刊诗文集《经遗堂集》，刷印百部②。晚清骈文家黄金台曾在日记中详细记载其骈文集的刊印情况，道光二十三年九月一日，“重校三集文稿共八十三篇，刻费五十千，盛云泉独任其事，感激难名，今将印刷百五十部”③。而这刊印区区百余部书籍的费用，已让黄金台捉襟见肘，其日记中还记载的家庭收支情况，其中道光十五年至咸丰七年间，年均进钱 127 千，出钱 147 千。不论是进钱还是出钱，刊印文集 50 千之款数，对于黄金台而言，绝非易事。所以说，“岁月迈矣，今古遥矣，抟沙何定，激电何常，作者牛毛，成者鳞角，专集流布，曾有几人”。这时，选本的传播作用就体现出来了，选本依照某个标准，可以大规模的保存众多作家高水平的文学创作实态，是一个时期文学创作的集中展示平台：“王杨丽藻，亦幸获收于李昉之篇；班蔡小文，或转散见于章樵所录，然则此篇也虽复零玑，是拾寸脔，堪尝苟其果脱于臭蟫，安知不并悬于日月。”从作品流传和保存价值维度看，选本和文学创作是可以相提并论，“并悬于日月”的。所以选择这样一个学术地位较高的作者作序，相对完整地揭橥选本的文献价值、思想意义和艺术价值，读

① 谭宗浚《希古堂集》乙集卷三，清光绪十六年刻本。

② 何朝晖《试论中国传统雕版书籍的印数及相关问题》，《浙江大学学报》2010 年第 1 期，第 21 页。

③ 黄金台《听鹂馆日识》稿本，上海图书馆藏。

者容易会在潜移默化中接受其观点从而影响其阅读行为。

另一种是选择政治地位高的作者作序，如张廷玉、英和、曾燠、阮元、柏葰、杜翻、贾桢、陈淮、吴棠、张祥河、林则徐等朝廷高官、封疆大吏，此类序跋作序者和原作者二人的政治地位有一定差距，基本上都是应邀而作，有明显的求名以利其文集传播的目的。最明显的是鲍桂生的《藏书楼骈文》，请了柏葰、杜翻、贾桢等人作序。作序时，柏葰为内务府大臣，兵部尚书，而另一位作序的杜翻是其门人，时任会试总裁，是科鲍桂生中举，故柏葰云："鲍孝廉小山，余门人杜筠巢少司马所取士也，礼闱后循故事来谒。"[①]鲍桂生在科考后以自己的骈文集进谒前辈师长，并求其序言，明显有借他人之名而涨文章身价之图。其骈文集另有作序者贾桢，任吏部尚书、协办大学士；吕贤基，时任工部左侍郎兼署刑部左侍郎，皆为官宦显达之辈。又如黄金台，张祥河曾为骈文作序："嗣余开府陕西，鹤楼制文邮赠，并示所刻《木鸡书屋骈体文》共三集，泉飞藻思，云散襟情，读之如置身方壶圆峤中，仙气拂拂扑眉宇，叹为不可及。今年春，引觐入都，韦人寓书于雷竹泉比部，云鹤楼四集已成，又将谋剞劂，欲余文弁其端。"作此序时，张祥河任陕西巡抚，而黄金台沉沦下僚，以秀才终身。两人结识，是因为道光二十五年(1845)张祥河因丁母忧回到松江，此前张已任广西布政使。后张祥河转任甘肃布政使，升陕西巡抚，黄金台一直都和张保持联系，并终于不远千里请得张为他的《木鸡书屋文四集》作序。康发祥请吴棠为其文集作序亦似之："腊鼓始催，岁签云转，兵事稍暇，游目有得，庭抚新录，几溢古香，海陵康君邮书远质，郑重一篇，属以元晏。"[②]吴棠曾任漕运总督，督办江北粮台，后出任两广总督、闽浙总督、四川总督等职，而康发祥不过一贡生，太常寺博士。又如林则徐序张泰青《小东山草堂(骈体)文钞》，其序云："永嘉张孟平同年嗜古饕奇，出其素蕴，发为词章，骈四俪六……而以所业见质，且属为序。"此序作于道光元年，此前林则徐曾典试江西，又任江南道监察御史，为官清廉公正，颇有名声。对于张泰青骈文艺术特色，林认为"皆出于心声"，心有所感，言为心声，非摘句润笔之作，对朝堂可润色鸿业，导扬风雅，对个人能抒写性情，吐纳英华。考《小东山草堂(骈体)文钞》文，如《瓯城灯幔记》之写观灯之景"每当高春日落，覆斗风轻，南油与西漆争燃，蜡凤与烛龙并照。二分月白，锦尽灯笼；百尺云红，布皆火浣"；《独弦亭琴蒙记》中"雁柱一行，凤丝三尺，泠泠枨拨，黯黯摩挲之哉"以"泠泠""黯黯"述幽微之情，适当附之散体常见的语助词，以疏荡之气，致清意之辞，非言不虚也。至于"将合东京、魏晋、六朝、三唐为一炉之冶"则是溢美之辞了。当时，

① 鲍桂生《藏书楼骈文钞》，《清代诗文集汇编》第710册，上海古籍出版社2010年版，第713页。

② 康发祥《康伯山文集》，《清代诗文集汇编》第653册，第84页。

能得到政治地位较高的人物为其文集作序,对文集的传播当会产生积极有力的影响。而对读者而言,序跋作者是作品传播的中介人,他们有较高的文化素养和社会地位,对作品的评论往往受到消费者的格外重视和遵从,从而影响消费者的阅读行为和作品的传播。

## 二、润色鸿业,骈体之用

骈文序跋最终旨归在宣扬、传播骈文,但序跋作者会不自觉地阐述一些普适性的骈文理论观点和话语,这些观念和话语反过来又影响到读者的阅读和作品的流传。比如关于骈文的功能问题,因为骈文形式典雅而又文辞华丽,循着这两路径,骈文的功能指向庙堂之高的歌颂功德和江湖之远的娱乐消遣,这种复杂矛盾的功能和骈文的创作实情也是相符合的。然而一般骈文序跋偏向于宣传前一种功能,从传播角度来说此种功能趋向于开掘骈文的艺术价值深度。吴慈鹤在《赏雨茅屋外集后序》云:"夫穷乃益工,屈宋称骚辨之祖,言贵有体,皋益实典谟之宗,山瘴泽瘁,无所施于庙廊;玉质金相,良有资乎黼黻。"①指出骈文的宣教点饰功能不但合情合理而且由来已久。柏葰《藏书楼骈文钞序》云:"使生能勉其所学翔步南宫,与翰林之荣选,掌制诏之宏词,将使崇论宏议,博大昌明,不徒以骈四俪六之长,蜚声艺苑,庶几经国之文章,不朽之盛事。"②把骈文提升到不朽的地位,其实散文用于阐理纪事,述德达情,较为可贵。骈文则遇国家典礼制诰等官方场面需用之处甚多,亦不可废。一个繁荣昌盛、国力强盛的时代,从"雅颂太平"的角度来看,骈文天生就适合为此。如章梫《松柏山房骈体文钞序》云:"今者邪说继起,礼教荡然,更何论乎文字得失,然乾坤不灭,乱极必治,古今一理。他日日月重光,圣道日显,非斯文,无以润色鸿业,非大手,无以黼黻体明。"③尽管当时非太平盛世,礼教荡然,但章梫依然倚望于将来圣道日显,骈文就能润色鸿业。在现实中,骈文是非常实用的文体,是庙堂之文和平时交际应酬的主要载体形式。无须回避,除了六朝和清代骈文内容广泛外,其他时代骈文的主要载体为应用性的公牍文章,所以就有庙堂、公牍文体适合用骈文的说法。如咸丰元年汪传懿给自己辑录的《骈体南针》作序云:"修辞之道首重对。君体要庄严,哀怀肫笃,近臣大僚乃得上达。唐宋以来。谢表奏章,骈俪尚矣。我朝明良庆遇,一德交孚。文治炳麟,同风

① 曾燠《赏雨茅屋外集》,《清代诗文集汇编》第456册,第338—339页。

② 鲍桂生《藏书楼骈文钞》,《清代诗文集汇编》第710册,第713—714页。

③ 张其淦《松柏山房骈体文钞》卷首,民国排印本。

三代。寓赓扬之盛于敷奏之中，或华赡而语详，或重而辞达，取裁经史，贯串百家。”①序文从庙堂之体要庄严典雅来解释谢表章奏需要用骈体的原因，又从清朝文治昌明，庙堂之体华赡简重、镕经铸史等方面来肯定乾嘉公牍骈文的成就，其实也就从创作方面说明了骈体对此类文体的适应性，说明骈体表文要有庄雅、工致之美，还客观上展示了庙堂、公牍骈体文章的广泛运用。李兆洛《骈体文钞》上编目录序云：“右著录若干首，皆庙堂之制、奏进之篇，垂诸典章，播诸金石者也。”从文学分体开始，骈体公文就十分兴盛，清人对于庙堂、公牍文章适合骈体的原因也有阐释。可见，在清朝骈文创作中，骈文的实用性并没有削弱，而是在康乾的盛世文治武功影响下，润色鸿业的功能得到加强，曹丕云“文章经国之大业，不朽之盛事”，正因为中国各种文体，各有所适，故既各有偏重，何必以诗词为正宗，又何必因散体而废骈文。

“四六骈俪，于文章家为至浅，然上自朝廷命令诏册，下而缙绅之间笺书祝疏，无所不用。”②至于骈文娱乐消遣、日常生活应用功能，一方面是下层人士间无所不用，另一方面在骈文学界却大多人对此是持反对态度的，如张寿荣《后八家四六文钞序》云：“小仓山房集，谓文之稍涉俗调。”③张寿荣囿于晚辈后学，很委婉地批评袁枚骈文中的应酬、游戏之作，称其稍涉俗调，但选文时却毫不客气地把这些作品置之一边，不予选录。然而骈文的确存在大量的娱乐消遣、日常生活应用创作，可知这类作品亦有其生存的价值和空间，如郑献甫《补学轩骈体文》二卷共收文 90 篇，寿序有 27 篇，若再加上哀诔、墓志类，差不多占了半数。而其《补学轩骈体文续刻》更是变本加厉，二卷共收文 41 篇，寿序占 34 篇！“五代时期，对联的形成和在生活中的广泛运用，证明骈文对大众生活的影响，使艺术生活化和生活艺术化具有了普遍性。现代社会，赋这种文体已经复活，在景区、公园等公共设施中非常多见。”④骈文的日常生活化自古皆然，从传播的角度来说，此种功能趋向于拓展骈文社会应用的广度，使这种文体不至于仅仅存在于阳春白雪的唱和之中，因此亦有不少序跋直接承认这种创作方式，并提示此类创作的价值和生存空间。郑开《操斋集·骈部·题辞》云：“中多应酬杂著，取裁骈俪，而时作谐辞谑语，游戏其间，益知武库通才，无所不备。”⑤是从作者创作角度论述游戏之作的可能性，李清照以婉约著称，却有“生当作人杰，死亦为鬼雄”之壮语；辛弃疾一生豪迈，不免“蓦

① 汪传懿《骈体南针》，清咸丰元年容我读斋刊本。

② 洪迈《容斋随笔》，上海古籍出版社 1996 年版，第 505 页。

③ 张寿荣《舫庐文存内集》，《清代诗文集汇编》第 705 册，第 713 页。

④ 莫道才《骈文学探微》，广西师范大学出版社 2017 年版，第 11 页。

⑤ 蔡衍鎤《操斋集骈部》，《四库未收书辑刊》第 20 册，第 453 页。

然回首，那人却在，灯火阑珊处”之喟叹，且游戏、应酬之作，让骈文更容易走入下层文人和百姓生活，比方说寿序、墓志、祭文、上梁文等，多为受托而写，表达赞美、庆贺之意，只为求一时之应景，故词多溢美，通套颂词，内容空洞，朱珪曾为商人鲍志道作墓志铭，即《诰封中宪大夫鲍翁墓志铭》，在文中称赞他“以善发身，人忘其贫；以经易籯，子获以成；名无虚文，以昌其后昆”，俨然品性完人。

但寿序中亦有佳作传世，李慈铭《越缦堂读书记》云：“文至寿序，可谓恶道，然如甘亭此序（按：指《钱可庐征君六十寿序》），及胡集中《王石腥先生八十寿序》、龚定庵集中《阮尚书年谱第一序》（即文达六十寿序），是三首者，包括群言，错综六艺，实可作儒林传经籍志读。此等皆奇绝之作，非古来所有者也。”①一方面指出写作寿序是恶道，一方面则认为有高手能化腐朽为神奇，亦有奇绝之作在其中。对于一些应酬之作，贺国麟也给出自己的见解：“间或他人请乞，同辈应酬，率尔雕章，偶为绘句，譬犹释章甫之冠，暂游越俗；奏阳河之曲，聊悦郢人。”②文学有曲高和寡的传世之作，也需要下里巴人般的向大众普及的作品，而骈文的寿序、送序、墓志铭等正是迎合了社会的某些客观需求，可能其文学价值、史学价值不高，但存在既是合理，对社会普通大众而言，正有此类文章存在的必要和价值。当然，骈文这两个功能是相辅相成的，把骈文从单纯的娱乐应用功能中解放出来，上附风骚，赋予骈文以教化典雅功能，这不愧为一种更加高明的传播策略，从上而下的传播影响远远胜过从下而上的传播影响。而且前者只是停留在人的感官愉悦的低层次，而后者占据道德高度，无疑会极大地提高文体地位，读者也会更有兴趣去探究词中深义，进而扩大骈文的传播广度和深度。

## 三、立德立言，文如其人

莫砺锋先生说：“古代文学研究中，搞清楚作家的生平和文本的创作背景，对于我们理解文本是非常重要的。所以我们古代文学研究在解读文本时，一个相当重要的工作就是作家研究，也就是作家论，就是我们所说的史实问题。”③一个文本的产生，有什么样的作家影响？作家又在什么样的时代背景下创作？作家的才情、意志如何？他的生平遭遇和创作之间的关系等等，都是作家论讨论的内容。知人论世、文如其人，这些传统的批评术语强调了作家与作品的密切关系，因此序跋家除了评价作品外，往往也会在序文中对作者展开品评。得益于序跋重视文本

① 李慈铭撰，由云龙辑《越缦堂读书记》，中华书局 1963 年版，第 835 页。

② 贺国麟《蜕疣集》卷首，《四库未收书辑刊》第 7 辑第 22 册。

③ 莫砺锋《文献与史实》，《东方丛刊》2008 年第 2 期。

周边资料的特征，清代骈文集序跋保存大量骈文文本之外的背景信息，“与其他经典阐释方式如传、注、训诂、章句等相比，序跋明显更有利于承担起‘知人论世’的职能”①。在清代骈文集序跋中，保存了大量第一手非文体的文献资料，如作家身世、生平交流、求学经历、编撰文集等信息，单篇看来虽零散不成体系，然整体上说，作为背景资料，序跋为“知人论世”“文如其人”提供了原始的材料和多维的角度，是正确解读骈文作品的有力补充，如张亨嘉《冠悔堂骈体文序》。此序以孔子“有德者必有言”为立论依据，从立德、立功、立言三个角度勾勒杨雪沧生平，“推论公出处大节，并及聚散离合之迹”，知人以论世，为后人研究杨雪沧骈文提供背景材料，为其骈文传播从作家角度产生积极影响。杨浚其人正史无传，所留史料极少，综合《福建通志・文苑传》《闽侯县志》《侯官乡土志》记载可知：杨浚（1830—1890），字雪沧，号健公，又号冠悔道人。祖籍福建晋江，后迁福建侯官。咸丰二年（1852）中举。杨氏为福建著名藏书家。晚年致力讲学，曾任教于漳州丹霞书院、霞文书院，厦门紫阳书院，金门浯江书院。著有《冠悔堂诗文钞》《冠悔堂赋钞》《冠悔堂骈体文钞》《冠悔堂楹语》《杨雪沧稿本》等。张亨嘉此序名虽为“冠悔堂骈体文序”，却基本没有论及杨雪沧骈文创作，而是“推论公出处大节，并及聚散离合之迹”，将杨浚一生得意事迹一一陈列，从序中可知，杨浚其人，少怀壮志，读万卷书，入世慷慨，金戈铁马，后游历四方，行万里路：“中岁拥锋车，游关辅，历吴楚、兖豫、幽并之域计十四省，遍览岱、华、恒、嵩诸胜，放棹瀛海，策马边碛。所至辄访耆宿，揽形势，跻高府源，慷慨怀古，慨然有独立苍茫之感。”②而终淡泊名场，致力讲学，成一方大儒。杨浚殁后，其好友及受业子弟挽其一生曰：“其次立言，著述千秋真作者；多文为富，庋藏万卷有传人”，“据大宗师席，登著作家堂，金石文章遗稿丹黄悲父执；读十万卷书，历数千里路，江山戎马运筹帷幄见才人”，虽有为长者溢美之心，然大体上居之无愧。此序知人以论世，突显杨浚立德立功又立言之一生，与国有贡献，与家有与学有传承，其人其文，功有成，言有传，展示了儒家刚强劲健，积极有为的士人风范，从而激起读者的阅读欲望，促进其文集的传播。读者通过要了解其所处的时代背景和创作背景，从而把握作者的意念情思，然后把握作品的意蕴，作出评价。在杨浚的骈文作品里，想建功立业而又怀才不遇，报国无门却清白自取的心迹数见不鲜，如《冠悔主人砚铭》曰：“三十三天，维天有眼；留补天穿，娲皇曰善。匠门爱才，命藏箧衍，晨兴兮长摩挲，池上兮沐恩波。白也黑兮，倚马

① 王玥琳《论他序“知人论世”的文体功能及实现方式》，《河北师范大学学报（哲学社会科学版）》2016 年第 5 期，第 83 页。

② 杨浚《冠悔堂诗抄》卷首，清光绪十八年杨氏刊本。

待题。"[1]以镜自喻却又暗慕屈宋风流。张亨嘉云:"士之怀抱利器,锐欲有所为于时,而其功有成不成,言有传不传,其命也欤哉!"不正是其生平写照么?在中国文学的接受观念里,文如其人有着强大的影响力,序跋家为了能使优秀的作品流传下去,往往从树立作家的正面形象上下功夫,因此序跋中一些溢美之辞也应运而生,比如南唐宰相冯延巳为人为政都无佳名,然其词则思深而语丽,为了使其词不受其人影响,陈世修在为其词集《阳春集》作序时乃极力拔高其形象,冯延巳乃陈世修先祖,私心使其作出了并不符合历史真相的评判,后世读者在接受冯延巳词时是否受这一评判影响我们无从判断,但其传播策略却还是值得肯定的。

又如孙衣言《平阳汤大合骈文书后》,此序可分两段,开篇第一段就不同凡响,以小说写作手法,从宋代曾任平阳知县的贤良清官汪季良引入。汪季良,字子驷,原籍玉山(今属江西),寄籍广信(今广西梧州)。其祖汪应辰,宋绍兴五年(1135)状元,以刚方正直著名,开禧二年(1206)汪季良任平阳知县,执政爱民,按法办事,又能给民众以方便,慎刑罚,简徭役,以宽恕待人,引导百姓明君臣、亲父子、和兄弟、谨夫妇、善朋友、视疾病、早安厝、严继绝、保本业、戒斗讼。汪季良还撰写了《平阳会书》四卷,叶适为之作序。即为序中所言"宋开禧中平阳有贤令汪季良子驷……民尤以为德"[2],尤其凸现了汪季良个人品德志节,有此德行,才能"守法而便民""好学而能文",融政事、品行、文学三者于一体,互相砥励。序文用了一半的篇幅介绍宋代的平阳县令汪季良,是为了从侧面反衬汤肇熙其德、其人、其文亦不下于汪季良也。因为通读第二段可知,其实汤肇熙的骈文创作就其文学价值而言可能难以入第一流之作者,故作者巧妙地运用了这种曲径通幽的手法。汤肇熙骈文共数十首,在第二段中,孙衣言先是指出其骈文是"其未仕时所为也"。然后小心翼翼地把部分格调不高之作摘取出来:"间涉游戏及乡曲应酬之作,非绍卿所甚注意。"然后笔调一转,赞扬其施政为民之德,最后又忽然论其诗似陆游,同时委婉的表示只是听闻,自己没读过其诗作,"抑予闻绍卿又喜为诗,或以为似陆务观"。通篇序文,孙衣言都未明确叙述汤肇熙骈文有何特点,价值何在,但字时行间处处不离作者德行,并以德行比拟其文,暗示读者,有其德,有斯人则必有斯文也。《点石斋画报》有《龙图新案》记汤肇熙断案故事。据史载,汤肇熙在平阳勤政爱民,推崇文教,本地豪族或上司对他颐指气使,汤肇熙不予理睬。当时民间多陋俗:南北港多溺婴,江南端午斗龙船引起宗族械斗,各地迎神赛会中大肆摊派,他一一予以禁止。并在各乡设书院、社学,亲自批阅学员课艺,以自己薪俸发奖。在任共7年,对当时的平阳的文化建设,特别是对于文明塔的重建和南雁荡山会文书院的

① 杨浚《冠悔堂骈文》,《清代诗文集汇编》第712册,第514页。

② 孙衣言《撰逊学斋文钞》续钞卷二,清同治十二年刻增修本。

维修重建，倾尽心血，意义重大！汤肇熙骈文今已无存，但从此序依然可体味到其道德修养之高洁和独特的主体人格魅力，在当今文化快餐泛滥、部分作家低俗无品，甚至美女以身体写作、为名哗众取宠的语境中，重提"有德者必有言"，"文如其人"这一话题，对于重塑作家纯正的人格与文格，重建文学作品优秀的思想道德文化内涵，弘扬作家主体人格精神和确立文学批评的道德评判标准具有一定的现实指导作用和当代价值的。

## 四、评骘作品，指引阅读

清代骈文集序跋家在序跋里既有对具体作品的评骘，也有对作家整体风格的界定。他们其中的很多人本身又是著名的文人学者，能够以精炼的语言提炼作品的精彩之处，渗透着个人对作品思想内涵及艺术风味的精到体认与准确把握，许多评价至今仍是权威的判断。刘若曾《小谟觞馆文集注序》云："湘涵重气节者也，观其《再答李洪九书》，铲采埋光，韬精隐耀，必有合于先生者。"①认为彭氏文章以道为先，文如其人，是作者志气和节操的表现，彭氏骈文超越当时的骈散之别，以气贯之，创作了大量学术性的骈文名篇，将文章与学术有机的整合起来，这是其骈文内容的一大特点，刘若曾在序中一语中的。彭兆荪长于骈体文，尤以精《文选》体称名于世，李慈铭云："千里（指顾广圻）先生深于汉魏六朝文学，熟于周秦诸子之言，故其为文或整或散，皆不假绳削而自合。甘亭毕力于文，骈体自为专家，然工丽虽胜而痕迹亦显，此文人学人之别。"②认为彭文是学人之文。彭兆荪《读史偶钞序》承认自己的文章"原原本本，如数家珍，论史有心得，不仅以文笔见长"③。

钱宝青《听云仙馆俪体文集序》中，以常州词派的文学主张意内言外，比兴托寄来评点汤成彦的骈文，从"真学问，真性情"入手，具体是汤成彦有"倚天拔地之才，凌古轹今之气"，"其于书无所不窥，每过目终身不复忘"，所以其骈文成就是："独我秋史华而婉，瞻而有深致，沛乎其若驰，愀乎其若思，循是以为文，方且抗迹《骚》《雅》，平视曹刘，又何兰成孝穆之云？"④总结起来是丽质隐事、华婉瞻致、气沛深思，汤成彦以"真学问""真性情"之"倚天拔地之才，凌古轹今之气"，将常州词派推崇的"幽约怨诽之情""低徊要眇之其致"转植于骈文中，故得此感。钱宝青以文如其人论，汤成彦以词论入骈文文论，还暗含以文、以词附骈，提升骈体地位的意

① 彭兆荪《小谟觞馆文集注》，《四明丛书》第七集，第457页。

② 李慈铭《越缦堂读书记》，上海书店出版社2000年版，第1101页。

③ 王文濡《清代骈文评注读本》，评语，民国六年初版本。

④ 汤成彦《听云仙馆俪体文集》，《清代诗文集汇编》第640册，第1页。

味。“秋史……于他体不多作，恒肆其力于骈文。”“恒肆其力于骈文”者，离不开其对骈文的挚爱，在他们心中，骈文不再是小道雕虫，而是和诗歌、文章一样可以寄托人生感怀、表达个性气质，抒写世间沧桑的文体，和诗词殊途同归。读其文如《重修元妙观碑记》：“常郡东郭外，古刹林立，金碧辉映，若标举尘外，声藻震中，取静于纷喧，造境于空旷，冠以杰阁，翼以飞亭，凭栏四顾，澄碧千里，浩浩乎！廓廓乎！[①]”气转如丸，语清如雨，读之有出尘之想。撰写序跋最直接的目的是推介作品，因此评价作品成为序文中最核心的部分。相对普通读者而言，序跋家的文化程度和社会地位都更高，而且对作品比较熟悉，理解也更为深刻，他们或阐发作品的思想意义，或揭示作品的艺术特点，或记述作品相关本事，或点明作品某一妙处，皆能作为读者的引导。作为文本最早的阅读接受者之一，序跋作者在序文中常以专家、权威的身份评价作品，揭橥其骈文特色，挖掘出作品的深义，增强了普通读者对作品的信任感并决定进一步阅读接受的欲望。

序跋是参与正文本意义生成和确立过程中的重要的副文本，作为对作品的一种导读，它为读者提供了一定的审美期待和阅读空间，亦通过请名人作序跋、解析骈文功能、塑造作者形象、分析作品特色等维度为作品的文学史定位和经典化提供了支撑，有力地促进了清代骈文的传播和骈文复兴。

① 汤成彦《听云仙馆俪体文集》，第25页。

# 大英图书馆藏四种清代赋集选本考述

曾　肖（暨南大学文学院）

英国国家图书馆（大英图书馆）藏有四种清代赋集选本：《崇川赋钞》《同馆律赋鸿裁》《同馆赋钞》《历朝赋楷》。其中《崇川赋钞》仅见道光重刻本藏于江苏南通市图书馆；《同馆律赋鸿裁》未见著录于其他海内外藏书机构目录；以《同馆赋钞》命名的同类型清代赋集选本，国内藏有多种，但英国所藏一册不同于国内现存藏本。《历朝赋楷》见藏于中国国家图书馆和北京大学等国内图书馆，国图有清刻本，北大藏有清康熙二十五年（1686）刻本和清尚德堂刻本；踪凡、郭英德主编的《历代赋学文献辑刊》23、24 册有收录，但英藏本与国内诸本略有差异。上述书籍，笔者曾在英国访学期间得以寓目，兹考述如下。

## 一、《崇川赋钞》

《崇川赋钞》，杨廷撰编，洋装，三册装订成一册。嘉庆己卯年（1819）夏镌，前有吴鸣镛序言。封面如右图，中间为书名“崇川赋钞”四个大字，右上方是刻印时间“嘉庆己卯夏镌”，左上方有“诗钞嗣出”四个小字。卷首有吴鸣镛撰于嘉庆二十四年（己卯，1819）的序，与镌刻时间同在一年。有目录，分五个部分，共收赋 87 篇，另有“补编”，收赋 3 篇。正文的板框长 18.2 厘米，宽 9.8 厘米；无行界，半叶九行二十三字；有圈点，夹批和文末批语。版心无象鼻、鱼尾，上方为“崇川赋钞”四字。

崇川，隶属于江苏省南通市，宋改通州为崇州，又名崇川，清属扬州府管辖。杨廷撰，字述臣，江苏南通人。《江苏艺文志・南通卷》载：“杨廷撰（1785—1854），字述臣。清通州人。世纶孙。增贡。喜读书，尽读家中旧藏及里中书贾与士大夫家藏书。嘉庆十八年（1813）在扬州梅花书院从吴锡麒学。平生尽力搜辑乡先辈

**基金项目**：本文获中央高校基本科研业务费专项资金资助。

诗文轶事，编纂成书。"①书中列举了杨廷撰的个人撰述多达十三种，与人合撰两种，《崇川赋钞》著录在内，属于集部总集类，四册不分卷，道光元年重刻本，南通市图书馆藏。

经笔者目验，南通市图书馆所藏《崇川赋钞》为四册，线装，封面有缺损，封面中间为"崇川赋(钞)"，"钞"字阙，右上小字"道光元年重镌"，左上"诗钞嗣出"，左下"琴川阁"，有字阙。正文的板框、行款与英藏嘉庆本同。版心上方为"崇川赋钞"四字，下方为页码，而英藏嘉庆本的版心无页码。南通市图书馆为道光元年(辛巳，1821)重刻本(以下简称道光本)，比大英图书馆所藏嘉庆本(以下简称嘉庆本)晚了两年，在分集、目录、正文的收录方面都有一些差异。

英藏嘉庆本原分三册，目录在第一册，分为六个部分，按页数来划分：目录一有 14 篇赋；目录二有 18 篇赋；目录三有 18 篇赋；目录四有 18 篇赋；目录五有 19 篇赋；补编有 3 篇赋；共有 90 篇赋。而正文部分不分卷，收文从陈有度的《众星拱北辰赋》到胡长龄的《自鸣钟赋》，实有 88 篇赋，缺补编的末两篇：王昕的《灯花赋》和《范公堤赋》。

南通藏道光本共分四册，第一第二册收文与嘉庆本相类似，第三第四册为《崇川赋钞二集》，收文不见于嘉庆本。两个版本相比较，道光本第一册的目录排列顺序与嘉庆本相近，但有错页、涂抹、插增等现象。道光本误将目录四提前，置于目录一、目录二之间(正文的排列与嘉庆本同)；目录二、目录五出现涂抹痕迹，目录二缺姜恭寿的《水绘园赋》、刘伊的《拔茅茹赋》，目录五缺陈云澜的《楂客至斗牛赋》，而正文亦不收录这 3 篇赋。两个版本相比较，嘉庆本的目录体例：赋名＋系年＋作者＋籍贯；而道光本的目录体例写法较为简单，只有赋名＋作者＋籍贯，在作者人名之前缺少了作品系年。

在正文收录方面，道光本比嘉庆本的篇幅更大，包括一集二集，除了缺上述姜恭寿、刘伊、陈云澜(目录写作陈云兰)这三人的 3 篇赋以外，收文的数量要增加许多。道光本的第一册收文从陈有度的《众星拱北辰赋》始，至杨光涣的《白燕赋》止；第二册收文从王永祺的《支云塔赋》始，至王翊清的《画龙点睛赋》止，与嘉庆本相比，多了目录"补编"中王昕的《灯花赋》和《范公堤赋》，另多了 35 篇赋，从杨廷恩的《支公好鹤赋》至王翊清的《画龙点睛赋》止。这 35 篇赋不见著录于道光本第一册的目录，而著录于第三册《崇川赋钞二集》的目录中；由此来看，这 35 篇赋并非一集的选文，而应当属于二集的选文，误刻于一集当中。第三册的封面从右至左分二栏用大字题写"崇川赋钞二集"，最左栏用小字镌"诗钞嗣出"。第三册的二

① 南京师范大学古文献整理研究所《江苏艺文志·南通卷》，江苏人民出版社 1995 年版，第 143 页。

集目录共著录了127篇赋，赋名之中有的地方被涂抹，只留下空白；从涂抹痕迹来判断，还有16篇赋被删减了。

从收文的标准和宗旨来看，《崇川赋钞》是一部地方性赋集选本，以作者的籍贯作为入选的标准，主要包括通州、泰兴、如皋、海门等地，收录的作者主要有：陈有度、季振宜、季开生、孙闳达、王令树、石为松、丁腹松、李玉鋐、李进瑄、李进玮、姜任修、高清、胡香山、马宏琦、高允中、李堂、李方膺、高名世、姜恭寿、顾云、史鸣皋、刘伊、冯世杰、方汝谦、丁有煜、丁汲、孙世仪、顾駉、蒋震文、保兆炳、金榜、王城、沙重轮、李霞、徐琳、孙奎、保观、李懿曾、季惇大、胡长龄、范驹、李占梅、孙炜文、曹星谷、金华笔、杨光焕、王永祺、保麟、王文鸾、马有章、丁芸芳、吴司直、徐蔚、陈云桂等人，除季振宜名气稍大外，绝大部分作者文名不显。如果不是这部赋集选本著录他们的文章，其人其文皆湮没在历史长河中。

大部分作者入选文章的数量为1篇，收文2篇的有杨光涣、丁芸芳、吴司直、陈云兰、王昕等，收文3篇的有徐琳，收文5篇的有胡长龄、陈云桂，收文最多的是李懿曾，有7篇。这部赋集选本以选崇川一地之赋文为宗旨，此为杨廷撰的编选目的。从版本来看，英藏嘉庆本是初刻本，只有一集88篇赋，分三册收录；而南通藏道光本是重刻本，包括一集和二集，一集87篇赋，二集127篇赋，共分四册，二集选文不见于嘉庆本。但嘉庆本与比道光本的一集相比，并没有涂抹与删减的痕迹，更能体现杨廷撰编选《崇川赋钞》时的原貌与初衷，其版本价值大。从嘉庆本到道光本的变化，删文的情况可以推测道光朝初年对文字的严控及对江南文人思想的钳制，如皋冒氏的水绘园成为敏感对象，背后的原因值得进一步考索。关于这些问题及此书的文本阐释，笔者将另撰文章来讨论。

## 二、《同馆律赋鸿裁》

《同馆律赋鸿裁》一书的封面中间是六个大字“同馆律赋鸿裁”，板框上方横题“丁卯年孟秋”，右上方写“晋水曾耀岩选辑”，左下方写“逊志堂藏板”。此书由曾宝光于嘉庆十二年（1807）选辑，逊志堂刻印。全书共四卷，收赋146首，洋装，六册装订成一册。此书未见国内书目有著录。书有作者自序，有目录。序言末尾署：“嘉庆丁卯年夏五月晋江曾宝光耀岩氏书于栖梧堂书塾。”可知此书编辑成书于1807年，约刻印于同年秋。晋江今属福建泉州，雅称刺桐、瑞桐，因五代时遍植刺桐花，因此得名。故此书的编辑者曾宝光，字耀岩，泉州人，栖梧堂书塾应是其坐馆执教的地方。逊志堂疑为清中期著名藏书家吴翌凤的书斋，吴有《逊志堂杂钞》十卷。吴翌凤(1742—1819)，字伊仲，号枚庵、眉庵，别号古欢堂主人，初名凤鸣，祖籍安徽休宁，侨居吴郡槐树街(今苏州)。吴乃藏书家吴铨后裔，极嗜书，曾寓陶氏东斋，手抄佳本，得数千卷。逊志堂藏板，则此书底板藏于吴处。

此书收录了叶绍本、金榜、法式善、陈希曾、阮元、翁方纲、纪昀等人的律赋，其中大部分作者在文学史上文名不显，但他们的共同身份是曾在翰林院供职，这些人或与法式善的任职时间相近。法式善(1752—1813)，姓蒙乌吉氏，原名运昌，字开文，别号时帆、梧门、陶庐、小西涯居士。乾隆四十五年(1780)，法式善 28 岁中进士，改翰林院庶吉士散馆授检讨，擢司业；乾隆五十年(1785)移左庶子，五十一年(1786)迁侍读学士；乾隆五十三年(1788)，法式善移居北京净业湖杨柳湾，号称小西涯(明代李东阳曾居于此，号西涯)，筑书室“诗龛”“梧门书室”。法式善前后在此居住了将近十二年的时间，以法书名画、莳竹数百竿为伴。法式善编有《同馆赋钞》，搜录乾隆十年乙丑科至嘉庆十四年己巳科共六十五年间的三十科馆课，每科为一卷，加上大考一卷，散馆一卷，共三十二卷。

正如曾氏在《同馆律赋鸿裁》序言中所说：“祭酒法时帆先生汇辑《同馆赋钞》二十余卷以示艺林，则效之程，久矣，洛阳纸贵，鸡林价高矣。光前岁自京师购得一部，友人索抄者日不暇给，因就迩来所录以课授生徒者，得一百四十余篇，付诸剞劂，以同诸公好焉尔。”曾宝光的《同馆律赋鸿裁》受到法式善编选《同馆赋钞》的影响而成书。法式善别号“梧门”，书室号“梧门书室”；而曾宝光所就馆的私塾名“栖梧堂书塾”，两者之间存在一定的联系。书中所收律赋，卷一有张师诚、冯培、金榜、吴锡麒、闵惇大、朱绂、沈士骏、吴蔚光、戴联奎、戴衢亨、陆伯焜、王苏、汪学金、王宗诚、叶绍本、沈初、吴垣、蒋祥墀、梁上国、吴贻咏、蔡以基、柳迈祖等 22 人各 1 篇赋，叶绍桂 2 篇赋；卷二有欧阳正焕、李尧栋、郭淳、李宗瀚、徐天柱、吴锡麒、文宁、孙辰东、汤世昌、法式善、陈万全、潘绍经、陈希曾、汪廷玙、万承风、王懿修、洪梧、蒋祥墀、彭元瑞、谢启昆、查莹、饶学曙、金□松等 23 人各 1 篇赋，平恕、吴寿昌等 2 人各 2 篇赋；卷三有彭元琉、陆伯焜、金榜、王苏、吴廷选、郑应元、曹城、刘权之、周系英、英和、周于礼、罗修源、李宗瀚、国柱、曹锡龄、冯培、寇赉言、钦棨、吴锡麒、刘凤诰、郭淳、查莹等 22 人各 1 篇赋，叶绍本 2 篇赋；卷四有许兆椿、李宗瀚、潘庭筠、李绶、蒋祥墀、谷际岐、百龄、梁上国、张书勋、洪梧、王杰、陈嗣龙、钱士云、祁韵士、寇赉言、阮元、陆费墀、秦恩复、陈琪等 19 人各 1 篇赋，查莹、叶绍本、王宗诚等 3 人各 2 篇赋；卷五有陈初哲、关槐、阮元、纪昀、李如筠、刘跃云、李尧栋、吴锡麒、刘凤诰、陈昌图、翁方纲、初彭龄、辛从益、刘权之、彭元瑞、项家达、陈墉、李宗瀚、邹炳泰、谭光祥等 20 人各 1 篇赋，姚颐 2 篇赋；卷六有王懿修、福明安、万承风、吴省钦、百龄、陈昌图、叶绍本、叶大观、陈琪、蒋祥墀、祁韵士、徐天柱、胡高望、王春煦、吴寿昌、吴璥、陈有会、郭淳等18人各1篇赋，吴贻咏、吴省兰、张曾敞等3人各2篇赋，计146篇赋。内容题材十分多样，从哲学、星宿、神话、寓言、政治、咏物、治学、典故、艺术、法律，乃至日常生活各种事物，都有涉及，选材丰富。

## 三、《同馆赋钞》

《同馆赋钞》，封面中间四个大字“同馆赋钞”，有目录，分上下两卷。上卷有赋43篇，下卷有赋45篇，共88篇。无序言，无编者。两册装订成一册，洋装。以《同馆赋钞》为名的清代赋集选本很多，现存法式善、王家相等人的选本，大英图书馆藏本有别于国内这些同名赋选。

此书的作者包括有戚人镜、黄中模、王家相、洪莹、李振庸、敏惠、高赐礼、廖鸿藻、唐鉴、曹德赞、佘文铨、陈瑞球、龚镗、黄安涛、郑家麟、徐镛、叶申芗、邱云腾、喻士藩、廖金城、孔传纶、黄旭、蔡培、朱瀛、锺昌、张岳崧、崇硕、刘教五、谭瑞东、路德、齐彦槐、瑞林、何太青等33人。一个作者入选的文章往往不只一篇，大多数都有两篇及两篇以上。所收文多为同题之作，同一个赋题下有数人的作品，如《纲举网疏赋》共有戚人镜、黄中模、王家相、洪莹、李振庸、敏惠等六人的作品，《皇都一统赋》共有高赐礼、廖鸿藻、唐鉴等三人的作品，《陈诗观民风赋》共有洪莹、黄安涛、黄中模、唐鉴等四人的作品，《木兰秋狝赋》共有洪莹、邱云腾、喻士藩等三人的作品。这些人的共同身份是曾供职翰林院，有的还经常在一起酬唱诗赋，以提高写作技艺，较量才学高低，增强相互联系。同题之作当是他们同在翰林供职之时的酬唱应和之作。

这些人有功名，当中部分人有文名，如洪莹（1780—1840），字宾华，号钤庵，安徽歙县人，嘉庆十四年（1809）中进士，因国策卷文获嘉庆皇帝赐为状元，洪亮吉是其堂兄。廖鸿藻，字应祉，号仪卿，福建闽侯人，少时即有文名，嘉庆三年（1798）中举，嘉庆十四年己巳科进士（二甲四十五名），历任翰林院编修教习、江西督粮道兼兵备道，先后主持四川、江南乡试。王家相，字宗旦，常熟人。嘉庆十四年进士，官编修，迁御史。曾作为法式善的助手，协助编选、校对《同馆赋钞》；他自己另编有《同馆赋钞》，收录自嘉庆辛未科至道光癸未科六科馆课加上大考、散馆的赋作约三百篇。上述三人皆为嘉庆十四年进士，有同年之谊。

从入选赋篇的内容来看，上卷多为歌功颂德、命题应试之作，如曹德赞的《德车乐御赋》、佘文铨的《明日达聪赋》《所宝惟贤赋》、陈瑞球的《九功之德皆可歌赋》、龚镗的《太师陈诗观民风赋》、洪莹的《陈诗观民风赋》等。下卷有些是吟咏历史人物、事件的作品，如廖金城的《范文正公义田赋》、谭瑞东的《通鉴纪事本末赋》、齐彦槐的《李谪仙访许宣平赋》等；也有一些是采用诗歌典故为题，借以吟咏生活、自然的作品，如叶申芗的《二月春风似剪刀赋》、崇硕的《冬日可爱赋》、邱云腾的《登高赋》、洪莹的《杨柳依依人唤船赋》、龚镗的《寒梅著花未赋》、王家相的《霜钟赋》《雁字赋》等。

乾嘉时期，赋选渐多，律赋渐盛，嘉道年间，赋集选本层出不穷。《同馆赋钞》的同名书籍出现多本，即是其中的典型例子。法式善编《同馆赋钞》，选翰林院庶常馆之赋，在当时影响甚大，王家相的《同馆赋钞》《二集》、曾宝光的《同馆律赋鸿裁》都依此范例成书。从入选作者和编排来看，英藏《同馆赋钞》的编选亦是受到法式善一书的影响。另外，朱其镇有同名书籍《同馆赋钞》，专选清代馆阁赋文。朱其镇字九山，朱万均之子，道光九年(1829)进士，官巩秦阶道署按察使，书法出入晋唐，晚年嗜颜柳。国图藏有宋湘的《同馆赋钞》，四册，清嘉庆二十五(1820)年刻本，九行十九字，白口，四周双边，单鱼尾。其实此书并非赋集选本，而是宋湘的个人诗文集，书名亦非《同馆赋钞》，书的封面题“嘉庆庚辰春刊　红杏山房诗钞”，第一册收《燕台剩沈》一卷，《南行草》一卷，《滇蹄集》的卷一、二；第二册收《滇蹄集》卷二、三，《楚艘吟》一卷；第三册收《红杏山房试诗》《红杏山房试帖诗》《汉书摘咏》《后汉书摘咏》《同馆赋钞》，《同馆赋钞》共有宋湘的赋 5 篇；第四册收《不易居斋集》《丰湖漫草》《续草》。宋湘之书有别于其他赋集选本，此不赘言。

## 四、《历朝赋楷》

大英图书馆藏《历朝赋楷》，王修玉撰，洋装，卷首依次为《序》《论赋十二则》《选例九则》，有目录。卷首是半页九行二十字，四周单边，上下粗框，有界行，单黑上鱼尾。有圈点。正文是半页十行二十一字，四周单边，上下粗框，无界行，单黑上鱼尾，有圈点，每篇文末有关于作家作品的评语。此本的王修玉自序缺了最后的署名页，无法判断其刻印时间；但从版本、行款、字体来看，皆与康熙二十五年(1686)的清刻本一样，应是同一个底本刻印的。

国内现存《历朝赋楷》的版本较多。经笔者目验，国图所藏的是清康熙二十五年刻本，无书名页，线装，八卷，四册，王修玉的自序有阙文，只剩“康熙二十五年岁次丙寅季春上巳钱江王修玉序”一行字，两枚印章：“王修玉印”“倩修氏”。卷首依次是《序》《选例九则》《论赋十二则》。北大藏清康熙刻本《历朝赋楷》为线装，八卷，共八册一函，有书名页，封面正中是大字“历朝赋楷”，右上方小字“西陵王松壑先生选注”，左下方小字“文盛/致和堂新梓”。卷首依次为《序》《选例九则》，却没有《论赋十二则》，其他版式、字体、行款与大英图书馆和国家图书馆的藏本一样。《四库全书存目丛书》集部第404册收录了福建省图书馆藏的《历朝赋楷》八卷首一卷，无封面印，依次为《序》《选例九则》《论赋十二则》，有目录。与上述国内版本相比，大英图书馆藏的《历朝赋楷》，刻印更加清晰，有较大的版本价值。

《历朝赋楷》的选注者为王修玉（1626—1699），字倩修，号松壑，自号恬翁，浙江钱塘人。康熙年间拔贡生。少时曾与"金陵十子"相倡和，还与当时名士毛先舒、吴任臣、虞黄昊、徐旭龄辈订交，是"鹫山十六子"之一。著有《松壑堂集》，已佚。杭世骏的《殳母吴太君寿序》指出殳静澜兄弟事母至孝，其母吴太君教子有方："诲诸子严而有法，从其姻亲徐冢宰宅，师钱唐王松壑先生，检束威仪，切究心性，钞五经置巾箱，出入雒诵，分析疑义，以文会友，皆硕学髦士，无里巷间轻訬任侠之习。以故静澜等树质温茂，读书期为有用，聘游幕府，以经术经世务，断断如也。"①文中描绘了王修玉的性情严谨，精研心性之学，治经甚勤，教诲弟子务实经世。文盛堂、致和堂分别为江苏南京、苏州的书坊，明朝已有，至清仍存，此书由两书坊的传承者新刻。康熙二十五年刻本除上述图书馆有藏本外，清华、山大、吉大、上图等皆有藏。又有清尚德堂刻本，北大、人大藏。

清代赋文创作与赋学理论都再次兴盛，留下了大量的作品，有许多赋文及赋集选本、总集至今被研究者们忽略，至今沉睡在海内外的图书馆。如何开发、利用好国内各大图书馆收藏的清代赋集和现在已出版的赋集影印本，乃至海外藏本，作全面深入的文学、美学和文化研究，是一个亟须关注的课题。笔者对大英图书馆所藏的四部清代赋集选本作初步的版本介绍和简略的内容描述，只是一个基础的情况考察。目前学界已有学者关注《历朝赋楷》，取得的研究成果也较多②。而另外三部清代赋集选本则无人提及，《崇川赋钞》《同馆律赋鸿裁》《同馆赋钞》的文献价值与文本阐释，都有待进一步的探讨。

---

① 杭世骏《道古堂全集》文集卷十七序十四，清乾隆四十一年（1752）刻、光绪十四年（1888）汪曾唯增修本。

② 潘务正《王修玉〈历朝赋楷〉与清初文教政策》，《浙江师范大学学报》2010年第1期。

# 论王世贞六朝文观及其创作实践

贺玉洁(咸阳师范学院)

作为嘉靖后期重振复古思潮的领袖,王世贞之于明代文学的影响力大而深远,诚如胡应麟所言:“当嘉隆万历际,亡论艺士鸿流,薄海内外无思不服,即婴儿走卒,里妇担夫,西南裔夷,江淮草木,靡弗知有弇州先生也者。”①身处吴中文学的衰变期,王世贞厌恶本地文学的靡丽软媚习气,倾心于中原文风的苍健雄劲。故在以《艺苑卮言》为代表的著作中,他对六朝文及吴中六朝文风多有批判,批之“失靡而浮”②。王世贞自言平生不为四六,然实际创作却与之相悖。吴肃功曾指出:“元美为秦汉,而蹈六朝之骈冶。”③胡应麟在《弇州先生四部稿序》中亦言:“四六之整而流,艳而发,其含吐江左蹈藉唐初乎。”④然而,现存文学史或既有观点对王世贞六朝文观缺乏准确的解释或充分的阐述⑤。盖因复古盟主的身份及复杂文化心态的冲突与调适,王世贞对六朝文的真实态度显得隐晦且矛盾。将其作品中对六朝文及吴中六朝文风的批评和反思,与其骈文创作实践综合起来加以考察,应是揭开这一“谜底”最有力的佐证。

---

① 胡应麟《弇州先生四部稿序》,《少室山房集》卷八十一,《景印文渊阁四库全书》集部第1290册,台湾商务印书馆1986年版,第580页。

② 王世贞《答王贡士文禄》,《弇州四部稿》卷一二七,《景印文渊阁四库全书》集部第1281册,第139页。

③ 吴肃公《书王弇州集》,《街南文集》卷十八,《四库禁毁书丛刊》集部第148册,北京出版社1997年版,第310页。

④ 胡应麟《弇州先生四部稿序》,《少室山房集》卷八十一,《景印文渊阁四库全书》集部第1290册,第580页。

⑤ 李慈瑶《明代嘉万之际吴中文章观冲突之考论——以皇甫汸与王世贞、刘凤的对立为中心》(《文学遗产》2014年第4期)一文,分别从对以六朝文为标志的吴中文统的褒贬、对骈散地位高下的争执、在骈文的创作手法及风格旨趣上的差异三个角度,对比分析了以皇甫汸为代表的当地主流和以王世贞、刘凤为代表的复古人士在文章观方面的不同。该文虽对王世贞的六朝文观有所涉及,但并非将王氏本人视为个案研究,故缺乏全面而细致的观照与阐述。

## 一、"文必秦汉"主张下六朝文的真实处境

自康海、王九思二人提出"文必秦汉"①说，后人普遍将之视为明前、后七子复古运动最具代表性、时代性的理论主张，它典型而集中地表征着，复古运动的基本特征在于对文坛理学独尊的不满与"叛离"及对文学本质属性的渴求与回归。王世贞"文必秦汉"的理论主张似乎曾受到李梦阳的影响，在《艺苑卮言》中他讲到：

> 李献吉劝人勿读唐以后文，吾始甚狭之，今乃信其然耳。记闻既杂，下笔之际，自然于笔端搅扰，驱斥为难。若模拟一篇，则易于驱斥，又觉局促，痕迹宛露，非斫轮手。自今而后，拟以纯灰三斛，细涤其肠，日取《六经》《周礼》《孟子》《老》《庄》《列》《荀》《国语》《左传》《战国策》《韩非子》《离骚》《吕氏春秋》《淮南子》《史记》、班氏《汉书》，西京以还至六朝及韩柳，便须铨择佳者，熟读涵泳之，令其汪洋恣肆。②

与李攀龙文章一味"拟议"秦汉相较，王世贞的文章观显得通达而兼容。他对李梦阳"勿读唐以后文"的观点表示由衷赞赏，并指明具体的师法路径。在王世贞所铺展开的文章统绪中，秦汉而下，东汉以后乃至六朝文均在习法范围之内。这与祝允明曾在《祝子罪知录》中提出的"根本乎《五经》，平揽乎十代(秦、汉、魏、晋、宋、齐、梁、陈、隋、唐)"③的观点颇为相似。值得注意的是，王、祝二人均将文统下限界定在唐，流露出明确的排宋倾向。祝氏以为其时文之弊，主要归因于道学之伪、科举之坏，而这一切均以宋为滥觞之源④。王世贞则是以古今时序论文，时愈下则文愈坏，曰：

---

① 康海在《渼陂集序》(《渼陂集》卷首)、王九思在《康公神道碑》(《渼陂集·渼陂续集》卷中)均提到"文必先秦两汉，诗必汉魏盛唐"。

② 王世贞《艺苑卮言》，凤凰出版社2009年版，第14—15页。

③ 祝允明《祝子罪知录》卷八，《祝允明集》，上海古籍出版社2016年版，第781页。

④ 祝允明在《祝子罪知录》卷五中论道学之伪，曰："自有六经以来，无道学与非道学之目，凡为孔氏之徒，诵习六经者，皆此学也。但有纯不纯，至不至耳。宋儒始以当学者为道学，固已若赘，而且亦无害。"至其浮学末流则变而成伪，"窃其名而反其实，既享其名又收其利"。在《答张天赋秀才书》中又颇论科举之坏，他认为晚宋以来，科举之文"虽至为狷浇，亦且猎涉繁广，腐绮伪珍，纫缀扣镂，眩曜满眼"，近时之文则"愈益空歉，至于憔悴萎槁，如不衣之男，不饰之女，甚若纸花土兽而更素之，无复气彩骨毛，岂壮夫语哉"？

> 西京之文实，东京之文弱，犹未离实也；六朝之文浮，离实；唐之文庸，犹未离浮也；宋之文庸，离浮矣，愈下矣；元无文。①

此处，他将六朝置于唐、宋之上。文以西汉之“实”为上，东汉之“弱”次之，六朝之“浮”又次之，那么“实”“弱”“浮”又该如何定义？又曰：

> 吾尝论孟荀以前，理苞塞不喻，假而达之辞；后之为文者，辞不胜，跳而匿诸理。六经也，四子也，理而辞者也。两汉也，事而辞者也，错以理而已。六朝也，辞而辞者也，错以事而已。②

文章本源六经，因理而辞，理辞兼胜；一变而两汉，则因事而辞，理在其中；再变而六朝，则因辞而辞，理则不与。据此而论，因理而辞则为“实”，因事而辞则为“弱”，因辞而辞则为“浮”。换言之，王世贞认为“理”与“辞”有本末源流之别，六朝文之弊在于重辞而轻理，实为本末倒置之举。然而，单纯反对辞藻并非其真实意图，他所反感的是对艺术技巧的过度雕琢，忽视文章内在的质实或说理的成分，从而使文章沦为骋辞炫技的空壳，华则华矣，实则不存。这种观点直接影响了他对六朝人的评价。如评曹植：“子建天才流丽，虽誉冠千古，而实逊父兄。何以故？材太高，辞太华。”③病其丽藻太盛，文以掩质。又论庾信：“庾开府事实严重，而寡深致。”④责其用典多，语意滞涩，殊无韵致。但这并不意味着他认为六朝文一无可取之处，王世贞自言：“吾于文虽不好六朝人语，虽然，六朝人亦那可言。”⑤潘岳文辞清绮，饶有情韵；左思《三都赋》言必有据，语必征实；《鲁灵光殿赋》“描摹刻画，笔如犀燃”⑥，王世贞认为诸人所作造诣极高，假令韩、柳为之，亦不能过。于六朝文中，他尤赏《头陀寺碑》一文，赞曰：“以北统之笔锋，发南宗之心印，虽极俳偶，而绝无牵率之病。”⑦认为该文善以生动笔法阐明佛理之精微，且叙事说理句句用典，斧凿而无痕，隐古而不伤今。因而，据王世贞对六朝文颇具思辨性的历史评价及将六朝文置于秦汉之下、唐宋之上的观点，至少可以看出，他对六朝文并不单纯否定，而是持相对的认可。

---

① 王世贞《艺苑卮言》，第35页。
② 王世贞《艺苑卮言》，第14页。
③ 王世贞《艺苑卮言》，第37页。
④⑦ 王世贞《艺苑卮言》，第49页。
⑤ 王世贞《艺苑卮言》，第50页。
⑥ 陈去病《辞赋学纲要》第十一章引陆棻语，国光书局1927年版，第48页。

## 二、对吴中六朝文风的批评与省思

王世贞的六朝文观还表现在他对自弘治以来吴中六朝文风发展脉络的反思与总结，他认为这一风气当由两代吴中文人共同倡导与完成。

成、弘之际，以祝允明、唐寅、徐祯卿等为代表的吴中文人经过内部的自我变革与主流复古思潮的论辩，最终确立了偏好六朝、不废秦汉的文章观，形成骈散兼宗的创作理念。祝允明认为“豪颖之宣，须求藻丽”①，徐祯卿主张“以相丽益，此古之道”②，他们强调文章的审美特性，对六朝文“丽”之特质有着明确的自觉体认与热衷追求。这次古文辞运动影响范围虽然仅局限于吴中亦或以吴中为腹地的江南地区，且最终后劲不足，走向没落，也以徐祯卿改辙北学而部分地融入文学复古运动之中。但它为本地文学的继续发展注入了新而健的生命力，吴中文学自此走向复兴一路。特别是于文章一域，六朝文风大兴于吴，故刘凤有云：“吴之文，自昌谷始变而为六代。”③王世贞以为，此次文风变革当以祝允明为首倡，“吴中祝允明始仿诸子，习六朝”④。但他对祝允明的古文辞创作评价并不高，以为“自其为博士弟子，则以文辞称，而不能致深湛之思，以故雅郑时揉错然”。意即祝氏为文不假沉思，笔多率性，故其所作文章良莠不齐。又曰：“祝希哲如吃人气迫，期期艾艾，又如拙工制锦，丝理多痕。”⑤据实而论，祝允明为文特好说理，常于叙事、抒情中夹杂大段议论文字，其优者则文气畅达，记叙妥帖，然文理滞涩之弊亦间或有之。王世贞对才情富丽的唐寅亦不甚赏识，评其“放浪名教外”“格谐俚俗”⑥。于唐寅诸作中，独赏《报文徵明书》，以为“感慨悲壮，宛笃有致”，与李陵《报苏属国书》差堪叔季，“他作俱不称”⑦。他有时甚至对列入前七子的吴中先贤徐祯卿也不假辞色，以为“徐昌谷有六朝之才而无其学”。故其“骚、诔、颂、札，宛尔潘、陆”⑧，然篇幅短小，略显窘促，造诣有限。他认为徐祯卿举进士后受到李梦阳的影响，文风才有所

---

① 祝允明《祝允明全集》，上海古籍出版社 2016 年版，第 778 页。

② 徐祯卿著，范志新编校《徐祯卿全集编年校注》，人民文学出版社 2009 年版，第 698 页。

③ 刘凤《续吴先贤赞》卷十一，《四库全书存目丛书》史部第 95 册，齐鲁书社 1997 年版，第 201 页。

④ 王世贞《艺苑卮言》，第 73 页。

⑤ 王世贞《艺苑卮言》，第 85 页。

⑥ 王世贞《吴中往哲象赞》，《弇州四部续稿》卷一百四十六，《景印文渊阁四库全书》集部第 1284 册，第 152 页。

⑦ 王世贞《艺苑卮言》，第 98—99 页。

⑧ 王世贞《艺苑卮言》，第 94 页。

改观，“昌谷少即摛词，文匠齐梁，诗沿晚季，迨举进士，见献吉，始大悔改”，乃“稍裁其南之藻辞而立骨，庶几彬彬质文君子哉”①。

正、嘉年间，吴中文人进一步扩大了以六朝文为标志的吴中文学的影响力。此期，以倡六朝而闻名于时的有黄氏孔仲、皇甫四杰、蔡汝楠等。在第二代吴中六朝派文人中，王世贞视黄省曾为集大成式的人物。他在《答王贡士文禄》中明确提出：“国初诸公承元习，一变也，其才雄，其学博，其失冗而易；东里再变之，稍有则矣，旨则浅，质则薄；献吉三变之，复古矣，其流弊蹈而使人厌；勉之诸公四变而六朝，其情辞丽矣，其失靡而浮；晋江诸公又变之为欧曾，近实矣，其失衍而卑。”②王世贞是将历次变革的得失利弊作为明文演进的内在动力，认为明前中期的文章流变曾经历五次变革，其中第四变正是由黄省曾等吴中文人所倡导。事实上，王世贞与黄省曾还是有颇多共同之处。一方面，淹观群书、学务渊博是黄省曾、王世贞等学者型文人的共同特征。王世贞主张“师匠宜高，捃拾宜博”③，并多次在文中赞赏黄氏为学务博宗：

> 勉之为人本任诞，而矜局自位置，时引胜流为重，最称博洽。（《艺苑卮言》）④
>
> 余少则闻吾吴有五岳先生者，多识而娴辞，盖彬彬然成一家言云。（《五岳黄山人集序》）⑤
>
> 五岳公务博综，而淳父喜专诣。（《黄淳父集序》）⑥

所以，他认为黄省曾与吴中那些“肤立皮相者天壤矣”⑦。另一方面，黄氏于六朝诗文集有辑刻之功，他辑刻的范围非常广泛，除了诗文集《谢灵运诗集》《嵇中散集》《支道林文集》，还有地理学著作《水经注》、笔记小说《西京杂记》等。此外，还曾编纂《诗言龙凤集》，收录汉魏以迄唐初诗人六十三位，尤以六朝作家为多。这些集

① 王世贞《郢亚集序》，徐祯卿著，范志新编校《徐祯卿全集编年校注》附录六，第906页。

② 王世贞《答王贡士文禄》，《弇州四部稿》卷一二七，《景印文渊阁四库全书》集部第1281册，第139页。

③ 王世贞《艺苑卮言》，第11页。

④ 王世贞《艺苑卮言》，第108页。

⑤ 王世贞《五岳黄山人集序》，《弇州四部稿》卷六十六，《景印文渊阁四库全书》集部第1280册，第153页。

⑥ 王世贞《黄淳父集序》，《弇州四部稿》卷六十八，《景印文渊阁四库全书》集部第1280册，第179页。

⑦ 《艺苑卮言》，第108页。

子在以吴中为腹地的江南地区广为流传，为六朝文学的传播提供了极大助益。黄省曾于六朝人首推谢灵运，王世贞对谢灵运亦甚为推崇，且二人的观点颇有相通之处。黄省曾曰：

> 虽骨气稍劣，而寓目辄书，万象罗会，诗家能事至是备矣。故使后代擅场之士内无乏思，外无遗物，皆斯人为之创导也。譬之花萼，在建安时开耀其半，尚多浑含。至于康乐，色彩敷发殆尽，灵机天化无余蕴矣。（《晋康乐公谢灵运诗集序》）①

又曰：

> 徒以体语俱俳病之，则三百之中往往而是。所系于诗者，当辩其真不真耳，俳不俳又乌足较哉。（《寄北郡宪副李公梦阳书》）②

王世贞曰：

> 余始读谢灵运诗，初甚不能入，既入而渐爱之，以至于不能释手。其体虽或近俳，而其意有似合掌者。然至秾丽之极，而反若平淡琢磨之极，而更似天然，则非余子所可及也。（《书谢灵运集后》）③

二人俱承认谢诗有近俳之嫌。黄氏花萼之喻，以说其真；王氏“秾丽”之语，道其天然。就文学作品而言，“真”与“天然”均有不假修饰、自然天成的意味。黄省曾时代在前，于谢灵运诗集又有辑刻之功。且不论王世贞是否受其影响，至少二人对谢诗的评价达成了庶几一致的认同。但王世贞对“四变而六朝”的黄省曾的骈文创作也多有批评，言其“于文多拟古而不出自然”，“出潘、陆、任、庾，整丽而不圆”。王世贞本人的骈文倾向于“整而流，艳而发”的艺术风格，故他对黄氏骈文中“整”“丽”的创作特征予以认同。但认为其骈文“不圆”，即艺术技法生涩，有着明显的

---

① 黄省曾《晋康乐公谢灵运诗集序》，《五岳山人集》卷二十五，《四库全书存目丛书》集部第 94 册，第 737 页。

② 黄省曾《寄北郡宪副李公梦阳书》，《五岳山人集》卷三十，《四库全书存目丛书》集部第 94 册，第 782 页。

③ 王世贞《书谢灵运集后》，《读书后》卷三，《景印文渊阁四库全书》集部第 1285 册，第 35 页。

拟古痕迹。

王世贞单单选择黄省曾作为继复古余绪、泛六朝波澜的承启式人物，却对“身际文坛之三变，而能独行一意，无所因附”①的皇甫汸不置一词，各中缘由，颇值得深味。嘉靖中晚期，曾经蜚声翰苑、摛掞华藻的吴中六朝名家相继亡故，其中黄省曾、皇甫涍、皇甫冲、皇甫濂四人分别卒于嘉靖十九年、二十五年、三十七年、四十三年，诸人中独皇甫汸最为寿考。身兼地方士阀、东南名家、艺苑宗望等多重身份，处在前后七子之间，与唐顺之、王世贞等分庭抗礼，皇甫汸自然成为引领吴中六朝文风走向的绝对主力。直至王世贞主盟吴中文坛，皇甫汸仍地位不减，声名与之相埒，时有“朝元美而昔子循”②之称。王世贞与这位本地乡贤保持着礼节性的往来，在《弇州四部稿》及《续稿》中有数首与之唱和的诗歌，此外，还曾为皇甫氏《三洲集》《庆历集》作序。盖因文学立场的不同，他对皇甫氏的理论主张及其作品未必认同。但既是为对方作序，纵有不满情绪自然不能明确表露。所以，他尽量避免从正面对其诗文作评，转从作者身世遭际入手，进而表达自己的文学主张。如《三洲集序》集中笔墨重点叙述皇甫氏屡遭贬谪，然无怨谤之语，“亦不以谪故，遂厌薄其吏道，其为吏亦竟不肯缘饰时好，而诎其诗”。在评骘其作品时，则一言以蔽之：“盖先生之诗之工，取工于穷者也，非用其工于穷者也。吾不知其后先于风人，第于所谓兴与群与怨者，盖三复而略得之矣。”③意即皇甫氏之诗“穷而后工”，得乎风人之旨。王世贞在《皇甫百泉庆历诗集序》中也采用了这一隐晦的表述手法。“庆历”，即取源隆庆、万历朝年号，彼时皇甫汸已六十余，于古人而言可谓老寿。王世贞以此为切入点，颂扬其善于修身，诗文自娱，老而弥笃，曰：“当先生之伯仲季氏四起，而以文章名东南。其前逝者且三十年，近亦十余年，而先生独岿然若鲁灵光，则其精神固专萃未涯也。是六十年之中，非有大故忧患，未尝一日废书。其入也若输，其出也若倾，又乌能穷先生之智而耗其气哉?”对其作品则只予以如斯评价：“所为体五七言古近不一，而皆不堕于开元大历之后尘。”④王世贞诗宗盛唐，皇甫氏则主六朝、中唐，该评避免正面交锋，对两种不同文学主张间的摩擦予以巧妙淡化，使其各有所保留。然而这种避重就轻的写法，多少有些言不由衷。在皇甫汸去世后，王世贞曾为之作赞，真实态度表露无遗，曰：

---

① 张燮《书〈皇甫子循集〉后》，《霏云居集》卷五三，《四库禁毁书丛刊补编》第 59 册，北京出版社 2005 年版，第 625 页。

② 冯时可《雨航杂录》卷下，《丛书集成初编》第 2935 册，商务印书馆 1935 年版，第 34 页。

③ 王世贞《皇甫百泉三洲集序》，《弇州四部稿》卷六十五，《景印文渊阁四库全书》集部第 1280 册，第 139 页。

④ 王世贞《皇甫百泉庆历诗集序》，《弇州四部续稿》卷四十二，《景印文渊阁四库全书》集部第 1282 册，第 559、558 页。

> 好声色，工狎游，而不能通知户外事，以故数困。然信心而行，以文自娱于诸兄弟中，独寿老，年八十乃卒。其诗五言律最工，七言次之，有钱刘风调，文慕称六朝，然时时失步。
>
> 赞曰：宦拙而穷，貌短而佻。其志嚣嚣，其乐陶陶。修辞之士，而年最高者，将无外为之鉴，而中不劳者耶。①

此处，王世贞视皇甫汸为纂言叶律的“修辞之士”，而他之所以给出这么低的评价，一则认为其为人佻达不持重，二则以其文学六朝而不类。据实而论，皇甫汸属才子型文人，其文宗六朝，就散体作俪语，文辞清丽，气韵畅达，于骈文一体能自成一家，该评未免贬之过甚。

就学识修养、文学成就、南北融合等综合考量而言，王世贞选择徐祯卿、黄省曾二人作为“四变而六朝”的示委者与确立者，确属名副其实。前文也曾讲到，王世贞明文五变论是以历次文风变革的得失利弊作为明文学发展演变的内在动因，“四变而六朝”的出现正是以其“情辞丽”矫正了前七子文学复古运动的蹈袭之弊，然最终陷入了“靡而浮”的创作窘境。此后，唐宋派“五变为欧曾”，以“近实”的书写策略矫正六朝文风之弊。故所谓六朝文风的“靡而浮”，正可以理解为失实，意即文胜于质，辞胜于理。其实，早在王世贞之前，吴中六朝派文人就对文章艺术中“质实”的成分予以了特殊关注。不论是祝允明的“文质相须”、徐祯卿的“由质开文”，还是黄省曾的文章性道②，无不强调作品中“实”的质素。就此而论，王世贞的文章观与以上吴中文人的观点并没有根本性的抵牾，在强调质或实的方面，甚至是一脉相承的。

## 三、骈文创作实践

王世贞晚年在回顾自己一生的文章创作时，曾以批评的口吻指出其“文有堕六朝”者，曰：“夫仆之病，在好尽意而工引事。尽意而工事，则不能无入出于格，以

---

① 王世贞《吴中往哲象赞有序》，《弇州四部续稿》卷一百四十六，《景印文渊阁四库全书》集部第1284册，第171页。

② “文质相须”出自祝允明《祝子罪知录》卷八，文曰：“声之成章，虽文质相须，语厥为体，必摛文被质，所以谓之文而不称曰质，必然者也。”“由质开文”出自徐祯卿《谈艺录》，文曰：“夫欲拯质，必务削文；欲反本，必资去末。是曰固然，然非通论也。玉韫于石，岂曰无文；渊珠露采，亦匪无质。由质开文，古诗所以擅巧；由文求质，晋格所以为衰。”“文章性道”出自黄省曾《大司马王公家藏集序》（《五岳山人集》卷二十六），文曰：“盖质文虽殊名，而本末乃同条者也。孔铎既湮，后士寡哲，儒林文苑，岐为两途。殊不知性道者，文章之本干也；文章者，性道之葩萼也。”

故诗有堕元白或晚季近代者，文有堕六朝或唐宋者，仆亦自晓之，偶不能割爱，因而灾木，行当有所删削也”①。很明显，他所谓的沾染六朝习气，指的就是工于隶事。在其实际的文章创作中，不惟喜好以精整四六作征典隶事之用，也创作出一些名副其实的骈体文。下文将以诔、赞、骈赋三种文体作为样本，对之予以详细考察。

“诔者，累也，累其德行，旌之不朽也。”②汉代以前，诔以述德为主，写哀在很大程度上只是作为述德的附属部分。魏晋以来，诔文出现新变，“缠绵而凄怆”者增多，在颂写哀情的同时融入了更多对生命的伤悼之情，这在行文中最显著的标识即是对“呜呼哀哉”这一哀叹词的反复咏叹③。王世贞认为诔文之旨不仅用以表达哀情，更应阐明哀情之所由，所谓“夫诔以志哀，揆所由起，鲁围死绥之勇，浒督维系之戚，叔持甘法，仲武蚤夭，故使词客陈些，太师采风，起沈浦之罍冤，回商秋而就暝”④。此处所谓“揆所由起”，实质上指的就是刘勰所称“选言录行”⑤，亦或称颂美德。今在《弇州四部稿》中存有诔文六篇，就篇幅设置而言，述德多于写哀；就叹词的使用而言，以“两叹”或“三叹”居多，有时甚至终篇未曾出现一“叹”，如《孝丰吴宜人诔》。故从创作观念、哀告模式来看，王世贞诔文以汉为尊。然而在语言形式上，又以四六骈句为多。且以《礼部主事华起龙诔》为例。全文一唱三叹，第一叹出现于序文中，紧随“春秋甫二十有九”之后，引出作诔缘由，哀叹其英年早逝。后两叹均出现于诔文中，第二叹收束述德部分，引发后文哀情，第三叹总收全文，将哀痛推向极至。本文以精练的文笔回顾了华起龙短暂的一生，在看似不动声色的叙述性文字中，流淌着真挚动人的绵绵哀情。兹撮录其精彩片段如下：

> 寻举进士高第，拜工部都水司主事，出视税武林，非其志也。内迫晨昏乌鸟之恋，外慕污浊蝉蜕之趣，恳疏引疾，予告南归。温凊之暇，纵心邃古，模楷作者，盖卓然有成矣。既告满三载，补刑部四川司主事。委积馆舍，不忝怀方之职；塓缮巾脂，无烦郑侨之对。至于钩剔奸隐，祛扫宿猾，虽谣诼狂响，行之

① 王世贞《屠长卿》，《弇州续稿》卷二百，《景印文渊阁四库全书》集部第 1284 册，第 824 页。

② 刘勰著，王云熙、周锋译注《文心雕龙译注》，上海古籍出版社 2010 年版，第 50 页。

③ 上古诔文中，过度的哀叹是不被允许的，汉诔继承并发扬了这一述德传统，叹词的运用并不常见。至东汉末年，在蔡邕的诔文中形成了比较成熟的“三叹”模式。魏晋以来，则有“四叹”“五叹”亦或“七叹”。

④ 王世贞《通政司参议张公诔》，《弇州四部稿》卷一百三，《景印文渊阁四库全书》集部第 1280 册，第 638 页。

⑤ 刘勰著，王云熙、周锋译注《文心雕龙译注》，第 52 页。

> 自如。寻以念学士，乞归。星言载驰，获伸无方之养者逾半载。俄而学士疾亟，汤药躬调，遂有刲股之举；含殓甫毕，遽成呕血之恸。衰慈在堂，二稚依膝，割恋人世，追踪泉台。诸所未终，一念毕矣。①

此处仅用二百余字，生动刻画出华起龙学行拔群、至孝笃亲的形象。以“乌鸟之恋”“蝉蜕之趣”明其志在归隐，奉养尊亲；以“委积馆舍”“填缮巾脂”写其恪尽职守，以“钩剔奸隐，祛扫宿猾”道其嫉恶如仇、果敢有为；以“刲股之举”“呕血之恸”叹其至孝至诚，哀毁其身。而所有的沉哀剧痛均在“一念毕矣”四字中得以沉默而有力的爆发。造物戏人，骤予骤夺，人世幻灭，不过一瞬之间。逝者已矣，生者尚存，白发哭黑发，稚子谁堪怜，纵然种种牵绊，终敌不过“一念毕”，此诚千古不灭之恨事。

与诔文相较，王世贞所作赞文就创作数量而言，明显占绝对优势。在其前后四部稿中，所收赞体文达 198 篇之多，然论篇幅之巨、成就之高，当推《开国三大功臣赞》《壬午诸臣赞》《浙三大功臣赞》。此三篇体制恢宏，俱以宏大之视野、四六之典正记录史实，褒称盛美，颂扬先贤。如《浙三大功臣赞》，文章以运筹帷幄刘基、舍身报国于谦、道德事功王阳明为褒扬对象，记录了三贤在波诡云谲的历史风云中跌宕起伏的人生历程，颂其功勋，赞其盛德。本文千三百余字，前序后赞，序文则骈四俪六，隶事属对，精整工切，赞辞则四字韵语，多以四、六、八句一换韵，洋洋洒洒，甚垂大观。刘、于、王三人俱有赫赫功勋，且一身正气，嘉言懿行，何其多哉！然作者将个人命运放在历史长流中，撷取其人生中至大至伟的重要片段，以极精练、敏锐的笔触，突显其人性光辉及勋业气节。元明易代，风云际会，朱元璋“披舆图而指皇业，仅一弹丸；登钟陵而盼四垂，皆吾敌国”，虽有“诸熊罴之士，不二心之臣，以为羽翰股肱。然奔走寔繁，而筹策犹窘”②。刘基帷幄奇谋，应时而出：

> 运筹奏策，授算遣将，推步则周天掌上，指扮则千里目前。语无不仇，往鲜空返。子房之在三杰，独推天授；曲逆之夸六出，尚惭鬼谋。垂拜相而力辞，有余让矣；甫归田而论事，有余忠矣。③

---

① 王世贞《礼部主事华起龙诔》，《弇州四部稿》卷一百三，《景印文渊阁四库全书》集部第 1280 册，第 639 页。

② 王世贞《浙三大功臣赞》，《弇州四部稿》卷一百二，《景印文渊阁四库全书》集部第 1280 册，第 621 页。

③ 王世贞《浙三大功臣赞》，《弇州四部稿》卷一百二，《景印文渊阁四库全书》集部第 1280 册，第 622 页。

正统己巳，时局艰屯，“强敌麇至，狞盗猬起。当六飞北狩之初猖，群小南迁之议。泥马迨于汗踵，铜驼亦垂蒙棘，物情竞变，大事欲非”。于谦临危受命，忠勇护国：

入赞枢庭，受知黼扆，出片言而折利害，捐百口以定安危，九鼎屹乎如山，万姓因之奠枕。乃若受脤节钺，擐甲郊畿，温言拊循，士如挟纩，振臂一呼，疮痍尽起，温禺日逐之群，既豨突而争进，忽狼戾而反奔。然后励精卧薪，开诚推毂，军事旁午，动中机宜，尺书所临，咸惊庙算……战龙甫戢，玄黄之血未乾；飞羽向宁，赤白之囊自鲜。①

正德己卯，阉党为害，地方作乱，“田蚡内讧，受淮王之金钱；吴濞外窥，应东南之反相”。王阳明拨乱反正，救世安民：

飞檄勤王，建牙誓众，组练千队，艨艟万艘，探虎穴而虎子成擒，扫鲸波而鲸儿授首。二陵绝烽烟之警，六飞无衔橛之虞。至若赣浰肃清，绝二百载之逋啸；田宁拊循，宽十万人之诛夷。或穷擒如纪明，或持重如充国，文武为宪，动止有神。②

此文造语精工，辞采典丽，兼之句法严整，豪气独往，读之铿锵酣畅，奋人心志。

王世贞的四六创作享有“整而流，艳而发”的美誉，就具体体裁而言，其所作骈赋不惟艺术成就最高，也最能体现这一艺术特征，金秬香《骈文概论》称其“所著词赋，直可追踪《骚》《选》”③。《金鱼赋》一文通过对金鱼被捕遭遇的描述寄寓感慨，抒发了人生无常，与其执着，不如悠游放达，方得无畏的情怀。其描写金鱼游动神态的一段尤为出色：

何水族之微淼，承金仪之熠艳，形表端乎帝符，色征缘于灼日。冠夔浪之琼丙，抱含书之丹乙，鳞奕奕而垂锦，沫霏霏而布瑟。容与如泰，彷徨如隘，骈集如猕，倏散如避，乍远乍近，疑䜣疑畏。纵横兮微飔之荡朝霞，浮湛兮钩月之澹烟萝。横穿兮绰约，曳彗而渡银河；顺流兮芙蓉，折芭而委素波。欲跃兮四触鬣而皆隅，将潜兮小挂尾而就淤。④

①② 王世贞《浙三大功臣赞》，《弇州四部稿》卷一百二，《景印文渊阁四库全书》集部第1280册，第622页。

③ 金秬香《骈文概论》，商务印书馆1948年版，第129页。

④ 王世贞《金鱼赋》，《弇州四部稿》卷一，《景印文渊阁四库全书》集部第1279册，第12页。

作者观察入微，描写笔触十分精细，先从行表、色泽、鱼鳞、吐沫等方面描述金鱼的外形，再从闲处时、彷徨时、骈集时、倏散时刻画金鱼的神态，又从纵横、浮湛、横穿、顺流、欲跃、将潜等角度记述金鱼游动时的姿态。“乍远乍近，疑诉疑畏”，生动刻画了金鱼不知来者是敌是友，战战兢兢，好奇而害怕的情态。“顺流兮芙蓉，折苞而委素波”，写游鱼顺流而下，水中泛起涟漪，荷花摇曳生姿，趣味天成，动态盎然。此种文字声辞婉转，措语精工，清丽隽秀，颇得江左之流风遗韵。

《愁赋》一篇则堪称向六朝骈文致敬的经典之作，鲍桂星《赋则》赞曰：“从《恨赋》脱胎，高简不逮，而警透沉郁，则又别开一境矣。”①文章以“摇落穷秋，云胡在心”肇端，其下历叙人世种种愁情，文末则以“万古愁兮一身敛，只应人世有愁稀”煞尾，立意别裁，顿显高明。兹且撮录其六种愁情如下：

在昔齐相初羁，燕储未释，狐腋已空，乌头尚黑。赡幸姬兮不顾，望故乡兮长隔。鸡迫明而咿喔，马中夜而茧栗。崤关垂启，追兵已迫。

若乃庆卿既遣，吕王若故，刃隔提囊，尸分踞柱。秦兵电发，檄书星布，君父怨谪，国人指詈。辽左奚匿，易流堪揭，抚头颅而非我，知社稷之他氏。

至如苏季献策，三年不收，燃桂欲烬，因鬼虚谋。貂离披而别体，马踢踏而异投。鸣机转轧，戛釜谁留。荣将贵逝，辱与贱求。

爰有中废长门，追宠增成。君恩一失，六宫见轻。玉阶绝迹，银井无声。明月含波，春花欲霰。宫车径度，箫韶别殿。空乞赋于黄金，但沉吟于纨扇。

又乃弃妻斥女，槭思寞公。爰爰白兔，趺趺草虫。鸳鸯瓦坼，玳瑁床空。滔戍不归，嘉书未返。铁岭天遥，榆关梦转。睹三星以何夕，叹流年之渐晚。

其或中朝凤女，远嫁乌孙。酪浆盛盘，毳褐奇温。穹庐代宇，服匿承樽。琵琶遮面，笳拍代言。盼嵯峨之金屋，隔缥缈之玉门。虽托情于黄鹄，竟绝轨于南辕。②

文中写帝王之愁、侠客之愁、谋士之愁、妃嫔之愁、弃妇之愁、公主之愁，无不逼肖身份，慷慨凄恻，动人心弦。其极淋漓悲痛处，往往借物寓情，“鸡迫明而咿喔，马中夜而茧栗”言形势危急，“明月含波，春花欲霰”言君恩难再，“鸳鸯瓦坼，玳瑁床空”言夫妻缘尽等，亦物亦我，亦古亦今，千古贤愚，共饮一愁，读之不异以身沃冰，

① 陈良运《中国历代赋学曲学论选著》，引自鲍桂星《赋则》，百花文艺出版社 2002 年版，第 397 页。

② 王世贞《愁赋》，《弇州四部稿》卷一，《景印文渊阁四库全书》集部第 1279 册，第 12—13 页。

寒心彻骨。至其辞采华赡，情境相谐，隶事工切，精整流丽，与六朝人相较，亦不至夺色。

要而言之，作为一名学者型文人，王世贞为文颇重实用[①]，从表面来看，他对六朝文这样的唯美文学并无好感，这也可见于他对“四六宗匠”庾信的贬低。然而作为吴中士人，他身处吴中六朝文学的创作氛围，对六朝文又不全然否定。首先，他虽对吴中六朝文风多有批判，然仍将黄省曾等吴中文人所领衔倡导的六朝文风视为明文发展演进中的第四次变革，不论是出于对本地文学的浸淫熟稔，亦或是综合考量后的公允评价，至少他将吴中六朝文的创作视为明文发展过程中不可或缺的重要阶段。其次，他尊六朝而轻唐宋，以为燕许大手笔远逊六朝[②]，并对部分六朝文表现出由衷赞赏，且身体力行创作了不少艺术质量较高的骈文作品。这种理论和创作上的矛盾，正可以体现出王世贞本人在多元文化冲突中的调适，或许也正是因为这种调适使其成为兼收广蓄的文章大家。

---

① 王世贞《弇州山人四部稿》及《续稿》中，实用文体的创作数量十分惊人，现存篇目达3498篇，详见郦波《从“文必秦汉”到“文胜于吴”——论王世贞的文章学观念与实践》，《苏州大学学报(哲学社会科学版)》2007年7月第4期。

② 王世贞《艺苑卮言》卷四言：“开元彩笔，无过燕许，制策碑颂，春荣大章。然比之六朝，明易差胜，而渊藻远却，敷文则征，征事则狭。”

# 心学、理学、关学的交会:冯从吾文学观的融摄维度

常　威(周口师范学院文学院)

“出则为真御史,退则为真大儒,是本朝孔庑间第一流人物”(陈继儒《冯少墟先生集叙》)的冯从吾是明代关学举足轻重的承继者,李颙称赞他“集其成,宗风赖以大振”(《二曲集·答董郡伯》)。兼之会通朱陆的理学旨趣,使其成为不特关学史而且儒学史上光辉耀人的一位重要人物。诚如翟凤翥所论述的那样,“先生之学以心性为本体,以诚敬为功夫,以天地万物一体为度量,以出处辞受一介不易为风节……论者谓杨伯起、张横渠、吕泾野诸夫子而后,一人而已”(恭定《冯少墟先生传》)。当然,自称“素不娴古文辞”(《少墟集》卷十五《答吴继疏中丞》)的冯从吾亦不乏诗文之作,并从中显露出心学、理学、关学多维思想的面影。“不娴古文辞”的自我定位一方面暗示了其不以诗文为意,而以理学为本的思想旨归,另一方面则表达了他不事雕琢文字,达意尚质的文学倾向。有鉴于此,受到张载、程朱、阳明学多重浸染的关学大儒冯从吾,其文学主张究竟呈现出一种怎样的面貌,他在其中又如何折衷、取舍,融贯浃洽,有必要加以推阐。

## 一、做圣人易、做文人难

优入圣域,一直以来是儒家知识分子期望达到的理想境界。随着宋明理学的产生,不管是程朱理学还是陆王心学,都对这一问题表现出浓郁的兴趣。不过,对于穷索外物以尽理的程朱理学来说,优入圣域终因外物无穷、难以格遍而成镜花水月的幻影。但是至陆王心学,他们承继了孟子的心性学说,通过明心见性、反身内索的功夫论,在化德性为德行的具体实践中,从而找到了一条简便易行的成圣之路。在他们看来,成圣不仅为可期之事,而且是容易达成的一个愿景。对此,我们从孟子的“人皆可以为尧舜”到王阳明的“良知良能,愚夫愚妇与圣人同”(《答顾东桥书》),均可了然。当然,对儒家心性学说有专门钻研的冯氏显然更倾向于此,其尝言“若是肯去好问好察,肯去隐恶扬善,肯去发愤忘食,乐以忘忧,则舜孔有何难为”,进而高树了“做圣人易,做文人难。吾侪于难者尚殚精竭力图之,于易者反

玩日愒月，委之于难何也”①的理论宣言。这里冯氏将做圣人与做文人对举，虽然其意图在于劝进众人以殚精竭虑为文之心去做修行成圣的功夫，但是对二者难易之辨的论定不仅宣露了冯氏在阳明心学影响下的话语言说旨趣，而且故意推举“做文人难”的高标一方面显示了他认为时人即使苦心钻研，文章成就也难以超越古人的事实：“吾侪自入馆来，朝而诵，久而讽，行思坐想，何尝一息不在诗文上用功，其诗文何尝一息不在班马李杜上模拟，真可谓殚精竭力矣！试自反之，其诗文视班马李杜竟何如邪？”②另一方面则表现了他深刻的文章志道体悟。

观冯氏《少墟集》可知，其将文人创作的文章大体分为多能与博文两类，而要想成为一个合格文人，显然不能瞩目于游艺功夫的“多能”（炫辞一类文章可归于此），而应该倾心于志道功夫的“博文”。具体来说，“多能是游艺功夫，博文是志道功夫，不可混看。多能是艺，如射御钓弋之类，故曰：吾不试，故艺。博文是讲明道理约礼，是体验身心。此圣门精一之学，原自与多能不同。博文不是在艺上博，虽俯仰宇宙上下古今，只可谓之博文，不可谓之多能，博文与多能盖道与艺之别也”③。这里，冯氏着重于博文与多能的辨析，可见其对承担志道重任之“文”的重视，对孔子“博学于文”的强调不仅暗含了不是所有的文章都为冯氏所关注，这里显然更多指向四书五经一类的经典著述，而且博文与游艺的歧分又进一步将泛滥于文藻、章句的博文趋向做了澄清，进而明确了博文的进路在于明道理约礼，这不但与穷索外物以尽知识的程朱理学自有不同，而且与晚明以来的博学风潮做了划界。当然，这显然也有着现实的指向。时至明代，尽管程朱理学由于官方推举的至高地位而风行天下，但是这时的文却并没有因为程朱理学的炽盛而走向文道合一之境，反而文、道逐渐趋向于离崩，以致时人每有“文佞”之谓，如张恒曰：“近世以古诗文名家，若秉华轮策。……萤古人之精华以自藻饰，而又以其藻饰为声利之荃。竭夙夜之心思以谐世纳交，而又以其谐世纳交之词为千秋擅场之金距。……惟意之雕琢，则燕石为珪璋；惟口所吹嘘，则枯荑为兰芷。文愈多而质愈漓，言愈工而道愈远。……文溺心，华胜实，酬应夺志，此近世文人之通患也。”④可见，此时的文人大多将文作为谋名获利的手段，而鲜少去涵养停蓄，“讲明道理约礼”，以故“文愈多而质愈漓，言愈工而道愈远”。冯氏对此亦洞见尤深，其《与友人

① 以上参引冯从吾《做人说下》，《少墟集》卷十四，《景印文渊阁四库全书》集部第1293册，第237页。

② 冯从吾《做人说下》，《少墟集》卷十四，《景印文渊阁四库全书》集部第1293册，第237—238页。

③ 冯从吾《疑思录》，《少墟集》卷二，《景印文渊阁四库全书》集部第1293册，第62页。

④ 张恒《文佞论》，《明文海》，中华书局1987年版，第949页。

论文书》曰:“今人为文,其主意与古人异,古人为文,主意在发理而翼圣;今人为文,主意在炫辞而博名。主意在理,故读理学诸书易入而易信;主意在辞,故不得不剽取《国策》《庄》《列》以涂人耳目。”①那么由此一来,这样的文章即使做得再多,也只能属于“多能”一类,这显然不符合冯氏心目中“博文”志道的文人标准。

有鉴于此,冯氏明确表达了重志道的主张:“呜呼!直道难容,枉道易合,与善人居难,与不善人居易,人情乎!……今之选古文者,不过论文章之工拙,至于所以为文何如,则未之辨也。余故表而出之,匪直游艺,且以为志道之一助云。”②可见,冯氏不仅认为学人理应疏枉道而近直道,并且在此基础上推而广之,明确表达了文章不应以工拙作为追求的理想进路,而理应让文章成为志道的佐助工具,否则,落入游艺畛域的文章未免同二氏之书一样,去正学(道)甚远。

据上可知,依冯氏之意,文的功用在于宣阐圣贤之道,然而若没有坚定的体道、行道之心,文章难免会落于游艺一途,故其发出“做文人难”的感喟理固其宜。当然需要指出,冯氏之所以认为“做文人难”恐怕还有更为深层次的原因,其《做人说下》庶几道出了这层涵义。在这篇文章中,冯氏批判众人“特不肯去把做诗文之心为做圣贤之心”,而是“自入馆来,朝而诵,久而讽,行思坐想,何尝一息不在诗文上用功,其诗文何尝一息不在班马李杜上模拟,真可谓殚精竭力矣”,结果却是很难达到前人的成就,去班马李杜为远甚。可以说,冯氏之所以有如此论断,除了古人难以超越外,显然还与其深厚的阳明学学养有关。要之,在阳明学濡染下,冯氏显然认为从根本心性上入手,即做圣人、存道心,成就圣人之心来为诗文,才是确保诗文不背离理道的不二法门。对此,我们可从冯氏就道心、人心的区分及解读中得以窥知:“不知心之精神是谓圣,果道心之精神耶?抑人心之精神耶?如果道心之精神也,则心之精神诚是圣;如是人心之精神也,则心之精神是谓狂,岂得概言圣哉!”③可见冯氏明辨道心与人心的圣、狂差异而对道心极其看重,依此而言,如果为文之心是人心而非道心的话,这样的文恐怕只能谓为“假文”,其人也只能是背离于道的“假道人”,而从上述冯氏做圣人易而众人却不愿意为的表述中,不难想见时人鲜少道人之心而更多的是人心之心,这自然不符合冯氏认可的为文载道的完成理路,故而滋生了冯氏对“做文人难”的深入思考。

---

① 冯从吾《与友人论文书》,《少墟集》卷十五,《景印文渊阁四库全书》集部第1293册,第252页。

② 冯从吾《森玉馆集序》,《少墟集》卷十三,《景印文渊阁四库全书》集部第1293册,第236页。

③ 冯从吾《关中书院语录》,《少墟集》卷十二,《景印文渊阁四库全书》集部第1293册,第202页。

需要指出的是，冯氏不惟认为“做文人难”，循此理路，其进而触发了解读诗文亦不容易的思想倾向：“《诗》云：‘鸢飞戾天，鱼跃于渊。’即善说诗者不过以为点景之妙耳。……即善说诗者，又不过以为言天言文耳，而孰知其言天之所以为天，言文王之所以为文也。夫论理而至于上下察至于天之所以为天，文之所以为文，其精微奥妙亦至矣尽矣，蔑以加矣，而皆于诗中发之，诗岂易言哉。”①这里冯氏以为《诗经》“鸢飞戾天，鱼跃于渊”的惯常表达，实包含丰富的理道内容，只是若不以道心体之而以人心观览，则不免只能得出“点景之妙”的寻常之见。综上所述，冯氏之所以认为做文人不易，是因为道心并非人人常有，而解读诗文亦困难良多，因为人心之常亦每横加左右，并时刻阻碍着对理道的体认。

## 二、“作文害道”之辨与文质之辩

毋庸讳言，冯从吾认为理是儒家本归，“他以理之有无区分天理与人欲、道心与人心、善与利、善与恶、义与利、公与私，认为此外无道(《善利图说》)。又以这个理作为辨别儒与佛(老)、儒与俗的根本”②。如此论调显然与程朱理学的理本主张一脉相承。而观冯氏《少墟集》，亦可知冯氏言语纯正切实，字字句句体现着其深厚的理学修养与救世情怀。冯氏自幼践履理学，痴心不改，其尝云“谈文谈诗不作一戏谑语，里中人以道学嘲之……不为变也”(《森玉馆集序》)，是以赵南星称述他“是真能学圣人者也，是真能为君子者也，是真能使天下人为君子者也。先生进则直谏以匡时，退则修身以正人，是谓知行合一，天下之真知也；言行相顾，天下之至言也”(《冯少墟集序》)。而正是因为他对理学的极其看重，也极大地影响着他的文学认知及主张。

就文学的认知而言，理学与文学相互影响的情况，是理学家经常触及的一个问题，而作文害道则是较为常见的一个表达。例如程颐曰：“问：作文害道否？曰：害也。凡为文不专意则不工，若专意则志局于此，又安能与天地同其大也。书云：玩物丧志，为文亦玩物也。”③对于这一问题，冯从吾之论并不如程氏那么激进，明言诗文不应废，在《游秦小草序》中，顾生用曾“欲焚其所为诗文而颛精于理学”，而冯氏虽然对顾氏一心向往理学大加赞赏，但同时又以“子欲焚所为诗文，则诗文不必焚也”来劝诫，因为“所谓理学者，非外庸行而别求圣解也。如能诗文者不以诗

① 冯从吾《森玉馆集序》，《少墟集》卷十三，《景印文渊阁四库全书》集部第1293册，第236页。

② (日)冈田武彦著，吴光等译《王阳明与晚明儒学》，上海古籍出版社2000年版，第272页。

③ 程颐、程颢著《二程遗书》卷十八，上海古籍出版社2000年版，第290页。

文自满，不以诗文骄人，不以诗文骋离经叛道之语，若无若虚，成象成爻，天下理学莫大于是矣”，紧接着他又举具体诗文例证以表“诗文何妨于理学”曰：“三百篇多发理之谈，故为万世诗人之祖。汉魏以后人争工于词而不求精于理。……诗文理学分而为二，彼盖徒知以切磋琢磨为说理，而不知鸢飞鱼跃尤为说理之妙也。”①他更喜欢像《诗·大雅·旱麓》“鸢飞戾天，鱼跃于渊”那样，以自然之景对理趣的触发领悟为高妙，而不太喜欢《诗经·国风·卫风》“如切如磋，如琢如磨”之语久已定格为道德修养的比附义。从这里可以看出他对诗文如何达到“说理之妙”颇有思考。

这里冯氏显然不认为诗文与说理相碍，恰相其反，其认为以诗文说理，只要发挥妥当，亦有无尽的妙用。正是循着这一理路，冯氏表达了折中理学、文章的倾向，而理学与文学为一则是其理想的为文境界。其在《濂洛文钞序》中阐论曰：“三代以前，以理学为文章，故六经四子之书为万世文字之祖。三代以后信理学者或天资笔力不能为文章，为文章者或恃才傲世不肯信理学，此理学、文章所以分而为二也。是分而为二者，乃能文者不信学之过，岂理学之过哉！……因刻濂洛文抄以救之。呜呼！学者读此而有悟，则理学、文章庶几可合而为一矣。”②而其在《与邓允孝布衣》中也表达了类似看法，其曰：“忆昔有一文人曰周程张朱，不能为诗文，托之理学，遂成名于后世，意盖嘲之也。一客应云：‘周程张朱不能为诗文，一托理学，尚且成名于后世，若能为诗文者而又从事于理学，其名岂不在周程张朱之上邪！’其人大为惶愧，因悟而为世名儒。不佞闻其言快甚。”此则轶事表明冯氏并不轻视诗文创作，“为诗文者而又从事于理学”庶几可作为冯氏对理学、文章二者关系的总体倾向，是以其称述邓允孝“游秦佳刻，笔气超脱不群，从此熟去，不患不到李杜堂室也”③。而为理学者借诗文以说理或能起到更好的效果，是以其在解读理道时也往往引用诗中之语以作说理的资助，如其尝在解释“淡”时引用诗语曰：“诗云：衣锦尚絅，恶其文之著也，只是个淡，故下文即曰淡而不厌，学者只凡事淡得下，其识见自别，其品格自高，不患不到圣贤地位。”④

毕竟冯氏理学思想深固，故而其持有的文学立场不可能脱尽理学的牵绊，这又不可避免地将理学凌驾于文学之上，故而冯氏虽然反对为理学不能为文学的主

① 以上参引冯从吾《游秦小草序》，《少墟集》卷十三，《景印文渊阁四库全书》集部第1293册，第225页。

② 冯从吾《濂洛文钞序》，《少墟集》卷十三，《景印文渊阁四库全书》集部第1293册，第210—211页。

③ 以上参引冯从吾《与邓允孝布衣》，《少墟集》卷十五，《景印文渊阁四库全书》集部第1293册，第270页。

④ 冯从吾《语录》，《少墟集》卷四，《景印文渊阁四库全书》集部第1293册，第108页。

张(如其曰:“汉人之文、晋人之字、唐人之诗,自是宇宙奇观,自足令人欣赏,学者但以此为游艺之助则可,若以此为正学之妨则不可。”①),更抛出了“作文害道”的极端认知,但是骨子里却不可能涤尽理学家传统观念的影响,故其字里行间时常流露出轻视文学之论。如其言称“于诗文直榆荚视之”曰:“楚侗先生《维风编》中有云:知道者之于诗文,直榆荚视之可也,余读之以为知言。”②又如其认为“诗文一事虽亦是古今不朽之事。……(但)圣人功夫所重不在此,故圣人不禁人题诗、作文、写字,亦不教人题诗、作文、写字。天资高、有余力、不妨正务,学之无伤,不然,不学亦无伤”③。而若二者必选其一的话,冯氏则明谓“弃去文词不理”曰:“学者弃去道学不理诚不可,若弃去文词不理有何关系。……能文者自是能文,不能文者自是不能文。能文者而不理此,正道学不自恃其所长;不能文者而不理此,正道学不自护其所短。”④

也正是冯氏持守浓郁理学旨趣影响下的理学、文学之辨,故而他虽每将事功、节义、理学、文学相提并论,但是又无时无刻不标举理学为本的立论,如其在《池阳语录》中称述“关中四绝”时曰:“吾关中如王端毅之事功,杨斛山之节义,吕泾野之理学,李空同之文章,足称国朝关中四绝。然事功节义系于所遇,文章系乎天资,三者俱不可必,所可必者惟理学耳。”⑤这里,冯氏将李梦阳之文章罗列于关中四绝之一,足见他并不轻视以文章名世的方式,而“文章系乎天资”的表达也使其脱去了理学家文章体认的迂腐气息,只是在文章、事功、节义之外,其更看重理学而已。也正是在以理学为本的思想浸淫下,冯氏明确表达了“文章以理为主”的思想:“上而六经孔孟,下而濂洛关闽,夫非理学之渊薮,而修词之标的与!试取此诸书读之,犹令人鄙吝消融,心胸开朗,勃然有正人君子之思,即不然而亦不至于为纵横为虚无也,故曰文章以理为主。”⑥“文章以理为主”颇堪玩味,其不仅表明冯氏对传统“文以载道”观的依归,而且对“理”的突显而非“道”“心”的高举则暗示了其基本的理学立场,是他站在程朱理学角度,思考文章功用、明确文章价值的反映。

对此立论,我们从其对韩愈的极度推崇中可以窥见,其《董扬王韩优劣》曰:“愈之文天下宗之,而不知因文见道,盖亦有足多者。……愈之为文,岂颛颛刻画

①③ 冯从吾《疑思录》,《少墟集》卷二,《景印文渊阁四库全书》集部第1293册,第62页。

② 冯从吾《示四氏曲阜两学诸生》,《少墟集》卷四,《景印文渊阁四库全书》集部第1293册,第110页。

④ 冯从吾《语录》,《少墟集》卷七,《景印文渊阁四库全书》集部第1293册,第139页。

⑤ 冯从吾《河北西寺讲语》,《少墟集》卷十一,《景印文渊阁四库全书》集部第1293册,第184页。

⑥ 冯从吾《与友人论文书》,《少墟集》卷十五,《景印文渊阁四库全书》集部第1293册,第252页。

于词句间哉！第上书及门，其出处之际，尚有遗议，愈于吾道盖合者多而离者少也。程子谓愈亦近世之豪杰，谅矣！”[①]不惟如此，这种“文章以理为主”的思想观念，在其《古文辑选跋》中坚持的选文标准中亦可窥见，如选文中未选韩愈《诤臣论》，对于原因，他论述曰：“退之果与亢宗厚善，忠告善道密规之可也，如规之而听善则归友，不自以为功可也，如规之而不听不可则止，不成人之过可也，如不厚善则言与不言，置之不谈可也，乃见不出此而著为论以翘人过，文虽工，其如失朋友之道何？”[②]可见冯氏不选《诤臣论》乃在于其不符合儒学三纲五常之道，且不合于孔门中和之旨（冯氏《中和吟六言十绝》曰：“此心常是中和，犹恐客气易肆。若把此心放开，客气何所不至。”[③]足见其对中和的推崇，而韩愈诤臣之论显然有泄私愤的嫌疑，故其不取），因此即使人如韩愈之美者，文虽工，亦不选取。此外，我们在其对宋儒之文的态度中也可以窥见。毋庸讳言，对宋儒充满眷顾之情的冯氏对宋儒之文亦充满欣赏，因此他极力为宋主理之文袒护曰：“夫宋之文载于性理一书，其雕章琢句，焜耀耳目，不逮国策诸书，仆不敢强为左袒，但其析理阐义，羽翼圣经，亡论韩欧，即秦汉有之乎！……奈何以瓦砾置之也。”[④]这里提及的《性理》一书所指为《性理大全》，冯氏在《少墟集》卷六曾将“四书、五经、性理、通鉴、小学、近思录”并举，是以可知。而翻检《性理大全》，此书广收宋代理学家周敦颐、张载、邵雍、朱熹等人的理学著作及语录，其文但以析理阐微为主，不以雕饰文字为念。这里冯氏极称之以代表宋文，可见他对明理之文的侧重。

冯氏“文章以理为主”也体现于自己的诗文写作中，《四库全书总目》评骘其创作曰：“其中讲学之作，主于明理；论事之作，主于达意，不复以辞采为工。然有物之言，笃实切明。虽字句间涉俚俗，固不以弇陋讥也。”[⑤]简而言之，他的诗歌虽然今存不多，但大多是宣扬理道的性气诗。至于他的散文，更无时不在高扬着文以载道的旌旗。可以说，“他的散文毫不隐晦文以载道、经世致用的写作目标。甚至可以说从吾的散文是功利主义的，他要当时的社会以古代贤圣的言行为准绳，深思致力践，格物致知”[⑥]。

综上所述，以理为本根的冯氏在文学主张上也坚持文以理为主。这样一来，也因此形塑了其“文质并重，以质为主”的文质观，除了自己无意雕饰的文章书写

---

① 冯从吾《董扬王韩优劣》,《少墟集》卷十六,《景印文渊阁四库全书》第1293册,第286页。

② 冯从吾《古文辑选跋》,《少墟集》卷十六,《景印文渊阁四库全书》第1293册,第290页。

③ 冯从吾《中和吟六言十绝》,《少墟集》卷十七,《景印文渊阁四库全书》第1293册,第313页。

④ 冯从吾《与友人论文书》,《少墟集》卷十五,《景印文渊阁四库全书》集部第1293册,第252页。

⑤ 纪昀总纂《四库全书总目》,《景印文渊阁四库全书》集部第1293册,第1页。

⑥ 朱昌平、吴建伟主编《中国回族文学史》,宁夏人民出版社2007年版,第266—267页。

可见其尚质的主张之外，他在《长安县志序》中亦重申了这一观念曰："呜呼！志以纪事，惟求实录，第令后世文献足征，无贻以文胜质之诮足矣！乌庸绘章饰句以夸多斗靡为也。"①不过冯氏尚质的为文倾向并非寻常意义上的普适抉发，筑基于文质之辩上的这一表述使其极具形而上的学理思辨意味。他在《池阳语录》中曰："盖文质不是对立的，亦不是六分四分低昂的，譬之一木质也，斫而为器，则文矣，器质也加以彩饰，则文矣。文质岂二物哉！第雕斫彩饰不可太过，使文胜质耳。是知无方之爱敬皆从孩提知爱一念生来，知此可以论文质矣。"②这里冯氏文质非二物的表达尤为引人瞩目，在其看来，文质同体，不可分离，离质则文无所发其用，离文则质无以自广，是以文即质的扩充面，质即文的缩小面，所谓孩提知爱与无方之爱者。稍后刘宗周的表述则更为具体："文质同体而异情。质必有文，文乃见质，可合看不可相离。故曰：文犹质也，质犹文也。"③以此来看，冯氏文质非二的理论阐发乃是促使他不事雕琢文章书写的根源所在，而他的尚质侧重也因此脱离了一般层面上的文质分离及主从论调，而某种程度上也具有了"尚质即是尚文"的生成意义。

## 三、学贵自得与文需自得妙悟

"学贵自得"之说，前贤如程朱陆王等皆有阐发，如程颐曰："学莫贵于自得，得非外也，故曰自得。"④而王阳明也因提倡自得而有对为己之学的强调，其尝曰："学贵乎自得也。古人谓'得意忘言'，学苟自得，何以言为乎？"⑤至会通程朱理学、阳明心学的冯氏也继承了他们在自得方面的理论主张而对自得每加强调："心上默默有透悟处，默默有自得处，然后能一一尽道，一一当可尽道当可，非可以袭取而卒办也。"⑥尤对阳明心学的自得成圣主张颇为倾心："圣道在心，不在迹，学圣人者亦求诸心焉足矣！苟不能自得于心，而徒曰宗庙百官如此乎富且美也，登东登泰

① 冯从吾《长安县志序》，《少墟集》卷十三，《景印文渊阁四库全书》集部第 1293 册，第 229 页。

② 冯从吾《庆善寺讲语》，《少墟集》卷十一，《景印文渊阁四库全书》集部第 1293 册，第 196 页。

③ 刘宗周《论语学案》卷六，《景印文渊阁四库全书》经部第 201 册，第 623 页。

④ 程颢、程颐著《二程集》，中华书局 1981 年版，第 316 页。

⑤ 王守仁《与杨士鸣》，《王阳明全集》，上海古籍出版社 1992 年版，第 186 页。

⑥ 冯从吾《关中书院语录》，《少墟集》卷十二，《景印文渊阁四库全书》集部第 1293 册，第 201 页。

如此乎小鲁小天下也,则游宫墙、登泰岱者,其人岂鲜哉! 何希圣者竟寥寥也?”① 其又曾引用孟子之语明言自得的重要性及如何才能达到自得的方法曰:“可见学不到自得,终是支离,终不能取之左右逢其原,若不深造以道而曰我能自得,又无是理,世之学者喜谈左右逢原自得之妙,而厌深造以道,博学详说之功,是未尝有之而欲其似之也,恐终无似之之日矣。”而紧接着冯氏又论述了与其自得之论相契合的“头脑主意”之说云:“学问功夫全要晓得头脑主意,深造以道,主意全为自得,博学详说,主意全为反约,博学详说正是解深造以道,反约正是解自得,以自得为主意,以深造以道为功夫。……学问晓得主意才好用功夫,用了功夫才得到妙处。”②而在《池阳语录》中冯氏对如何达到自得而有主意之途表述尤明,其阐述“知止”则胸中自有主张曰:“孔子十五便知止于从心所欲不逾矩,所以终身学问都有着落。一知止则胸中便有主张,便有无穷妙趣,当下便活泼泼地,定静安虑正是知止妙处。”③

不过或由于冯氏不满于程朱陆王的为己自得之说过于笼统,容易使人与老庄自适自得相混淆,因此冯氏又对二者辨析尤详:“庄子言自得、自适是言尧舜以天下劳心,以天下为桎梏,不过要得人之得,适人之适,使别人得所而非自得自适也。自得自适与吾儒之说不同,只是要自家讨便益、讨受用,不管别人死活,此庄子之逍遥所以坏心术而得罪于名教也。”④可见在冯氏看来,自得并不能只是自己受用,而应该遵循格物、致知、齐家、治国、平天下的逻辑进路,否则难免与庄子所言趋同。

需要指出的是,冯氏的自得之说,虽然有对前贤的绍继,但是更多的是源于其对儒家“反身归诚”心性之学的特别关注。可以说,师承许敬庵的冯氏有心学思想的熏染,是故其对阳明学非常推崇,其《答张居白大行》曰:“王文成之学,其得失正不相妨,其得处在致良知三字,直指圣学真脉,且大撤晚宋以来学术支离之障,晚宋儒者徒知文公著述之多,而不知其非有意于立言也。”⑤而其“《辨学录》凡八十一

---

① 冯从吾《东游稿序》,《少墟集》卷十三,《景印文渊阁四库全书》集部第 1293 册,第 222 页。

② 以上参引冯从吾《关中书院语录》,《少墟集》卷十二,《景印文渊阁四库全书》集部第 1293 册,第 205 页。

③ 冯从吾《池阳语录》,《少墟集》卷十一,《景印文渊阁四库全书》集部第 1293 册,第 186 页。

④ 冯从吾《庆善寺讲语》,《少墟集》卷十一,《景印文渊阁四库全书》集部第 1293 册,第 193 页。

⑤ 冯从吾《答张居白大行》,《少墟集》卷十五,《景印文渊阁四库全书》集部第 1293 册,第 274 页。

章，其首章云'圣贤学问总在心上用功，不然即终日孜孜属枝叶耳'，所以辨心学甚详"①，由此更可见其对传统儒家心性之学的瞩目，而这相较于前儒来说，明显有过之而无不及。当然，也正是因为冯氏对儒家心性之学的特别关注，故而激发了其对"自得"的强调，进而形成了重自家而不徇人的思想面向，其不仅认为《论语》"为人谋而不忠乎是就自家为师说，与朋友交而不信乎是就自家与朋友说，传不习乎是就自家为弟子说"②，而且尝曰："凡天下事果于道理见得明白，自家就该做去，不该徇人。故孔子论贫富，不论别人所好何如？但曰：如不可求，从吾所好。……吾字正是圣人不肯徇人处，不然空慨叹一场，徒说别人，不是自家，依旧落了世俗蹊径。"③由上可见，在冯氏看来，孔子"为人谋而不忠乎，与朋友交言而不信乎，传不习乎"之语均是自家体悟之后的与人诉说，忠、信、习则明显是自得之见。不惟如此，他还认为一旦自家于道理看得透彻，就应该努力去做，万不可以别人是非好恶为是非好恶，以免"落了世俗蹊径"。

而在冯氏学贵自得的思想主张下，其对诗文创作及相关评价也秉持了这一原则，于此而言，其论述举业文章时点出的为文需妙悟之说可为代表。其曰："今四子书治举业者，举能言之海内坊刻几于充栋，中间亦有当者不当者。然为举业而作，则为文而解其义不为身心，而求其旨也，虽能疑且思，思而有妙解出，若过于汉之训诂，吾终以为得而未得。是纸上之机括，非心中之妙悟。"④这里冯氏认为举业文章若不是自家身心体贴出来的，即使其妙解有过于汉儒训诂，然而只能谓为"纸上机括"，所谓得而未得者，而真正的举业文章，理应是在"心中妙悟"指引下发抒一己的自得之见。是故，其在《观书吟》又阐述了文章写作中"立意"的重要性曰："立言先立意，意定始修辞，欲得辞中意，当看未立时。"⑤显然，这里的立意自然也是自家体贴出来的"自得"之意。至于主意从何而来，冯氏亦有专论曰："仆以为六经孔孟，其正鹄也，濂洛关闽，其嚆矢也，注精凝神于此，务必至于解悟而后已，则此心确有主意，而后间取国策秦汉及诸子百家之书读之，以为射疏及远之一助，使不至诡遇以获禽。"⑥这里冯氏认为立意应首先解悟孔孟理学诸书以获得自家主意，而后涉猎诸子众作辅助之，以此方为文，方可为朴茂、为大雅，为艺苑良工。

---

① 杨鹤《辨学录原序》，《少墟集》卷一，《景印文渊阁四库全书》集部第1293册，第4页。

② 冯从吾《疑思录》，《少墟集》卷二，《景印文渊阁四库全书》集部第1293册，第50页。

③ 冯从吾《疑思录》，《少墟集》卷二，《景印文渊阁四库全书》集部第1293册，第60页。

④ 冯从吾《疑思录》，《少墟集》卷二，《景印文渊阁四库全书》集部第1293册，第37页。

⑤ 冯从吾《观书吟》，《少墟集》卷十七，《景印文渊阁四库全书》集部第1293册，第310页。

⑥ 冯从吾《与友人论文书，》，《少墟集》卷十五，《景印文渊阁四库全书》集部第1293册，第253页。

此外，冯氏为文需自得的思想面向，我们从其对朱伯明诗集的评述中庶几亦能窥知："伯明自幼即嗜书，而尤嗜诗。……自三百篇而下以及我明空同诸子诗，无不昼夜伊吾，朗然成诵，而伯明之诗遂骎骎入古人堂室矣。为汉魏则汉魏，为盛唐则盛唐，而绝无纤巧脂粉、掇拾饾饤之病。"①以上冯氏谓朱伯明"为汉魏则汉魏，为盛唐则盛唐，而绝无纤巧脂粉、掇拾饾饤之病"不能不说是朱伯明博学众人而自成一家之言、自得于心的反映，而冯氏以此称述之，亦表明了其认为为文不可"纤巧脂粉、掇拾饾饤"的理论向度，而所谓"掇拾饾饤"，则明确指出了为文不可剿袭堆砌，而理应自得于心的理论诉求。

## 四、动亦是静与为文法门

"主静"堪谓冯氏重要的理学旨趣，但是融会贯通的冯氏又并非舍动以专言静，在前贤如张载"静亦有动"（《横渠异说·上经》）、程朱"以静制动"（《朱子语类》卷六十七）、阳明学"静未尝不动，动未尝不静。戒谨恐惧即是念，何分动静"②有关动静关系论述的影响下，其动静持论亦极具思辨色彩。如其首肯"心不妄动"解静之语曰："心不妄动四字解静字，真发古人所未发，盖身不妄动易，心不妄动难，人心原是神明不测、活泼泼地的，岂能不动，只是不妄动，便是静，非块然如槁木死灰，然后为静也。"③而其《答杨原忠运长》则详阐动、静之间的关系曰："静时乃道之根本，方动时乃道之机括，动时乃道之发用。学者必静时根本处得力，方动机括处点检，动时发用处停当，一切合道，然后谓之不离。然必在静时根本处预先得力，方动机括处再一点检，然后动时发用处才得停当。"④可见，对于冯氏来说，静乃是道根本所在，而一切之动皆需在静时"预先得力"，方能停当无差。具而言之，"在这里，冯从吾说的静时的工夫是指戒慎恐惧、静坐和'体验未发气象'等，而方动时的工夫则是指慎独、诚意。也就是提倡存养与省察同时进行，不偏一边。不过，由于静时是道之根本，动时是道之机括和发用，所以如果能在根本处得力，时时保持心体的湛然虚明，那么方动处就自然能够点检，其发用也就自然能够停当，'随其所遇，不必一一推勘，而纲常伦理自然尽道，喜怒哀乐自然中节，视听言动自然合

① 冯从吾《森玉馆集序》，《少墟集》卷十三，《景印文渊阁四库全书》集部第 1293 册，第 236 页。

② 王守仁著，吴光、钱明、董平等编校《王阳明全集》，上海古籍出版社 2015 年版，第 80 页。

③ 冯从吾《疑思录》，《少墟集》卷二，《景印文渊阁四库全书》集部第 1293 册，第 39 页。

④ 冯从吾《答杨原忠运长》，《少墟集》卷十五，《景印文渊阁四库全书》集部第 1293 册，第 261 页。

礼’，一切都会合于道”①。

值得注意的是，冯氏重视静并扩大了静的原属状态，而涵括了更为广泛的内容，其《示东昌聊城两学诸生》尝云："有耳目口体便有视听言动，有视听言动便就有非礼处勿之云者，是动中求不动之意也，动而不动则动中能静矣，动中能静则静中能静，又何待言。静固静，动亦静，无内外、无将迎，此孔子之所以为四绝，而颜子之所以为四勿也。"②对此，陈来总结曰："冯从吾为关学学者，反对为学专归于静坐，所以主张不睹不闻是道体，可睹可闻、鸢飞鱼跃，亦无非道体；静是道体，动亦是道体。"③诚然，冯氏消融了动静的表面划界，代之于追求一种融合无间的动静状态，而一归于静。如其认为也应把读书、作文视为一种静坐休息的状态曰："杜门静坐，息也。读书、作文、歌诗、写字，亦息也。与严师胜友讲道谈学，用以收敛身心，扶持世教，尤息之息也。如此常常用功，一息尚存，此志不容少懈。"④

而冯氏的这一理学动、静旨趣在其教导士子写作科举文章时也得以体现，其曰："吾有知乎哉，无知也。鄙夫未问，知从何起？两端既竭，知从何留？如诸生考试当题未出时，安得无故下笔，故曰无知。及题既出，因他题目才发动起我的文思，故曰叩，及文既完，尚还有一句一意不尽发于文内否？故曰竭。及交卷后，胸中依旧是题未下时光景，故曰吾有知乎哉，无知也。"⑤显然，主张以静来涵养心性的冯氏认为文章的写作状态与流程也应合乎"静"的规范。是以其云在未见科举题目之时，诸生要保持一种湛然虚明的"无知"虚静状态，所谓"静时乃道之根本"，而在睹见题目后，则要诚其意，发动文思，而竭尽自己的旨意，所谓"动时乃道之发用"，交卷后则又需要回归虚静的状态，所谓"动中求不动之意也，动而不动则动中能静"。显然，这样的写作规导是"学者必静时根本处得力，方动机括处点检，动时发用处停当，一切合道"的真实反映，也是冯氏持守"论本体不离功夫、论功夫不离本体"(《呻吟语序》)的必然结果。而这一倾向其实不特为科举文章时是这样，对于写作其他文章亦有普泛意义。

---

① 刘学智、米连科《关学大儒冯从吾哲学思想述论》，《地方文化研究》2013 年第 6 期。

② 冯从吾《示东昌聊城两学诸生》，《少墟集》卷四，《景印文渊阁四库全书》集部第 1293 册，第 108 页。

③ 陈来《仁学本体论》，生活·读书·新知三联书店 2014 年版，第 224 页。

④ 冯从吾《〈善利图说〉附录》，《少墟集》卷八，《景印文渊阁四库全书》集部第 1293 册，第 149 页。

⑤ 冯从吾《池阳语录》，《少墟集》卷十一，《景印文渊阁四库全书》集部 1293 册，第 188 页。

## 五、躬行践履与以文观人

陈俊民曰："在明代理学思潮的辩证发展中，由于朱子学的'支离'，导致了阳明学的'简易'，又因朱王的玄远虚空，产生了关中学者的'实学'。以'实学'为特点的明代关学……始终坚守张载关学'躬行礼教为本'的致用宗旨和坚决排佛、注重实践的关学传统。"①而高扬实学旗帜的关学传承至冯从吾，其自然承继了这一传统。当然需要指出，冯氏之所以对知行合一、言行相顾如此关注，还导源、受益于其阳明学对"知行合一"的强调以及当时日趋弥盛的崇尚玄虚的社会风气激扬下所氤氲的重本体亦重功夫的哲学思想。可以说，冯氏殷切主张本体与功夫合一，所谓"欲修者正须求之本体，欲悟者正须求之功夫，无本体无功夫，无功夫无本体也"（高攀龙《冯少墟先生集序》）。他不仅明确宣扬"道本一贯，求之于言语文字则支离蔓延，愈益晦塞，夫格物、致知、修身，何可偏废也"②，更是"痛斥'舍功夫而专谈赤子之心'与'舍赤子之心而专谈功夫'的偏颇倾向，都是晦蚀心学的弊端"，因为，"这种偏举功夫与本体的学风，非惟造成'学术多歧''议论不一'的窘况，更是断裂义理贯通脉络，忽略本体与功夫在实践上一体并进的道德本质"③。而正因为如此，也形成了冯氏"经世"与"暗修"并重的内外兼修之学，其尝曰："有经世之学，有出位之学，有暗修之学，有私已之学。以出位为经世，以私已为暗修，此学者大病。然有经世之学而无出位之学便是暗修。……有暗修之学而无私已之学便是经世。"④显然，作为一个根柢深厚且有担当责任的理学家，冯氏不仅重理道本体，对躬行功夫亦十分看重，冯氏不仅明言"做人不在多言，顾力行何如"，在《偶书》诗中亦曰"謁来学问尚玄虚，千古真传妄扫除，试问此身实践否，天心月到水诚渠"⑤。而且其在《池阳语录》中辨析汉儒躬行、宋儒空谈时尤表明理学家更重践履曰："汉儒中诚有躬行者，而概谓汉儒躬行则不可。……宋儒如周程张朱，即在孔门亦当列德行之科，其他如司马君实、邵尧夫、尹彦明、刘元城诸儒，其躬行实践，岂在冉闵之。"是以其总结曰："汉儒有传经之功，但当论其功而不当论其行，宋儒有明道之功，固当重其功而尤当重其人。"⑥

---

① 陈俊民《张载哲学思想及关学学派》，人民出版社 1986 年版，第 23 页。

② 杨鹤《辨学录原序》，《少墟集》卷一，《景印文渊阁四库全书》集部 1293 册，第 4 页。

③ 侯洁之《由冯少墟学说论晚明关学的转折》，《台北国文学报》2008 年第 43 期。

④ 冯从吾《池阳语录》，《少墟集》卷十一，《景印文渊阁四库全书》集部 1293 册，第 194 页。

⑤ 冯从吾《少墟集》卷十七，《景印文渊阁四库全书》集部第 1293 册，第 312 页。

⑥ 以上参引冯从吾《池阳语录》，《少墟集》卷十一，《景印文渊阁四库全书》集部 1293 册，第 197 页。

而冯从吾的这一躬行践履主张，在其维护讲学的《讲学说》中亦多有体现。可以说，时至晚明，流于空虚无根的讲学风气受到时人的质疑与批判，但是坚持道不讲不明与学人必有师的冯氏并不作如是想，其认为讲学之功用正在于消除弊端，所谓明道之用，只要讲学者将所讲之理学躬行践履，不务空言，则讲学亦无所伤。显然，冯氏反对时人废除讲学的主张，而极力为讲学张目，当然，当此之时，冯氏未尝不洞见到学人因杂引佛道而日益严重的崇尚玄虚风尚，故而其特意标出躬行二字，以救时弊："药玄虚之病者在躬行二字，既学者多讲玄虚，正当讲躬行以药之可也。……讲玄虚之学，讲学也，讲躬行之学，亦讲学也，玄虚之学不讲可也，躬行之学不讲，可乎？"①而在《讲学说》中，其又重申这一观点曰："讲学之谓何，且人之议之也，议其能言而行不逮耳，能言而行不逮，此正学之所禁也者，人安得不议之。吾侪而果能躬行也，即人言庸何伤。"②

自然，这一躬行践履的理论主张与文学的交会便表现为冯氏将文人之诗文与文人之行结合起来，进而有以诗文观人之论。其在回答"理学与举业同异"的问题时，便直接表达了"以举业体验于躬行便是真理学，以理学发挥于文辞便是好举业"③的期冀（这一观点的抉发可谓冯氏为解决日益形式化的八股时文的一种救弊举措，其实就明中叶以后的学术风气来说，学而不行成为难以革除的时代弊端，所以王阳明高举"知行合一"的大纛，而冯氏亦重践履，均可谓明见问题本源）。而其《理学诗选跋》与《古文辑选跋》更是成为其践履以文观人思想的具体实施，其在《理学诗选跋》中明确指出选理学诗的标准在于观其人曰："选理学诗与选唐人诗异，选唐人诗论诗不论人，所谓人以诗重也。选理学诗论人方论诗，所谓诗以人重也。呜呼！学者将人以诗重乎，抑将诗以人重乎？读是编可以自悟矣。"④而在《古文辑选跋》又以具体事例阐述这一题旨并将之推广到理学诗之外的古文辞中曰："余既辑古文成，或曰《李斯上秦王书》古矣，胡删之？曰：'焚书坑儒，其人非也。'或又曰：'既删之而目录中犹存其名，何也？'曰：'存之以为世戒也，见做人一差，即文如李斯，亦不足传也。'"⑤此外，其在评述他人的文学成就时也多瞩目于此，如其在《紫阳杨先生》中引述赵复之语评骘杨鉴山曰："关西夫子江汉赵复序其集，称其志、其学粹然一出于正，即其文可以得其为人，其见重如此。"⑥

① 冯从吾《少墟集》卷七，《景印文渊阁四库全书》集部第 1293 册，第 142 页。
② 冯从吾《讲学说》，《少墟集》卷十四，《景印文渊阁四库全书》集部第 1293 册，第 238 页。
③ 冯从吾《池阳语录》，《少墟集》卷十一，《景印文渊阁四库全书》集部第 1293 册，第 185 页。
④ 冯从吾《理学诗选跋》，《少墟集》卷十六，《景印文渊阁四库全书》集部第 1293 册，第 289 页。
⑤ 冯从吾《古文辑选跋》，《少墟集》卷十六，《景印文渊阁四库全书》集部第 1293 册，第 290 页。
⑥ 冯从吾《紫阳杨先生》，《少墟集》卷十九，《景印文渊阁四库全书》集部第 1293 册，第 341 页。

甘蛰仙曰:“少墟哲学思想,在晚明时代大放异彩,其主要论点只是不偏于本体论的一极端,亦不偏于功夫论的一极端。既用这副不偏不倚的眼光,去观察历史上的孔家哲学,更用这种不激不随的手段,去批导当时的思想界。”①诚然,冯从吾不仅以一种不偏不倚的中和态度(冯氏有《中和吟六言十首》,由此可见其对“中和”的看重)去看待理学本体与功夫问题,更是将这一看待问题的思路扩展到文学认知的领域,从而在融汇心学、程朱理学、阳明心学的基础上,完成了其圆融又颇具启发意义的文学理论建构。可以说,他的理学、文学并不相碍但以理为本的文学倾向明显烙刻了程朱理学的印记,将主静但又标举动亦是静的主张融渗于文章写作举措,固然是受到理学、心学、关学濡染互渗的结果,但又体现出自己的独有特色,其文须自得妙悟的思想则和阳明学派的文章观多有契合,而由注重躬行实践带来的对文人之行的重视则更多地是注重实学的关学传统濡染的结果。

① 甘蛰仙《冯少墟之哲学》,《晨报副刊》1923年第281期。

# 《新刻旁注四六类函》叙录

于　埅(广西师范大学文学院)

《新刻旁注四六类函》，十二卷。书半页七行，行二十四字，四周单边，白口，单鱼尾。卷二首题“浙姚朱锦文弢父类选，中都徐榛笾实父校阅，洪都闵师孔矩卿父旁注，宛陵许以忠君信父编正，绣谷王世茂尔培父参订，三衢国辅舒氏承溪梓行”①。

朱锦，字文弢，一字言如，浙江余姚人，万历二十年(1592)进士，官南京礼部主事、福建布政使右参政，有名于时。辑《古今纡筹》十卷，见《四库禁毁书》。校《皇明大政记》二十五卷，明万历三十年(1602)秣陵周时泰博古堂刻本，现藏国家图书馆。刊《明宝训》四十卷(江苏巡抚采进本)，参见《四库全书总目》②。

徐榛，字笾实，号四明，别号玉刍，滁州定远人，万历三十八年(1610)贡生，除赣榆训导，迁大理通判，“未莅任，以疾卒”，著有《覆瓿集》③。

闵师孔，字矩卿，江西金溪人。

许以忠，字贯日，一字君信，南直南陵(今安徽南陵)人，由贡士升光禄寺监事，万历四十八年(1620)二月升光禄寺典簿，转户部山东清吏司主事，“以翰墨骈俪文为世所称……所选《故事》《四六书》北方学者争相诵习”，著有《爱日斋诗集》五卷④。

王世茂，字尔培，号养恬，江西金溪人，明末寓居金陵，“校书白下”⑤。以“车书楼”为号校刻图书多种，其在车书楼刊刻图书题“金陵车书楼儒生养恬王世茂梓

---

① (明)朱锦类选《新刻旁注四六类函》卷二，哈佛大学燕京图书馆藏万历间三衢舒承溪刊本。

② (清)永瑢《四库全书总目》，中华书局1965年版，第486页。

③ 王重民《中国善本书提要》，上海古籍出版社1983年版，第722页；另参道光《定远县志》卷七《选举》、卷八《仕绩》，光绪《赣榆县志》卷十《官师下》。

④ 事见万历《顺天府志》卷四《政事志》，明万历刻本；民国《南陵县志》卷三十《人物・文苑》，民国十三年版；(清)佟赋伟《二楼纪略》卷四《望公楼记》，清康熙刻本。

⑤ (明)许以忠等辑《精选当代各名公短札字字珠》卷首，朱锦《序》，《四库禁毁书丛刊补编》第53册，北京出版社2005年版，第77页。

行”。明人阴化阳《四六鸳鸯谱》序云:“江右王先生以科第之世家校文于车书楼畔。”[①]明人朱之蕃《车书楼汇辑皇明四六丛珠》所作序云:“艺林养恬王君博雅嗜古,风流好士,缔交多海内明贤。”[②]郑文龙《车书楼选刻举业必用四六津梁》所作序称其“道冠时英,望隆人誉”[③]。王世茂与许以忠有书信往来,王世茂给许以忠书信云:“承谕发来四六,不欲以大姓名流布人间。第只今海以内倾□□□,积有年所,安石碎金,人争藏匿以为帐中之秘,弟何敢不以答都人士而抢天下之珍为竟已,以入梓行矣!”[④]

舒承溪,字石泉,浙江衢州人,以集贤书舍为号刊刻图书。刻有焦竑《皇明人物考》六卷,焦竑《新刻七十二朝四书人物考注释》四十卷,朱锦《新刻旁注四六类函》十二卷,袁宏道《白苏斋类集》二十二卷。

关于《新刻旁注四六类函》的作者,方大镇《四六类函序》云:“得王生所编类函而寓目焉。往王生镌有万树梅,探骊获珠,在在纸贵。”可知方大镇的序应是为“王生”王世茂所作。另据王重民先生《中国善本书提要》考证:“是集实为闵师孔所辑,多取材于许以忠、王世茂书,朱、徐则托名也。又《凡例》言不取唐宋人旧制,然卷中杂有唐宋元人书札,则以因于旧本者多,师孔未察,遂致互相矛盾也。”[⑤]

《新刻旁注四六类函》作为“酬答”的骈文总集,一是通过选本来达到“泻发才情,寄吾缱绻”之目的,“启必以四六”在文章形式方面的特色得以显现。四六文具有用于酬答和利于泻发才情的特性。四六不仅在官场的公文写作和交际中是必需品,在士绅的日常应酬中也应用广泛。朱之蕃《车书楼汇辑当代名公鸿笔四六丛珠序》云:“微但大者庆贺谢覆,聘享通讯各皆有式,当酌左准,今自运新裁,勿徒勦袭,以拾人毛甲,啜人唾津,即如日用居室间或应酬答问尺牍寸楮亦有不容忽视者,今纤悉具备,彬彬质有其文,故称嘉也。……谓其分门别类,于以庆贺,于以谢覆,于以聘享、道讯及小而应酬答问,不胶往辙,不狃故常,咳唾成玉,圆融活泼,又譬□珠之走盘而不离于盘也。宇内鸿儒钜匠、学士文人,临池挥毫,核典实而参酌

① (明)阴化阳、苏紫盖辑《四六鸳鸯谱·序》卷首,《四库禁毁书丛刊补编》第40册,第593页。

② (明)许以忠选《车书楼汇辑皇明四六丛珠·序》卷首,万历四十八年金陵书坊傅少山刻本。

③ 《车书楼选刻举业必用四六津梁·序》卷首,天启刻本。

④ (明)许以忠等辑《精选当代各名公短札字字珠》卷五,《四库禁毁书丛刊补编》第53册,第185页。

⑤ 王重民《中国善本书提要》,第449页。

之，睹其序次精确，若编珠品藻绚烂，若贯珠而千古不世之至宝，直心悦目矣。”[①]四六启凸显礼仪性功能，明钟惺云：“双声叠韵，聊展其恭敬之忱；合璧连珠，爰立其端严之体。又事君使臣朋友相遗，礼文之不可废者也。”[②]《四六类函序》：“今缙绅士大夫，大都以四六为酬答，亦知格尚排偶；响叶宫商，以非此不足泻发才情，寄吾缱绻。”骈文具有注重对仗、辞藻、声律、用典等特点，能起到“泻发才情，寄吾缱绻”的作用。四六在士绅日常应酬和官场交际中以实用性为基础。邓渼《启隽类函序》：“四六者，比物连类，借事喻意。拘而不破，抒写极性灵之变；婉而成章，抑扬在文字之外。体俳而谐，故善戏不为谑；语庄以丽，故善诵不为谀。宜乎盛行于世，而施于笺奏启牍尤为惬当。”[③]唐文灿《鉴江全集叙》云：“今贤科就试必以表，而良吏陈白所尊也，亦必以启状，彼非壮夫欤，然且为之，其必有当也。乃吾徒诸学子高者既易之莫肯为，卑则又难之莫能为，胥无尚矣。尽传世以广承学表启，资令皆进于真易，皆不患苦于所难，而饶为其所当为，亦可乎？”[④]张一栋《莺鸠小启序》曰：“夫文也，孰谓古今不相及哉？绨膏棘轴而不能运方宰，洪钟大吕而不能谐里耳，故所贵唯所用耳。吾曹启事唯四六之用为急，亦唯四六之工为难，无宁兹其务学以滋益也，则各置此编于座右，未曰乎鹏抟九万，且效夫为鸠数飞焉，请付剞劂氏，以广其传。”[⑤]余大成《四六灿花序》曰：“夫启者，源本词命，尺牍之嚆矢也，虽载函托绪，实谋野兴端，然非庀材广则不赡，非抽思眇则不精，非运轴超则不雅，非琢句整则不谐。”[⑥]

二是对骈文古风的追求，是对时代风气的一种拨乱反正。王在晋《车书楼选注名公新语满纸千金序》云：“自古语变而为四六，古声变而为偶隽。而风会莫返其初已。”[⑦]《四六类函序》：“然而鼠璞混收，淄渑不辩，则续貂之滥也。风云月露，黼黻青黄，则剪彩之花也。吹影镂冰，木鸢楮叶，则坪墁之技也。白马非马，画龙为龙，则黎丘之眯也。遗韶护而奏藕苓，舍白雪而歌下里，则绵蕞之陋也。总之不伤于雅，则漓于真；情不象心，以至于此。辞虽骈何益？……盖常往往思古风之邈，悲时牍之繁，不得游胥庭昆吾，相与于无相与之境，则江河之下也久矣。”选者意识到四六选本“鼠璞混收，淄渑不辩，则续貂之滥也”的现状，苦于“悲时牍之繁，

① (明)许以忠《车书楼汇辑当代名公鸿笔四六丛珠》卷首，明万历四十八年刻本。

② (明)钟惺辑注《四六新函》卷首，《四库禁毁书丛刊补编》第44册，第4—5页。

③ (明)俞安期等编《启隽类函》卷首，《四库全书存目丛书》集部第349册，齐鲁书社1997年版，第4页。

④ (明)唐文灿撰《鉴江集四六汇辑》卷首，清康熙二十六年刻本。

⑤ (明)连继芳撰，陈于京等注《莺鸠四六小启》卷首，明万历己酉刊本。

⑥ (明)张师绎选评，毛应翔诠释《张梦泽评选四六灿花》卷首，明天启癸亥毛氏金陵刊本。

⑦ (明)李自荣《车书楼选注名公新语满纸千金》卷首，明天启七年刻本。

不得游胥庭昆吾”，则“常往往思古风之邈”，努力追求“和粹中律，纾回中情，高华中色，澹雅中度，纵横中事机，沨沨乎内足意而外足象”的四六古风。关于总集编纂，《四库全书总目》总集类序云：“文籍日兴，散无统纪，于是总集作焉。一则网罗放佚，使零章残什，并有所归；一则删汰繁芜，使莠稗咸除，菁华毕出。是固文章之衡鉴、著作之渊薮矣。”①总集编纂一是辑佚，总揽文章；二是选集，鉴赏式批评。四库馆臣评《四六法海》：“秦汉以来，自李斯《谏逐客书》，始点缀华词；自邹阳《狱中上梁王书》，始叠陈故事，是骈体之渐萌也。符命之作则封禅书典引，问对之文则答宾戏客难，骎骎乎偶句渐多。沿及晋宋，格律遂成；流追齐梁，体裁大判：由质实而趋丽藻，莫知其然而然。然实皆源出古文，承流递变。犹四言之诗至汉而为五言，至六朝而有对句，至唐而遂为近体。面目各别，神理不殊，其原本风雅则一也。厥后辗转相沿，逐其末而忘其本，故周武帝病其浮靡，隋李谔论其佻巧，唐韩愈亦断断有古文、时文之辨，隆而愈坏，一滥于宋人之启札，再滥于明人之表判。剿袭皮毛，转相贩鬻，或涂饰而掩情，或堆砌而伤气，或雕镂纤巧而伤雅，四六遂为作者所诟厉。”②王志坚所录能上溯于魏晋，四六之源流正变具于是编矣。

三是“启必以四六”在文章形式方面的特色得以显现，凸显出附着于四六启体的文体学意义上的价值。“于四六之内别有专门”，四六书启作为一种专门的文类形成了，亦因时代风气所致。明代中后期四六选本大部分只收启体，王世贞论曰：“宋时诸公卿，往返俱作四六启，余甚厌之。以为无益于事，然其文辞尚有可观。嘉靖之末，贵溪作相，四六盛行，华亭当国，此风小省，而近年以来，则三公九卿至台谏无不投启者矣，渐次投部寮亦启矣，抚按监司日以役人，司训诸生日以此见役，旨不能外谄谀，辞不能脱卑冗，不知何所抵，止余平生不作四六，然未尝用此得罪。”③四六逐渐形成重视用典、讲究对偶、追求工整、趋于模式化的特性，凸显出附着于四六启体的文体学意义上的价值。如《四六类函序》云：“和粹中律，纾回中情，高华中色，澹雅中度，纵横中事机，沨沨乎内足意而外足象，张弛阖辟，互运错见，譬中衢置尊，各随其多斟酌而止。”主动追求达到艺术性和思想性的统一，即“伐山伐材，偶意共逸韵俱发；对言对事，辞藻与奇思兼流。学海惊涛，真可跃潜龙而翔鸾凤；明堂击石，诚堪动天地而泣鬼神。”④

四是选者追求名家作品，注释旁证自有体系。从选文的时段性上看，《新刻旁

① （清）永瑢《四库全书总目》，第1685页。

② （清）永瑢《四库全书总目》，第1719页。

③ （明）王世贞《弇州史料后集》，《四库禁毁书丛刊》史部第50册，北京出版社2004年版，第71页。

④ （明）胡松辑《四六菁华》卷首，明万历二年刻本。

注四六类函》作品出今名公手授,选本朝人的文章,即《四六类函凡例疑》云:"排偶语即六朝业有之,而沿于唐工于宋,八代全书俱在,苐时世渐邈,体式稍殊,兹故不复刻云。……是函俱出今名公手授。"尽量避免出现东拼西凑,滥用名家、名公的名头等制作粗糙等弊病,如《四六类函凡例疑》所言:"是函俱出今名公手授,即喧寂殊致,并不敢补缀鲁鱼,湮灭姓氏,负作者苦心。"朱锦《精选当代名公短札字字珠序》云:"余友人王生世茂校书白下,往余从夏官,公余为之选校《四六类函》等启,四方士争购之,珍之若灵蛇之珠矣。"[①]《车书楼汇辑当代名公鸿笔四六丛珠序》云:"先是有《四六类函》与夫《新函》《瑶函》等集刊行于世,脍炙人口,乃犹念朝华夕秀光景常新,兹复撮其要提其象,互演考巧,精梓以传。"《四六类函》《新函》《瑶函》指《新刻旁注四六类函》《恕铭朱先生汇选当代名公四六新函》《车书楼汇卷旁注当代名公四六瑶函》。可知《新刻旁注四六类函》已"脍炙人口"并作为其他四六选本编选的底本。游之光辑《今古四六汇编》凡例云:"《词致录》终于南宋,《四六类函》始于我明,虽可并传,不无偏废。兹选谐于时者虽古必收,诡于法者虽今不录。"[②]此书的刊刻在朱锦《四六类函》问世四年后,其选文多转录于李天麟《词致录》和朱锦《四六类函》二选本。据王重民先生《中国善本书提要》考证,李日华辑《四六类编》:"是集盖就朱锦《四六类函》、许以忠《四六争奇》等书而增益之,注解亦多截取二家原文。"[③]亦是朱锦《四六类函》流行于时的明证。《新刻旁注四六类函》收录文章限有明一代,基本上反映了明代四六文创作的较高水平。选本在文中附有注释,注释以双行小字形式在文中呈现。即"启内典故俱有旁注",对篇中所用之事典、语典做简单的注释,方便读者理解、学习。

五是为时人学习骈文写作提供了良好的教材,满足了学习作四六模仿、借鉴的需求,甚至科举考试需要。洪迈《容斋三笔·四六名对》云:"四六骈俪,于文章家为至浅,然上自朝廷命令、诏册,下而缙绅之间笺书、祝疏,无所不用。"[④]后四六"大抵为应酬而做,其体则总集其实则类书也",《四六类函凡例疑》云:"叙秩而首,宗室重天潢也,其余以次分门,鳞集诸品不遗,令修辞者开卷豁然,信手优盂耳。是函俱出今名公手授……"明确道出了为日常应酬提供范本的选文意图。如《四六类函序》云:"今又分类别门,弃故取新。觅名硕新牍珠玑而错落之,使观者快于类之有所聚而品之有所分。"《四六宙函凡例》云:"制科陪场,率用表文,或贺或谢

---

① (明)许以忠、王焞编,吴明校注《精选当代名公短札字字珠》卷首,明万历丁巳刊金陵书坊付春溟印本。

② (明)游之光辑《今古四六汇编》卷首,明万历四十二年刻本。

③ 王重民《中国善本书提要》,第450页。

④ (宋)洪迈撰,孔凡礼点校《容斋随笔》,中华书局2005年版,第517页。

或进，务跻庄雅工致之美。博士家留情经义之暇，便应铸字炼声，拾芳吐藻。非惟备他日馆阁之选，抑以修臣工严对之仪。是编首标程墨表式，示人知所用非细，而娴习必先，其于明经，良有寔益。”①

《新刻旁注四六类函》也不免有流于趋于模式化的“类书之外编、公牍之副本”特性和写作的套袭之风。四库馆臣评价《四六标准》云：“自六代以来，笺启即多骈偶。然其时文体皆然，非以是别为一格也。至宋而岁时通候、仕宦迁除、吉凶庆吊，无一事不用启，无一人不用启。其启必以四六。遂于四六之内别有专门。南渡之始，古法犹存。孙觌、汪藻诸人，名篇不乏。迨刘晚出，惟以流丽稳贴为宗，无复前人之典重。沿波不返，遂变为类书之外编、公牍之副本，而冗滥极矣。”②明代骈文总体评价较低，骈文创作数量虽多，质量不高，也有形式化、官场应酬化、套袭化的趋势和风气。陈所学《新刻分类摘联四六积玉序》云：“盖自玄黄肇判，象数攸分。既奇偶之已陈，自对剖之必起。咸阳始创，唐宋相洽。词语壮严，纶綍对章之是籍；体裁整肃，敷陈启状之共需。罗麟凤者，见楮上之珠玑；托鳞鸿者，布毫端之肝胆。古为极盛，今则尤隆。但陋俗之儒，不免杨文公之衲被；而拘挛之士，卒为陶翰林之画葫。或不浚发于巧心，竟同鬼簿之诮；或止剽窃于故套，难逃獭祭之讥。或琐细而语不尽情，徒为覆瓿；或浮蔓而文难达意，空费镂水。倘不采诸子之菁华，极其赅博；乌得漱群言之沥液，出以精工。”③金秬香亦云：“有明骈文，疏疏落落，皆无关于取法，其文集存于今者，不下千余种，所谓名篇巨制，毋论汉唐，且两宋之不若。最陋者，属对虽工，措辞近轻佻，甚至以卦名对卦名，以干支配干支，立定间架，几同刻板，至官场尺牍，斋醮青词，肤廓陈滥，千手一律，其佳者亦仅资谀颂已耳，复何奇哉？”④《四六类函凡例疑》：“排偶语即六朝业有之，而沿于唐工于宋……书札竞用四六，非若宋人之工也，第取俳俪活套，相诒谩而已。余既浅陋，不能倩人，有以偶语来者，第如旧式答之，以为简耶，以为俚耶，所不敢知也。”⑤钟惺《四六新函序》：“六朝骈俪、三唐雕琢，其源远矣。第后之风云月露，止习虚词；藻缛纷华，全无旨趣。……行之久而套袭之病生，用之广而假借之习起。”⑥清人孙梅云：“骈俪之文，其盛也，启之为用最多。其衰也，启之为弊差广。何则？西秦东

① （明）李自荣辑，曹可明选，王世茂注《岳石帆先生鉴定四六宙函》卷首，明天启刻本。

② （清）永瑢《四库全书总目》，第1396页。

③ （明）章斐然辑《新刻分类摘联四六积玉》卷首，明万历刻本。

④ 金秬香撰《骈文概论》，《万有文库》第一集第76册，商务印书馆1933年版，第129页。

⑤ （明）方弘静撰《千一录》卷二十《客谈八》，《续修四库全书》子部第1126册，上海古籍出版社2002年版，第397页。

⑥ （明）钟惺辑注《四六新函》卷首，《四库禁毁书丛刊补编》第44册，第4—5页。

洛，不出寰宇之书；仆射司空，自有勋阀之薄。乌衣玉树，按姓谱而如新；珪月梢云，验岁华而益丽。必也尽遗窠臼，别出机杼。始可扬古调以赏音，进文也而奏绩也。”①

《新刻旁注四六类函》卷首有赐进士第文林郎江西道监察御史方大镇《四六类函序》，后附《四六类函凡例疑》四则，再附有文职品级共九品十八级；武职品级共八品十六级；称呼类；两京十三省郡名别号。

方大镇，字君静，桐城人，万历己丑进士，曾任江西道监察御史，官至大理寺少卿。有《荷薪义》八卷（内府藏本）：“始大镇父学渐，讲学桐川。大镇追述父训，及与同社诸人问答之语，诠次成帙，名曰《荷薪》。盖亦不忘继述之意。其大旨在辟良知之说，于儒释分别，辨论极详。”②有《田居乙记》四卷（浙江巡抚采进本）：“大镇有《荷薪义》，已著录。是编乃其家居读书时所作。自序谓遇有赏心，辄乙其处，命儿子录之，故名乙记。分四门：一曰潜见，分记学、记仕二子目；二曰筌宰，分记君、记臣二子目；三曰伐阅，分记操持、记作用二子目；四曰居息，分记家论、记性命二子目。所录虽皆前人格言善事，然条缀原文，无所阐发，其出处或注或否，体例亦不画一。”③

方大镇《四六类函序》云：“盖闻朱曦普丽，称物纳照。大卤噫气，程形赋音。君子生昆吾之美，嬉嬉于于，弗为靡也。游胥庭之间，琳琳琅琅，非谀合也。恶自而取乎四六之工，极才人之致，抒达士之怀。情溢乎词，词鬯于交，离合非我，亲澹在彼。若曦之照，如风之赋，拇不解而孚，缶怀盈而信，岂不贵是？安所贵乎浮湛其辞而覆真情为？盖情文递生者也。情不借辞，则苞�而喻；词不根情，则鞶帨粉黛而弗克真。今缙绅士大夫，大都以四六为酬答，亦知格尚排偶；响叶宫商，以非此不足泻发才情，寄吾缱绻。然而鼠璞混收，淄渑不辩，则续貂之滥也。风云月露，黼黻青黄，则剪彩之花也。吹影镂冰，木鸢楮叶，则坪墁之技也。白马非马，画龙为龙，则黎丘之眯也。遗韶护而奏藕苓，舍白雪而歌下里，则绵蕞之陋也。总之不伤于雅，则漓于真；情不象心，以至于此。辞虽骈何益？然则德操括囊于谭议。孝绰广志于绝交，仲连射书以征义。纯仁虚心以进规，岂无见哉？盖常往往思古风之邈，悲时牍之繁，不得游胥庭昆吾，相与于无相与之境，则江河之下也久矣。顷季第大钦观光南省，馆谷王生颇深结袜，倦游之暇，得王生所编类函而寓目焉。往王生镌有万树梅，探骊获珠，在在纸贵。今又分类别门，弃故取新。觅名硕新牍珠玑而错落之，使观者快于类之有所聚而品之有所分。王生亦可谓善于探珠者

① （清）孙梅《四六丛话》，人民文学出版社 2010 年版，第 280 页。

② （清）永瑢《四库全书总目》，第 817 页。

③ （清）永瑢《四库全书总目》，第 1123 页。

矣。今观其所集，和粹中律，纾回中情，高华中色，澹雅中度，纵横中事机，沨沨乎内足意而外足象，张弛阖辟，互运错见，譬中衢置尊，各随其多斟酌而止。试抚而咀之，以我铸词，不以词铸我，得其皮神，肖真而出，虽不敢言孚拇怀？缶之道乎？亦庶几修词之司南云。赐进士第文林郎江西道监察御史方大镇君静父谨序。”①

《四六类函凡例疑》云：“排偶语即六朝业有之，而沿于唐工于宋，八代全书俱在，第时世渐邈，体式稍殊，兹故不复刻云。叙秩而首，宗室重天潢也，其余以次分门，鳞集诸品不遗，令修辞者开卷豁然，信手优孟耳。是函俱出今名公手授，即喧寂殊致，并不敢补缀鲁鱼，湮灭姓氏，负作者苦心。启内典故俱有旁注，盖秩品不同而造诣頣异，恐修辞者诸冠仓卒，岂暇攒眉思索万一？伐山数字，宁不贻大方者卢胡。”②

《新刻旁注四六类函》编选取明人四六书启共561篇文章，主要按照官制分类，分宗藩、内阁、吏部、户部、礼部、兵部、刑部、工部、翰院、武科、国学、都院、御史、学宪、通政、大理、给谏、卿寺、府兆、行人、藩臬、运司、郡守、州守、宠荣、令宰、貂贵、总戎等28类，最后附以杂启(贺、谢、请、祝、冠、婚、丧、祭、辞送、问答)。

《新刻旁注四六类函》十二卷，有明南都吴继武刻本，现藏国家图书馆；有明万历三十六年(1608)王世茂刻本，现藏北京大学图书馆、中国人民大学图书馆、天津图书馆、苏州市图书馆、徐州市图书馆等；有万历间三衢舒承溪刊本，现藏美国哈佛大学燕京图书馆。

---

① (明)方大镇《四六类函序》，(明)朱锦类选《新刻旁注四六类函》卷首，哈佛大学燕京图书馆藏万历间三衢舒承溪刊本。

② (明)朱锦类选《新刻旁注四六类函》卷首，哈佛大学燕京图书馆藏万历间三衢舒承溪刊本。

# 论孙梅《四六丛话》对“三国六朝诸家”的骈文批评

岳赟赟（中国传媒大学）

清人孙梅（1739—1790）所编《四六丛话》是中国骈文史上一部总结性骈文理论著作。全书三十三卷，前二十八卷按文体类别辑录，后五卷是对各时代骈文作家资料的汇集和评价。在辑录这些作家的基本资料后，孙梅还对一些骈家的创作特色、文章风格等加以点评，观点鲜明，论述精辟，备受论者好评。其中他对卷三十一“三国六朝诸家”的评价颇有特色，不仅有对作家的骈文史定位，还反映了其情文兼备，骈散合一的理论主张，具有较高学术价值。

《四六丛话》自产生后，便得到了诸多关注，如清代学者为此书所作序跋，一些学人的学术笔记及当代学者的骈文论著等，多对其称许有加。如阮元《四六丛话后序》对《四六丛话》的骈文理论进行了全面论述和高度评价。刘麟生《中国骈文史》则云：“关于批评骈文之书籍，至孙梅《四六丛话》而始告美备。”①莫道才《骈文通论》认为：“孙梅的骈文思想代表了清代骈文学的最高水平。”②近三十年，学界关于《四六丛话》有不少研究成果，如莫道才《论〈四六丛话〉的学术价值与骈文思想》③、陈志扬《〈四六丛话〉：乾嘉骈散之争格局下的骈文研究》④、台湾学者何祥荣的《四六丛话研究》⑤、刘涛《论〈四六丛话〉在骈文批评上的贡献》⑥、张作栋《从四六到骈体——论孙梅〈四六丛话〉在乾嘉骈文演进中的推动作用》⑦、李金松《论孙

① 刘麟生《中国骈文史》，东方出版社 1996 年版，第 118 页。

② 莫道才《骈文通论》，齐鲁书社 2010 年版，绪论第 6 页。

③ 莫道才《论〈四六丛话〉的学术价值与骈文思想》，《广西师范大学学报（哲学社会科学版）》1994 年第 4 期。

④ 陈志扬《〈四六丛话〉：乾嘉骈散之争格局下的骈文研究》，《文学评论》2006 年第 2 期。

⑤ 何祥荣《四六丛话研究》，线装书局 2009 年版。

⑥ 刘涛《论〈四六丛话〉在骈文批评上的贡献》，《广西师范大学学报（哲学社会科学版）》2013 年第 2 期。

⑦ 张作栋《从四六到骈体——论孙梅〈四六丛话〉在乾嘉骈文演进中的推动作用》，《台州学院学报》2017 年第 4 期。

梅〈四六丛话〉中的骈文批评》[①]和《宗唐:〈四六丛话〉的骈文艺术蕲向》[②]等,对《四六丛话》骈文批评理论的论述已相当充分。然而论者大多关注的是此书序文、凡例及叙论[③]中的骈文批评主张,而很少有人涉及孙梅对历代骈文作家的批评。笔者拟在前辈学者的研究基础上,以孙梅对“三国六朝诸家”的批评为切入点,分析其所蕴含的骈文理论,总结其在骈文批评史上的意义。

## 一、界定作家的骈文史地位

骈文的形成是一个长期发展的过程,它由秦汉以来散文的逐渐骈化演变而来。所以散文与骈文最本质的区别在于形式方面,当骈文的诸形式要素在文章中成为主要部分,即可称为骈文,当创作骈文成为一个时代的共同追求,也即意味着骈文正式形成[④]。孙梅在《四六丛话》卷三十一正文之前有一段总论:“古文至魏氏而始变,变而为矜才侈博,六朝由此增华,然而质韵犹存,沉刻峭拔,是其所长,无襞积饾饤之迹也,如钟、索初变隶法,尚留古意。述俪者于此寻源,溯古者于此辨异。”[⑤]这是对骈文形成过程的概述,其意是说散体古文至魏代开始发生重大变化,至六朝,文章更加注重形式,文辞更加华丽,但内容深刻,笔力雄健,质韵犹存,而非一味堆砌辞藻。孙梅不仅精确概括了魏晋六朝骈文的发展史,还分析了六朝骈文与前代文章的本质区别,因此他强调研究骈俪之文应当由魏晋寻根溯源,辨别其与古文的异同。孙梅这种论述与明清乃至当代许多骈文论者的观点较为一致。如明代王志坚《四六法海》:“魏晋以来,始有四六之文,然其体犹未纯。渡江而后,日趋缋藻,休文出,渐以声韵约束之。至萧氏兄弟、徐庾父子,而斯道始盛。”[⑥]姜书阁《骈文史论》将骈文发展过程总结为:“一、兴起于东汉之初,始成于建安之际;二、变化于南齐永明之世沈约等人的文章声病之论;三、完成于梁、陈、北齐、北周,而以徐陵、庾信所作为能造其极。”[⑦]钟涛先生则称“魏晋时代,骈文已经成形”;至

① 李金松《论孙梅〈四六丛话〉中的骈文批评》,《江西师范大学学报(哲学社会科学版)》2007年第4期。

② 李金松《宗唐:〈四六丛话〉的骈文艺术蕲向》,《广东社会科学》2019年第2期。

③ 孙梅在《四六丛话》前二十八卷每种文体之前均作有叙论。

④ 钟涛《六朝骈文形式及其文化意蕴》,东方出版社1997年版,第54页。

⑤ 孙梅著,李金松校点《四六丛话》,人民文学出版社2010年版,第610页。

⑥ 蒋士铨《忠雅堂评选四六法海》,清光绪十年(1884)深柳读书堂朱墨套印本,王志坚原序第1页。

⑦ 姜书阁《骈文史论》,人民文学出版社1984年版,第15页。

宋齐，骈文正式成立；徐庾体则是骈文成熟的标志①。

在卷三十一中，孙梅所选三国六朝作家有魏文帝、曹植、诸葛亮、陆机、王昙首、王俭、孔稚珪、王融、萧大圜、张缵、范云、虞义、何胤、颜之推、何逊、吴均、刘勰、伏挺、周弘让、徐陵、沈炯、薛道衡、许善心等85位作家。在所选作家中，孙梅所评仅有十处，分别为卢思道诸葛亮、刘琨、王巾、钟嵘、颜之推、刘勰、尹义尚、杨衒之、郦道元、许善心。这是因为在前二十八卷中孙梅已对不少作家有所评论，此卷所评是进一步的补充。在这些评语中，他对不少作家在骈文史上的地位进行了界定，而他对诸葛亮、刘琨和许善心的评价最具代表。

孙梅评诸葛亮(181—234)曰："武侯文沿体东汉，真而婉，邃而畅，然如《上汉中王表》《正议》等篇，抑扬壮丽，实开排偶门庭矣，特气尤沉厚耳。"②认为其文章"沿体东汉"，实开骈偶之风，这是他对诸葛亮在骈文史上的定位，同时也关系到骈文的形成问题。孙梅评语所说《上汉中王表》③在诸葛亮文集中并未收录，而《出师表》与此文最为相似，也最能代表诸葛亮文的特点。全文总体上是散体文，又夹杂着一些四言句和对句，如"侍卫之臣不懈于内，忠志之士忘身于外""苟全性命于乱世，不求闻达于诸侯""受任于败军之际，奉命于危难之间"④，句式较为整齐，是东汉以来文章逐渐骈化的体现。

孙梅此则评语还提到诸葛亮的《正议》，此文是驳斥魏国对其提出的投降建议而作，写得义正词严，气势恢宏，令对方难以反驳。文章整体上是散体文，而四言句有将近一半，如文章开篇即言"昔在项羽，起不由德，虽处华夏，秉帝者之势，卒就汤镬，为后永戒。魏不审鉴，今次之矣；免身为幸，刑在子孙"⑤，这种四言句算不上整齐，只是以四字句结成的散语。文中也出现了少量对句，如"诬毁唐帝，讽解禹稷""徒丧文藻，烦劳翰墨""制四方，定海内"⑥等，对仗已趋于工整，骈化更为明显。

但从用典、藻饰等方面看，诸葛亮文章典语很少，且语言还保留着散体古文的质朴之风，极少用一些华辞丽藻，仅具备了骈文的部分形式要素，孙梅称诸葛亮文开骈体之风，是准确的。诸葛亮之后，三国魏代一些文章的骈化更加全面深入。

---

① 钟涛《六朝骈文形式及其文化意蕴》，第65—99页。

② 孙梅著，李金松校点《四六丛话》，第611页。

③ 《上汉中王表》暂未发现有相关文集收录。晋陈寿奉命所定《诸葛氏集》(凡二十四篇)，或许录有此文，但由于此集今已散佚，无法考证。

④ 萧统辑，李善、吕延济、刘良等注《六臣注文选》，中华书局1987年版，第686页。

⑤⑥ 诸葛亮著，张连科、管淑珍校注《诸葛亮集校注》，天津古籍出版社2008年版，第68页。

如曹丕《与吴质书》、应璩《与广川长岑文瑜书》、曹植《与吴季重书》等文，对句和典句的比例更高，比诸葛亮文更为普遍，但尚未占主导地位，且对仗还称不上精致，对句形式还较为单一，可见这一时期还不能说骈文真正形成。

孙梅评刘琨(271—318)：“越石寥寥数篇，才气杰然，足盖魏晋。其《劝进表》《答卢谌诗序》，豪宕感激，从肺腑流出，无意于文，而文斯至，不独五言寄托非常也。孝穆、子山得其一斑，遂以名世。抽青妃白者，岂常梦见？子谅亦自斐然，视越石则邾、莒矣。”①孙梅认为刘琨文才“足盖魏晋”，并对徐陵、庾信的骈文创作产生了很大影响，这是对刘琨在骈文史上地位的界定。这种界定可谓极高，在文学史及骈文史上，均未有如此之评。如刘勰称刘琨诗“雅壮而多风”②，钟嵘《诗品》评其诗“善为凄戾之词，自有清拔之气”③。刘、钟两家虽是评价刘琨诗歌，但用来概括其文风也未尝不可。但这种评价也仅是对其诗文风格的客观总结，而未对刘琨在魏晋文学史上的地位有如此高的评价。刘琨诗文总体数量不少，但由于他处于西晋末年，经历了八王之乱，常奔走于乱离之中，导致诗文作品散佚较多，但从他所存作品来看，其文章典雅质朴，又不失文采，且颇具风骨，尤其是其《劝进表》《答卢谌诗序》等文，因此刘琨足可称得上是“才气杰然”。

《答卢谌诗序》是刘琨答卢谌诗所作序文，文章篇幅不长，与《劝进表》长篇华丽的辞藻相比，此文写得相对简单质朴。尽管此文不尚藻饰，语言少了些华美，但短短三百来字，却多半是偶句。同时，文章还运用了不少典故，如和氏璧、夜光珠以及老聃、庄周、阮籍、百里奚等典事。故而孙梅所言刘琨文采杰出、偶对精工是准确的。相比而言，六朝骈体大家徐陵和庾信之文偶对更为绵密，部分文章甚至全篇皆为偶句，且对句形式更加多样，四六隔对及其他形式隔对的使用也更为普遍。在用典方面，徐庾比之前骈家更为精练纯熟，语典、事典交错使用，正用典故与反用典故灵活变换，且典语自然浅近，多以偶句呈现。同时，徐庾骈文既有大量藻丽华艳之辞，又不乏清新自然之语，并注意调合平仄，音韵和谐，使得文章极富美感。当然，徐庾骈文的这种精致是承魏晋而来，受到刘琨文章的影响也是极有可能的。文学史对刘琨之文或许有所低估，但孙梅称刘琨“足盖魏晋”，且徐庾受到刘琨些许影响便足以称扬后世，这种评价确实过高。

孙梅评许善心(558—618)：“许文节通才敏手，足为徐庾后劲，著作必多。乃考本传及《经籍志》，竟无别集，仅于傅内所载二篇，略见一斑。岂遭丧乱而散佚

① 孙梅著，李金松校点《四六丛话》，第617页。

② 刘勰著，范文澜注《文心雕龙注》，人民文学出版社1958年版，第701页。

③ 钟嵘著，曹旭集注《诗品集注》，上海古籍出版社1994年版，第241页。

耶？文之传不传，洵有数欤？”[①]在对偶、用典、辞藻、声律方面，以徐庾为代表的六朝骈体大家可以说是发挥到了极致。孙梅称许善心“足为徐庾后劲”，不仅表达了对其骈作的欣赏，也说明其在骈文创作上是承六朝骈体大宗徐庾而来，这是孙梅对许善心在骈文史上的独特定位。

许善心是由陈入隋的文士，其才思敏捷，著述颇多，但因丧乱，作品大多散佚，文章仅存 6 篇，现存作品《神雀颂》最能代表其在文章创作方面的才能。《神雀颂》包括序文和颂文，多半是四六句式，文辞富丽，用典繁密，属对精工，声韵协调，与成熟的六朝骈文基本无异。在对句使用上，许善心与六朝骈体大家颇为相似，文章皆以对句为主，且对句形式多样，句式富于变化。《神雀颂》(并序)基本句句皆为对句，或言对，或事对，或正对，或反对，或当句对，或上下句对，或隔句对等，各种形式的对句交错使用，且上下句之间结构相对，意脉相连，使得文章语词丰富，内容充实。同时，《神雀颂》(并序)用典繁密，语典、事典交错使用，且典语多两两相对。相较事典，语典更为隐晦，难度也更大，写作者须将前人词句与自己的语言不露痕迹地融合在一起，而非堆砌辞藻。但无论语典，还是事典，许善心皆能巧妙地将其融于对仗工整的文句中，并能切合文意的表达，使得文章语简义深，典雅含蓄。可见，在典故运用的纯熟与多样化方面，许善心与六朝徐庾极其相似，皆是善用典事的大家。在藻饰方面，《神雀颂》(并序)辞采丰富，造语新颖，整体上呈现出典雅华美的文风。文章还善用色彩词，同句或上下句间颜色对比鲜明，不仅丰富了文章的词采，还在结构上凸显了骈文的形式美。另外，许善心还注意调和声韵，《神雀颂》序文部分句式极其整齐，大多是四句为一组，每组句末尾字声调以平平仄平、平仄仄平、平仄平仄、仄平平仄、仄平仄平等交错变换，并以平平仄平、仄平仄平两种居多，使得文章抑扬顿挫，富有节奏。《神雀颂》颂文部分皆是四言短句，共有四十八句，八句为一组，一组一换韵，用韵算不上很严格，但读起来也颇有节奏感。总之，许氏此颂基本做到了刘勰所说的“异音相从”“同声相应”[②]。这种声律美是六朝作家对骈文形式美的更高追求，也是骈文发展到极致的体现。许善心生活的时代比徐庾要晚，在骈文写作上，深受南朝文风的影响，可以说是六朝骈文极盛的余绪，孙梅称其“足为徐庾后劲”，定位十分精准。

另外，综观《四六丛话》卷三十一，孙梅将沈炯、卢思道、薛道衡、许善心等皆归为“三国六朝诸家”，这些文士皆由南朝入隋而来，因而孙梅所说的六朝作家即包括了隋代的一些作家，这种分法即关系到文学史上对六朝骈文的界定问题。笔者认为，六朝骈文应当包括从魏晋至隋南北两方的骈文创作，因为文学创作不仅要

① 孙梅著，李金松校点《四六丛话》，第 633 页。

② 刘勰著，范文澜注《文心雕龙注》，第 553 页。

按照历史朝代来划分，还要根据文学自身发展的规律来区别。文学创作与作者所处的时代风气及自身的创作习惯无法分开，由南朝入隋的文士，虽身处的朝代发生了变化，但其文学创作在短时期内并未因政权的更迭而完全转变为另一个朝代的风格，而是保留着南朝时的特点。所以孙梅这种分法符合文学发展的实际，体现了其对骈文发展史的准确认识。

## 二、提倡情文并重

骈文因对偶、用典、辞藻、声律等形式要素的限制，容易产生过度重视形式而忽略内容的弊病。如齐梁文人即因过度雕琢罗列辞藻而导致文章华而不实，文风浮靡，故而备受诟病。骈文写作要避免这种弊病，不仅要重视文章的外在形式，亦不能忽略文章的内容，即要做到文情并美。

其实，早在齐梁时期，刘勰《文心雕龙》对这一问题就已经有所阐述。刘勰首先十分重视文章的辞采藻饰，其《诠赋》篇云：“情以物兴，故义必明雅；物以情观，故辞必巧丽。”①在《情采》篇中，他还指出自然万物、鸟兽虫草皆有文采，有文采才能凸显出事物本身的独特之处，而文章也同其他事物一样需要文采来体现其内在情感，文章的本质特征即是文采②。刘勰不仅反复主张文章要讲求文采，更是将其实践于《文心雕龙》的写作中。如《物色》篇云：“是以献岁发春，悦豫之情畅；滔滔孟夏，郁陶之心凝。……故‘灼灼’状桃花之鲜，‘依依’尽杨柳之貌；‘杲杲’为出日之容，‘瀌瀌’拟雨雪之状；‘喈喈’逐黄鸟之声，‘喓喓’学草虫之韵。”③文段拟人写物形象动人，物态描摹灵动传神，丽词相续，极尽藻饰，色彩明丽而不失雅致，可谓文情并美。在追求辞采的同时，刘勰还主张文质兼善，对华实兼胜的文章给予很高评价。《文心雕龙·才略》篇曰：“荀况学宗而象物名赋；文质相称，固巨儒之情也……马融鸿儒，思洽识高，吐纳经范，华实相扶。”④高度肯定荀况、马融等人之文的文质兼备。刘勰文质相符的主张受到了骈文论者的极大肯定，如张仁青《骈文学》称：“惟刘氏提倡文采……言文采须与本质等视齐观，不可偏废。盖徒有其文而无其质，其文将无所依附，则不足珍矣。所谓‘文附质’‘质待文’者，即指此而言。”⑤

---

① 刘勰著，范文澜注《文心雕龙注》，第136页。

② 刘勰著，范文澜注《文心雕龙注》，第537页。

③ 刘勰著，范文澜注《文心雕龙注》，第693页。

④ 刘勰著，范文澜注《文心雕龙注》，第698—699页。

⑤ 张仁青《骈文学》，文史哲出版社1984年版，第351页。

孙梅《四六丛话》有曰："彦和则探幽索隐，穷形尽状，五十篇之内，百代之精华备矣。……彦和此书，实总括大凡，妙抉其心。"①可见，他极力推重《文心雕龙》的骈文理论价值。或许正是受到《文心雕龙》骈文思想的启发，孙梅关于情文关系的主张与刘勰很是相似。在《四六丛话》中，他多次强调文章写作要重视好情感与辞采的关系问题。如在卷三《章疏·叙论》中，孙梅称："大要立言之旨，不越情与文而已……魏晋以来，渐趋排偶……未尝不直抒胸臆，刊落陈言，丹陛陈情，研华足尚，皂囊封事，风力弥遒。"②在卷十八《碑志·叙论》中，孙梅还说："辞尚体要，文本性情。"③文章写作要情文并重，不可偏废一端，这既是孙梅对文学创作的审美追求，也是其骈文批评的重要依据。

在诸葛亮和刘琨的评语中，孙梅关于情文并重的主张体现得更为明显。孙梅称诸葛亮《出师表》"忠恳而纯笃"④(卷十《叙表》)，又评诸葛亮文"真而婉，邃而畅"⑤(卷三十一)，对诸葛亮文的情感真挚、文风流畅很是赞赏。《出师表》偏于议论，论说透辟深入，文风自然流畅。当然，此文最突出的特点是言辞恳切，语言质朴，既无华丽辞藻，又未使事用典，但句句出自肺腑，处处透着真诚，是文情并重的典范之作。

与《出师表》类似，前文提到的刘琨《劝进表》亦是诚心之作。在《四六丛话》中，孙梅评刘琨《劝进表》"慷慨而壮激"⑥(卷十《叙表》)，并再次强调"《劝进表》《答卢谌诗序》，豪宕感激，从肺腑流出，无意于文，而文斯至，不独五言寄托非常也"⑦(卷三十一)。孙氏认为刘琨之文是真实情感的自然流露，非刻意写文而自然成文，概括十分精辟。《劝进表》是刘琨为拥戴司马睿即位而作，因他多次上表劝说，表文共有四篇，其中三篇较短，仅保存了部分片段。萧统《文选》和《晋书·刘琨传》收录的一篇比较完整，孙梅所言应是指此篇。作者在表文中晓之以理，动之以情，反复劝说司马睿要励精图治，及时登基即位，整篇文章情辞恳切，论说充分，慷慨激昂，令人动容。正如张溥所说："晋元渡江，无心北伐，越石再三上表，辞虽劝进，义切复仇，读者苟有胸腹，能无慷慨？"⑧又如李兆洛《骈体文钞》所评："诚心所发，乃为高文。悃悃款款朴以忠，文如其人，直可追配武乡侯《出师表》。正大光

① 孙梅著，李金松校点《四六丛话》，第626页。
② 孙梅著，李金松校点《四六丛话》，第267页。
③ 孙梅著，李金松校点《四六丛话》，第372页。
④⑥ 孙梅著，李金松校点《四六丛话》，第205页。
⑤ 孙梅著，李金松校点《四六丛话》，第611页。
⑦ 孙梅著，李金松校点《四六丛话》，第617页。
⑧ 张溥著，殷孟伦注《汉魏六朝百三家集题辞注》，中华书局2007年版，第184页。

明，故是伪作。”①

当然，《劝进表》也充分展现了骈文的形式美。文中大量使用四言句和四言对句，还出现了五言、六言、七言和多言对句以及隔句对，对句形式多样且富于变化，极大地增强了文章的表现力，且上下句间衔接自然，气势充沛。同时，这些对句结构基本相当，词性大多相同，意义相对或相似，对仗相当精致。另外，此表辞采丰富，字句精工，语言典雅，作者善用修辞手法，如排比、夸张、比喻等，增加了文章的藻丽美。而且刘琨还善于将语典、事典化为整齐精美的文辞，并能很好地表情达意。因此刘琨《劝进表》可谓是情文并茂的佳作，孙梅对此文有如此高的评价，并突出强调其情感的自然真实，说明他在骈文批评中始终贯穿着情文并重的思想主张。

## 三、主张骈散合一

“骈散合一”是随着清代骈文逐渐中兴而产生的一种理论思潮。这种思想主张的具体表现是不分骈散的高下优劣，在文章写作中骈句与散句结合，骈文与散文不偏废一端，骈散结合，融通骈散。骈散合一思想将骈文提到了很高的地位，为骈文的创作与发展提供了理论依据。在清代众多骈散合一论者中，孙梅虽没有明确提出这一主张，但《四六丛话》一书始终贯穿着这种融通骈散的思想观念。这是因为，在骈文作家的选评上，孙梅不仅将很多未被骈文史列入骈文作家的作家选入，还对骈散结合的作品评价很高，其中他对杨衒之和颜之推的推崇体现得最为突出。

孙梅评杨衒之(生年不详，约卒于北齐文宣帝天保中)曰：“《洛阳伽蓝记》，铺叙宏丽，点缀清妍，其《景福》之匹俦，《灵光》之支裔欤?”②《洛阳伽蓝记》全书以简洁质朴的散体语言叙述史实，以整饬清秀的骈词丽句摹景状物，骈散交错，气韵生动，文风疏畅。正如周祖谟《洛阳伽蓝记校释·序》所言：“叙事简括，文笔隽秀，足与郦道元《水经注》媲美。”③书中有不少骈体段落，写得精彩纷轮，极具特色。如杨衒之为此书所作序文即是一篇精美的骈文，其曰：“三坟五典之说，九流百氏之言，并理在人区，而义兼天外。……城郭崩毁，宫室倾覆，寺观灰烬，庙塔丘墟。墙被蒿艾，巷罗荆棘。野兽穴于荒阶，山鸟巢于庭树。④”文段与典型的四六文相似，但

① 李兆洛《骈体文钞》，上海书店出版社 1988 年版，第 234 页。

② 孙梅著，李金松校点《四六丛话》，第 629 页。

③ 杨衒之著，周祖谟校释《洛阳伽蓝记校释》，中华书局 1963 年版，序文第 1 页。

④ 杨衒之著，周祖谟校释《洛阳伽蓝记校释》，第 2—8 页。

丝毫未嫌板滞，而是充满流动之气。这是因为文段四六句式不断变化，同时兼有一些叙述性散句，并适当运用虚词，即以散行之句运骈偶之辞，故而文气圆转流畅，文风清新飘逸。更值得肯定的是，作者不是刻意罗列辞藻，堆砌典故，而是句句言之有物，紧紧围绕洛阳佛寺、宫殿等的兴衰变化来写，以此感怀故都兴废的难料，从而表明其著述此书的缘由，所以整篇序文写得深挚动人。

除了序文，《洛阳伽蓝记》正文中关于佛寺的许多描述，写得极为精彩。如卷一对永宁寺的描写："中有九层浮图一所，架木为之，举高九十丈。……栝柏椿松，扶疏檐溜；藂竹香草，布护阶墀。"①整段叙写结构宏大，作者先用平白如话的散行文字介绍寺中的建筑及装饰物，再以骈句描摹寺中景观，骈散结合得极为巧妙。

又如："高林巨树，足使日月蔽亏；悬葛垂萝，能令风烟出入。崎岖石路，似壅而通；峥嵘涧道，盘纡复直。"②（卷二正始寺）"青林垂影，绿水为文，形胜除地，炎绝独美。……车骑填咽，繁衍相倾。"③（卷三景明寺）"葭菼被岸，菱荷覆水，青松翠竹，罗生其旁。……或置酒林泉，题诗花圃，折藕浮瓜，以为兴适。"④（卷四宝光寺）这几段文字大都是对佛寺景观的描写，以四字句居多，亦有不少偶句，使文段在整齐中又富于变化，且作者还用虚词进行转折或引出下句，衔接自然，文气跌宕，富有韵致。孙德谦所说"作骈文而全用排偶，文气易致窒塞，即对句之中，易当稍加虚字，使之动宕"⑤，即是此意。

综观《洛阳伽蓝记》全书，并非如六朝成熟的骈文具备了对偶、用典、藻饰、韵律等各种形式要素，而是在散体文中夹杂着一些骈偶段落，在单调的叙述中加入偶对精工的骈词俪句，不仅丰富了文章的形式，还增加了文章的审美韵味，可谓是骈散结合的典范之作。但总体上，全书骈文段落所占比例不高，主要还是以散体语言为主。而孙梅却将杨衒之及此书归入骈文作家作品之列，并且表示出极大的欣赏，这即表明在他的观念中，这种骈散结合的文章即是骈文。

颜之推(531—约 597)的《颜氏家训》亦是骈散结合的佳作。孙梅评颜之推："四六长于敷陈，短于议论。……乃六朝之文，无不以骈俪行之者。而《颜氏家训》尤擅议论之长。……习骈俪者，于以探赜观澜，非徒成一家言也。"⑥对此书表示

---

① 杨衒之著，周祖谟校释《洛阳伽蓝记校释》，第 19—21 页。

② 杨衒之著，周祖谟校释《洛阳伽蓝记校释》，第 90 页。

③ 杨衒之著，周祖谟校释《洛阳伽蓝记校释》，第 113 页。

④ 杨衒之著，周祖谟校释《洛阳伽蓝记校释》，第 153 页。

⑤ 孙德谦《六朝丽指》，王水照编《历代文话》第九册，复旦大学出版社 2007 年版，第 8435 页。

⑥ 孙梅著，李金松校点《四六丛话》，第 625 页。

出极大的赞赏。骈文因字数、对偶和声律等的限制，以体物摹景见长，以议论为主的文章则难以做到形式十分工整。《颜氏家训》全书二十篇，皆是议论说理文，但文中却有大量四言句及对句。如《序致》篇第二段：“吾家风教，素为整密。昔在齠齔，便蒙诱诲；每从两兄，晓夕温清……每常心共口敌，性与情竞，夜觉晓非，今悔昨失，自怜无教，以至于斯。”①文段以叙述性语言讲述作者的家风家教和亲身经历，以及著述此书的目的，用语简单朴素，句式整齐单一，大多为四字句，但上下句间衔接自然，文意顺畅，在叙事效果上，与形式自由的散体文章并无二致。

又如：“同言而信，信其所亲；同命而行，行其所服。”②（《序致》篇）“《诗》有讽刺之辞，《礼》有嫌疑之诫，《书》有悖乱之事，《春秋》有邪僻之讥，《易》有备物之象。”③（《教子》篇）“辞与理竞，辞胜而理伏；事与才争，事繁而才损。放逸者流宕而忘归，穿凿者补缀而不足。”④（《文章》篇）《颜氏家训》全书这种四言句或对句不绝于篇，这是其在语言形式方面最突出的特点。这些文句大都是简单的议论说理之辞，或是一些叙述性语言，很少有富丽的辞藻。看似简单的词句，却是作者反复锤炼而成，因而形式工整，精妙可读。同时书中所用之典大多是一些常见的事典，言浅意深，说理透辟，富有韵味。故而孙梅认为习作骈文若仔细推敲颜氏此书写法的精妙，可在文学艺术上取得很高成就。

孙梅之后，阮元、刘开、李兆洛、孙德谦等人皆是骈文合一主张的代表人物。如刘开在《与王子卿太守论骈体书》一文中明确指出：“故骈之与散，并派而争流，殊途而合辙。……骈中无散，则气壅而难疏；散中无骈，则辞孤而易瘠。两者但可相成，不能偏废。”⑤李兆洛在其编选的《骈体文钞》中也清楚呈现了融通骈散的主张。孙德谦《六朝丽指》更是反复强调骈文写作要骈散结合：“骈体之中，使无散行，则其气不能疏逸，而叙事亦不清晰。”⑥“夫骈文之中，苟无散句，则意理不显。……骈散合一乃为骈文正格，倘一篇之内始终无散行处，是后世书启体，不足与言骈文也。”⑦尽管这些论者在骈散合一的具体主张上有所不同，但都起到了为骈文张目的作用。而早于他们的孙梅，在《四六丛话》中贯穿始终的骈散融通思

① 颜之推著，王利器撰《颜氏家训集解》（增补本），中华书局 1996 年版，第 4 页。

② 颜之推著，王利器撰《颜氏家训集解》（增补本），第 1 页。

③ 颜之推著，王利器撰《颜氏家训集解》（增补本），第 15 页。

④ 颜之推著，王利器撰《颜氏家训集解》（增补本），第 267 页。

⑤ 刘开《刘孟涂集·骈体文》，《续修四库全书》第 1510 册，上海古籍出版社 2002 年版，第 424 页。

⑥ 孙德谦《六朝丽指》，王水照编《历代文话》第九册，第 8443 页。

⑦ 孙德谦《六朝丽指》，王水照编《历代文话》第九册，第 8450 页。

想，无疑为他们的骈散合一理论奠定了重要基础。

综上所论，孙梅《四六丛话》对三国六朝作家在骈文史上的准确定位，以及对情文并重、骈散结合之文的推崇，是其骈文观念与理论主张的体现。这种主张一定程度上起到了提高骈文地位，促进骈文创作及理论发展的作用，从而也为清代骈文的进一步复兴作了理论支撑，在骈文批评史上具有不可忽略的理论价值。

# 《兰陔四六》叙录

庞国雄(广西师范大学文学院、莆田学院基础教育学院)

郑王臣,莆田(今福建莆田)人,字慎人,号兰陔。《四库全书总目》云:"郑王臣,字慎人,一字兰陔。"[①]泷西官藏板本《兰陔四六》即题为"莆田郑慎人著"[②],王臣,即为君王之臣,人臣也。人臣,必为谨言慎行之人,故当字为"慎人"。泷西官署藏板本《兰陔四六》即题为"莆田郑慎人著"。"兰陔"为其号也,世称"兰陔先生"。又因其自叙"余家谷城山下黄石村"(《兰陔诗话》卷22"陈昂"条),故又自号"黄石山人"。《兰陔四六》陈世熙《序》言述其"系自荥阳,名传夹漈"[③],王鸣盛在《兰陔诗集》序亦言其为郑樵后人[④],涂庆澜《莆阳诗辑》引《简斋文集》云"兰州太守(郑王臣)为渔仲(郑樵,字渔仲)裔"[⑤]。世居莆中黄石,应归为南湖郑露的后裔。可惜南湖郑氏族谱中也查无相关的族系派衍详细记录。其生卒年月亦不详,陈霨"题词"记郑王臣"生而颖异,一目十行"[⑥],人见而爱之而摩其顶,"便号麟儿","儿季称圣,童岁成神"[⑦],"负博雅鸿通之誉"[⑧]。于"乾隆辛酉(1741)拔贡生"[⑨],充武英殿校录,其时方为弱冠之年,"廷试京兆,一时蜚声艺苑,老苍争相结交"[⑩],却又因其"文偏憎达"遭到罢黜,"以忧归里居者十有二年"[⑪],但这十余年间其仍勤学苦读,"学问益富,著作等身,乾隆丙子复战北闱,卒中副车"[⑫]。考上乡试的副榜贡生后,"分发四川,历铜梁、成都二县时,兴利除弊,民皆德之。调井研知县,修城池立社仓,悉捐廉为倡。大吏器重之,以循良称最,擢兰州知府"[⑬],"所至以贤能著声达九重"[⑭]。过一年,朝廷迁其以监司之职,但因郑王臣"性甘恬淡,焚来学士双鱼;志

---

① (清)纪昀《四库全书总目》,中华书局1965年版。

②③⑥⑧⑩⑪⑫⑭ (清)郑王臣《兰陔四六》,莆田市图书馆地方文献库藏泷西官署影印本。

④ (清)郑王臣《兰陔诗集》,福建师范大学图书馆古籍部藏。

⑤ (清)涂庆澜《莆阳诗辑》,光绪莆田荔隐山房刊本。

⑦ (清)郑王臣《兰陔诗集》,福建师范大学图书馆古籍部藏。

⑨ (清)纪昀《四库全书总目提要》,中华书局1965年版。

⑬ (清)陈寿祺《重纂福建通志·文苑传》,同治七年至十年(1868—1871)正谊书院刊本。

乐山林，放云赵公一鹤”，故“引疾退，未竟所施”①。涂庆澜《莆阳诗辑》引《简斋文集》载“(郑王臣)去官日，载万卷书归夹漈”②，袁枚《随园诗话》卷六亦载郑王臣曾“在随园小住。一日，买书两船，打桨而去”③。另据涂庆澜《莆阳诗辑》引《荔隐居纪遗》载，郑王臣回乡后与宋帝赉、曾范洪等人结“兰社”，并“一月一会”④。博闻强识，结社唱和，为他的文学创作和文学总集的编纂准备了理论和实践的条件。《兰陔四六》陈世熙《序》称其“生平著述，富几等身”⑤，今据相关史料记载，此番言论实不为过。

《历代莆田人著述及版本存佚(下册)》(莆田县志单行本，1955 年)记录郑王臣的著述有《莆风清籁集》《兰陔诗话》《兰陔诗集》《兰陔四六》《黄石山人诗集》《南湖风雅》《兰社诗稿》《黄石山人全集》《毛诗识小录》等。光绪二十六年(1900)莆田学者刘尚文重刊的《莆风清籁集·跋》云：“兰陔所著如《兰陔诗集》《兰陔四六》《续南湖风雅》均已经板行，惟《黄石山人全集》高几盈尺，无能代梓，殊为憾事……”⑥清涂庆澜《莆阳诗辑》卷一专选郑王臣诗 40 首。《兰社诗稿》《毛诗识小录》《续南湖风雅》仅见书目；《南湖风雅》为郑王臣集莆田郑氏诗人诗为一集，其诗均见《莆风清籁集》；《黄石山人诗集》与《兰陔诗集》当是同书异名⑦。现存郑王臣的著述有：《莆风清籁集》，60 卷，“选兴化一府自唐至国朝之诗”⑧，仿元好问《中州集》例，乾隆三十七年刻本，收入《四库全书存目》。清代莆田文学家刘尚文于 1900 年为之重印，是一部莆仙人的诗歌总集；《兰陔诗话》没有单刻本，依附于《莆风清籁集》中各诗人或诗作之后；《兰陔诗集》原有十种⑨，现福建师范大学图书馆古籍库存有《兰陔诗集》残卷，为《连云草》与《集杜诗》二种合一册；福建省图书馆古籍库存有《兰陔诗集》之《燕中怀古诗》与《香草草》二种合为一册；《清代诗文集珍本丛刊》存有清刻本《兰陔诗集》三卷，分别是《香草草》《兰药唱和集》和《燕中怀古诗》⑩；其余集子及版本于今不见；《兰陔四六》为郑王臣“受业子婿”陈霨整理郑之遗集而得骈体文 72 篇，继而汇辑成书，共 4 卷，内分表、颂、赋、序、寿序、书、启、祝文、祭文、辞、诔、疏等。

---

①⑤ (清)郑王臣《兰陔四六》，莆田市图书馆地方文献库藏泷西官署影印本。

②④ (清)涂庆澜《莆阳诗辑》，光绪莆田荔隐山房刊本。

③ 王英志编纂、校点《袁枚全集新编(第 8 册)》，浙江古籍出版社 2015 年版，第 183 页。

⑥ (清)郑王臣编《莆风清籁集》，福建师范大学图书馆古籍部藏(光绪本)。

⑦ 蔡小燕《郑王臣及其著述略论》，《莆田学院学报》2006 年第 13 卷第 4 期。

⑧ (清)纪昀《四库全书总目》，中华书局 1965 年版。

⑨ (清)郑王臣《兰陔诗集》，福建师范大学图书馆古籍部藏。

⑩ 萨仁高娃编《清代诗文集珍本丛刊》，国家图书馆出版社 2017 年版。

《兰陔四六》为自称王臣"受业子婿"的陈霌"汇而梓之"的。陈霌在此集的《题词》中说"先生于文无所不至，而尤长于诗及四六。诗已刊有专集行世"，故另"辑其遗文中骈体得七十二首汇而梓之"①。而在陈世熙《序》中有言："(熙)久企声华，徒深仰止。搜罗奇句，庆杜牧之多儿，剞劂遗篇；羡昌黎之有婿，猥以才人之吐凤。爰命贱子以续貂……"②可见陈霌是受其父亲陈世熙之命而辑其妇翁郑王臣的四六文的。结合陈氏父子的一序一题词，可知陈氏父子搜集刊刻《兰陔四六》原因大致有三。一是因郑兰陔先生为"莆中名夙"，"浑涵德宇，量湛黄陂；浩瀚文澜，势吞穮海"③。换言之，郑王臣为是其时莆中文坛之"泰斗"级人物；二是父子二人见郑王臣诗歌已刊刻行世，而七十多篇四六骈体文却无人辑刻，故搜集成册而刊行；三是尽姻家之职责。因郑王臣卒时尚未六十，其子尚幼，陈霌既受业于郑，又为郑之女婿，其《兰陔四六》的"题词"中有言："昔唐李汉为昌黎公门人且为婿，昌黎之集卒赖以传。余受之先生较汉之于昌黎等而才远不逮汉，恨不足以得先生之集是为可恧也。"④陈霌感觉他人已先其一步刊刻其妇翁集子是自己的一大耻辱，故辑郑之四六文而刊刻成册，也算是对自己愧疚心理的一种弥补。而这种想法又得到陈父的赞同和支持，"以公同好，吾知此集一出，将不胫而走"⑤。故陈父命其子汇辑郑之四六文而刊，并为此本《兰陔四六》作了序。

《兰陔四六》是陈霌从郑王臣的遗集中辑出骈文 72 篇汇而梓成的，分为四卷。卷一有表 4 篇、颂 2 篇、赋 9 篇；卷二有序 9 篇、寿序 4 篇；卷三有书 2 篇、启 25 篇；卷四有祝文 5 篇、祭文 9 篇、辞 1 篇、诔 1 篇、疏 1 篇。从编纂体例上看，大抵依从文体功用的尊卑为序。前有郑王臣姻亲陈世熙作序，另有郑王臣女婿陈霌的"题词"。陈世熙称自己是"后学"，足见郑之学识深厚及其在莆中名声之盛大。《序》亦以四六形式叙述郑之生平及文笔。尤其是对郑之四六文，《序》有言："蔡碑潘诔，虽异曲而同工；杨箴院书，悉衔华而佩寔。篇盈芍药，率皆六俪四骈；架构珊瑚，要自少双寡二。具徐陵之缜密而逸其辞；擅庾信之清新而遒其气。既吐纳乎百川，兼磬控乎六马。匹之风行水际，随所遇而成文；亦犹云起岱中，触所出而胸合。此又轶迦陵而上，自有薪传；驾思绮而前，不同株守者矣。"⑥可见陈世熙之褒奖。而且，陈氏先睹为快，"读丽制而赏心，恍觉气蒸云梦。洵应世之先资，为开来之巨业。守淮南之丹鼎，食其余者尽作飞仙；挹郦县之菊泉，饮其水者感登上寿"⑦。意即观郑之四六，可怡情养性。陈氏所言，足见郑王臣四六骈文之形式内容艺术三者的完美融合。此集中的骈文多具实用功能，郑能做到句型参差多变，文思缜密却又文气流畅；声韵和谐，辞藻华美，言之有物却又情感充沛。郑王臣四

①②③④⑤⑥⑦ (清)郑王臣《兰陔四六》，莆田市图书馆地方文献库藏泷西官署影印本。

六创作既是对传统骈文风格的继承，亦是其自身文学主张的实践体现。

《兰陔四六》于乾隆四十七年(1782)冬辑毕，于乾隆四十八年(1783)三月十五由泷西官署刊印行世，集子题有“莆田郑慎人著”“泷西官署藏板”。莆田市图书馆地方文献库馆藏即此刻本之影印本，原本不知其踪。刘尚文重刊《莆风清籁集·跋》云：“兰陔所著如《兰陔诗集》《兰陔四六》《续南湖风雅》均已经板行，惟《黄石山人全集》高几盈尺，无能代梓，殊为憾事……”①不知刘所言已板行之《兰陔四六》是否就是泷西官署版本，抑或是重刊本。

郑王臣的《莆风清籁集》是一部莆田诗人诗歌总集，收入《四库》；《兰陔诗集》(即《黄石山人全集》)是其个人诗歌总集；《兰陔诗话》是其诗歌理论主张。再加上此《兰陔四六》，是其骈文的创作。依此，后人可概观郑之文学活动的总貌，其于创作实践、理论主张和文集编纂皆有所建树。一代“莆中名夙”郑王臣对于清乾隆时期福建莆田文学的影响甚大。而且，他诸文兼善，诗文并举，创作实践与理论主张相结合，于今也是福建文坛的光辉典范。

---

① (清)郑王臣编《莆风清籁集》，福建师范大学图书馆古籍部藏(光绪本)。

# 文章内外的人生矛盾

## ——读王闿运《秋醒词序》

黎　爱(北京师范大学)

## 引言

王闿运(1833—1916)是晚清文章大家,骈体文尤其出众。林传甲《中国文学史》称:“今中国文学,日即窳陋。古文已少专家,骈体更成疣赘。湘绮楼一老,犹为岿然鲁灵光也。”①刘麟生称赞“其骈文亦可称为古今骈偶之结局”②。他们的说法未必尽然,但王闿运无疑被视为清末硕果仅存的骈体文大手。后人介绍其骈体文成就时,《秋醒词序》是不会被忽略的代表作。在文章内容方面,《秋醒词序》一般被认为承载着寂寞之情、人生之思。赵慎修认为此文“表现了家庭环境中特定时刻作者的孤独感,以及又回复到常态的过程”③,莫道才也认为作者“借作序抒发孤独寂寞的情怀”④。黄坤指出“本文写作者在一个静谧的秋夜,从静得感,从感生空,领悟宇宙无穷,人生如梦,从而接受了摆脱世俗、回归本性的佛老之道”,不过他还认为王闿运“非淡泊之士,颇有志于用世,生平结交公卿甚多”,此文“言不由衷”⑤。周柳燕也认为这篇文章有“佛、道思想交织”,而王闿运思索的是“大自然的恒定中那‘微乎其难测’的积损之势与人类短暂生命的非凡意义”以及借“回眸历史人物,思索人生之出处与得失”⑥。在艺术手法方面,此文擅长写景抒情、渲染意

① 林传甲编著《中国文学史》,上海科学书局 1914 年第 6 版,收入《民国籍粹》,第 209 页。

② 刘麟生《中国骈文史》,收入王云五、傅纬平主编《中国文化史丛书》第一辑,商务印书馆 1936 年版,第 133 页。

③ 谭家健主编《历代骈文名篇注析》,明文书局 1991 年版,第 384 页。

④ 莫道才主编《骈文观止》,文化艺术出版社 1997 年版,第 691 页。

⑤ 《近代文观止》编委会编《近代文观止》,学林出版社 2015 年版,第 51 页。

⑥ 周柳燕《王闿运的生平与文学创作》,湖南大学出版社 2010 年版,第 365—366 页。

境，还具有说理清晰、文风雅洁、骈散兼行等特点[①]。不过，前人研究多为论断，评述有限，而细读《秋醒词序》犹有可以细致考析、深入体味之处。林语堂《古文小品译英》曾节译此文，归入 Human Life 一类，篇名译作“Human Contradictions”[②]。这一主题提炼得可谓精准简洁且意味深长。无论文本内外，人生矛盾无往不在。今人反观古人，虽不能重现历史，但仍可从字里行间聆听一颗心灵隐秘的轻语。

## 一、文章之内：会通的境界

文章内部自成一个自足的世界。这个世界以文字为质料被人为建筑出来，它呈现出的样貌、承载的意涵，都等待着阅读者的探索。据说王闿运“自诧以为生平妙文，无过此者”[③]。他的“诧”也可以理解，因为文章虽由自己写出，但它又独具作者无法把控的妙处。妙处何以能被写出、如何写出，当时的才思从何而来，作者恐怕也不甚了了。《秋醒词序》的文本世界独具妙然天成的气质，虽非有意为之即可得，不过也有人为之迹可循，可以借助怎么写、写什么的问题来加以考察。本文认为，《秋醒词序》在文章的文体特色、塑造的形象、传达的观念三个方面做到了内在一致性：以会通的方式消解矛盾。

### （一）文体特色：糅合技艺于无形

《秋醒词序》主体近赋，铺陈排比，一泻而下，但文章体制其实有类时文写法[④]。王闿运写作此序的直接目是说明《秋醒词》的写作历程，虽然词已不传，但这篇序文仍紧扣了题目中的“秋”“醒”二字。序文开头交代时间是“中秋既望之次夕”[⑤]，末尾部分书写“霜磬”“早雁”的意象以及“秋吟”，全篇用“秋”字计有四处，明确交代是秋季。而全篇的“醒”包括三次。第一次的“醒”是倦寐后醒来，文中直接写道“方醒之际”并引出下文所见景致；第二次的“醒”即“旋云有得”引出的心得，“一年已来，偶有斯觉”的小结也正合“醒”字，这部分心得可谓从感官现实世界进入精神思想世界的“觉醒”；第三次的“醒”表面上是书写家庭成员的醒转，即“侍娃旋起，闺人已觉。一庭之内，群籁渐生”句，但由此引发的是王闿运精神上的“觉醒”，即

① 周柳燕《王闿运的生平与文学创作》，第 365—366 页；另参见《近代文观止》，第 51 页。

② 参见林语堂编译《古文小品译英》，外语教学与研究出版社版 2009 年版，第 79—80 页。

③ 钱基博《现代中国文学史》，上海书店出版社 2004 年版，第 37 页。

④ 文体的四个结构层次：体制、语体、体式、体性。参见郭英德《中国古代文体学论稿》，北京大学出版社 2005 年版，第 4 页。

⑤ 文中所引《秋醒词序》，据马积高主编《湘绮楼诗文集》，以下不再注明。另，文本解读多蒙崔君振鹏指教，难以备述，谨致感谢。

从形而上的思辨进入历史与现实交织的人生思考。全篇内容正是借由三次“醒”提领贯穿。值得一提的是,“秋”与“醒”的结合颇具意味。咸丰八年八月十七日,即公元 1858 年 9 月 23 日,是日恰是秋分,这或许是奇妙的巧合。秋分是一年中唯二昼夜平分的时节,离开这一天,昼夜昏晓打破平衡、各自短长;而“醒”对于古人而言,既指从睡眠中醒转,更关乎人精神意志的觉醒。两种情况都是从某种浑然不清的状态中清醒。“秋”指向天,“醒”指向人,彼此遇合于改变与打破的状态中,这大抵是古人天人合一观念显现于平常生活的绝佳注脚。

除了紧扣题眼、敷衍成文外,序中部分段落采用两两相对的结撰思路。比如文中为说明“推移之时,微乎其难测也”的原因,分为“积渐之势”“迟速之效”两个方面加以说明;又如为说明无论选择隐或出,人们都未必满意,分别列举了“出而思隐”者与“隐而思出”者的例子。另外观文中说理的骈句,因为强化论点而发,前后两句往往意思相近或相对。

据《清王湘绮先生闿运年谱》(以下简称《年谱》)记载,王闿运幼年学古歌谣、唐五言诗以识字,接着 9 岁[①]时“毕诵五经,能属文”,次年即“始学时文帖括”[②],八股作文之法必然钻研多年、熟练掌握。不过,《秋醒词序》并无时文的呆板之气,盖因用其体而有变化,例如序文传达的是自我心声,非为他人代言;不盲目追求严格对偶,而是单复兼用。

《秋醒词序》的袭而有变,还在于它是糅合众体后的自然表达。语体方面,骈体、散体交错而行自不必说。散体部分以四字句为主,语感明快但也不失整饬的节奏感;骈句声韵悠长,而多样的句式组合方式也使节奏、语气增添了变化。另外从表达内容上看,散体部分看似清晰简洁,其实反有绵绵不绝的特点,比如从“偶有斯觉”“相习为安”到“觉而仍梦”的心理变化过程颇为往复绵长;而骈体部分无论写景、说理,各句点到即止,毫不拖泥带水。总之,序文散体、骈体语句并用,既保持各体本色,亦在本色中寻求变化。文学史家称扬其文具备魏晋萧散之风,部分原因或许正来自于此。

体式方面,即文章的表达内容上,叙事、写景、说理、抒情兼备。全文记叙“我”与家人秋夜醒转之事,是为全文线索。伴随“我”醒所带来的所见所思,文章纳入描写景象、论说思理等内容。而“我”或寂寥、失落、恬淡、释然的种种情感,也都渗透在景、事、思中。体性方面,文体技艺与内容思想的恰切结合,又赋予《秋醒词序》以平和融会、自然旷达的审美气质。

总之,《秋醒词序》文体最终呈现出自然流畅的特质,但它其实得益于作者用

① 文中所说年龄皆为虚岁。

② 王代功述《清王湘绮先生闿运年谱》,台湾商务印书馆 1978 年版,第 8 页。

心但不刻意的创作能力：既能轨于法度，又融化不同文体的法度于一炉而不自限于僵化的法度。

**（二）塑造形象：文人、学人、高人**

《秋醒词序》所叙之事、所见之景、所发之思、所抒之情，皆以主人公“我”的视角展开，也逐步塑造起“我”的形象。解读此序，首先需要区别创作者王闿运与主人公“我”。两者的核心差异在于“我”是“活”在文本中、被有意识地书写创造出的形象。序文的叙述是按照时间顺序，从“我”写词的生活背景、心理过程开始写起，最后说明发生了作词行为。然而这一切行为发生在文本世界，而非现实世界中。现实情况是写作者不可能从醒转、赏景（假设这些过程完全是王闿运的真实经历）的那一刻起，便开始记录自己的经历，序文的写作应当是完成或至少确定写作《秋醒词》以后的事后追记。至于从事到文的过程中发生了怎样的增减调整、编织虚造，那完全是文学家的创作自由。但是文学的迷惑性就在于，读者往往代入主人公“我”的视角，经历作者用文字打造的时空之旅，还以为自己在观看一部真实记录的影片；而且由于古人书写的主人公多是自己，更容易造成读者的混淆。因此需要明确，序文所述的事、景、情虽然必定部分属于，但不能完全等同于作者王闿运的，它们依附、从属的直接对象是文中的主人公“我”。写作者书写了事、景、情并构造了“我”，而非主人公“我”书写了这些事、景、情。“我”的存在只因为写作者让“我”经历文中记叙的事情、发出文中书写的心声，“我”的存在本质上是写作者赋予的经历与心声。

那么考量“我”的形象，序文中“我”的行为体现在两方面。一方面，“我”在秋日小睡，夜晚醒来，在一片静谧中独赏院闱，萌发思绪，随后家人醒转，声音渐起，“我”又生心得，并达到心灵澄净的境界，遂赋《秋醒词》一首。这是全序明确记叙的行为，也是序文的叙事主线。由此塑造出的其实是一位闲居于家、远离尘俗、与家人相伴、心境寂寥而又阔达超然、情感细腻而不失敏锐才思的词人形象。不过由于《秋醒词》今已不传，词人形象丧失了最有分量的证明，已经不具备说服力。但考量王闿运创作词与序时的用意，不能忽视这一点。

“我”的行为的第二个方面，从某种角度看，全篇其实都可视为“我”的心理行为的记录。言为心声，文字成为“我”内心想法的直接表达。“我”的心声一出现就是富于文采的，仿佛“我”心灵世界的声律、思韵本就是古雅的。至于写作者如何构思内容、翻阅典故，如何为了组织精巧的语言而不断改易字句，甚至可能先使用熟悉的生活语言再“转译”为文言，这些过程自然是被遮蔽的，不是属于“我”的形象的一部分。总之，“我”的形象既是思想方面的，取决于序文传达的“我”的所见所思，又是文学方面的，关乎“我”是如何思考、如何表达的。

基于以上的认识可以说，“我”的形象是文人、学人、高人三位一体的。

首先是文人形象，主要体现在情思的调动与表达上。序文中的“我”善于调动自己的感官感受外在环境，“怀矜无温”、湛露“犹凉”的触觉，鸡声“渐远”、“群籁渐生”的听觉，“北斗遥遥”“蜃墙如练”的视觉，文中俯拾皆是。“我”情思的敏锐还体现在知觉，即从感性认识进入思维认识层面的能力。比如“我”观览星空、庭院、闺房，聆听虫鸣、鸡声以后，视角返归到自己身上。“我”认识到，时空事物虽然广袤丰富，但终究外在于我，我可以感知它们，却无法因为这感知真的改变什么，最终反而强化了“我”的孤独感受，“我”从特定时刻独自一人的状态进一步联想到自己长久的落寞，遂有“辽落一身，旁皇三叹”的感慨。如果说序文伊始，“我”与外在世界相互区隔，那么到最后可以发现，“我”达到了物我合一的境界，对外界的感官感知与自己的知觉融为一体。“飞萤入户，引幽想以俱明；早雁拂河，闻秋吟而不去”，萤火虫散发着光芒飞入门户，南归的大雁因为秋日昆虫的鸣叫久久徘徊、不愿离去，正如同“我”在这个秋夜触动的幽密思绪逐渐明晰，文思萦绕于心。“我”仍是“我”，却又不止于己身，“我”也在人间风月之中。另外，词人身份其实也是文人形象的一部分，不过词既不传，此处也不再赘述。从情思的表达形式看，序文运用对偶、典故、辞藻，写作难度增加，也间接提升了文人形象的可信度。

其次是学人形象。清代学风兴盛，证明学人身份的关键证据一般在于著述。不过在一篇文章中，作者借助用字、用典、论理等方式，也可以展现学问根柢，帮助塑造学人形象。《秋醒词序》凸显的“学”具体指向小学、诸子学（准确说是庄子学）等。小学功夫在文章中的表现，主要是用字的丰富、准确。比如文中描述从小憩中醒来的情状为“憬焉而寤”。《说文解字》：“憬，觉寤也。从心景声。”“寤，寐觉而有信曰寤。从㝱省，吾声。”①（按：段玉裁注更正为“有言”。）两字都表示睡醒，似有重复之嫌。不过前者从心，形容个人内在逐渐睡醒的状态，后者觉而有悟、悟而有言，在先后过程与具体行为上存在差异。以此为例，可见王闿运用字之用心。不过其小学功力也不可高估，王闿运追求文采多于锤炼小学。

从《秋醒词序》用典情况来看，王闿运的阅读取向兼涉四部。经部具体涉及《诗·小雅·湛露》及《大雅·皇矣》《尚书·大禹谟》《礼记·中庸》及《礼运》《易》等。史部用《史记》《汉书》《三国志》《魏书》《晋书》等。子部有《管子》《庄子》《列子》《淮南鸿烈》《世说新语》等。集部学魏晋六朝自不必言，比如“许由所以有一瓢之累”典出蔡邕《琴操·箕山操》，“澄心眇言”化用陆机《文赋》“罄澄心以凝思，眇众虑而为言”，不过运用方式灵活，非生搬硬套，所以痕迹未必明显。而且学魏晋更多体现在句法、构思等方面。尽管典故的直接来源可能是类书或其他书籍，但

① （汉）许慎撰，（宋）徐铉校定《说文解字》，中华书局1963年版，第223、153页。

王闿运在序文中运用的典故，基本出自唐以前的书籍，而且史、子两部尤其突出，这未尝不是作者的有意呈现。他的文章能够呈现出魏晋文风，其知识背景无疑提供了有力支撑。

王闿运涉猎虽多，但影响《秋醒词序》情感思想与价值取向的主要学说，当推《庄子》。主人公"我"初次醒来，观赏景象，感慨寥落，文意至此似难以为继。但序文的思路能够从自伤的情感中拔出，一变而入玄理思辨，转折正始于"岂象罔三求之后，将钧天七日之终"句。"象罔"典出《庄子·天地》："黄帝游乎赤水之北，登乎昆仑之丘而南望，还归，遗其玄珠。使知索之而不得，使离朱索之而不得，使吃诟索之而不得也。乃使象罔，象罔得之。"（按："象罔"亦作"罔象"。）结合上下文，主人公"我"先自伤寥落、感慨彷徨，此后仍然叹息自失，那么此句大意或指，"我"不是象罔，无法在经历多次寻觅以后最终收获玄珠，而像秦穆公那样做着游历天府、得闻钧天之乐的美梦也有时限，一旦到了第七天就会醒来。那么使"我"怅然的，大概是求不得与难久长的人生常态，结合此时消极悲观的心理状态似乎也可以理解。不过王闿运接下来迅速转入探讨世间事物的"真性"与时间的关系，"旋云有得"之"得"究竟从何而来便颇值得追问。回到"象罔"，它其实不是仅仅作为典故出现，更提示了思想启迪的来源。成玄英疏："罔象，无心之谓。离声色，绝思虑，故知与离朱自涯而反，吃诟言辨，用力失真，唯罔象无心，独得玄珠也。"[①]这个充满象征意味的故事试图告诉人们，如果想要寻得"真性"，就必须不被声色感官迷惑，不被思虑语言桎梏，凭本真的无心状态方能看清。《秋醒词序》从感官描写逐渐走向事物本质状态的追问，正暗合这一观念。正如后文总结的"从静得感，从感生空"的过程，"空"意味着内心还归本真并由此领悟事物本性真相。

《庄子》的影响还体现于其他构思、观念。"同景异情，觉而仍梦"以及"似华胥之顿还，若化城之忽返""梦在百年之中"表达着现实与梦的相通，主人公从梦境中醒来以后，身处现实世界却仍然觉得梦境不曾离开，乃至于以梦幻之境看待、比拟现实。这种想法近似《齐物论》庄周梦蝶之说，即认为庄周与蝶、现实与梦不是截然分别、而是可以互相转化的。在生死、仕隐的难题上，王闿运也是采用相对、转化的思路来提供解脱之道。《清史稿》谓王闿运"尤肆力于文。溯《庄》《列》"[②]，从《秋醒词序》可以清楚看到彼时王闿运接受《庄子》之学的情况。

最后是高人形象。文人、学人部分体现的才学认识也代表着"我"的人生态度。序文营造了一种氛围，"我"关注的不是世俗问题，无关功名利禄、酒色财气。

① （晋）郭象注，（唐）成玄英疏，曹础基、黄兰发点校《庄子注疏》，中华书局 2011 年版，第 224 页。

② （清）赵尔巽等撰《清史稿》卷四百八十二，中华书局 1977 年版，第 13300 页。

正所谓“安闺房者，苦人之扰天；栖空山者，必静而慕动”，沉溺俗世生活或远离世俗纷扰者似乎都获得了圆满的人生，但“我”看到了凡人无可回避的矛盾苦恼，即人无论处于何种状态都无法完全满足。这种认识意味着我有能力了解、同情这两种人，那么也就有能力超越他们。而“我”的超越之处在于了解困扰的根源。“神仙纵可以学至，倘非智慧之士所得而息机焉”，世人学神仙求长生求超越肉体、现实的束缚，而“我”认为肉体生命的延长并不会真正解决人生的痛苦，息止机心才能寻得真正的超脱。序文最后写道“人间风月之赏，别有会心；道场人天之音，切于常听也”，意指“我”能够从日常的美景人事中获得体悟，而且还将自己比拟为得道者，能够用符合寻常人接受能力的方式讲授天人之道。由此来看，王闿运有意识地塑造着“我”的得道高人的形象。

章炳麟《与人论文书》尝谓：“并世所见，王闿运能尽雅。”①后世多以此评定王闿运文，但少有人推阐其意，明言“雅”的意涵。书信中还写道：“夫以俗为缦白，雅乃继起，以施章采，故文质不相畔。世有辞言袭常，而不善故训，不綦文理，不致隆高者，然亦自有友纪，窕僈侧媚之辞，薄之则必在绳之外矣。是能俗者也。”②由此来看，“雅”至少包括章采、故训、文理、隆高方面的要求。从《秋醒词序》体现的主人公形象或曰王闿运的文化特质来看，兼有文人之辞采、学人之学问、高人之心态。这或许是王闿运文章能够称得上“雅”的原因所在。

**（三）传达观念：相对主义的超脱之道**

《秋醒词序》的内容以三次“醒”为标志可以分为三段。序文的思想观念主要借助后两段传达。如前文所述，王闿运关注两个难题：其一，如何面对生命本性的变改？其二，如何处理仕隐出处的选择？他采用相对主义的思路以提供超脱之道。

在第一个问题上，王闿运首先肯定事物内在具备静止不变的本性，但是承载本性的外在的物质载体却是会耗损的，所谓“镜非辞照，真性在不照之间”“然则屡照足以疲镜”，镜子功用是用来照人、映现图像，但是镜子不被用于映照外物的时候也仍然是镜子，这就说明镜子另有更本质的内在特性，但是外在虽然无关镜子本质，不断的使用仍然会损耗镜子本身。接下来王闿运解释这种无形的损耗是如何发生的，“推移之时，微乎难测”，有如水滴石穿，即损耗一直存在但难以察觉，直到因为不断积累而造成可见的质变。而累积造成质变效果的速率并不一致，有快有慢，迅速的如笋成竹，缓慢的如松参天。时间的快慢短长是相对的，关键问题是生命内部的积损究竟累积到何种程度。由此可以变换角度看待世人的某些普遍认知，例如有的人认为人生仅仅百年太过短暂，但其实中间历经的积渐损耗其实

① 上海人民出版社编《太炎文录初编》，上海人民出版社 2014 年版，第 171 页。

② 上海人民出版社编《太炎文录初编》，第 170 页。

非常漫长，有的人认为活到高龄才是长寿，但到了那时生命所剩的时间其实越来越少。王闿运进一步认为，人们之所以有这样的认知偏差，归根结底是因为没有自己亲身经历，“夏虫疑冰”因其不知冬，“冬鹖”身处寒冬方知“忌雪”。总而言之，王闿运认为本性不变，积损难免，迟速不同。具体到生命长短的问题上时，长与短其实也都是相对而言，看似长其实也因为长而注定短，以为短其实过程充实漫长。

至于第二个问题，王闿运从自己的体验谈起，自己享受闺房家庭之乐，但是当家人醒来、打破静谧时也不免感到被打扰的苦恼。他由此联想到，隐居空山的人虽然享受远离人世的安宁静谧，但内心深处恐怕也会渴慕改变。接着王闿运列举大量历史典故，表明“出而思隐”与“隐而思出”的矛盾状态长久存在且代不乏人。两种困扰在本质上是一致的，正如前文所述，根本原因在于人性的不安定、向往对立面。他还举许由、巢父的经历与子思的规劝，这意味着即使是上古贤人也难以避免这种困境。最后王闿运提供一种自我宽慰的方式，或者说有些功利的“祝福”，所谓“信有为之如六，悟还真之用九”，无论有为的出或无为的隐，发展到一定程度就存在向相对态势转化的可能与趋势。而且“梦在百年之中”，人生如梦一场，“愁居七情之外”，何必愁绪萦怀。在面对人生出处的现实问题时，王闿运仿佛一位深谙人性的心理治疗师，他以历史为借鉴，消解个人独自面对困境的压力；又以未来为期许，消解个人对于未知的惶惑，描画志业期望可以如愿以偿的美好愿景；最后拍拍肩告诉你看开点，人生如梦，不必发愁。

归根结底，王闿运就两个问题给出的答案，其实都是接受现实，调整自己。而调整自己的方式是改变自己的认知方式。人的困扰往往在于面对矛盾，难以抉择。王闿运提供的相对主义认知方式是消解掉矛盾的对立性，强调它们内在的统一性。既然长也是短、短也是长，那么根据自己的情况选择就好；既然出、隐都会烦恼，那么不如接受当下的状态，而且出与隐也都是可以相互转化的，那么无论想出想隐，都不是问题。王闿运用相对主义的认知方式，处理人面对现实的困扰，达成与自己的单方面和解，这便是《秋醒词序》提供的“超脱”之道。

总得来说，就《秋醒词序》文本来看，文体的特色、塑造的主人公形象以及传达的思想精神，均达到了高度一致性：以会通的方式消解矛盾。所谓会通，“会”是聚集、遇合，“会”的对象之间往往存在相异乃至相对的关系；“通”则意味着联接不同事物，使它们融合得浑然一体。文体方面，序文的会通表现在使不同的文体特性自然妥善地用于建构文本，但又有所变通，呈现一定变化。主人公形象方面，文人、学人、高人三种身份集合于一身，不同身份各有具体偏向，但是互不干扰且能彼此贯通。思想观念方面，序文处理的是如何看待生命长短、如何选择人生道路等现实问题，而王闿运用相对主义的观念作为思考方式，消解矛盾的对立性带给人的困扰，并提示矛盾独立双方的相对性以及它们相互转化的可能。在《秋醒词序》的文本世界里，不同的甚至在世人眼里对立的事物得以化解矛盾，共依共存，会通的境界成为可能。

## 二、文章之外：为人生而作

尽管文本自成一个世界，但它终究是由人创作出来。如果单纯相信序文营造的形象、传递的观念，甚至就将它们对应为作者的实际情况或者现实的真实面貌，那便陷入了以幻为真的迷雾。序文里超脱、会通甚至有些玄虚、飘然的表达与观念，终究需要在实践中找到合理的解释。《秋醒词序》是一篇提供矛盾解决之道的文章，然而当我们将视角转向创作者王闿运时会发现，只有将文章之内与文章之外一并观看，才会显露人生矛盾的真实面相。考察王闿运的创作背景与动机，才能理解分辨序文传达的内容。

### （一）咸丰八年的人生选择

咸丰八年(1858)八月，二十七岁的王闿运闲居在家，写下《秋醒词序》。八月中既有中秋团圆佳节，也是王闿运祖妣生辰①，与家人共度、享天伦之乐是其固定活动。而且自从咸丰三年十一月成婚以后，次年八月长女无非生，六年五月长子代功生，王闿运为人夫、为人父，家庭生活堪称顺遂和睦。序文所谓“安闺房者”应当是王闿运真实的心声。

从王闿运的行程来看，“正月往武冈邓氏”②，“三月至湘乡唁曾侍郎”，“六月至长沙”为曾国藩送行③，直到“十一月由明冈至长沙，与邓丈弥之同行”④。他这年的主要活动包括：在邓氏兄弟家教书，与曾国藩交往，闲居在家。

但将咸丰八年放在王闿运的人生历程中看，这其实是充满希望与期待、承载未知与压力的一年，是王闿运科举之路上短暂的过渡阶段。王闿运的科考经历其实颇为顺遂。道光二十八年(1848)应童子试，三十年应县试第一。不过随着战事兴起，既定的步调被打断。直到咸丰七年(1857)补行壬子、乙卯两科乡试，王闿运

---

① 同治八年八月“十八日……祖妣生日，设荐”。(清)王闿运著，马积高主编《湘绮楼日记》，岳麓书社1997年版，第48页。

② 据《年谱》，咸丰五年二月起，王闿运每年离家前往武冈邓辅纶、邓绎兄弟家执教；同年八月，王闿运携家人迁居明冈。从五年至七年的行程安排来看，大约十二月至次年二月、七月至九月期间，王闿运一般都会返家，归居明冈。

③ 六月十日曾国藩“行至湘潭城”，十一日“壬秋来会，语及入浙宜从皖南徽、宁进兵，不宜从玉山入”，十二日“抵省城”长沙。(清)曾国藩撰，唐浩明编《曾国藩日记》，岳麓书社2015年版，第295、302页。

④ 王代功述《清王湘绮先生闿运年谱》，第30—31页。

抓牢机会，中试第五名举人。而他的下一步计划，自然而然是待咸丰九年入京会试。[①] 不过由此也可发现，撰写《秋醒词序》时王闿运并无一官半职，也绝无从此隐居空山的打算，序文中关于隐居与出仕的看法或许是他真切的思考感受，但与他的实际经历之间存在明显隔阂。

科举对于王闿运虽然重要，但也不能简单将他视为心中只有功名、一心攀援仕途者。时代动荡变动着既往的士人关系与生存方式，也呈现了多样人生、世间百态，人生可选择的道路或许有限，才思敏锐的年轻人所受的心理冲击并不会少。

曾国藩组织湘军、对抗太平天国无疑是改变无数人人生历程的大事。在此之前，王闿运在长沙以才华获得名声与赏识，结交官长、师友，扩大着交际圈。从《年谱》的记载来看，道光间王闿运的活动似乎主要是求学、拜师、交友。直到咸丰元年，以结交李寿蓉、龙汝霖、邓辅纶、邓绎等人，创设"兰林词社"为标志，他的活动重心开始转移到诗文词创作、宴饮游览等娱乐活动，文人的身份属性越来越明显。

如果身处太平盛世，这样的生活或许会继续。但咸丰二年太平军围长沙，王闿运连夜驰归，亲身感受到生存的威胁与时局的危险。而且随着战事的发展，他越发看到百姓的困苦。王闿运本身颇具士人关怀苍生的责任感，他十四岁写下《妾薄命，为杨知县妾周氏作》，十八岁写下《拟焦仲卿妻诗一首，李青照妻墓下作》，都是为被侮辱被损害的弱势群体发声。他结识曾国藩后曾出谋划策，而最能代表王闿运关怀与思考的当属咸丰六年的《与曾侍郎言兵事书》，他提出六年兵革使得寇、官势重，民生困顿，还有乡勇无赖只知势、利等问题，他提出的因应之道是以舒解人民负担为本，可以说民困是王闿运关切的问题[②]。不过从《曾国藩日记》中留下的情况看，曾国藩只记录了咸丰八年六月十一日王闿运关于进军路线的建议；咸丰八年十二月初九至十二日，他几乎每日都与王闿运夜谈，但就十二月十二日"批壬秋古文十余条。旋与壬秋谈至三更"[③]来看，所谈大抵也非军事，而是文章学术。应当说王闿运或许对自己有过纵横家、谋士的期许，但在曾国藩心目中他的定位还是文人、学人。不过这也可以理解，对于肩负战事负责的曾国藩而言，他需要筹措军饷、改善军备，需要兵士乡勇、领兵将领，而非大义凛然的意见分子。而且王闿运作为延续家族香火、赡养家庭的独子，也无法承受丧命的后果，并不能真的投身戎事。

伴随战争的持续，王闿运见证着其他投身戎事的士人命运。一方面，战争带来机遇，积攒军功或者依靠捐输，都能提供晋升之道。王闿运曾批评捐输，加重贪

① 王代功述《清王湘绮先生闿运年谱》，第 11、14、29—30、32 页。

② （清）王闿运撰，马积高主编《湘绮楼诗文集》一，岳麓书社 2008 年版，第 43 页。

③ （清）曾国藩撰，唐浩明编《曾国藩日记》，第 388—389 页。

腐与人民负担。不过他的好友邓辅纶正是依靠捐输由拔贡生成为候补知府，又“于咸丰五年在江西捐造头号长龙战船二十只，舢板战船二十只”，“据呈称共用工料银六千四百余两”①满足了由候选知府捐为道员的资金要求。或许是因生计多蒙邓氏兄弟关照，或许是肯定邓辅纶的才华以及襄助父亲邓仁堃的孝诚，王闿运似乎未从捐输弊病的角度否定友人。咸丰六年七月邓辅纶因父亲被参而撤职回家后，王闿运还作《弥之领军罢归，奉赠》，将邓辅纶比作奇鸟，“音响令人惊，燕雀起相雠”②，认为友人遭到庸人嫉害。从中可以看到，王闿运颇有感于官场的污浊腐朽与政治倾轧，但是当问题发生在自己身边时，标准未必统一，态度趋于暧昧。

王闿运还见证了更深重的人生悲剧。流血丧生之惨重自不必说。生者还从亡者的经历里吸纳了更多关乎切身利益的经验。王闿运的《储玟躬传》《邹汉勋传》书写的都是约于咸丰四年丧命的普通士人。他大声感慨，“今世多言人短长，观其成败，视其官位而定其等”③，“汉勋两守城，迁两阶，位不为高。虽死难，名不如江忠源。忠源好学不如汉勋，沉稳不如汉勋。汉勋乃卒与同死，其著书竟不成。然则身死而名微，誉浅而命薄。天若予而若夺者，视汉勋竟何等也”④！他不平于世人以官位高低为人划定价值，势弱位低者在功业、品行、才学上的成就无人了知也不被重视。他们的遭际让王闿运看到下层士人的实际遭遇是位卑、无功、无名、无学、命薄。

王闿运面临着矛盾，一方面官场存在违背良知道德的腐朽弊病，另一方面他要实现人生价值，便无法回避追求高位。当科举之路重归畅通，王闿运仍然沿着既定的人生轨迹，寻求功名。但是他的理想也在变更。如果说他以前的志趣多集中于才艺、功名，此时他的追求已逐渐转向了学问。

### （二）目标读者与创作意图

落实王闿运《秋醒词序》的创作意图，还需考量文章究竟为谁而作。这篇文章首先是王闿运的自发创作，他寻求文学以表达自己，其实也是对自己的心理疗愈。在人生追求方面，王闿运面临天伦之乐、全性保命与积极进取、实现人生价值的矛盾。具体来说，安宁祥和的家庭生活与亲人情感是他眷恋的，但是作为一个成年男子他对家庭负责任的方式是扛起养家的责任，实现这一目标需要他走出家门，甚至是远离家人。而且这种离开既由他的家人推动，也是他的主动选择，因为无

---

① 咸丰六年十二月初七日《邓辅纶捐造战船片》，见《曾国藩全集》修订版《奏稿之二》，岳麓书社 2011 年版，第 228—229 页。

② （清）王闿运撰，马积高主编《湘绮楼诗文集》三，第 85 页。

③ （清）王闿运撰，马积高主编《湘绮楼诗文集》一，第 129 页。

④ （清）王闿运撰，马积高主编《湘绮楼诗文集》一，第 134 页。

论从生存需要还是个人价值的实现来看,他都必须努力进取、向上攀援。他所走的是古代读书人都要走的科举仕宦之路,也是通向修齐治平的理想之路,然而在这条路上可能会遭遇风险、危机,有时甚至会走到自己理想、良知背道而驰的地方。从这个角度来看,主人公"我"考虑的出与隐各有不安的问题,其实揭示的是人生选择的两难局面。无论王闿运从自己的经历出发,或是他通过共情体会他人的遭际,都能够遭遇这一普遍的人生难题。而王闿运关于人的本性不变、积损不同的看法,其实是在回应人应该如何面对无常的命运。写作不会真的解决现实问题,但写作的过程即是梳理想法、调整认知的过程。现实之中难以寻得会通境界,难以将一切相异、对立的事物安放妥帖,但在文本的世界里写作者内心的困扰、忧虑能够得到暂时消解。

王闿运在序文中塑造出与自己实际经历有所差异的形象,但是他塑造的方式以及自我与主人公"我"的无意识重合,都反映出他是秉持着"身份感"①写作。序文"我"的形象未必符合王闿运其人,但多半符合他的身份认同。他书写文人、学人、高人形象,既因为他内心认同这些形象,也因为书写使自我认同接近、符合这些形象,这里所说的自我认同是心理与实践双重意义上的。值得补充的是,主人公的形象虽然文人、学人、高人三者并存,但并不意味着三种形象在创作者心中的权重是平等的。写作《秋醒词序》时,王闿运正在寻求从文人到学人的身份转变。事实上伴随时间的推移以及得不到认可,可以看到晚年的王闿运更加耿耿于怀于身份问题。《清史稿》载:"(王闿运)尝慨然自叹曰:'我非文人,乃学人也!'"②其长子所述《年谱》也突出他青年时期拥抱学术的表现,然而这难免有王闿运本人事后追述的嫌疑。即便不以《年谱》为据,从友人邓绎的《与王纫秋孝廉书》③(按:大约作于咸丰八年五月初五端午之后)中,可以清楚看到彼时同仁们寻求身份转变的氛围。信中先以山水为喻,肯定地处偏僻而自神秀的山水,但也直指其"巧而无用,类乎世之学士,刻心敝神,华斧其言,而无施于世者"。邓绎接着将话题转至王闿运身上,称扬其"学穷文苑,味经之腴,辩采溢于雕龙,华言美于绣帨",但不满其"颇以《老》《易》相推",而且"百家淆乱,博而寡要。欲立厥纪,必衷诸经。经训之美于诸子者,非以道德之独纯欤",提醒王闿运不要沉迷诸子学,还是要回到经训与道德。尽管王闿运日后未必循邓绎之建议改变自己的学术志趣,但当年的词社同仁显然都已经意识到,雕虫篆刻的文章小道无法有用于世,需要从学术上寻找

---

① "有学者将主体这种下意识地使自己的行为符合自己身份的心理称为'身份感'"。参考石中华《作者身份与中国古代文学活动》,华中师范大学 2012 年博士学位论文,第 29 页。

② (清)赵尔巽等撰《清史稿》卷四百八十二,第 13300 页。

③ (清)邓绎《藻川堂全集》,收入《清代诗文集汇编》第 725 册,第 350—352 页。

用世之法。王闿运长于文章，但他逐渐开始减轻身上的文人特质，以向学人转变。总而言之，序文塑造的“形象”体现了王闿运的自我身份认同与身份转变的追求。

序文并非全然为己而作，王闿运写作时心中也有一定的目标读者。从文章的客观用途来看，它是成为建立关系、沟通情感、塑造形象、获取声名的媒介。从主观角度考虑，仕宦、隐遁问题不符合王闿运的实际经历，而他之所以能够写出来并有意识消解掉问题，应当来自提前体验或者说与他人共情。具体来说，他的目标读者至少有三类。一类是已经踏上为官之路、心有困扰的前辈，例如曾国藩；一类是知识与情感上可以沟通的友人，例如邓氏兄弟；最后一类则是未来可能结识的读书人。从《秋醒词序》的传播评价史来看，王闿运也达到了自己的目的。例如彼时流传曾国藩的说法，“独谓闿运文有慧业，极称其《秋醒词序》”①，此说实际出处并不明了，但无疑赞赏了王闿运的文章与才能，帮助塑造、传播王闿运的声名。

文章与人生之间存在什么关系？这个问题难以一言以蔽。不过《秋醒词序》无疑为我们展示了文本世界与现实人生的复杂关联。咸丰八年的王闿运即将离开家人，奔赴京城，寻求科举之路，他心理的矛盾、挣扎即便与《秋醒词序》涉及的具体困境不完全一致，但也是内在相通、真实存在的。而序文所塑造的主人公文人、学人、高人一体的形象，代表着王闿运对自己身份的期许。借助书写，王闿运表达着他内心理想的身份，也实践着、宣示着自己从文人到学人的转变。而文章也具备着媒介的功用，帮助王闿运满足社会关系方面的多种需求。

《秋醒词序》为人生矛盾的消解，描画了一幅会通的美妙图景，但它似乎失之简单。文章之内与文章之外之间复杂的参差差异、联通一致，或许才是人生矛盾的真实情况。

---

① 钱基博《现代中国文学史》，第 36 页。

# 论王先谦《骈文类纂》的科举教育探索

刘振乾（广西师范大学文学院）

王先谦《骈文类纂》是一部集大成骈文选本，学术界对《骈文类纂》的研究目前侧重于选本体例、文体理论、骈散关系等方面。本文拟从清代科举制度改革入手，研究《骈文类纂》在科举制改革中承担的书院教育功能。王先谦作为岳麓书院山长，在科举制没有废除的情况下，通过自己的思考和呼吁，力求探索出迎合科举制度改革的骈文选本教材。

## 一、科举改制与书院教育

《骈文类纂》刊刻于光绪二十七年（1901）七月。据李和山先生《王先谦学术年谱》考证：

> 光绪二十七年辛丑（1901年）六十岁，主讲岳麓书院。
>
> 七月初一日（8月14日），六十寿诞。本月，辑《骈文类纂》四十四卷成。是编仿姚鼐《古文辞类纂》体例，分为论说、序跋、表奏、书启、赠序、诏令、檄移、传状、碑志、杂记、箴铭、颂赞、哀吊、杂文、辞赋等十五类，近一千五百篇。先谦自为序例，谈及编纂是书的起因和过程。①

从《骈文类纂》成书时间来看，光绪二十七年七月刊刻完工与王先谦六十寿诞时间基本吻合。而在王先谦致缪荃孙的书札中，《骈文类纂》的实际整理工作在八年前即已创稿：

> 谦近刻《日本源流考》《骈文类纂》二书，《类纂》一用姬传先生《古文辞》例，微有变通，采摭颇广，本前八年所创稿，今更定卒成之。吾弟骈文，务寄数

① 李和山著《王先谦学术年谱》，湖北人民出版社2009年版，第204页。

篇或十数篇惠我，书成必速，切盼来函……惟骈文稿请先来，不可耽误也。①

王先谦给缪荃孙的书札透露三点信息：一是用姚鼐《古文辞类纂》体例，微有变通；二是书稿八年前已有草创，后面不断增加新篇目；三是书稿催之甚急，或已明确出书时间。

关于第一点已经无需赘言，王先谦《骈文类纂》序目已经逐条说明。第二点，若以光绪二十七年往前推八年，那么《骈文类纂》初创于光绪十九年(1893)，是年"叶德辉时回湘不久，自此与先谦交往逾密"②，故《骈文类纂》序目云"叶(德辉)张(祖同)之力为多"③。第三点，光绪二十八年思贤书局四十六卷本序目及《王先谦自定年谱》明言"序跋类四""铭箴类一"，而《骈文类纂》内文列"序跋类五""铭箴类二"，全书内文卷数与序目卷数存在两卷出入，这种前后不统一的编校错误，显然是因追赶工期所致。

那么，究竟是什么原因让王先谦急于将《骈文类纂》刊行于世呢？本文认为《骈文类纂》的刊刻缘起于戊戌年间的关于科举制变革的反复。

光绪二十四年(1898)五月五日，清德宗上谕：

乃近来风尚日漓，文体日敝，试场献艺，大都循题敷衍，于经艺罕有发明，而谫陋空疏者，每获滥竽充选。若不因时通变，何以励实学而拔真才？著自下科为始，乡会试及生童岁科各试，向用四书文者，一律改试策论。……至于士子为学，自当以四子、六经为根柢；策论与制义，殊源同流，仍不外通经史以达时务。④

维新变法以慈禧太后政变而宣告失败，光绪皇帝旋即被囚禁瀛台，之前颁布的多项新政也多被废止。光绪二十四年(1898)八月二十四日，慈禧太后宣布懿旨：

近来文化日陋，各省士子往往剿袭雷同，毫无根柢，此非时文之弊，乃典试诸臣不能厘正文体之弊。乃论者不揣其本，辄以所学非所用，归诸于立法之未善。殊不知试场献艺，不过为士子进身之阶。苟其人怀齐抱伟，虽用唐

① 顾廷龙校阅《艺风堂友朋书札》，上海古籍出版社1980年版，第33页。
② 李和山著《王先谦学术年谱》，第161页。
③ 王先谦撰《清王葵园先生先谦自定年谱》，台湾商务印书馆1978年版，第313页。
④ 《清德宗实录》卷四一九，光绪二十四年五月丁巳(初五日)，谕内阁。

宋旧制，试以诗赋，未尝不可得人，设论说徒工，心术不正，虽日策以时务，亦适足长嚣竞之风。用特明白宣示，嗣后乡试、会试及岁考、科考等，悉照旧制，仍以四书文、试帖、经文、策问等项分别考试，经济特科易滋流弊，并著即行停罢。①

对于宫廷斗争中这场关于科举制改革的反复无常，王先谦一直保持密切关注。《虚受堂文集》(卷一)有王先谦作于戊戌年间的两篇时论:《科举论上》《科举论下》，文章并附有王氏自作题序，介绍文章的写作背景。

《科举论上》:“光绪丁酉戊戌间，时文之敝极矣。群议变科举法，予亦韪之，作科举论上。”②

《科举论下》:“光绪戊戌夏，奉旨废制艺，试策论。已而康有为逆案事觉，新政复旧，作科举论下。”③

在《科举论上》中，王先谦首先明确指出科举制弊端已经到了势在必革的紧要关头。“一统之天下之士，以制艺造之;列国之天下之士，不可以制艺造之。今之世论海内则一统，合环球为列国。然而设科校艺，僟仍前政，用时文取士，而罔识变通，殆未抉其弊也。”④王先谦认为，自宋明以来，科举取士制度递相沿革，在人才选拔方面已经比较周密了。如果国家没有出现外忧内患，科举制度不改革也是可以的。“果无外惧，百世不易可也。道咸之际，知有海国矣，情事未灼也。同光以来，知列国所以驾吾上者，端绪可究矣，而势弗棘也。……由其道而人才日出乎其间，虽不改制科无害也。自日本之役，国威不张，列邦劫持，财力殚竭，岌岌如不终日。”⑤正因为外来势力的入侵，导致国家岌岌可危，必须通过选拔人才来进行自救，因此科举制改革迫在眉睫。

那么科举制究竟要如何改？王先谦在《科举论上》中也提出“以策论代制艺”的方案。关于“策论”，王氏还作出详细解释:

文之为道，所以化成天下，历千万祀不变也……吾为士人议废此者，专欲啬其精神，优其日力，多读有用之书而已。若夫策论，以存古文之学，则亦不能废也……用四书之题目，易策论之体裁，如宋王安石创始之作，虽废犹不废

① 《清德宗实录》卷四二八，光绪二十四年八月乙巳(二十四日)下。

② 王先谦著《虚受堂文集》，朝华出版社2018年版，第29页。

③ 王先谦著《虚受堂文集》，第32页。

④ 王先谦著《虚受堂文集》，第29页。

⑤ 王先谦著《虚受堂文集》，第30页。

也。充之子史，以博其趣；推之时务，以观其通……性理之说，有穷者也；经、史、诸子、时务，无穷者也。论无穷之与有穷，固有间矣。三场策近考据之文，殿廷策取对扬之义，视散文为策，抑又不同。夫策论，统词耳。①

王先谦在这里虽然探讨的是科举考试，但实际上涉及的是“文”的概念和“读书”的问题。显然，王氏所谓的“文”已经不局限于古文或者散文，而是包含“骈文”在内的广义的文。同时，其所指“策论”也与“以散文为策论”的观念有区别。因此，在科举备考方面，以“四书五经”作为考试书目，以“古文为时文”的八股制艺，已经不合时宜。由于改革之前的科举考试三场本身就包含“策”，故王氏特别提出“三场策”与“殿廷策”的不同。即前者近“考据”，后者取“对扬”；前者为“散文”，后者统归“骈散”。

在《科举论下》中，王先谦首先指出凡事不能一概而论。科举制改革并非康梁之首创，不能因为维新党被挫败就停止科举制改革的步伐，更不能开历史倒车，一复其旧。其次，王先谦认为四书制艺之优劣与道德品质之优劣并无必然联系，王氏以康有为为例，认为“其心已悖乱，虽日诵其文而精其技，未见果有益”。再次，针对考试公平问题，有人认为制艺只需要反复揣摩四书即可，而策论则需要博览群书，寒门子弟因买不起书而知识面窄，无法出人头地。王先谦认为，“吾闻立政者，以育才为亟，不闻教学者以恤贫为先。子何论之卑也”。王氏的立论虽是从为国家培养和选拔人才的角度出发的，但他显然也看到了问题所在。因此，编纂一部镕裁经史、诸子、时务的骈文选本，既开阔士人眼界，又减轻寒门学子的经济负担，作为书院山长，王先谦义不容辞。因此，王先谦在《科举论下》云：

今天下所当究图者甚众，徒各执其咫闻隅见，胶固于心胸，而莫能相发，此人才所以日乏而世运所以不振也。且制艺之宜更定，舒赫德、杨述曾言之于乾隆时，李相国言之于光绪初。朝廷虽不从，未尝加谴也。今之时，诚急于舒赫德、杨述曾、李相国言事之时矣。②

光绪二十六年(1900)七月，八国联军攻陷北京城。这场国耻巨变让清朝统治者重新拾起戊戌年间被搁置的科举制改革议题。光绪二十七年(1901)七月十六日清政府下诏：

① 王先谦著《虚受堂文集》，第 31 页。

② 王先谦著《虚受堂文集》，第 33—34 页。

著自明年为始，嗣后乡、会试头场试中国政治史事论五篇，二场试各国政治艺学策五道，三场试四书义二篇、五经义一篇。考官阅卷合校三场以定去取，不得偏重一场。生童岁、科两考，仍先试经古一场，专试中国政治史事及各国政治艺学策论，正场试四书义、五经义各一篇。考试试差、庶吉士散馆，均用论一篇、策一道。进士朝考论疏、殿试策问，均以中国政治史事及各国政治艺学命题。以上一切考试，凡四书、五经义，均不准用八股文程式，策论均应切实敷陈，不得仍前空衍剿窃。①

从时间上来看，《骈文类纂》的成书时间与光绪二十七年七月十六日这道诏书正好吻合。更有意思的是，光绪二十七年九月，王先谦编纂的《日本源流考》二十二卷亦已刊行，是书以编年体的形式，记载自日本建国至明治二十六年的历史，这或许可以填补各国政治艺学命题中日本政治史的空白。由此可鉴，集教育与出版于一身的王先谦，在刊刻选题上具有高度的政治敏锐性，其目的就是通过选本教育来影响士人的知识结构，从而更好地适应科举制改革的要求。

## 二、策论范本与学术门径

从戊戌变法期间的"一律改试策论"到百日维新之后的"悉照旧制"，再到光绪二十七年重启科举改革"不准用八股文程式"。这中间最核心的问题就在于改革只改"八股制艺"不革"科举制度"本身。虽然"以策论代制艺"是众多有识之士的一致看法，但是"策论"究竟该怎么写？如何来命题？仍然处于摸索当中。但从戊戌年间光绪的上谕和慈禧的懿旨中对比可以发现："近来风尚日漓，文体日敝"，"近来文化日陋……乃典试诸臣不能厘正文体之弊"，两者都把国体弊病转嫁到文体弊病上来，而指向文体弊病的矛头又无一例外的指向所谓的时文制艺——八股文。

孟伟在《清人编选的文章选本与文学批评研究》中指出："科举考试是清王朝选拔人才的主要手段，也是广大读书人的终极理想。清代教育以科举应试为最终目标，而时文也即八股文作为科举考试最主要的文体，是清代学校教育的核心内容。在科举时代，人们普遍认为要想提高八股文写作水平，古文是必不可少的学习内容。古文选本作为广大士子学习古文的必读之书，成为清代学校教育的基本教材。清人所编选的选本数量众多，影响广泛，从其编选和评点情况来看，都与科

① 《清德宗实录》卷四八五，光绪二十七年七月乙卯(十六日)，谕内阁。

举考试有极为密切的关系。”①

就古文选本而论，影响最大的莫过于桐城派姚鼐《古文辞类纂》，王先谦于光绪八年亦编《续古文辞类纂》。单以科举“策论”而言，姚鼐《古文辞类纂》奏议类包含了一部分对策，其序目中云：

汉以来有表、奏、疏、议、上书、封事之异名，其实一类。惟对策虽亦臣下告君之辞，而其体少别，故置之下编。两苏应制举时所进时务策，又以附对策之后。②

《古文辞类纂》“奏议类下编”选董仲舒对贤良策三篇，苏轼、苏辙兄弟时务策十六篇。王先谦《续古文辞类纂》奏议类不续，并说明了不续之理由：“今之奏议要在明切事理，古义美辞所弗尚也。体既专行，不入兹录。”③《骈文类纂》替“奏议类”为“表奏类”，王先谦序目中云：

制策发问，炎灵肇端，历代循其体，又有奏对、策对之异焉。本朝革华崇实，凡有进御，统谓之奏，平论大政，亦或用议，成书贺捷，皆上表文。殿试、朝考分题策疏。观乎人文，取存古式而已。④

《骈文类纂》在“表奏类九”中专设奏对体，选中山靖王《闻乐对》、挚虞《日食水旱对》、樊逊《升中纪号对》《求才审官对》《释道教对》《刑罚宽猛对》《祸福报应对》、张说《文标词苑科策对》、张昌龄《刑罚用舍对》等九篇。从选文和作者可以看出，以“策对”为题的只有张说《文标词苑科策对》一篇，此文《张燕公集》标题为“词标文苑科策”，《全唐文》标题为“对词标文苑科策”。《骈文类纂》题“文标词苑科策对”或系刊刻之讹误。《新唐书・张说传》：

张说，字道济，或字说之。其先自范阳徙河南，更为洛阳人。永昌中，武后策贤良方正，诏吏部尚书李景谌糊名较覆，说所对第一，后署乙第，授太子

① 孟伟《清人编选的文章选本与文学批评研究》，中国社会科学出版社 2016 年版，第 16—17 页。

② 姚鼐撰，胡士明、李祚唐点校《古文辞类纂》，上海古籍出版社 2016 年版，序目第 5 页。

③ 姚鼐、王先谦选编《正续古文辞类纂》，浙江古籍出版社 1998 年版，第 276 页。

④ 王先谦选编《骈文类纂》，浙江古籍出版社 1998 年版，第 7—8 页。

校书郎，迁左补阙。①

据今人熊飞考证："张说实际参加了一次科举之两场考试，一个是笔试，在永昌元年，留下了三道答卷；一个可能是口试，在载初元年，无答卷保存下来。"②为了体现这份对策的完整性，《骈文类纂》在收录张说对策的同时，将朝廷的提问也一并录入。三道问题均以"朕闻"发问，三道对策以"臣闻"开题，以"臣谨对"收尾。王先谦在这里举盛唐科举对策为例，其目的与《古文辞类纂》遍举北宋二苏对策为参考范文不同。王氏更多的是对"光绪上谕""慈禧懿旨"中关于"文体日敝""文体之弊"的一种反思。既然"时文制艺"是因学习模拟唐宋八大家的散文而走向僵化，进而导致国家人才的萎靡不振，为何不把目光放到科举制肇兴的初盛唐骈体文，看看最初的科举策论是如何出题，如何对策。这实际上也是在暗示执政者反思科举初衷，国家对人才选拔的引导机制是否出了问题。以下略举这三道问题：

第一问：朕闻立极开基之主，经文纬武之君，莫不法象殊流，污隆异制。……适时之务何先？经国之图何最？帝皇之道奚是？王霸之理奚非？

第二问：朕闻礼崇三典，方宏慎罚之规；书著五刑，不以深文为义。……岂止杀之方，乖于折衷？将小慈之泽，爽彼大猷？

第三问：朕闻仰观乾象，房心为布政之宫；俯察坤元，河洛建受图之所。……未知何代之政？参详适中；何礼之规？施用为切。

显然，这三个问题在治国理政层面都已经站到了国家的顶层设计高度，而不是空谈儒家理学的性道天理；考察的内容范畴也已经超出了儒家的四书五经，经、史、诸子百家的王霸杂说无所不包。从文体的层面来看，这种宏大的骈体叙述具有雍容典雅的语言仪式感，选拔出来的人才也堪称大手笔。莫道才教授在《骈文为何能长期存在》一文中指出："隋唐以后，随着选拔朝廷官员的科举考试制度而带来的科举试策用骈体和律赋用骈体，骈体又进一步影响文人的日常写作。骈体作为应试文章之文体方式，目的是了解举子是否具备写作朝廷公文及一般官方文书所需要的文体技巧。……这就说明骈体具有的语言仪式感是骈文长期存在和兴盛的最重要原因。"③

当然，王先谦编选《骈文类纂》的初衷绝非单纯为士人提供一个学习文体技巧的范本，其真实的目的还是要引导士人多读书，因为任何模拟借鉴都会走向思想僵化和千篇一律。纵观《骈文类纂》，经、史、子、集四大部头的基本书目均有覆盖。

① （宋）欧阳修、宋祁撰《新唐书》，中华书局1975年版，第4404页。

② 熊飞《张说生平若干问题考辨》，《文学遗产》2015年第4期，第182页。

③ 莫道才《骈文为何能长期存在》，《光明日报·文学遗产》2018年2月26日。

以论说类为例,《骈文类纂》涉及的书目就有《文心雕龙》《史通》《史记》《汉书》《后汉书》《三国志》《宋书》《南齐书》《晋书》《旧唐书》《新唐书》《元史》《明史》《抱朴子》等,对文学和历史的整体性把握有利于开阔士人在策论中的宏观视野。在序跋类中,王先谦更是穷尽毕生之搜罗,对各类总集、别集、学术著作等以选辑序跋的方式进行简要叙录存目,如《文选》《玉台新咏》《唐骈体文钞》《皇朝文选》《宫闺文选》《十家四六文钞》《宋元四十家词》《十六国宫词》《四六丛话》《梁武帝集》《昭明太子集》《上官昭容集》《陶渊明集》《王文宪集》《赵国公集》《洛阳张司马集》《翰林学士江简公集》《湘笙阁诗集》《林玉岩诗集》《诗品》《书品》《尚书大传疏证》《史记引尚书考》《戴氏遗书》《大唐西域记》《三国疆域志》《关中金石记》《中州金石记》等,限于篇幅兹不赘述。

事实上,《骈文类纂》中罗列的书目还只是举借前人或他人的著述成果,王先谦自己也是一位淹博经史、著述等身的学术宗师。其在经学方面的著述有《尚书孔传参正》(36 卷)、《诗三家义集疏》(28 卷)、《释名疏证补》(8 卷)、《皇清经解续编》(1430 卷);史学方面的成就有《东华续录》(419 卷)、《汉书补注》(100 卷)、《后汉书集解》(120 卷)、《合校水经注》(40 卷)、《日本源流考》(22 卷)、《五洲地理志》(36 卷)、《外国通鉴》(33 卷);在诸子学方面的成果有《荀子集解》(20 卷)、《庄子集解》(8 卷)、《管子集解》(22 卷)。虽然这些学术成果有些是在《骈文类纂》编纂之前就已经刊刻出版,有些是在《骈文类纂》编纂之后才刊刻成书,但是这足以证明,王先谦本身的学术储备惊人。正因为有如此深厚渊博的学术功底,才能够高屋建瓴为士人指导读书门径,从而培养出不拘一格的救国人才。

## 三、读书养性与道德追求

明清两代的八股文都以"代圣人立言"自命。虽然戊戌年间光绪帝上谕改试策论,但仍然指出"士子为学,自当以四子、六经为根柢"。光绪二十七年废除八股制艺,四书五经同样也还是必考科目。王德昭《清代科举制度研究》指出:"清承明制,以科举为抡才大典,学校储才以应科举,而取士用四书文,自亦有其宗旨。传统的政治社会体制所要求于臣民者,首要在作忠臣孝子,而忠孝为儒家所阐扬的伦理之本。"①

事实上,王先谦在光绪元年典试江西时对制艺取士也是颇为称道的,其《江西乡试录》前序对李鸿章提出的废制艺之疏不以为然,认为"法屡更,则国是纷;教不一,则民志惑"。当时的王先谦三十四岁,仕途高歌猛进,对制艺取士尤赞赏有加:

① 王德昭《清代科举制度研究》,中华书局 1984 年版,第 121 页。

臣维文与时为变通，而制艺取士，前古莫尚之良法也。圣贤之微言奥理，备于四子书。学者正心修身，推而至于平天下，舍是无由。自朱子《论语》注，又从《礼记》中摘《大学》《中庸》为章句，配以孟子，题曰《四书》。苟无制艺，则其书与诸子等耳。上好刑名，人师申韩；崇虚无，人讲庄老；进诗赋，人习潘谢曹马。以制艺取士、四书命题，然后斯世尊奉一致，口复心研，不能自已。①

然而二十四年之后，王先谦以在野之身重新审视国家所处的岌岌可危之势，对科举制艺的弊端有了一种新的权衡。其在《科举论下》中就以“制艺之益”批评以康有为为首的维新党人：

制艺之益，予固言之矣。然必以人才兴起之益，专归之四子书与制艺，彼康有为之徒，皆习四子书由制艺出身者，又何说也？夫其心已悖乱，虽日诵其文而精其技，未见果有益也。②

光绪元年的王先谦和光绪二十四年的王先谦在四书制艺上的态度前后判若两人。年届花甲的王先谦作为岳麓书院山长，在书院教育问题上已经超越了科举仕途功利，而是着眼于培养能够安贫乐道、守身持正的君子德行。

《骈文类纂》“论说类三”中选李康《运命论》，韦曜《博奕论》，嵇康《养生论》，潘尼《安身论》，葛洪《抱朴子外篇尚博》《抱朴子外篇守堉》《抱朴子外篇安贫》《抱朴子外篇博喻》《抱朴子外篇广譬》，刘峻《辨命论》《广绝交论》，卢思道《劳生论》，李德林《天命论》，乐钧《广俭不至说》等十四篇。对比李兆洛《骈体文钞》（卷二十）“论类十四篇”，两书重复之文有《运命论》《养生论》《安身论》《辨命论》《广绝交论》《劳生论》《天命论》，王先谦增选葛洪《抱朴子》五篇以及韦曜《博奕论》、乐钧《广俭不至说》两篇。从增选的篇目中可以看出，王氏不仅突出子书对士人进德修身的重要性，而且勉励士人要业精于勤、持俭养德。如《抱朴子·尚博》篇云：

正经为道义之渊海，子书为增深之川流，仰而比之，则景星之佐三辰也；俯而方之，则林薄之裨嵩岳也。虽津途殊辟，而进德同归；虽离于举趾，而合于兴化。故通人总原本以括流末，操纲领而得一致焉。③

---

① 王先谦著《虚受堂文集》，第45页。

② 王先谦著《虚受堂文集》，第33页。

③ 王先谦选编《骈文类纂》，第135页。

又如《博奕论》云：

> 历观古今功名之士，皆有积累殊异之迹。劳神苦体，契阔勤思。平居不惰其业，穷困不易其素。是以卜式立志于耕牧，而黄霸受道于囹圄，终有荣显之福，以成不朽之名。故山甫勤于夙夜，而吴汉不离公门，岂有游惰哉。①

士人以科举为晋升权贵之门的阶梯，把四书五经当作荣华富贵的敲门砖。这种功利性的读书会造成两个极端：一方面，成功走上仕途的读书人对圣贤之书“弃之如敝履”，逐渐沦为利欲熏心的悖乱之臣；另一方面，科场失意的读书人抱怨怀才不遇或时运不济，甚至成为离经叛道的强盗贼寇。因此，王先谦把养德作为读书的要义，尤其推崇道家这种清心寡欲的非功利性读书，这也是《骈文类纂》甄选葛洪《抱朴子》外篇五文的重要原因。

此外，为了教育士子在通过科举考试走上仕途之后不贪恋权位，做到谦恭辞让、淡泊名利，王先谦在《骈文类纂》“表奏类七”卷数设计做了精心布局。《骈文类纂》“表奏类”共分为九卷：表奏类一主劝进，收文 6 篇；表奏类二主论政，收文 9 篇；表奏类三主荐劾，收文 10 篇；表奏类四主进献，收文 21 篇；表奏类五主贺庆，收文 12 篇；表奏类六主谢赐，收文 14 篇；表奏类七主让谢，收文 40 篇；表奏类八主求请，收文 10 篇；表奏类九主策对，收文 9 篇。为了均衡每卷篇目，表奏类七分卷上、卷下两部分。从数量上可以看出，王先谦此处有意突出“让谢类”。如江淹的《为萧公让太傅扬州牧表》《为萧公重让扬州表》《为萧公三让扬州表》，任昉《为范尚书让吏部封侯第一表》，沈约《为柳世隆让封公表》，庾信《为阎大将军乞致仕表》《为杞公让宗师骠骑表》《代人乞致仕表》，徐陵《让五兵尚书表》《为始兴王让琅琊二郡太守表》《让散骑常侍表》《让右仆射初表》《让左仆射初表》《为王仪同致仕表》，李峤《为王方庆让凤阁侍郎第二表》，韩愈《为裴相公让官表》，陶弘景《解官表》，王僧孺《为韦雍州致仕表》，温子升《为西河王谢太尉表》，李邕《谢入朝表》，欧阳修《谢致仕表》。

上述表奏或替人所作，或为自己所作；既有出于礼节性的客套话，亦有发自肺腑的诉衷肠。故王先谦在《骈文类纂》“表奏类”序目云：

> 位禄与共，辞受揣分而让谢兴；上膏犹屯，下情待抒而求请起。王廷有扬，词笔兼需而对问重，流观天泽，义云备矣。竹弹鲍谢，词诡体正，通天之

① 王先谦选编《骈文类纂》，第 131 页。

奏,故土有怀。比士衡之吊魏帝,尚蓄余思;似稚圭之祷汉宗,申衷冥漠。①

王先谦的"位禄与共、辞受揣分"思想对于学子想通过科举走上仕途是一种鞭策。为官一任,不贪权,不恋栈,既不能尸位素餐,也不要抱非分之想。然而时势的发展总是出人意料,从光绪二十七年(1901)清政府宣布新政废除八股制艺,《骈文类纂》刊刻成书,到光绪三十二年(1906)清政府谕令"所有乡试、会试一律停止,各省岁、科考试,亦即停止",科举制在八股文废除后的五六年间亦寿终正寝。虽然读书人的科举仕途梦想破灭了,但王先谦的《骈文类纂》在清末民初一直流行不衰,这说明《骈文类纂》的选本价值已经超出科举制度的范畴。

## 四、结语

综上所述,科举教育是伴随着科举制度而存在的一种教育机制,科举制的改革存废对科举教育具有至关重要的影响。王先谦对科举教育的探索,深刻影响了岳麓书院由传统教育向近代教育的转型,同时也影响了晚清时期的湖湘士风和学风。《骈文类纂》是王先谦科举教育探索的一种策略,在刊刻之初具有投石问路的效果。经过历史和实践的检验,《骈文类纂》摆脱了科举制的束缚,成为晚清士人的一部学术选本和思想选本。简而言之,读书人通过阅读该选本不仅学会如何为官,学会如何为学,更重要的是学会如何为人。从现代教育理念来看,教育的目的是培养人的总目标。为学和为官是总目标的两条分支,这两条分支既可以交叉也可以平行。王先谦从自身经验出发,通过科举教育探索,在书院体制下进行选本思想渗透,最终解决了传统教育与科举制度捆绑的问题,从而实现了教育的真正目的。王先谦的科举教育探索有别于维新派的极端改革路线,属于温和改良方案。在晚清科举制存废问题上下举棋不定的情况下,王先谦的教育探索是具有积极意义的。一方面,王先谦为近代湖南书院教育向学堂教育过渡创造条件,《骈文类纂》在学术和思想上提供了充分的知识储备,使得一大批湖湘士人在科举制废除之后能够顺利适应新学制教育,并且成为推动社会发展的中坚力量;另一方面,王先谦的科举教育探索具有一定的超前性,《骈文类纂》尤其是在培养什么人的问题上进行思想渗透,使得以培养服务帝王或朝廷的科举教育理念转化为服务国家和社会的现代教育理念。

① 王先谦选编《骈文类纂》,序目第8页。

# 王国维“六代之骈语”辨析

莫山洪(南宁师范大学文学院)

王国维在《宋元戏曲史》中,对“一代有一代之文学”这一命题作了描述,称“楚之辞、汉之赋、六代之骈语、唐之诗、宋之词、元之曲”①,这一命题也为后来很多学者奉为圭臬。仔细研究这一命题,可以发现,“六代之骈语”中的“骈语”一词,与其他不一样,楚辞、汉赋、唐诗、宋词,都指的是文体,“骈语”显然不是。关于这一问题,吕双伟在其《清代骈文研究》一书第八章“王国维的骈文及其‘六代之骈语’”②中有所论述,但觉意犹未尽。对这一问题的探讨,涉及人们尤其是清代以来人们使用“骈语”一词及其对骈文文体的认识等方面。

## 一、“骈语”的渊源及演变

“骈语”一词,在宋代即已经有人使用。目前看到使用最早的有刘克庄和方岳等人。方岳《回戴学谕》中有“世俗之骈语”,应该是比较早出现的。刘克庄《徐先辈集》中也有一段话涉及“骈语”,称“世谓堆故事、参骈语起于唐,不知自西京邹、扬已然,至唐尤甚尔。及韩、柳出,而后天下知有古文,然韩、柳能变文字之体制,而不能变科举制程度”③。这里所提到的“骈语”显然只是一种修辞手法,并不指文体。且骈文、散文的出现,虽在宋代,但当时并未有文体意识。林希逸《竹溪鬳斋十一稿续集》卷二十三中有《行状》一文,其中也用到了“骈语”一词:

> 至于骈语,虽祖半山,曲阜而隐显融,化键奥沉。表制之外,诸启尤妙,自成一家。

**基金项目**:本文为国家社科基金2019年度一般项目《文化转型视角下的20世纪骈文理论发展研究》(批准号:19BZW078)阶段性成果。

① 周锡山编校《王国维集》第三册,中国社会科学出版社2008年版,第3页。

② 吕双伟《清代骈文研究》,上海古籍出版社2018年版,第349—378页。

③ 刘克庄《后村先生大全集》卷九十六,四川大学出版社2008年版。

可以看出，古人在使用“骈语”时，有时候指向不是很明确，再如以下例子：

> 东都自崔蔡而下，间已造为骈语，浸淫乎晋宋齐梁，力务比偶。（《明文海》卷九十彭辂《文论》）
>
> 宋人骈语其初率仿杨亿刘筠，体无逸出四字六字者。欧阳永叔厌薄之，一变而尚真率。苏子瞻尤以流丽见长。于是汪彦章擅此名家，熔铸六经诸史，以成对偶，可谓升堂入室之选矣。（朱彝尊《曝书亭集》卷五十二《格斋四六跋》）

第一则材料中的“骈语”，虽亦可视为文体，但如与后面所说的“比偶”相联系，则亦可认为是指骈句。第二则材料则似可认定为文体，但后面说“体无逸出四字六字者”，则又可认为也是指句式，况且其最后还用“以成对偶”的提法，显然还是倾向于句式的。

更多的例子证明，人们在使用“骈语”一词时，主要指向“偶句”，“骈”本来就是“驾二马”的意思，“骈语”就是“偶句”：

> 功父尽交一世名彦，诗集可考。然南渡以来，精于四六而显者，诗辄凝滞不足观，骈语横于胸中，无活法故也，然则绍圣词科误天下士多矣。（方回《桐江续集》卷八《读张功父南湖集并序》）
>
> 其褒颂之辞有曰：“至圣至神，中乾坤而立极；乃文乃武，同日月以长明。”每建一祠，必以上闻，阁臣则以骈语褒答，尤悖逆者，国子监生陆万龄以忠贤颂要典比于孔子作《春秋》。（朱彝尊《曝书亭集》卷五十三）
>
> 既而伯安贡成，均旅京辇，骈语韵语，蜚声艺苑。（储大文《存研楼文集》卷十五《赠翰林院检讨伯安万公墓志铭》）
>
> 可知文体正伪，固不在单辞骈语间也。（《御选唐宋文醇》卷六《为裴相公让官表》评语）
>
> 写景以骈语入情，刘勰“俪采百字之偶”者，可移以评此。（《御选唐宋诗醇》卷三十九《小饮西湖怀欧阳叔弼兄弟赠赵景贶陈履常》评语）

这些材料中所提到的“骈语”，都指句式，都是与“单”相对的。从以上可知，自元以来，人们用“骈语”一词，大多是指句式而非指文体。由于文体概念尚不健全，文体意识还未深入人心，人们对于文体的认识还不够深刻，虽然有一些人在使用过程中也有一些混杂，既可指句式，也可指文体，不过总的来说，主要还是指句式。

前人中将“骈语”与文体联系得比较密切的是刘开。他在《与王子卿太守论骈体书》一文中，有这样一段话：“夫经语皆朴，惟《诗》《易》独华。《诗》之比物也杂，故辞婉而妍；《易》之造象也幽，故辞惊而创，骈语之采色于是乎出。《尚书》严重，而体势本方；《周官》整齐，而文法多比。《戴记》工累叠之语，《系辞》开属对之门。《尔雅》释天以下，句皆珠连；《左氏》叙事之中，言多绮合，骈语之体制于是乎生。”①这里所谈论到的“骈语”，前后两处显然都指句式，但是，最后一个全句说的是“骈语之体制”，则显然又与“体”连在一起，可以视为包含“文体”的意思。

即使到了晚清民国时期，人们在使用“骈语”一词的时候，指向性还是两者兼有，有人用以指句式，有人用以指文体。吴曾祺《涵芬楼文谈》称：“骈语则多两句为偶，或四句为偶，散体则均无不可。”这里的“骈语”与“散体”相对，显然是指文体。但其后又说：“此中机括，全由音节而生。骈文有骈文音节，则有骈文对法。散文有散文音节，故有散文对法。”②则又明确地使用了“骈文”这一概念，则“骈语”又可视为骈文的句式。章太炎《国学讲演录》称：“六朝人作史者，亦无用骈语者。”③查宋祁《笔记》，其中描述：“文有属对平侧，用事者供公家一时宣读施行，以便快然久之。不可施于史传，发修唐书，未尝得唐人一诏一令可载于传者，唯舍对偶之文，近高古乃可着于篇。大抵史近古，对偶宜今，以对偶之文入史策，如粉黛饰壮。”④宋祁所说，是“对偶之文”，章太炎所言，是从史书的写作出发，显然有指称句式之嫌。

1925 年，沈昌直发表《我之骈文观》⑤一文，其中也明确使用了“骈语”这一概念，称“人未有因经传中之偶涉韵语以为可厌，则亦不当于文章中见有骈语而指为不合矣”，文章的题为“骈文观”，自然是讨论骈文的，则骈文为文体概念无疑，但本句中的“文章中见有骈语”一句中的“骈语”，显然是指句式，指文章中用了“骈语”。

1934—1935 期间，《翊教》刊发了署名“咸”的文章《骈体文之导源及演进》⑥，其中也有两处提到了“骈语”：

> 在东汉时代，一般作家们的辞赋不用说了。其他各种作品，多半也都有骈语嵌在里面，不过不完全是排比。
>
> 等到王子渊出，于是骈语始多；曹子建出，而骈文乃工；陆士衡出，而四六

① 刘开《刘孟涂集》，《续修四库全书》本。

② 吴曾祺《涵芬楼文谈》，商务印书馆 1933 年版，第 65 页。

③ 章太炎《国学讲演录》，华东师范大学出版社 1995 年版，第 243 页。

④ 宋祁《宋景文公笔记》卷上，《丛书集成初编》本。

⑤ 沈昌直《我之骈文观》，《弘毅月刊》1925 年第 1 卷第 2 期。

⑥ 咸《骈体文之导源及演进》，《翊教》1934 年第 2 卷第 8 期—1935 年第 3 卷第 6 期。

乃昌；直到徐庾之世，则后代骈文的经路已成为坦途无阻的情势了。

这里所称“骈语”，显然都不是文体，而仅仅是文章中的句式，是指文章中运用到了“骈语”。虽然作者讨论的是“骈体文之导源及演进”，文体上看无疑是讨论“骈体文”的，但是在这两个地方出现的“骈语”，则不是指骈文。

金茂之1935年出版的《四六作法骈文通》一书，在论述中也使用了“骈语”一词：

> 在《诗经》中可以发现不少的骈语(见何谓骈文节中)，在的其他书籍中，也未尝没有。①

“《诗经》中”的“骈语”，显然是指句式而言。陈竞1937年发表《骈散之争述评》②一文，其中也用到了“骈语”一词：

> 孔子序《易》“文言”“系词”，中多骈语，而厥流未畅，诗有六义，其一曰赋，厥后附庸，蔚成大国，荀卿屈宋表之于前，贾马继之于后，摛情状物，备极敷写之能，俪句骈辞，若中原之有菽，赋遂离诗，别自为体，骈偶之体实成立于战国，而盛极于西京。
>
> 尝试言之，《老子》《系辞》，皆阐哲理，魏晋辩难，大率玄旨，胥用骈语，以达幽情，极流卷之能，无难申之意，此骈文之用以析理也。

《易》之“文言”“系辞”，当然不是骈文，但其中多有“骈语”，则是无疑的。这还是从句式上说的。而说骈文用“骈语”“以析理”，显然还是指句式而言。

即使到了1949年，梁广照在他的文章中也还是很明确地区分了“骈文”与“骈语”：

> 文章之道，原出六经，古来经传，率多骈语：诸子则荀卿赋篇，韩非《外储》，且与连珠无异。探源星宿，此为滥觞。叙上古三代骈文启源第一。
>
> 隋既统一南北，诏除华艳，然李谔奏论，虽请禁轻薄，篇章仍复自用骈语，齐梁遗风，于斯未沫，斫雕为朴，质文损益，遂启初唐景运。叙隋诸家骈

① 金茂之《四六作法骈文通》，大通图书社1935年版，第6页。

② 陈竞《骈散之争述评》，《广大学报》1937年创刊号。

文第十。[①]

六经自然不是骈文著作，但其中确也有很多“骈语”，李谔《上隋高祖革文华书》当然可以视为骈文作品，不过梁广照说的是“篇章仍复自用骈语”，则还是从句式出发的。很显然，在这样的论述中，梁广照很清楚他所说的“骈语”和“骈文”并非一个概念，“骈语”是“语”，“骈文”是文体。

## 二、王国维文体意识及其对“骈语”的使用

文体分类，在中国古代文学批评史上应该是比较早的事情。曹丕《典论·论文》就有文体分类的出现。不过，过去的文体分类，一般是按照文的使用范围等方面来进行，分类细致。骈散的区分，时间相对较晚。散文与骈文概念的出现，也比较晚。不过，王国维时代，骈文概念已经基本得到世人的认可。虽然清代初年的文人延续了前代的传统，有人仍然用“俪体”“四六”来称呼骈文，但以“骈文”“骈体文”作为这一文体的称呼，已经得到普遍认可。

清代陈维崧《俪体文集》出版，其序及跋先后使用了“四六”“俪体”“骈体”，体现出骈文名称逐步确立的过程[②]。“俪”在《说文解字》中有“偶”的意思，即成对。作为文体的名称，“俪体”当然也涉及文体的基本特征——对仗的使用。这一称谓，比此前刘勰《文心雕龙》无法为骈文界定，只能在“丽辞”篇中对骈文进行描述，可以说先进了许多——当然，也有人认为“丽辞”篇描述的是对仗的修辞手法。在陈维崧的集子正式印行的时候，其中的序跋已经称“骈体”了，可以说，“骈体”或者“骈文”作为最后的名称，在清初应该已经明确。尽管四库馆臣在《四库全书总目提要》中还有使用“四六”的，但这并不妨碍“骈体”“骈文”作为通用名称在文坛上的使用。

王国维对文体的认识应该说是非常明确的。在王国维的有关著作中，他使用的文体概念是非常明确的。王国维现存著作中，虽然对于文学的研究，其所关注的重点是宋词、元明清的戏曲及小说，但这并不能就此得出王国维对传统诗词文不重视的结论。相反，王国维受到西方思想的影响，其文学观念相对来说还是比较具有现代性的。对于“骈文”这一文体，王国维是熟知的。检索王国维的著作，他不止一次使用到“骈文”这一概念，在《静安文集续编·自序》中称：“时方治举子

① 梁广照《骈文源流考例目》，《文风学报》1949年第四、五期合刊。

② 关于这一问题，可参拙文《论骈文名称变化与其文体特征之关系》，《中国文学研究》2014年第2期。

业，又以其间学骈文散文，用力不专，略能形似而已。"①王国维说自己"略能形似而已"，但是，从王国维一生的经历来看，他跟骈文其实有着非常密切的关系。而且，他对骈文的喜爱，也是贯穿一生的。萧艾说："充分说明王国维喜爱骈文的事实，不仅在于他多次用骈体文的形式撰写了专门的篇章，更在于他在一般散文中有意无意地安排了一些骈词偶语或长长的一段。"②萧艾的这段话，既说明了王国维对骈文的喜爱，也说明了另外一个事实，就是王国维写作中常喜欢用骈词偶语——这也印证这样一个事实，即王国维的不但擅长骈体文写作，而且擅长在散文中使用"骈词偶语"。

在谈论到其他文体的时候，王国维也偶有谈及骈文。《人间词话未刊稿》中，王国维就曾经说："散文易学而难工，骈文难学而易工。近体诗易学而难工，古体诗难学而易工。小令易学而难工，长调难学而易工。"③这是王国维谈论文体创作时候的一个见解，用两种相对立的文体来对比说明问题，显见王国维很清楚文体概念。《人间词话》中还有一处涉及"骈文"，不过他用的是"骈体文"一词："近体诗体制，以五七言绝句为最尊，律诗次之，排律最下。盖此体于寄兴言情，两无所当，殆有均之骈体文耳。"④将排律视为"骈体文"，从叙述的口气上看，显然有不以为然之意。

在以上这些材料中，王国维都是将"骈文"与"散文"两个概念合用的。明确地使用"骈文"这一概念，而且从行文来看，王国维使用的"骈文"这一概念的指向非常明确，即与"散文"相对。很显然，王国维是知道"骈文"这一概念，并且熟悉这一概念的。

王国维的弟弟王哲安在讲述到王国维的事迹时，使用的也是"骈文"一词：

> 复令从同邑陈寿四先生读，月必课骈散文、古今体诗若干首，是为先兄治诗文之始。⑤

其中谈到的"骈散文"，显然就是骈文与散文。称王国维从小(11岁)即学习骈散文、古近体诗的作法，显然早就对骈文有深刻的认识。结合萧艾先生对王国维与骈文关系的论述，可以看出，大家对于王国维对骈文的熟悉甚至是喜爱，都是充分肯定的。这也进一步说明王国维与骈文的关系密切，由此也让人对王国维谈论

---

①⑤ 王国维《王国维遗书》，上海古籍书店1983年版。

② 萧艾《王国维与骈体文》，《湘潭大学学报》1986年第1期。

③ 周锡山编校《王国维集》第一册，第227页。

④ 王国维《人间词话》，人民文学出版社1960年版，第219页。

“一代有一代之文学”时称“六代之骈语”产生了更多的疑惑。

同样是在《宋元戏曲考》中，王国维还有一处提到了历代文学演变的情况，称：

> 三百年来，学者文人，大抵屏元剧不观，其见元剧者，无不加以倾倒。如焦里堂《易于龠录》之说，可谓具眼矣。焦氏谓一代有一代之所胜，欲自楚骚以下，撰为一集：汉则专取其赋，魏晋六朝至隋，则专录其五言诗，唐则专录其律诗，宋专录其词，元专录其曲。余谓律诗与词，固莫盛于唐、宋，然此二者果为二代文学之最佳之作否，尚属疑问。若元之文学，则固未有尚于其曲者也。①

这段话是对焦循“一代有一代之所胜”观点的辨析。王国维无疑认同“一代有一代之所胜”这样的观点，所以他也提出“一代有一代之文学”。不过，对于每一个历史时期的优秀文学样式，则显然还有一些值得思考的地方。王国维称焦氏所说的唐宋分别以律诗和词为盛，自己觉得还是有些疑问。对于焦氏对元曲的重视，则称元代文学确实以曲为其翘楚。这些都没有问题，问题出在“魏晋六朝至隋，则专录其五言诗”，王国维对此并没有提出任何疑问。结合该书开头“六代之骈语”的界定，不能不让人对王国维在这里的描述产生疑问？为什么对毫无问题的唐宋都提出了疑问，反而对有问题的六朝至隋并无只言片语呢？恐怕只能作这样的理解，即王国维并不能确定六朝一代之文学到底是诗歌还是骈文，所以他自己用的是“骈语”，而不是“骈文”或“骈体文”——无论是诗歌还是骈文，在句式的构成上，都有一个比较明显的特征，即都有为数不少的“骈语”。

不但对骈文文体有深刻认识，就是对四六，王国维也有较清醒的认识，他在《清真先生遗事·尚论三》中，谈到周邦彦《重进汴都赋表》，称其“末段仿退之《潮州谢上表》，在宋四六中，颇为罕觏”②，这里用的是“宋四六”，显然是指文体。四六为骈文之一种，以宋代为极盛。王国维称周邦彦文用“四六”，也可看出他对宋代四六文的了解。他在使用“四六文”这一概念的时候，也是从文体的角度出发。如其《人间词话删稿》中有一则谈到宋代的“致语”：

> 宋人遇令节、朝贺、宴会、落成等事，有“致语”一种，亦谓之“乐语”，亦谓之“念语”。宋人如宋子京、欧阳永叔、苏子瞻、陈师道皆有之。《啸余谱》列之于词曲之间。其式：先“教坊致语”（四六文），次“口号”（诗），次“勾合曲”（四

① 周锡山编校《王国维集》第三册，第78页。

② 周锡山编校《王国维集》第一册，第52页。

> 六文），次“勾小儿队”（四六文），次“队名”（诗二句），次“问小儿”“小儿致语”，次“勾杂剧”（皆四六文），次“放队”（或诗或四六文）。若有女弟子队，则勾女弟子队如前。其所歌之词曲与所演之剧，则自伶人定之。少游、补之之《调笑》乃并为之作词。元人杂剧乃以曲代之。曲中楔子、科白、上下场诗，犹是致语、口号、勾队、放队之遗也，此程明善《啸余谱》所以列“致语”于词曲之间者也。①

这里所提到的“致语”，或者说“乐语”“念语”，是在节庆之时作的一种文章，带有表演的性质，每个部分即为表演之一小节，所以有“教坊致语”“口号”“勾合曲”等名称，实则是表演的每个小节。王国维颇精于戏曲，故对此自然非常熟悉。其中的几个小节，所用的文字，王国维标注为“四六文”，就整篇“致语”来说，也仅是其中一部分，不能完全代表“致语”文体。不过，如果仅从某一小节来看，倒是可以认为是四六文的，如《啸余谱》中所引苏轼《兴龙节集英殿宴乐语》之“教坊致语”：

> 臣闻帝武造周，已兆兴王之迹；日符祚汉，实开受命之祥。非天私我有邦，惟圣乃作神主。仰止诞弥之庆，集于建丑之正。瑞玉旅庭，爰讲比邻之好；虎臣在泮，复通西域之琛。式燕示慈，与人均福。恭惟皇帝陛下，睿思冠古，浚哲自天。焕乎有文，日讲六经之训；述而不作，思齐累圣之仁。夷夏宅心，神人协德。卜年七百，方过历以承天；有臣三千，咸一心而戴后。彤庭振万，玉座传觞。诵干戈载戢之诗，作君臣相悦之乐。斯民何幸，白首太平。臣猥以微生，亲逢盛旦。始庆猗兰之会，愿赓击壤之音。下采民言，上陈口号。②

这段文字确实是标准的四六文，而且是一个完整的小节，可以视为一篇单独的文章，王国维在《删稿》中给“教坊致语”等后面标上“四六文”等字样，显然是很明确地知道这一点的。

王国维虽受西方文艺思想的影响，但自幼又深受中国传统教育的影响，其对中国古代文体概念的认识应该说还是比较明确的。他以“骈语”来称六朝一代之文学，自有其深思熟虑之处。

---

① 周锡山编校《王国维集》第一册，第237—238页。

② 程明善《中州全韵啸余谱》，明万历四十七年刊本。

## 三、六朝一代之文学与“骈语”

王国维用“骈语”一词，很显然是从句式出发的。按《说文》：“骈，驾二马也。”这里说的“驾二马”只是指出了“两”或者“偶”的意思，并没有说明是否为“对”，因此，“骈语”实则是“偶语”，或者说就是成双的句子。骈语并不是文体的名称，但却是文学作品中的一种现象。无论是诗歌还是文章——古文或者骈文，都存在很多的“骈”句。

这也就带来了一个问题：王国维“六代之骈语”的提法中，六朝一代之文学到底是什么？“一代有一代之文学”的命题，历来也有多种描述，关于这一点，吕双伟在《清代骈文研究》一书第八章中有所论及①。对于六朝一代之文学，一直也没有一个比较明确的提法。虽然大家都认可六朝是骈文的鼎盛时期，但骈文是否能代表六朝一代之文学，则很难说，至少从各种著作的情况看，人们是有疑问的。即如今天的文学史，在叙述中也并未把骈文置于最高地位，诗歌在其中所占的篇幅远远超过骈文。如袁行霈主编的《中国文学史》，其第三编共九章，只有第八章“魏晋南北朝的辞赋、骈文与散文”涉及骈文，另第九章为小说，其余七章几乎全为诗歌②。由此可以看出，在研究者心目中，六朝文学的主导仍然是诗歌。六朝文学一代之文学与骈文结合在一起，据吕双伟考证，是由晚明陈继儒所提出，称“先秦两汉，诗文具备，晋人清谈、书法，六朝人四六，唐人诗、小说，宋人诗余，元人画与南北剧，皆自独立一代”③，所提包括艺术类，但毕竟也是将“四六”与六朝结合在一起了，并且明确指出这是“独立一代”。王国维饱读诗书，于此应该有所了解。可以说，王国维“六代之骈语”与此应该有一定的关系。但是，如前所述，四六是骈文之一种，而骈语则未必能视为文体。

因此，有必要对六朝的“骈语”文学作一考察，进一步理清王国维所说的“六代之骈语”到底是什么。

诗歌的发展，自《诗经》以来，其中就包含有“骈语”。如“四月秀葽，五月鸣蜩”“昔我往矣，杨柳依依；今我来思，雨雪霏霏”“出自幽谷，迁于乔木”等。后来的楚辞作品中也多有这种“骈语”，如“朝饮木兰之坠露兮，夕餐秋菊之落英”“前望舒使先驱兮，后飞廉使奔属”“惜诵以致愍兮，发愤以杼情”等。这也表明，诗歌自早期

① 详见吕双伟《清代骈文研究》第八章“王国维的骈文及其‘六代之骈语’”之第二节“‘六代之骈语’的理论渊源”，第357—363页。

② 袁行霈《中国文学史》(第二卷)，高等教育出版社1999年版。

③ 陈继儒《太平清话》卷一，《丛书集成初编》本。

的诗骚，就已经形成了这样的传统，即诗句的构成有一定的“骈语”成分，这种“骈语”甚至包含着“对”的意思。魏晋南北朝文学的发展，诗歌是占有一定地位的。从魏晋南北朝诗歌的演变情况看，“骈语”在其中也由“驾二马”逐渐演化成“两两相对”。曹操可以视为魏晋南北朝诗歌的先驱，其诗歌中的“骈语”不少，如《龟虽寿》中，除最后一句“幸甚至哉，歌以咏志”不能算是“骈语”，其余的“神龟虽寿，犹有竟时；腾蛇乘雾，终为土灰”“老骥伏枥，志在千里；烈士暮年，壮心不已”“盈缩之期，不但在天；养怡之福，可得永年”，都是很标准的“骈语”，甚至已经有了“对”的意思。其后陆机的文学被视为华丽的代表，其诗歌创作，“骈语”也不在少数，如其《赴洛道中作》中很明显的“骈语”就有“振策陟崇丘，案辔遵平莽”“夕息抱影寐，朝徂衔思往”“清露坠素辉，明月一何朗”“抚枕不能寐，振衣独长想”，都是具有明显的“骈”的句式，有些句子甚至可以看作是“对句”了。东晋陶渊明，以田园诗著称，其《归园田居》中，很多句子是“骈语”，如“羁鸟恋旧林，池鱼思故渊”“方宅十余亩，草屋八九间”“榆柳荫后檐，桃李罗堂前”“暧暧远人村，依依墟里烟”“狗吠深巷中，鸡鸣桑树颠”，都是非常标准的对句——对句的当然就是“骈语”。此外，刘宋时期的谢灵运，以山水诗著称，其名作《登池上楼》中也有“池塘生春草，园柳变鸣禽”的名句，这一句子显然也是非常标准的“骈语”。到了南齐的谢朓，诗歌也明显有着“骈”的意味。如其《晚登三山还望京邑》中的“余霞散成绮，澄江静如练”“喧鸟覆春洲，杂英满芳甸”，已经是非常标准的对句了。从四言到五言，从五言到七言，诗歌句式的语言表现日趋丰富，诗歌的句式也日趋固定，诗歌中的“骈句”要求也越来越明确，这种要求，发展到永明时期，遂形成了著名的“永明体”。按照沈约的说法，永明体“一简之内，音韵尽殊；两句之中，轻重悉异”，注重句子声韵之间的配合，不仅在内容上有所要求，就是在形式上，也完全可以说是要有“骈”的味道。一般认为，沈约所描述的，其实是永明体诗歌的特点。由此亦可知，六朝的诗歌，其基本的句式，大多属于“骈语”。

沈约这一说法，是在《宋书·谢灵运传论》中出现的，在《谢灵运传》中，作者所引谢灵运作品，以辞赋为主，有《撰征赋》《山居赋》，另有一篇《上书谏伐河北》，传论中又说“妙达此旨，始可言文”，显然并不仅仅针对诗歌。试取其引用的《上书谏伐河北》中的一段：

> 自中原丧乱，百有余年，流离寇戎，湮没殊类。先帝聪明神武，哀济群生。将欲荡定赵魏，大同文轨。使久凋反于正化，偏俗归于华风。运谢事乖，理违愿绝。仰德抱悲，恨存生尽。况陵茔未几，凶虏伺隙。预在有识，谁不愤叹。而景平执事，并非其才。且遘纷京师，岂虑托付。遂使孤城穷陷，莫肯拯赴。忠烈囚朔漠，绵河三千，翻为寇有。晚遣镇戍，皆先朝之所开拓，一旦沦亡，此

国耻宜雪，被于近事者也。又北境自染逆虏，穷苦备罹，征调赋敛，靡有止已，所求不获，辄致诛殒，身祸家破，阖门比屋，此亦仁者所为伤心者也。

文章中虽不是句句成对，但存在大量“骈语”则是事实。由此亦可推知，当时为文，无论诗歌抑或文章，在声律上都有所要求，或者说，要想写出好的作品，必须注重句子的声韵配合。“骈句”是最适合讲声韵配合的，因为其每句的字数是相同的，声韵的配合就很容易做到“若前有浮声，则后须切响”。如“久凋反于正化，偏俗归于华风”一句，主要的字词都是平仄相对的，完全符合“轻重悉异”的要求。

辞赋之中的“骈语”自也不在少数。汉代一代之文学是赋，其赋作的一大特点是俳句众多。但到东汉小赋兴盛，其中“骈句”或者可称为“骈语”的成分也不断增加，如张衡《归田赋》中，全文几乎都是“骈语”构成：

游都邑以永久，无明略以佐时。徒临川以羡鱼，俟河清乎未期。感蔡子之慷慨，从唐生以决疑。谅天道之微昧，追渔父以同嬉。超埃尘以遐逝，与世事乎长辞。于是仲春令月，时和气清；原隰郁茂，百草滋荣。王雎鼓翼，仓庚哀鸣；交颈颉颃，关关嘤嘤。于焉逍遥，聊以娱情。尔乃龙吟方泽，虎啸山丘。仰飞纤缴，俯钓长流。触矢而毙，贪饵吞钩。落云间之逸禽，悬渊沉之鲨鰡。于时曜灵俄景，继以望舒。极般游之至乐，虽日夕而忘劬。感老氏之遗诫，将回驾乎蓬庐。弹五弦之妙指，咏周、孔之图书。挥翰墨以奋藻，陈三皇之轨模。苟纵心于物外，安知荣辱之所如。

基本上都是两两成句，完全具备“骈”的味道。这样的句式，称为“骈语”是完全可以的。小赋发达的南北朝时期，小赋的句式也具有这样的特点，如庾信《小园赋》中的一段：

若夫一枝之上，巢夫得安巢之所；一壶之中，壶公有容身之地。况乎管宁藜床，虽穿而可座；嵇康锻灶，既烟而堪眠。岂必连洞房，南阳樊重之第；绿青锁，西汉王根之宅。余有数亩弊庐，寂寞人外。聊以拟伏腊，聊以避风雨。虽复晏婴近市，不求朝夕之利；潘岳面城，且适闲居之乐。况乃黄鹤戒露，非有意于轮轩；爰居避风，本无情于钟鼓。陆机则兄弟同居，韩康则舅甥不别，蜗角蚊睫，又足相容者也。

也完全是两两成句，只是有很多句子是由两组单句构成，形成所谓“隔句对”的形式，这仍然是“骈语”。

要之，六朝主要的文学样式，诗歌、辞赋和文章，其中都有着非常鲜明的特征，即其中的"骈语"非常多。用六朝文学都共有一个特征来代表六朝文学，这显然是在没有办法确定何者为最优秀之文学的情况下的一种选择——关于六朝文学，到底何者可为一代之文学，历代也有不同看法，诗歌和骈文无疑都有可能成为其一代之文学，王国维对历代关于六朝文学一代之文学的提法肯定有所了解，但他自己显然也无法界定，所以用了一个诗歌与骈文都共有的特征的"骈语"这样一个词来表示六朝一代之文学，显然也有其合理之处，却也有其无奈之处。

关于"骈语"一词，钱锺书有过一段论述，说得还是比较清楚的，他说："骈体文两大患：一者隶事，古事代今事，教星替月；二者骈语，两语当一语，叠屋堆床。然而不可因噎废食，止儿之啼而土塞其口也。隶事运典，实即'婉曲语'(periphrasis)之一种，吾国作者于兹擅胜，规模宏远，花样繁多。骈文之外，诗词亦尚。用意无他，曰不'直说破'(nommer un object)，俾耐寻味而已。……至于骈语，则朱熹所谓'常说得事情出'，殊有会心。世间事理，每具双边二柄，正反仇合；倘求义赅词达，对仗攸宜。……故于骈俪文体，过而废之可也；若骈语俪词，虽欲废之，乌得而废哉?"[1]这也就很明确地告诉我们，"骈语"一词指的是句式，而非文体。

所以，王国维所说的"六代之骈语"，其实是指六朝文学中大量使用"骈语"的文学，这其中既包含了六朝的骈文，当然也包含了六朝的诗歌等其他文体，是六朝一代文学中以"骈语"为主要表现特征的文学样式。只是在六朝文学中，骈文的"骈语"所占比例远高于诗歌等文体中"骈语"所占比例，且除了"六代之骈语"而外，其他每一个表述都是很明确的文体名称，如"唐之诗，宋之词，元之曲"，诗词曲赋，都是文体名称，故而人们大多还是愿意相信，王国维所称的"六代之骈语"是指骈文，而不包括诗歌之类的文体。

---

① 钱锺书《管锥编》，中华书局1979年版，第1474—1476页。

# 《古今文综评文》与张相的文章分体理念

尚晓静(陕西师范大学文学院)

中国古代的文章分体问题是顺应文章体式不断丰富发展而生成的。《昭明文选》与《文心雕龙》的著成，分别标志着中国古代文体论在分体实践与理论上的成熟。此后虽无刘勰般专述文体理论的著作，但诸如《文苑英华》《汉魏六朝百三名家集》《唐文粹》《文章辨体》《文体明辨》《古文辞类纂》等总集的总序、小序中已展现出当时学者的文章分体观念的概貌。近人张相在前人基础上，博采前代编录体例之长，编成体例完备、内容繁富的《古今文综》。《古今文综评文》①摘录汇总了张相论述各体文学的序说，对探究张相的文章分体的理念与选文标准、《古今文综》的编写体例有重要价值。

## 一、张相其人与《古今文综》

张相(1877—1945)，原名廷相，字献之，浙江杭州人。家境贫寒，父早亡，由母亲抚养长大。师从晚清著名词人谭献，在骈文、诗、词等方面均有较高造诣，有“钱塘才子”之称。张相早年潜心旧学，曾从事国文及历史教学工作，后长期供职于中华书局。语言学家金兆梓是他的学生，徐志摩是他的及门弟子。张相曾参与编著老《辞海》、影印《古今图书集成》等工作，著有《古今文综》《诗词曲语辞汇释》《古今尺牍大观》等著作②。张相治学始于古文研究，后主要研究诗、词、曲的用韵和注释，且于后者成就最为卓著，其《诗词曲语辞汇释》仍是目前研究词曲音韵的重要研读书籍③。

《古今文综》全书共四十册，于 1915 年编成。当时中国社会正处于广泛吸纳外来文化时期，新旧文化争斗激烈，张相则一直坚守在中国古典文学这片圣地。

① 篇名及文本内容皆依王水照主编《历代文话》(复旦大学出版社 2007 年版)中辑录的《古今文综评文》。

② 张明礼《也谈张相与他的〈诗词曲语辞汇释〉》,《出版史料》2010 年第 2 期,第 54—55 页。

③ 中国语言学家编写组《中国现代语言学家》(第二分册),河北人民大学出版社 1982 年版。

据张相本人自叙,《古今文综》成书是自己有感于十几年国文教学过程中选文汇纂驳杂,或有断代局限、或有门户之见等问题,因此决心编纂一部新旧不避、骈散兼收的古文选集。该书以“存本来,公是非,博会通,宏观览”为准绳,选文时代上至秦汉,下迄清末民初,收各类文章2343篇,共分为6部12类,每类之下又分若干章、目。《古今文综》以《昭明文选》为宗,主要承袭桐城派姚鼐《古文辞类纂》和曾国藩《经史百家杂钞》的体例编写。

> 兹书六部十二类:曰论著序录,推阐发明,是其帜志,为第一部;曰书牍赠序,所以敦伦好,寄情愫,为第二部;曰碑文墓铭,伐石镌辞,垂诸不朽,体则异,惜则同,为第三部;曰传状志记,表章人物,亦碑文墓铭类也,为第四部;曰诏令表奏,庙堂之制,高文典册,别为一体,为第五部;曰辞赋杂文,掞张之作,统记于此,为第六部。①

《古今文综》较前人的文章选集更为精密。在中国文章学发展过程中,“文”“笔”之差异,“散文”与“骈文”孰优孰劣等问题争论不休。针对这些问题,张相在《缀言》中言道,“骈散之争,既成哄市,自来选家亦分涂辙,各揭一帜,绝不相容……兹书择善而从,意主浑圆,为散为骈,不取标揭,但名为文,亦取参差错综之谊,爰名为综”②。表明自己的选文分体立场,即不拘于文章形式之别、作者名气高低,只以其文学价值的多寡作为评判的唯一标准,而这正是《古今文综》“综”的要义。在当时新旧文化更迭的时代,如此更加有利于经典文章的保存与传承。文体论作为文章学的重要组成部分之一,其发展源远流长,张相的《古今文综》在综合前人文体论理念的基础上,根据自己对古代文章的体式、内容、功用等的理解重新进行分类编排整理。

## 二、中国文章分体的发展历史概述

中国的文体论发源于先秦时期,先秦时盛行“大夫九能说”,“九能”指作为大夫必须掌握九种言辞和文体,即“建国必卜之,故建邦能命龟,田能施命,作器能铭,使能造命,升高能赋,师旅能誓,山川能说,丧纪能诔,祭祀能语,君子能此九者,可谓有德音,可以为大夫”③。“命龟”,占卜所用;“施命”是为外出打猎用布施

① 王水照主编《历代文话》,第8763页。

② 王水照主编《历代文话》,第8762页。

③ (清)阮元校刻《毛诗正义》,《十三经注疏》,中华书局1980年版,第316页。

教命；“铭”，镌刻在器皿上以告诫后人的文字；“造命”，出使别国，用以应答的辞令语言；“赋”，随君王登高俯瞰河山时，歌颂君德、川泽之美的颂词；“誓”，出征前君王或头领鼓舞将士所用……其中“命龟”“施命”“语”没有形成固定性文体形式，其他“铭、赋、诔、誓”等名称得以沿用成为后世重要的文体形式。《尚书》按照虞、夏、商、周历史演进中颁布文书的不同用途和体制分为典、谟、训、诰、誓、命。《周礼·大祝》有辞、命、诰、会、祝、诔等“六辞”的说法。《礼记·檀弓》中便记有两种文体：

> 鲁哀公诔孔丘。(《礼记·檀弓上》)①
>
> 铭，明旌也，以死者为不可别已，故以其旗识之。(《礼记·檀弓下》)②

提及诔和铭两种文体，对铭的释义及用途进行了详细的解释。先秦典籍中关于文体的理论多是只言片语，并未进行系统的理论整理。西汉末年刘向整理成“七略”，这是中国现存最早的文献整理目录，而这只按照文章用途进行的粗略分类。

魏晋南北朝时期，文人专集现世，选录诸家作品的总集也应运而生，关于文体归类问题引起学者注意。曹丕《典论·论文》首发其声，阐述自己的文体论观点，文中写到：“夫文，本同而末异。盖奏议宜雅，书论宜理，铭诔尚实，辞赋欲丽。”③把天下文章分为奏、议、书、论、铭、诔、辞、赋等四科八体，用“雅、理、实、丽”来分别概括四科的特征，这样的分类方法开我国古代文体论研究的先河。陆机《文赋》对文体的分类及特点的概括有了更详尽的描述，“诗缘情而绮靡，赋体物而浏亮。碑披文以相质，诔缠绵而凄怆。铭博约而温润，箴顿挫而清壮。颂优游以彬蔚，论精微而朗畅。奏平彻以闲雅，说炜晔而谲诳”④。陆机与曹丕相比，少论“议”“书”两种文体，多碑、箴、颂、说四种文体论述，而且对文体理论有更精进的阐述。挚虞《文章流别论》则将古今文章划分为诗、颂、赋、乐府、七、箴、铭、诔、哀辞、解嘲、应宾、连旨、应间、碑等十四种文体，比前人更加细致。以上士人的努力为《昭明文选》出世提供了重要的先导作用。萧统《文选》本着“事出于沉思，义归乎翰藻”⑤的双重标准对历代文章进行分类归纳，依次划分为赋、诗、骚、七、诏、册、令、教、策、表、上书、启、弹事、笺、奏记、书、移书、檄、难、对问、设论、辞、序、颂、赞、符命、史论、史述

① (清)阮元校刻《礼记正义》，《十三经注疏》，第1294页。

② (清)阮元校刻《礼记正义》，《十三经注疏》，第1301页。

③ (清)严可均辑校《全三国文》卷八，《全上古三代秦汉三国六朝文》，中华书局1958年版，第1097—1098页。

④ (晋)陆机著，张少康集释《文赋集释》，人民文学出版社2012年版，第99页。

⑤ (梁)萧统编，(唐)李善注《文选》，中华书局1977年版，第2页。

赞、论、连珠、箴、铭、诔、哀文、碑文、墓志、行状、吊文、祭文等三十九种文体。每一种文体下选录自先秦到南北朝时期的名家名篇，选录水准较高。刘勰的《文心雕龙》是中国第一部系统的文学理论专著，其文学理论思想与萧统有相通性，他是用系统理论来证明《文选》文学分体的正确性。《文心雕龙》文体论部分有：明诗篇、乐府篇、诠赋篇、颂赞篇、祝盟篇、铭箴篇、诔碑篇、哀吊篇、杂文篇、谐隐篇、史传篇、诸子篇、论说篇、诏策篇、檄移篇、封禅篇、章表篇、奏启篇、议对篇、书记篇等，已基本囊括《文选》所论文体。刘勰的分体理念已然成熟，针对不同的文体，分述其体制特点，如《诠赋》中言"赋者，铺采摛文，体物写志也"①，《奏启》篇论"奏"体为"陈政事，献奠仪，上急变，劾愆谬，总谓之奏"②，对奏体的用途作了精确概括。

从唐代开始总集的编著已经成为普遍的现象，理论支柱也日趋完备。唐代的文章学经过韩愈、柳宗元的古文运动蔚为大观，此后的文学总集、文学理论专著莫不提到韩柳的古文作品和古文理论，不少选家甚至以唐代作为选集的起始时期。宋代姚铉编成《唐文粹》，把有唐三百年间的文章进行整合，在序中表达了对萧统《昭明文选》的推崇，"一家之奇书""岂唐贤之文，迹两汉、肩三代，而反无类次以嗣于《文选》乎"③，自诩《唐文粹》为接续《昭明文选》之作，事实也确实如此。《唐文粹》把文体分为十六类，依次是：古赋、诗、颂、赞、表奏书疏、文、论、议、古文、碑、铭、记、箴、诫铭、书、序、传录记事。《唐文粹》的类目少于《文选》，因姚铉对不少文体进行了合并，如表奏书疏是把政治文令表、奏、书、疏四种文体合一而论，《文选》则是各为一体。明人吴讷《文章辨体》将古今文学作品分为51类，文体的分类细化琐碎。徐师曾《文体明辨》更是繁琐，文体划分计有121类之多。总体来说，明代的选家过分注重分类，总是会流于繁琐，文体的发展是按照"无—有—多—变"的过程演进，明代正处于"多"这一阶段。

清代，政府注意加强文化思想的控制，学问注重考据，力求精确。储欣纂集的《唐宋十大家类选》分文章为6门30类，不录唐以前文章，骈文、诗歌亦不录，只专注于唐宋十大家散文，体例简明概括。至清后期桐城派姚鼐编纂《古文辞类纂》于文体选集领域又开一代气象。姚鼐在古典文体学上，把文章的实用性和审美性的区别彰显出来，以实用作为文体分类的标准，简化了明代以来文体划分的杂乱琐碎的局面。姚鼐在序目中提到文体得当的准则，体现了他的文体论观点：

凡文之体类十三，所以为文者八：曰神、理、气、味、格、律、声、色。神、理、

① (南朝梁)刘勰著，詹锳义证《文心雕龙义证》，上海古籍出版社1989年版，第270页。

② (南朝梁)刘勰著，詹锳义证《文心雕龙义证》，第850页。

③ (宋)姚铉辑著《唐文粹》，文渊阁《四库全书》本。

气、味者，文之精也；格、律、声、色者，文之粗也。然苟舍其粗，则精者亦胡以寓焉？学者之于古人，必始而遇其粗，中而遇其精，终则御其精者而遗其粗者。文人之效法古人，莫善于退之，尽变古人之形貌，虽有摹拟，不可得而寻其迹也。其他虽工于学古，而迹不能忘，扬子云、柳子厚，于斯盖尤甚焉，以其形貌之过于似古人也。而遽摈之，谓不足与于文章之事，则过矣。然遂谓非学者之一病，则不可也。①

《古文辞类纂》取法自前人承袭下来的标准，上选先秦、两汉时文，中选唐宋八大家的文章，下选归有光、方苞等人的文章，依次标为：论辨类、序跋类、奏议类、书说类、赠序类、诏令类、传状类、碑志类、杂记类、箴铭类、颂赞类、辞赋类、哀祭类等13类，不录先秦诸子文章及经、史篇目。姚鼐在序目中为每一类文体多作了小序简述该文体的起源发展，录入何人的哪些作品，并阐明分类的缘由。桐城派推崇唐宋古文写作，《古文辞类纂》选录了大量的韩愈、柳宗元、欧阳修等人的著作，几乎可说是一部唐宋名家选集。

## 三、《古今文综》体例及革新

张相自幼接受古文教育，同时接受了新式思想的冲击，结合早已形成的文体论共识，对文章分体有自己的见解，历时十余载编成《古今文综》一书。张相在《缀言》历数前代影响较大的一些文章总集，言道：

《昭明文选》，各以汇聚，诗赋之属，乃以类分。宝臣《文粹》，文分目，碑曰[奸雄]，铭曰[暴虐]，命意则善，定名或乖。厥后吴氏《文章辨体》，徐氏《文体明辨》、贺氏《文章辨体汇选》，析类数十，或至百余，踵事增华，亦云详备。惜抱《类纂》，括为十三。春木《文录》，括为十七，涤生《杂抄》，括为十一，稍稍趋于弘整。②

张相熟读历代文学总集，对前人的总集的优劣作点评，结合自己从事文史教学所遇到的现实问题，对名家文章重新进行选录编纂，力求达到尽善尽美。

《古今文综》6部12类下按照内容的差异划分为不同的层次，其层次细化几近无所不包的地步，先单以第一部论著序录的情况加以说明。

① （清）姚鼐编《广注古文辞类纂》，世界书局1935年版，第26页。

② 王水照主编《历代文话》，第8763页。

论著序录部，分论著类和序录类两大类别，论著类下体制、作法、其余各体三部分。体制下分(甲)论理、(乙)论文、(丙)论政、(丁)论史、(戊)杂论。论史下再分(一)史传论，(二)史论，史论下又分(子)论制度、(丑)论学术、(寅)论形势、(卯)论人物。论人物以下又分(金)论一人一事、(石)数人合论。作法下分(甲)敷陈、(乙)问答、(丙)整谏、(丁)清折、(戊)翻腾、(己)申前人之说、(庚)驳前人之说。论著之其余各体部分为(甲)辨，其下设(一)辨理、(二)辨事、(三)辨古书、(四)辨地理、(五)辨古人；(乙)说，(一)说理、(二)说物、(三)杂说、(四)设说、(五)字说、(六)赠说，(丙)议，(丁)原，(戊)义，(己)解，(一)理解、(二)喻解，(庚)释，(一)疏释、(二)譬释①。

论著类的层次环环相扣，条理清晰，各类目之间的关系都能一目了然。张相在《缀言》中对自己的这种层级分类关系有说明："植物学家，部门科属诸名，井井而谈，属隶无紊譬诸草木，区以别矣，矧在文章，渠部若彼。兹书以部统编，以编统章，每章之中，先为甲乙，次为一二，次为子丑，次为金石，次为壹贰，取彼习熟，以为符记。"②张相主要根据这一准则来进行编纂。每一层级如生物学界设定的门、纲、目、科、属的明确而严格的从属关系，标记有条不紊。

《古今文综》的部、编、章下都备有小序。总序、分序的编写始于《隋书·经籍志》，在经部之下首先是一篇总序，综述"文"之始，演说经籍的演变；子部以下总集、别集、纵横这样的子目最后均有一篇小序作总结。《古今文综》的序目编写更为细致，类、分目、子目之下都有小序，这些小序是为了介绍这一文体的主要特点，历史发展源流，此部类下又分多少细目，选录的是某家某作品，涉及的内容广泛。

> 凡属于序录类者，体制匪一，综述于此，曰谱，曰录，无子目；曰跋，子目四；曰题，曰读，曰引，无子目；曰书后，子目二；曰后记，无子目。凡为类八，为子目六。③
>
> 昌黎《画记》，体则考工，文则《顾命》，千秋推绝调焉。永叔《王彦章画像记》，议论风发，不可控驭。后之作者，不出此二途也。录九首。④

序录类下的两段小序，首先征引典籍对"序"的基本释义作分析，把序的运用情况做简要概述，最后将自己对"序"这一文体的划分情况作说明。第二段小序为

① 王水照主编《历代文话》，第8768—8778页。

② 王水照主编《历代文话》，第8764页。

③ 王水照主编《历代文话》，第8789页。

④ 王水照主编《历代文话》，第8849页。

交代序录其余各体所作的文体分类和数量统计。学界普遍认为《古今文综》的体例基本依据姚鼐《古文辞类纂》的体例而来，相比之下，《古文辞类纂》序的篇幅较小，只在各类目录选文前作简短的介绍。

张相的文体观受刘勰的影响最著，在序文中不少地方注有“彦和云”“彦和有言”“刘彦和云”等字样。如在论著类提到刘勰诠论“弥纶群言，研精一理”，在书牍类记有“书者舒也。舒布其言陈之简牍”，表奏类记直引《文心雕龙》原文“章以谢恩，奏以按劾，表以陈情，议以执异”①。《文心雕龙》文体论部分是按照“无韵者笔也，有韵者文也”的标准进行分类的，“笔”类的文体有史、传、论、说、诏、策、檄、移、封禅、章、表、奏、启、议、对和诸子散文；“文”类文体有骚、诗、乐府、赋、颂、赞、祝、盟、铭、箴、诔、碑、哀和悼等文体。《古今文综》中的部类划分情况可以看到刘勰文笔之分的理念延续，碑文墓铭放于一部，书牍赠序之属都是“文”类的文体集合。诗、乐府在总集中的消亡始于清代，《唐宋十大家类选》在选文时已不录诗和乐府，姚鼐《古文辞类纂》继承了这一传统，张相亦是把诗、乐府排除在文以外，只开辞赋类目。《文心雕龙》区别了“文类“与“文体”概念，为后人对文体形式、命名提供了理论基础。《古今文综》的体例编写均是先分类再分体，书牍类下的各体有笺、启、贴、简、奏记、状、札、疏、引等，这都均是在总结前人理论基础下进行的。

为适应《古今文综》的部类目分类情况，张相博采众家之文编入书中，所选篇目的数量庞杂。试以时代相距较近的《古文辞类纂》相比较，《古文辞类纂》碑志类下墓志铭收录的是韩愈 27 篇、欧阳修 28 篇、王安石 25 篇、归有光 7 篇、方苞 2 篇、刘大櫆 1 篇，总计 90 篇；《古今文综》墓铭类分类主要从体制、题撰、其余各体三部分来收录文章，单一体制目下选文就有 90 篇，题撰目有 117 篇，作法目有 101 篇，其余各体目有 12 篇，总计 320 篇，是《古文辞类纂》选文数量的近 4 倍。《古文辞类纂》辑录墓志铭主要是受桐城派推崇的唐宋以来的古文大家们的作品，范围有限；而《古今文综》网罗文体产生之初至清末的历代作品，单墓志铭题撰方面就按照亲族、姻亲两大关系内可以搜寻的所有人物进行编排，如父、母、祖父、祖母、王姑、伯父、伯妣、叔父、叔母、姑、兄、嫂等等每一种人物关系都有选篇。张相在前言中已有说明：“总集、别集，流传多矣。要其泾渭，析为两事：一曰历史之属，一曰：实用之属。曷谓历史？古之所有，今之所废者也。曷谓实用？古今不废者也。约以今名，前者曰陈文，后者曰生文。生文所以示其效，陈文亦以博其趣兹书标明古今，两事并录，特所倚重，在于实用，分目详略，依斯为准。”②这样的选录标准适应了当世“实用”为主的时代基调，而又保留了部分被历史淘汰的古代文体风貌。

① 王水照主编《历代文话》，第 8861 页。

② 王水照主编《历代文话》，第 8763 页。

## 四、张相的文体学理念

张相在博采众家之长的基础上形成自己的文章学理论，并以此为指导编著《古今文综》。其文章学理论主要围绕以下几方面展开：

其一，“诗”“赋”不同体。“诗赋”一体自刘向的“七略”形成定式，《昭明文选》将赋体列于卷首，再论诗歌，明清时代对文学分野的认识有了新进展，这一定式被打破。李东阳《怀麓堂诗话》说：“诗与文不同体……近见名家大手以文章自命者，至其为诗，则毫厘千里，终其身而不悟。”[①]张相的文章学观点主要承袭于清代学者的学术主张，把“诗歌”和“赋”区别开来。《古今文综》是文章的总集，不录任何有关诗歌的文体，第六部辞赋杂文之属，辞赋类设辞、骚、赋三种文体，明确表示“赋”是文章之体。

其二，文体划分依据丰富多样。有根据内容主题分者，如人、事、物、情都是分类的标准；有按叙事与言情者区别分，如书牍类有叙事之书、达情之书分；有按文字载体不同分者，如刻石、碑阴、后碑等；同一种文体按照作法、体制又分出不同的子目。总体来说，张相的文体论不同于明代文章学家单纯为分体而分体，有些没有划分的依据，张相每一种文体分类都有自己明确的依据。分体多而不杂，不囿于清代的文章学家建立起来的文体分类理论，批判继承是集大成的文论学家。

其三，以“实用”作为文体划分的主要标准，同时兼及文章的审美性。政治、书记、序录类的选文较多，如寿序、书序、别序、奏记、札等文体，都是古代的常备文体。对这些文体的掌握情况，体现了一个文人的基本素质。“论著序录，书牍赠序，碑文墓铭，传状志记，抉宇宙之奥，发食物之赜，通性情之正，扬风烈之懿，皆生文也……诏令表奏，限于时代，此陈文也，词气堂皇，多大手笔，两汉之文，此尤翘楚，多闻善识，聊博其趣而已”[②]，前面四部是常用的文体，历代作家的作品多，即便择选也有很多精品，篇幅相应比较大。辞赋拥有华丽的辞藻、修饰，澎湃纵横的充沛文气，其审美效果多于实用效果，在《古今文综》中辞赋该部分便成为选录作品最少的类目。

其四，在文类的主要分体之外，另搜罗其他应用范围较小的文体，如表奏类，按照内容详细进行选录文章之后，再列举其余各体对、策、讲义、驳议、谥议、弹文、露布、降表等，这样的设定把文体的范围再次扩大。一些选家对冷僻的文体采取漠视的态度，认为偶有独立创建，但未能形成常见文体的都没有存在的价值。张

① （明）李东阳著，李庆立校释《怀麓堂诗话校释》，人民文学出版社 2009 年版，第 55 页。

② 王水照主编《历代文话》，第 8763 页。

相在辑录文章时对相对冷僻的文体，有选择地进行归类，使它们得以保存，让人们在阅读时能把握某一文类的整体情况，更具有完整性意义。

《古今文综》这一文学总集的出现，顺应了时代历史的发展，是中国古文作品的大总结。文学总集以《昭明文选》为肇端，在一开始就显示出极高的标志性意义，后来的总集编纂者无不以它为范本。经过此后文体学的发展以及学术考据的系统性，总集辑录的文体日益丰富，其文学分体的合理性增强。《古今文综》的6部12类的编写体例主要源于姚鼐和曾国藩的体例设定，但又超出两人的编纂模式，大量的序言，每一类目下的序有助于了解这一文体的整体概况；选文不拘于时代、用韵、功能性，是一本实实在在的“综”括古代文章的总集。张相所处的时代是新旧社会更迭的过渡期，其文体论观点是在学习实践中建立起来的，对于连接古人和今人对古代文论的研究有重要意义。

# 黄孝纾的骈文思想与创作

刘天宇(南京大学文学院)

## 一

骈文一体在清代得到了长足的发展,有清一朝名家辈出,蔚为大观。然而,晚清文化变局的发生使骈文创作的土壤受到了相当程度的冲击。光绪三十年(1904)清朝使用癸卯学制,为废科举、兴学校的先声,一月颁布的《奏定学堂章程》中"奏定初等小学堂章程"规定:

> 初等小学堂读古诗歌,须择古歌谣及古人五言绝句之理正词婉,能感发人者。唯只可读三四五言,句法万不可长。每首字数尤不可多。……但万不可读律诗。高等小学堂、中学堂读古诗歌五七言均可。……其有益于学生,与小学同,但万不可读律诗。①

后面的"中等小学堂"和"中学堂"仿此。毫无疑问,"万不可读律诗"式的学堂教育势必培养出轻视对仗的新式学生。《章程》颁布第二个月进入上海梅溪学堂的胡适②,于十二年后(1917)发表了《文学改良刍议》。《刍议》提出"八不主义",其一曰"须言之有物",反对"近世文人沾于声调字句之间"的"文胜之害";其二曰"不摹仿古人";其六曰"不用典";其七曰"不讲对仗";其八曰"不避俗字俗语"③;皆与骈文创作相悖。随着上一代作手云亡与"新青年"们的成长,骈文创作转向低潮,不复清时之盛。基于此,黄孝纾在 20 世纪初的骈文创作更显得弥足珍贵。

---

① 璩鑫圭、唐良炎编《中国近代教育史资料汇编·学制演变》,上海教育出版社 2007 年版,第 308 页。

② 胡适进入梅溪学堂的时间及学习科目,参见胡颂平《胡适之先生年谱长编初稿》,台湾联经出版社 1984 年版,第 55—58 页。

③ 参见胡适《文学改良刍议》,《新青年》第二卷第五号,上海群益书社 1917 年版。

黄孝纾(1900—1964),字公渚,又字頵士,号匑厂、霜腴、辅唐山民、灌园客、沤社词客、天茶翁、甘龙翁,别署碧虑簃、墨谑庼,福建长乐人,祖籍辽宁铁岭,汉军正黄旗。黄氏素有家学,其父黄曾源(1857—1935)为清光绪十六年(1890)庚寅恩科进士,翰林散馆后历任诸馆纂修、监察御史、徽州知府、青州知府、济南知府等,辛亥革命前称疾引退,居于青岛,有《石孙诗稿》《义和团纪事》等①。黄孝纾早年随父寓青岛,服习庭训,又师从经学家薛肇基治经学,于考据、训诂、诗词、书画皆有所长。1924 年,黄孝纾移居上海,馆于刘承幹嘉业堂藏书楼十年,遍读宋元珍本,其目录、版本学大进,"四方请业者踵系,隐然东南大师"②。

在上海期间,黄孝纾与汤涤、陈曾寿、夏敬观、叶恭绰、黄宾虹等人结为"康桥画社",与陈三立、冯煦、朱祖谋、夏敬观等结为"沤社",以诗酒书画相过往。其间黄孝纾从陈三立、况周颐、黄宾虹学习诗词绘画,相往来者还有潘飞声、吴昌硕、诸宗元、林葆恒、杨铁夫、冒广生、郭则沄、陈方恪、赵尊岳、龙榆生等人,其创作常发表于《青鹤》《国闻周报》等杂志。1934 年,黄孝纾从上海回到青岛,任青岛山东大学中文系教授,讲授古典诗文。1936 年,移居北京,与郭则沄、关赓麟、夏孙桐等人结为瓶花簃词社,多有唱和。1946 年山东大学于青岛复校,黄孝纾回到青岛任职,直至 1960 年在"四清运动"受批判后自缢身亡。

黄孝纾著述颇丰,著有《匑厂文稿》六卷、《碧虑商歌》一卷、《劳山集》三卷、《霜腴诗稿》一卷、《碧虑簃词话》一卷、《嘉业堂藏书纪略》五卷、《延嬉室书画经眼录》五卷、《刘幼云藏敦煌卷子目》一卷,为商务印书馆"学生国学丛书"选评为商务印书馆出版《周秦金石文选评注》《两汉金石文选评注》《周礼》《晋书》《玉台新咏》《欧阳永叔文》《司马光文》《黄山谷诗》《钱谦益文》等九种著述。山东大学复校后,著有《欧阳修词选译》、《楚辞研究》(授课讲义)、《天问达诂》,与高亨、陆侃如合注《楚辞选》等,同时撰写了《〈洛阳伽蓝记〉的现实意义》《〈绿窗新话〉校释引言》《清词纪事绪言》等学术论文。黄孝纾原有完成《清词纪事》(据《绪言》云已完成 15 万字)、《三唐诗品》《中国词史》《魏晋南北朝文学史》的学术计划,因天不假年而未能完成,洵为遗憾。

黄孝纾尤以骈文著称。他曾于 1933 年至 1934 年在《青鹤》杂志上连载《匑庵骈文稿》一至十,后金陵蒋国榜增补、整合为《匑厂文稿》六卷,于 1935 年刻印单行。《匑厂文稿》收骈文 65 篇,每卷卷首注明文类,共有赋、序、跋、赠序、记、碑、传、墓志铭、诔、书、杂文、揭、启、引等十四类,其具体篇目如下:

① 参见秦国经、唐益年、叶秀云编《清代官员履历档案全编》,华东师范大学出版社 1997 版,第六册第 741 页及第七册第 15 页。

② 钱基博著《现代中国文学史》,华中师范大学出版社 2011 年版,第 122 页。

| 文类 | 篇目 | 数目 |
|---|---|---|
| 赋 | 《哀时命赋》《吁黔嬴赋》《航空赋》《悼孤鹤赋》《危言赋》《苦寒赋》《闵雹赋》《塞草赋》《来鹊赋》《寒望赋》《真珠梅赋》《银蒜赋》《寒柝赋》 | 13 |
| 序 | 《汉短箫铙歌注序》《广海潮音集序》《潜楼图序》《近知词序》《吴游片羽序》《冒鹤亭京卿和杜工部夔州五律诗序》《陈庸庵尚书花近楼诗续篇序》《邻谷草庐图序》《彊邨校词图序》《纯飞馆填词图序》《爰居阁诗稿序》《重刊苍梧词序》《握兰簃裁曲图咏序》《空房吊影图序》《饮虹簃所刻曲序》 | 15 |
| 跋 | 《慈劳室图跋》《西湖十二景图跋》《沈文肃手书社咏册跋》 | 3 |
| 赠序 | 《送庆臣四叔之江西序》《赠梁饮侯左丞序》《赠柳莼斋先生序》《刘潋如学士七十寿序代》 | 4 |
| 记 | 《青州侨寓记》《益都胭脂井记》《清明游范公祠记》《怡园游记》《重游青州四松园记》《坚匏别墅记》《乙丑二月花朝日集周氏学圃记》《篝香勘碑图卷记》《丁卯九日集华安高楼记》《南湖介寿图记》 | 10 |
| 碑 | 《重修法庆寺碑》 | 1 |
| 传 | 《两先生传》《谢贞女传》 | 2 |
| 墓志铭 | 《鲍蜕庐先生墓志铭》《夏母程太夫人墓志铭》《齿冢铭》 | 3 |
| 书 | 《与冯梦华中丞书》《寄刘潜楼侍郎书》《致孙慕韩丈书》 | 3 |
| 杂文 | 《协和婚颂》《告移居文》《吊雷峰塔文》 | 3 |
| 揭 | 《成心巢先生举祀乡贤祠揭》 | 1 |
| 启 | 《征题乔松茂荫、慈竹春晖图卷公启》 | 1 |
| 引 | 《梅妃传传奇引》《募修半山亭小引》 | 2 |

此外，《匑厂文稿》还有董康、夏敬观、李宣龚、叶恭绰、袁思亮、刘承幹、曾克耑、蒋国榜等八篇序，及王乃征(病山)、刘廷琛(潜楼)、朱祖谋、冯煦、章梫(一山)、孙德谦、柳堂(纯斋)、况周颐、王式通、吴庆焘(炯然)、余肇康、陈毅(郇庐)、薛肇基、曾广钧、程子大、吴郁生、秦炳直、陈三立、王埆(爵生)等人的批点。其中部分作品又与其弟孝平《问影轩骈体文存》、孝绰《撄宁斋遗稿》合为《左海黄氏三先生俪体文》。

黄孝纾的骈文创作在当时便有很高的评价。冯煦以"近世能为汉魏六朝文者，自李详及(孙)德谦外，尤称闽县黄孝纾警炼俶诡，后出居上"称之。钱基博在《中国现代文学史》中又以刘师培、孙德谦、李详、黄孝纾为骈文四大家，录其《哀时命赋》全篇，称其"根柢经史，皋牢百家，瑰辞奥义，亭蓄万有"，"惊心动魄，传播逮大江南北”①。又云“李详之好雕藻而乏韵致，孙德谦又尚气韵而或缓懦，其于孝纾，当有后贤之畏焉”②。陈柱《四十年来吾国之文学略谈》亦曰：“近日异军突起，使骈文不至中绝者，则有黄公渚。”③夏敬观、李宣龚指出黄孝纾骈文兼采桐城之长，“雅洁道粹，揆诸韩、柳、欧、曾义法无悖也”④。其骈文成就之高，可见一斑。

## 二

黄孝纾于骈文有其理论思考，在 1936 年 4 月的《艺文》杂志创刊号上，他发表了其论骈文的专著《匑厂文榷》二章。可惜全本的《匑厂文榷》随着《艺文》停刊而湮没于世。然其理论思考亦散见于他处，差可觇视黄孝纾的骈文思想。

黄孝纾论文，强调文章的华美典雅，可从“美文”与“雅文”两翼来理解。就“美文”而言，并非所有的骈文都可以称为美文，他所论的骈文有其范围，特指“汉魏六朝人所为沈博绝丽之文”，称为“文言”，并指出“骈文之名非古说”⑤。在《匑厂文榷》第一章“汉魏六朝沈博绝丽之文合于文之古训”中，他指出“文言”的特点有四：一，华实相宣，富有浓厚之色采；二，准音署字，具有和调之音节；三，奇偶综错，苞有自然之体制；四、整齐涣散，成有秩序之文章。分别从修辞、音节、句式、结构总结了“文言”之特点，而其着眼点则在于华美。“文言”的另一翼在于其雅。其他文体，如诗歌谣谚，组织单纯，“流咏于村氓、贱隶、妇人、女子之口，为者不必积学之士”，而骈文“非具过人才智，读书破万卷，不能造其极端”，故为雅文。因有此二端，故而“文言”是文章之正统。

骈文家与古文家论辩正统，常以“宗经说”罗列六经骈语来反驳古文家以骈文为齐梁道蔽产物的观点。黄孝纾亦有宗经的思想，而与其说他以宗经为骈文争正统，毋宁说他的正统观出于“原道”。他胪列五经及《国语》《荀子》《说苑》《淮南子》《春秋繁露》等先秦两汉文献，总结出文之八训：以文德为文，以文物为文，以博闻慈惠为文，以威仪为文，以制度礼典为文，以典籍为文，以文字为文，以语言为文。他取“文”之文化含义，归结为四义：

---

① 钱基博《现代中国文学史》，第 122 页。

② 钱基博《现代中国文学史》，第 127 页。

③ 陈柱《四十年来吾国之文学略谈》，《交通大学四十周年纪念刊》，1936 年，第 41 页

④ 黄孝纾《匑厂文稿》夏孙桐序，江宁蒋氏湖上草堂 1935 年刻本。

⑤ 黄孝纾《匑厂文榷》，《艺文》创刊特大号，1936 年 4 月 1 日，本节所引《文榷》皆出于此，兹不另注。

德行学养之见于表者为文，事物威仪之粲然可睹者为文，法度礼制之秩然有别者为文，言辞之有缘饰、文字之有象征，亦莫不谓之文。

易言之，德行学养、事物威仪、法度礼制、言辞文字并非“文”，这些只是“文”的基础，为“文”者必须能够“见于表”“粲然可睹”“秩然有别”“有缘饰”“有象征”，才能称为文。由是，他给出了文章的定义：

文章者，乃连缀文字以著于篇，尤烂然有条理缘饰之言词也。

黄孝纾这里尤其强调“缘饰”的意义，文亦有古训为“饰”，其引申有三：错画、华美、彩色，这三种缘饰的意义体现在文章上便是辞章之学，“亦惟汉魏六朝人之文言，为得名实之正耳”。

这里黄孝纾充分肯定了辞章的重要性，但并非一味强调辞章。他认为，“文固以实为贵，使无词藻以助其导达心志，发挥性理，斯其蕴蓄，不能殚尽，词藻固文之要义也”。理想的文章，应当“以理致为心胸，气调为筋骨，事义为皮肤，华丽为冠冕”。这个文章理想中值得注意的是“华丽为冠冕”，此说其来有自。桐城后进梅曾亮于《管异之文集书后》记自己少时好骈文，而管同则认为“人有哀乐者，面也，今以玉冠之，虽美，失其面矣。此骈体之失也”①。管同的立足点在于骈文之浮文妨要，黄孝纾对此虽然没有直接回应，但其《匑厂文稿》前李宣龚序却直接引用了管同的说法，并加以驳斥：

人之妍媸，以质不以形。有其质虽冠玉何害？美而如冠玉，则尤间气所独钟也。爱好理之常，犹衣服之有文绣，居处之有宫室。人不能裂裳、毁冕、裸行、穴处，明矣。必如是谓之质，毋亦失性情之真欤？②

李宣龚之序，大抵可以视为黄孝纾对管同“玉冠失面”说法的回应。管同的说法代表了大部分古文家以“文以载道”之名，过分强调文章内容的观点。然若文章有丰富深刻的内容，加以华词艳藻，则更能为之赠色，这也即是黄孝纾“以理致为心胸，气调为筋骨，事义为皮肤，华丽为冠冕”的文章理想。因此，“专名为文，必沉思翰藻而后可也”。在这个标准下，齐梁以后溺于声律之文，与唐宋四六之文，其文体

① 梅曾亮著，彭国忠、胡晓明点校《柏枧山房诗文集》，上海古籍出版社 2005 年版，第 109 页。

② 黄孝纾《匑厂文稿》李宣龚序。

皆有卑下之弊，然而其文统却不可谓之不正。

这里涉及对唐宋四六体格卑下的说法，又与黄孝纾的“雅文”观有关。黄孝纾“雅文”的观念主要体现在《匑厂文稿》卷六的《与冯梦华中丞书》中。冯梦华即骈文耆旧冯煦，黄孝纾将自己与三弟孝平所作骈文交与冯煦评点，而写成此信，其中不乏夫子自道式的骈文主张。在这封信中，黄孝纾批评了三种“俗文”：

> 晚近士夫，驱骛耳学，掞张目论。哗众取宠，乃市詅痴之符；饰智矜愚，私窃狄鞮之说。抵掌于裨瀛，而茫昧于衣履之近；哆口于经济，而乖迕乎人伦之常。左书而右契，北辙而南辕，是谓浮夸，吾无取焉。
>
> 亦有胸臆是任，沟瞀为怀。许书视犬之字，斥为委谈；扬云雕虫之文，谓之小技。祖韩柳而祧徐庾，轩秦汉而轻齐梁。究之方闻朴学，但属空谈；贩舌张颏，取饰俭腹。自蔽益深，误人弥甚。抑亦近世之通病也。
>
> 若夫广丽制之规，绎文言之义。千金享帚，谓有其人。则又目营兔园之册，耳习阐蛙之音。金针单慧，误迦陵之谰言；绣褓诸于，溺随园之伪体。凡诸觳觫，曾何足云？①

第一种“俗文”即新文化运动主张的“不用典”“不讲对仗”“不避俗语俗字”的新文字，于前述“流咏于村氓、贱隶、妇人、女子之口”有相近之处，其弊在于浅俗浮夸。第二种“俗文”指桐城散文，“祖韩柳而祧徐庾，轩秦汉而轻齐梁”。这种文章的缺点在于流于空谈，说理性强而征实性少，是为文言文中的讲义文，能谈义理而疏于考据，“自蔽益深，误人弥甚”，是为“近世之通病”。第三种“俗文”则是骈文中流于形式之类文章。齐梁以降，四六代兴，而推演至极则出现两种不同的倾向。一是流于形式主义，炫耀词藻，排比铺张，满言空谈。另一极端则在于唐宋以骈文作通俗应用文书，骈文走入应性谐俗之道路，唐李商隐在节度幕府供笔役而成《樊南四六》，宋司马光称相亦以不擅四六请辞，皆可为证。对此黄孝纾亦有认识：

> 降及后世，专以辞藻相尚，纷华缛丽，排比铺张，气格乃愈趋愈下。(《司马光文序》)②
>
> 中国文学，自汉魏以后，骈俪盛行，词藻富丽，其病也挦撦堆砌，不务实际。(《欧阳永叔文叙》)③

① 黄孝纾《匑厂文稿》卷六。

② 黄孝纾《司马光文》，商务印书馆 1935 年版，第 5 页。

③ 黄孝纾《欧阳永叔文》，商务印书馆 1934 年版，第 3 页。

经唐末五季以至宋初，四六文仍盛行，且变本加厉，务为新奇……剽剥故事，支离破碎，甚者若俳优之词，文体大坏。(《欧阳永叔文叙》)①

他将这类骈文视为“兔园册”“阐蛙音”，是为骈文之末流，与正宗相对。“金针单慧，误迦陵之谰言；绣袖诸于，溺随园之伪体”，用清代陈维崧、袁枚两大骈文家之典。坊间《四六金针》传为陈维崧所作，实为托伪，其语浅陋；吴鼒选《八家四六文钞》时，对袁枚骈文的选录有一条标准：“凡先生文之稍涉俗调与近于伪体者皆不录。”黄孝纾用这两位清代骈文大家之典，力图阐明在骈文内部，尚有雅俗之分。这样，三种“俗体”层层递进，表现出黄孝纾对于雅文的追求。

值得注意的是，黄孝纾在论证其骈文主张时，还有其不同于前人的时代特色，其要有二。第一，论述美文时，他能运用比较的眼光，注意到骈文的民族特色，认识到骈文为“吾国独有之国粹，世界各国望尘莫及者”，“汉魏六朝之文言，可谓世界美术文”。第二，骈文家与古文家论文，多用万物奇偶相生之自然观来论说骈文之作乃天经地义。黄孝纾论骈文亦有自然观，却取其天演进化之义：

大凡世界万物之进化，由简而趋繁，由朴僿而趋华美，由衍曼涣散而趋整齐缜密，此为天演不易之公理，文字亦其一端也。

他类比由书契而至文字及由太极至而三百八十四爻，说明文明进化之自然过程。那么，文章由奇至偶，由散至整，亦是自然进化之理。而这种进化却不是简单的后来居上，“偶之极而至于排偶，是由繁趋难，进化太过之失”。同时，黄孝纾与前述李宣龚一样，有以衣服、宫室之比方。然李宣龚用此比喻说明文不害质，黄孝纾则用此说明文之进化：“文言之于人，犹衣服之有文绣，居处之有宫室，饮馔之有珍错”，舍衣服宫室，茹毛饮血，固然不可，“或恶衣服，卑宫室，囚首垢面，食以草具，则亦矫情之过”。“衣服、饮食、居处之改善，群谓之进化”，而作文不务修辞，率取俚语，“一语可了者，必累千百字而不能明”，“斯其为进化，抑为退化”？易言之，黄孝纾吸收 20 世纪初流行的“天演论”，在前人以自然为骈文的起源论中，又加入了文章的发展论，确为创见。

## 三

钱基博《现代中国文学史》称黄孝纾骈文：“大抵融情于景，而抒以警炼之词，

① 黄孝纾《欧阳永叔文》，第 3—4 页。

学鲍照以参郦道元，夹议于叙，而发以纵横之气，由庾信以窥范蔚宗，辞来切今，气往轹古。以视李详之好雕藻而乏韵致，孙德谦又尚气韵而或缓懦，其于孝纾，当有后贤之畏焉。"①就其骈文特色而言，则可列三端。

1. 扬才逞博，熔冶百家

此就匑厂文之才而言。骈文如赋，首观其才。《匑厂文稿》袁思亮序说他"通习训诂，多识奇字，根柢经史，皋牢百家，瑰辞奥义，亭蓄万有"。黄孝纾不满于近世文章流于薄俗，故而其文章反其道而行之。具体而言，其骈文之丰富的知识性与才学性又可从立题、属对和下字三方面来认识。

第一，夺胎换骨，为人所不能。黄孝纾创作骈文，喜欢从别人所不敢、所不能的题目下笔，这既是对自己知识、智力与才学的充分自信，也是其文章因难而见巧的体现。如《匑厂文稿》中有一篇《航空赋》，写现代航天飞机，而其语言则多用《大人赋》《思玄赋》中古语，甚至唐以后之语都很罕见，却能曲尽其妙。又如皇皇大作《哀时命赋》，其题目与立意取西汉严忌之《哀时命》，而通篇步韵庾信之《哀江南赋》。这种文章创举，自王闿运步《哀江南赋》后，鲜有人能为之。黄孝纾此文，哀悼清朝覆亡，沉郁低徊，而文字上一韵不差，而又能别出己言，足见其才气纵横，故朱彊村评为"洋洋千言，令人忘其为和作"。如写武昌起义时清廷之腐败：

> 武昌首覆，天下多事。鼙鼓乏死节之臣，轺车耻观军之使。责干城于剩员，假阃寄于债帅。部曲星离，将士麻沸。阃外有执冰公徒，军中号摸金校尉。庙堂偷乐，士皆不学；上下周章，老成凋落。习媚高尻，偷容崩角。清谈则夷甫，元老则长乐。腰扇者窃附褚公，扪虱者自矜景略。志士颜汗，尸臣气索。人为藏窟之䨲，士半乘轩之鹤。②

此段勾勒武昌起义时清廷官员之众生相，由两扇张开，先写戎行，军队不但缺乏死节之臣，还充斥着内臣佞幸。"剩员"与"债帅"皆出于史书，前者为《魏书·前废帝广陵王纪》"剩员非才，他转之"，指多余人员；后者为两唐书典，唐大历后武将想为帅必须四处借贷财物贿赂上员，等任职后再大肆搜刮百姓以还债。"责干城于剩员，假阃寄于债帅"妙用两史典，把清末官场腐败，朝廷所托非人形容得活灵活现。随即熔裁《左传·昭公二十五年》"公徒释甲执冰而踞"写清军涣散的军纪，又用曹操所设的摸金校尉来形容将帅的贪婪。然后笔锋一转，写庙堂文臣，"习媚高尻，偷容崩角"，描绘朝士丑态。又罗列王衍、冯道、褚渊、王猛，前两典指文臣清谈误

① 钱基博《现代中国文学史》，第127页。

② 黄孝纾《匑厂文稿》卷一。

国、人无操守；后两典形容他们自命风雅，实无高论。最后以狡兔三窟和好鹤亡国收束，将清季官场勾画得淋漓尽致，而丝毫不受步韵的限制，其才更助其情。

这里也可以看出蓟厂骈文扬才的第二个体现——属对工切。如前面的“执冰公徒”与“摸金校尉”“人为藏窟之兔，士半乘轩之鹤”等，均能化古之典，运以才思，极大地体现了骈文表达中独特的“扩充性”与“互文性”。又如其《吊雷峰塔文》写吴王钱俶一段：

> 窃谓王以斟雉之光裔，奠常羊之幅员。绿螈符瑞，不坠先芬；银鹿佳儿，能完遗绪。膺九八年之景运，奠此生民；挈十三洲之版图，归之真帝。两浙饮其德水，千年仰其雄风。①

“斟雉”与“常羊”均出自《楚辞》，前者指彭祖，系吴越钱氏为彭祖后裔，“常羊”即“徜徉”，用《楚辞》其意图有二，一来同出一源，符合古人对仗以《史记》对《史记》、以《汉书》对《汉书》的形式与意义追求；同时，“羊”与“雉”形成借对，足见巧思。类似还有《成心巢先生举祀乡贤祠揭》中描述成先生的考据之学有一句，“输墨攻守，罔识通方；高赤异同，各持偏亮”②，用公输班、墨子、公羊高、谷梁赤典，形容考据家争论不休，其中“墨”与“赤”本为人名，又为颜色字，属对天成。“绿螈符瑞，不坠先芬；银鹿佳儿，能完遗绪”，指钱俶能保境安民，不辱父母。“绿螈”为蜥蜴，《西湖游鉴志》载宫人见蜥蜴吸油，翌日钱王云夜饮麻膏而饱，暗指钱镠；《资治通鉴》钱镠夫人马氏视诸妾生子如一，常置银鹿于帐前令众儿弄之。这一句充分体现了黄孝纾读书之广、记忆之勤，而这一句上句写其父，下句称其母，更能见出黄孝纾属对之工切。后两句以“八九年”对“十三洲”、“两浙”对“千年”，前一句以时间对空间，后一句回转以空间对时间，极大地扩大了语言表达的张力，又与孙德谦《六朝丽指》所赞许的以“西伯”对“南巢”之人名地名相对吻合。

第三，黄孝纾属文下字，多用古字、奇字，如“翻”作“飜”、“艰”作“囏”、“嗟”作“謃”、“祸”作“旤”、“兔”作“兔”、“忧”作“慐”等等。这种古字奇字的使用，难免对读者造成阅读障碍，而这种障碍恰是黄孝纾有意的选择。民国以来，语文教育主张不避俗语，言文一致，传统的训诂考据之学不再盛行，便于传播的文字之用取代了古人追求的博雅渊懿，对此不少积学之士皆有其反动。如章太炎作文，讲求用古字替换、取代今字，其用意并非形式上的崇古抑今，而是有意去追求文字表达的丰富、准确，使文章表达在用字上有一套内在的逻辑与体系。他所强调的是“文”

①② 黄孝纾《蓟厂文稿》卷六。

的独立性，恰与言文一致的新文化主张相反，正是戴震以来朴学家的一贯思想[①]。另一个典型代表则是陈三立，陈衍曾对钱锺书言散原诗："为散原体者，有一捷径，所谓避熟避俗是也。言草木不曰柳暗花明，而曰花高柳大；言鸟不言紫燕黄莺，而曰乌鸦鸱鸮；言兽切忌虎豹熊罴，并马牛也说不得，只好请教犬豕耳。"[②]刘成禺在《世载堂杂忆》也有相关记载："陈散原老作诗，有换字秘本，新诗做成，必取秘本中相等相似之字，择其合格最新颖者，评量而出之，故其诗多有他家所未发之言。"[③]陈三立作诗如章太炎作文，有换字之法，而其在章太炎所追求的"合格"（准确）外，又有求新的"陌生化"处理。黄孝纾诗本就得力于散原甚多，朱大可评"其诗笔亦复研炼于散原、海藏二家者不浅"，尤其是"力避尘俗，颇似散原"[④]。而黄孝纾将这种"力避尘俗"的下字方式用于骈文，较于太炎之古文与散原之诗歌，则更见胜处。这又可以从四方面来认识。

一者，与古文家溯源于唐宋八家不同，骈文家心中的文源在于殷盘周诰，是古老的贵族文学，古字正能显出文章的渊雅古奥，体格正宗。二者，黄孝纾认为文章有"传世"与"寿世"之别[⑤]。传世之文是从俗之文，讲求文从字顺，便于讲诵与传播；而寿世之文的读者则是千载后人，决不能以口语行文，因为口语随世推移，今人已不能读懂古之俗语，后人亦不能读懂今之白话，故而作寿世之文者，必须精研古字古法，上接古人，下启来者。三者，骈文俪体素以小学为根基，古人以马、扬赋作字书，又有赋类代书之说，用古字创作彰显出黄孝纾在骈文上的尊体意识。四者，古字奇字不是简单的同义替换，在设置阅读障碍的同时，换来的是文章的视觉形式美与思想内涵深。如"飜""憂"二言，前者令人见之便能浮现飞腾之状，后者从心从页，让人瞬间联想到心中见于形色。《哀时命赋》序有一句"髊乎，茫茫来日，谁可晤言；瞢瞢彼苍，岂云可问"，其中"髊""瞢"二字均不常见。"髊"较之"嗟"字在字形上给人以长叹之感，而这两个字实际又同出于扬雄《太玄・瞢》："上九，时髊髊，不获其嘉。"这两个字嵌在一句之中，对于渊博或是求知的读者来说，不啻于在字中又藏了数重深意，给人与智力上的快慰。又如前面引文中的"藏窟之魏"，

① 参见石井刚《齐物的哲学：章太炎与中国现代思想的东亚经验》第二章"'言'和'文'的真理表达：章太炎的语言实践，或者哲学话语方式"，华东师范大学出版社 2016 年版，第 51—85 页。

② 钱锺书《石语》，《写在人生边上・人生边上的边上・石语》，生活・读书・新知三联书店 2002 年版，第 479—480 页。

③ 刘禺生著，钱实甫点校《世载堂杂忆》，中华书局 1960 年版，第 292 页。

④ 朱大可《近人诗评》，《金刚钻月刊》第一卷第三集，1933 年 11 月 1 日。

⑤ 《两汉金石文选评注绪言》，见黄孝纾《两汉金石文选评注》，商务印书馆 1935 年版，第 1 页。

“㲋”本可用“兔”，而“㲋”字则解作“狡兔也”，《新序》：“昔者齐有良兔曰东郭㲋，盖一旦而走五百里。”那么，这里用“㲋”字，更能见此兔之狡，一个字便把朝臣未战思退、一战即溃的丑态勾勒了出来，用语经济而意味深长。要之，使用古字奇字是黄孝纾的文体自觉，也是他对读者学养的智性期待，同时这也是他对当时文坛“初则习俚词以便不学，继则摭拾竟陵、公安余唾，为天下倡，天下亦靡然从之”的回应。

2. 广己造哀，荡郁成采

此就匑厂骈文之情而言。“广己造哀”出自《庄子·山木》的一则寓言：孔子困于陈蔡，击木而歌，怡然自处，而对于一旁恭侍的颜回，则“仲尼恐其广己而造大也，爱己而造哀也”。易言之，寓言中的孔子惟恐颜回过于自重而夸大，过于自爱而哀伤。这是道家“全其天”的思想，广己造大、爱己造哀本来是道家批评的反面。然而，文学创作又有不同，有深情方见高致，作手须如龚自珍所谓的“少年哀乐过于人”。董康将这两句缩为“广己造哀”，用来形容黄孝纾的创作①。那么，怎样的自重称得上“广己造哀”？不妨看看黄孝纾用这个词对别人的评价，如《清名家词序》说王半塘、郑大鹤、朱彊邨等人的词作“广己造哀，寄心家国，以蕲合拙、重、大之旨”②。这里黄孝纾在“广己造哀”后加上了“寄心家国”。这种“寄心家国”又和新式知识分子不同，是一种遗民式的“寄心家国”。然而，黄孝纾生于1900年，清帝逊位时才十一岁，又何以有这种遗民的身世认同？

这与他的家世有关。黄氏属汉军正黄旗，康熙十九年时先祖黄文元奉调入闽，至黄孝纾祖父黄运昌，七代簪缨，兰锜相望。黄父曾源为光绪十六年进士，为官以来，国事鞅掌。黄孝纾生于北京，时值庚子国变，两宫西狩，联军入京，而其所生时正是李鸿章北上谈判之时。他四十岁时所作自传式长诗《哀生篇》中说其父“名余曰鸿遵，纾取国难谧”③，“鸿遵”即《诗经·九罭》“鸿飞遵渚，公归无所”，黄曾源取“公渚”两字作为黄孝纾的字，意在让儿子不忘两宫在外，“公归无所”，“纾”则取毁家纾难之意。可以说，在黄孝纾甫一出生，便身负了家族世代的期许寄托，“忧患与生具”。故而他虽然只做了十一年清朝人，却能以遗民身份自命，这也是他“广己造哀”的出发点。

因为身世带来的“广己造哀”，故而黄孝纾骈文能“荡郁成采”。黄孝纾骈文有一鲜明特征，无论何种题材，他总能在行文中不知不觉地转向身世之感的沉郁抒情上来。且不言《哀时命赋》《吊雷峰塔文》这样以哀伤为基调的篇章，即便是序跋

① 黄孝纾《匑厂文稿》董康序。

② 黄孝纾《清名家词序》，陈乃乾辑《清名家词》第一卷，上海书店出版社1982年版。

③ 黄孝纾《哀生篇示份君》，《雅言》辛巳卷二，1941年。

文，他也能将抒情融织于其中而不着痕迹。如《汉短箫铙歌注序》，先叙《铙歌》之文献征载，次列十八篇诗用乐用，再言作者夏敬观之学行，忽然宕开一笔，转入自己与作者身世：

> 窃以吾徒，生值屯诐，世丁浇末。龙蛇起陆，劣免儒硎；蓬藋逃虚，如居畏垒。人间何世，甘寝无期。君顾于斯时，埋笔为冢，发箧成书。知言九变，敦思古之崇情；大武三曾，想止戈之盛事。漫漫长夜，越世高谈；髗髗名山，闭门忍古。关河木落，朔风凄厉，序君是编，不胜抚时感事之悲，念乱思治之意矣。①

其感国粹沦亡，自伤身世，跃然纸上，而又不离书序之题，堪称佳制。孙德谦评之为"气往轹古，辞来切今，后幅尤低徊无尽"。"低徊无尽"即指文中的情感低沉跌宕，这与匑厂诗词的整体抒情风格颇见一致。陈衍评黄孝纾诗为"写景时带凄黯，言情亦复沉痛"，钱仲联评黄孝纾词"语精思邃，郁勃苍凉，春声海曲，晞发阳阿，想见其哀乐之过人"，"凄黯""郁勃"与匑厂骈文中的郁悒愀怆实为一体。

黄孝纾骈文沉郁的抒情风格，常以"潜气内转"之势表现出来。一般认为，清人朱一新将"潜气内转"这一重要批评理念明确用于骈文领域。关于"潜气内转"，各家说法略有不同。如朱一新解释为"藕断丝连，乃能回肠荡气"，似从章法着眼；孙德谦理解为"不假虚字而文气流通的内转"②，似从句法入手。而不论何种见地，其核心仍在于文章前后的以开合之势造成张力。于黄孝纾骈文而言，他擅长由乐转哀，更增其悲楚。如丁卯年（1927）重阳日吴昌硕等人发起雅集，与会者为陈三立、余肇康、朱祖谋等46人，皆为一时之选，堪称盛事。雅集后众人属27岁的黄孝纾作文以记，黄遂写成《丁卯九日集华安高楼记》，前半描述斯会之盛，而后忽作一转：

> 吾侪抱平原忧生之嗟，托永嘉流人之录。江关秋老，何处寻家？生死海中，当离言合。虢駮尊俎，祓瓜硎之劫尘；谈笑沙虫，拟槐柯之酣梦。东南竹箭，并萃一时；西北高楼，嗣有千古。抚膺滋幸，触绪斯哀。江湖多矰缴之惊，城郭有人民之异。囊萸作佩，灾岂能消？把酒看天，杵真可倚。人间何世，来日大难。铁笼之踪迹，值佳节而益悲；铜仙之涕洟，杂寒柯而迸落。沧江短发，怕逢落帽之风；秋雨他乡，益感联床之约。陶元亮东篱之诗，白香山西原

① 黄孝纾《匑厂文稿》卷二。

② 吕双伟《清代骈文理论研究》，人民出版社2011年版，第274页。

之赋，心之忧矣，抑又甚焉。[1]

顿将欢宴转入忧思，一段悲语似天外飞来，而又密合无际，这便是黄孝纾所用的“潜气内转”法，故秦炳直评此文为“憯思郁抱，低徊无尽，后幅尤潜气内转之致”。

就骈文的表达长项而言，孙德谦有一论断——“说理散不如骈”，章太炎等人亦延续了此认识。而这一论断的言外之意，似乎透露出骈文在叙事与抒情上有文体的局限性。黄孝纾的骈文创作，则能对骈文这一文体局限进行突破，形成了匑厂骈文浓郁的抒情风格，这也让我们进而认识到黄孝纾骈文的文体探索。

3. 寓散于骈，浑然天成

此就是就匑厂骈文之体而言。骈文之长，在于篇章华美，词藻富艳，而其弊则在于空疏堆砌，筋骨不彰。清人已经认识到骈文这一关键问题，有意融合骈散之长，合其双美。如“潜气内转”之法，即是在确保文气流转的前提下，有意增强骈文内容的紧实度。黄孝纾幼读八家古文，习桐城义法，夏敬观说他“能为韩柳欧曾之文”[2]，李宣龚也说“尝诵其散文矣，雅洁遒粹，揆诸韩柳欧曾，义法无悖也”[3]。黄孝纾在研习古文的基础上，转入骈文，对于骈文的弊病，他能在创作上有意以古文句法、章法融入骈文，来矫正骈文之弊。如《两先生传》，为表叔李本郰与姑丈林政魁立传，冯煦评此文“委婉深至，辞事相称，较诸柈湖一文，允称骈散双绝”[4]。柈湖即清人吴敏树，写有《业师两先生传》，为自己两位老师孙万伟与秦维城立传。比较两文，则黄文虽为骈文，却似散文；吴文虽为散文，仍肖骈文。个中原因，在于其结构。吴文通篇散语单行，而在章法上却将两先生截分两厥，如同对仗，析作两篇文章，亦为可行。黄孝纾则不然，虽为骈文，在开篇以散语点出两先生身份，随后先述“茂才遭际坎壈，穷老无欢”，下段旋即转入“居士垂老无依，栖迟戚党”，而后又绾合两线，合写“茂才谨饬，遇不副德；居士通脱，困不改节”，全篇虽以骈语行之，却能构成一有机整体，较之吴敏树的散文，更胜一筹。

又如《成心巢先生举祀乡贤祠揭》，先总括先生生平德行，然后分段述之，分别以“此先生考证之学也”“此先生义理之学也”“此先生词章之学也”“博大君子，金玉鸿儒，昔贤所钦，先生之谓也”进行收束，神完气足，冯煦评为“提纲挈领，关键森严”，更是以古文章法行骈文体制之佳作。更为巧妙的是《赠柳莼斋先生序》，此文取法汪中《自序》而又有变化。开篇点明先生平生所仰在于香山居士，后四段分述

---

① 黄孝纾《匑厂文稿》卷四。

② 黄孝纾《匑厂文稿》夏敬观序。

③ 黄孝纾《匑厂文稿》李宣龚序。

④ 黄孝纾《匑厂文稿》卷五。

“则居士长庆之体也”“则居士余杭之政也”“则居士履道之居也”“则居士醉吟之传也”。忽而笔锋一转，后四段每段以“居士”开头，“先生”随后，又分别以“此遭际之异，一也”“此强济之异，又一也”“此节亮之异，又一也”“此福慧之异，又一也”，对比居士与先生之别，风生水起，令人击节赞叹。最后复以居士和先生捉对，总束全文。一篇读罢，浑然天成，实不知其为骈为散。李详亦有《自序》一文，虽同取法汪中，而李文全为模仿，殆同套作，陈柱称之为“屋下架屋”①。将李文与黄孝纾此文作比，则前贤后生，高下立见。

如果说，扬才炫博的富艳之美体现了黄孝纾骈文创作的尊体意识，是其对骈文一体的“承前”；那么浓郁的抒情性与句法、章法上的寓散于骈则体现出黄孝纾在骈文功能与表达上有意识地开拓，是其启示后人的一面。可以说，黄孝纾的骈文创作，是对晚清以来骈文理论是一种回应，与晚清骈文理论相辅相承。在民国骈文四家中，黄孝纾最为年少(黄少于李详 41 岁，少于孙德谦 31 岁，少于刘师培 26 岁)。四人并称之时，李、孙已进入创作晚期，刘师培已经作古，而黄正当盛年，评价似还在李、孙、刘之上。此时“新文化运动”业已发生，“语体革命”大局甫定，新学方兴未艾，旧学独守桑榆，而骈文为文言文体中尤难者，更鲜有人工于此道。从这个角度讲，黄孝纾可谓是“骈文殿军”。

① 参见陈柱《四十年来吾国之文学略谈》，第 32 页。

# 论南社文人的骈文创作

## ——以《南社丛刻》为中心

曹丽萍(国家图书馆)

近代历史上重要的文学社团,南社在创立之初便有着统领文坛的雄心,所谓“欲一洗前代结社之积弊,以作海内文学之导师”①。对理想与现实之间的距离,柳亚子曾有一段比较客观的论述:“不过它不能领导文学界前进的潮流,致为五四运动以后的新青年所唾弃,这也是事实。然而象胡适之博士论南社,以‘淫滥’两字一笔抹杀,反而推崇(郑)海藏之流,我自然也不大心服。我以为讲三十年来的中国文学史,南社是应该有它的地位的。”②身处新旧时代、新旧文学交替的特殊时期,南社文人思想上的趋新与文学上的守旧奇妙地并存,创作了大量的诗词及骈散文。近年来学者对民国文学颇为关注,南社文人的诗词创作得到了重视,出现了一批有分量的研究成果。但对南社文人散文和骈文的研究却远远落后,尤其骈文研究一直缺乏专门论述。《南社丛刻》24集收录了多位南社作家的骈文,文体多样,内容和风格都具有明显特色。以《南社丛刻》为中心,考察南社作家的骈文创作,可以说是认识南社文学和研究民国骈文的一个重要视角,有助于深化我们对民国文学多元面貌的认识。

## 一、《南社丛刻》骈文作者与文体概貌

作为南社的官方刊物,《南社丛刻》向来是研究南社最重要的文献资料。自1910年至1923年,《南社丛刻》共出版了22集,此外柳亚子还编选了未刊稿第二十三集和第二十四集。24集所收都为旧体文学,分为文录、诗录、词录三部分,其中文录部分兼收骈散文。经统计,共收录作者56人,骈文124篇。其中,林学衡(庚白)数量最多,达10篇;蒋同超9篇,叶叶、郑泽、陈去病各8篇,王德钟、傅尃各

---

① 高旭《高旭集》,社会科学文献出版社2015年版,第500页。

② 柳亚子《南社纪略》,上海人民出版社1983年版,第250页。

5篇，柳亚子、王蕴章、王钟麒各4篇，胡蕴玉3篇，庞树柏、景耀月、张素、程善之、白炎、丘复、邵瑞彭、林百举、徐梦、王钟麟、高燮各2篇，陆绍明、沈厚慈、浦武、赵世原、钱厚贻、陈蜕、李凡、陶牧、潘飞声、李葭荣、唐群英、谢华国、顾余、潘公猷、冯平、张增泰、沈砺、刘超武、孙璞、邓寄芳、吕志伊、徐自华、凌景坚、蒋信、李云夔、张廷华、王文濡、顾平之、吴梅、邱翊华、张祉浩、吴虞、侯鸿鉴、丁逢甲各1篇。可见《南社丛刊》收录骈文作者人数众多，且不乏名家。数量较多的作者中，"南社三杰"中陈去病、柳亚子都在其列。陈去病共8篇，数量仅次于林学衡、蒋同超。柳亚子骈文被收录4篇，刘讷先生对这些作品评价颇高，"其《〈销夏录〉序》精练简明，《拟重修九江琵琶亭记》铺张淋漓，其《为赵公伯先迁葬募捐启》用典密集"①。另外一位高旭虽在文录部分未被收录骈文，水准同样不俗。他曾为南社文人畿辅先哲祠、崇效寺两次雅集作有骈体小序，文风清丽，意境悠远。如《畿辅先哲词分韵序》云："或吟杨柳晓风之曲，翠管红牙；或唱大江东去之词，铜琶铁板。非狷非狂，适来寄傲；一觞一咏，大可移情。所恨长夜漫漫，宁戚不闻扣角；桃源渺渺，宋玉尚未招魂。望旧雨而不来，叹坠欢其难拾。既感死者之可悲，弥觉生者之无乐矣。"②作者伤怀宋教仁被刺后知音零落，用典委婉含蓄，足见才情。

此外，南社骈文作者如吴梅、吴虞、李凡、叶叶、傅尃、王钟麒、徐自华、王蕴章等也都是民国有影响力的文化名人。除个别的骈文作品外，有些南社文人还编著了骈文专集，如丘复著《念庐外集》、沈宗畸编《炼庵骈体文选》《骈花阁文选》、古直编《客人骈文选》等。这些都表明民国时期南社文人群体中骈文依然有着较为广泛的应用市场。不过，与南社骈文作者数量众多伴随的是骈文作品的相对分散。《南社丛刻》收录的骈文总量虽不少，但有5篇以上骈文的作者7人，仅占作者总数的12.5%，创作数量为1—2篇的作者达45人，约占作者总数的80%，这与南社文人诗词创作动辄数十篇形成了鲜明的对比。可见，相对于诗词散文，民国时期骈文虽应用广泛，但在绝大多数南社文人创作实践中骈文只是偶尔为之的尝试，骈文专家数量并不多。

文体情况是考察作家群体骈文创作概况的重要指标。《南社丛刻》收录的骈文主要有序、诔、书、记、启、檄等多种文体。其中序类文体比重奇高，所占比例接近50%，且多集中在文序类。这种情况的出现与南社文学社团的定位及序文的文体属性有关。南社文人常以文学的方式相互唱和点评，构成一个活跃的文学互动生态圈。如《红薇感旧记题咏集》缘起于傅熊湘和黄玉娇乱世浮沉中美女英雄之

① 刘纳《嬗变：辛亥革命时期至五四时期的中国文学》，中国人民大学出版社2010年版，第155页。

② 南社编《南社丛刻》第6册，广陵书社2018年版，第329页。

间的风韵雅事，傅熊湘有意识地以文学为媒介召集友朋共同创作，“凡诸朋好，咸可观焉。报以琼琚，固所愿也”①。蒋同超为此事就作有骈体文序《红薇感旧记序》，《南社丛刻》和《红薇感旧记题咏集》都有收录。柳亚子倡导的《分湖旧隐图》题咏，参与者众，蒋同超的《分湖旧隐图序》这篇工整清丽的骈文在大批同主题的诗词古文中颇为突出。另外如南社诗人周斌著有《柳溪竹枝词》，白炎、叶叶、顾余三人都作有骈体《柳溪竹枝词序》，从不同角度分析品鉴周斌的作品。另外，诔、哀辞、祭文、吊文、墓表等骈体哀祭类文体有近 20 篇，比重不小。这些作品大多延续哀祭文为家人亲友离世而作的传统，也有一部分源于南社所处的特殊时代背景。当时政局动荡，南社文人中如宋教仁、秋瑾、周实等革命志士的牺牲都成为公共事件，类似《宋钝初先生诔并叙》《宋渔父先生诔并序》《秋瑾女士哀辞》等骈文的集中创作显然有着特殊的政治意义。

南社骈文在沿用传统文体形式外亦有创新之处。晚清民国时期政局变幻，文化思想领域变革激烈，报纸期刊、公众集会演说等新的思想文化样态和活动形式影响力逐步扩大。在多种思潮的影响下，骈文文体与时俱变，呈现出新的时代特征。如伴随着报纸期刊这类新型媒体的产生出现了发刊辞，《南社丛刻》就收录了陶牧的骈体《辽社发刊辞》。祝辞作为一种仪式性的文体，虽古已有之，但文集收录并不多见。民国初期新生政治力量朝气蓬勃，祝辞在新时代焕发了新的生命力，一时间颇为流行。《南社丛刻》收录了多篇祝辞，如《民国政府成立纪元纪念辞》《南北统一共和纪念辞》《五年国庆纪念日祝辞》《国庆会祝辞》《云南倡义共和纪念祝辞》等。这种祝辞突然兴盛繁荣的景象在此前此后的骈文创作中都很少出现。启是骈文中使用最为普遍的文体，主要用于文人间日常生活应酬往来，“至宋而岁时通候，仕宦迁除，吉凶庆吊，无一事不用启，无一人不用启”②。南社文人在启的使用上出现了分化的现象。个别骈文作者如林学衡作有《谢友人惠纸笔启》等，延续传统启文风格，日常小事写得精致典雅。大部分启文却已一改私人之间交际往来的使用性质，成为面向更大范围受众公开表达其思想主张的公告类文体。《南社丛刻》收录了十余篇启文，如《秋社启》《寒隐社启》《国学商兑会启》《为赵公伯先迁葬募捐启》《为秋瑾女士改葬麓山公启》《为孙君竹丹昭雪启》《代义武军募捐小启》等，仅从标题来看便足以表明其与传统私人应酬启文的较大差异。

① 傅熊湘辑《红薇感旧记题咏集》，民国八年排印本。

② 纪昀等《钦定四库全书总目》(整理本)卷一百六十三，中华书局 1997 年版，第 2165 页。

## 二、时代色彩与名士习气的交融

南社十四年正是清末民初激荡变幻的十四年，其创立之初便有革命与文学的双重诉求，正如高旭所说："当胡虏猖獗时，不佞与友人柳亚卢、陈去病于同盟会后，更倡设南社，固以文字著革命为职志，而意实不在文字间也。"①故而南社文人大多自觉秉承文章为时为事而著的理念，充分发挥骈文公私文牍的传统应用功能，不少骈文因此成为近代历史的独特记录，具有鲜明的时代色彩。

部分南社骈文以文字鼓吹革命，直接表达对革命的呼唤歌颂和对时政的关注批判，慷慨激昂。面对革命的阶段性胜利，怀抱理想主义精神的南社文人欢呼雀跃，创作了《光复纪念颂》《湖南光复纪念颂》《民国政府成立纪元纪念辞》《南北统一共和纪念辞》《云南倡义共和纪念祝辞》等大批直接与时政相呼应的骈文作品。民国时期战争频发，露布檄文这种典型的军旅文书得到了广泛重视，并诞生了以饶汉祥等为代表的电文名家。南社骈文中也有多篇檄文，如庞树柏《拟沪军都督北伐誓师文》、林学衡《拟收复北京露布》、吕志伊《拟护国军讨国贼袁世凯檄》等，虽为文人拟作，时代风云与革命豪情都跃然纸上。如《拟护国军讨国贼袁世凯檄》言辞犀利地批判袁世凯破坏革命："夫民心难拂，清帝退位之诏犹存；专制永除，袁贼受职之文具在。今乃食言背誓，倒行逆使，野心日肆，帝制自为。筹安会病狂丧心，助桀为虐；请愿团寡廉鲜耻，为虎作伥。利令智昏，昧国家百年之大计；心劳日拙，亟子孙万世之私图。"②文辞激越，或"多叫嚣亢厉之音"③，文献意义却值得珍惜，足可为历史档案。

南社以提倡气节为宗旨，周实、秋瑾、宋教仁等大批志士英勇献身。《南社丛刻》常以亡友遗像冠为文集开端，并编选了大量悼念烈士主题的作品。骈文因其庄重典雅的文体特征，为不少作者选用。南社骈文有十余篇相关主题的作品，如《周烈士实丹遗集序》《宋钝初先生诔并叙》《为秋瑾女士改葬麓山公启》《代人祭先烈徐陈马陶文》《为孙君竹丹昭雪启》《为范鸿仙徐血儿两先生募集赙金启》《宋渔父先生诔并序》《祭宋先生文》等，或悲愤或哀婉地倾诉了对这些革命英烈的深切怀念与追悼。

有些南社骈文表达自己政治主张的方式相当委婉曲折，如《南社诗文词叙》

① 高旭《高旭集》，第 512 页。

② 柳亚子编，马以君点《南社丛刻第二十三集第二十四集未刊稿》，社会科学文献出版社 1994 年版，第 270 页。

③ 钱基博《中国现代文学史》，上海书店出版社 2004 年版，第 241 页。

《南社粤支部序》《辽社发刊辞》《明季烈士传序》《南渡演义叙》等。如沈厚慈《南渡演义叙》云："慨自戎虏祸周而东周之局定，胡人乱晋而西晋之祚终。异族强权，中原多难。恶尔楚氛之扰，伤哉汉灵之衰。俯仰兴亡，纵横夷夏，致足悲矣。"①借古喻今，所指甚明。又如陈去病《南社诗文词叙》曰："然而语长心重，本非无疾以呻吟；兴往情来，毕竟伤时而涕泣。寥寥车辙，不同几复当年；落落襟怀，差比河汾诸老。辨足音于空谷，一二跫然；追逃社于前盟，数人而已。……倘逢忌讳，必疑当代之怪民；幸托清朝，便尔疏狂以玩世。不祥文字，敢希壬申文选之伦；终古河山，用依次尾国玮之集。"②作者以明末复社、几社为前贤，提出南社文人群体的政治主张，意味深沉。

此外，一些南社骈文还从不同角度展现民元时期的社会生活风貌和人物形象。如王蕴章《天足考略序》开篇云："云钩落凤，席上杯飞；香屑眠龙，掌中鞋拓。瘦将魂断，齐宫则步步生莲；弱倩人扶，唐殿则纤纤如月。红妆黑狱，作俑何年；碧血朱颜，滥觞此日。"③作者以华丽的辞藻表达沉重的现实，批判缠足陋习，呼应民初的天足运动。王钟麒《周孺人诔》生动地刻画了一位深明大义督促夫君出国留学并变卖钗饰资助其兴办新式教育的女性形象。陈去病《追悼刘博士伯明先生启》则以哀婉沉痛的口吻描述一位科技学者的求学和工作生活。

学者常论及民国时期文学群体的复杂性。南社本质上是一群精英文人继承前代雅集结社传统的小团体，有着矛盾的双面性，与革命热情相伴随的是他们一以贯之的名士习气。"而他们属于南社的部分，则是另一个自我，喝酒、吟诗，沉醉古代经典，留恋传统文学艺术，坚持传统价值观，体现着中国旧文化落幕之时的最后光芒。"④这种复杂性表现在南社骈文中，我们既能听到响亮的革命号角，感受大时代的风云变幻，也能看到文化精英们的日常生活和审美品味，体会其幽微细密的私人心灵世界。

即便在风雷动荡的特殊时代，有些南社文人依然会忘却革命形势的残酷，沉浸在自我的小天地中感受纯艺术化的生活。山水风景、雅集、隐居等这些传统文人青睐的内容同样是南社骈文创作的重要主题。王钟麒笔下的山水如此清幽旷达，令人神往："夕醉京口之酒，晨览江洲之潮。药烟出牖，微袅磬音；钟声穿云，时答樵唱。长江灏灏，蜿蜒走于下方；星辰离离，指顾堕于襟袖。岛屿万点，微见片帆；水天一色，忽睹飞鸟。老衲问字，衣有松花之香；游女时来，裙泛莲叶之色。篁

① 南社编《南社丛刻》第 1 册，第 371 页。

② 南社编《南社丛刻》第 1 册，第 87、88 页。

③ 南社编《南社丛刻》第 8 册，第 84 页。

④ 卢文芸《中国近代文化变革与南社》，中国社会科学出版社 2008 年版，第 10 页。

云入舍，则僧衣转青，朝暾染窗而佛面生赭。”①张祉浩文中的私家园林虽荒废已久，也别有一番古朴颓废的美丽：“是园也，大厦虽倾，敝屋犹在；石桥已圯。轮木横卧。丸丸松柏，古色青葱；礫礫峭碑，苍苔荒老。一方墨水，半树青枝。摇曳春风，竞艳夺目；弄波霞夕，映色分光。过是宅者，咸瞩目焉。”②倘若能在大自然中与知己数人集会，仿效古人游山玩水，谈诗论道，更是令南社文人念念不忘的生活：“眷念坠欢，兴怀佳日，爰招诗侣集于城南，极一辈之清流，尽六朝之裙屐。或支筇听水，或倚枕眠云，或蜡阮孚游山之屐，或携谢朓惊人之句。幽赏未已，绮筵忽陈，嫩寒生袂，彩毫与梨蕊争飞；岚翠侵杯，柳线共春衫一色。已而溪钟送响，寺塔移晖，羽觞缀乎林阴，鞭丝带其夕障。觥筹杂沓，纷于散花之茵；冠盖送迎，望如接翅之雁。”③尤其当南社群体失落低迷的情绪蔓延时，不少文人心生遁世之念，向往山林隐居，并用清新流丽的骈俪文字抒发逃离世俗的闲情逸致。林学衡《与友人书》中描述的山居岁月是很多南社文人的梦想：“所居客舍，颇类禅房，襟带清幽，浏览明瑟。水木缭垣，闲杂乎天籁；钟梵出寺，远隔乎市声。室悬一榻，涉及青苔；几列群花，间以红藕。每于桐月欲上，松翠初晴，时弄嵇生之琴，偶荷刘伶之锸。荷钱覆池，见惊蝶而可数；竹粉粘壁，浣松墨而犹香。亦或早扫落花，夕玩落叶，听风蝉之互答，看林鸟之争栖。坐唯拥书，起辄运甓，殊足以怡情悦性，明志养真。”④

名士自风流，南社文人常以名士自居，诗词和鸳鸯蝴蝶派小说中都有很多爱情或艳情的书写。“神洲俶扰，英雄已无儿女之情；造物不仁，才子偏与美人为厄。”⑤南社骈文中也有大量的同类作品，如《红薇感旧记》《一昔词序》《多罗艳屑序》《香艳丛话序》《中萃宫传奇序》《香艳丛书序》《落花梦传奇引》《镜里桃花图序》等，常用华丽的辞藻、铺陈的手法刻画女性形象，诉说艳情故事。内容价值虽有待斟酌，但反映出的文人心态却颇有意味。这种名士习气再往下发展，有些骈文就沦为纯粹的应酬，甚至媚俗低俗。《南社丛刻》收录了多篇寿序，大都文采华艳，内容空洞，如蒋同超《丘母何太夫人六十一寿言》开篇“盖闻东海，仙人留不老之春；萱草北室，母氏有忘忧之日。灵芝花茂，福草芬流”⑥，不过陈词滥调而已。又如《彭城张令贻副室韩氏诔》乃程善之为他人妾室而作的诔文，价值不高。

---

① 王钟麒《答陈伯弢书》，南社编《南社丛刻》第5册，第299页。

② 张祉浩《塔射图感言》，南社编《南社丛刻》第11册，第321页。

③ 林学衡《城南雅集记》，柳亚子编，马以君点《南社丛刻第二十三集第二十四集未刊稿》，第281页。

④ 林学衡《与友人书》，柳亚子编，马以君点《南社丛刻第二十三集第二十四集未刊稿》，第282页。

⑤ 白炎《阿娜恨史序》，南社编《南社丛刻》第11册，第11页。

⑥ 南社编《南社丛刻》第8册，第77页。

## 三、宋体新变与六朝风华的兼备

南社骈文文体多样，内容丰富，艺术风貌上宋体与六朝体并存对立，并在继承前代的基础上呈现出一些新的文学特征。

清代骈文复兴，但宋体骈文仅有章藻功、彭文瑞、张之洞等寥寥几位名家，多用于经进奏牍等应用文章，文坛影响力较弱。南社文人以文字为鼓吹革命之工具，宋四六风格及应用范围恰好迎合其特定时期的特定需求，故而部分作品尤其是带革命宣讲性质的作品重议论，擅白描，少藻饰，多长句，带有典型的宋四六风格。以林百举《云南倡义拥护共和纪念祝辞》“繄维云南”①一段为例。该段文字用白描手法叙述云南起义的缘由经过，不事藻饰，与宋体以文体为四六的风格相当一致。长句密集，八言、九言、十一言长单句式有 4 联，上四下九、上四下八，上六下八、上七下七、上八下四等上下长对句 6 联，甚至还有长达二十一字的三联句式：“念逝者慷慨捐躯之烈，必国运昌隆，方能令瞑目九原；念存者延企望治之殷，非民宪发皇，曷克副革命初志。”行文骈散交融，文气流转，长短句式以虚词连接，一气呵成。如其中有云：“向使唐都督稍有迟疑感望之心，滇人民或无裹粮景从之意，则虽蔡、李诸志士仗剑云集，张、刘诸将校热血潮涌，而主军乏帅，饥兵不行，此云南倡义拥护共和之难者二。”这段文字完全打破了四六对句的束缚，极尽纵横恣肆之变化，多用虚字勾连，欧苏四六的痕迹非常明显，其平易朴实的语言风格与白话文也有相近之处。

正值中西文化交融碰撞的特殊节点，南社宋体骈文继承中有新变，说理叙事时常有新名词的注入和新理想的表达，故而语言呈现出中西古今混杂融合的独特风貌，与传统骈文差异明显。如王钟麟《与马君武书》有两联云：“扇卢孟之风，与莎米齐轭。树民族之伟业，诶光复之先河。”②对仗工稳的传统形式下词汇思想都是全新的，既含卢、孟、莎、米等西方先贤巨匠，也有民族、光复这些广泛使用的革命词汇。这种新词语的密集堆积并非个例，如“卢梭《民权》振法国之既衰，三宅杂著苏和魂于未死”“庶几华氏雄魂降于我族，罗兰伟业见兹亚东”③“元凶天殛，不必

① 柳亚子编，马以君点《南社丛刻第二十三集第二十四集未刊稿》，第 82 页。

② 南社编《南社丛刻》第 1 册，第 230 页。

③ 刘超武《〈民声〉杂志出版祝词》，柳亚子编，马以君点《南社丛刻第二十三集第二十四集未刊稿》，第 27 页。

惩路易于断头台；人杰地灵，已可如美洲之波士顿”①。

南社骈文的这种突破带有明显的时代特色，满足了作者特定的思想表达需求。不过，新式词语毕竟与传统语汇产生于不同的文化语境，与传统骈文习用的音韵、藻饰、对偶等元素搭配使用时不太容易契合协调。当新词汇堆积过多时，不免有些违和感，文学性受到一定程度的影响。

如同南社骈文内容中革命书写与个人表达并存，南社骈文中与宋体文风并存的是占主流地位的六朝体。这既是清代骈文传统合乎逻辑的自然发展，也与南社文人的复古主义文学观及对骈文的认识密切相关。经过清代骈散之争的激烈论辩，骈文的地位和艺术美学特征得到了广泛认可。尤其在清末民初新学竞起传统文化被挑战的特殊时刻，骈文律诗被视为承载着古典文学精粹，可与异域文学争胜的文体形式，骈文为美文的观念颇为流行。从美学的视野来认识骈文文体特征和创作骈文，作为古典骈文典范的六朝骈文很自然就成了民国文人崇尚的目标。大部分南社人虽是政治革命的积极参与者，但基于自身的文化认同及对文化沦亡的忧虑，对新文学的态度并不积极。柳亚子在《与杨杏佛论文学书》中明确提出："弟谓文学革命，所革当在理想，不在形式。形式宜旧，理想宜新。"②高旭也认为："然新意境、新理想、新感情的诗词终不若守国粹的用陈旧语句为愈有味也。"③这种文学思想既可用来解释为何《南社丛刻》收录的都是旧体文学，也可用来解释为何南社骈文中尊六朝体骈文为风尚。

郑逸梅先生评点《南社丛刻》诗词、骈散文时，对其中的多篇骈文赞誉有加："林学衡的《梅花同心馆词话自序》及张廷华的《香艳丛书序》，这两篇骈文，雕章缛彩，可列入《有正味斋集》中。"④他爱用"风华"来形容："文如傅屯根的《钝庵诗自序》……备极风华。"⑤"文有白中垒的《阿娜恨史序》《柳溪竹枝词序》，吴眉孙的《叶中泠词卷序》，都是风华之作。"⑥南社骈文的这种"风华"之作注重文采和藻饰，色泽浓郁，多用典故，多用四六句，少用长句，语气疏朗流畅，学六朝的痕迹非常明显。试以郑泽《为秋瑾女士改葬麓山公启》为例。同主题诗词、古文在《南社丛刻》中非常普遍，大都有浓厚的革命色彩，感情悲痛，不以文采取胜。这篇作品却弱化

① 林百举《云南倡义拥护共和纪念祝辞》，柳亚子编，马以君点《南社丛刻第二十三集第二十四集未刊稿》，第 82 页。

② 柳亚子《柳亚子选集》，人民出版社 1989 年版，第 166 页。

③ 高旭《愿无尽斋诗话》，南社编《南社丛刻》第 1 册，第 125 页。

④ 郑逸梅《南社丛谈》，中华书局 2006 年版，第 92 页。

⑤ 郑逸梅《南社丛谈》，第 91 页。

⑥ 郑逸梅《南社丛谈》，第 92 页。

了对革命豪情的抒发，突出其女性身份，辞藻华艳，情绪哀怨缠绵。文章开篇描述秋瑾被害事件时，引用红拂、小乔、聂隐娘、湘夫人、李香君等多位女性人物典故："渌江东逝，尚留红拂之碑；巴雨宵寒，犹见小乔之墓。嬗芬芳于三楚，绵丘垅于千秋。矧乃恤纬无心，度城有志。忧愤逾夫漆室，义侠同于隐娘。泪留斑竹之痕，湘灵永恨；血溅桃花之扇，幽域长沦。"[①]形容其被害时云："愁雨秋零，严霜夏陨。尘昏海国，叩帝阍其迢遥；魂断江南，怨美人之迟暮。三生孽果，千载奇冤。委瘦骨于穷尘，翳芳荃于坏土。既无金碗玉鱼之敛，遂沦荒烟蔓草之间。"形容墓葬之处的荒凉清冷云："怅碧桃之村冷，嗟紫兰之径荒。夜月残墟，蝼蛄吊影；东风寒食，杜宇啼悲。土花斑斓，将芜绝以终古；白杨萧瑟，思表暴其无从。"该文大多为工稳的四六句式，文字雕琢，句句用典，色彩馥郁，是典型的六朝体作品，为我们提供了认识革命文学的另一个视角。

即便在最易学宋体的檄文中，《拟收复北京露布》等依然一派六朝风味。如文章后段曰："从此乾坤再造，日月重光。玉弩不惊，金瓯无缺。置酒泉之镇，筑受降之城。青云干日而五岳无尘，海水朝宗而百川来汇。拯群黎于就溺，守列圣之贻谋。典谟远绍乎轩辕，治法近追乎欧美。在天有灵，知国殇之色喜；告庙为誓，庶家祭之神凭。"[②]虽间有新式词汇，但典故密集，句式整饬，文采华丽，和饶汉祥"电牍藻丽，自喜规抚六朝出入宋代"[③]的作法近似，且六朝风格更加明显。这篇文章是武昌首难后林学衡与汪精卫等人在北方谋大举时的集体创作。主笔者林学衡既是《南社丛刻》收录骈文最多的作者，也是南社骈文六朝体的典范。他的启文尤其突出，短小精美，音韵协调，风格典雅流丽，日常小事、寻常应酬在作者笔下都极富情趣。如《谢友人惠纸笔启》全文才68字，可谓字字珠玑："管城日冷，风拂龙须；楮国天寒，雪融柹叶。毛颖就中山之选，翡翠数丸；薛涛传才女之名，琅玕十幅。把徐陵之宝架，斑竹都盈；开冯衍之文奁，桃花常满。濡毫觉爽，染翰知轻。某启。"[④]《谢林辛平和诗启》更短，文曰："巾车及门，帷灯初上；琳琅触手，謦欬皆香。掷地金石之声，照水鸾龙之影。沧州岁晚，谁吟元白之诗？竹里风清，闻和王裴之韵。望古遥集，捧翰知珍。某启。"[⑤]这样轻倩精致的小品代表了南社骈文和民国骈文的一流水准，置之《文选》几乎可以乱真。目前骈文史很少关注其人其作，不免有些遗憾。

① 南社编《南社丛刻》第3册，第18页。
② 南社编《南社丛刻》第4册，第242页。
③ 冯平《与狄君武书》，南社编《南社丛刻》第12册，第113页。
④ 柳亚子编，马以君点《南社丛刻第二十三集第二十四集未刊稿》，第284页。
⑤ 柳亚子编，马以君点《南社丛刻第二十三集第二十四集未刊稿》，第288页。

# 貌同心异:基于龙学再议黄侃、姚永朴骈散之争

李兰芳(北京师范大学文学院)

## 一、黄姚骈散之争:以 1914—1917 年为中心

1914 至 1917 年,姚永朴与黄侃同在北京大学讲授"辞章学",分别撰写了《文学研究法》和《文心雕龙札记》两种讲义(下文简称《研究法》和《札记》),引发了一段学术公案。作为同事的朱希祖在日记中如是记载:"黄君季刚与仪征刘君申教(叔)主骈文",此一派也;"桐城姚君仲实、闽侯陈君石遗主散文,世所谓桐城派也";"余则主骈散不分","与章先生(太炎)议论相同,此又一派也"①。后世学者基本接受此观点,倾向于认为《札记》的诞生是为攻击以姚永朴为代表的桐城派②。由此,黄、姚持论之异亦被放大了。直至 2002 年,汪春泓在更深广的学术史背景下作了再清理,认为:"就实际情形来看,所谓的《文选》、桐城两派并没有形成真正意义上的直接交锋。"并揭示了姚、黄论文的相合之处,认为姚引入《文心雕龙》(以下简称《文心》)为桐城派别开生面,"黄侃起而攻击北大桐城派同事,在尚未知己知彼情况下,显得无的放矢、捕风捉影,他对于姚永朴的批评是站不住脚的"③。文中论述翔实,逻辑严密,所得结论也广为后人接受,学界又倾向认为黄、姚持论相合,黄、姚之争渐被消弭。

如果剥去此段公案的意气之争,重新审视二人的文论,《札记》和《研究法》究竟趋异还是趋同?在进入具体分析前,我们先来回顾公案之始。据现存资料,明确指出二人发生论争的说法,最早出于章太炎之口。1918 年 11 月 13 日,章太炎给吴承仕的信中追忆说:"往者季刚辈与桐城诸子争辩骈散,仆甚谓不宜。"④但这

---

① 司马朝军、王文晖《黄侃年谱》,湖北人民出版社 2005 年版,第 117 页。

② 周勋初《论黄侃〈文心雕龙札记〉的学术渊源》,《文学遗产》1987 年第 1 期。

③ 汪春泓《论刘师培、黄侃与姚永朴之〈文选〉派与桐城派的纷争》,《文学遗产》2002 年第 4 期。

④ 司马朝军、王文晖《黄侃年谱》,第 129 页。

有两个疑点:章太炎1914—1917年间先后幽禁龙泉寺、游南洋、继续议政①,并未执教北大,对现实情况的了解可能不确。而当时黄侃、姚永朴的同事钱玄同、朱希祖等人,均未提及二人有正面交锋,《黄侃日记》《姚永朴文集》亦未载此事。一是刘师培、章太炎的弟子,一为姚范后裔、桐城派殿军,黄、姚持论不同本应非常正常,不必引向学术论争的泥潭。汪春泓说"所谓的《文选》、桐城两派并没有形成真正意义上的直接交锋",是可信的。退一步思考,姚永朴在《研究法》中引入《文心》真的是为使桐城派别开生面,与黄侃真的持论相合吗?晚于姚永朴进入北大讲授同一门课程的黄侃,其《札记》真只为攻击同事姚永朴吗?这些事实,本文将通过二人围绕《文心》展开的具体论述来进行澄清。

从行动上看,姚永朴确有主动靠拢骈文理论的自觉性。他将《文心》提高到与桐城文论几乎同等重要的位置,还较早在国内大学课堂摘段讲解②,这引起了时人的广泛注意。门人张玮在序中指出该书"发凡起例,仿之《文心雕龙》",并极力称赞《文心》:"自上古有书契以来,论文要旨,略备于是,后有作者,蔑有尚之矣。"③这确实能给后人留下摈弃门户之见、骈散合一的印象。汪春泓甚至认为,姚氏"以《文心雕龙》为文论圭臬,也正体现姚氏借助《文心雕龙》来修正提升桐城文论的努力,所以是刘勰千百之下的知音"④。叶当前也认为,《研究法》"引《文心雕龙》共62条,从破除门户之见角度看,意义尤显重要"。但他通过姚永朴对《文心雕龙》具体的征引,也指出了问题——"极易造成对原文的断章取义,误导读者"。黄、姚都讲《文心雕龙》,但侧重点不一样,前者重视注解梳通,后者重在为我所用,以引代著,进而阐发自己的文章学理论观点⑤。同是以姚永朴对《文心雕龙》的接受为据,两人却得出不同的结论,这又引出了一个问题:姚永朴对《文心雕龙》的态度,究竟是奉之为圭臬还是为我所用?

## 二、趋同:文章要素与文章风格

考察汪、叶二文,结论不同乃因研究方法有异。叶当前将姚永朴《国文学》《研

① 汤志钧《章太炎年谱长编》,中华书局2013年版,第754—788页。

② 叶当前《姚永朴〈文学研究法〉征引〈文心雕龙〉考》,胡晓明《中国文论的诠释学传统——古代文学理论研究第四十一辑》,华东师范大学出版社2015年版,第55页。

③ 姚永朴《文学研究法》序,凤凰出版社2008年版,第3页。

④ 汪春泓《论刘师培、黄侃与姚永朴之〈文选〉派与桐城派的纷争》。

⑤ 胡晓明《中国文论的诠释学传统——古代文学理论研究第四十一辑》,第55、60—61页。

究法》对《文心》和姚范等前人文论的征引作了全面考察。汪春泓则比照了《研究法》与《文心》的体例，爬梳了姚、黄的学术渊源，认为“姚范就有汉学学风，姚鼐也有意靠拢汉学，到姚永朴时，其论文重视小学基础，就几乎与刘、黄如出一辙”，还在《研究法》其他未征引《文心》的篇目中寻到了汉学痕迹①。二文固已论述深细，但要准确揭示姚永朴对《文心》的态度，仍有未到之处，即汪文未对“征引”这一持论的重要证据进行分析，叶文也主要是数据统计以及篇目对比。所以我们有必要深入分析姚永朴征引《文心》的具体语境，比对原文与黄侃《札记》，才能切实地把握姚永朴、黄侃接受《文心》的程度、内容、动机、效果究竟如何。

直接钞引《文心》而不加分析，是姚氏的主要呈现方式。《研究法》凡 50 处直接引用《文心》，语涉 29 篇，其中 19 篇在黄侃《札记》亦有相应讨论。综观二人态度，他们对所征引的原文，除《声律》篇外大多持肯定和汲取的态度，对文章的一些外缘问题确有共识。

其一，文章要素方面，摈弃了刘勰声律说，主张声律自然，隶事征实。姚氏引《声律》“凡声有飞沈”至“不出兹论”，批判这些言论容易滋生声病的弊端，认可钟嵘的声律自然说，并极力肯定韩愈以“气盛言宜”拯救声病之功②。黄侃也认可文章声律应本于自然，“文章原于言语，疾徐高下，本自天倪”，认为钟嵘“但令清浊通流，口吻调利”的说法于刘勰较优③。用事方面，姚氏引了《文心》“陈思《报孔璋书》”至“则改事失真”、“陈思《武帝诔》”至“不类甚矣”两段话，对古人名篇难免失实的情况作了批判④。黄侃也认为文章不宜引事失实，“文章之功，莫切于事类”，喻人之文须以信为贵⑤。

其二，风格论方面，刘勰繁简得当、执正驭奇、趋雅避俗等观点均被二人吸取了。刘勰《镕裁》重点论述了“规范本体”“剪截浮词”的写作过程，对情、事、辞的弃取力求繁简得当⑥。姚永朴《繁简》篇也大幅征引该文，以证其“无分于繁简，惟得其宜”的文章观⑦。黄侃此篇札记则进一步提出了本之于自然的命意修辞论，批评桐城元老“专以简短为贵”⑧。至于奇正和雅俗，姚永朴认为先守正后求奇，引刘勰“旧炼之才”至“逐奇而失正”这段讥讽效奇取势的言论，批判初学尚奇的不良风

① 汪春泓《论刘师培、黄侃与姚永朴之〈文选〉派与桐城派的纷争》。

② 姚永朴《文学研究法》，第 94—96 页。

③ 黄侃《文心雕龙札记》，中华书局 2016 年版，第 104—105 页。

④ 姚永朴《文学研究法》，第 118 页。

⑤ 黄侃《文心雕龙札记》，第 174、162—164 页。

⑥ 范文澜《文心雕龙注》，人民文学出版社 1958 年版，第 543—544 页。

⑦ 姚永朴《文学研究法》，第 114 页。

⑧ 黄侃《文心雕龙札记》，第 101 页。

气，又引《事类》“夫姜桂因地”至“虽美少功”①，主张绩学以求雅避俗。对效奇取势，黄侃也认为“不可为训”，同时强调博学，初学为文时宜“摹雅以定习”②。

清代朴学风气已使隶事征实的观念深入人心，黄、姚二人持论相同自在情理之中。但骈文派素来注重声律，如果说黄侃的声律自然说可视为由骈而散的调整，那么姚永朴不再拘泥于元老们的“雅洁”说，亦不可否认其借骈文派调适了桐城文论。此外，姚氏“用奇与用偶，其流异，其源同”的言论，破除了世人“桐城派”古文家、“阳湖派”古文家、“不立宗派古文家”三分鼎立的认识③。黄侃《丽辞》也肯定了刘勰奇偶适变、迭用奇偶之说，称其“真可以息两家之纷难，总殊轨而齐归者矣”④。可见，他们已不再争奇偶骈散之正宗或优劣高下。

基于上述言论，我们仍可认为姚永朴努力借《文心》以使桐城派别开新面，姚、黄均主张骈散不分。但若仔细考察姚永朴接受《文心》的内容和方式，尤其是与刘勰、黄侃所论相对照，其实并非互相妥协、骈散相合这么简单。就二人对《文心》相同篇章进行的征引和论述来看，姚、黄的文体论和创作论貌同心异，分歧较大。

## 三、趋异之一：文体论

实质上，二人以上观点多为谨守家法、师法基础上的互相承认，他们在文事内核的文体论、创作论上仍难以融通。这可从他们解读《文心》的歧见中见出。文体论的差异体现在文章是否有体格，各类文体的内涵、范围、代表作、学习方法等方面的不同认识。

姚永朴征引《文心》最广泛的是文体论，分散在《门类》《著述》《格律》三篇。前两篇主要阐述姚鼐提出的十三类文体，引《文心》以释名。《格律》强调“文章一类有一类之格”，前引《定势》“章表奏议”至“从事乎巧艳”，后近三分之一由《文心》十二种“无韵之笔”的论述构成⑤。这些都成为姚永朴注重体格的注脚，但刘勰的这部分内容，恰是黄侃批判的。

《定势》篇札记首先破除了古今文势说，尤其是刚柔阴阳之分，指出刘勰“篇中所言，则皆言势之无定也”。继而逐段解读原文，指出刘勰“势不自成，随体而成”“文势无定，不可执一”“体势相须”的观点。由此反观姚永朴的征引，不难看出他

① 姚永朴《文学研究法》，第110页。
② 黄侃《文心雕龙札记》，第96、172页。
③ 姚永朴《文学研究法》，第46—47页。
④ 黄侃《文心雕龙札记》，第141—142页。
⑤ 姚永朴《文学研究法》，第86—88页。

们理解原文的不同方式和接受的深浅。黄侃通观全局，更接近刘勰本意，而姚则仅取其中一点，用以构筑自己的文论大厦。黄侃批评那些“专标文势妄分条品者”，“矜言文势，拘执虚名，而不究实义，以出于己为是，以守旧为非者”，与刘勰相比“相去乃不可以道里计”，并非捕风捉影之言①。

至于刘勰《辨骚》《诠赋》《颂赞》《议对》《书记》这五篇均论及的具体文体，对《文心》的接受仍大有不同。先说无韵之文。姚永朴《格律》篇体格部分几乎完全照搬《文心》定义，引用《议对》《书记》之语即出于其中。前者为“夫动先拟议”至“此纲领之大要也”，“夫驳议偏辨”至“王庭之美对也”；后者为“详总书体”，至“盖笺记之分也”②。而黄侃只选择《议对》和《书记》两篇无韵之文，原因恰是深知“文体多名，难可拘滞，有沿古以为号，有随宜以立称，有因旧名而质与古异，有创新号而实与古同”，所以最好的处理办法是推其本原，诊求旨趣，收以简驭繁之功。他指出，议对为“论事之泛称”，“书记之科，所包至广”，推原二种，便可对非常广泛的应用之文收以简驭繁之效。而且他还驳斥纪昀想要删除刘勰《书记》所录的“繁文”（指谱、簿等 23 种杂体），是“有意狭小文辞之封域”③，并未知刘勰本意。文之无定体、体之无定名，可谓黄侃对文体总的看法。其消解对应用文体进行繁复分类的意义，模糊文体界限之举，实际比姚永朴包容了更多的文体，更接近于中国古代传统宽泛的“文章”概念。

再说有韵之文。对于《辨骚》，黄侃和姚永朴都认为“骚”是辞赋中的一种文体，并高度认可《楚辞》中的屈、宋之作，以真实为本，以华文为末，肯定后世学其真实之处，比如枚乘《七发》。姚永朴谓之得屈、宋“清真古朴”，黄侃也认为“其实屈、宋之辞，辞华者其表仪，真实者其骨干”。但学习方法不同，姚认为辞赋创作的学习，也和其他体类一样，应遵循“命意、布局、行气、遣词”的通用原则，黄侃则认为应当工于变化，反对遗神取貌，徒学声调和藻采④。

对《诠赋》则都认可班固“赋者，古诗之流”的源流说，也认可刘勰丽词雅义，符采相胜的赋体论。至于赋史，虽都引用张惠言《七十家赋钞序》，认为赋体穷于庾信之时，但对此后的赋史则看法不一。黄侃沿乃师章太炎之说，认为“赋至唐而遂绝”⑤，姚永朴则以韩愈为赋体新变。而关于唐前赋体作品的评骘，他们也针锋相对。姚永朴称引洪迈《容斋随笔》之说，“东方朔《答客难》，自是文中杰出。扬雄拟

① 黄侃《文心雕龙札记》，第 95—97 页。
② 姚永朴《文学研究法》，第 88 页。
③ 黄侃《文心雕龙札记》第 60、65、71、72 页。
④ 姚永朴《文学研究法》，第 50—52 页。黄侃《文心雕龙札记》，第 23 页。
⑤ 黄侃《文心雕龙札记》，第 52 页。

之为《解嘲》，尚有驰骋自得之妙”，认为他们是后世学楚骚中能“归于清真古朴”者[①]。但黄侃所引章太炎《国故论衡辨诗篇》却说用赋体自述的《答客》《解嘲》，其“文辞之繇，赋值末尾流尔也”[②]。

对于《颂赞》，姚永朴所引为“原夫颂惟典雅”至“如斯而已”，“事生奖叹”至“其颂家之细条乎”，但未作进一步解读。所引的这两段释名之语，“敷写似赋”“敬慎如铭”诸语并不能让读者明白“颂”体为何，而从“事生奖叹”开始引，又易给读者传达出“赞”体只有褒扬之义。详参《札记》对全文的串讲，指出“颂”为“诵”的借字，该文体“广之则笼罩成韵之文，狭之则唯取颂美功德”，也揭出了刘勰认为“赞”之本义为明、助的看法，纠正了后世对“赞”为赞美的误解，并特意在“奖叹”之下注说“奖叹即托赞褒贬，非必纯为赞美”[③]。由此，廓清了时人以颂赞为褒扬的误读。

由以上不难见出，虽然共研《文心》，姚永朴大谈无韵之笔，黄侃着力于有韵之文，但黄侃所认可的文体范围比姚永朴更广，处理方式更灵活，深得刘勰文体论的要义。

## 四、趋异之二：创作论

姚鼐在《〈古文辞类纂〉序目》提出的神、理、气、味、格、律、声、色文章八事论[④]，也随着该书的广泛传扬而影响至远。但姚鼐再未对此论作相关的具体阐述，后人对此八事的理解各执己见。姚永朴广泛取资于《文心》，首次对文章八事作系统阐发，既是《研究法》创作论的重要部分，也是桐城文论的重要发展。姚永朴在文体论方面对《文心》警惕较高，是为谨守家法，那对尚有较大自主阐发空间的创作论是否就与《文心》深度融合了呢？事实恰恰相反。

《研究法》卷三中有《性情》《状态》《神理》《气味》《格律》《声色》六篇，除更近于风格论的《状态》篇外，其他隶属于创作论的五篇均广泛征引了《文心》中的10篇[⑤]。奇妙的是，黄侃对这10篇均作了相应解读，但龃龉之处颇多。

其一，才能论。姚氏《性情》篇有两处征引《文心》。其一论文章须见性情，重质不重文，引《情采》“夫铅黛所以饰容”至“言与志反，文岂足征”[⑥]。刘勰此段主要

① 姚永朴《文学研究法》，第50—51页。

② 黄侃《文心雕龙札记》，第53页。

③ 姚永朴《文学研究法》，第87页。黄侃《文心雕龙札记》，第61—64页。

④ 吴孟复、蒋立甫《古文辞类纂评注》，安徽教育出版社2012年版，第18页。

⑤ 此十篇为《附会》《情采》《体性》《神思》《风骨》《养气》《隐秀》《声律》《炼字》《丽辞》。

⑥ 姚永朴《文学研究法》，第68页。

强调文章写作须以情理为本，讥刺为文造情、言与志反。黄侃也承认了《情采》一文“所讥独在采溢于情”，但他揭出了刘勰所论的时代原因——齐梁之世文体趋于缛丽，还指出其本意是文质相宜，如果刘勰生活于质胜于文之世，则“其所讥当又在此（指质）而不在彼（指文）”了。所以他继续批评，那些忽略刘勰发论的具体背景的言论，则又堕入了偏见。虽然黄侃在继续申刘勰论“为文造情”至“言与志反”时，从“博弈饮酒而高言性道”至“行才中人而力肩道统”一连串的讽刺已近于谩骂，但他提出“救质者不得不多其文”等观点①，不仅补善了刘勰提出的文质相宜论，放在文衰质胜的清末民初，也有很强的救弊意义。反观姚永朴固守情理求质之一端，并直接抬出刘勰，以之张本而不顾时局，则似有刻舟求剑之嫌。第二处是论文学家独有资禀，引《体性》“功以学成”至“才气之大略”②。刘勰此段话强调作家才气对创作整体风格的决定作用。姚、黄都认可这点，所不同者是，姚永朴更加注重超越个人的时代因素，说“凡切于时世者，其文乃为不可少之文”③。他虽一面汲取《文心》的天才论，一面又更警惕地谨守家法，力求突破个人局限，关注时会际运。而黄侃则承沿刘勰的观点，主张习于雅文以养个人情性。回归民初动荡的时代语境，姚氏观点又似略胜一筹。

其二，构思论。《神思》为刘勰最重要的篇目之一，是构思过程的揭秘，论及储学、命意、临文结撰诸事。姚氏《神理》篇引用了“行在江海之上”至“窥意象而运斤”、“临篇缀虑”至“其微矣乎”，几近全文一半。但其用途仅用于证明命意与行文的关系是：“意在笔先”“意在笔外”④，并未作进一步解读。而黄侃的阐发极为精彩，对上述两段话作为两点延伸。一是以博学为基础的构思论。黄侃在论文时非常善于引向治学。《神思》开篇“行在江海之上”至“其思理之致乎”主要讲思维的想象作用，黄侃进一步补充说，人除了可以“凭心构象”外还可以“感物造端”，文章的构思也形成了缘此即彼、即异求同两条路径，而这两条路径，他认为也是“以驭万理”的学术之原。再如，解释“积学以储宝”、张衡迟而左思快时，也凸显了刘勰以学问为基础的构思论⑤。这就将容易蹈虚的“神思”引向实学。而姚永朴不仅未充分展开论述，且论述“神妙”“神化”时，视之为难以达到的境界，构思之初须“神到机到”⑥，也甚为虚玄。二是揭示出行文的命意修辞论。刘勰“临篇缀虑”至“其

① 黄侃《文心雕龙札记》，第 98—99 页。
② 姚永朴《文学研究法》，第 68 页。
③ 姚永朴《文学研究法》，第 68—69 页。
④ 姚永朴《文学研究法》，第 79 页。
⑤ 黄侃《文心雕龙札记》，第 80—81 页。
⑥ 姚永朴《文学研究法》，第 77—78 页。

微矣乎”大抵讲构思之后撰写文章容易存在“理贫”和“辞溺”之弊，即与命意、修辞相关。黄侃提出这可以以“博而能一”“杼轴献功”来拯救。所谓“博而能一”是在博学基础上修整命意，使文章前后一贯。“杼轴献功”是说“文贵修饰润色”，才能避免义巧而辞拙、意新而事庸的尴尬①。而这些，姚永朴只述未论，难彰刘勰的精义。具体在谋篇布局方面，二人观点也不同。姚永朴引《附会》“凡大体文章”至“此命篇之经略也”，认为谋篇必先制局立格②。黄侃还是注重命意修辞的一贯性，认为缀文的总原则是“有定理”而“无定式”，应“以理循之”③。

其三，文气论。《文心》中《神思》《养气》《体性》《风骨》诸篇之论气有不同的层面，前两篇为作家层面的性气、精神，后两篇指文本层面的文气。这一点，黄侃曾多次进行了明辨。比如《风骨》篇中，他认为“风即文意，骨即文辞”。刘勰“辞之待骨，如体之树骸，情之含风，犹形之包气”的意思是：“体恃骸以立，形恃气以生；辞之于文，必如骨之于身，不然则不成为辞也，意之于文，必若气之于形，不然则不成为意也。”可见，《风骨》之气是从文章层面说，是文意、文情（即“风”）的来源。而对《养气》之气，黄侃说“养气谓爱精自保，与《风骨》篇所云诸气字不同”④，指作家层面的性气和精神。姚永朴在《气味》篇中集中阐述了他的文气论，开篇指出“夫人之气，言语其着焉者也。文章又言语之精也，故以气为重。……文章无气无以行之”，可见其对气的理解偏于文章层面。但全文征引的内容十分杂糅，从物理形态之气，到作家精神、文章命意、行文风格甚至语气词，只要语涉“气”之一字均予钞述。其中，《文心》的文气论也被汲取了。引用《风骨》《养气》中的文字，一是为了证明气之有关于文，二是为了传授养气之法⑤。而引文前后是介绍孟子、曹丕、颜之推、韩愈、苏轼、刘大櫆等人的文气论，这显然只是在梳理“以气论文”的线索，并未指出刘勰所论之“气”为何。而其多处强调孟子的“养浩然之气”来看，又是倾向于从作家层面来理解“气”。这种含糊与杂糅的表达说明他并未准确深刻地理解刘勰的文气论。

其四，语言论。语言之“质”与“文”，素来是桐城派和骈文派显著的差异。姚永朴也曾努力借《文心》来改善桐城文论，重视文采，但效果甚微。其《声色》篇指出了炼字、造句、隶事三种增加文采的方法。姚、黄对炼字和造句的论述差异较大。姚氏引《炼字》所论的避诡异、省联边、权重出、调单复之法，尤其推崇避免同

① 黄侃《文心雕龙札记》，第 82 页。

② 姚永朴《文学研究法》，第 89 页。

③ 黄侃《文心雕龙札记》，第 181 页。

④ 黄侃《文心雕龙札记》，第 87、177 页。

⑤ 姚永朴《文学研究法》，第 82—83 页。

字相犯①。这就将文章炼字之法引到了换字一路。而刘勰该篇精义却不在此。刘勰《炼字》篇先通过语言文字的变迁,揭示文字难易乃因使用之兴废的规律,因此推崇选用能"该旧而知新"的文字,校正文字时亦须"依义弃奇"②。而姚永朴所述显然已转移并割裂了刘勰的重点。而这些重点,均已被黄侃重重揭出。《札记》还着力批评了是古非今、慕难贱易、崇雅鄙俗、趋奇厌常四种用字法,主张"安其所习""取便于用"③,无疑均与刘勰尚易适时的观念一脉相承。

句法方面姚永朴未引《文心》,而是谨守家法,以工于造句、气势雄奇的韩愈、注重字句音节的刘大櫆为尊。然《文心》之句法论——《章句》篇却被黄侃认为最重要的篇章,该篇札记也最深入宏富。他说"一切文辞学术,皆以章句未始基",指出"安章之法,要于句必比叙,义必关联",无韵之文不一定以四六字为宜,但造句不宜过长,像曾巩、欧阳修、苏轼等奇长之语皆不可取④。由此可见,其实姚永朴与黄侃之冲突,最根本的是不可能相融的句法论上。按黄侃所谓"句必比叙,义必关联",实与方苞"言有序"之论别无二致,只是后期桐城派已在句法之雄奇上愈走愈远了。从这个意义上看,黄侃之重申以章句为根基的创作论,不仅推衍了刘勰的精义,更是桐城先祖之功臣。

## 五、错位表达:以注代论与以述为论

由上可知,姚永朴与黄侃作为当时讲授《文心》的先驱,虽有相通之处,但这些相通之处在当时多为与文事关系较远的源流论、风格论上。而与文事密切相关的文体论、创作论却较难相融,二人接受接受《文心》的动机、内容、方法、效果也极不相同。不可否认,姚永朴广泛征引《文心》,有以之为论文圭臬的动机,但与黄侃《札记》相比,实际并未能取得十分融通的接受效果。原因即在于接受内容、接受方法的不足。《札记》之诞生即基于在内容和方法对姚氏的拨正。

内容方面,姚永朴接受《文心》较深入的仅是文体论部分。创作论上虽也表现出融合《文心》中关乎性情、天赋、构思、文采的论述,但若取原文对照,可发现并未能贴合刘勰原意。尤其是对刘勰文气论的认识,并不如黄侃明晰。在核心的创作观念上,姚永朴依然谨慎地固守家法。而黄侃对于《文心》,并不如姚永朴那样广泛地直接征引、为我所用,他采取的是回归历史语境、明断是非后批判继承的态

---

① 姚永朴《文学研究法》,第 97 页。

② 范文澜《文心雕龙注》,第 624—625 页。

③ 黄侃《文心雕龙札记》,第 168 页。

④ 黄侃《文心雕龙札记》,第 111、125 页。

度，对《文心》中不再适时的观点并非一味认同。就同一文本的解读尚且存在诸多龃龉，二人实为“貌同心异”。

《研究法》体仿《文心》，是桐城派作家系统阐述桐城文论的唯一专著①，也是桐城派文章理论的结穴之作②，对桐城文论有较大发展。它广泛吸收，融会贯通，论述体系，姚永朴也成为近代高校讲授《文心》的第一人。但因对《文心》的讲解存在诸多不足，所以后人有再深入研究的必要。黄侃《札记》的诞生与之不无关系。黄氏《札记》不仅在内容、观点进行补阙；选择与系统论著相异的札记体，还起到了从方法论上击破除陈说的效果。

著书立说与札记日钞为中国古代两种重要的学术表达方式。姚永朴在仿照刘勰《序志》篇的《结论》中说：“为诸君撰《文学研究法》二十四篇，于文章奥窔，言之亦略具矣。虽然，犹有一说焉。”③这表明，他已明确地选择了著书立说这种学术方式来完成《研究法》。而黄侃之所以选择札记，《题辞及略例》说：“自愧迂谨，不敢肆为论文之言，用是依旁旧文，聊资启发，虽无卓尔之美，庶几以弗畔为贤。”④其实表达了对著书立说这种方式的警惕。

著书立说，大多为论辩之文，要能成一家之言。姚永朴在《著述》篇已指出论辩之文本源于诸子之学，“欲求深入，最忌剽滑”，宜以《论语》《孟子》为模范。《格律》篇引《文心》，也指出了论说文贵能“圆通”“破理”。至于札记日钞，则是从经学、史学衍生的，在宋代书院兴起、至清代广泛流行开来的学术表达方式。朱熹自道，“日间思索有疑，用册子随手札记，候见质问，不得放过”⑤，可见札记从产生之初便有记疑求问的功能，具有随书、零散、不确定的特质。黄侃自道：“依旁旧文，聊资启发，并加之以诠释，亦随古例。”由此来看，著书立说无疑更接近现代追求创新、系统的学术表达。

但从姚、黄研治《文心》的效果来看，黄侃的《札记》在内容上更具创新性，堪称刘勰的异代知音。后人甚至追认此书突破了笺注、评点等传统读经之法，是现代“龙学”的开端、古代文论研究现代转型的关捩⑥。但如果仅从突破传统读经之法、

---

① 杨福生《姚永朴〈文学研究法〉述论》，《北京大学学报(哲学社会科学版)》1998 年第 5 期。

② 慈波《〈文学研究法〉：桐城派文章理论的总结》，《江淮论坛》2007 年第 5 期。

③ 姚永朴《文学研究法》，第 131 页。

④ 黄侃《文心雕龙札记》，第 2 页。

⑤ (宋)朱熹《晦庵续集》卷八《与长子受之》，《四部丛刊》景明嘉靖本。

⑥ 比如：李平、金玉生指出，《文心雕龙札记》“摆脱了前人以‘读经之法’研究《文心雕龙》的窠臼，标志着现代‘龙学’的诞生”，是“传统文论研究向现代转型的一个承前启后的转折点”。《略论黄侃〈文心雕龙札记〉的学术地位和价值》，《中国文论的古与今——古代文学理论研究第三十二辑》，华东师范大学 2017 版，第 157—179 页。

注重理论阐释的角度来认定《札记》为古代文论的现代转型，那么更注重理论性和体系性的《研究法》亦足以当之，先于黄侃而在高校以《文心》为重要文论范本的《研究法》亦足称“龙学”的开端。那《札记》对“龙学”的贡献究竟在哪些方面呢？答曰“旧瓶装新酒”。黄侃采用得较多的学术表达方式，比如《文心》用札记、《文选》用评点、《说文》有笺注、《日知录》用校注，这些方式与传统的学术表达实无二致，均以求“是”为尚，很难说突破了读经之法。与姚永朴相比，他所突破的不是学术表达方式，而是内容和观点，批判地吸收《文心》，并在多篇札记的笺注、解题中贯穿了文本自然、命意修辞、以章句论为始等思想。黄侃的学术表达，可以说是一种以注代论的方式。而《研究法》虽号为论著，皇皇四卷二十四篇，涵盖了枢纽论、文体论、创作论、风格论四方面，体系完整，但实际对《文心》等旧说的新阐发甚是微薄，整体特征仅是钞撮征引、为我所用。其学术表达方式又是另外一种，即以述代论。

姚永朴在形式上革新了传统的桐城文论，不再以评点为言说方式，而代之以体系性的论著，但内容上尚难脱窠臼。黄侃则虽固守了传统的朴学表达传统，但已从内容上革除了历来对《文心》的误解，同时生长出新的文论观点，这才是其堪称古代文论的现代转型之处。

# 域外骈文研究

# 马来西亚作家管震民的骈文和散文创作

谭家健

管震民(1880—1962),出生于浙江黄岩,1900 年中秀才,1905 年考入京师大学堂(后改称北京大学)博物科,1908 年毕业,赐同举人出身,分发到法部任七品京官,旋辞职,任山西大学教授、开封师范校长、浙江第二师范校长、缅甸仰光华侨中学校长、浙江博物馆馆长,1934 年任马来亚钟灵中学国文科主任,从 1908 年至 1950 年,从事教育长达 42 年,平生酷爱诗文写作。1955 年,集合诗文作品为《绿天庐诗文集》,槟城康华商务印刷公司印行。全书分上下卷,上卷为诗集,收古近体诗数百首,(1956—1962 年的诗不在其内);下卷为文钞,收各体古文七十余篇,包括散体文、骈体文和四言韵文(赞、颂、祭文),全书无白话文。

本文不论诗,专论文。依内容大致分三类:

第一类,谴责日寇侵略,支持抗战救国,悼念罹难同胞之文。

上述主题贯穿全书,略述其代表作。

《槟城华侨协助佛教救护团募捐启》

此文作于 1938 年 3 月。中国佛教会理事长圆瑛法师,“目击敌人之残暴,轰炸兼施;心伤兵燹之炭黎,饥寒交迫。祸生不测,变起非常。谁无恻隐之心,应有救援之谊。……设立灾区救护团,当今编成僧侣救护队三组,掩埋队三组,共赴战区…… 又复创立佛教医院一所,及难民收容所多处,担任善后工作。藉药石以祛疾疫,得免呻吟;俾起居稍觉安全,不虞风露。……惟实行各种工作,费用既感夫浩繁,开支亦觉其巨大。欲解衣以推食,难点铁以成金。苟不先筹,岂能持久? 是以国府林主席专函介绍法师南来,募集经费,业在星马各地,成立募捐委员会。……惟祈侨界群贤,以及空门佛子,当仁不让,见义勇为。大沛甘霖,苏垂危之涸鲋;惠分义粟,慰待哺之哀鸿。……敢希解橐输金,大发悲慈之愿;行见善缘胜果,定邀仁寿之祥”。

文章以四六对句为主,兼用散句。陈义肯切,感人至深。文中提到的“国府林主席”,指当时中华民国国民政府主席林森。

《“七七”二周年纪念鬻字助赈小启》

在 1937 年 7 月 7 日卢沟桥事变,日寇全面发动侵华战争两周年之际,管震民先生为了赈济难民，鬻文卖字，所得收入全部捐出。为此，他写下“小启”，基本上是骈文，要点如下：

……远望中原，每倾老泪。痛虾夷之肆虐，惨见疮痍；幸虎口之余生，得免冻馁。徒切如伤之念，术乏点金；欲求济急之方，事惟解橐。鬻文卖字，原为寒士生涯；杯水车薪，聊尽匹夫天职。拟乘暑假之暇，学书小品之文，所得为灾民请命，何辞东抹西涂？……奉呈片纸，敢联翰墨因缘；不吝兼金，定卜解推踊跃。飞来白镪，洗清重七奇羞；痛饮黄龙，恢复万千失地。……

文中“虾夷”指日本。“润资”，润笔之资费，代指文章稿费或售卖字画之报酬。“白镪”，白银，代指钱币。“重七”，指七七事变，其后中国痛失华北，故称“奇羞”。“黄龙”指金代重镇“黄龙府”，在今吉林省长春市境内。南宋岳飞曾说过：“直捣黄龙，与诸君痛饮一杯。”此指收复东北失地，庆祝抗日胜利。管震民先生作此文时，已经年届六旬，无力执干戈以卫社稷，只好卖字以救济灾民。这种爱国精神，可钦可敬。

《管彦邦、槟玉弟姊祭祖母暨父亲文》

1941 年 12 月，日寇入侵马来亚，残酷对待华侨，无故抓捕、残害。管震民先生的儿子管宪工，莫知所由被逮捕，死不见尸。管夫人年六十有余，伤心至极，与长孙相继病故。家中所剩幼孙彦邦、孙女槟玉及儿媳，悲痛欲裂。祖父管震民代孙辈作祭文，祭奠亲人。其后段写道：

突遭惨劫，泣鬼惊神。公冶何罪，缧绁伤身。病不知日，逝不知辰，形骸湮寂，壮志莫伸，举家闻耗，疑假疑真。肝肠寸裂，血泪满唇，茫茫大道，果属何因？呜呼！返魂乏术，谨奉遗物，冠履衣裳。一坯净土，大招楚些，来傍祖堂。重闻謦咳，共穴同方。长留浩气，环绕槟榔。当承遗志，念念不忘。灵其不昧，鉴我衷肠，呜呼哀哉！伏惟尚飨。

此文大部分句子是四言韵语，学楚辞《大招》《招魂》之体，其中“公冶”指孔子弟子公冶长，曾无辜入狱，孔子哀叹之。管文作于 1943 年 1 月 24 日，正是日寇凶狂之际，很多话不敢畅所欲言，只能含蓄表达。

《槟榔屿华侨抗战机工罹难同胞纪念碑文》

抗日战争期间，南洋华侨有成千上万人，或奔赴前线直接参战，或到后方担任机工，牺牲罹难者不计其数。抗战胜利后，马来半岛的华侨在槟城（槟榔屿）升旗山下建立了一座高达数丈的雄伟纪念碑，碑面刻的碑文，由管震民撰写。全文如下：

> 慨自滔天祸水，起于卢沟；刮地腥风，播及槟屿。凡是侨居华族，莫不恨切倭奴，出力出钱，各尽救亡之天职；无老无少，咸怀抗战之决心。是以募招机工，大收骊驾辇车之利；技参军运，竟树辇刍挽粟之功。矢石临头，都无畏惧。而疆场殉职，宜慰忠魂也。迨日寇偷渡重洋，首沦孤岛。先布肃清之令，更颁炮烙之刑。公冶被诬，同羁缧绁；嬴秦肆虐，重演焚炕。暴骨露尸，神号鬼哭。虽扬州十日，无此奇冤；嘉定三屠，逊兹浩劫也。所幸两声原子，三岛为夷；八载深仇，一朝暂雪。第飞扬白旆，虽远竖于东瀛；而闪烁青磷，尚游离于南郭。屿过岘首，空怀坠泪之碑；鹤化辽东，未见表忠之碣。言念及此，情何以堪？槟屿赈会，早经议决，亟思掩盖，借安英灵。奈经处处搜寻，始得一丘之萃。兹者卜地旗山之麓，建立丰阡招魂。槟海之滨，来归华表。漫说泽枯有主，定教埋玉无忧。庶几取义成仁，亘千秋而不朽；英灵浩气，历万古而常昭。

这篇碑文，在《绿天庐诗文集》中注明作于 1946 年 7 月 7 日。义正词严，慷慨激昂，感情充沛，气势沉雄。自始至终皆用对偶，偶杂散句，用典很少，明白爽利。其中“曾沦孤岛”“布肃清冷”，指日寇侵占马来亚和新加坡后对华人实施“检证”，“肃清”抗日分子，许多人被拘捕处死。文章将公冶长无辜入狱，秦始皇焚书坑儒，清兵入关后在扬州、嘉定的大屠杀与日寇在南洋的罪行做类比，是以骈体文记现代史的成功之作。笔者曾于 1999 年游历槟城，瞻仰该碑，并抄下这篇碑文，后来在别人书中也见到引用，可见已产生广泛的影响。

《钟灵中学死难师生纪念碑序》

钟灵中学是北马著名中学，在抗日战争期间，是支援祖国的大本营。日寇侵占马来亚后，钟灵中学成为重点镇压对象，被日寇迫害致死者，全校教师中有八人，学生有六十余人。抗战胜利后之 1946 年春，学校建殉难师生纪念碑，管震民作序，其要点如下：“自虾夷肆虐，衅起卢沟。”我校师生“出力出钱，各尽救亡之天职；同仁同学，共抒爱国之热忱。自始至终，誓为后盾；前呼后应，敢作先声。由学校而言，以我校为最；而自敌视之，则恨之入骨，欲得甘心。亡华之迷梦未成，南进之机缘又阻。不惜广罗鹰犬，伺隙相窥；预伏豺狼，待时出噬。……迨偷渡重洋，首沦孤屿。先毁最高之学府，大捕无辜之师生。……为一网打尽之计，用百般残酷之刑。……鬼哭神号，人天共愤，暴尸露骨，魂梦何安？……噫！几声原子，三岛为墟。国耻家仇，共洪流而满东海；成仁取义，泐贞石而树中庭。何殊血食千秋，永葆馨香于勿替；且慰游魂万里，长留姓名以同芳”。通篇序文，几乎全是对偶句。碑文是刻在碑上的。另有追悼会之祭文,亦由管先生撰写,在纪念碑揭幕时诵读。祭文除前面散体小序外,共128句,每句皆四言,数句换韵。最后列出八位殉难教师姓名。

《谢松山〈血海〉序》

《血海》是谢松山编写的一本书,记录日本强盗在新马所犯下的种种罪行。管震民为之作序,时为1950年。此文与前述各文不同的是,它比较全面地概述了自九一八以来的历史,揭露其种种罪恶,包括元凶与余孽,皆予以记录,载入史册,以示不忘。摘要如下:

> 慨夫虾夷肆虐,祸水滔天;狮岛罹殃,腥风遍地。……吾侨身虽远处重溟,心则常怀祖国。同是轩黄遗裔,谁甘奴隶他人?九一八之奇耻未湔,一二八之深仇又起。观衅而动,先发制人。辽沈既易其版图,沪宁又遭其蹂躏。……所幸霹一声,弹飞原子。广崎两岛,魂夺倭奴。辄为无条件之投降,远扬白旆;因而获抗战之胜利,重见青天。然后会设鸣冤,刑彰约法。……空前惨案,不世奇冤,稍蒙昭雪,得慰英灵也。兹阅浩劫余生(即谢松山笔名)手辑是编。不为无病之呻吟,而作有凭之实据。凡铁蹄之所践,悉开网之是罗。义正词严,直秉董狐之笔;穷形尽相,如燃温峤之犀。血泪盈盈,历千秋而不灭;海天淼淼,亘万古其犹腥。……惟祈血化苌宏,尽洗昭南之污迹;更望填海精卫,永平星岛之回潮。是为序。

这篇序文,情辞壮阔,气势磅礴,可视为管老同类文章的总结。只是用典较多,而且有些语句与他篇重复。

第二类,有关文学艺术文化教育之文。

槟城从1776年开埠,较新加坡早四十余年。华侨到此,逐渐增多,带来了中华文化,也聚集了一批又一批文化人士,各种文化艺术活动日益繁盛,至今犹称雄于北马。管震民多才多艺,能诗能文,善于书法、绘画,对金石文字亦饶有兴趣。他和当地同好组织了一系列活动,撰写了有关的启事、小集和诗画集序。这些文字多用骈体,典雅精粹,是其文集中的佳品。

1. 关于诗歌者:

《组织槟榔吟社缘启》

此文作于1940年春节,吟社即诗社,文章第一段说明缘由:"东海扬波,腥凛遍地;南溟逆旅,悲愤填膺。怅国粹之将沦,谁能遣此?欲元音之不坠,责岂旁贷。……不为无病之呻吟,而作救亡之论谳。……唾壶击碎,直教小丑惊心;拔剑高歌,足壮前方胆略。与其登楼作赋,徒萦故国之思;不若诗社联吟,好会他乡之友，此同人等不揣固陋，发起槟榔吟社之由来也。”第二段讲槟榔屿具备成立诗社的条件和时机：“夫槟榔胜具鹤山，地分狮岛，人文会萃，风景清幽。每遇良辰，闻橡雨蕉风之逸响；常成佳句，写江花谢草之新声。发于报端，传诸众口。……兹者远瞻烽火之横飞，神伤祖国；忍使版图之突变，色染倭尘。虽不能躬执干戈，较侵犯之浴血；然亦应手挥毛颖，寒奸贼之熏心。……藉慷慨之悲吟，挽颓靡之末俗。谁谓骚人墨客，不思敌忾同仇乎？”第三段讲入社的活动原则：“爰本此心，欲求同调。不论新交旧雨，愿订知音；即如过客远宾，乐为结契。……或师元白之酬唱，或同韩贾之推敲。满腹牢骚，罄情陶写。书驰铁马，檄可愈风；笔胜金戈，锋能逐日。且以醒国魂为主旨，不拘短句长言；专为联文字之因缘，奚计卢前王后。……他时黎枣流传，定看洛阳之纸；此日槟榔味隽，好扶大雅之轮。”

这时距日寇入侵马来半岛还有一年左右。吟社提出以抗日救国为主旨，以诗歌作刀枪，鼓舞士气。1941 年 12 月至 1945 年 8 月，星马沦陷，所有诗歌、戏剧、书画团体皆被迫停止。光复以后，又继续活动，一直延续下来，并扩大至怡保、麻坡，皆有诗社及其他文化团体。2001 年，我曾到怡保会见几位文化界人士，他们以新刊诗集相赠。新马的古典诗词写作团体，至今仍在定期开展活动。

《拟组织槟社集诗钟小启》

诗钟是在酒令和联句基础上发展起来的一种诗歌游戏。多人合作，每人先吟一联，限题、限韵、限时间，要求一炷香功夫完成。一炷香灭，钟声响，未成者失败，已成者再补缀一联或一首律诗。其对偶要工整，其内涵含而不露，有的近乎谜语，以巧为优。管先生描状说：“文宴招邀，特燃线香以记刻；吟俦角逐，每凭竹片以招题。藻思遥飞，当依时而立就；辞华隽茂，随分咏以争妍。各怀斗角勾心，庄谐并重；共扫浮词佻词，雅俗兼收。”目前在中国大陆已经罕见“诗钟”活动了，不知中国台湾、香港文坛如何？

《乙亥征求槟屿词人中秋赏月小启》

乙亥年为 1935 年，邀词人赏月，实际上是集体作诗：“惟望思抽艺圃，大扬兔管之辉光；还希把袂词场，共领麈谈之韵事。”现在中秋赏月的习俗仍然照常举行，但吟诗共韵不知还有多少人参与。

《曼沙吟草序》

此序作于 1946 年。《曼沙吟草》的作者周曼沙，湖南人，曾就读岳麓书院，理想是当教师。因抗战军兴，投笔从戎，参加远征军，胜利后留在南洋，于是与管震民有文字之交。“堪成同调，遂订忘年。怅归燕以无巢，诉离鸿于异地。既经年而涉岁，或卜昼以连宵。刻烛敲诗，金石之声交作；开樽对酒，湖海之气自高。”可见二人友谊深厚。周先生的诗作甚多，“积有篇章，都归格律。发其幽愤，寄彼幽思。抚景则闻啸傲之声，揽胜则起巷凉之感。而且心存故国，念切高堂。望古怀人，江山助其凄忱;哀时洒涕,风雨壮其愁思”。管先生对周诗评价甚高:“将见星韬珥笔,永留青史之辉;定教岭表铭功,合作黄金之铸。”此后,周、管二位往来密切,后来管先生的追悼会就是由周先生致悼词的。

《觉园续集序》(散文)

《觉园续集》作者李君俊,祖籍福建永春,天资敏悟,束发受书,师惊其才,誉为大器。其父在马来亚森美兰州经商,事业日新,召君前往助理。李君乃投笔从商,持筹握算,什不失一,臆则屡中,积数十年之经验,成为星洲商界巨子,南岛侨团领袖。轻财礼士,有口皆碑。性沉静寡言,惟两种嗜好,一学禅,一作诗。业务之余,诵经不绝。兴之所至,发而为诗。有“诗通于禅,禅寄于诗”之语。且广结骚人墨客,互相酬唱。管震民先与李君俊久订神交,弥深契合。虽然分居星、槟两地,然而一水遥通。前几年,李君以《觉园集》相赠,管先生爱不释手。后又有《觉园续集》问世。再受而读之,觉诗人之真性情愈见,而诗更与年俱进。序文感慨说:“夫以南岛一商人,对于风雅之道,求其能为附庸者,亦寥若晨星矣。作诗之难,固或知之;作诗能工之难,又或知之。但商人中能工于作诗者,则难之尤难矣。君今能之,非更难能可贵欤!”

此序作于1956年,当时新马商人能作古诗者确实不多,但是,随着马来西亚、新加坡先后独立,文化教育水平普遍得到提升。近五六十年来,工商界能作诗者越来越多了。

2. 关于书画者:

最早的应是《壬戌重九日设座嘉兴县署约园宴请嘉秀九老并摄影及绘约园主人敬老图小启》(代汪作),壬戌年为1922年。此时,管震民在浙江省内任职。重九为敬老之节日。嘉兴县长汪某,特约请嘉兴县九位老人,在约园聚会,并摄影及绘制《约园主人敬老图》。管震民这篇小启,等于会议通知,文末还开列九老的姓名,最年长者八十四岁,最年轻者七十岁。全文用四六对句,语词古雅,用典繁密,恕不引录。

《吕氏天盖楼匾额题跋》(为吕子录作)

吕氏指明末清初思想家吕留良,他坚持反清复明立场,拒绝应征康熙为笼络汉族文人而特设的博学鸿词科,削发为僧,入山隐居,所作诗文及评选八股文,多处暗含讽刺,谴责清廷的民族压迫。吕留良死后,其弟子曾静企图策动清朝湖广总督岳钟琪反清复明,被捕后从其家中搜出大量反清诗文,包括吕留良的著作在内。于是朝廷大兴文字狱,把曾静及吕氏门人拘捕处死,把吕氏家人男女六十余口发配塞外为奴,还把吕留良坟墓掘开,破棺戮尸。天盖楼是吕留良所创办的刻书局,相当于现代的出版社,由于吕氏反清著作出自该楼,清廷下令平毁所有刻版,连参加刻书的工匠、职员也受到严刑处罚,这是清初第一大文字狱。辛亥革命后，清廷被推翻，中华民国政府为吕氏冤案平反昭雪，在杭州建立祠堂纪念吕留良，并恢复天盖楼。吕子录是吕氏后代，因为吕氏宗亲全都远徙为奴，后来散在四方，不敢公开身份，吕子录奔走各地，查稽谱牒，考证各房宗枝，决心光复祖先盛德。因为他在民国后服务军界，此事推迟下来。暂先拟悬挂天盖楼三字匾额，向书法家征求墨宝。管震民此文就是替吕子录代作的启事。前面一段颂扬吕留良的事迹，后面一段说明树匾题字的用意。全文用骈。后来，为天盖楼题词者甚多，包括蔡元培等名人，内容也不限于"天盖楼"三字而已。

《钟灵中学图书馆谢徐悲鸿大师赠画小简》

1939年，徐悲鸿应印度艺术界邀请，到印度各地举办画展，并考察、观摩，1941年回国，途经槟城、怡保、吉隆坡，分别举办画展。槟城的钟灵中学获赠徐氏名画多幅，管震民代表校方作短简答谢，全文如下：

> 昨承惠赐法绘，烟岚满纸，墨汁淋漓。老马嘶风，声咽卢沟祸水；雄鸡唱晓，惊醒华族国魂。壮义士之声威，田横百岛；得方皋之赏识。看群杰之扬鞭，澄清可待；拜多珍之墨宝；什袭勿忘。不仅增黉序之光辉，且可作艺林之模范。谨当悬诸四壁，长为学子之观摩；爰特报以百朋，聊备程途之补助。明知不腆，希乞莞存。

此文短小精炼，暗含几幅名作。"老马"句指《奔马图》，"田横"句指《田横五百士》，"方皋"指《九方皋》，"雄鸡"即是画名。"百朋"，百钱。古代以贝壳为货币，五贝为一串，两串为一朋。此指一定数量的钱币作为赠画的报酬，不是确数。"莞存"，笑纳。可见徐悲鸿的作品受到华侨的珍重。

《嘤嘤艺展宣言》

"嘤嘤"二字出自《诗经》之《小雅·伐木》篇首章："伐木丁丁，鸟鸣嘤嘤，出自幽谷，迁于乔木，嘤其鸣矣，求其友声。""嘤嘤"一词在后世常被用作朋友间同气相求的比喻。此处用于画展，意即同好者可以通过展览互相交流。管氏在"宣言"中写道："槟城号称东方乐园，素为南岛名区。欧亚文明，吸收较早；中西艺术，切磋无碍。矧际此举行艺展之年，不可无发扬美术之事。不辞冒昧，敢结因缘，萍水相逢，苔岑感应。诗社与吟坛并筑，画禅与书圣同参。……极专家特技之长，尽得心应手之妙。微论新潮旧派，不分红袖缁袍。如为创作之高标，即成展览之奇品。一炉共冶，千腋成裘。流水知音，高山仰止。岂仅蜚声艺苑，翔誉槟江已哉！"下面欢迎各界踊跃投稿参展。此文没有交代写作时间，估计在五十年代。

《竺摩画集弁言》(散文)

此文作于1958年。竺摩上人是一位居住在香港的高僧兼画家。文章介绍他的生平，原籍浙江乐清雁岩山，幼年出家，修持佛法，造诣颇深。又耽爱翰墨，入广东春睡画院，师从岭南派大师高剑父，得名家指授，能沉浸六法，挥毫展纸，得心应手，驰誉画坛。对于书法、诗词，亦感兴趣。上人此次到泰国龙华佛学院，主持太虚大师舍利入塔典礼后，又应槟城菩提学院聘请讲经。借此机会，将历年所绘画作和书法向公众展示，管氏认为是“佛教徒破天荒之盛举”。展览后将出版书画集问世。管氏特作弁言（即前言），以表示景仰和支持。

3. 关于其他艺术和文化教育活动者：

管震民先生对于“新剧”（指话剧）颇有兴趣，曾应约作《戏拟新剧〈战地情鸳〉未婚夫李葭村祭江秀　文》和《戏拟新剧〈湘灵怨〉周叔雁祭杜湘灵文》。在此二文之末，作者附有说明：“民十八(1929)后，余自缅返浙，主任西湖博物馆。邑中青年鉴于日敌之惨无人道，如九一八之蹂躏辽沈，一二八之轰炸泸杭，义愤填膺。因组织话剧，表演时事，欲借此宣传，以唤起国人同起抵抗。由黄岩函嘱代撰祭文二则，明知是戏，虚构事实，然国家兴亡，匹夫有责，况英雄儿女，自古多情，乃为绮丽之辞，以表缠绵之意云尔。”

话剧全用白话，不可能在表演当中加入一段骈体祭文。管先生明知凿枘难合，仍欣然戏作，以供读剧本者阅览。其宗旨乃在宣传抗日，如李葭村祭江秀　文中写道：“变起倭奴，随处惟闻鹤唳；心伤军阀，按兵未见鹰扬。九一八之抵抗无期，三千万之生灵孰拯？身为女子，明知卵石之难投；我是丈夫，未获燕堂之是庇。遂使天边惨月，照破金闺；竟教林下狂风，吹残玉佩。”管先生的用意并非“戏作”。

《赠毫芒雕刻家黄老奋氏序》（散文）

此文作于1954年，在槟城参观微雕作品展览后，赠雕刻艺术家黄奋先生。黄氏能在四寸高一寸半方之象牙章之四周，刻《中国之命运》全书11.7万字，实在大出人们之想象。此序又列举所知前代和当代之微雕艺术成果。《江南野史》载，某人在一铜钱上写《心经》全部。请注意，是“写”，而不是“刻”。《稗史》载祝培之能于牙牌上书《康熙字典》全部字。常熟翁同龢（光绪之师）能在芝麻上写“万寿无疆”及“天下太平”四字。广西某女于铁筷上刻《赤壁赋》。1935年，上海某展览会，陈列一象牙米粒，两面刻总理遗嘱150字。管氏所述皆有根据。非道听途说夸张臆造，在中国雕刻史上可供参考。

《拟辟嘉禾瓶山为公园启》（代汪作）

嘉禾即浙江嘉兴，瓶山在县署附近。县长汪某，1922年从浙南永嘉调来，曾于重九宴请九老摄影并绘九老图。这次又提倡辟瓶山为公园，定某月某日于县署开谈话会，恭请各界共襄善举。管先生代汪县长撰写启事，号召全县各界支持公益事业，加强文化建设。

《拟振中亭记》（散文）

此文为马来亚柔佛地区之新文龙三区中学而作。柔佛与新加坡隔海相望，有华校多所，但各自为政，互不相联。庚寅元年(1951)，华侨各界开会商议，统筹统办，联合各董事会，创办中学部，众皆赞成，很快实现。为了感谢董事长振中先生的贡献，建一亭而命名曰振中，以作永久纪念，此文即记录此事。

《槟屿明德学校六周年纪念特刊序》(散文)

此文作于1952年，明德学校校址在槟城过港，该地区劳工家庭较多，在日寇统治的三年八个月中，失学儿童，流浪街头。铁蹄之下，不敢办学。胜利之后，各界侨贤，解囊集资，于1945年11月开办学校。经过六年努力，首届学生已经高小毕业，管先生在学校六周年纪念特刊序中，感谢董事会的贡献，呼吁热心教育之贤达，再损款项，扩建校舍，容纳更多儿童，使当地劳工子弟皆有就学机会。其思想观念与前述《拟振中亭记》是一致的。

第三类，赠序、祝寿、哀祭之文。

《送钟灵高中第四届毕业生序》，提出四点赠言，一定力，二恒心，三忠实，四达观。

《送钟灵高中第五届毕业同学序》，中心是提倡科学救国，学好声光化电，建设国家，造福民众。

《送钟灵高中第七届毕业诸子序》，要求学生以上海的叶澄衷、杨斯盛为榜样，叶初为船夫，杨初为木工，由劳工而成为巨富，各独资创办“澄衷”“浦东”两所中学，雄峙申江，厥功甚伟。

《赠一百十五龄杨草仙翁寿序》，管先生稽考古籍，列举多位老寿翁：明淮安王明103岁，明侯官林春泽寿104岁，明钜庸张子明105岁，后魏罗统一107岁，荆州张元怡116岁，昆山周寿谊116岁。杨草仙先生不但高寿，而且是书法家，赠管先生龙字大中轴，用六尺宣纸，一笔勾成。这篇文章所记皆实录，不是传说。考之当代各地之长寿老人，一百一十多岁是完全可能的。以上四篇皆散文。

有些寿序属于应酬之作。如《林秋霖先生偕德配龙夫太夫人八秩双庆寿序》，此文颂扬林先生及其夫人并公子，他们都是海南人，商界巨子，事业有成，家庭幸福，全文用骈，典故极多，是富丽堂皇之文。

《李根殿先生八秩荣寿序》

李君，闽南人，以货殖称雄南洋，以狮城为中心，是侨界领袖。早年入同盟会，后参加倒袁护法，支持孙中山和《同侨民报》，后又保护晚晴园旧址，捐助居士林和同济医院，参加商会活动，推动华文教育，“从容措置，次第经营，一一皆无滥无苛，有条有理”。虽是骈四六文，但典故较少。

哀诔之文中首先值得注意的是《槟华各界联合追悼胡文虎先生文》。胡文虎(1882—1954)原籍福建，生于缅甸，父亲在曼谷行医，胡文虎和弟弟胡文豹继承父亲，总结和开发中医药宝库，制成万金油、八卦丹、清凉水、头痛粉等简便中成药，对于南方天热容易中暑、头疼、腹泻等症有奇效，可以外敷，也可以内服，老少咸宜，携带方便。于是风行南洋乃至全中国，几乎无人不知，无人不用，尤其是旅行必备良药。胡氏堂号永安，商标为虎标，以新加坡为中心，各地广设分行。胡文虎也是报业大王，在国外办报十余种，皆以“星”字开头。又是慈善家，捐资国内外大学、中学数十所。管氏此文代表南洋华侨对他作高度评价。胡文虎之弟胡文豹，兄弟共同创业，一向虎豹并称。新加坡有虎豹别墅，原为胡氏私家花园，现为公园，著名游览景点。

《泰国华侨蚁光炎先生诔词》(1939 年)

蚁光炎先生是泰国中华总商会主席，侨界领袖，全面抗战开始，他不断向祖国提供各种捐助，赠送几辆汽车包括几名司机，向驻香港的八路军办事处廖承志捐款和物资。他的行为，引起日本特务的痛恨，曾经试图收买，被他严词拒绝，于是乃定暗杀之计。1939 年 11 月 21 日夜，蚁先生回家途中，被刺客暗杀。此事震惊全泰。曼谷华社举行祭悼大会，诔词由管震民先生撰写。蚁光炎先生的爱国爱侨精神，为其侄蚁美厚所继承，在中华人民共和国成立后受到政府和侨界的尊重。

《槟城三江公所致杨惺华先生诔词》(1952 年)

杨惺华先生是江苏无锡人，南洋大学建筑系 1918 年毕业，获工学学士学位，后来到泰国斯旺生公司工作，次年到新加坡总公司。1921 年任职爪哇分公司，负责中华银行大厦工程，1928 年返新，成立大南洋建筑公司，并兼任政府公共建筑部要职。从此以后，新马之各大型建筑工程，如海陆空军公署、工部局、海港局、改良信托部以及众多私人建筑，或委其承办，或兼任顾问，从而名声大噪，声誉日高。杨先生对于侨社公益，如教育事业，祖国赈灾等，无不慷慨解囊，对创办会馆，扩充义园，全力支持，其资望为侨界推重，其成就为政府褒奖。不料突发疾病去世。享年六十三。侨界为之举行哀悼会，管先生之诔词即代表槟城三江公所所作。管先生另有《建筑家杨惺华先生传》，二文可以合看。

文中之南洋大学非 1955 年成立于新加坡之南洋大学。它的前身是 1896 年成立于上海的南洋公学，1911 年改为南洋大学堂，1912 年设土木工程科(即建筑系)，1921 年更名为交通大学，1922 年又改为南洋大学。1927 年称第一交通大学，1956 年分为上海交通大学和西安交通大学，一直并存至今。

《公祭钟中校长陈充恩先生文》(韵文)

此文作于 1952 年。陈校长毕业中国金陵大学，曾任职空军航校，到南洋后出任钟灵中学校长二十年。“尽心谋画，夙夜不惶。热爱祖国，慷慨激昂。学生日众，又辟附中，屹立南洋。一心一德，有德有纲。”不料突遭歹徒狙击，顿时阴阳两隔，“全校师生，无不心伤。各界共祭，同掬心香”。

属于应酬作品还有人物画像赞八篇。中国古代文体中早有人物像赞，四言较多，也有五言、六言、杂言，其价值在于写出人物性格，而不止是外形。管先生有三篇像赞颇具特色。

《叶祖意先生像赞》

叶氏是一位成功的商人。“初莅槟屿，甘苦备尝。秉天独厚，耿耿目光。振兴实业，曰工与商。握经济纽，手创银行。臆则屡中，千仓万箱。商场领袖，勤俭不忘。既富且寿，四代一堂。馨兰馥桂，流泽孔长。”全文仅 24 句，把这位华商的代表人物主要成就都讲到了。

《钟森先生玉照题词》

这位南洋巨商，所营事业广泛，百发百中，实属罕见。先是开发水电，值“方兴未艾”之际，“擘划周详，适逢良会”，故能“得心应手”。接着又在彭亨设矿，发掘锡沙。“已入宝山，扬眉称庆”，忽然遇上逆境，锡矿一律国营。他马上班师改业，遂转败为胜。日寇侵略时期，他蛰伏不动，杳若冥鸿。抗战胜利后，积极开发地产，利溢金盈，称雄新马。此文把钟氏善于抓住商机，随时应变的特点，凸现出来了。

《九老山人像赞》

采用楚辞体，六言一句，隔句用“兮”字结尾。九老山人是管先生十年旧交，日夕相聚上海，结翰墨之因缘。山人曾任台州公所秘书。处事公道，无偏无党，“悯水旱之频仍兮，常以慈善为心田”。晚年，他竟然相信扶乩降神这种迷信活动，设坛问卜解卦，真是个奇人。扶乩在今天的中国已经没有了，在新、马仍然可以看到。装神弄鬼，莫名其妙。

综观管震民的文章，骈文较多，散文次之，韵文又次之。骈文之中，有的较为古雅，用典精密，选词考究；有的显得平易，常用现代语词，典故较少，且以熟典为主。不论哪种文体，控诉日寇，支持抗战，歌颂胜利的语句随处可见，一位热爱祖国，心系中华的华侨教育家、文学家的性格和形象，在文集中有充分的表现。这本《绿天庐文集》是值得珍视的一份海外中国近代文学遗产，应该认真研究，在新马文学史上给予应有的评价。

# 日僧大颠梵通《四六文章图》考论

蒙显鹏(广西师范大学文学院)

谭家健先生《中华古今骈文通史》在论域外骈文创作时,提到了日本江户时代大颠梵通编撰的《四六文章图》,并举其序文①。该书出版于日本宽文六年(1666),共五卷,全书以汉文书写,大部分内容论述四六文体的制作法(其中卷四专门论诗歌)。所谓"四六图"即用图示的方式来概括各体四六文的格式。大体上用黑色圆圈表示该处作仄声,白色圆圈表示平声,半黑半白表示可平可仄,并在图示后列举例文。在内容上,《四六文章图》的内容涵盖儒家四六、禅林四六、赋、颂、赞等诸多文体。《四六文章图》在解说四六文格式时,保存了诸多在中国文学史上长时间内不见诸文献的术语,譬如一度在中国失传的唐代《赋谱》②中"壮句""紧句""长句""隔句""漫句""发句""送句"等名称,又有日本五山禅林时代对疏、榜、启札等四六文体特有的"蒙肇""决句""八字称""跨句""直对""乱对"等文句的称谓。该书通过这些术语,对中日四六文的文体从体裁到句法都作了极其细致的论述。然而长达五卷的《四六文章图》并不仅仅进行了规范诸文体格式的工作,更在理论上探讨了各文体的作法,对中国四六文体论具有补充意义。同时,该书也反映出日本吸收中国四六文后产生的"橘枳之变",可为域外骈文研究提供新的材料与视角。

《四六文章图》作为一部日本汉学家的四六文理论著作,可以说具有集大成的意义。管见所及,日本学术界并未给予《四六文章图》足够重视,尚无论著专门对其进行研究。而上文提到的《中华古今骈文通史》作为一部通史,也未在《四六文章图》的作者考察、成书时代背景以及其作为四六文理论著作的承前启后的意义上作更多的深究。因此,笔者不揣谫陋,从上述几要素对《四六文章图》的价值进行挖掘探索。

---

① 谭家健《中华古今骈文通史》,社会科学文献出版社 2018 年版,第 770 页。

② 张伯伟《全唐五代诗格汇考》的附录三有《赋谱》整理本,江苏古籍出版社 2002 年版。

## 一、《四六文章图》的编者与编撰意图

《四六文章图》的编者题云“大颠梵通”，而其平生事迹可考者甚少。日本学者南信一的《大颠和尚小考》[①]认为大颠梵通即大颠梵千，并重点关注其作为俳人的身份，对其平生事迹作了考察。本文基于此，对大颠梵通生平大概作简要叙述如下。

临济宗僧人大颠梵通（1629—1685），法名别称大颠梵千。师承甘棠院的岫云玄端，历任伊豆的静因寺、长胜寺、国清寺、镰仓圆觉寺住持。大颠同时也是一位俳人，俳号“幻吁”，俳人榎本其角曾拜其为师，学习《易经》与汉诗。以下大颠梵通的年谱转引自南信一《大颠和尚小考》论文中所作的《大颠和尚略年谱》。

| 纪年 | 公历 | 年龄 | 事迹 |
|---|---|---|---|
| 宽永六年 | 1629 | 1 | 出生于美浓。 |
| | | | 修学于甘棠院（武藏，久喜町久喜本）岫云和尚（幻住派），以岫云下二十四人之首著称。 |
| 万治二年 | 1659 | 31 | 任法云寺（常陆国高冈寺）住持。 |
| 宽文六年 | 1666 | 38 | 著《四六文章图》。 |
| | | | 不久任静因寺（伊豆，内浦三津）第八代住持。 |
| 宽文十年 | 1670 | 42 | 四月七日，任长胜寺（常陆，潮来）住持。五月十七日，任国清寺（伊豆，韮山，奈古谷）第四十四代住持。 |
| 延保四年 | 1676 | 48 | 二月十五日，圆觉寺（镰仓）第一百六十四代住持。这一年榎本其角跟随大颠和尚学习汉诗与《易经》。 |
| 天和三年 | 1683 | 54 | 榎本其角撰《虚栗》刊行，收录四首大颠以“幻吁”之号所作俳句。圆觉寺主持任终，归静因寺。 |
| 贞享二年 | 1685 | 57 | 正月四日于静因寺圆寂。 |

年谱中提到《四六文章图》作于宽文六年（1666），据此书末尾的版权页的标示：

> 宽文丙午秋日中峰十五世大颠梵通叟编撰焉，而以自跋。《四六文章图》卷之五终。宽文六丙午历仲冬。江户神田锻冶町。中夜孙三郎开板。

该书于宽文六年秋日编成，仲冬出版。本文所用版本为日本新潟大学图书馆佐野

① 《连歌俳谐研究》第四十一卷，1971年。

文库藏本①,其他尚有安政五年(1858)“书林柳枝轩小川多左卫门”的覆刻版(如京都大学图书馆所藏本)较为常见。

至于为何要编撰《四六文章图》,大颠梵通在该书的序言中给出了说明。其序全文引之如下:

> 文之有道,犹医之有方也。道不精,何益于文;方不灵,何益于医。然惟善医者能审其方之灵,善文者能识其道之精。岂易言也哉。文者,贯道之器也。不深于斯道,有至焉者,不也。道者,根诸心、著诸事意而托文以相示也,与道相离不得。道无形,文有迹,故曰“文者贯道之器”,是故缀乎事者存乎文,命乎文者存乎律。主乎律者存乎道,体乎道者存乎人。古之君子,和以性情,养以问学,经以动作,纪以百物,道存于己。魏文帝曰:“文以意为主,以气为辅,以辞为卫。”然则意者,道之动作也。在心为志,发言为诗,又积诗为文。辟命犹志也,性犹诗,道犹文也。诗也,文也,皆流出志,发言其言者一也。今古有道之士,或吾门稽宿不外之。
>
> 就中四六之法,江西、惟肖两和尚,此时节者,本韩柳之法。惟肖和尚以来,专原于宋朝之坡谷等文法。唐宋两朝之文,虽有等差,圆融流通,异代同辙。虽然,有小差。唐之启册等,多好对语,宋之启册,多无平对。唐以李杜韩柳为最,宋以欧梅黄陈为第一。王黄州学白乐天,杨文公、刘中山学李商隐,盛文肃学韦苏州,欧阳公学韩退之古诗。梅圣俞学唐人平澹处。至东坡、山谷始自出己法以为诗,唐人之风变矣。山谷用工尤深刻,其后江湖宗之,文法盛行海内。江西石门、橘州宝昙禅师以降,禅家四六之文法之编多矣。尤割三寸蚌,求明月之珠;探枳棘之巢,求凤凰之雏,难获也。后世论文不容易矣。然博观约取,科别其条。欲得句法者,譬如望洋向若,不测津涯。或披砂拣金,观者不能终卷。故依小编图经,格律之品,可准而式;图说之明,可研而核。舍此而他求,不可乎?因采简册所载,参以平昔见闻,训释成图经。余尚惧疏昧,未免朱文公之楚辞疑,李侍读之文选谬,况其如余者,庶几侍博洽君子而已。宽文丙午长至日大颠序。

序言前半围绕“文者,贯道之器”来论述诗文创作。序言后半的“江西石门、橘州宝昙禅师以降,禅家四六之文法之编多矣。尤割三寸蚌,求明月之珠;探枳棘之巢,求凤凰之雏,难获也。后世论文不容易矣”,是说惠洪的《石门文字禅》,橘州宝

① 新日本古典籍总合数据库(新日本古典籍総合データベース)有电子版:https://kotenseki.nijl.ac.jp/biblio/100276836/viewer/3。

县的《橘州文集》等虽然有众多收录四六文之文集，但一般人难以获得这些书籍。即使能够看到这些书，而“欲得句法者，譬如望洋向若，不测津涯”。大颠梵通于是编撰《四六文章图》，“依小编图经，格律之品，可准而式；图说之明，可研而核”，用图式的方法来标示“格律”等规范。从“因采简册所载，参以平昔见闻”来看，该书是建立在前人著作的基础之上的。《四六文章图》目录如下：

| | |
|---|---|
| 卷一 | 句制：文句大体十三法、独句四制、短对三制、隔对六体、十二法。<br>文体：二十四名、文六节、体物七法、三经三纬、六仪之图、三纬图、三纬制三经图、助语之法。 |
| 卷二 | 儒家四六并文之类<br>格体：序法、启札之法、清书之法、说法、记法、解法、辨法、表法、原法、论法。 |
| 卷三 | 文类<br>格体总论：短文法并长文。<br>赋法、颂法、铭、赞法、文法、诔法、箴法、文筌起端八法、中门四用、文筌结尾九法。 |
| 卷四 | 诗辨、诗六根图、四品、十五法、诗体并图、作句六法、一句中十体、夺胎换骨。 |
| 卷五 | 禅家四六并偈颂类<br>疏法：疏图并疏语、日本疏并图、疏八法、疏式。<br>秉佛法语次第、禅客法式并出阵四六图、入寺法语次第并图、入寺法式、七佛事并图、拈香式并图、升座式并图、普说式、祭文式、碑法、招真馆碑铭、塔婆式、颂图。 |

值得注意的是，事实上，与大颠梵通的身份一样，《四六文章图》本身也具有十分强烈的丛林色彩。譬如其中的卷五，特别对丛林实用的疏文、丧葬仪式所用文体的介绍(如锁龛、挂真等)。从禅学色彩浓重这点来看，它与五山丛林时代的四六文似乎存在某种瓜葛。要了解《四六文章图》处于何种历史地位，我们首先需要了解“四六图”的谱系。下一章即来探讨此问题。

## 二、“四六图”的谱系

《四六文章图》采用的四六文的术语称谓中有“壮句”(三字句)、“紧句”(四字句)、“长句”(五字以上之句)、“隔句”(隔句对)(不对偶的散句)等，这些术语其实有相当早的来源。目前可追溯到唐代《赋谱》。《赋谱》一度在中土失传，而在日本却保存完好，直至八十年代回流中国。关于《赋谱》的研究，学界已有若干专著、论文，此不赘述[①]。而关于此书在日本的影响则学界关注较少。例如，事实上，日本

① 较早的如(美)柏夷《〈赋谱〉略述》(《中华文史论丛》第四十九辑，1992 年)。较近的有张巍《〈赋谱〉释要》(《南京大学学报》[哲学・人文科学・社会科学]2016 年第 1 期)。

的赋、《赋谱》的“壮句”“紧句”“长句”“隔句”等句子的称谓，一直沿用到江户、明治时代，甚至现当代日本学者也使用这种称呼，如铃木虎雄(1878—1963)的《赋史》①、古田敬一(1921—)《中国文学中的对句与对句论》②都使用这些术语。正如柏夷氏《〈赋谱〉略述》所指出：“《赋谱》列出了描述各类赋句的术语。有趣的是，这些术语中的一部分，可能别有其他途径传到日本。因此在《赋谱》发现之前，铃木虎雄在其重要的赋史著作中即已使用了这类术语。”其实，这正可以作为《赋谱》在日本产生影响的佐证之一。然而，后世的此类术语，并不一定直接取自《赋谱》，这中间还有其他文献在产生作用。例如在如本流传较广的藤原宗宪《作文大体》也有与《赋谱》近似的记载。

比《作文大体》稍晚的是日本僧释了尊的《悉昙轮略图抄》③，其卷七有论文笔事，在所谓“里书”(也就是纸背)详细地解释了发句、傍字、长句、轻(轻隔句)、重(重隔句)、疏(疏隔句)、密(密隔句)、平(平隔句)、壮句、紧句、漫句、送句的概念，并列举《和汉朗咏集》等书中所见相应文句。值得注意的是，此处还作了“诗图”(右边两图)“笔图”(左边图)，转引之如下：

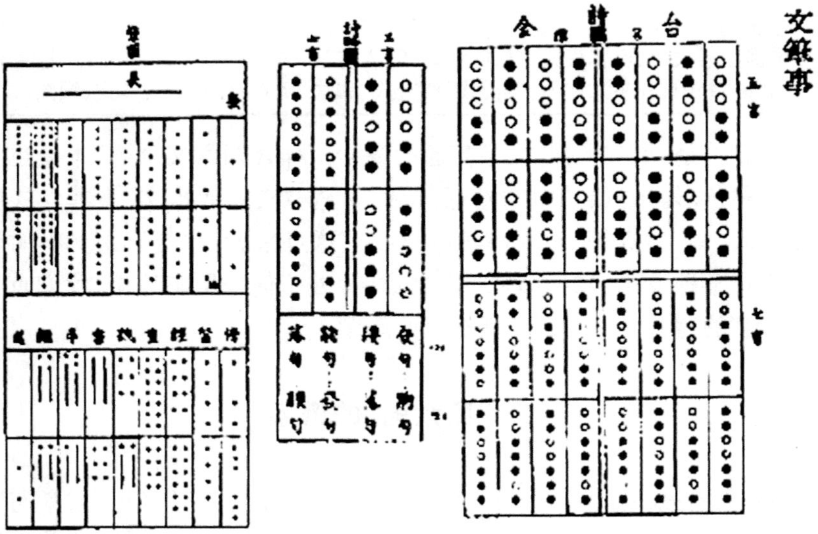

其中诗图即以白圈代表平声、黑圈代表仄声，列出了五言诗、七言诗的“律吕”格式，这是管见所及日本最早以图示方式来解说诗文结构、句法的文献。不过，与诗句不同，在解说文句时，相应位置的圆圈只是代表文句的字数，还未出现平仄的分别。

① (日)铃木虎雄《赋史大要》，富山房 1936 年版。

② (日)古田敬一《中国文学における对句と对句论》，风间书房 1982 年版。

③ 《大正新修大藏经》第八十四卷，第 694 页。

文句的图示要到五山丛林时代才出现。笔者注意到，第一小节所提到的《四六文章图》序言中的一段话："就中四六之法，江西、惟肖两和尚，此时节者，本韩柳之法。惟肖和尚以来，专原于宋朝之坡谷等文法。唐宋两朝之文，虽有等差，圆融流通，异代同辙。虽然，有小差。"其实这出自《天隐师四六图》的序言中开头一小段：

> 夫四六之法者，江西、惟肖两和尚，厥余亦此时节者，本韩柳之文法。只惟肖和尚以来，专原于宋朝坡谷之文法。惟以唐宋两朝之文者，虽有等差，圆融流通，异代同辙。虽然，似而非甚多矣。①

那么通过以上的两段极其相近的表达来判断，大颠梵通无疑是看过《天隐师四六图》的。在书的命名上，《天隐师四六图》首次使用了"四六图"的称呼，这一点也被《四六文章图》所继承。将《天隐师四六图》中的《天隐和尚四六图》与《四六文章图》卷五的"日本疏图"对比，即可知二者十分相似。

"日本疏"是指日本禅林形成的具有固定格式的四六文疏语，作为五山文学中最主要的四六文，也是于禅林礼仪往来中十分实用的文体。在形式上，相比于宋代苏轼、黄庭坚以及惠洪的疏文没有固定格式，日本疏已经形成大体固定的格式。对比自中国传到日本的"壮句""紧句""长句"等称谓，《天隐和尚四六图》更出现了不见于中国文献的"蒙头""八字称""本则""着语"等术语（虽然也有可能是创自中国而以某种形式传播到日本，但是目前无任何文献支持这一假设，故本文将此归于日本四六文所特有的术语）。现根据《天隐和尚四六图》以及《四六文章图》对于日本疏文中出现的一些术语的解释作一番梳理如下。

蒙头，又称蒙肇，指疏文中开头的一对隔句对。本则指隔句对的上半，如隔句对为"四六对四六"的格式，那么两个四字句为"本则"，六字句则称为"着语"②。八字称，指称赞对方的一对四言对句。《天隐和尚四六图》中的"结句"又称"贴句"，指连结上句之意，例如，假如结句在蒙头之后，那么结句的上句连结蒙头一对的上句，结句的下一句连结蒙头的下一句。关于"过句""袭句"，大颠梵通未作说明，大概是起转折过渡作用。另外，《四六文章图》在《正变六格图》中尚有规定某种格式下某句当作"机缘""实录""师承"的要求。机缘，类似于双关语，指用比喻、用典等手法称扬对方。实录，指用实录的方法书写对方事迹。师承，指书写对方宗派、师承。

与《四六文章图》相近的《天隐和尚四六图》也不是单独成立的，它只是现存文

① 本文采用日本国立国会图书馆所藏《天隐师四六图》。

② 大颠梵通《四六文章图》中的《日本疏图》蒙头部分的本则与对句反了过来，与后面过句、袭句、结句相矛盾，大颠梵通应该是清楚的，疑为刊刻过程出现错误。

献中关于五山四六文理论中最为集中的一种。比如，按照作者时代年代来排序，附录在《天隐和尚四六图》中的还有虎关师练的《虎关和尚四六法》、江西龙派《蒲室御讲时四六口传》《江西和尚四六口传》、策彦周良《策彦四六图》《裁文作法》。其中《虎关和尚四六法》没有图示，只介绍发句、傍句、壮句、紧句、长句、隔句、漫句、送句，这些显然与上述《赋谱》《作文大体》《悉昙轮略图抄》是一脉相承的。江西龙派重在解释蒙头、结句、八字称等需要注意的事项，例如在“蒙头”处云：“蒙头用隔句也。轻隔句为好。”（原文为日语古文，笔者翻译为相对应的文言文。）蒲室即元朝僧人笑隐大欣（1268—1344）文集《蒲室集》的简称，他的四六文广泛被五山禅僧学习①。《蒲室御讲时四六口传》则是江西龙派讲解《蒲室集》特别是其中疏语时的记录，此时尚有讲义记录性质，其篇幅较为简短。《策彦四六图》则是在天隐龙泽的四六图基础上略解说，《裁文作法》更是从对偶、句法、语助等角度阐述作四六文之法。此外，在《裁文作法》之后列举了古人的四六作品并进行批点，用文章实例来示范作法。试比较大颠梵通《四六文章图》与策彦周良的《策彦四六图》《裁文作法》以及所举文例，可以看出，大颠梵通基本上沿用了策彦周良的这一模式，只是顺序上略有调整、篇幅上更为壮大而已。

从《天隐师四六图》所记载各家四六文的解说，到大颠梵通《四六文章图》的形成，可以看到一条明晰的线索。由于天隐龙泽曾在江西龙派门下学习诗文，而天隐龙泽又是策彦周良的师祖②，那么可知四六文章图是从江西龙派到天隐龙泽、再到策彦周良一步步成型，最后大颠梵通踵事增华，终于形成了长达五卷的《四六文章图》（虽然其中第四卷为诗之卷）。

## 三、《四六文章图》对中国文章学的吸收与文体的扩展

如上所述，《四六文章图》的重要组成部分是以图示意标明四六文的格律准式。然而其中不乏具体微观的局部对偶、句法之说，其中亦有其他形而上的因素。

---

① （日）荫木英雄《五山诗史の研究》，笠间书院1977年版，第257页。另外，石观海、孙旸《疏文的接受美学：矩矱森然，攒花簇锦——再论中国文学东传的中介“日本临济僧”》（《长江学术》2007年第4期）专门研究笑隐大欣疏文在日本传播与接受，该文关于日本疏文的定型这一思路对本文的启发颇深，专此致谢。

② 参见（日）荫木英雄《五山诗史の研究》第383页的关于策彦周良的师承系谱。顺便提一下，大颠梵通自称“中峰十五世”，而策彦周良曾师承中峰一脉的月舟寿桂，那么，很可能这种四六图的学问传授也是伴随师门传授的。也就是说，从江西龙派到天隐龙泽、策彦周良，甚至到大颠梵通会有一条师承的脉络，然而目前未能考察出大颠梵通前几代的师承关系，故只能推测如上。

首先,《四六文章图》往往从中国文章学著作中引用诸多文章学概念。《四六文章图序》开头部分即云:“文者,贯道之器也。不深于斯道,有至焉者,不也。”这数句引自唐李汉《〈韩昌黎集〉序》,是韩愈“文以贯道”的著名总结。再譬如卷一的《六节》(《文筌文章体段》)与《体物七法》完全引用了元朝陈曾绎《文筌》中的“体段”(即起、承、铺、叙、过、结)与“体物”(即实体、量体、群体、象体、化体、连体、影体)。《文筌》篇幅简短而具有极强的理论概括性,是江户初期常被儒者所引用,如比大颠梵通早近70年的藤原惺窝(1561—1619)的《文章达德纲领》,虽不标明出自《文筌》而其实大量引用了该书。《四六文章图》卷之三又有《文筌起端八法》《中间四用》《文筌结尾九法》都是直接引用《文筌》原文。

其次,《四六文章图》是在江户时代朱子学兴盛的时代背景下产生的。上述藤原惺窝以及其弟子林罗山(1583—1657)等人对朱子学在日本的发展起到了相当大的作用。在《文筌》卷一的“三经三纬”即是朱熹关于《诗经》言论,以风、雅、颂、赋、比、兴为三经三纬,也即六仪。《四六文章图》有如右的图表。

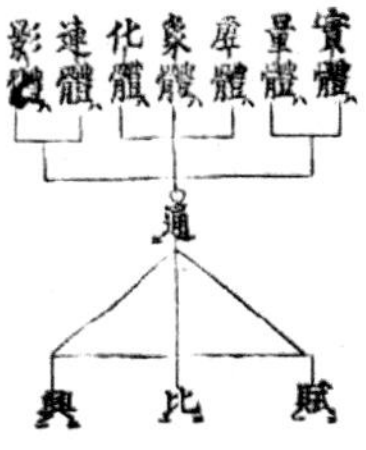


此图将赋比兴与“体物七法”与赋比兴联系起来,构建起一个较为宏大的文章学概念。《三纬制三经图》之后有说明:“此卷载六节、七法、六仪之三图,作文者,先不若赋句赋诗三图,故图格载初卷也。”这一句话中的“先不若赋句赋诗三图”稍难理解,整句的意义大概谓六节、七法、六仪是作文者的基础,用这三个概念作为文学之纲目,可统摄文章创作。这点与其序言所说概念有紧密的联系:“然则意者,道之动作也。在心为志,发言为诗,又积诗为文。辟命犹志也,性犹诗,道犹文也。诗也,文也,皆流出志,发言其言者一也。今古有道之士,或吾门稽宿不外之。”这里关于学诗学文先后的观点或有可商榷之处,然而事实上大颠梵通作为丛林德高望重之前辈,编著此书的目的在于供后学参考,这样的由“道→诗→文”的表里关系或许至少可以代表相当一部分日本人学习诗文的观念。如此说来,此书虽名《四六文章图》,却在有限的篇幅内将第四卷整卷让给诗歌,这也并非无法理解之事。

从以上可知,《四六文章图》具有较大的理论特性,这点相比于上述提到的《天隐师四六图》所载诸家四六文的微观具体的技法论,有了相当大的进步。当然,顾名思义,《四六文章图》毕竟是专述四六文之准绳的,其大部分仍然是各类四六文的图示以及范例。至于其中第四卷的诗歌内容则是由于大颠梵通认为“在心为志,发言为诗,又积诗为文”的独特文章学概念所决定的,并不是毫无根据的体例紊乱。这又看出文章学在日本的发展或者变异,是值得关注的。

另外,《四六文章图》的价值还在于其中关注到了许多独特的文体。例如,关于“马蹄体”的叙述如下:

此格限紧句，每句四言也。禅家《临济录序》马蹄体，延康殿学士金紫光禄大夫马防之编撰，笔力体势绝出，奇妙也。

试看马防《临济录序》开头数句：

黄檗山头，曾遭痛骂。大愚肋下，方解筑拳。饶舌老婆，尿床鬼子。这疯癫汉，再捋虎须。

“马蹄体”的称谓并不在中国现存各类文献中。其特点是每句四言（即“紧句”），大体上是“平平仄仄，仄仄平平，平平仄仄，仄仄平平……”每句第二字、第四字平仄相互交替，并且上下句为对偶，第四字、第八字十二字第十六字平仄交替。这与当代对联所谓“马蹄格”（马蹄韵）规律异曲同工①，其原理与律化的四六文相近，只不过字数较为特殊（全为四言句），并且人们在实践中并不将之称为“马蹄体”而已。这里对于如马蹄般交替的平仄规律的表述十分形象，是对这种特殊四言骈文文体的精到总结。十分值得注意的是，由于中国对联的马蹄格是近人才提出来的，不见于古典文献，不能确认“马蹄体”来自中国，这种“马蹄体”的术语很可能是日本古代学者的首创。退一步说，假若这是中国传入日本而被接受、流传的话，那么正可突显其保留中土文献之功。

此外，特别是在丛林四六文中，《四六文章图》有未见于中土的文体格式的概括。譬如，卷五有《秉佛法语次第》《禅客法式并出阵四六图》（此图亦见于《天隐师四六图》）。关于秉佛法语、禅客问答以及出阵之文，五山禅僧清拙正纯《禅居集》中的《圆觉前堂首座寮铭》（《五山文学全集》第一辑）有批评：

秉拂叙谢，语贵简净，不必繁多，多则厌听。大众久立辛苦。叙谢住持，不过两句，多则大无礼。古德录中，多载秉拂提纲、问答、拈颂公案，不见有载叙谢。近时一等，俗儒为僧，无宗眼，无衲僧气息，无本色提纲，却制作叙谢文章，以遮其短。若真正衲子，必不须效俗僧也。古德未说法已前，先垂语，令学者有疑请问，问以决疑。一言之下，超越生死之岸。后来变其名，曰索语，此二字已訛谬矣。其秉拂垂语之意，只要以向上一着，大家激扬，光显祖庭而已。大概如此，作者自能变通之也。切不可自言我作家，我要决胜负，我无敌，我七事随身，一任争战。如此等语，自夸自大，非理也。自言作家，非作

① 余德泉《对联格律对联谱》（岳麓书社 1997 年版）的前半部书即讨论马蹄韵，但是未言该名称的由来。

家。禅客问答、出阵入阵之名大谬。古人胸中,疑情未泯,对众决择。又有作者,相与激扬,安有出阵入阵之意。阵者兵法,孔明八阵图是也。法战之说,如克宾维那法战之语,不在禅客分上。出阵入阵,可削除之。

清拙正纯批评日本丛林形成的习气,“制作叙谢文章,以遮其短”,“后来变其名,曰索语,此二字已訛谬矣”,“禅客问答、出阵入阵之名大谬”。清拙正纯是从说法的角度来批判过度地以文章制作遮盖或者代替说法的本末倒置,甚至说“出阵入阵,可削除之”。不过,清拙正纯并未能完全制止这种风气,试翻开《五山文学全集》以及《五山文学新集》,往往可看到关于禅客问答、索话、出阵的记录。而《四六文章图》将这些文体的主要格式记录了下来。无论是中国的《百丈清规》还是日本的《禅林象教笺》等详细记录丛林包括文体在内的规矩书籍,都没有这类文体的具体记录。且不论这些文体的文学性如何,单从《四六文章图》关注日本特有的秉佛法语、禅客法式、出阵四六等文体的作法以及格式来说,已经具有相当的史料价值。此外卷五的《锁龛图》《挂真式并图》《起龛式》《奠汤式》《奠茶式》《下炬图》《取骨式》《安骨式》《拈香式并图》《小拈香式》《升座式并图》《普说式》都是关于佛教丧葬仪式相关文体,而《百丈清规》或《禅林象器笺》中虽然有简略介绍却无具体文体说明。在这一点上,《四六文章图》除了在文体学上值得关注外,更对研究佛教文体提供了宝贵的史料。

## 四、《四六文章图》对《文林良材》的影响

成书于日本元禄十四年(1701)的林义端编《文林良材》是江户较为重要的文章学著作。谭家健先生《中华骈文古今通史·域外骈文创作》[①]也有提到该书,遗憾的是由于该著作的通史性质,也只对《文林良材》作了简短的介绍。《文林良材》在书前的凡例写道(笔者译):

本朝丛林每用来四六启札疏语等之格式。本不载旧稿,今广考索他书,摘要择粹,附于三之卷末,以备缁流嗜文人之采用。

《文林良材》主要是在江户古文辞派兴起的大背景之下成立的,原本并无《丛林四六文式》,而是“广考索他书,摘要择粹”补入卷二(序言所说三之卷其实在正文中

① 谭家健《中华骈文古今通史》,第 772 页。王宜瑗《知见日本文话目录提要》(《历代文话》附录,复旦大学出版社 2007 年版)有著录。

在卷二,或是版本错误),增入《丛林四六文式》是为了供"缁流"即僧人的采用。由此可知,当时虽然古文辞派风行一世,四六文仍然在丛林之中流行,延续了五山时代一息尚存的香火。虽然《文林良材》凡例中并无明确提供《丛林四六文式》的来源信息而只云"广考他书",不过,经过笔者考察,此卷其实主要取材于《四六文章图》。

《丛林四六文式》与《四六文章图》的对应关系如下:

《四六大意》,是用和文(日语古文)写成极简短文,简短叙述四六文唐宋发展史,说明学习古人句意的必要性。

《四六启札》用和文写成,解释书序、对句的数量以及各类对句,如蒙头、隔对、直对等,另外还有平仄格式。

《四六九法》,用和文写成,然而其内容与《四六文章图》卷二的《四六九法》基本相同,详细介绍四六启札其中一种格式,即包含九个对句的"四六九法"。按照顺序为蒙头、结句、八字称、机缘、过句、实录、自序、决句、祝言。

《体制二样》汉文写成,与《四六文章图》的《体制二样》相同,简略介绍四六两种格式以及各对句的名称:四六九法、四六十制。

《正变六格图》,汉文写成,与《四六文章图》卷二的《正变六格图》完全一致。包括"正格三样""变格三样"的图示,是四六启札的六种基本格式,据编者所说,从这六种基本格式中变换可导出数十种格式。后面所举《重阳启札》的文例也与《四六文章图》相同。

《疏图并疏语》,汉文写成,与《四六文章图》卷五《疏图并疏语》完全一致。所举惠洪、道璨、宝昙、北磵的疏文也与《四六文章图》同。

《日本疏并图》,汉文写成,与《四六文章图》卷五《日本疏并图》相同。所举熙春龙喜疏文与《四六文章图》相同。

《疏八法》《疏式》与《四六文章图》卷五的《疏八法》《疏图》相同。

另外,之后的《序法》包括《书序五法》《文序大意》《启札序大意》《诗序大意》《大序法》《小序法》《自序大意》等与《四六文章图》卷二相对应部分顺序以及用例几乎一致。

从以上得出结论,林义端所编《文林良材》卷二所《丛林四六文式》绝大部分皆来自《四六文章图》。当然,正如林义端所说"(《丛林四六文式》)以备缁流嗜文人之采用",事实上江户时代的四六文多限于丛林之中,伴随僧侣主导的五山制度的衰亡,以及儒学兴盛、荻生徂来为代表的古文辞派的兴起,四六文不可避免地走向了衰落了[1]。《四六文章图》似乎是四六文衰落后的最后一次大声疾呼，尽管回应者寥寥。

## 五、结语

与中国的四六话不同，《四六文章图》不以逸事、欣赏、批判等为内容，它继承了五山丛林中关于四六文格式、平仄等作为准绳的性质。同时保存了许多中土已经失传的术语，并且由于其带有强烈佛禅文体特性，保存了中国佛教未尝注目的文体，对于重新审视四六文提供了多重视角。不可否认，也正是日本丛林四六文带有较强的格式化、应用文的色彩，相应地相较于中国四六文其文学性有所让位。同时，丛林四六文的兴盛伴随着五山丛林体制，进入到儒学大盛的江户时代，古文辞派翕然兴起，丛林四六文的衰退便不可避免了。不过从《四六文章图》中也可以看出，大颠梵通似乎不愿意被古文辞派的大浪所淹没。《四六文章图》首章总括句制、文体，接着第二章专言“儒家四六”，将四六文冠以“儒家”之分类，隐约可见主动将四六文融入儒家潮流；第三卷言文类，包括赋、颂、铭、赞、箴等多用骈偶的韵文也纳入四六文阵营中，不难看出一种振兴抑或挽留四六文的良苦用心。

① 参看(日)副岛一郎《江户时代中国文章论的接受及其展开》，《中华文史论丛》2009年第四期。另外，关于日本骈文发展史可参看大曾根章介《四六骈俪文の行方》，《季刊文学・语学》第70号，1974年版。

# 会议综述

# 搴华揽秀，适变会通

## ——“骈文国际学术研讨会暨第六届中国骈文学会年会”会议论文综述

严智鹏（陕西师范大学文学院）

2019 年 10 月 18 日至 21 日，陕西师范大学文学院与中国骈文学会联合举办了“骈文国际学术研讨会暨第六届中国骈文学会年会”。有来自南京大学、北京师范大学、中国传媒大学、厦门大学、上海师范大学、辽宁大学、广西师范大学、西北师范大学、日本京都大学、香港树仁大学、台湾政治大学、台湾辅仁大学、中国社会科学院、江苏省社会科学院、国家图书馆等国内外高校、科研院所及上海古籍出版社、上海辞书出版社、《文学遗产》编辑部等出版机构，共计 80 多位专家学者与会。大会开幕式由陕西师范大学文学院副院长杨晓斌教授主持，陕西师范大学党委常委、党委宣传部马晓云部长，中国骈文学会会长、南京大学文学院曹虹教授，日本京都大学道坂昭广教授，台湾政治大学许东海教授，陕西师范大学文学院副院长苏仲乐教授等专家学者出席开幕式并先后致辞。本次会议共举行三场大会主题发言、六场分组学术研讨会。与会学者们历观文囿，采撷英华，“凭情以会通，负气以适变”。提交研讨的论文研究范围远自上古、讫于当代，视野开阔，充分展现了骈文研究对象的拓展、骈文理论研究的深化、骈文研究材料的扩充等方面的最新进展。

### 一、骈文研究对象的拓展

本次会议论文大多数立足于具体的骈文作家和作品，不断拓展骈文研究的对象。将单个作家、单篇作品放在骈文史、辞赋史、散文史的发展脉络中进行整体把握，并结合政治史、制度史、思想史、风俗史进行多角度研究，尤能体现骈文研究的最新动向。除此之外，研究地域和研究时限的拓宽也是其中重要的组成部分。

作家、作品研究依然是骈文研究中的大宗。学者们围绕具体的作家、作品展开研究，深入探讨传统骈文研究中早有关注的对象，同时对前贤所忽视的研究空白给予了更多的关注。郑柏彰(台湾台东专科学校)《无常、失落、遗怀与讽批——鲍照〈芜城赋〉反差书写所透显之感知情怀》细读鲍照的《芜城赋》,重新诠释其中蕴含的盛衰无常之感和怊怅悲情,指出鲍照以繁华终归荒芜的事理,排遣壮志难酬的苦闷,讽批引起广陵城浩劫的北魏太武帝。张晓庆(河南科技学院)《真情至文 骈体叙事:庾信〈思旧铭〉的艺术高峰》以庾信为悼念梁朝故友萧永的《思旧铭》为研究对象,从铭文的文体规范出发,审视此文的文章制题、抒情特征、叙事功能以及作者思想。贺玉洁(西北大学)《论王世贞六朝文观及其创作实践》综合考察了王世贞对六朝文及吴中六朝文风的态度,评价其骈文创作实践,解剖王世贞骈文理论与创作中的矛盾,认为王世贞虽对吴中六朝文风多有批判,但仍将吴中六朝文的创作视为明文发展过程中不可或缺的重要阶段,尊六朝而轻唐宋,创作了不少艺术质量较高的骈文作品。张明强(贵州师范大学)《论毛奇龄的骈文渊源和骈文风格》将毛奇龄的骈文渊源总结为模仿六朝文并取法江淹和庾信、师法《楚辞》、谙熟八股文技法、师友影响等四个方面,并从组句方式、章法结构等角度分析了毛奇龄疏俊排宕的骈文风格,肯定了他为清代六朝派的形成所起到的先导作用。黎爱(北京师范大学)《文章内外的人生矛盾——读王闿运〈秋醒词序〉》从艺术特色和实际功用两方面切入,解读晚清骈文大家王闿运的《秋醒词序》,揭示文本世界中文人、学人、高人三位一体的主人公形象和文本之外的现实用心。曹丽萍(国家图书馆)《论南社文人的骈文创作——以〈南社丛刻〉为中心》阐述南社骈文兼具近代风雷震荡的时代色彩,关注日常、摅写性灵的名士风气,以及宋体新变与六朝风华多元并存的艺术风貌。刘天宇(南京大学)《黄孝纾的骈文思想与创作》以民国骈文三大家之一的黄孝纾为研究对象,认为在对骈文的认识上,黄孝纾主张"美文"与"雅文"观,又能注意到骈文的民族性与艺术的发展论;在骈文创作领域,他既有尊体意识,又能在骈文的功能性与文体局限上所有开拓。

一些学者将作家、作品放入整个骈文史、辞赋史的发展脉络中进行考察,以更宏观的视野把握骈体文学的发展实际。曹虹(南京大学)《论〈世说新语〉的对句之美》将《世说新语》放在中古骈文发展进程中考察,关注书中以四六为基调组织文句的倾向和句意表达中的对偶现象。该文进而考察了这种现象的哲学内蕴与时风底蕴,认为以自然法则为文辞偶对的终极依据,带有玄学本体论色彩;对句背后的认知反思,则与玄学时代价值多元化的思想激荡有关;"反对为优"所体现的反概念或视野的矛盾统合,也与清谈风气中对比性评鉴有着密切关系。许东海(台湾政治大学)《品鉴与借鉴:〈世说〉人物品鉴与辞赋骈俪书写》同样聚焦于《世说新语》。不同的是,该文将《世说新语》置于汉魏六朝文体辞赋化的文学史脉络中,展开"世说学"与辞赋学的学术对话,指出书中月旦人物借鉴了先秦两汉辞赋传统中惯用的设辞问对策略,体现了人物风神与自然风物的比况与转换,构建了工整凝练的语言审美风格。此外,该文还以刘义庆、袁淑、鲍照等人辞赋书写进行对照,为袁、鲍等人参编《世说新语》的可能性提供了新的审视与参酌的窗口。

骈散关系的对立与融合是骈文研究中不可忽视的部分。中唐和北宋是骈散对立极为激烈的两个时期,本次会议有两位学者分别讨论了韩愈与欧阳修两位古文运动主将对骈文的态度。刘宁(中国社会科学院)《韩愈“务反近体”再思考:历史语境中的骈散关系》立足于历史人物的主观意图,对韩愈“务反近体”的主观自觉及其在创作中的体现进行了解读。韩愈“务反近体”的表现有以下三点:一是在骈文占有绝对优势的文体领域,大力开拓散文写作;二是以散体为本,吸收骈文艺术,从对偶、用典、造语等方面改造骈文因素;三是对科场文字和翰苑文风的刻意疏离。胡旭(厦门大学)《欧阳修骈文观念考论》注意到北宋古文运动中骈文创作的繁荣现象。他指出,欧阳修领导的古文运动本质上不是反骈文,而是不满当时骈文缺乏经世致用的能力,不满其在传道、教化、叙事、抒情等方面的局限性。欧阳修骈文水平很高,骈文作品很多,实际上把骈文和散文的优越之处结合起来,使北宋骈文创作发生了深刻的变化,促进了骈文和散文共同发展。

还有一些学者将骈文研究与政治史、制度史、思想史、风俗史研究结合起来,颇见新意。龙正华(厦门大学)《孝文帝改革、新贵族与北魏骈文的新变》将北魏骈文的新变现象置于政治背景下,分析孝文帝改革与新贵族的产生对北魏骈文发展的意义,认为社会结构的变化、士人文化素养的提升、审美趣味的文雅化,以及奢侈浮靡的生活作风等因素共同作用,为北魏骈文的腾飞创造了良好的文学生态。苗民(华侨大学)《明代四六启的“礼文”属性及其价值探讨》从官方礼制、社会习俗、士人交际方式等角度考察了四六启在明代社会中的礼仪交际功能,探讨四六启的文章学和社会文化学两方面的价值。该文强调,明代的四六启是上层礼制在社会习俗层面得以践履的实证,体现出特定历史时期礼俗互动与“礼文”写作之间互为助力又互相颉颃的微妙关系。裔一(常州大学)《礼学与清中期骈文及选本之关系》追溯了骈文起源与礼法的关系,分析清代中期骈文选本兴盛与礼学的内在联系,从选家与礼职、选本文体与礼制两方面说明关联的具体表现。倪惠颖(江苏省社会科学院)《毕沅幕府与乾嘉骈文复兴》考察了毕沅主导的幕府学术和文学生态,认为毕沅幕府内外形成了朴学研究与骈文成就互为表里的创作生态,汪中、洪亮吉、孙星衍等幕宾的丰厚学养和六朝式的审美情感奠定了乾嘉骈文风骨建立的基础。本次会议还有两篇论文围绕科举与骈文的关系展开。陈曙雯(南京信息工程大学)《清代科举中的经、策与骈文》以乾隆二十二年两场考试的内容、阅卷程序、策略为中心,探讨科举制度对骈文知识的累积与骈文人才的识拔作用。刘振乾(广西师范大学)《论王先谦〈骈文类纂〉的科举教育探索》则选择清代科举制度改革角度,研究《骈文类纂》在科举制改革中承担的书院教育功能。常威(周口师范学院)《心学、理学、关学的交会:冯从吾文学观的融摄维度》立足于思想史与文学史的互动关系,分析阳明心学、程朱理学、关学对冯从吾文学理论建构的濡染渗透作用,透视其如何实现理学与文学的折衷、取舍与融贯。戴菁(南京工业大学)《论黄宗羲序文中的儒佛张力》复盘了易代扰攘之际的历史文化语境,着眼于儒释二家互摄与抗衡并存的局面,推考当时士人儒佛观在文章中的投射。杨旭辉(苏州大学)《尤侗笔下乩仙"异世界"的文本考察》将文学文献和民俗文献互相参阅,结合明清时期江南地区盛行的扶乩风俗,解读清初尤侗的乩仙系列作品,研究尤侗笔下"异世界"中乩仙的形象特点、隐喻和心理机制,以及与戏剧、小说的关联性。

骈文研究对象的拓展还体现在地域的延伸和时段的扩展中。比起过去,学者们对大陆之外的骈文创作和研究给予了更多的关注。谭家健(中国社会科学院)《高丽作家李奎报的"记"体文》将目光投向被誉为"东国李太白"的高丽作家李奎报,对其 21 篇"记"体文作了详细的评介,将其分为山水风物旅行游记、形制奇特的楼阁屋宇记、记事写景而兼说理之杂记以及佛寺灵验与梦验传说及其他四大类,全面分析各篇的创作背景、内容主旨和艺术特色。蒙显鹏(广西师范大学)《日僧大颠梵通〈四六文章图〉考论》以日本江户时代产生的《四六文章图》为研究对象,介绍编者生平和编撰意图,考察"四六图"的谱系和渊源,探究此书对日本文章学著作《文林良材》的影响。何祥荣(香港树仁大学)《当代香港骈文研究述略》回顾了肇始于 1970 年代,以饶宗颐的《连珠与逻辑》为开端的香港骈文学研究史,详细介绍了香港学者在断代骈文研究、个别作家及作品研究、骈文作家群体与作品比较研究、骈体语言形式美学、骈体与历代文体论等领域的研究成果。

除此之外,有些学者将研究对象上溯先秦,延及当下,也有助于推进研究。唐旭东(周口师范学院)《论〈尚书·虞书〉的骈偶句式》溯至上古,对《尚书·虞书》中的骈偶句式类型及押韵状况进行罗列,认为《虞书》无愧于骈体"滥觞""初祖"等称号。周晓明(中国骈文网)《骈文对当代文体创作的影响》将视野定位于当代,列举广告语、歌词、短信、颁奖词中的骈句,关注骈文对当代文体创作的影响。薛刚(汉源辞赋文化创意工作室)《当代骈赋写作常见之"病"》指斥当代骈赋创作中口号多、俗语多、成语多、冷僻字多、句式单一、思想偏激等弊病,并据此开出疗救时弊的药方,认为辞赋作者除了要多诵古人骈赋名篇外,还要多阅读儒、释、道代表作和当今世界公认的哲学、史学、文学经典,提升自身修养。

## 二、骈文理论研究的深化

本次会议论文中,有较多关于骈文理论的研究。其中包括对南朝骈文文体特征的再探讨，对“龙学”相关问题的继续深入，明清骈文理论与批评的细化，骈文与其他文体关系研究的兴盛等四个方面，体现了骈文理论研究的深化。

骈文文体特征向来是骈文研究的热点问题，南朝又是骈文文体特征成熟的关键时期，因此受到了格外关注。陈果（陕西师范大学）《以心揆事，以事配辞——论六朝骈文对偶与用典的双向互动》关注对偶与用典两大骈文文体特征搭配组合的双向互动关系，以许梿《六朝文絜》为中心，进行量化统计，并从文学外部与语言内部两个层面对其动因与条件进行析论。刘涛（韩山师范学院）《用典技巧演进与南朝骈文形式》梳理了刘宋到陈朝骈文用典的发展和变化，勾勒出南朝用典数量、类型及方式由少变多，驾驭语言的技巧由早期的较为粗浅转变为后期的高度精湛，典故的语言风格由繁缛典重初变为清丽疏通再变为平易晓畅的演进历程。

《文心雕龙》作为由骈文写成的理论巨著，在骈文理论研究中具有突出地位。本次会议提交的三篇“龙学”论文，囊括《文心雕龙》本体、“龙学”在民国的发展、当代“龙学”三个视点。高晨、高明峰（辽宁师范大学）合撰的《从〈文心雕龙·事类〉看刘勰的骈文观念与创作》归纳了《事类》篇蕴含的用典理论，用理论观照作品，结合《文心雕龙》的骈文创作实践评判刘勰在骈文史上的地位。李兰芳（北京师范大学）《貌同心异：基于龙学再议黄侃、姚永朴骈散之争》从黄侃与姚永朴接受《文心雕龙》的内容、动机、效果等角度入手，重新审视黄姚之争这段学术公案，在“龙学”现代转型的视野下比较二人文学观念的异同。马世年（西北师范大学）《郭晋稀先生的〈文心雕龙〉研究》则对当代研治《文心雕龙》的大家郭晋稀先生的学术成就作了公允的评述。

晚明至清代，骈文逐渐复兴，骈文理论著作也不断涌现。此次会议有关这一时段的理论研究甚夥。李金松（河南大学）《尊体：晚明骈文批评的理论蕲向》将晚明骈文批评中的尊体论总结为对骈文存在的合理性辩护、经典品质的发掘、实用功能的阐发三方面，分析现象出现的原因，阐释其中的理论价值与文学史意义，弥补了晚明骈文批评中尊体论研究的空白。孟伟（常熟理工学院）《略论清编清代骈文选本的文学批评意义》将清代乾嘉以降骈文选本的尊体批评概括为三方面：一是通过阐明骈散同源、肯定骈文特征，以达到推尊骈文文体地位的目的；二是通过剖析骈文弊病，对唐宋以后骈文衰敝的症结进行反省与厘清；三是通过提倡“复古”与“雅正”，树立骈文创作原则与审美标准。岳赟赟（中国传媒大学）《论孙梅〈四六丛话〉对“三国六朝诸家”的骈文批评》分析《四六丛话》对中古骈文作家的历史定位，阐发其中情文兼备、骈散合一的理论主张。潘务正（安徽师范大学）《清代律赋神韵论》考察了清代律赋理论中寻求技法之上的神韵、重视神韵之美的表现及原因，认为律赋吸取散体大赋和六朝骈赋的理论传统，整合包括试帖诗在内的诗歌与八股时文等体性，在清代中期之后完成了理论构建。莫山洪（南宁师范大学)《王国维“六代之骈语”辨析》梳理了清代以来,尤其是王国维本人对“骈语”一词的使用情况和对骈文的认识,认为王国维所说的“六代之骈语”是指六朝一代文学中以“骈语”为主要表现特征的文学样式,其中既包含了六朝的骈文,也包含了六朝的诗歌等其他文体。

文体研究是一个新的学术增长点,关注骈文自身的文体特性及其与其他文体的关系成为学者们的共识。莫道才(广西师范大学)《骈文的跨文类渗透与古代文体演进的触媒作用》提出,骈文在文体类别中有着尊贵的地位,对赋、诗、词、戏曲、小说等文体产生了重要的渗透,骈文在中国古代文体递变中具有触媒式的作用,促进了文体的新发展。陈鹏(河南师范大学)《论六朝诏令的骈化及其艺术特质》分析了六朝诏令的骈化特征及其艺术特质,认为六朝诏令多文致自胜、风韵疏宕的至情至性之作,同时也不乏气势恢宏、刚健凌厉的以诏为檄之作。吕双伟(湖南师范大学)《乾嘉骈序的抒情成就及其骈文史意义》从体类上专门研究乾嘉骈序,认为其抒情成就在于内容丰富,形式灵活,议论、叙事与抒情功能强大,无论是赠序、宴序还是诗文序、图序,整体上都文风清新,文气流畅,情感真挚,意境悠远,诗性特征鲜明。其文学史意义在于,不仅发展了六朝唐初骈文的抒情传统,改变了宋元明公牍性骈文笼罩文坛的历史,同时也是清代骈文复兴的重要表现,丰富了骈文的审美内涵。王正刚(广西科技师范学院)《清代骈文集序跋与骈文传播》讨论了清代骈文集序跋作者的名人身份、序跋的文体解析功能、对作者人格形象的塑造、对具体作品的评骘和整体风格的界定四个方面的内容,分析骈文集序跋对清代骈文传播和复兴的重要作用。

与此相类的还有以下几篇论文,从文体角度对辞赋、选本等问题进行研究。陈守玺(台湾辅仁大学)《宋元辞赋的谪迁书写及其创作因革》考察了宋元辞赋中谪迁书写的类型、赋家仕宦经历、谪迁背景、谪迁意识及其映照出的世局,追述唐代至宋元之间辞赋书写的因革流变。牛海蓉、秦亚坤(湖南大学)合撰的《论明赋之发展轨迹》依明代政治变迁与文学思潮的变化,将明赋的发展分为“元赋遗响与风雅初开”“风雅渐盛”“盛明风雅”“风雅再阐”“末世风雅”“风雅遗音”六个时期,并对每一时期的断限与成就作出较为详细的描述。李慈瑶(宁波大学)《打造选本——王志坚〈四六法海〉编纂意图与学术个性辨析》对《四六法海》兼有“书肆刊本”与“自著之书”复杂的选本个性进行诠解,还原王志坚集学者、文人、老师、官员以及书商的合作者多重身份,揭示选本的内在的不稳定性及其背后的合理性与典型性。路海洋(苏州科技大学)《清代骈文选本纂辑的兴盛及其历史因缘》描述了清代骈文选本的兴盛局面,将其历史因缘总结为晚明四六选本盛行的直接带动、清代骈文复兴,以及清人骈文理论自觉的深刻影响三个方面。

## 三、骈文研究材料的扩充

骈文研究的推进离不开基础文献的搜集和整理。本次会议论文中,还有一部分旨在勾稽古今中外的骈文研究的基础文献,进行叙录、注析、辑佚、考述等工作。

叙录方面有以下数篇论文。钟涛(中国传媒大学)《试论清代骈文集评注的特色与价值》首先从今存骈文集评注文献中筛选54种骈文集,对其中较为重要的评注版本进行了列表说明,其后对清代的16种骈文评注文献的评者、体例、得失等基本情况进行简要叙述,最后介绍了清代骈文集评注的特色和价值。于堃(广西师范大学)《〈新刻旁注四六类函〉叙录》介绍了明代启体选本《四六类函》的参编人员、成书动机、骈文史价值、选本体例、藏书地点等情况。庞国雄、毋军保(广西师范大学)合撰的《郑王臣〈兰陔四六〉叙录》为清人郑王臣的骈文集《兰陔四六》撰录提要,涉及该书的编者、体例、版本、评价等多个方面。李飞(广西师范大学)《王诒寿〈缦雅堂骈体文〉叙录》对清人王诒寿的生平经历、《缦雅堂骈体文》的卷数和篇目、编撰时间、版本源流、骈文成就等问题进行了说明。

注析方面,陆路(上海师范大学)《萧詧〈愍时赋〉注析》为萧统之子萧詧所作的《愍时赋》作了详细的校勘记和注释,分析此赋的创作背景,寻绎篇章结构,评价赋史意义。

辑佚方面,杨晓斌(陕西师范大学)《颜之推〈稽圣赋〉的流传及文体辨析》考证了颜之推《稽圣赋》的文献著录与流传情况,对文本进行考异、辑佚和文体辨析。他认为,此文并非文学性的辞赋体之赋,而是具有一定的名物考释和博物志性质的学术著作。之所以名“赋”,盖因用韵散结合、问对结构的赋体手法铺陈成文。赵棚鸽(洛阳理工学院)《〈文选〉李善注征引〈诗纬〉论析》对李善注所引的《诗纬》、《诗纬》宋均注、《诗含神雾》《诗汜历枢》《诗推度灾》等10则引文进行爬梳,认为李善虽征引纬书内容,但除保存文献功能外,其对《诗纬》的思想并无任何发挥之处,这正符合唐代纬书发展状况,同时也透露出李善对《文选》文意把握之准确、注释态度之恭谨。郑伟(东北财经大学)《虞世南〈帝王略论〉佚文补正》简述了历代文献中《帝王略论》的著录和敦煌本与日本东洋文库本残卷的基本情况,借助古注、类书及佛典文献搜集佚文,并考证其散佚时间。

域外新材料的发现和研究是本次会议的亮点。道坂昭广(日本京都大学)《〈王勃集〉佚文中的女性墓志与出土墓志——王勃作品流行的痕迹》对流传于日本的《王勃集》中两篇墓志进行介绍。两篇墓志是王勃分别为归仁县主和卫处士夫人贺拔氏两位女性所作。作者据此推测,王勃表达了此前尚未被表达出来的唐代新兴知识分子对女性的新认识及其价值,且正是这种表达使王勃得以成为代表一时的文学家。曾肖(暨南大学)《大英图书馆藏四种清代赋集选本考述》对藏于大英图书馆的四种国内不常见的清代赋集选本(《同馆律赋鸿裁》《崇川赋钞》《同馆赋钞》《历朝赋楷》)进行了考述。

## 结　语

本次会议论文涉及骈文研究的方方面面,既有在传统研究的理路上继续开拓的精深之作,又有运用新材料和体现新方法的佳篇。骈文研究对象的拓展、骈文理论研究的深入、骈文研究材料的扩充,共同促进了骈文研究的进展,对于今后的研究有着重要的示范和启示意义。

然而,尽管骈文研究已经取得了令人瞩目的成就,但我们仍然看到还有诸多的研究空白存在,已有的研究也仍然具有继续深入的可能性和必要性。传统的作家、作品研究有时过分依赖既有的批评模式和批评话语,直接套用既有的研究框架,对前人的论断不加检验便直接袭用。对于真正应该重视的文本,则采取了回避态度,仅仅将其作为素材库来挑选使用,缺少全面而深入的分析。这无疑会伤害到研究的准确性,同时也导致了研究的重复性。因此,我们应该在通观博览的基础上,深入探究文本的生成背景和内部的组织方式,对各时期骈文兴衰的社会文化背景作出还原性阐释,对句式、对仗、用典、藻饰、声律等骈文文体特征在文本中的体现作出更全面的归纳和更细致的分析。在研究骈文理论时,应该注意批评话语自身的独立性,在充分了解客观事实的前提下,分析论者的用意和理论的得失。此外,还要重新检视骈文研究的基础文献,注意搜集散落在历史长河中的稀见文献,及时跟进域外骈文研究的最新进展。随着研究队伍的不断壮大,研究材料的不断丰富,研究思路的不断创新,研究成果的不断涌现,我们相信,骈文研究一定能日新其业,向着更精深、更多元、更能体现当代走向和世界意义的方向迈进。

# 编后记

2019年10月18日—21日，由中国骈文学会主办、陕西师范大学文学院承办的“骈文国际学术研讨会暨第六届中国骈文学会年会”在陕西师范大学长安校区顺利举办。本次研讨会有来自南京大学、厦门大学、北京师范大学、中国传媒大学、上海师范大学、辽宁大学、广西师范大学、西北师范大学、日本京都大学、香港树仁大学、台湾政治大学、台湾辅仁大学、中国社会科学院、江苏省社会科学院、国家图书馆等国内外高校、科研院所及上海古籍出版社、上海辞书出版社、《文学遗产》编辑部等出版机构的共计70余位专家学者与会。

本次会议共收到参会学者提交的60余篇高质量的学术论文，研究内容涵盖了骈文研究的多个领域，全面展示了骈文研究的最新成果。在研究的新理念、新材料、新方法方面，对今后的骈文研究有着重要的示范和启示意义。此次骈文会议的顺利召开，搭建起了广阔的国际化学术交流平台，推进了骈文研究向新的纵深研究发展。同时，此次骈文会议在陕西师范大学召开，也是陕西师范大学中国语言文学世界一流学科建设过程中的重要机遇，为陕西师范大学中国语言文学学科未来的学科建设提供了宝贵的经验。

现将“骈文国际学术研讨会暨第六届中国骈文学会年会”会议论文结集出版，文集题名为“绣虎雕龙”。

“扬葩振藻，绣虎雕龙”，是陕西师范大学文学院的学院精神。中国古典文学研究专家、文艺理论家、诗人、书法家、陕西师范大学教授、博士生导师、文学院名誉院长霍松林先生为学院题词“扬葩振藻，绣虎雕龙”，寄寓着他对学院人才培养的厚望，也是先生对学院精神的提炼总结。在七十多年的发展历程中，陕西师范大学文学院涌现了一大批蜚声海内外的著名学者。高元白、郑伯奇、贾则复、傅子东、曹冷泉、刁汝钧、周骏章、冯成林、卫俊秀、黎风、郭子直、高海夫、辛介夫、江弘基、霍松林、马家骏、迟铎等先生在此任教，在不同的学科领域做出了杰出贡献。几代学人薪火相传，为学校改革发展和我国教育事业做出了突出贡献，为国家和社会培养了一大批的优秀人才。七十多年来，学院师生员工齐心协力、奋发图强，在专业建设、学科发展、科学研究等方面取得了显著成绩，用辛劳和智慧铸就了“扬葩振藻，绣虎雕龙”的学院精神。

“绣虎”一说源自曹植。曹植文才横溢，号为“绣虎”。“雕龙”一说源自驺奭。驺奭文采驰名，被称为“雕龙奭”。《史记·孟子荀卿列传》：“驺衍之术迂大而闳辩；奭也文具难施；淳于髡久与处，时有得善言。故齐人颂曰：'谈天衍，雕龙奭，炙毂过髡。'"驺奭的文章虽然没有流传下来，但刘勰《文心雕龙·时序》中有很高的评论："邹子以谈天飞誉，驺奭以雕龙驰响。"曹植、驺奭和刘勰的文章都有鲜明的骈体特征。"绣虎雕龙"，可以代指骈体文作家的优秀作品。

"绣虎雕龙"还可以指称骈文创作过程及骈文研究。"绣"有绣花、不断琢磨的含义，"雕"指雕琢；"绣"与"雕"揭示出了骈文创作过程中需要精雕细琢的含义。而且，提起"雕龙"一词，也容易与"文心"联系起来，联想到刘勰《文心雕龙》中所说的"为文之用心"。骈文研究，既要阐明骈文创作中精雕细琢的写作过程与表现技巧，又要透过语言和文本来体认骈文作者创作的用心。

此次骈文会议论文集以"绣虎雕龙"为题，彰显了陕西师范大学文学院的学院精神，也符合骈体文的特征，也切合骈文研究之用心。

"骈文国际学术研讨会暨第六届中国骈文学会年会"能够在西安顺利召开，首先要感谢中国骈文学会会长曹虹先生、名誉会长谭家健先生和各位副会长的大力支持！还要郑重感谢陕西师范大学文学院院长张新科先生的支持！会议论文集能够正式出版，得到了张新科先生为首席专家的"长安与丝路文化传播"学科创新引智基地项目的经费资助。

近年来，骈文研究逐渐兴盛起来，取得了较为丰硕的可喜成果，在古代文学与古典文献学的研究领域占有了一席之地。在文化兴盛、学术研究蒸蒸日上的新时代，建立骈文研究的话语，建构骈文研究的文献与文学体系，弘扬中华优秀传统文化，是我们的共同目标，需要我们共同努力、不断前行。

杨晓斌

2021 年 4 月 30 日于西安